T0178943

SARAH LARK es el seudónimo de una exitosa autora alemana que reside en Almería. Durante muchos años trabajó como guía turística, gracias a lo cual descubrió su amor por Nueva Zelanda, cuyos paisajes asombrosos han ejercido desde siempre una atracción casi mágica sobre ella. Ha escrito diversas sagas, como la Trilogía de la Nube Blanca, la Trilogía del Kauri o la Trilogía del Fuego, de las que ha vendido, en total, más de un millón y medio de ejemplares solo en lengua española. Sus últimas novelas, *Bajo cielos lejanos*, *El año de los delfines* y *El secreto de la casa del río*, han recibido también el favor del público.

www.sarahlark.es

Saga de la Nube Blanca
En el país de la nube blanca
La canción de los maoríes
El grito de la tierra
Una promesa en el fin del mundo

Trilogía del Kauri
Hacia los mares de la libertad
A la sombra del árbol Kauri
Las lágrimas de la diosa maorí

Trilogía del Fuego
La estación de las flores en llamas
El rumor de la caracola
La leyenda de la montaña de fuego

Saga del Caribe
La isla de las mil fuentes
Las olas del destino

Otros títulos
Bajo cielos lejanos
La llamada del crepúsculo
El año de los delfines
El secreto de la casa del río

Papel certificado por el Forest Stewardship Council®

Título original: *Des Lied der Maori*

Primera edición en este formato: junio de 2021

© 2008, Bastei Lübbe GmbH & Co. KG, Köln
© 2012, 2013, 2021, Penguin Random House Grupo Editorial, S. A. U.
Travessera de Gràcia, 47-49. 08021 Barcelona
© 2012, Susana Andrés, por la traducción
Diseño de la cubierta: Penguin Random House Grupo Editorial
Fotografía de la cubierta: © Getty Images

Penguin Random House Grupo Editorial apoya la protección del *copyright*.
El *copyright* estimula la creatividad, defiende la diversidad en el ámbito de las ideas
y el conocimiento, promueve la libre expresión y favorece una cultura viva.
Gracias por comprar una edición autorizada de este libro y por respetar las leyes del *copyright*
al no reproducir, escanear ni distribuir ninguna parte de esta obra por ningún medio sin permiso.
Al hacerlo está respaldando a los autores y permitiendo que PRHGE continúe publicando libros
para todos los lectores. Diríjase a CEDRO (Centro Español de Derechos Reprográficos,
http://www.cedro.org) si necesita fotocopiar o escanear algún fragmento de esta obra.

Printed in Spain – Impreso en España

ISBN: 978-84-1314-344-6
Depósito legal: B-6.666-2021

Impreso en Black Print CPI Ibérica
Sant Andreu de la Barca (Barcelona)

BB 4 3 4 4 6

La canción de los maoríes

SARAH LARK

Traducción de Susana Andrés

NUEVA ZELANDA

0   100 km

MAR DE TASMANIA

ISLA NORTE

ISLA SUR

Westport •

Greymouth •

Christchurch
•
Lyttelton

• Haldon

Queenstown
•

OCÉANO PACÍFICO

Westport

Río Buller

Greymouth

ALPES NEOZELANDESES

McKenzie Highlands

Christchurch
Bridle Path→
Lyttelton

▲ Lionel Station

Kiward Station
O'Keefe Station ▲

Haldon

LLANURAS DE CANTERBURY

Queenstown

N

0   50 km

LA HEREDERA

Queenstown, llanuras de Canterbury

1893

1

—¿Usted es la señora O'Keefe?

William Martyn miraba perplejo a la pelirroja y grácil muchacha que lo había atendido en la recepción del hotel. Los hombres del campamento de buscadores de oro le habían descrito a Helen O'Keefe como una señora mayor, una especie de dragón hembra de esos que, con el paso de los años, vomita fuego. Se decía que en el hotel de la señorita Helen regían normas estrictas. Estaba prohibido fumar, también el alcohol y, con más razón todavía, invitar a personas del sexo opuesto si no se presentaba un certificado de matrimonio. Por lo que los buscadores de oro contaban, uno esperaba una cárcel más que un hotel. A pesar de ello, en aquel lugar no había pulgas ni piojos, pero sí baños para los huéspedes.

Era esto último lo que había acabado por convencer a William de hacer caso omiso de las advertencias de sus conocidos. Después de pasar tres días en el solar de la vieja granja de ovejas que los buscadores se habían adjudicado como refugio, estaba dispuesto a todo para librarse de los insectos. Incluso aguantaría a la «dragón» Helen O'Keefe.

Sin embargo, quien lo saludaba no era en absoluto una dragón, sino una bellísima criatura de ojos verdes, cuyo rostro se hallaba enmarcado por una rebelde melena rizada de un dorado rojizo. En todos los sentidos, era la visión más agradable que William contemplaba desde que había desembarcado en Dunedin, Nueva Zelanda. Su ánimo, por los suelos durante semanas, se levantó de forma instantánea.

La joven rio.

—No, yo soy Elaine O'Keefe. Helen es mi abuela.

William sonrió, consciente de que así causaba buena impresión. En Irlanda siempre asomaba una expresión de interés en las chicas cuando vislumbraban una chispa de picardía en sus ojos azules.

—Qué pena. De golpe se me había ocurrido un anuncio comercial: «Agua de Queenstown: ¡descubra la fuente de la juventud!»

Elaine rio por lo bajo. Tenía un rostro delgado y pequeño, la nariz tal vez una pizca demasiado afilada y con un montón de pecas.

—Debería juntarse con mi padre. No para de inventarse lemas de ese tipo: «Si la pala es buena, olvídese de su pena», «¡Buscadores de oro: las herramientas de Almacenes O'Kay son más fuertes que un toro!».

—Lo tendré en cuenta —sonrió William, memorizando el nombre—. ¿Me dará una habitación?

La muchacha vaciló.

—¿Es usted buscador de oro? Entonces... bueno, todavía quedan habitaciones libres, pero son bastante caras. La mayoría de los buscadores no pueden permitírselas...

—¿Parezco uno de ellos? —repuso William con fingida gravedad, frunciendo el ceño bajo su abundante cabello rubio.

Elaine lo observó con franqueza. A primera vista no se diferenciaba demasiado de los buscadores que veía a diario en Queenstown. Su aspecto era algo sucio y desaliñado, llevaba un abrigo encerado, pantalones de montar azules y botas recias. Sin embargo, tras un segundo repaso, Elaine —como buena hija de comerciante— reconoció la calidad del atuendo del joven: bajo el abrigo abierto se entreveía una chaqueta de piel cara; unos zahones de cuero le cubrían las piernas; las botas eran de primera calidad y la cinta del Stetson de ala ancha era de crin. En total, una pequeña fortuna. También las alforjas —al principio las tenía echadas descuidadamente al hombro, pero luego las había depositado en el suelo, entre las piernas— parecían elaboradas y caras.

Todo ello no era habitual, ni mucho menos, entre los aventureros que llegaban en busca de oro en los ríos y montañas de los alrededores de Queenstown, ya que eran muy pocos los que obtenían ganancias. Antes o después, casi todos abandonaban la ciudad tan pobres y harapientos como habían llegado. Eso también se debía a que los hombres, por lo general, no ahorraban lo que ganaban en las minas, sino que corrían a gastárselo en Queenstown. Sólo se enriquecían los inmigrantes que se asentaban allí para abrir un negocio. Entre éstos se contaban los padres de Elaine, la señorita Helen con su pensión y los dueños de establecimientos, como Stuart Peter de la herrería y cuadra de alquiler, Ethan con la oficina de correos y telégrafos y, sobre todo, la propietaria del llamado Hotel de Daphne, un local situado en la calle Mayor, de mala reputación pero en general aceptado, que albergaba el burdel.

William respondió pacientemente y con una sonrisa algo burlona a la mirada apreciativa de Elaine. Ésta contemplaba un rostro jovial en cuyas mejillas aparecieron unos hoyuelos cuando él esbozó una mueca con los labios. ¡Y acababa de afeitarse! También eso era inusual. Los buscadores de oro se limitaban a utilizar la navaja de afeitar cuando Daphne organizaba un baile.

Elaine decidió sondear un poco al recién llegado.

—Al menos no huele tanto como la mayoría.

William sonrió.

—Por el momento, el mar ofrece la posibilidad de baños gratuitos. Pero me han dicho que no será por mucho tiempo, ya que está llegando el frío. Además, según parece, al oro le agrada el olor corporal. Quien menos se baña es quien más pepitas extrae del río.

Elaine no pudo evitar reírse.

—No debería seguir usted ese ejemplo o tendrá problemas con la abuela. Tome, si quiere rellenarlo... —Le tendió un formulario de registro e intentó, con discreción, espiar lo que William anotaba con pulso firme. Algo también poco corriente, pues eran contados los buscadores de oro que escribían con fluidez.

William Martyn... El corazón de Elaine dio un brinco cuando lo leyó. Qué nombre más bonito.

—¿Qué he de poner aquí? —preguntó William, señalando una pregunta sobre su domicilio de origen—. Acabo de llegar. Éste es mi primer domicilio en Nueva Zelanda.

Elaine ya no logró disimular por más tiempo su interés.

—¿De verdad? ¿De dónde es usted? No, deje que lo adivine. Es lo que siempre hace mi madre con los nuevos huéspedes. Por el acento se conoce su procedencia...

Resultaba fácil con la mayoría de inmigrantes, aunque de vez en cuando se cometiesen errores. A Elaine le sonaba casi igual el acento de los suecos, holandeses y alemanes. Pero a los irlandeses y escoceses los distinguía casi siempre, y la gente de Londres era especialmente fácil de reconocer. Los expertos hasta lograban precisar de qué zona de la ciudad procedían. Sin embargo, William era difícil de distinguir. Parecía inglés, pero aun así hablaba de forma más dulce, alargando las vocales.

—Es usted galés —aventuró. Su abuela materna, Gwyneira McKenzie-Warden, era galesa y el acento de William le recordaba un poco al de ella. De todos modos, Gwyneira no hablaba ningún dialecto local. Era hija de un noble rural y sus institutrices siempre se habían ocupado de que su inglés careciera de acentos distintivos.

William negó con la cabeza, pero sin la sonrisa que Elaine había esperado.

—¿Cómo se le ocurre? —replicó el joven—. Soy irlandés, de County Connemara.

Elaine se ruborizó. Nunca habría sacado tal conclusión pese a que había muchos irlandeses en los yacimientos de oro. Ellos, sin embargo, solían hablar un dialecto bastante burdo, mientras que William hablaba de manera distinguida.

Como para subrayar su origen, escribió en letras mayúsculas su última dirección en la casilla correspondiente: Martyn's Manor, Connemara.

Se diría que no se refería a la granja de un pequeño campesino, sino a una finca rural...

—Bien, ahora le enseño la habitación —dijo Elaine.

De hecho, ella no era quien acompañaba a los huéspedes, y menos aún si eran varones. La abuela Helen le había recomendado encarecidamente que siempre llamara a un sirviente o alguna doncella para cumplir tal tarea. Pero esta vez Elaine hizo de buen grado una excepción. Salió de detrás de la recepción, caminando tan recta como su abuela le había dicho que era «propio de una señorita»: la cabeza levantada con gracia natural y los hombros hacia atrás. ¡Y nada de abandonarse al balanceo provocador que tanto les agradaba exhibir a las chicas de Daphne!

Elaine esperaba que sus pechos, que aún no habían alcanzado la plenitud, y su cintura, desde hacía poco encorsetada y muy esbelta, llamaran la atención. Detestaba el corsé, pero si con ello atraía el interés de ese hombre...

William la siguió, contento de ir detrás. Apenas si lograba reprimir el deseo al contemplar su elegante silueta, que ya anunciaba unas suaves redondeces en los lugares apropiados. Tras su breve temporada en la cárcel, las ocho semanas de travesía posteriores y ahora la cabalgata de Dunedin hasta los yacimientos de oro de Queenstown... hacía casi cuatro meses que ni siquiera se acercaba a una mujer.

Desde luego, un tiempo inconcebiblemente largo. Y ya era hora de ponerle remedio. Los hombres del campamento hablaban maravillas de las chicas de Daphne. Al parecer eran bastante bonitas y los cuartos estaban aseados. Sin embargo, a William le atraía más la idea de cortejar a esa pequeña y dulce pelirroja que la de satisfacer en un periquete su deseo en brazos de una prostituta.

La habitación también fue de su agrado. Era pulcra y estaba amueblada sobria y esmeradamente con muebles de madera clara. De las paredes colgaban cuadros y ya había preparada una jofaina de agua para lavarse.

—También puede utilizar los baños —señaló Elaine, ruborizándose un poco—. Aunque debe avisar con antelación. Consulte con la abuela, Mary o Laurie.

Con estas palabras pretendía retirarse, pero William la retuvo con dulzura.

—¿Y a usted? ¿No puedo consultárselo a usted? —inquirió en voz baja y mirándola fijamente.

Elaine sonrió halagada.

—No, yo no suelo estar aquí. Hoy he venido a sustituir a la abuela. Pero yo... bueno, yo por lo general ayudo en los Almacenes O'Kay. El negocio es de mi padre.

William asintió. Así pues, no sólo era bonita sino de buena familia. Aquella muchacha le gustaba cada vez más. Además, necesitaría herramientas para buscar el oro.

—No tardaré en pasar por allí —anunció.

Elaine voló literalmente escaleras abajo. Su corazón parecía haberse transformado en un globo de aire caliente que la elevaba con ímpetu por encima de cualquier obstáculo. Los pies apenas si rozaban el suelo y se diría que el cabello ondeaba al viento, aunque en la casa no soplaba ni una brisa. La muchacha estaba exultante. Tenía la sensación de encontrarse al comienzo de una aventura y de ser tan hermosa e invencible como una de las protagonistas de las novelas que leía a escondidas en la tiendecita de Ethan.

Con expresión radiante brincó por el jardín de la gran casa que albergaba la pensión de Helen O'Keefe. Elaine la conocía a fondo, no en vano había nacido allí. Sus padres la habían erigido para la familia que estaban formando cuando obtuvieron las primeras ganancias del negocio. Luego, sin embargo, el centro de Queenstown les había resultado demasiado bullicioso y urbano, sobre todo a la madre de Elaine, Fleurette, que procedía de una de las grandes granjas de ovejas de las llanuras de Canterbury y añoraba los espacios abiertos. Por esa razón sus padres habían construido una nueva casa en un terreno de ensueño junto al río, al que sólo le faltaba una cosa: yacimientos de oro. En un principio, el padre de Elaine lo había solicitado como concesión para explotar, pero, pese a sus muchas virtudes, Ruben O'Keefe era un caso perdido como buscador de oro. Por fortuna, Fleurette no había tardado en percatarse de ello y no había invertido su dote en una mina de oro sin rendimiento, sino en el suministro de mercancías, sobre todo palas y bateas que los buscadores le arrebataban de las manos. De ahí habían surgido después los Almacenes O'Kay.

Fleurette bautizó en broma la mansión junto al río como «Pepita de Oro», pero en algún momento el nombre quedó acuñado. Elaine y sus hermanos habían crecido felices allí. Tenían caballos y perros, incluso un par de ovejas como en la casa familiar de Fleurette. Ruben renegaba cuando una vez al año había que esquilar a los animales, y tampoco los hijos varones, Stephen y George, eran aficionados a las labores de la granja. Todo lo opuesto a Elaine. Para ella la pequeña casa de campo nunca llegaría al nivel de Kiward Station, la gran granja de ovejas que su abuela materna Gwyneira administraba en las llanuras de Canterbury. Le habría encantado vivir y trabajar en una granja como aquélla y por eso estaba algo celosa de su prima, quien la heredaría más adelante.

Aun así, Elaine no era una joven que se devanara los sesos con tales cavilaciones. Encontraba casi igual de interesante ayudar en la tienda o sustituir a su abuela en la pensión. Por el contrario, tenía pocas ganas de asistir a la universidad como su hermano Stephen, quien en la actualidad estudiaba Derecho en Dunedin, haciendo realidad el sueño de ser abogado que su padre había acariciado siendo joven. Desde hacía casi veinte años, Ruben O'Keefe era juez de paz de Queenstown y para él no había nada más bello que conversar sobre temas jurídicos. El hermano menor de Elaine, George, todavía asistía a la escuela, aunque tenía visos de ser el comerciante de la familia. Ya colaboraba en la tienda con afán y tenía montones de proyectos para su mejora.

Helen O'Keefe, quien al comienzo nada sospechaba del entusiasmo de su nieta y del motivo del mismo, el recién llegado William Martyn, vertía con elegancia el té en la taza de su invitada, Daphne O'Rourke.

Esas reuniones para tomar el té, por todos conocidas, deparaban a ambas mujeres un gran placer. Sabían que la mitad de Queenstown cuchicheaba acerca de la extraña relación entre ambas «hoteleras». Helen, empero, no sentía aprensión alguna. Unos cuarenta años atrás, Daphne, entonces de trece años de edad, había sido enviada a Nueva Zelanda bajo la tutela de Helen. Un orfanato londinense había querido librarse de algunas de sus pupilas y en Nueva Zelanda se necesitaban chicas de servicio. También Helen había emprendido por aquel entonces el viaje hacia un futuro incierto con un hombre al que todavía no conocía. La Iglesia anglicana le pagó la travesía como persona encargada de vigilar a las niñas.

Helen, que hasta ese momento había sido institutriz en Londres, aprovechó la travesía de tres meses para enseñarles buenos modales, algo de lo que todavía sacaba partido Daphne. Sin embargo, su empleo como chica de servicio había resultado un fiasco, al igual que el largo matrimonio de Helen. Ambas mujeres se habían reencontrado en circunstancias difíciles para las dos, pero habían salido a flote lo mejor que habían podido.

Al oír los pasos de Elaine en la terraza posterior, alzaron la vista. Helen levantó el rostro delicado y surcado por profundas arrugas, cuya nariz afilada mostraba el parentesco con Elaine. Con el tiempo, su cabello moreno y de brillo castaño se había cubierto de hebras grises, pero todavía estaba sano y lo llevaba largo. Solía peinárselo con un gran moño en la nuca. Sus ojos grises desprendían el brillo de una persona ya experimentada y no habían perdido su curiosidad, que resultó patente cuando advirtieron la expresión alborozada de Elaine.

—Pero ¡hija mía! Parece que te hayan dado el regalo de Navidad. ¿Pasa algo?

Daphne, cuyos rasgos felinos se endurecían un poco al reír, evaluó la expresión de Elaine con menos ingenuidad. La había visto en docenas de muchachas casquivanas que creían haber encontrado al príncipe de sus sueños entre sus clientes. Y luego Daphne había tenido que dedicar largas horas para consolarlas cuando el príncipe azul había revelado al final ser una rana o un sapo repugnante. Por esa razón la cara de Daphne reflejó cierta alerta mientras Elaine se acercaba tan complacida.

—¡Tenemos un nuevo huésped! —comunicó solícita—. Un buscador de oro llegado de Irlanda.

Helen frunció el ceño. Daphne rio y sus claros ojos verdes centellearon burlones.

—¿No se habrá extraviado, Lainie? Los buscadores de oro irlandeses suelen acabar en brazos de mis chicas.

Elaine sacudió la cabeza con ímpetu.

—No es uno de ésos... Lo siento, señorita Daphne, me refería... —Carraspeó—. Creo que es un caballero.

Las arrugas de la frente de Helen todavía se marcaron más. Había vivido sus propias experiencias con «caballeros».

—Cariño —sonrió Daphne—, no hay caballeros irlandeses. Todo lo que allí hay de noble procede de Inglaterra, pues desde tiempo inmemorial la isla pertenece a los ingleses, circunstancia por la que todavía berrean los irlandeses cuando han bebido un par de copas. Los jefes de los clanes irlandeses fueron en su mayor parte expulsados y aniquilados por la nobleza inglesa, que desde entonces no hace más que enriquecerse a costa de los irlandeses. Ahora permiten que miles de sus arrendatarios se mueran de hambre. ¡Unos auténticos caballeros! Pero tu buscador de oro no debe de ser uno de ellos. Ellos se aferran al terruño.

—¿Cómo es que sabe tanto de Irlanda? —preguntó Elaine. La dueña del burdel la fascinaba, pero por desgracia tenía pocas ocasiones de conversar largo y tendido con ella.

Daphne sonrió.

—Soy irlandesa, cielo. Al menos según mi documentación. Y cuando los inmigrantes se sinceran conmigo, eso consuela mucho. Si hasta he practicado el acento... —Acabó la frase en un tosco irlandés y entonces hasta Helen rio. Daphne había nacido en algún barrio portuario londinense, pero había adoptado el apellido de una inmigrante irlandesa. Bridie O'Rourke no había sobrevivido a la travesía, y su pasaporte había pasado a manos de la joven Daphne a través de un marino inglés—. Venga, Paddy, puedes llamarme Bridie.

Elaine soltó una risita.

—Pero así no habla William... quiero decir, el nuevo huésped.

—¿William? —preguntó Helen con cierto retintín—. ¿El joven no se ha presentado por su apellido?

Elaine sacudió la cabeza para evitar cualquier animadversión contra el huésped.

—Claro que sí. Lo he visto en la hoja de registro. Se llama Martyn. William Martyn.

—No se trata precisamente de un apellido irlandés —observó Daphne—. Conque ni apellido irlandés ni acento... Muy extraño. Yo en su caso, sondearía a fondo a ese muchacho, señorita Helen.

Elaine le lanzó una mirada airada.

—Es un hombre elegante, ¡lo sé! Incluso comprará sus herramientas en nuestros almacenes... —Esa idea la animaba. Si William acudía a la tienda, volvería a verlo, daba igual lo que la abuela pensara de él.

—¡Y claro, eso lo convierte en un perfecto caballero! —bromeó Daphne—. Señorita Helen, hablemos de otro asunto. He oído que espera visita de Kiward Station. ¿Es la señorita Gwyn?

Elaine escuchó un ratito la conversación y luego se retiró. Últimamente ya se había hablado mucho sobre la llegada de su otra abuela y su prima, por lo que la visita relámpago de Gwyneira no representaba para ella ninguna sorpresa. Visitaba con frecuencia a sus hijos y nietos y la unía, sobre todo, una estrecha amistad con Helen O'Keefe. Cuando se instalaba en su pensión, las dos mujeres pasaban noches enteras charlando. Lo que resultaba más bien insólito era que la acompañara Kura, la prima de Elaine. Hasta ese momento nunca había sucedido, lo cual emanaba cierto olor a... sí, ¡a escándalo en ciernes! Tanto la madre como la abuela de Elaine solían bajar la voz cuando se trataba de ese tema y no habían permitido que los jóvenes leyeran la carta de Gwyneira. Por lo general, Kura no solía emprender muchos viajes, al menos no a casa de sus parientes de Queenstown.

Elaine apenas la conocía, aunque ambas eran de la misma edad. Kura era algo más de un año más joven que ella. Aun así, las niñas nunca habían tenido mucho que decirse en las escasas visitas de Elaine a Kiward Station. Eran dos caracteres demasiado opuestos, simplemente. En cuanto Elaine llegaba a Kiward Station no quería hacer otra cosa que montar a caballo y guiar ovejas. La cautivaba la inmensidad de los prados y los cientos de ovejas que daban lana y pastaban en ellos. A eso se añadía que Fleurette, su madre, realmente florecía en la granja. Le entusiasmaba hacer carreras a caballo con Elaine rumbo a las cumbres nevadas de los Alpes del Sur, una meta a la que nunca parecían aproximarse pese al temerario galope.

Kura, por el contrario, prefería quedarse en casa o en el jardín y sólo tenía ojos para el nuevo piano que había llegado a Christchurch en un mercante, para los O'Keefe, desde Inglaterra. Elaine la había considerado por ese motivo una tonta, pero claro, entonces sólo tenía doce años. Y seguramente la envidia también influía en ello. Kura era la heredera de Kiward Station. Un día le pertenecerían todos aquellos caballos, ovejas y perros... ¡y no sabía valorarlo lo más mínimo!

Entretanto, Elaine había cumplido dieciséis años y Kura quince. ¡Seguro que ahora tendrían más cosas en común y esta vez Elaine le mostraría su mundo a su prima! Sin duda le agradaría la pequeña y laberíntica ciudad junto al lago Wakatipu, mucho más cercana a las montañas que las llanuras de Canterbury, y tan emocionante, con todos aquellos buscadores de oro de distintas nacionalidades y un espíritu pionero que no se limitaba a la mera supervivencia. En Queenstown había un floreciente grupo de teatro de aficionados dirigido por el párroco, así como grupos de *squaredance*, y unos irlandeses habían formado una banda para interpretar canciones populares en la taberna o el centro comunal.

Elaine pensaba que era imprescindible que se lo contara también a William, ¡puede que hasta la invitara a ir a bailar! Ahora que había dejado a las escépticas señoras en el jardín, la sonrisa radiante volvió al semblante de Elaine. Llena de esperanza, se dirigió de nuevo a la recepción. Tal vez William volviera a pasar por allí.

Sin embargo, la primera persona en aparecer fue la abuela Helen, que le agradeció que la hubiera sustituido, dándole a entender que su presencia ya no era necesaria. Entretanto casi había oscurecido, razón segura para que Helen y Daphne no prolongaran más su reunión. El burdel abría por la tarde y Daphne debía estar allí vigilante. Helen se apresuró a echar un vistazo al formulario de registro del nuevo huésped que había dejado en su nieta una impresión tan marcada.

Daphne, que ya se marchaba, miró por encima del hombro.

—Viene de Martyn's Manor... suena aristocrático —opinó—. ¿Será en efecto un caballero?

—No tardaré en averiguarlo —declaró Helen.

Daphne asintió y sonrió para sus adentros. A aquel joven le esperaba un proceso inquisitorial. Helen tenía poco tacto para los protocolos sociales.

—¡Y tenga cuidado con la pequeña! —advirtió Daphne al salir—. Ha caído ya en las redes de ese joven prodigio irlandés y eso puede traer consecuencias.

Para sorpresa de Helen, el examen de su nuevo huésped no arrojó resultados tan negativos. Al contrario: el muchacho se presentó ante ella debidamente vestido, aseado y afeitado. También Helen se percató de que su traje estaba confeccionado con tela de primera calidad. El joven preguntó educadamente dónde podía cenar y Helen le ofreció el servicio de restaurante que ofrecía a los huéspedes de la pensión. En realidad, había que solicitarlo, pero las atentas cocineras, Mary y Laurie, prepararían como por arte de magia un servicio adicional. Así pues, William se encontró sentado a la mesa elegantemente vestida de un comedor decorado con gusto, junto a una señorita algo estirada que trabajaba de profesora en la escuela recién inaugurada, y de dos empleados del banco. Al principio, las camareras lo exasperaron: Mary y Laurie, dos rubias animosas y vivarachas, se revelaron como mellizas a las que William no conseguía distinguir ni aun observándolas con detenimiento. De todos modos, los demás huéspedes le aseguraron con una sonrisa que eso era normal. Sólo Helen O'Keefe conseguía distinguir a Mary y Laurie. La aludida sonrió; sabía que Daphne también era capaz.

La cena constituyó el marco ideal para sonsacar a William Martyn. Helen ni siquiera tuvo que interrogarle, de eso ya se encargaron los curiosos comensales.

Sí, en efecto era irlandés, confirmó varias veces William, un poco molesto después de que también los dos empleados del banco mencionaran que carecía de acento. Su padre era un criador de ovejas del condado de Connemara. Esta información confirmó las sospechas de Helen desde el primer momento en que le había oído hablar: era un joven de exquisita educación al que nunca se le había tolerado que hablase el rudo irlandés.

—Pero usted es de origen inglés, ¿no es así? —quiso saber uno de los empleados del banco. Procedía de Londres y parecía entender algo de la cuestión irlandesa.

—La familia de mi padre llegó hace doscientos años de Inglaterra —respondió William con cierta acritud—. Si considera que todavía son inmigrantes...

El bancario alzó las manos con gesto apaciguador.

—¡Tranquilo, amigo! Ya veo que es usted un patriota. ¿Y qué es lo que le ha alejado de la isla verde? ¿El malestar causado por la fracasada Ley de Autonomía irlandesa? Era de esperar que los lores la rechazaran.

—Yo no soy un terrateniente —replicó William en tono gélido—. Ni mucho menos un noble y jefe de clan. Es posible que mi padre en algunos aspectos simpatice con la Cámara de los Lores... —Se mordió el labio—. Discúlpenme, esto no viene al caso.

Helen decidió cambiar de tema antes de que ese exaltado reaccionase con más vehemencia. En lo que a temperamento concernía, no cabía duda: era irlandés. Y por añadidura se había enemistado con su padre. Bien pudiera ser ésa la causa de su partida.

—¿Así que pretende ir en busca de oro, señor Martyn? —dejó caer ella—. ¿Ha solicitado ya una concesión?

William se encogió de hombros. Por primera vez se le vio inseguro.

—No de forma directa —respondió a media voz—. Me han hablado de dos sitios muy prometedores, pero no me decido...

—Tendría que buscarse un socio —aconsejó el bancario de mayor edad—. Un hombre experimentado. En los yacimientos de oro hay un buen número de veteranos que ya participaron en la fiebre del oro australiana.

William hizo una mueca.

—¿Qué voy a hacer con un socio que lleva diez años cavando y todavía no ha encontrado nada? Puedo ahorrarme la experiencia. —Sus ojos azul claro brillaron con desdén.

Los bancarios rieron. Helen, por el contrario, encontró la soberbia de William más bien fuera de contexto.

—No le falta razón —dijo el empleado mayor—. Pero aquí nadie amasa una fortuna. Si quiere usted un consejo serio, muchacho, olvídese de buscar oro. Emprenda una actividad de la que entienda algo. Nueva Zelanda es un paraíso para emprendedores. Casi todas las profesiones normales prometen mayores beneficios que la búsqueda de oro.

A saber si ese jovencito habría aprendido una profesión sensata, pensó Helen. Pese a que se mostraba bien educado, de momento le parecía un niño mimado de casa bien. A saber cómo reaccionaría cuando le salieran las primeras ampollas en las manos.

2

—¿Se puede saber qué hacéis aquí?

El gruñido de James McKenzie paralizó a su hijo Jack y los dos amigos de éste, Hone y Maaka. Los tres habían atado un cesto a uno de los *cabbage trees*, árboles típicos del país que conferían un aire exótico al acceso de la casa señorial de Kiward Station, y practicaban encestes. Al menos hasta que apareció el padre de Jack, cuya expresión de enfado intimidó a los jóvenes, aunque no entendían por qué se enfadaba con ellos. Vale, puede que el jardinero no estuviera muy contento de que hubieran convertido el acceso a la casa en una pista de juego. A fin de cuentas, ponía mucho esfuerzo en rastrillar de forma uniforme la gravilla blanca y en cuidar los parterres de flores. También la madre de Jack daba importancia a que la fachada principal de Kiward Station ofreciera una imagen representativa y reaccionaría indignada cuando descubriera una cesta de pelota y la hierba pisoteada. No obstante, al padre de Jack estas formalidades le daban igual. Los jóvenes más bien hubieran esperado de él que cogiera la pelota que había rodado junto a sus pies e intentara encestarla a su vez.

—¿No tendríais que estar en la escuela a estas horas?

¡Ah, conque por ahí soplaba el viento! Aliviado, Jack sonrió a su padre.

—Sí, pero la señorita Witherspoon nos ha dado el día libre... Todavía tiene que hacer las maletas y esas cosas... para el viaje. Yo no sabía que ella también se marchaba.

Los rostros de los niños, tanto el pecoso de Jack como los anchos y morenos de los pequeños maoríes, traslucían su alegría ante los días de vacaciones que les esperaban. James, por el contrario, estaba furioso. Heather Witherspoon, la joven institutriz, se convirtió en un objetivo todavía mejor que aquellos tres rapaces sobre el que descargar su indignación.

—Yo también acabo de enterarme —replicó McKenzie—. Pero no os hagáis ilusiones antes de tiempo. ¡Muy pronto desbarataré los planes de viaje de esa señorita!

Entonces levantó la pelota, la lanzó a la cesta y, para su propia sorpresa, encestó limpiamente.

La perra *Monday*, que lo seguía a todas partes, se precipitó excitada hacia el balón y Jack tuvo que correr para atraparlo antes que ella. No quería ni imaginar qué pasaría si mordía esa auténtica pelota de baloncesto, deporte recién inventado en Estados Unidos, cuya llegada desde América había estado esperando con ansiedad durante semanas. Christchurch, el asentamiento más grande junto a Kiward Station, se estaba transformando lentamente en una ciudad de verdad, pero todavía no tenía un equipo de baloncesto.

James sonrió a su hijo mientras *Monday* seguía la pelota con una mirada tan ofendida como codiciosa reflejada en su bonita cara de collie tricolor.

Jack llamó a la perra, la acarició y respondió a la sonrisa de su padre. Al parecer, todo volvía a estar en su sitio. Padre e hijo pocas veces reñían; no sólo se semejaban físicamente como dos gotas de agua —el hijo había heredado de Gwyneira únicamente el tono rojizo del cabello y la propensión a las pecas—, sino que también tenían un carácter similar. Desde muy pequeño, Jack seguía a su padre como los cachorros a los perros pastores a través de los establos y cobertizos de esquileo, se sentaba delante de él en la silla de montar, nunca le parecía galopar lo bastante deprisa, y se peleaba con los perros en la paja. Ahora, cumplidos los trece años, ya colaboraba en las tareas de la granja. En la última bajada de las ovejas desde los pastos de verano le habían permitido sumarse a la partida por vez primera y se sentía muy orgulloso de haber demostrado su valía. A James y Gwyneira les sucedía otro tanto. Ambos tenían cada día motivos para alegrarse del milagro de ese hijo tardío. Ninguno de ellos pensaba ya en tener descendencia cuando, tras eternos años de amor desdichado, separaciones, malentendidos y circunstancias adversas, por fin se habían casado. Gwyneira acababa de cumplir los cuarenta y nadie contaba con más embarazos. Pero el pequeño Jack se había dado incluso demasiada prisa: siete meses después del enlace salió a la luz del mundo tras un embarazo sin problemas y un nacimiento relativamente fácil.

Pese a la irritación que sentía en ese momento, James sonrió con ternura al pensar en Jack. Todo lo relacionado con ese niño era sencillo: Jack no era problemático, antes bien, era listo, se desenvolvía estupendamente con los trabajos de la granja y también habría llegado a ser un buen estudiante si esa señorita Witherspoon hubiera puesto un poco más de tesón.

James frunció el ceño. Montaba en cólera sólo de pensar en la joven profesora que dos años atrás Gwyneira había traído a la casa, sobre todo para su nieta Kura. Aun así no le reprochaba nada a su esposa: Kura-maro-tini, la hija del vástago del primer matrimonio de Gwyn y de su esposa maorí Marama, necesitaba urgentemente una institutriz extranjera. La muchacha ya hacía tiempo que escapaba al control de Gwyneira, y aun antes al de su madre Marama. Por añadidura, Gwyn no era precisamente una pedagoga dotada. Por mucha paciencia que tuviera con los caballos y los perros, perdía los nervios cuando tenía que encargarse de alguien torpe en la escritura. Marama era más tranquila, pero hacía dos años que había vuelto a casarse y tenía otros intereses. Además, sólo había asistido a la escuela improvisada de Helen, y Gwyneira anhelaba para la heredera de Kiward Station una formación más académica.

Según Gwyneira, Heather Witherspoon era la elección ideal, pese a que a James le disgustaba su nombre: «Heather» sonaba un poco como «Helen». James habría confiado a su mujer la formación de toda una cuadrilla de esquiladores, pero en cuanto a valorar la calificación del personal docente, carecía de conocimientos e interés. La decisión se tomó con rapidez y a la ligera, y ahora cargaban con esa Heather que, por muy instruida que fuera, en el fondo todavía era una niña no menos malcriada que su pupila Kura. James ya se habría librado de ella tiempo atrás. En aquellos tiempos, un pasaje a Nueva Zelanda ya no significaba un viaje de por vida. Desde que había embarcaciones de vapor la travesía era más corta y más segura. En un plazo de ocho semanas, la señorita Witherspoon podría desplegar de nuevo sus habilidades en Inglaterra. No obstante, obrando de ese modo habrían frustrado el deseo expreso de Kura-maro-tini, quien enseguida había trabado amistad con su nueva institutriz. Y ni Gwyneira ni Marama querían arriesgarse a provocar un acceso de rabia en la niña.

A James le rechinaban los dientes cuando dejó el abrigo en el vestíbulo de la casa. En su origen era el zaguán de un noble recibidor, con una bandeja de plata sobre una mesita auxiliar para depositar las tarjetas de visita. Gwyneira ya se había deshecho de la bandejita. Tanto ella como las criadas maoríes encontraban una tontería tener que limpiar la plata continuamente. En su lugar había un jarrón de flores con ramitas de un árbol autóctono, el árbol rata, que hacía más acogedora la estancia.

Ese día, sin embargo, aquella atmósfera no consiguió aplacar el ánimo alterado de James. Estaba muy enfadado con la joven profesora. Ya hacía dos años que los McKenzie presenciaban cómo la señorita Witherspoon iba desatendiendo imperdonablemente sus obligaciones para con Jack y los otros niños. El contrato señalaba expresamente que, además de las horas dedicadas a Kura, debía encargarse también de la formación básica de los niños del poblado maorí. A diario. Participar en las clases no le habría sentado mal a Jack y Kura, y a ella tampoco la habría perjudicado. A pesar de ello, Heather Witherspoon se escaqueaba siempre que podía. Decía que los indígenas adultos la intimidaban y que no soportaba a los niños. Y si aun así se dignaba a dar clase, entonces dirigía el contenido de la misma a Kura, lo que exigía demasiado de los demás niños y acababa aburriéndolos. Por ejemplo, Heather Witherspoon sólo les leía libros de cuentos, sobre todo aquellos en que unas princesitas debían soportar un destino de Cenicienta hasta que al final se las recompensaba por todas sus buenas acciones. A las niñas maoríes esto no les decía nada, era algo ajeno a su realidad, y Heather no se tomaba la molestia de aproximárselo. A los niños maoríes los sacaba de sus casillas: las princesas desdichadas les interesaban un pimiento. Querían oír historias de piratas, jinetes y aventureros.

James echó un breve vistazo al recibidor, que ahora servía de despacho a Gwyneira. Su esposa no estaba allí, así que, sin dejar de refunfuñar, atravesó el salón equipado con costosos muebles ingleses. ¿Por qué la señorita Witherspoon nunca les leía *La isla del tesoro* o las historias sobre Robin Hood o el caballero Lancelot que tanto habían cautivado a Fleurette y Ruben en su infancia?

De la antigua sala de caballeros, convertida ahora en una especie de aula de escuela y de música, llegaba al salón el sonido del piano. James echó una ojeada al interior, pues en teoría cabía la posibilidad de que su víctima estuviera dando clase a Kura. Ésta, sin embargo, estaba sola, sentada ante su adorado instrumento, interpretando a Beethoven ensimismada. James no esperaba otra cosa. Era típico de Kura dejar que la abuela y la institutriz se ocuparan de los preparativos del viaje mientras ella se dedicaba a sus aficiones. Más tarde se quejaría de que no le habían metido en las maletas los vestidos apropiados.

James volvió a cerrar la puerta sin dirigir palabra a la esbelta muchacha de pelo negro. Nunca reparaba en la llamativa y exótica belleza de Kura, que sí alababan quienes la veían por primera vez. Desde que estaba haciéndose mujer, Kura cortaba la respiración de los hombres. Pero James McKenzie seguía viendo en ella a una niña malcriada, cuyos caprichos solían desesperar a su familia y al personal doméstico de Kiward Station.

Subía la amplia escalinata que unía las estancias para actividades sociales e intercambios comerciales del piso inferior con el piso superior, cuando oyó que de la habitación de Kura salían voces airadas: Gwyneira y la señorita Witherspoon. James hizo una mueca. Al parecer su esposa se le había adelantado.

—No, señorita Heather, Kura ya no la necesita. Resistirá un par de semanas sin clases. Por lo demás, no consigo recordar que la hayamos contratado a usted como profesora de canto, así que deje de lamentarse porque ya no pueda aportarle más conocimientos en ese aspecto. Y en lo que se refiere a las clases de piano y el resto de su formación... si, como usted dice, Kura realmente empieza a languidecer sin todo eso, mi amiga Helen intervendrá. A lo largo de su vida, Helen ha enseñado a leer y escribir a más niños de los que pueda imaginarse y hace años que toca el órgano en la iglesia.

James sonrió para sus adentros. Gwyneira echaba unos responsos fabulosos. Él mismo lo había experimentado en propia carne con frecuencia, oscilando siempre entre la cólera y la admiración, ya sólo por el modo en que Gwyn solía plantarse ante él cuando iba a poner los puntos sobre las íes. No era alta y sí muy delgada, pero tenía una energía fuera de lo común. Cuando montaba en cólera parecía que el cabello rojo se le cargaba de electricidad y sus atractivos ojos azul celeste echaban chispas. Seguía sin aparentar su edad. Si bien en los últimos tiempos intentaba recogerse la rizada melena en un moño, siempre había un par de mechones que se soltaban. Los años, claro está, habían dejado alguna que otra arruguita en su rostro. Gwyn no era partidaria ni de sombrillas ni de guarecerse de la lluvia: seguía exponiendo su piel a la naturaleza de las llanuras de Canterbury. Pero James no se habría perdido por nada ninguna de esas arruguitas al reír, o el pliegue perpendicular que se le formaba entre los ojos cuando estaba enfadada, como en esa ocasión.

—¡De eso nada!

Heather Witherspoon debía de haber replicado algo que James no había oído.

—¡El lugar donde realmente se la necesita, señorita Heather, es aquí! Algunos niños maoríes siguen sin saber leer ni escribir. Y mi hijo podría precisar de un estímulo más apropiado para su edad. Así que vuelva a deshacer su equipaje y cumpla con las tareas que realmente le corresponden. Los niños tendrían que estar ahora en clase. ¡Y en vez de eso están fuera jugando a la pelota!

Así que eso tampoco se le había escapado a Gwyn. James la aplaudió cuando se precipitó fuera de la habitación.

Ella se sobresaltó al toparse con él, pero al punto le sonrió.

—¿Qué haces aquí? ¿También tú estás en pie de guerra? ¡Las libertades que se toma la señorita Heather son realmente el colmo!

James asintió. Como siempre, su humor mejoraba en presencia de su esposa. En dieciséis años no se habían separado ni un solo día, pero verla siempre lo hacía feliz. Tanto más ahora, cuando era probable que estuviera un par de semanas lejos de él.

Gwyneira se percató de que le ocurría algo.

—¿Qué te sucede? ¡Llevas todo el día de un lado a otro con una cara como si hubiera estado lloviendo tres días seguidos! ¿Te molesta que nos vayamos?

Se dirigieron escaleras abajo, pero oyeron el piano de Kura. Como a una señal tácita, ambos giraron en dirección a sus aposentos privados. Hasta las paredes oían en el salón.

—Si me molesta o no carece de importancia —contestó James—. Simplemente no sé si emprender este viaje es lo correcto...

—¿Para atar corto a Kura? No lo niegues. Te he oído hablar de esto en el establo con Andy McAran. Si quieres saber mi opinión, no has sido precisamente discreto...

Gwyneira cogió un par de cosas del armario y las metió en una maleta. De ese modo daba a entender que su viaje ya estaba decidido. El malestar de James se convirtió en auténtico enfado.

—Fue Andy quien se expresó así. Si quieres saberlo con exactitud, dijo: «Debéis atar corto a Kura, en caso contrario Tonga la emparejará con el próximo pilluelo que tenga de esclavo.» ¿Cómo debería haber reaccionado yo, según tu opinión? ¿He de despedir a Andy McAran cuando lo que dice no es más que la pura verdad?

Andy McAran era de los trabajadores más antiguos de Kiward Station. Al igual que James, Andy ya estaba ahí antes de que enviaran a Gwyneira a Nueva Zelanda como prometida del heredero de la granja, Lucas Warden. En realidad, entre Andy, James y Gwyn no había secretos.

Ella no mantuvo su tono provocador. En vez de eso se sentó abatida en el extremo de la cama. *Monday* enseguida se pegó a sus piernas para que la acariciara.

—Pues, ¿qué remedio nos queda? —preguntó mientras mimaba a la perra—. Atarla corto parece fácil, pero Kura no es un perro o un caballo. No puedo limitarme a darle órdenes...

—Gwyn, tus perros y caballos siempre te han obedecido de buen grado, sin emplear la violencia. Porque desde el principio los has adiestrado bien. Con cariño pero también con firmeza. ¡Sólo a Kura se lo toleras todo! Y Marama tampoco ha sido de gran ayuda. —James habría querido abrazar a su esposa para restar dureza a sus palabras, pero desistió. Había llegado el momento de hablar seriamente sobre ese asunto.

Gwyneira arrugó el ceño. No podía negarlo. Nadie le había marcado nunca límites a Kura-maro-tini, la heredera de Kiward Station en quien estaban depositadas todas las esperanzas, tanto de la tribu local como de los fundadores blancos de la granja. Ni los maoríes, que tampoco solían ser severos en la educación de sus descendientes, sino que la cedían confiados a la tierra en que debían sobrevivir, ni Gwyneira, que debería haberlo hecho mejor. A fin de cuentas, ya había dejado a su hijo Paul, el padre de Kura, las riendas demasiado sueltas; pero eso era distinto. Paul era el fruto de una violación y Gwyneira nunca había conseguido amarlo. De ahí había resultado un niño difícil al principio y luego un joven iracundo y pendenciero, cuya rivalidad con el jefe de los maoríes, Tonga, le había conducido a la muerte. Tonga, inteligente y cultivado, había conseguido salir victorioso en una resolución del gobernador: la compra del terreno de Kiward Station había sido injusta. Si Gwyneira deseaba conservar la granja, tenía que indemnizar a los indígenas. Lo que Tonga exigía, sin embargo, era inaceptable. Fue Marama quien al final estableció la paz: su hija, de sangre *pakeha* y maorí, heredaría Kiward Station y así la tierra pertenecería a todos. Nadie disputaba a los maoríes el derecho de quedarse allí; Tonga, por su parte, no reclamaba el terreno donde se asentaba la granja.

Gwyneira y la mayoría de la tribu maorí se daban más que

satisfechos con esa resolución, sólo en el joven jefe tribal bullía todavía la rabia contra los *pakeha*, los odiados colonos blancos. Paul Warden había sido su rival de por vida, no sólo en lo que a la posesión de la tierra se refería, sino respecto a la joven Marama. Tras la muerte de Paul, Tonga esperaba confiado que, después del razonable período de duelo, la bonita muchacha acudiera a él. Pero al principio Marama no se buscó una nueva pareja, sino que crio a su hija en la casa señorial. Luego no se decidió por Tonga u otro hombre de su tribu, sino que se enamoró perdidamente de un esquilador que llegó en primavera con su cuadrilla a Kiward Station. El joven sintió lo mismo por ella y ambos se unieron muy pronto. Rihari también era maorí, aunque provenía de otra tribu. De todos modos, decidió quedarse. Era comunicativo y amistoso y enseguida tomó conciencia de la singular situación de Marama: no podía sacar a su hija Kura de Kiward Station y tampoco lo seguiría a Otago, donde se hallaba su tribu. Así que pidió acogida en la tribu de la joven, lo que Tonga admitió a regañadientes. La pareja vivía en el poblado maorí y Kura se había quedado por propia voluntad en la casa señorial.

No obstante, en los últimos tiempos solía dirigirse cada vez con mayor frecuencia al asentamiento junto al lago, pretextando visitar a su madre. Kura se sentía atraída por un chico que la cortejaba, el joven Tiare, y de forma menos ingenua de lo que era normal entre los chicos *pakeha* de su misma edad.

Gwyneira, que años atrás había tolerado sin problemas la relación sentimental entre su hija Fleur y Ruben O'Keefe, estaba ahora alarmada. A fin de cuentas, sabía que la moral sexual maorí era relajada. El matrimonio se formalizaba cuando dos personas compartían lecho en la casa comunal de la tribu. Poco importaba lo que sucediera antes y los niños siempre eran bien recibidos. Kura parecía inclinada a seguir esa costumbre y Marama no hacía nada por evitarlo.

Gwyneira, James y los demás seres pensantes de Kiward Station temían, además, la influencia ejercida por Tonga. Gwyneira esperaba, claro está, que Kura contrajera matrimonio con un blanco de su misma condición social, un asunto del que Kura por lo pronto no quería oír hablar. A la quinceañera se le había metido entre ceja y ceja ser cantante, y la extraordinaria belleza de su voz y sus notables dotes para la música ofrecían el potencial necesario para ello. Aun así, ¿cómo cursar una carrera operística en ese joven país que, además, estaba impregnado de puritanismo? En Christchurch se estaba construyendo una catedral, en el resto del país ferrocarriles... ¡Nadie pensaba en un teatro para Kura Warden! Era evidente que Heather Witherspoon había metido en la cabeza de la adolescente la idea de los conservatorios europeos y las salas de ópera de Londres, París y Milán, a la espera de cantantes de su calibre. Pero incluso si Gwyneira y Tonga hubieran apoyado tales planes, la mitad de la sangre de Kura era maorí, una belleza exótica que todos admiraban, así que ¿la tratarían con respeto? ¿La considerarían una cantante y no un fenómeno curioso? ¿En qué acabaría la malcriada Kura si Gwyneira accedía a enviarla a Europa?

Tonga pretendía resolver el dilema a su manera. No sólo Andy McAran sospechaba que el jefe tribal manejaba los hilos del tierno amor de Kura. Tiare era primo de Tonga y la relación con él fortalecería en gran medida la posición de los maoríes en Kiward Station. El muchacho apenas tenía dieciséis años y encima, según opinaba Gwyneira, no destacaba por su ingenio. Que Tiare tomara el mando de Kiward Station junto con una Kura indiferente a la granja y entregada a aporrear el piano era para Tonga, sin lugar a dudas, la meta de su vida, pero algo impensable para Gwyn.

—De nada servirá que Kura pase un par de semanas en Queenstown —afirmó James—. Por el contrario. Allí sólo se hincarán de rodillas ante ella docenas de buscadores de oro. Recibirá una lluvia de halagos, todos la encontrarán fascinante y al final todavía sacará provecho. Y cuando regrese, Tiare seguirá ahí. Y si piensas que vas a encontrar la manera de ahuyentarlo, Tonga se buscará a otro. No se solucionará nada, Gwyn.

—Habrá madurado y será más razonable —replicó ella.

James puso los ojos en blanco.

—¿Hay indicios de ello? ¡Hasta ahora cada día es más insensata! Y esa Heather Witherspoon todavía empeora las cosas. Lo primero que yo haría sería enviarla a Inglaterra, tanto si conviene como si no a la princesita.

—Pero si Kura se pone tozuda, tampoco habremos ganado nada. Con ello la arrojaremos a los brazos de los maoríes...

James se había sentado en la cama a su lado y ella se estrechó contra él en busca de consuelo.

—¿Por qué todo tiene que ser tan difícil? —se lamentó—. Ojalá Jack fuera el heredero, entonces no tendríamos que plantearnos nada.

Su marido se encogió de hombros.

—Tampoco tendríamos que hacerlo si Fleurette fuera la heredera. Pero no, hete aquí que Gerald Warden tuvo que engendrar un descendiente varón, y encima por la fuerza. ¡No deja de causarme cierta satisfacción la certeza de que ahora se remueva en su tumba! ¡No se contentó con dejar su Kiward Station en manos de un mestizo, sino que además es mujer!

A Gwyneira se le escapó una sonrisa. En lo que a asuntos de herencia se refería, los maoríes eran decididamente más razonables. No había habido ningún problema por el hecho de que Marama diera a luz una niña: hombres y mujeres tenían los mismos derechos en la sucesión. Sólo era de lamentar que Kura fuera tan distinta y no hubiera heredado nada de Gwyneira, menos sensible a las artes pero más pragmática.

—Ahora me la llevo conmigo a Queenstown —declaró con resolución—. Tal vez Helen le haga sentar la cabeza. A veces una persona más distante encuentra una mejor forma de intervenir. Helen sigue tocando el piano. Kura le hará caso.

—Y yo tendré que apañármelas sin ti —refunfuñó James—. Conducir el ganado...

Ella rio y le echó los brazos al cuello.

—Conducir el ganado te mantendrá ocupado. Jack ya está frotándose las manos. Y podrías llevarte a la señorita Heather en el carro de la cocina. ¡A lo mejor os sigue de buen grado!

Era marzo y antes del próximo invierno las ovejas que vivían en la montaña medio en libertad debían reunirse y llevarse de vuelta a la granja. Era una labor de varios días que requería el esfuerzo de todos los trabajadores.

—¡Ten cuidado con tus sugerencias! —James le acarició el pelo y la besó con ternura. El abrazo de ella lo había excitado. ¿Y qué había de malo en un poco de amor matinal?—. ¡Recuerda que una vez ya me enamoré de una mujer que viajaba en el carro de la cocina!

Gwyneira rio. También ella se había excitado. Permaneció quieta mientras James desabrochaba los corchetes de su ligero vestido de verano.

—¡Pero no de una cocinera! —bromeó—. Todavía recuerdo que el primer día me enviaste a recoger las ovejas descarriadas.

James le besó el hombro y luego los pechos todavía firmes.

—Fue para salvar la vida de todos —observó sonriendo—. En cuanto probamos tu café, supe que tenía que librarnos de ti...

Mientras ambos esposos disfrutaban de un rato de intimidad, Heather Witherspoon se reunió con su alumna Kura y le informó que su abuela había decidido que no las acompañara a Queenstown. Kura se lo tomó con una tranquilidad pasmosa.

—Bueno, de todos modos no nos quedaremos mucho tiempo —señaló—. ¿Qué vamos a hacer con esos provincianos? Si al menos fuera Dunedin... Pero ¿ese pueblucho de buscadores de oro? Bah. Y además no estoy emparentada con esa gente. Fleurette es algo así como mi tía segunda, y Stephen, Elaine y George una especie de primos cuartos, ¿no? ¿Qué tengo yo que ver con ellos?

Kura volvió a centrar su atención en la partitura. Por fortuna, en Queenstown había un piano, se lo habían asegurado. Y puede que la señorita Helen supiera realmente algo de música, tal vez más que la señorita Heather. Fuera como fuese, no echaría en falta a Tiare. Claro que le gustaba que la cortejase, la acariciase y besase, pero nunca se arriesgaría a quedarse embarazada de él. Quizá la abuela Gwyn la tomara por tonta y la señorita Heather siempre se ruborizara cuando se hablaba de sexo, pero la madre de Kura no era tan pudibunda y la muchacha sabía perfectamente cómo se hacían los niños. Y de una cosa estaba segura: no quería tener ninguno de Tiare. En el fondo, sólo mantenía la relación para fastidiar un poco a la abuela Gwyn.

Bien pensado, Kura no quería para nada tener hijos. Y le daba igual heredar Kiward Station. Estaba dispuesta a abandonarlo todo y a todos para ir en pos de su auténtica meta: dedicarse a la música, cantar. Y poco importaba cuántas veces la abuela Gwyn afirmara que era imposible: Kura-maro-tini no renunciaría a sus sueños.

3

William Martyn siempre había considerado el lavado del oro una tarea tranquila, incluso contemplativa. Se sostenía un cedazo en un arroyo, se sacudía un poco y ahí se quedaban las pepitas. Tal vez no enseguida y de forma invariable, pero sí lo bastante para hacerse millonario con el tiempo. No obstante, en Queenstown la realidad era muy distinta. Para ser exactos, William no encontró oro hasta que se asoció con Joey Teaser. Y esto pese a que había comprado las herramientas más caras de los Almacenes O'Kay, circunstancia que le permitió mantener otra charla con Elaine O'Keefe. La joven casi no había logrado contener su entusiasmo, y a medida que transcurrían esos primeros días con Joey, más vueltas le daba William a la pregunta de si la verdadera veta de oro no sería esa muchacha. Eso cuando lograba pensar, pues Joey, un buscador de oro experimentado de cuarenta y cinco años, que parecía tener sesenta y que antes ya había probado suerte en Australia y la costa Oeste, no le daba respiro. Nada más echar un vistazo a la concesión que acababa de cercar William, estimó que prometía y empezó a cortar leña para construir un lavadero. William se había quedado sin saber qué hacer hasta que Joey le puso una sierra en la mano y le ordenó que cortara los troncos en tablas.

—¿No... no se pueden comprar las tablas? —preguntó William, desanimado tras su lamentable primer intento. Si realmente querían construir ellos mismos un canal de veinte metros de largo, como parecía pretender Joey, necesitarían dos semanas antes de que los primeros residuos de oro hicieran su aparición.

Joey puso los ojos en blanco.

—Cuando se tiene dinero, jovencito, todo se puede comprar. Pero ¿lo tenemos? Yo no. Y tú deberías ahorrar el tuyo. Vives a lo grande en tu pensión y con todos esos chismes que te has comprado...

Junto con los utensilios más importantes para extraer el oro, William también había adquirido todo un equipo de acampada y un par de escopetas de caza. Tarde o temprano tendrían que pernoctar en la concesión, cuando hubiera que vigilar el oro. Y entonces William no querría dormir a la intemperie.

—Sea como sea, tenemos aquí árboles, un hacha y una sierra. Lo mejor es que construyamos nosotros mismos un lavadero. Coge el hacha, vamos. Nadie se equivoca cortando un árbol. Luego yo cojo la sierra y me encargo de las tareas más delicadas.

A partir de entonces, William empezó a derribar árboles, si bien no con especial rapidez. Ya había cortado dos hayas de tamaño mediano. Pero el trabajo era agotador. Mientras que por las mañanas tiritaban de frío al remar hacia la concesión, alrededor de las diez ya estaban trabajando duramente con el torso descubierto.

«Inténtelo mejor con una actividad de la que entienda algo.» La observación del empleado del banco aún rondaba la mente del joven. Al principio la había descartado, palabrería de un chupatintas pusilánime, pero ahora la vida de un buscador de oro ya no le parecía tan emocionante. Claro que estabas al aire libre y el paisaje en torno a Queenstown era fantástico: una vez que William hubo superado su malestar inicial, no pudo menos que admirar aquel lugar Las majestuosas montañas que rodeaban el lago Wakatipu parecían abrazar el territorio, y el juego de colores de la abundante vegetación exhibía, sobre todo en otoño, un calidoscopio de tonos malvas, lilas y marrones. Las plantas parecían en parte exóticas, como el *cabbage tree* palmeado, en parte extrañamente distantes, como los lupinos violetas que conferían su toque peculiar, en especial en esa estación del año, a los alrededores de Queenstown. El aire era diáfano como el cristal, al igual que los arroyos. No obstante, si William tenía que seguir trabajando un par de días más con Joey, acabaría odiando los árboles y los ríos de por vida, eso seguro.

A lo largo de los días Joey se reveló como un verdadero negrero. Unas veces opinaba que William era demasiado lento; otras, que descansaba demasiado, y luego él mismo interrumpía al joven leñador porque necesitaba que lo ayudara con la sierra. Y, encima, maldecía de modo sumamente grosero cuando algo no salía bien, lo que por desgracia solía ocurrir cada vez que Willam cogía la sierra.

—¡Ya aprenderás, muchacho! —lo animaba al final, en cuanto se serenaba—. En tu casa nunca habías trabajado tanto con las manos, ¿eh?

Al principio William quería contestarle de malos modos, pero luego pensó que el viejo no iba del todo errado. De acuerdo, había trabajado en el campo con los arrendatarios, precisamente en los últimos años, después de haber visto la manifiesta injusticia que reinaba en las tierras de su padre. Frederic Martyn exigía mucho y daba poco: a los campesinos les resultaba casi imposible pagar la renta, y no sólo les quedaba poco para vivir en los años buenos, sino que tampoco podían esperar ninguna ayuda cuando la cosecha era mala. Las familias apenas se habían recuperado de la gran hambruna de los años sesenta. Prácticamente todo el mundo tenía alguna víctima que llorar. Faltaba además casi una generación entera: ningún niño campesino de la edad de William había sobrevivido a los años de la gangrena de la patata. En la actualidad, las labores del campo estaban sobre todo en manos de gente muy joven y anciana: se exigía demasiado de prácticamente todos y no se vislumbraba que la situación fuera a mejorar.

A Frederic Martyn eso no lo conmovía en absoluto. Y tampoco la madre de William, Irin, hacía ningún gesto en favor de aquella gente. William había empezado a ayudar a los arrendatarios en las labores del campo como protesta silenciosa. Más tarde se adhirió a la Liga Irlandesa de la Tierra, que bregaba por conseguir impuestos más justos.

Al principio, Frederic Martyn pareció encontrar la actitud

de su hijo menor más divertida que preocupante. A fin de cuentas, pocas órdenes impartiría William a sus arrendatarios, y el hijo mayor, Frederic junior, no padecía ningún arrebato filantrópico. Sin embargo, cuando la liga consiguió los primeros logros, sus mofas y burlas sobre el compromiso social de William fueron haciéndose más malévolas y provocaron que el joven radicalizara su postura.

Cuando al final apoyó la insurrección de los arrendatarios —si es que no la instigó—, el viejo no se lo perdonó. Envió a William a Dublín. Tenía que estudiar un poco, Derecho si quería, para respaldar con la teoría y la práctica a sus queridos arrendatarios. En eso, Martyn era generoso. Lo principal era que el joven no soliviantase más a sus hombres.

Inicialmente, William se había volcado encantado en los estudios, pero no tardó en parecerle demasiado pesado tener que enfrentarse con las sutilezas del derecho inglés, cuando pronto iba a elaborarse una constitución irlandesa. Siguió con exaltación los debates sobre la Ley de Autonomía, que ofrecería a los irlandeses muchos más derechos para intervenir cuando se tratara de los intereses de su isla. Y cuando la Cámara de los Lores volvió a rechazarla...

Pero William no quería seguir con tales cavilaciones. El asunto había sido demasiado penoso y las consecuencias, desastrosas. Aun así, todo podría haber acabado para él mucho peor que en el amable entorno de la pacífica Queenstown.

—¿A qué te dedicabas en tu querida Irlanda? —le preguntó Joey.

Por fin habían acabado la jornada y ya remaban cansados hacia casa. A William le esperaban un buen baño y una elaborada cena en la pensión de la señorita Helen; a Joey, una noche regada con whisky junto a la hoguera del asentamiento de los buscadores de oro de Skippers.

William se encogió de hombros.

—Trabajé en una granja de ovejas.

En el fondo era cierto. La tierra de los Martyn era extensa y ofrecía pastizales de primera calidad. Por eso Frederic Martyn tampoco había sufrido ninguna pérdida durante la gangrena de la patata. Ésta afectó sólo a los arrendatarios y trabajadores rurales que vivían de sus propios cultivos.

—¿Y no preferirías ir a las llanuras de Canterbury? —preguntó Joey—. Ahí hay millones de ovejas.

Eso también había llegado a oídos de William. Sin embargo, su participación en los quehaceres de la granja había respondido más bien a funciones administrativas y no a un trabajo físico. Sabía cómo esquilar una oveja en teoría, pero nunca lo había hecho de verdad, y desde luego no en un tiempo récord como las cuadrillas de las llanuras de Canterbury. ¡Los mejores esquilaban hasta ochocientas ovejas al día! Casi el mismo número de animales que albergaba la granja de los Martyn. No obstante, tal vez algunos granjeros del este necesitaran de un administrador diestro o un capataz, un trabajo para el que William estaba capacitado. Pero así uno no se hacía rico. Y pese a todo su compromiso social, a la larga William no tenía intención de perder calidad de vida.

—Quizá me compre una granja cuando hayamos encontrado suficiente oro —respondió—. En uno o dos años...

Joey se rio.

—¡No te falta espíritu deportivo, ¿eh, muchacho?! Bueno, puedes desembarcar aquí... —Acercó el bote a la orilla. El río serpenteaba hacia el este, junto a Queenstown, y pasaba por el sur de la ciudad, entre los campamentos de los buscadores de oro—. ¡Mañana a las seis te recogeré aquí fresco y despierto!

Joey saludó satisfecho a su joven socio y William se encaminó hacia la ciudad con cierta torpeza. Tras el trayecto en el bote le dolían todos los huesos. No quería ni pensar en otro día cortando árboles.

Afortunadamente, ya en la calle Mayor le esperaba algo agradable. Elaine O'Keefe salió de la lavandería china con un cesto de ropa y se dirigió hacia la pensión.

William sonrió.

—¡Señorita Elaine! ¡Es usted una visión más hermosa que una pepita de oro! ¿Puedo ayudarla?

Si bien con los músculos doloridos, cogió caballerosamente el cesto. Elaine no se mostró nada remilgada. Le cedió contenta la carga y caminó despreocupada junto a él. ¡Todo lo despreocupada y femenina que una era capaz de caminar! Con el pesado cesto a cuestas le habría resultado imposible. Como la señorita Daphne había dicho, «para ser una dama, hay que poder permitírselo».

—¿Ha encontrado muchas pepitas? —preguntó sonriente.

William pensó en si era ingenua o si lo decía con ironía. Decidió tomárselo a broma. Elaine había pasado toda su vida en Queenstown, debía de saber que en los yacimientos de oro uno no se hacía rico tan deprisa.

—El oro de su cabello es el primero del día —respondió—. Pero por desgracia ya tiene propietario. ¡Es usted rica, señorita Elaine!

—Debería presentarse usted a los maoríes. Le declararían *tohunga*. Un maestro de *whaikorero*... —replicó ella con una sonrisita.

—¿De qué? —preguntó William.

No había tratado con los maoríes, los indígenas de Nueva Zelanda. Había tribus en Wakatipu, como en todo Otago, pero la ciudad de los buscadores de oro, Queenstown, les resultaba demasiado agitada. Sólo en pocas ocasiones se perdía alguno de ellos en la urbe, aunque varios se hubieran asociado a los buscadores de oro. La mayoría no había abandonado de buen grado sus poblados y familias, sino que andaban dispersos y extraviados, al igual que la mayor parte de los hombres blancos que buscaban allí su suerte. Tampoco se diferenciaban tanto de ellos por su comportamiento, y ninguno utilizaba palabras tan extrañas.

—*Whaikorero*. El arte de hablar de forma bella. Y *tohunga* significa «maestro» o «experto». Según los maoríes, mi padre es uno de ellos. Les gustan sus considerandos...

Elaine abrió la puerta de la pensión. No obstante, él se negó a pasar antes que ella y aguantó diestramente la puerta abierta con el pie para que la joven entrara. Ella estaba radiante.

William recordó que el padre de la muchacha era juez de paz y su hermano Stephen estudiaba Derecho. Tal vez debería mencionar sus propias aspiraciones en ese terreno.

—Vaya, yo no he llegado tan alto en mis estudios jurídicos —dejó caer—. ¿Y habla usted maorí, señorita?

Elaine se encogió de hombros, si bien con la alusión a los estudios de Derecho sus ojos se habían abierto como platos, tal como él esperaba.

—No tan bien como debería. Siempre hemos vivido bastante lejos de la tribu más cercana. Pero mis padres lo conocen bien, asistieron a la escuela, en las llanuras, con niños maoríes. Yo sólo veo maoríes cuando hay pleitos entre ellos y los *pakeha*, y mi padre tiene que intervenir. Y por suerte esto pasa pocas veces. ¿De verdad ha estudiado Derecho?

William le informó de forma vaga sobre los tres semestres en Dublín. Pero había llegado el momento de separarse. Las campanillas de la puerta habían resonado cuando ellos entraron, así que de inmediato aparecieron Mary y Laurie y los saludaron con un alegre gorjeo. Una de las mellizas cogió a William la colada y no se contuvo en alabarlo por su colaboración. La otra le indicó que tenía el baño preparado. Debía darse prisa porque la comida se serviría pronto; el resto de los comensales ya estaba en el comedor y seguro que nadie querría esperar.

William se despidió cortésmente de Elaine, cuya decepción resultó patente. Así pues, el joven tenía que intentar algo más.

—¿Qué se hace en Queenstown cuando se desea invitar a una señorita a un respetable pasatiempo? —preguntó poco antes de la cena al más joven de los empleados del banco.

Habría preferido que la señorita Helen no lo oyera, pero ella, aunque de edad avanzada, tenía oído de lince. Dirigió su atención de forma discreta a la conversación de los hombres.

—Depende de lo decente que sea —respondió con un suspiro el empleado—. Más bien, depende de la dama en cuestión. Hay *ladies* para quienes casi ningún pasatiempo es lo suficientemente virtuoso... —Sabía de lo que hablaba, pues llevaba semanas intentando cortejar a su compañera de hospedaje, la joven profesora—. A ella, como mucho, se la puede acompañar el domingo a la iglesia... lo que no constituye precisamente un pasatiempo. Pero a las señoritas normales se las puede invitar a las comidas campestres que celebra la comunidad. O incluso tal vez al *squaredance* cuando la asociación de amas de casa organiza un baile. En el Hotel de Daphne hay uno cada sábado, claro, pero no es de los respetables...

—Deje que la señorita O'Keefe le muestre la ciudad —terció el empleado de mayor edad—. Seguro que lo hace de buen grado, a fin de cuentas se ha criado aquí. En cualquier caso, es una actividad inofensiva.

—Si no se internan en los bosques —se entremetió con sequedad la señorita Helen—. Y si la dama en cuestión es en efecto mi nieta, es decir, una señorita muy especial, antes debería quizá pedir permiso a su padre...

—¿Qué sabes con certeza de ese joven?

Se trataba de otra cena, pero el tema era el mismo. En este caso, Ruben O'Keefe interrogaba a su hija. Si bien hasta el momento William no había osado invitarla, Elaine se lo había vuelto a encontrar justo al día siguiente. De nuevo «por pura casualidad», en esta ocasión ante la entrada de la funeraria. Un punto de encuentro mal elegido, pues a Elaine no se le ocurría qué asunto urgente podría tener que resolver en ese lugar. Por añadidura, Frank Baker, el enterrador, era un viejo amigo de su padre y su esposa era una cotilla. La relación entre Elaine O'Keefe y William Martyn («un tipo de los campamentos de buscadores de oro», como sin duda lo definiría la señora Baker) ya era conocida por todos los lugareños.

—Es un caballero, papá. De verdad. Su padre tiene una propiedad en Irlanda. ¡E incluso ha estudiado Derecho! —informó Elaine, no sin orgullo al referirse a los estudios. Era en efecto un auténtico triunfo en el currículo de su hombre ideal.

—Ajá. Y luego decidió venir a buscar oro, ¿no? ¿Hay en Irlanda demasiados abogados o qué? —ironizó Ruben.

—¡Tú también buscaste oro en tus tiempos! —le recordó su hija.

Él sonrió. Elaine tampoco habría sido una mala abogada. En

el fondo, le resultaba difícil ser severo con ella, pues por mucho que quisiera a sus hijos varones, adoraba a su hija. Además, Elaine se parecía demasiado a su amada Fleurette. Salvo por el color de los ojos y la naricilla puntiaguda, era casi una réplica de su madre y su abuela. El tono rojizo de su cabello se diferenciaba un poco del de sus antecesoras. El pelo de Elaine era más oscuro y quizás algo más fino y rizado que el de Fleurette y Gwyneira. Ruben, por su parte, sólo había legado a los hijos sus serenos ojos grises y el cabello moreno. Stephen, en especial, era «el vivo retrato de su padre». El más joven, Georgie, era emprendedor e inquieto. En el fondo, todo encajaba estupendamente: Stephen seguía los pasos de su padre respecto a la jurisprudencia y Georgie se interesaba por el comercio y soñaba con abrir filiales de los Almacenes O'Kay. Ruben era un hombre afortunado.

—William Martyn se vio involucrado en un escándalo —intervino Fleurette, mientras depositaba un gratinado sobre la mesa. Ese día se servía el mismo plato en la pensión de Helen. Así pues, Fleurette no había cocinado, sino encargado a Laurie y Mary una «cena para llevar». Tampoco había estado en la tienda.

—¿Cómo lo sabes? —preguntó su marido, mientras Elaine casi dejaba caer el tenedor de la sorpresa.

—¿Un escándalo? —susurró.

Un rayo cruzó el rostro todavía marfileño de Fleurette. Siempre había sido una magnífica espía. Ruben todavía recordaba el modo en que ella le había desvelado «el misterio en torno a O'Keefe y Kiward Station».

—Bueno, hoy por la tarde he ido de visita a casa de los Brewster —respondió como quien no quiere la cosa. Ruben y Fleurette conocían a Peter y Tepora Brewster desde su niñez. Peter era un agente de importaciones y exportaciones y al principio había abierto un negocio de lana en las llanuras de Canterbury. Luego, cuando su esposa Tepora, que era maorí, había heredado tierras en Otago, se habían mudado allí. Ahora vivían cerca de la tribu de Tepora, unos quince kilómetros al oeste de Queenstown, y Peter dirigía la exportación del oro que ahí se extraía—. Acaban de recibir visita de Irlanda: los Chesfield.

—¿Y crees que ese William Martyn es más conocido que la reina Victoria en toda Irlanda? —preguntó Ruben—. ¿Cómo se te ha ocurrido preguntarles?

—Pues he acertado, ¿no? —replicó Fleurette con picardía—. Ahora en serio. No podía saberlo, claro. Pero lord y lady Chesfield pertenecen a la genuina aristocracia británica. Y por lo que la abuela Helen averiguó, el joven proviene de círculos afines. E Irlanda tampoco es tan grande, ¿verdad?

—¿Y qué es lo que ha hecho el tesorito de Lainie? —preguntó Georgie, curioso, mientras dirigía una mueca a su hermana, disfrutando de su apuro.

—¡No es mi tesorito! —protestó Elaine, y se contuvo. A fin de cuentas, también ella quería saber en qué escándalo se había visto envuelto William Martyn.

—Bueno, tampoco lo sé con exactitud. Los Chesfield han hecho conjeturas. Sea como fuere, Frederic Martyn es un importante noble rural, en eso Lainie tiene razón. Sin embargo, William no tiene herencia pues es el hijo menor, además de la oveja negra de la familia. Simpatizó con la Liga Irlandesa de la Tierra...

—Pues eso más bien habla en favor del chico —terció Ruben—. Lo que los ingleses hacen en Irlanda es un crimen. ¿Cómo puede permitirse que la mitad de la población se muera de hambre cuando uno tiene los sacos llenos de grano? Los arrendatarios trabajan por una miseria, mientras los terratenientes no dejan de engordar. ¡Me parece muy elogiable que el joven apoye a los campesinos!

Elaine estaba radiante.

Su madre, por el contrario, parecía preocupada.

—No cuando las cosas degeneran en actos terroristas —observó—. Y eso es lo que ha contado lady Chesfield. William Martyn estuvo implicado en un atentado.

Su marido frunció el entrecejo.

—¿Cuándo? Por lo que sé, los últimos y mayores levantamientos se produjeron en Dublín en 1867. Y de actividades aisladas de los fenianos o de otras organizaciones independentistas no se menciona nada en el *Times*. —Ruben solía recibir periódicos ingleses con un retraso de varias semanas, pero los leía con atención.

Fleurette se encogió de hombros.

—Probablemente fracasara antes de causar daños graves. O puede que sólo estuviera en la etapa de planificación, no sé. Al fin y al cabo, William tampoco está en una cárcel, sino que corteja abiertamente y con su auténtico nombre a nuestra hija. Ah, sí, hablando del tema se mencionó otro nombre. Un tal John Morley...

Ruben sonrió.

—Entonces seguro que se trata de una equivocación. John Morley de Blackburn es el ministro para Irlanda y reside en Dublín. Respalda la Ley de Autonomía. Es decir, está del lado de los irlandeses. Matarlo no favorecería en absoluto a la Liga de la Tierra.

Fleurette empezó a servir.

—Es lo que digo, los Chesfield no se han expresado con toda claridad al respecto —comentó—. También podría ser que no tuviera nada que ver. Una cosa sí es segura: ahora William Martyn está aquí y no en su amada Irlanda. Algo raro en un patriota. Cuando se exilian por propia iniciativa es a América, donde se reúnen con sus correligionarios. Un activista irlandés en un yacimiento de oro de Queenstown es algo bastante raro.

—¡Pero no malo! —se precipitó a aclarar Elaine—. Puede que quiera encontrar oro y luego comprarle tierras a su padre y...

—Muy probablemente —intervino Georgie—. ¿Podría comprarle toda Irlanda a la reina?

—En cualquier caso tenemos que vigilar a ese joven —dijo Ruben, dando por terminado el tema—. Si quiere salir de paseo contigo —añadió haciendo un guiño a Elaine, a quien casi se le cortó la respiración ante la mera idea—, y es una intención que ha expresado, según me ha contado un pajarito, puedes invitarlo a cenar. Bien, y ahora tú, Georgie. ¿Qué me ha dicho esta mañana la señorita Carpenter sobre tus deberes de matemáticas?

Mientras su hermano se volvía para explicarse, Elaine apenas logró dar bocado debido a los nervios. ¡William Martyn se interesaba por ella! ¡Quería ir a pasear con ella! ¡Puede que hasta a bailar! O al menos a la iglesia. ¡Sí, eso sería fabuloso! Todo el mundo vería que ella, Elaine O'Keefe, era una señorita cortejada por el único caballero británico que se había perdido en Queenstown. ¡Las otras chicas se pondrían verdes de envidia! Y sobre todo su prima, esa Kura-maro-tini de la que todos decían que era tan hermosa y cuya visita a Queenstown se hallaba rodeada de un oscuro misterio. Seguro que había involucrado un hombre. ¿O qué otros misterios oscuros iba a haber? Elaine apenas si podía esperar a que William le pidiera para salir. ¿Y adónde irían a pasear?

Al final ambos jóvenes salieron, una vez que William le hubo preguntado galantemente si le apetecería enseñarle Queenstown. Elaine lo consideró una excusa galante. Queenstown consistía prácticamente en la calle Mayor, y la barbería, la herrería, la oficina de correos y los almacenes no precisaban de mayores explicaciones. Interesante era, como mucho, el Hotel de Daphne, pero Elaine y William describirían, como era natural, un rodeo para evitarlo. Finalmente, Elaine decidió ampliar un poco el concepto de «ciudad» y llevar a su príncipe azul por el camino del lago.

—El Wakatipu es enorme, pese a que no parezca tan grande debido a las montañas que lo circundan. Pero de hecho mide casi trescientos kilómetros cuadrados. Además, siempre está en movimiento. El agua sube y baja continuamente. Los maoríes dicen que son los latidos del corazón de un gigante que duerme en las profundidades del lago. Pero claro, eso sólo es una leyenda. Los maoríes cuentan muchas historias de esa clase, ¿sabe?

William sonrió.

—También en mi país abundan las leyendas. De hadas y leones marinos que en las noches de luna llena adoptan forma humana...

Elaine asintió con vehemencia.

—Sí, lo sé. Tengo un libro de cuentos irlandeses. Y mi caballo lleva el nombre de un hada: *Banshee*. ¿Le gustaría conocerlo? Es una yegua cob. Mi otra abuela trajo de Gales a sus antepasados.

William fingió interés, pues los caballos no le atraían demasiado. Tampoco le importaba que Gwyneira Warden hubiera traído de su tierra a los ancestros del animal. Sí le importaba, y mucho, el hecho de que por la noche, tras el paseo, conocería a los padres de Elaine, Ruben y Fleurette O'Keefe. Claro que ya los había visto y habían mantenido una breve conversación, pues había comprado todo en su tienda. Sin embargo, ahora lo habían invitado a cenar e iba a establecer una relación privada. Y tal como estaba la situación, eso era de extrema urgencia. Por la mañana, Joey había acabado disolviendo su sociedad. Si bien el experimentado buscador de oro había aguantado pacientemente los primeros días, la «falta de chispa» de William, como él lo llamaba, había acabado con sus nervios en poco más de una semana. William, a su vez, encontraba normal dedicarse a terminar el lavadero de oro más pausadamente tras los primeros días de trabajo duro, sobre todo porque quería que se le pasaran las agujetas. Y tenían tiempo, al menos William. Joey, por el contrario, le había dejado claro que, para él, cada día que pasaba sin encontrar oro era un día perdido. Y no se refería a pepitas grandes como canicas, sino a un poco de polvo de oro que le garantizara el whisky y su porción diaria de cocido o carne de carnero en el campamento.

«Con un chaval tan malcriado como tú nunca se llega a nada», le había espetado. Y se había buscado otro socio, uno que tenía una concesión tan prometedora como la de William y que había aceptado repartir beneficios con Joey.

Así pues, William debía continuar por su cuenta o buscarse otra ocupación. Y prefería esto último. Al anochecer ya se apreciaba un anticipo del invierno en las montañas. En julio y agosto, Queenstown debía de estar totalmente nevada, lo que sin duda ofrecería un hermoso espectáculo. Pero ¿lavar oro en un río helado? No era capaz de imaginarse algo peor. Seguro que Ruben O'Keefe le daría buenos consejos.

William ya había visto la casa de los O'Keefe junto al río. Comparada con la finca de su padre no impresionaba demasiado: una acogedora casa de madera con jardín y un par de establos. Claro que, en lo que a residencias señoriales se refería, uno tenía que bajar el nivel en ese nuevo país. Y salvo por su arquitectura algo primitiva, Pepita de Oro tenía puntos en común con las residencias de la nobleza rural inglesa. Por ejemplo, los perros que se abalanzaban sobre uno cuando pisaba el terreno. La madre de William había tenido corgis, pero aquí se dedicaban a la cría de una especie de collie. Perros pastores, y, como Elaine explicó encantada, también importados de Gales. La madre de Elaine, Fleurette, había traído consigo la perra *Gracie* de las llanuras de Canterbury y *Gracie* se había afanado en multiplicarse. William ignoraba para qué necesitaban tantos chuchos, pero para Elaine y su familia formaban simplemente parte de la casa. Ruben O'Keefe todavía no había llegado, así que William tuvo que aguantar todavía un paseo por los establos y conocer la maravillosa *Banshee* de Elaine.

—¡Es especial porque es blanca! En los cobs es algo bastante extraño. Mi abuela sólo tenía negros y canelos. Pero *Banshee* desciende de un pony galés de montaña que le regalaron a mi madre cuando era niña. Es sumamente viejo, hasta yo lo he montado.

Elaine no cesaba de parlotear, pero a William no le molestaba. Aquella muchacha le resultaba cautivadora, su temperamento vivaz le levantaba el ánimo. Parecía no poder estarse quieta. Sus rizos pelirrojos se balanceaban al compás de sus gestos. Además, ese día se había arreglado para él. Llevaba un vestido verde hierba adornado con encajes marrones. Intentaba en vano contener la melena con cintas de terciopelo en una especie de coleta, pero ya antes de haber terminado la excursión por la ciudad, su cabello estaba tan alborotado como si no se lo hubiera peinado en absoluto. William empezó a pensar en cómo sería besar a esa criatura asilvestrada. Había vivido experiencias con muchachas más o menos accesibles en Dublín, así como con las hijas de sus arrendatarios; algunas eran muy complacientes cuando a cambio obtenían algún beneficio para sus familias, aunque otras se mostraban recatadamente virtuosas. En cualquier caso, Elaine le despertaba instintos protectores. Por lo menos al principio, William había visto en ella a una muchacha adorable antes que a una mujer. Seguro que sería una experiencia fascinante; pero ¿y si la chica se tomaba el asunto en serio? No cabía duda de que estaba perdidamente enamorada. Elaine era incapaz de disimular: los sentimientos que experimentaba hacia William eran inequívocos.

Naturalmente, tampoco esto se le escapaba a Fleurette O'Keefe, y por eso estaba preocupada cuando recibió a los jóvenes en la galería de la casa.

—Bienvenido a Pepita de Oro, señor Martyn —dijo sonriendo, al tiempo que le tendía la mano—. Pase y tome un aperitivo con nosotros. Mi marido no tardará, se está cambiando para la cena.

Para sorpresa de William, la bodega de los O'Keefe estaba bien provista. Debían de ser buenos conocedores de caldos. El padre de Elaine descorchó un burdeos para que respirase antes de la comida, y sirvió un whisky irlandés de primera calidad. William lo estuvo removiendo en su copa hasta que Ruben brindó.

—¡Por su nueva vida en un nuevo país! Estoy seguro de que añora Irlanda, pero esta tierra tiene futuro. Si se integra aquí, no le resultará difícil amarla.

William brindó con él y propuso otro brindis:

—Por su maravillosa hija, que me ha introducido tan magníficamente en la ciudad. Muchas gracias por el paseo, Elaine. A partir de ahora, sólo veré este país a través de sus ojos.

La joven resplandeció y todos brindaron.

Georgie puso los ojos en blanco. ¡Su hermana ya podía ir diciendo que no estaba enamorada!

—¿Es cierto que se adhirió usted a los fenianos, señor Martyn? —preguntó el muchacho, curioso. Había oído hablar de los movimientos independentistas de Irlanda y estaba ávido de escuchar historias emocionantes.

William pareció alarmarse.

—¿A los fenianos? No entiendo... —¿Qué sabían allí de su vida anterior?

A Ruben la pregunta le resultó incómoda. ¡Su invitado no tenía por qué enterarse de las pesquisas de Fleurette a los cinco minutos de haberse presentado!

—Por favor, Georgie. Claro que el señor Martyn no es un feniano. El movimiento independentista está prácticamente apagado en Irlanda. Cuando se produjeron los últimos levantamientos, ¡el señor Martyn todavía debía de llevar pañales! Disculpe, señor...

—Llámeme William.

—William. Pero mi hijo ha oído rumores... Para los jóvenes de aquí, cualquier irlandés es un luchador por la libertad.

William sonrió.

—No todos lo son, George —dijo mirando al hermano de Elaine—. Si lo fueran, ya haría tiempo que la isla se habría independizado... Pero cambiemos de tema. Tiene aquí una bellísima propiedad...

Ruben y Fleurette hablaron un poco de su finca, Pepita de Oro, con lo que Ruben expuso de forma divertida la historia de su fracasada búsqueda de oro. William se sintió alentado. Si el mismo padre de Elaine había fracasado en las minas, sin duda entendería sus propias dificultades. Al principio no habló de ello, sino que dejó que los O'Keefe condujeran la conversación. Como cabía esperar, lo interrogaron a fondo, pero él se desenvolvió sin problema. Contó con fluidez lo relativo a sus orígenes y formación. Esta última respondía a lo habitual en su estrato social: un profesor privado durante los primeros años, un internado inglés de elite y al final el *college*. No había concluido los últimos estudios, pero obvió mencionarlo. También dio una vaga explicación acerca de sus quehaceres en la granja de su padre. Por el contrario, se explayó en los estudios de Derecho en Dublín. Sabía que O'Keefe se interesaría por ello y, puesto que éste sacó enseguida el tema de la Ley de Autonomía irlandesa, William habló con soltura. Cuando la cena tocaba a su fin, estaba convencido de haber causado una buena impresión. Ruben O'Keefe mostraba una actitud relajada y amistosa.

—¿Y qué hay de la búsqueda de oro? —preguntó al final—. ¿Ya está a punto de hacerse rico?

Era la ocasión. William puso cara de preocupación.

—Me temo que ha sido un error, señor —admitió—. Y no puedo alegar que no me lo hubieran advertido. Su encantadora hija ya me avisó en nuestro primer encuentro que la explotación de oro era algo más para soñadores que para colonos serios. —Sonrió a Elaine.

Ruben enarcó las cejas.

—Sin embargo, la semana pasada daba usted una impresión muy distinta. ¿No ha comprado todo el equipo necesario para esos menesteres, incluso una tienda de campaña?

William hizo un gesto contrito.

—A veces uno debe pagar por sus errores —respondió quejumbroso—. Pero han bastado unos pocos días en mi concesión para desilusionarme. El rendimiento no ha sido proporcional al esfuerzo...

—¡Eso depende! —terció Georgie—. Mis amigos y yo fuimos a lavar oro la semana pasada y Eddie, el hijo del herrero, encontró una pepita de oro por la que le pagaron treinta y ocho dólares.

—Pero tú te pasaste todo el día y ni siquiera ganaste un dólar —le recordó Elaine.

Georgie se encogió de hombros.

—Tuve mala suerte.

El padre asintió.

—Eso resume la esencia de la fiebre del oro. Es un juego de azar y sólo en pocas ocasiones se obtienen auténticos beneficios. La mayoría de las veces funciona de forma irregular. Los hombres se mantienen a flote con los beneficios de sus concesiones, pero todos esperan el verdadero golpe de suerte.

—Yo creo que la suerte aguarda en otro lugar —declaró William, y lanzó una breve mirada a Elaine.

El rostro de la muchacha se iluminó: todos sus sentidos estaban concentrados en aquel joven sentado a su lado. A sus padres no les pasó por alto el cruce de miradas.

Fleurette no sabía por qué, pero, pese a la imagen impecable que ofrecía su invitado, tenía una sensación desagradable. Su marido no parecía compartirla y sonrió.

—¿Y qué planes tiene ahora? —preguntó cordialmente.

—Pues... —William hizo una pausa efectista, como si no se hubiera planteado esa cuestión hasta el momento—. La noche que llegué, uno de los empleados del banco me dijo que era mejor que me centrara en las cosas que realmente conozco. Bueno, lo más probable es que se refiriera a la administración de una granja de ovejas...

—¿Quiere mudarse? —se alarmó Elaine, pese a que intentó mostrar indiferencia.

William se encogió de hombros.

—A mi pesar, Elaine, muy a mi pesar. Pero el centro de la cría de ovejas está en las llanuras de Canterbury, claro...

Fleurette le sonrió, sintiéndose extrañamente aliviada.

—Tal vez podría proporcionarle una carta de recomendación. Mis padres tienen una gran granja en Haldon y muy buenos contactos.

—Pero eso está muy lejos... —Elaine intentaba dominar la voz, pero aquella noticia inesperada se le había clavado como una espina en el corazón. Si William se marchaba y no volvía a verlo... Notó que la sangre le subía al rostro. Precisamente ahora, precisamente él...

O'Keefe percibió tanto el alivio de su esposa como la desesperación de su hija. Fleurette quería alejar a ese joven de Elaine, incluso si no tenía del todo claro el motivo. De momento, a él le había causado una buena impresión. Y brindarle una oportunidad en Queenstown tampoco significaba un compromiso matrimonial.

—En fin... tal vez las habilidades del señor Martyn no se limiten a la crianza de ovejas —intervino con jovialidad—. ¿Qué tal se le da la contabilidad, William? Podría necesitar a alguien en la tienda que me descargue del engorroso papeleo. Claro que si aspira ya a un puesto importante en una granja...

La expresión de Ruben dejó claro que tal aspiración sería

ilusoria. Ni Gwyneira Warden ni los demás criadores de ovejas del Este estaban esperando a un joven e inexperto petimetre de Irlanda para que les dijera cómo administrar sus granjas. El propio Ruben no se interesaba por las ovejas, pero había crecido en una granja de esa naturaleza y no era tonto. La cría y mantenimiento de ganado en Nueva Zelanda tenía poco que ver con la ganadería en Gran Bretaña e Irlanda, Gwyneira Warden siempre lo decía. Incluso la granja de su padre había sido demasiado pequeña para arrojar beneficios, y eso que tenía tres mil ovejas. El padre de Gwyneira en Gales no llegaba a tener mil animales y estaba considerado uno de los más importantes criadores del país. Tampoco mencionó a William nada acerca de los pastores o esquiladores pendencieros que trabajaban en las cuadrillas en Nueva Zelanda.

El joven sonrió incrédulo.

—¿Significa eso que me está ofreciendo trabajo, señor O'Keefe?

Ruben asintió.

—Si le interesa. Como contable en mi negocio no se hará rico, pero adquirirá experiencia. Y cuando mi hijo se encargue de las sucursales en otras ciudades pequeñas —señaló a Georgie con un gesto—, habrá más posibilidades de ascenso.

William no tenía ninguna intención de hacer carrera en una ciudad pequeña como encargado de ninguna sucursal. En realidad pensaba en su propia cadena de tiendas o en entrar en el negocio por vía del matrimonio si las cosas seguían evolucionando de forma tan favorable. Pero la oferta de su anfitrión ya era un comienzo.

De nuevo lanzó a Elaine una mirada significativa, y ella contestó feliz, alternando rubor y palidez. A continuación, William se puso en pie y tendió la mano a O'Keefe.

—No lo defraudaré —declaró ceremonioso.

Ruben le estrechó la mano.

—¡Por una buena colaboración! Deberíamos celebrarlo con otro whisky. Esta vez con uno del país. A fin de cuentas, desea usted instalarse por un largo período aquí.

Elaine acompañó a William cuando éste se despidió. Los alrededores de Queenstown mostraban su mejor faceta. La luna iluminaba las imponentes montañas y una miríada de estrellas tachonaban el cielo. El río parecía de plata líquida y en el bosque se oían las aves nocturnas.

—Es extraño que canten a la luz de la luna —dijo reflexivo William—. Como si fuera un bosque encantado.

—Yo no llamaría cantar a ese griterío... —Elaine tenía poco de romántica, aunque se esforzaba. Se acercó discretamente a él.

—Ese griterío es una canción de amor para las hembras —observó William—. La cuestión no reside en lo bien que se hagan las cosas, sino en para quién se hacen.

El corazón de Elaine se desbocaba. ¡Era obvio que él lo había hecho por ella! Sólo por su causa había renunciado a un trabajo bien remunerado en la dirección de una granja de ovejas para desempeñar tareas secundarias con su padre. Se volvió hacia el joven.

—No tendría... Me refiero a que no tendría que haberlo hecho —dijo con timidez.

William contempló aquel rostro franco e iluminado por la luna, alzado hacia él con una mezcla de inocencia y esperanza.

—A veces no hay elección —susurró. Y la besó.

La noche estalló para Elaine.

Fleurette observaba a su hija desde la ventana.

—¡Se están besando! —exclamó, y vació su copa de vino de un sorbo, como si bebiendo pudiese borrar aquella imagen.

Su marido rio.

—¿Qué otra cosa esperabas? Son jóvenes y están enamorados.

Ella se mordió la lengua y se sirvió más vino.

—Con tal de que no tengamos que arrepentirnos... —murmuró.

4

Gwyneira McKenzie tenía la intención de unirse a unas carretas de mercancías de Ruben O'Keefe y viajar a Queenstown bajo su protección. Cargarían el equipaje en una carreta y ellas irían en una calesa más ligera. Gwyneira consideraba que éste era el modo más agradable de viajar; su nieta no se manifestó al respecto. Kura seguía mostrando ante el viaje a Queenstown una apatía casi indiferente.

De todos modos, el barco con las mercancías para Ruben se hacía esperar, por lo que la partida se iba postergando. Al parecer, las primeras tormentas de otoño dificultaban la travesía. Así pues, las ovejas bajaron de los pastos de verano antes de que Gwyneira emprendiera por fin el viaje, lo que tranquilizó más que molestó a la responsable criadora de ganado ovino.

—Al menos tengo a mis ovejitas a buen resguardo —bromeó cuando su marido y su hijo cerraron la última cerca tras los rebaños recién llegados.

También en esta ocasión la labor de Jack había destacado. Los trabajadores lo elogiaban diciendo que era «todo un hombre», y al joven lo entusiasmaban los campamentos de las montañas y las noches claras en las cuales podía observar las aves y demás criaturas nocturnas de la isla Sur de Nueva Zelanda. También el kiwi, la extraña y tosca ave que se había convertido en símbolo de los colonos, era nocturno.

James McKenzie se alegró de ver a su mujer después de bajar los rebaños. Los dos celebraron su afortunado reencuentro, aunque Gwyn no pudo evitar comentarle su creciente preocupación respecto a Kura.

—Sigue saliendo por ahí como si nada con ese chico maorí, pese a que la señorita Witherspoon la reprende por ello. La decencia le trae sin cuidado. Y Tonga ronda otra vez por la granja como si pronto fuera a quedarse con ella. Sé que no debería demostrarle la rabia que me da, pero mucho me temo que se me note...

James soltó un suspiro.

—Al parecer, pronto tendrás que casarla, no importa con quién. No dejará de causar problemas... No sé. Debo admitir que es una muchacha muy sensual. La verdad, antes no había reparado en ello.

Gwyn le lanzó una mirada ceñuda.

—¿La encuentras sensual? —preguntó con recelo.

James resopló.

—Por Dios, la encuentro mimada e insufrible. Pero aun así me he dado cuenta de lo que los hombres ven en ella. Es decir, una joven muy deseable.

—James, por favor, ¡sólo tiene quince años!

—Pero se está desarrollando a pasos agigantados. Sólo en los pocos días que he estado fuera, recogiendo el ganado, Kura ha madurado. Siempre fue una belleza, pero ahora se está convirtiendo en esa clase de belleza por la que los hombres pierden la cabeza. Y ella lo sabe. Así que yo no me preocuparía por ese Tiare. Anteayer, uno de los pastores maoríes la estuvo observando y al parecer lo trata como a un perrito faldero. No creo que vaya a compartir el lecho con él. Al joven lo envidian, pero el pobre tendrá suerte cuando ella le dé calabazas. —Y rodeó con los brazos a Gwyn.

—¿Y crees que enseguida aparecerá otro? —preguntó ella, desconcertada.

—¿Uno? ¡Bromeas! ¡Bastará con que mueva el dedo meñique para que se forme una cola hasta Christchurch!

Gwyneira gimió y se acurrucó entre sus brazos.

—Dime, James, ¿yo también era, hum…, sensual?

Por fin llegaron las dos carretas entoldadas a Christchurch, tiradas por robustos caballos.

—Ahí dentro hay sitio para dormir —explicó uno de los cocheros—. Si en el camino no encontramos alojamiento, los hombres dormiremos en una carreta y ustedes en la otra. ¿Le parece bien, señora?

Por Gwyneira no había problema. A lo largo de su vida había pernoctado en lugares menos confortables y, en el fondo, se alegraba de que el viaje tuviese algo de aventura. Por eso se hallaba de un humor excelente cuando se acomodó en la calesa, tirada por un semental cob castaño, a la zaga de las carretas.

—*Owen* cubrirá un par de hembras —dijo Gwyn, explicando por qué había enganchado el semental a la calesa—. Ya sabes, para que a Fleurette no se le agoten los cobs de pura raza.

Kura asintió indiferente. Era probable que ni se hubiera dado cuenta de qué caballo había elegido su abuela; pero sí observó con interés a los jóvenes cocheros, y sus miradas fueron correspondidas. De inmediato, los dos muchachos cayeron rendidos ante su belleza, aunque ninguno se atrevió a coquetear abiertamente con ella.

Gwyneira se sintió inmersa en la atmósfera del viaje cuando por fin dejaron Haldon, la localidad más cercana, y pusieron rumbo a los Alpes del Sur. Las cumbres cubiertas de nieve, ante las cuales se extendía el pastizal casi infinito de las llanuras de Canterbury como un océano, era una visión que la fascinaba desde el primer día. Todavía recordaba con exactitud el día que cruzó por vez primera el Bridle Path entre el puerto de Lyttelton y la ciudad de Christchurch. Lo hizo a caballo y no a lomos de un mulo, como las demás damas que habían llegado con ella en el *Dublin*. Todavía se acordaba de lo mucho que se había enfadado su suegro. Sin embargo, *Igraine*, su yegua cob, la había llevado a paso seguro por un terreno que al principio resultaba tan frío, pedregoso y hostil que uno de los inmigrantes lo había comparado con las Colinas del Infierno. Más adelante habían alcanzado el punto más elevado del paso rocoso, y ante sus ojos aparecieron Christchurch y las llanuras de Canterbury. La tierra a la que pertenecía desde entonces.

Gwyneira aflojó las riendas mientras contaba a su nieta su primer contacto con el país y Kura resistía la perorata sin comentarios. Sólo la alusión a las Colinas del Infierno de la canción *Damon Lover* pareció sacarla de su reserva, pues empezó a canturrear la melodía.

Su abuela escuchó y se preguntó de qué rama de la familia había heredado la muchacha su notable talento musical. Desde luego no había sido de los Silkham, la familia de Gwyneira. Si bien las hermanas de ésta habían tocado el piano con mayor afán que ella, sus dotes habían sido igual de limitadas. El primer marido de Gwyn había tenido más aptitudes. Lucas Warden era un amante de las artes y tocaba muy bien el piano. No obstante, había heredado tal virtud de su madre, y Kura no llevaba su sangre... En fin, mejor no enredarse en las enmarañadas relaciones de parentesco en el seno de la familia Warden. Es probable que fuera Marama, la cantante maorí, quien hubiera legado a Kura su talento. Gwyn le había comprado a la muchacha el dichoso piano después de haber regalado, años atrás, el instrumento de Lucas. De lo contrario, Kura habría tenido que limitarse a los instrumentos tradicionales y a la música de los maoríes.

El trayecto a Queenstown se prolongó varios días, durante los cuales casi siempre encontraron una granja donde pernoctar. Gwyneira conocía a casi todos los ganaderos de los alrededores, pero también los desconocidos solían ser hospitalarios. Muchas granjas se hallaban apartadas en caminos poco transitados y los propietarios se alegraban de las visitas portadoras de novedades o incluso de correo, como hacían los cocheros de los Almacenes O'Kay, que llevaban años cubriendo esas rutas.

Ya casi estaban en Otago, cuando una noche tuvieron que

extender los jergones en las carretas entoldadas, en medio de la extensa llanura. Gwyneira intentó convertirlo en una aventura que sacara a Kura de su reserva, pues durante todo el viaje había permanecido casi impasible, sentada junto a ella, sólo ocupada en las melodías que tarareaba.

—En noches como ésta, James y yo solíamos permanecer despiertos para escuchar a los pájaros. Mira, ése es un kea. Sólo se le oye aquí en las montañas, no baja a Kiward Station...

—En Europa hay pájaros que cantan como los ángeles —observó la joven con su melodiosa voz, que recordaba a la de Marama, si bien, mientras la de ésta sonaba clara y dulce, la de Kura era baja y aterciopelada—. Melodías auténticas, dice la señorita Heather.

Gwyn asintió.

—Sí, me acuerdo. Ruiseñores y alondras... Es muy bonito oírlas. Podríamos comprar un disco con los trinos de los pájaros europeos y así los oirías en el gramófono. —El gramófono era el último regalo de Navidad que Gwyn había hecho a su nieta.

—Preferiría escucharlos al natural —suspiró Kura—. Viajar a Inglaterra para aprender a cantar en lugar de ir Queenstown. No sé qué se me ha perdido ahí.

Gwyneira le pasó el brazo por los hombros. A Kura no le gustaba e intentaba evitarlo, pero allí, en aquella grandiosa soledad bajo las estrellas, hasta ella se sentía más distendida.

—Kura, te lo he explicado cien veces. Tienes una responsabilidad. Kiward Station es tu herencia. Debes hacerte cargo de ella para legársela a la próxima generación. Quizá tengas un hijo o una hija para quien sea importante...

—¡No quiero tener hijos, quiero cantar!

Gwyneira le apartó el cabello del rostro.

—Pero no siempre conseguimos lo que queremos, pequeña. Al menos no de inmediato. Asúmelo, Kura. Olvídate de los conservatorios ingleses. Tendrás que encontrar otra cosa que te haga feliz.

Gwyneira se sintió aliviada cuando por fin apareció a la vista el lago Wakatipu y luego Queenstown. El viaje con la huraña Kura se le había hecho más pesado los últimos días y al final ya no habían encontrado más temas de conversación. Sin embargo, la visión de la pulcra y pequeña ciudad recortada contra las montañas y aquel lago inmenso le devolvió el optimismo. Tal vez Kura sólo necesitaba compañía de su misma edad. Seguro que con su prima Elaine encontrarían puntos en común, y Elaine siempre le había parecido una chica sensata. Quizá conseguiría que Kura sentara la cabeza. Animada, Gwyn adelantó las carretas y condujo a *Owen*, el elegante semental, por la calle Mayor. Muchos colonos a los que conocía de anteriores visitas la saludaron.

Gwyn detuvo el semental ante el Hotel de Daphne, pues distinguió a la antigua pupila de Helen delante de él charlando con una joven. También ella conocía a Daphne desde hacía más de cuarenta años y no tenía reparos en relacionarse con ella. No obstante, el aspecto de Daphne la inquietó un poco: se veía más envejecida que en su anterior visita. Demasiadas noches en un local lleno de humo, demasiado whisky y demasiados hombres: en aquel oficio se envejecía deprisa. La joven que estaba con ella era, por el contrario, una belleza de larga y oscura melena y piel nívea. Lástima que el maquillaje demasiado estridente y el vestido recargado de fruncidos y volantes apagaran su natural belleza en lugar de resaltarla. Gwyn se preguntó cómo habría llegado esa muchacha a un establecimiento como el de Daphne.

—¡Hola, Daphne! —saludó—. ¡Hay que reconocer que tienes buena vista para las chicas guapas! ¿De dónde las sacas?

Gwyn bajó de la calesa y tendió las manos a Daphne.

—Son ellas las que me encuentran a mí, señorita Gwyn —dijo Daphne sonriendo—. La mejor publicidad es que las condiciones de trabajo sean buenas y las habitaciones estén limpias. Y si el trato es sólo con hombres y no también con pulgas, pues mucho mejor. Pero mi Mona no refulge tanto como su joven acompañante, señorita Gwyn. ¿Es la nieta maorí? ¡Madre mía!

La mirada de Daphne se había quedado prendida de Kura,

como solía ocurrirles a los hombres. La joven, empero, seguía con la vista al frente e impasible. Era probable que Daphne perteneciera a la clase de mujeres sobre las cuales la señorita Heather siempre la había advertido.

Tras el primer momento de embeleso, en el rostro felino de Daphne se reflejó la preocupación.

—No me extraña que esta chica le dé quebraderos de cabeza —observó en un susurro antes de que Gwyn volviera a su vehículo—. ¡Tiene que casarla pronto!

Gwyn soltó una risita algo forzada y puso en movimiento el caballo. Estaba un poco enfadada. Daphne era discreta, pero ¿a quién más habrían contado Helen y Fleurette que Gwyneira y Marama se sentían superadas por Kura?

De todos modos, su disgusto se disipó cuando pasaron por delante de los Almacenes O'Kay y distinguió a Ruben y Fleurette hablando con los cocheros de las carretas. Ambos se volvieron hacia ella al oír el potente repiqueteo de los cascos de *Owen* y muy pronto Gwyn pudo volver a estrechar a su hija entre sus brazos.

—¡Oh, Fleur! ¡No has cambiado nada! ¡Siempre tengo la sensación de haber emprendido un viaje en el tiempo y estar frente a un espejo cuando te tengo ante mí!

Fleurette rio.

—Tampoco tú has cambiado, mamá. Lo único extraño es no verte desmontar de un caballo. ¿Desde cuando viajas en calesa?

Cuando James y Gwyneira decidían visitar a su hija, se limitaban a ensillar dos caballos. Las provisiones y los artículos de necesidad cabían en las alforjas y a la pareja le gustaba disfrutar de las noches bajo las estrellas. Además, solían viajar en verano, tras esquilar y conducir los rebaños a las montañas, y entonces el tiempo era mucho más benigno.

Gwyn hizo una mueca. El comentario de Fleurette le recordó el pesado trayecto que acababa de realizar.

—Kura no monta a caballo —respondió, lacónica—. ¿Y dónde están George y Elaine?

La relación entre Elaine y William se había consolidado en las últimas semanas. No era extraño ya que se veían prácticamente todos los días. La muchacha también ayudaba en los Almacenes O'Kay, e incluso después del trabajo o en el descanso del mediodía encontraban siempre un motivo para reunirse. Elaine sorprendía a su madre ocupándose de insospechadas tareas domésticas. Siempre había un pastel que preparar para convidar de forma informal a William en la pausa del mediodía, o lo invitaba a un picnic campestre después de la misa del domingo y pasaba todo el sábado preparando exquisiteces. El joven la besaba ahora con mayor frecuencia y Elaine parecía morir de dicha cuando la abrazaba, y literalmente se derretía cuando la lengua de él le exploraba la boca.

Ruben y Fleurette toleraban aquel romance con sentimientos encontrados. Ella seguía preocupada, mientras que él, con el paso del tiempo, consideraba el asunto con benevolencia. William se desempeñaba muy bien en su nuevo trabajo. Era inteligente y sabía de contabilidad, y pronto aprendió las diferencias entre administrar una granja y unos almacenes. Además se ganaba a los clientes con sus buenos modales y su carácter solícito. A las señoras, en especial, les encantaba que las atendiera él. Ruben no tendría nada que oponer a un yerno así cuando transcurrieran un par de años más. Sin embargo, ahora había de dar la razón a su esposa. Elaine era demasiado joven para una relación seria, y en ningún caso iba a permitirle que se casara precipitadamente. Así pues, todo dependería de que el joven estuviera dispuesto a esperar. Si William tenía paciencia para aguardar dos años más, perfecto; en caso contrario, Elaine sufriría una amarga decepción. Y eso era lo que Fleurette se temía, pero su marido se lo tomaba con calma. ¿Por quién iba a dejar William a su hija? Las demás chicas decentes del lugar eran todavía más jóvenes que Elaine. Y seguro que el irlandés no se plantearía una relación con una hija de los nuevos colonos de las granjas colindantes; no, Ruben no creía que William fuera a perder la cabeza por cualquier muchacha con la cual tendría que empezar desde cero. El joven, a fin de cuentas, tenía claro a quién debía agradecer su actual empleo.

Hasta ahí, Ruben aflojaba las riendas y Fleurette lo seguía, aunque rechinando los dientes. Ambos sabían por experiencia propia que un amor de juventud es indomable. Su propia historia había sido bastante más complicada, y la oposición de sus padres y abuelos había sido mucho mayor que la antipatía de Fleurette. Pese a todo, los dos sabían que el país era extenso y el control social era escaso.

La mañana en que Gwyneira llegó a Queenstown, Elaine y William habían salido para un recorrido más largo de lo habitual, una entrega en una granja alejada. La muchacha acompañaba al joven con una colección de vestidos y artículos de mercería de la sección de señoras. De ese modo, la esposa del granjero podría elegir, probarse las prendas y dejarse aconsejar por Elaine con toda tranquilidad: un servicio que Fleurette prestaba desde los comienzos del negocio y que resultaba muy rentable. No sólo ofrecía a las mujeres que vivían apartadas la posibilidad de comprar, sino también de intercambiar cotilleos y curiosidades de la ciudad que siempre sonaban más interesantes transmitidas por otra mujer que por un cochero.

Naturalmente, Elaine también había preparado una cesta de picnic y añadido una botella de vino ligero australiano de la despensa de su padre. Los dos habían saboreado la comida en una pendiente idílica junto al lago y admirado el paisaje. Y al final Elaine había consentido que William le desabrochara un poco el vestido, le acariciara el nacimiento de los pechos y lo cubriera de besitos. Aquella nueva experiencia la había colmado de felicidad y habría abrazado al mundo entero, tan dichosa se sentía. A la vuelta, William, también contento con el transcurso del día, sostenía relajado las riendas.

Cuando llegaron a casa, las dos yeguas levantaron la cabeza y dirigieron un relincho al caballo castaño oscuro que estaba delante de la tienda. Elaine enseguida lo reconoció.

—¡Es *Owen*! ¡El semental de cría de la abuela Gwyn! ¡Oh, William, qué bien que lo haya traído! ¡*Banshee* podrá tener un hijo! ¡Y *Caitlin* y *Ceredwen* ya están dispuestas a coquetear! ¿A que es maravilloso?

Caitlin y *Ceredwen* eran las yeguas cob que tiraban del carro de mercancías. Aquellas damas cuadrúpedas sabían muy bien lo que querían. William torció el gesto. No cabía duda de que Elaine tenía una buena educación, pero ¡a veces se comportaba como la vulgar hija de un granjero! ¡Cómo podía hablar tan alegremente y en público del apareamiento! Se planteó si reprenderla, pero ella ya había saltado al suelo y corría hacia una dama mayor vestida con desenfadada elegancia, sin duda su abuela. Al contemplar a Fleurette, se sabía cuál sería el aspecto de Elaine con cuarenta años, y Gwyneira presentaba su imagen a los sesenta.

William dudaba. Ésa era la única pega que veía a pedir la mano de Elaine: si se decidía por esa joven, su vida ya no le depararía sorpresas estimulantes. En la esfera laboral y privada avanzaría como un tren sobre raíles rectos, sin posibilidad de desvío.

Aparcó el carro detrás de una carreta y se ocupó de dejar bien atados los caballos. Luego se acercó lentamente para que le presentasen a la abuela y la prima de Elaine, con seguridad otra versión de pelirroja con cintura de avispa.

Elaine saludaba a Gwyneira ante una sonriente Fleurette. Al parecer, acababa de llegar. La abuela besó a su nieta, la abrazó y luego la separó un poco para contemplarla mejor.

—¡Oh, Lainie, qué guapa estás, ya eres toda una mujer! Igual que tu madre cuando tenía tu edad, aunque espero que no seas tan traviesa... Mira lo que te he traído... Pero ¿dónde está? Kura, ¿no has bajado el cesto del perro? Pero ¿qué haces todavía en el coche? ¡Baja y ven a saludar a tu prima! —Gwyn pareció un poco irritada. Kura no debía mostrar con tanta claridad que esa visita a Queenstown no le interesaba nada.

La joven sólo esperaba que la exhortaran a bajar. Serena y con movimientos gráciles y encantadores, Kura-maro-tini Warden se alzó para conquistar Queenstown. Y observó con satisfacción que su entrada en escena surtía el efecto deseado. Incluso en los rostros de su tía y su prima apareció admiración, casi veneración.

La propia Elaine se había encontrado bonita hasta ese momento. El amor por William le sentaba bien. Irradiaba una luz interior, tenía un cutis limpio y sonrosado, el cabello le brillaba y su mirada parecía más despierta y expresiva que antes. Sin embargo, ante la visión de su prima se convirtió en el patito feo, como probablemente le habría sucedido a cualquier muchacha a quien la naturaleza no hubiera colmado de tantos atractivos como a la hija de Paul Warden. Elaine vio a una muchacha que la sobrepasaba en media cabeza, lo que no se debía sólo a que se mantenía derecha de forma natural y se movía con gracia felina.

La piel de Kura, del color de un café con leche muy ligero de infusión, poseía un tenue brillo dorado que la hacía cálida y apetecible. El cabello, liso y largo hasta la cintura, era de un negro profundo y reluciente, por lo que semejaba una cortina de ónice derramada sobre sus hombros. También las largas pestañas y las cejas algo arqueadas exhibían el mismo negro profundo que daba todavía más realce a sus ojos, grandes y de un azul celeste como los de su abuela Gwyn. Esos ojos, sin embargo, no tendían, como los de Gwyn, a brillar de modo burlón o travieso, sino que ejercían un efecto de sosiego y ensueño, casi como de hastío, lo que concedía a su belleza exótica un matiz misterioso. Los pesados párpados reforzaban la impresión de que la joven era una soñadora que sólo esperaba a que la despertaran. Los labios, carnosos, de un rojo oscuro y un brillo húmedo. Los dientes, pequeños, de perfecta armonía y blancos como la nieve. Rostro delicado y cuello largo y esbelto. Llevaba un sencillo vestido de viaje granate, pero ni un hábito de monja habría disimulado las formas de su cuerpo. Pechos firmes y plenos, caderas anchas. Se balanceaba sensual con cada paso que daba, pero no de forma estudiada como las chicas de Daphne, sino con innata naturalidad.

A William, los movimientos flexibles de aquella joven y su belleza elegante le despertaron el recuerdo de la pantera negra que en una ocasión había visto en el zoológico. Le sonrió y se le cortó la respiración cuando Kura le correspondió. Brevemente, claro, ¿pues qué iba a importarle a esa diosa un joven normal y corriente?

—Y tú... debes de ser Kura. —Fleurette fue la primera en reponerse y sonrió con leve estupor—. Debo admitir que no te habría reconocido... Lo que me recuerda que hace un tiempo imperdonablemente largo que no hemos estado en Kiward Station. ¿Te acuerdas de Elaine? ¿Y de Georgie?

La escuela acababa de terminar y George se aproximaba a la tienda cuando Kura había bajado de la calesa, lo que él contempló con una expresión tan embelesada como el resto de espectadores varones. Pero ahora aprovechó la oportunidad, se acercó a su madre y con ello también a su preciosa prima. ¡Tenía que decirle algo, pero no se le ocurría qué para no quedar como un niñato!

—*Kia ora* —soltó al final, buscando su complicidad. A fin de cuentas, Kura era maorí, le gustaría que él la saludara en su lengua.

La chica sonrió.

—Buenos días, George.

«Una voz como una canción.» George recordó haber oído esta descripción en algún lugar y haberla encontrado increíblemente cursi. Pero eso había sido antes de oír la voz de Kuramaro-tini Warden.

Elaine se obligó a sobreponerse a su frustración. De acuerdo, Kura era extraordinariamente bonita, pero también era su prima. Así pues, una chica normal y además menor que ella. No había por qué quedarse mirándola con expresión embobada. Así que sonrió e intentó saludarla con espontaneidad, pero su «¡Hola, prima!» sonó un poco forzado.

Kura fue a responder, pero unos gañidos procedentes del coche la distrajeron. En un cesto, un cachorro luchaba heroicamente por liberarse de su encierro.

—¿Qué es eso? —preguntó Elaine y, emocionada, se acercó al carruaje, olvidándose casi de Kura.

Su abuela la siguió y abrió el cesto.

—Hemos de conservar nuestras raíces —bromeó—. Os presento a *Kiward Callista*, biznieta de mi primera perra border collie, que llegó conmigo desde Gales.

—¿Es para... para mí? —titubeó Elaine, al tiempo que miraba una carita de tres colores, con ojos vivaces y grandes que parecieron quedarse prendados de su nueva ama.

—¡Como si no tuviéramos perros suficientes! —exclamó Fleurette, aunque pronto encontró más interesante al cachorrillo que a la fría Kura.

Para Ruben, George y sobre todo William no era lo mismo. George seguía buscando una observación ingeniosa que aportar y su padre se esforzaba por dar a Kura la bienvenida formal a Queenstown.

—Nos alegra mucho que hayas venido —dijo—. Gwyn nos ha dicho que te interesas por la música y las artes. Si es así, puede que disfrutes más aquí que en las llanuras.

—Si bien la oferta cultural en nuestra pequeña ciudad todavía deja mucho que desear —terció William, que por fin encontró un hueco para colarse—. No obstante, estoy seguro de que los cantantes se esforzarán más cuando usted, señorita Kura, se encuentre entre el público. O se quedarán sin voz... —Sonrió.

Kura no reaccionaba como la mayoría de las muchachas y, en lugar de dirigirle una sonrisa espontánea, permaneció seria. No obstante, él distinguió interés en sus ojos. Hizo otro intento:

—Usted también compone, ¿no es así? Me lo ha contado Elaine. Según tengo entendido, es una pianista dotada. ¿Qué prefiere, la música clásica o la folclórica? —Ahora sí había acertado: los ojos de Kura se iluminaron.

—Amo la ópera y quiero ser cantante. Respecto a su pregunta, no veo ninguna razón por la que no puedan relacionarse las armonías clásicas y las folclóricas. Se puede alcanzar una calidad muy elevada. He compuesto un acompañamiento de piano para antiguas canciones maoríes y suena muy bien...

Elaine no reparó en el intercambio entre Kura y William. No tenía ojos más que para el cachorro, pero las miradas de Fleurette y Gwyn se cruzaron.

—¿Quién es este joven? —preguntó Gwyn en un susurro—. Dios mío, llevo una semana con Kura intentando entablar una conversación sin conseguirlo. Durante todo el viaje no ha pronunciado una sola palabra. Y sin embargo ahora...

Fleurette hizo una mueca.

—Pues sí, nuestro estimado William sabe plantear las preguntas acertadas. Lleva unas semanas trabajando para Ruben. Una mente despierta con proyectos de futuro. Corteja con tenacidad a Elaine.

—¿A Elaine? Pero si todavía es una niña... —Gwyn se interrumpió. Elaine era algo más de un año mayor que Kura, y todos pensaban que a ésta había que casarla pronto.

—También nosotros creemos que es demasiado joven. Habrá que esperar. El joven es un noble rural irlandés...

Gwyneira asintió con expresión algo asombrada.

—Vaya por Dios. ¿Qué está haciendo aquí en lugar de cuidarse de sus tierras en Irlanda? ¿O lo han echado sus arrendatarios? —Los periódicos ingleses, aunque con considerable retraso, acababan llegando a Haldon.

—Es una larga historia. Pero será mejor que intervengamos. Si Kura empieza a poner celosa a Lainie se enturbiará el feliz reencuentro familiar.

Entretanto, William se había presentado y lanzado un par de brillantes comentarios acerca del antiguo legado musical de Irlanda, que quizás acabaría por conquistar el mundo.

—Hay una versión de *The Maids of Mourne Shore* sobre un texto de William Butler Yeats. De hecho, a los irlandeses no nos agrada poner antiguas melodías gaélicas a textos ingleses modernos, pero en este caso...

—Conozco la canción. Pero ¿no se llama *Down by the Sally Gardens*? Me la ha enseñado mi institutriz.

Kura estaba entusiasmada con la charla, lo que tampoco pasó desapercibido a Ruben.

—William, ¿podría ocuparse de nuevo de la tienda? —preguntó con firme amabilidad—. Mi familia y yo nos iremos ahora a casa, pero la señorita Helen le enviará de buen grado a una de las mellizas. Tiene usted que inventariar los nuevos artículos... Seguro que habrá otras ocasiones para hablar con mi sobrina de música.

William comprendió la indirecta, se despidió y se sintió más que adulado al ver que Kura mostraba cierto disgusto. Casi se había olvidado de Elaine, pero ella llamó su atención.

—¡Mira lo que tengo, William! —Radiante, la joven le puso aquel ovillo de lana delante de las narices—. Es *Callie*. ¡*Callie*, da los buenos días! —Cogió una de las patitas del perro y saludó. El cachorro ladró suavemente. Elaine rio.

Un par de horas antes, William había encontrado irresistible esa risa, pero ahora, comparada con Kura, Elaine parecía infantil.

—Un perrito muy mono, Lainie —dijo un poco forzadamente—. Pero ahora debo irme. Tu padre quiere tomarse el día libre y hay mucho que hacer. —Señaló las mercancías que había que descargar y registrar.

Elaine asintió.

—Sí, y yo tengo que ocuparme de esa Kura. Es guapa, sí, pero insulsa.

Georgie llegó a la misma conclusión después de pasar todo el trayecto hasta Pepita de Oro, intentando conversar con Kura. Como la muchacha procedía de una granja de ovejas, lo intentó al principio con la cría de ganado.

—¿Cuántas ovejas tenéis ahora en Kiward Station?

Ella ni siquiera le concedió una mirada.

—Unas diez mil, Georgie —respondió en su lugar Gwyn—. Pero el número es variable Y ahora, desde que hay mercantes frigoríficos que posibilitan exportar carne, cada vez nos centramos más en los bueyes.

Kura no mostró ninguna emoción. Sin embargo era maorí, así que le gustaría hablar de su pueblo. El muchacho lo intentó por ese flanco:

—¿Antes he pronunciado bien *kia ora*? ¿Hablas maorí con fluidez, Kura?

—Sí.

George se sintió confundido. Kura era guapa, y a los guapos lo que más les gustaba era hablar de sí mismos.

—Kura-maro-tini no es un nombre corriente —probó—. ¿Tiene un significado especial?

—No.

George arrojó la toalla. Era la primera vez que tenía a tiro una chica tan guapa, pero al parecer era un caso perdido. Si un día se casaba, sería con una mujer que al menos hablara con él, daba igual su aspecto.

Fleurette, quien poco después sirvió té, tampoco salió mejor parada en cuanto a lo que a conversar se refiere. Kura había entrado en la casa, observado con una mirada levemente despectiva el sencillo mobiliario —los O'Keefe lo habían encargado a carpinteros locales en lugar de hacérselo traer de Inglaterra—, y a partir de entonces se había sumido en el silencio. De vez en cuando fijaba la vista en el piano que había en un rincón del salón, pero le daba vergüenza acercarse sin más. En vez de eso, mordisqueaba aburrida una pastita de té.

—¿Te gustan los dulces? —preguntó Fleurette—. Elaine los ha preparado, aunque no precisamente para nosotros, sino para su amigo... —Dirigió un guiño a su hija, que seguía concentrada en su cachorro.

Gwyneira suspiró. En principio, el regalo había sido todo un acierto, pero si la intención era acercar a las primas, el perrito constituiría más bien un impedimento.

—Sí, gracias —respondió Kura.

—¿Quieres más té? Seguro que tras el largo viaje te sientes sedienta. Según tu abuela, durante el trayecto sólo habéis bebido café solo y agua, como cuando se conducen los rebaños. —Fleurette sonrió.

—Sí, por favor —contestó Kura.

—¿Cuál ha sido tu primera impresión de Queenstown? —Fleurette intentó formular una pregunta que no se respondiera con un sí, un no, un gracias o un sí, por favor.

Kura se encogió de hombros.

Helen, que apareció un poco más tarde con Ruben, tuvo más suerte. Él la había recogido en cuanto ella había podido dejar el hotel.

En ese momento mantenía una fluida conversación con Kura sobre sus estudios musicales, las piezas que ensayaba en el piano y sus compositores preferidos. Además, el aspecto de la muchacha no produjo la menor impresión a Helen, que la trató con toda naturalidad. Kura pareció encontrarlo al principio extraño, pero luego salió de su reserva. Por desgracia, nadie más podía participar en aquella conversación, así que también en esa ocasión Kura consiguió sofocar otros temas de conversación en torno a la mesa. Salvo Elaine, que estaba ocupada con el perrito, todos se aburrieron soberanamente.

—¿A lo mejor querrías cantarnos algo...? —propuso finalmente Helen. Advirtió que Gwyn y Fleurette se ponían tensas. Georgie ya había escapado a su habitación y Ruben parecía inmerso en alguna cuestión legal—. Tu prima te acompañará.

Elaine tocaba correctamente el piano. Estaba más dotada musicalmente que Gwyneira, cuya formación musical en Gales había sido una tortura. Hacía años que Helen enseñaba a Elaine y estaba orgullosa de sus progresos. De ahí su sugerencia. Kura no debería dar por sentado que todos los neozelandeses eran musicalmente unos incultos.

Elaine se puso en pie solícita. Kura, por el contrario, pareció más bien escéptica y luego se quedó horrorizada cuando su prima interpretó los primeros compases y *Callie* intervino aullando en las notas más agudas. El resto de los presentes encontró divertidísima la aportación del cachorro. Elaine lloró de risa, pero luego se llevó al perrito y lo encerró en otra habitación. *Callie*, cómo no, empezó a gañir desgarradoramente en su celda, desconcentrando a su joven ama y haciendo que se equivocara varias veces. Kura puso los ojos en blanco.

—Si no te importa, prefiero acompañarme yo misma —dijo.

Elaine tuvo la sensación de encogerse, como cuando Kura había bajado del carruaje. Pese a ello, echó la cabeza atrás. ¡Adelante, que se quedara su prima con el piano! Así al menos ella podría volver a ocuparse de *Callie*.

No obstante, la música que llegó a sus oídos a través de la puerta cerrada todavía la hizo encogerse más. El piano nunca sonaba de forma tan maravillosa cuando lo tocaba ella, ni siquiera cuando lo hacía la abuela Helen. Debía tratarse de la pulsación o de que Kura tocaba con el alma, Elaine lo ignoraba, pero sospechaba que ella nunca lograría una ejecución similar, ni aunque pasara toda la vida practicando.

—Ven, vamos fuera —susurró al perrito—. Por hoy ya tengo suficiente perfección y belleza inmaculada.

Intentó pensar en William y en sus besos en el meandro del lago. Como siempre, eso le levantó el ánimo. Él la amaba, él la amaba... El corazón de Elaine cantó por encima de la voz de Kura.

—¿Qué te parece?

La paciencia de Gwyneira hubo de superar una larga prueba antes de poder hablar a solas con Helen. Sin embargo, ahora había concluido el té y también la cena familiar y habían enviado a dormir a los niños. Elaine y Georgie se habían recogido de buen grado tras la cena y también Kura pareció contenta de retirarse. Todavía tenía que escribir una carta, dijo, y Gwyneira se imaginó lo que contaría sobre su familia a la señorita Witherspoon.

Helen tomó un sorbo de vino. Le encantaba el burdeos que Ruben encargaba en Francia periódicamente. Había tenido que apañárselas muchos años sin tales placeres de la vida.

—¿Qué es lo que quieres oír? ¿Lo guapa que es Kura? Eso ya lo sabes. ¿Sus dotes para la música? También lo sabes. Lo único malo es que ella misma es muy consciente de sus virtudes.

Gwyneira sonrió.

—Has dado en el clavo. Es terriblemente engreída. Pero ¿qué piensas de su voz? ¿Es realmente apta para la ópera?

Helen se encogió de hombros.

—Llevo cuarenta y cinco años sin ir a ningún espectáculo de ópera. ¿Qué puedo decir? ¿Qué opina su profesora? Ella debería saberlo.

Gwyneira hizo un gesto de impotencia.

—No contratamos a la señorita Witherspoon como profesora de música. De hecho tenía que lograr que todos los niños de Kiward Station recibieran una formación escolar adecuada. Pero al parecer me he equivocado con ella. Procede de una casa muy buena, ¿sabes? Educación de primera clase, pensionado en Suiza... En la documentación todo parecía fabuloso. Pero resulta que su padre se embarcó en un mal negocio, perdió todo el dinero y se arrojó por la ventana. Y de repente la pequeña Heather tuvo que apañárselas sola, algo que no se le da muy bien. Y en cuanto llegó, le llenó a Kura la cabeza de todo lo que todavía tiene en la suya.

Helen rio.

—Pero debe de haber estudiado música. Kura toca espléndidamente bien y su voz... bueno, se nota que ha adquirido cierta formación.

—La señorita Witherspoon tomó clases de canto y piano en Suiza. No pregunté durante cuánto tiempo. Sólo sé que se lamenta de que fue poco, porque ahora apenas puede aportarle algo más a Kura. Pero mi nieta absorbe como una esponja todo lo relacionado con la música. Incluso Marama dice que ya no tiene nada más que enseñarle, y, como bien sabes, es una *tohunga*.

Marama era una cantante e intérprete musical reconocida entre los maoríes.

—Bien, entonces es probable que tenga el nivel para la ópera. Un conservatorio le haría bien. Allí pasaría a ser una entre muchas y no la adorarían todos sus conocidos.

—¡Yo no la adoro! —protestó Gwyn.

Helen sonrió.

—No, tú la temes, lo que es peor. Temes que esta niña pueda hacer algo que lleve a la pérdida de Kiward Station.

Gwyn gimió.

—Pero no puedo enviarla a Londres.

—Mejor que arrojarla a los brazos de cualquier adolescente maorí que sea un títere de Tonga. Míralo así, Gwyn: aunque Kura vaya a Londres y se case en Europa, seguirá siendo la heredera. Y si Kiward Station no le interesa, tampoco lo venderá, al menos mientras no necesite dinero. Y el dinero no os falta, ¿verdad?

Gwyn sacudió la cabeza.

—Le podríamos proporcionar una generosa asignación mensual.

Helen asintió.

—¡Pues hazlo! Si se casa en ultramar las cartas tendrán que volver a barajarse, pero tampoco es tan peligroso. A no ser que caiga en manos de un estafador, un jugador o un cazafortunas, su marido no querrá ocuparse de una granja en Nueva Zelanda que además proporciona un dinero mensual. Lo mismo ocurrirá con sus posibles hijos. Si uno de ellos siente la vocación de ser granjero, podrá venirse aquí. Aunque seguramente preferirán el dinero y vivir con todas las comodidades europeas.

Gwyneira arrugó el ceño, dubitativa.

—Eso significa que tendremos que seguir ocupándonos de conseguir ingresos constantes, y Jack deberá encargarse de la granja. Ya no podremos permitirnos épocas malas.

—Por lo que cuentas, Jack parece destinado a ser un hábil granjero. ¿Cómo es su relación con Kura? ¿Objetaría ella algo si él se encargara de todo?

Gwyn volvió a negar.

—Jack le da igual, como todo lo que no se pueda transcribir en un pentagrama.

—Pues bien, entonces yo no me preocuparía tanto por lo que pueda pasar si la granja deja de ir tan bien. No puedes ponerte siempre en lo peor. Kura no va a depender toda su vida de lo que le deis. Quizá llegue a ser una estrella de la ópera de fama internacional y nade en oro. O tal vez saque beneficio de su belleza y se case con un príncipe. No concibo que esa muchacha viva toda su existencia a vuestras expensas. Es demasiado hermosa y pretenciosa para eso.

Esa noche Gwyneira permaneció largo rato despierta, pensando en lo que Helen le había sugerido. Quizás el rechazo categórico con que hasta ahora había respondido a los planes de

Kura había sido un error. Pensándolo bien, no había nada que retuviera a Kura en Kiward Station. Si las intenciones de Tonga fracasaban, la muchacha podría vender la granja en cuanto cumpliera la mayoría de edad. Hasta el momento, Gwyn todavía no había considerado esa posibilidad, pero Helen le había abierto los ojos. Su tutela sobre Kura pronto concluiría y entonces Kiward Station quedaría a merced de los caprichos de la joven.

Al amanecer, Gwyn ya casi había tomado una decisión. Todavía tenía que hablar con James, pero cuando le expusiera los argumentos de Helen llegaría a la misma conclusión.

Kura-maro-tini Warden nunca había estado tan cerca de que sus deseos se cumplieran como ese hermoso día de otoño... en que William Martyn acudió a cenar a Pepita de Oro.

5

La primera noche, Ruben O'Keefe se había aburrido mucho con Gwyn y Kura y no tenía intención de repetir la experiencia. Sin embargo, tampoco iban a quedarse mucho tiempo en Pepita de Oro, pues la casa estaba demasiado apartada de la ciudad. Helen ya tenía una habitación preparada para su amiga y su nieta, y Gwyn quería mudarse pronto. Los primeros días de su estancia siempre los dedicaba a Fleurette y Elaine. Esta última quería mostrarle sus progresos como amazona. Ardía en deseos de que su abuela montara en *Banshee* y oír su opinión sobre el estado de su querido caballo, y era obvio que Fleurette y Gwyn intercambiarían una información exhaustiva sobre asuntos de Kiward Station y Haldon. Ruben envidiaba a su mujer y su suegra por eso. En cuanto a Elaine, desde la llegada de Gwyn no dejaba de hablar de cabalgar en el semental de su abuela, o de hacer comentarios sobre su nuevo cachorro. Si Kura-maro-tini permanecía siempre callada, Elaine no dejaba de parlotear. Ruben se temía otra cena con dos adolescentes, una de la cuales siempre estaba enfurruñada y la otra demasiado animada. Sin embargo, se encontró con William en la tienda, aplicadamente ocupado en el inventario de los nuevos artículos, y se le ocurrió una brillante idea.

El día anterior, su joven contable y posible futuro yerno había departido animadamente con Kura. Además, su presencia impediría que Elaine parloteara todo el rato sobre perros y caballos: Ruben ya había constatado que a William los animales no le interesaban. En presencia de su príncipe azul, Elaine sólo tocaba temas que agradaran al joven. Así pues, Ruben consideró que su idea era sumamente práctica. Tan práctica que a eso del mediodía, cuando William acabó la engorrosa tarea de inventariar los artículos y ordenarlos en las estanterías, le dijo:

—Venga esta noche a cenar con nosotros, William. Elaine se alegrará y, además, se ha entendido usted muy bien con mi gruñona sobrina.

William Martyn pareció gratamente sorprendido. Claro que iría; no tenía ningún plan y sólo debía informar a Helen y las mellizas que no estaría presente en la cena. En la pausa del mediodía, se dirigió a la pensión y encontró allí a Elaine al piano y, cómo no, a *Callie* a su lado. El perrito acompañaba el recital con estridentes gañidos para risueño regocijo de las mellizas. También el criado y uno de los empleados del banco se lo estaban pasando en grande. Incluso la severa señorita Carpenter dejó escapar una sonrisa.

—Me parece que canta mejor que mi cultivada prima —estaba diciendo Elaine—. Pero por ahora, gracias a Dios, todavía no quiere ir a la ópera.

William no supo por qué le molestaba esa broma inofensiva, pero ya había sentido cierto enfado cuando O'Keefe había criticado a su sobrina. ¿Cómo iba a ser Kura Warden «gruñona»? Aun así, no había tardado en disculpar a su jefe, ya que daba gracias al cielo por su invitación. Desde que había visto a Kura el mediodía anterior, no hacía más que pensar en cuándo volvería a verla y en qué podría decirle. No tenía duda de que era una muchacha especialmente inteligente. Era comprensible que no le apeteciera conversar sobre nimiedades como a...

En ese momento, Elaine lo vio y sus ojos se iluminaron. Había contado con ello y se había arreglado para él. Una diadema verde le apartaba el cabello del rostro y llevaba un vestido de batista a cuadros verdes y marrones quizás en exceso ligero para el exterior.

—¡Ven, William! —lo llamó con voz entusiasta—. ¡Toca una

canción conmigo! ¿O no tienes tiempo? Te prometo que mantendré a *Callie* en silencio.

Mary —o Laurie— comprendió la indirecta y cogió al perrito para llevárselo a la cocina. Laurie —o Mary— empujó otro taburete junto al de Elaine.

William sabía tocar un poco el piano y había embelesado a Elaine practicando con ella un par de piezas fáciles para cuatro manos. No obstante, simuló modestia.

—¡No aquí, delante de todos, Lainie! Puede que esta noche. Tu padre me ha invitado a cenar

—¿De verdad? —Elaine giró complacida en su taburete—. ¡Qué bien! Ayer casi se muere de aburrimiento con mi horrible prima. Es increíble lo cargante que llega a ser. Bueno, tú mismo lo verás. Es muy guapa, pero por lo demás... Si yo fuese la abuela Gwyn, la enviaría a Londres hoy mismo.

William tuvo que esforzarse por contener el enojo que crecía en su interior. «¿Muy guapa?» ¡Aquella muchacha era una diosa! ¿Y qué estaba diciendo Elaine de enviarla fuera? No podía ser, no... ¡William!, se llamó al orden. ¿Qué tenía él que ver con esa chica? Kura Warden no le importaba en absoluto, no tenía que entrometerse en ese asunto. Se obligó a sonreír a Elaine.

—No será tan malo. Por otra parte, esta mañana estás especialmente guapa.

Y con ello se despidió y fue en busca de Helen, mientras Elaine lo seguía decepcionada con la mirada. «¿Especialmente guapa?» William solía dirigirle piropos más elaborados.

Fleurette O'Keefe se enteró por la tarde de la invitación de Ruben y no se sintió nada entusiasmada. Tenía prevista una cena sencilla e informal. Ni siquiera Helen asistiría. Pero si William estaba invitado tendría que cocinar y servir de manera más ceremoniosa, y además no le resultaba precisamente un comensal agradable. No lograba aclararse del todo con aquel joven y elocuente irlandés. Nunca sabía cuándo expresaba su verdadera opinión o cuándo se limitaba a seguirles la corriente a ella o a su marido. Por añadidura, no se había olvidado de las insinuaciones de la señora Chesfield. Un atentado contra el ministro para Irlanda... Si era cierto que William había estado involucrado, tal vez fuera un sujeto peligroso.

Además, Fleurette había advertido las miradas que todos los varones sin excepción dirigían a Kura. No le parecía buena idea tentar al joven amigo de Elaine. Pero ya era imposible ponerle remedio. William había aceptado y Kura-maro-tini parpadeó al enterarse.

—Debería ponerme el vestido rojo —anunció la muchacha con un dejo de nerviosismo—. Y arreglarme un poco. ¿Podrías enviarme a una doncella para que me ayude, tía Fleur? Resulta difícil atarse sola el corsé.

Kura estaba acostumbrada al servicio doméstico. Si bien Gwyn intentaba arreglárselas con un mínimo de doncellas y ayudantes de cocina, la casa señorial de Kiward Station era demasiado espaciosa para mantenerlo todo en orden, y las cualidades de la señora como ama de casa no eran especialmente notables. Así pues, algunas chicas maoríes trabajaban bajo la égida de su mayordomo y de sus primeras doncellas, Moana y Kiri. Cuando Kura era pequeña, esas muchachas habían cuidado de ella, y Ani, una jovencita habilidosa, se había convertido después en una especie de doncella personal de Kura, y le ordenaba los vestidos y la peinaba.

Fleur miró a su sobrina como si estuviera chiflada.

—Caramba, Kura, puedes vestirte tú solita. Ésta no es una mansión, sólo tenemos un ayudante y un jardinero, que también se ocupa de los establos. No creo que ninguno de ellos quisiera ceñirte el corsé.

Kura no se dignó a responder, sino que se dirigió arriba con gesto de disgusto. Fleurette sacudió la cabeza y se volvió hacia Gwyneira.

—Madre mía, ¡qué cosas se le ocurren a esta niña! Me parece que se cree mejor que nosotros, los del pueblo llano. ¡Pero que tú le permitas tener una doncella propia! No lo entiendo, la verdad.

Gwyn se encogió de hombros con resignación.

—Le preocupa mucho su aspecto. Y la señorita Withers-poon la apoya...

Fleurette torció el gesto.

—¡Yo a la primera que despediría es a esa señorita Withers-poon!

Gwyn se preparó para discutir con su hija igual que venía haciendo con James últimamente, al tiempo que se iba animando a seguir el consejo de Helen. Una estancia en Inglaterra seguro que le sentaría bien a Kura. Si todavía era demasiado joven para ingresar en el conservatorio, le encontrarían un colegio para jovencitas. Llevar uniforme y tener un horario bien repleto de tareas no le vendría mal... Pero entonces, ¿la odiaría Kura por el resto de su vida?

William llegó puntual y su segunda visión de Kura lo dejó tan pasmado de admiración como el día anterior. Y aún más por cuanto esta vez la muchacha no vestía un sencillo traje de viaje, sino un vestido rojo de corte refinado y estampado con zarcillos de colores. Los tonos intensos le quedaban bien, daban más luminosidad a su piel y contrastaban favorablemente con su abundante cabello negro. Ese día lo llevaba peinado con raya en medio, trenzado a ambos lados y las trenzas unidas en la nuca. Esto acentuaba sus rasgos de belleza clásica, los pómulos altos, los ojos cautivadores y, paradójicamente, su aire exótico. William Martyn no habría dudado en postrarse ante tanta hermosura.

No obstante, la cortesía exigía ocuparse en primer lugar de Elaine, naturalmente sentada a su lado a la mesa. Puesto que la cena era más elaborada, Fleurette también había convocado a Helen y su viejo amigo el *constable* McDunn, responsable de la policía. El hombre, achaparrado y de poblados bigotes, condujo a Helen a la mesa solícitamente y William se apresuró a imitarlo con Lainie. George, que ya había perdido interés en su hermosa prima, debía sentarse a su lado. Con auténtica desidia le separó una silla. Y William comprobó encantado que la colocaba justo enfrente de él.

—¿Se ha acostumbrado ya a Queenstown, señorita Warden? —preguntó una vez que las reglas de cortesía dieron paso a una conversación general.

Ella sonrió.

—Por favor, llámeme Kura, señor William... —Su voz transformaba cualquier frase sencilla en la melodía de una singular canción. Incluso Leonard McDunn levantó la vista de su plato para mirarla—. Y para responder a su pregunta... estoy acostumbrada a la amplitud de las llanuras. Este paisaje es bonito, pero sus vibraciones son totalmente distintas.

Gwyn frunció el entrecejo. ¿Vibraciones? Elaine y Georgie reprimieron una risita.

William resplandeció.

—Ah, entiendo a qué se refiere. Cada paisaje tiene su propia melodía. A veces, en sueños, oigo cantar mi querida Connemara....

Elaine lo miró estupefacta de reojo.

—¿Es usted de Irlanda, joven? —preguntó McDunn, buscando bajar la conversación a un nivel más mundano—. ¿Qué es lo que sucede con esa Ley de Autonomía de la que todos hablan? ¿Y cuál es la situación en el país? Tienen bajo control a los principales agitadores, ¿no? Recientemente he oído decir que los fenianos se han movilizado en Estados Unidos para invadir Canadá y refundar Irlanda allí. Un proyecto ciertamente disparatado...

William asintió.

—Estoy de acuerdo, señor. Irlanda es Irlanda. No se puede reconstruir en otro lugar.

—Irlanda posee su propia sonoridad. Melodías melancólicas, y otras, las menos, de alegría arrebatadora.

Elaine bizqueó. ¿Acaso Kura también practicaba el arte del *whaikorero*? ¿O habría leído esa frase relamida en algún libro?

—Una alegría a veces desgarradora —aportó William.

—Bueno, al menos mientras los que apoyan la ley no consigan que cambie de opinión la Cámara de los Lores —terció Ruben.

—Lo que me hace pensar... —intervino Fleurette con el tono

dulce e inocente que utilizaba siempre que se despertaba su faceta de espía—. ¿Sabe usted, Leonard, algo de un atentado contra el vizconde John Morley de Blackburn, el ministro para Irlanda? —Y observó a William con el rabillo del ojo.

El joven casi se atragantó con un trozo de asado. Tampoco a Elaine le pasó inadvertida su reacción.

—¿Estás bien, William? —preguntó, preocupada.

Él hizo un gesto impaciente.

El *constable* se encogió de hombros.

—Ay, Fleur, en ese país siempre pasa algo. Por lo que sé, no dejan de arrestar terroristas en ciernes. A veces me llegan solicitudes de extradición cuando los tipos desaparecen. Pero aquí no han pillado a ninguno, todos se van a Estados Unidos y, por lo general, allí se vuelven más sensatos. En los últimos años sólo ha habido actos incívicos sin consecuencias graves, gracias a Dios.

William intervino furibundo:

—¿Califica usted de actos incívicos la lucha por una Irlanda libre?

Elaine le puso la mano en el brazo.

—Shhh, cariño, no se refería a eso. William es un patriota, señor Leonard.

El joven se liberó de la mano.

Leonard rio.

—Como la mayoría de los irlandeses. Y disfrutan de todas nuestras simpatías, señor Martyn. ¡Pero no por ello hay que disparar contra alguien o hacerlo volar por los aires! ¡Piense en las personas no implicadas que con tanta frecuencia salen perjudicadas!

William no contestó, consciente de que estaba a punto de perder la compostura.

—¿Es usted, pues, un héroe por la libertad, señor William? —se oyó de pronto la voz de Kura-maro-tini. Sus grandes ojos buscaban la mirada del joven.

William no supo si iba a derretirse o a aumentar varias tallas.

—Yo no lo definiría necesariamente así —farfulló, esforzándose por sonar debidamente modesto.

—William se adhirió a la Liga de la Tierra de Irlanda —proclamó orgullosa Elaine, y en esta ocasión recorrió con la mano el brazo de él, marcando territorio. *Callie* gruñía debajo de la mesa; al chucho no le gustaba nada que su ama acariciara a otra persona, y aún menos si era al revés—. Por los arrendatarios de la granja de su padre.

—¿Su padre tiene una granja? —quiso saber Gwyneira.

William asintió.

—Sí, señora, de cría de ovejas. Pero yo soy el hijo menor y no me corresponde ninguna herencia. Ahora he de ver cómo abrirme camino en la vida.

—Ovejas... Nosotros también tenemos algunas —observó Kura, como si los animales fueran una molestia.

A Fleurette no le pasó por alto cuán interesado escuchó William a Gwyneira cuando a continuación ésta se puso a hablar de Kiward Station.

Para Elaine esa noche transcurría igual que la anterior, pese a que esta vez William estaba junto a ella y en tales circunstancias no solía aburrirse. Hasta entonces él siempre se había dedicado a ella, gastándole bromitas, tocándola furtivamente por debajo de la mesa o acariciándole con ternura la mano de forma casual. Pero esa noche, toda su atención estaba centrada en Kura. Quizá no debería haber mencionado con tanta claridad cuánto la enervaba esa chica, pues ahora William seguramente pretendía interponerse entre ambas para que su amada no se sintiera agobiada. Pero ¡bien que podría haberle reservado un par de palabras cariñosas! Elaine se consoló con la idea de que después lo acompañaría fuera. Él la besaría bajo el cielo estrellado como en las ocasiones anteriores e intercambiarían carantoñas. De todos modos, antes tenía que encerrar a *Callie*. La perrita cada vez protestaba con más energía en cuanto el joven se acercaba demasiado a su ama.

¡Ojalá acabase de una vez la sesión musical de Kura! Como el día anterior, tocaba también esa noche para la familia y los invitados, y William escuchaba con entusiasta fervor. No cabía duda de que Kura tocaba muy bien; por mucho que costara, había que reconocerlo. Y ahora, encima, cantaba piezas irlandesas, al parecer para William. Elaine sintió la punzada de los celos.

—¡Canta con tu prima! —la animó Helen, que se percató de que la chica se sentía frustrada—. Tú también conoces esas canciones.

La joven lanzó una mirada inquisitiva a Gwyneira, que también asintió.

—Seguro que hacéis un buen coro —declaró. Gwyneira también habría encontrado bien que permitieran aullar a *Callie* junto al piano de Kura.

Elaine asintió, obediente, se puso de pie y se incorporó a la interpretación de Kura de *Sally Gardens*. A Helen la armonía vocal le resultó ciertamente agradable. La clara voz de soprano de Elaine congeniaba muy bien con la grave tonalidad de Kura. Además, las chicas formaban una estampa muy bonita. La exótica Kura con su melena negra y la dulce y blanca Elaine. Sin duda el gran poeta Yeats se había imaginado a una pelirroja irlandesa igual que ella al escribir la letra de aquella canción. Helen le dijo algo a William, pero él no pareció oírla, tan inmerso estaba en la contemplación de las muchachas, o al menos en una de ellas.

Sin embargo, Kura se detuvo tras unos breves compases y dijo:

—Me resulta imposible cantar si no entonas bien.

Elaine se puso roja como la grana.

—Yo...

—Era un fa sostenido y no el fa que has entonado —explicó Kura, inmisericorde.

Elaine rogó que se la tragara la tierra.

—Vamos, Kura, es una canción popular —terció Helen—. No hay que seguir la notación al pie de la letra.

—Sólo se puede cantar bien o mal —replicó Kura—. Si hubiera entonado un sol sostenido o al menos un sol...

Elaine volvió a su sitio.

—¡Pues entonces canta tú sola! —exclamó con insolencia.

Y eso fue lo que hizo Kura.

Elaine todavía seguía de mal humor cuando la velada acabó poco después. El incidente había incomodado a todos, y aún más porque nadie se había percatado del pequeño error de entonación de Elaine. En silencio, Fleurette dio gracias al cielo de que Gwyn y su nieta se mudaran al día siguiente, pese a que le gustaba que su madre estuviera con ella. Pero Kura, reconoció, le gustaba tan poco como William. Con lo que recordó de nuevo el asunto del atentado. ¿Habría advertido su marido la reacción del joven irlandés?

También a Elaine le pasó por la mente esa cuestión cuando acompañó a William afuera. Por fin la rodeaba con el brazo, pero no de forma tan amorosa como era usual, sino casi como por obligación. Tampoco la fascinaron demasiado las bonitas palabras que él le dedicó.

—Esta música y mi querida pelirroja me hacen sentir en los jardines de Rally. —Y sonrió y la besó con dulzura—. Es extraño lo que me sucede con estas melodías, me evocan vívidamente Irlanda.

«Será por las "vibraciones"», quiso responder Elaine, pero en el último instante se contuvo. No quería que William pensara que se burlaba de él.

—Ojalá fuese un país libre y yo pudiese volver.

Elaine frunció el ceño.

—¿Acaso no puedes ir si Irlanda está bajo la administración inglesa? Las autoridades no te estarán buscando, ¿verdad?

William rio, si bien algo forzadamente.

—Claro que no. ¿Cómo se te ocurre? Lo único que pasa es que no quiero regresar a un país con cadenas.

Elaine seguía sin tenerlas todas consigo. Buscó su mirada.

—William, no tendrás nada que ver con ese atentado, ¿no? Contra ese... ¿cómo se llamaba? ¿Morley?

—Vizconde John Morley de Blackburn —precisó William con acritud—. El ministro para Irlanda. El mayor opresor.

—Pero no le habrás disparado o arrojado una bomba, ¿verdad? —preguntó temerosa la muchacha.

Él la miró echando chispas.

—Si le hubiera disparado ahora estaría muerto. Soy un buen tirador. Y la bomba... por desgracia no estábamos a la distancia adecuada.

Elaine se quedó pasmada.

—Pero... ¿lo intentaste? ¿O al menos lo sabías? ¡William...!

—¡Si nadie hace nada mi país nunca será libre! Y si no les demostramos que estamos dispuestos a todo... —William se irguió.

La chica, que estaba apoyada en él, retrocedió un paso.

—Pero mi padre dice que el vizconde Morley está a favor de la Ley de Autonomía.

—¿Qué más da que esté a favor o en contra? Es un representante de Inglaterra. ¡Él representa a toda la Cámara de los Lores y su maldita banda de opresores!

William volvió a sentir la misma cólera que cuando los habían detenido a Paddy Murphy y a él a la entrada del palacio de gobierno. Habían encontrado la bomba en manos de su amigo, un azar que a fin de cuentas le había salvado el pellejo. William había admitido voluntariamente su complicidad, pero su padre había tocado teclas y hablado con las personas adecuadas. Al final Paddy, un pobre hijo de arrendatario, había acabado con sus huesos en la cárcel, mientras que a William lo habían dejado en libertad. No obstante, advirtieron de forma oficiosa a Frederic Martyn que sacara lo antes posible de Irlanda a su respondón hijo. William quería ir a Nueva York, pero a su padre no le pareció lo bastante lejos. «Cabe la posibilidad de que de nuevo lleguen a mis oídos tus tonterías. Ese lugar está lleno de agitadores», contestó a su hijo, y al día siguiente le compró un pasaje para Nueva Zelanda. A Dunedin, en la isla

Sur, bien lejos de las células de agitadores que luchaban por la libertad.

Y ahora esa chica le reprochaba que tal vez hubiera querido matar a la persona equivocada.

—Yo creo que eso marca una diferencia —se atrevió a decir Elaine—. En la guerra sólo se mata a los adversarios, no a los aliados.

—¡Tú no lo entiendes! —William se apartó irritado—. Eres una chica...

Ella se quedó mirándolo iracunda.

—¿Te refieres a que las chicas no entienden nada de política? Creo que has llegado al país equivocado, William. En nuestra sociedad las mujeres hasta votamos.

—¡Seguro que de ahí no saldrá nada bueno! —se le escapó a él. Se arrepintió de inmediato. No quería ofender a Elaine, pero ¡es que era tan infantil!

Oía en su mente la voz cantarina de Kura. Ella lo entendería. Parecía más madura, aunque en los papeles fuera más joven que su prima. Pero ya se había desarrollado, era más mujer...

Se sorprendió pensando en los pechos plenos y las caderas anchas de Kura cuando estrechó a Elaine, disculpándose.

—Perdona, Lainie, pero Irlanda... es mejor que no me hables de eso. Ahora cálmate y sé buena.

Elaine se había apartado de él enfadada, pero ahora se dejó sosegar. Aun así, no respondió de inmediato a su beso. Y seguía algo disgustada cuando al final se despidieron.

William agitó la mano mientras su canoa se deslizaba río abajo. El día siguiente tendría que mostrarse especialmente amable con ella, aunque su irritación lo enervara. Lo que le interesaba era volver a ver a Kura. Y, al menos de momento, el camino hacia Kura pasaba por Elaine.

6

El otoño en Queenstown se iniciaba con diversas actividades culturales y deportivas organizadas sobre todo por la parroquia. También un par de granjeros notables de los alrededores celebraban fiestas y, cómo no, invitaron a los O'Keefe y sus huéspedes de las llanuras de Canterbury. Tal como esperaba, William consiguió una invitación por mediación de Elaine. La acompañaba a los picnics organizados por la iglesia y a bazares, veladas musicales y rifas benéficas. Para alegría y sorpresa de Gwyn, Kura solía ir con ellos y parecía divertirse. La muchacha, por lo general, sólo se dignaba a participar a regañadientes en los festejos de Kiward Station o las granjas vecinas.

—Y eso que al principio no tenía la impresión de que Lainie y Kura fueran a congeniar demasiado —comentó a Helen—. Pero ahora no se separan.

—Lainie no tiene aspecto de sentirse feliz —señaló la observadora Helen.

—¿Feliz? Esa niña tiene la mirada de un animalito entrampado —intervino Daphne. Las dos hoteleras se hallaban en su reunión semanal para el té y, en esta ocasión, Gwyn participaba—. Señorita Helen, yo intervendría. Kura va detrás del chico de Lainie.

—¡Daphne! ¡Qué forma de expresarse es ésa! —se indignó Helen.

La aludida puso los ojos en blanco.

—Disculpe, señorita Helen. Pero yo creo... bueno, a mi entender, la señorita Warden muestra un interés improcedente hacia el galán de la señorita O'Keefe.

Gwyn sonrió satisfecha. Daphne sabía elegir el vocabulario cuando tocaba. A ella misma tampoco le había pasado por alto el interés de Kura, si bien no sabía cómo considerar el asunto. Claro que era poco honesto para Elaine, pero, por otra parte, prefería diez veces más que fuera William Martyn quien cortejara a su nieta en vez del joven maorí Tiare.

—No obstante, hasta el momento el señor Martyn se comporta de modo muy correcto con ambas muchachas —observó Helen—. Yo al menos todavía no he advertido que favorezca a una más que a la otra.

—Ése es el problema —replicó Daphne—. Debería preferir a Elaine. A fin de cuentas, ha alimentado sus esperanzas. Y ahora, en el mejor de los casos, recibe tanta atención como Kura. ¡Esto debe de herirla profundamente!

—Ay, Daphne, todavía son unas niñas —matizó Gwyn—. De momento no puede plantearse en serio pedir la mano de ninguna de ellas.

Daphne arqueó las cejas.

—¡Niñas! —resopló—. No se deje engañar. Más vale que usted, señorita Helen, vigile el tierno corazón de Elaine, y usted, señorita Gwyn, a su heredera. Incluso si considera que los encantos de Kura todavía no bastan para quitarle el sueño a Martyn... durante las noches él puede hacer otras cosas. Contar ovejitas, por ejemplo, señorita Gwyn. Muchas ovejitas.

Kura Warden no sabía qué le estaba sucediendo. Por qué iba a todas esas comidas campestres de la iglesia y permitía que le rondaran todos aquellos paletos. Por qué escuchaba a músicos de tercera categoría y fingía que le complacían sus chapuceros rasgueos. Por qué malgastaba su tiempo con salidas en barca y picnics, comentando trivialidades sobre el maravilloso paisaje que rodeaba el lago Wakatipu. Todo eso era agotador y absurdo, pero la estimulaba porque estaba con William. Antes nunca había experimentado algo así, los hombres le resultaban bastante indiferentes. Un público, un espejo para medir su influjo, pero nada más. Y ahora había aparecido ese William con su sonrisa descarada, los hoyuelos, los ojos chispeantes y aquel desconcertante cabello rubio pajizo. Kura nunca había visto hombres de ese rubio dorado, a lo más suecos o noruegos en Christchurch. Pero la mayoría eran también pálidos y de tez clara, mientras que William tenía una piel bronceada que producía un contraste perfecto con su cabello tan rubio. Y además esos ojos azules y vivaces, que la seguían allá donde ella fuese. Los cumplidos que le dedicaba sin resultar grosero. Sus modales eran impecables. A veces incluso demasiado irreprochables...

Kura deseaba con frecuencia que William la tratara con más sensualidad, como Tiare siempre hacía. Claro que lo rechazaría, pero sentiría el latido de la tierra, por ejemplo, si él le apoyara su mano en la cadera. «El latido de la tierra», así llamaba Marama ese hormigueo que sentía una mujer entre las piernas, esa agradable calidez que ascendía por el cuerpo, ese batir del corazón expectante. Kura lo había experimentado pocas veces con Tiare, pero surgía invariablemente cuando la pierna de William rozaba su falda bajo la mesa por descuido. Kura esperaba señales más claras, pero el joven no cruzaba los límites de la corrección. Hasta el momento, su contacto había sido fugaz, cuando le daba la mano, por ejemplo, para ayudarla a bajar de la barca o el carruaje. Kura sentía al menos que no eran roces casuales ni inocentes. Sabía que sus movimientos también electrizaban a William, que también él ardía en deseo, y Kura avivaba el fuego siempre que podía.

No obstante, si alguien le hubiera dicho el enorme dolor que con ello provocaba a Elaine, se habría sorprendido. No se percataba ni de su tristeza ni de su creciente actitud taciturna. De todos modos, Kura no habría reprimido sus impulsos por respeto a su prima. No pensaba en absoluto en Elaine, para ella era otra criatura más, falta de sentido musical y mediocre, de las muchas que habitaban la tierra; al parecer, ni los dioses eran perfectos: pocas veces creaban obras maestras como Kura... o William Martyn. En él veía ella la afinidad espiritual. Por el contrario, personas como Elaine... Entre su prima y ella veía menos puntos en común que entre una mariposa y una polilla.

En este sentido, tampoco era consciente de la relación entre Elaine y William. Kura no ponía ningún reparo en dejar solo a su elegido con su prima. Y así, el muchacho seguía acompañando a Elaine a casa y besándola. Esto era lo único que todavía animaba a la joven pelirroja, que sin embargo sufría de forma atroz cuando oía hablar a Kura y William de música y arte, de ópera y de los libros más recientes, temas todos que a nadie preocupaban realmente en Queenstown.

Sin embargo, Elaine no carecía en modo alguno de formación. Como nieta de Helen O'Keefe, sus relaciones con la cultura habían sido frecuentes. Y ahora, puesto que era evidente que William se interesaba por el arte, también se esforzaba en leer todas las nuevas publicaciones, al menos del ámbito literario, y en intentar formarse opiniones propias. Pero Elaine era un ser pragmático. Leer más de un poema al día la enervaba, y el montón de versos de los volúmenes de poesía la destrozaba. Tampoco le gustaba tener que interpretar una historia antes de entender su sentido y a partir de ahí la belleza. Podía sufrir y reír con el protagonista de un libro, pero las repetidas escenas de brumas, los monólogos quejumbrosos y las infinitas descripciones de paisajes la aburrían. La verdad, prefería coger las revistas de su madre y deleitarse con las novelas por entregas en que las mujeres amaban y sufrían. Pero, naturalmente, no podía reconocerlo delante de Kura, y ahora tampoco de William. De hecho, no le había parecido tan remilgado cuando lo conoció. Ahora, de repente, se diría que no encontraba nada más agradable que recitar poemas con Kura o escucharla tocar el piano. Las inagotables conversaciones con ella echaban a perder todas las actividades que antes le gustaban, como los picnics y las regatas de embarcaciones. Y encima, Elaine parecía no hacer nunca algo bien. Cuando se levantaba impulsivamente para vitorear a voz en cuello el bote en que George remaba, Kura y William la miraban como si se hubiera quitado el corsé en plena calle Mayor. Y cuando en alguna comida campestre de la parroquia se sumaba a un alegre corro de bailarines de *squaredance*, ambos se distanciaban de ella. Lo peor era que Elaine no tenía a nadie con quien hablar de todo esto. A veces pensaba que se había vuelto loca porque al parecer era la única que se percataba de los cambios operados en la conducta de William.

Su padre seguía encantado con su labor en la tienda y la abuela Helen encontraba normal que un joven se comportara con «corrección». Elaine no podía contarle que William ya la había besado y acariciado en algunas partes que... bueno, partes a las que una dama probablemente no le habría permitido acceder. No quería recurrir a su madre, pues sabía que a Fleurette nunca le había gustado de verdad William. Y la abuela Gwyn... en condiciones normales ella habría sido la interlocutora perfecta. Elaine notaba que las charlas continuas de Kura sobre arte y sus pesadas peroratas sobre teoría de la música también la sacaban de quicio. Pero la abuela Gwyn quería a Kura por encima de todo. Ante cualquier crítica dirigida a su nieta, reaccionaba con un silencio gélido o incluso la defendía. Y ella también parecía aprobar la relación de Kura con William, o al menos no tenía nada contra el muchacho. Elaine veía con frecuencia a Gwyn y William charlando. No era de extrañar, pues ese *whaikorero* de talento innato era capaz de hablar tanto de ovejas como de música.

Entretanto, había llegado el invierno. Las montañas estaban cubiertas de nieve y de vez en cuando había tormentas y nevaba en Queenstown. Gwyneira adquirió unas pieles para Kura con las que la joven parecía una princesa de los mares del Sur extraviada en lugar ajeno. Su cabello oscuro y sus rasgos exóticos, enmarcados por la amplia capucha del abrigo de zorro plateado, atraían todas las miradas. Elaine sufría cuando William ayudaba solícito a la torpe muchacha a avanzar por la calle helada y se reía con ella cuando intentaba escuchar la melodía de los copos de nieve. Para Elaine caían en silencio. Con el tiempo, ya había llegado a convencerse de que carecía por completo de sentido musical y no tenía sensibilidad para el romanticismo. La verdad sea dicha, ya no aguantaba más. Iba a preguntarle a William si todavía la amaba.

Una noche tuvo la oportunidad. Helen había organizado una velada musical en la pensión. En las granjas colindantes había algunos aficionados a la música clásica que tocaban el violín, la viola o el contrabajo. Acudían gustosos a Queenstown, tocaban juntos y pasaban la noche en la pensión de Helen. Antes, en esos conciertos familiares Elaine se ocupaba del piano, pero esa noche tocaría Kura, claro. Elaine ya hacía tiempo que no se atrevía a tocar el instrumento en presencia de su prima. También los O'Keefe se quedaron esa noche en la ciudad, pues el tiempo dificultaba el largo camino hasta Pepita de Oro. Y así, Elaine y William tuvieron la posibilidad de escaparse para unas caricias furtivas mientras los demás se relajaban con una copa de vino. No obstante, Elaine tuvo la sensación de que William era reacio a dejar a Kura rodeada de admiradores. Su prima tenía realmente una corte: las alabanzas por su interpretación y su belleza no se agotaban. «¿Piensas realmente en mí —le preguntó mentalmente la muchacha cuando él la abrazó y la besó—. ¿O te figuras que estrechas a Kura entre tus brazos?» Así que ya no pudo contenerse:

—¿Todavía te gusto? —quiso saber cuando él la liberó de su abrazo—. Me refiero a si te gusto de verdad. ¿Todavía... todavía estás enamorado de mí?

William le dedicó una mirada amable.

—¡Tontita! ¿Estaría aquí si no fuera así?

Justo eso es lo que quería saber Elaine. Pero de nuevo se sintió agredida, esta vez con la palabra «tontita».

—En serio, William. ¿No encuentras a Kura más bonita que yo? —Rogó que su pregunta no sonara a súplica.

Él sacudió la cabeza y casi pareció enfadarse.

—Lainie, la diferencia entre tú y Kura consiste en que ella nunca me habría planteado esta pregunta. —Dicho esto, la dejó plantada y volvió a la casa.

¿Se había ofendido? ¿Tal vez porque ella había puesto en duda sus sentimientos? ¿O más bien porque no se atrevía a mirarla a la cara?

Kura estaba tras una ventana y había observado lo ocurrido. En efecto, él besaba a su prima. Ya había sospechado algo, pero hasta ahora nunca lo había visto. No se enfadó ni sintió celos. Si William besaba a esa chica, seguro que era por necesidad. Los hombres necesitan a las mujeres, también eso lo había aprendido con los maoríes. Si llevaban tiempo sin acostarse con una mujer se volvían insoportables. Pero William se merecía algo mejor, pues sin duda era un caballero. Kura le haría comprender, con tacto, que el latido de la tierra tenía su propia melodía, y que era más hermoso descubrirla con alguien que la escuchara.

En junio, Ruben O'Keefe y su familia recibieron una peculiar invitación. Los suecos de los campamentos de buscadores de oro celebraban el solsticio de verano, sin importarles que el 21 de junio en Nueva Zelanda no fuera el día más largo sino el más corto del año, y que en esa época los prados no estaban floridos y sólo había flores de escarcha en las ventanas. Pero a los rudos nórdicos eso no les inquietaba: también la cerveza y el aguardiente les sabían bien en ese hemisferio, se podían prender hogueras y entrar en calor bailando... sólo habría cierta dificultad para recoger las flores. Pero eso era más costumbre de mujeres, los hombres podían pasar sin ello. Para que no faltaran muchachas, invitaron a Daphne y sus chicas.

—Cuanto más ligeras las mozas, mejor saltarán con nosotros por encima de la hoguera —declaró Søren, uno de los organizadores de la singular fiesta—. Pero puede traer tranquilamente a su hija, señor Ruben. ¡Ya distinguimos quién es una dama, descuide!

Fleurette encontró divertido acudir. Había leído acerca de

las costumbres del solsticio y ahora quería brincar junto a las hogueras de San Juan. Ruben aceptó la invitación porque los buscadores constituían su mejor clientela. Helen, sin embargo, la rechazó.

—Hace demasiado frío para mis viejos huesos. Que bailen los jóvenes, Gwyn, nosotras pasaremos una agradable velada. Que venga también Daphne si le apetece.

Daphne agitó la cabeza risueña.

—No, señorita Helen. Debo ir y no perder a mis chicas de vista —explicó—. ¡No sea que se entreguen a esos tipos y lo mismo se presenten con un suequito en el vientre! Se supone que es un rito de la fertilidad, hay que vigilar...

Elaine se alegraba de la fiesta, pero Kura tenía sentimientos encontrados. Habría una gente terriblemente basta y una banda que desafinaría cada dos notas. Se helarían de frío y todos dirían necedades. Aun así, William asistiría y habría baile. Puede que hasta se bailara de verdad en lugar de andar dando brincos como en los picnics de la iglesia. La señorita Heather le había enseñado a bailar y dominaba el vals y el foxtrot. Mecerse con la música, estar entre sus brazos y dejarse llevar por el ritmo sería como un sueño... ¡Claro que ellas deberían lucir vestidos de baile! Kura lamentó no tener ninguno, aunque es cierto que los O'Keefe se habrían burlado de ella. Cada uno se pondría su ropa más abrigada para el festejo.

En el lugar donde se celebraba la fiesta, las muchachas tiritaban envueltas en abrigos y bufandas. Un par de suecas lucían trajes regionales. El escenario ofrecía una atmósfera casi irreal, pues ya había oscurecido hacía rato: la luna pendía sobre las montañas nevadas y el árbol de mayo y las jóvenes que bailaban alrededor de él con cofias rojas y adornadas, aunque iluminadas por las hogueras, parecían haber viajado en el tiempo. Los hombres velaban para que nadie se congelara del todo. El aguardiente y la cerveza, al igual que el vino caliente con especias para las mujeres, corrían a raudales y alimentaban la caldera interior. El reducido grupo de Daphne ya estaba bastante achispado y coqueteaba con los buscadores de oro. Las dos suecas les explicaron el baile en torno al árbol de mayo y las muchachas se entrelazaron risueñas a las cintas de colores.

Elaine observaba con interés mientras Kura contemplaba asqueada. Al principio ambas bebieron sólo vino, pero cuando empezó a calar el frío apreciaron el alcohol caliente, que pronto les hizo olvidar sus inhibiciones para relacionarse con los demás. Elaine fue a unirse a los bailarines y acabó revoloteando sonriente en torno al árbol de mayo de la mano de una muchacha casi albina y con ojos azules llamada Inger. Luego Inger se acercó a ambas primas y les ofreció unas plantas marchitas.

—Tomad, ¡todavía no lleváis flores! Pero forma parte de la tradición. En el solsticio de verano una joven tiene que recoger siete flores distintas y depositarlas bajo su almohada la noche de San Juan. ¡Así soñará con su futuro marido!

Inger hablaba con un acento divertido y daba la impresión de ser muy simpática. Elaine cogió el ramito más bien tristón y le dio las gracias. Kura, por el contrario, no le dirigió ni una mirada. Volvía a estar enfurruñada y se aburría. Al otro lado de la hoguera, William conversaba con Ruben y unos buscadores de oro; Elaine, a su vez, ya hacía tiempo que había desistido de charlar con Kura.

—Las hemos recogido al amanecer, siguiendo la costumbre —prosiguió Inger, explicando el origen de las «flores», por lo que a la fuerza la cosecha era limitada—. Son todas plantas aromáticas y de interior. Así que si sólo soñáis con cocineros y chicos muy caseros, no os preocupéis.

Elaine sonrió y le preguntó por Suecia. Inger respondió de buen grado. Había emigrado con un joven que la amaba profundamente, pero que en cuanto llegaron a Dunedin la dejó por otra.

—Qué gracia, ¿no? —dijo Inger con su agradable acento, si bien todavía parecía herida—. Se trae a una y luego... De todos modos, el dinero para el viaje lo había ganado yo.

Era evidente que ejerciendo la prostitución, pues Inger dejó entrever que lo había hecho casi todo por ese hombre.

Elaine pensó en William. ¿Lo haría ella también todo por él? ¿Y él por ella?

Más tarde la fiesta se animó, cuando las hogueras por fin se apagaron. Todos se estaban divirtiendo... salvo Kura. Había imaginado otra clase de bailes, explicó dignamente cuando un joven buscador de oro borracho reunió ánimos para invitarla a bailar. Sin embargo, al final dejó que William la convenciera de saltar sobre la hoguera. Elaine observó malhumorada. ¿No era ésa una costumbre entre enamorados?

Antes de que la fiesta se volviese demasiado licenciosa, Ruben y Fleurette tocaron a retirada. Justo en ese momento era cuando Daphne no podía perder de vista a sus chicas, y sorprendió a Inger y Søren besándose. «Tal vez Inger sueñe esta noche con él», pensó Elaine, y sostuvo cuidadosamente sus flores. Søren parecía un buen chico y la sueca de cabello rubio pálido merecía una vida mejor.

Ruben y Fleurette partieron camino de Pepita de Oro, alejándose del campamento de los buscadores de oro. No querían pernoctar en la ciudad pues el personal doméstico maorí también había acudido a una fiesta y George se había quedado solo en casa, circunstancia por la que él, claro está, había protestado airadamente. También él habría saltado por encima de la hoguera, pero al día siguiente tenía escuela, así que Fleurette quería comprobar lo antes posible si el chico había obedecido y estaba ya en la cama.

Elaine, por su parte, insistió en marcharse a la ciudad con William y Kura. Había dejado un caballo en el establo de Helen y había ido con los dos en el carro. Así que tenía un pretexto.

—Pero puedes pedir aquí que te presten un caballo —dijo su padre—. ¿Cómo se te ha ocurrido dejar a *Banshee* en la ciudad? Podrías haber seguido al carro con tu yegua.

Fleurette le puso una mano en el brazo. ¡Cómo podían ser

los hombres tan insensibles! Ella entendía muy bien que Elaine no quisiera que Kura se quedara a solas con su galán.

—Te lo explicaré más tarde —susurró a su marido, haciéndole callar—. Pero no tardes mucho, Lainie. Cabalga deprisa y no te detengas en ningún caso.

William parecía un poco escandalizado. No encontraba digno que una señorita como Elaine recorriera sola ese largo camino de noche. ¿Acaso esperaban que él la acompañara? Elaine sólo rio cuando él se ofreció sin demasiado entusiasmo. Tomó un té en la pensión con ellos. Tras el viaje en el carruaje tenía que entrar en calor y Helen y Gwyn todavía conversaban junto a la chimenea.

—William, yo monto mejor que tú y te dejo atrás. De día ya te quejas de que vaya a caballo por ese «camino peligroso». Ahora, por la noche, no harías más que retrasarme.

«Sin duda es cierto, pero no está expresado con mucha habilidad», pensó Helen. A fin de cuentas, a nadie le gusta que le digan que es un jinete torpe. William puso la cara ofendida que correspondía, pero Elaine no se dio cuenta. Habló alegre del árbol de mayo y de las flores que había que depositar bajo la almohada.

«Es una niña», pensó William, como si la disculpara por fastidiarlo, ante la evidencia de que se había enamorado de Kura.

Cuando Elaine se marchó poco después, él la acompañó fuera. Eso se daba por supuesto, a fin de cuentas era un caballero. El beso de despedida fue breve, pero Elaine no se percató. Estando tan cerca de los ojos vigilantes de su severa abuela, tampoco ella esperaba demasiadas muestras de cariño, pues Helen seguro que se olería algo al oír ladrar a *Callie*. La perrita seguía mostrando disconformidad cada vez que William abrazaba y besaba a su ama.

Casi con alivio, él la siguió con la mirada cuando se alejó montada en *Banshee*. Elaine dejaría que el caballo hiciera un precalentamiento al paso y cuando hubiera dejado atrás la calle Mayor, lo lanzaría al galope seguida de aquel chucho malcriado. William meneó la cabeza. Muchos aspectos del comportamiento de Elaine siempre le resultarían incomprensibles. A diferencia de Kura.

Kura-maro-tini salió a hurtadillas de la casa. La luz del salón de Helen acababa de apagarse. La habían enviado a su habitación, pero se había instalado en la planta baja. Desde la ventana había observado cómo se despedía William de Elaine.

Él se alegraba de no haber besado con ardor a Elaine. No le habría gustado que Kura, que justo ahora se asomaba a la entrada, lo hubiese sorprendido abrazando a su prima. Kura se cuidó de que no pudieran verla desde alguna ventana. Se había cubierto con el abrigo de pieles, pero sin abrocharlo para dejar a la vista el vestido que llevaba debajo. Los tres primeros botones del vestido ya estaban desabrochados. Se había soltado el cabello, que se derramaba sobre la clara piel de zorro, a la que la luna plateaba.

—Necesitaba aire fresco, dentro hace calor —dijo, jugueteando con el cuarto botón del vestido.

William se acercó a ella.

—Es usted preciosa —dijo, pero le salió un tono casi de constatación formal. Se habría dado una bofetada por ello. ¿Por qué no se le ocurría ningún elogio ingenioso? Por lo general no le resultaba difícil hallar las frases adecuadas.

Ella sonrió.

—Gracias —musitó, y alargó la palabra en un tono que prometía el cielo.

William no supo qué contestar. Lenta y decorosamente, casi con temor, le acarició el cabello. Era suave como la seda.

Kura se estremeció. Parecía temblar de frío. Pero ¿no acababa de decir que tenía calor?

—Es raro que ahora sea verano en otro lugar —añadió—. ¿Celebran también en Irlanda estas fiestas?

—Lo hacen el primero de mayo en lugar de a finales de junio —graznó William. Se aclaró la garganta—. Antes se llamaba Beltane. Una fiesta de primavera...

—Una fiesta de la fertilidad —dijo Kura con voz sugerente—. «Cuando llega el verano y los árboles florecen amables...»

La voz de la muchacha pareció borrar las calles heladas de Queenstown y William se encontró de nuevo en Irlanda, besando a Bridget, la hija de un arrendatario, sintiendo su ardor y su deseo.

Y entonces tomó a Kura entre sus brazos. Simplemente sucedió. Él no lo había querido... Era demasiado joven, y pese a todo estaba Elaine, y su trabajo allí en Queenstown... pero sobre todo estaba Kura. Su aroma, su tibio cuerpo... Kura era el principio y el fin. Él podría haberse perdido en su beso. Aquella chica era la tierra iluminada por la luna, era el lago de destellos plateados y el mar infinito. Al principio la besó despacio y con recato, pero la joven lo estrechó y respondió a sus caricias, al parecer con experiencia. Nada había allí del tiento y el temor de Elaine: Kura no era tierna y frágil, no era tímida como la muchacha de los Sally Gardens, sino abierta y seductora como las flores que en Beltane se amontonaban en el altar de la diosa. William le bajó un poco el vestido y acarició la suave piel de sus hombros, y Kura se frotó contra él, le alborotó el cabello, cubrió de breves besos y luego de diminutos mordiscos su cuello. Ambos olvidaron el refugio de la casa, era como si estuvieran bailando en la terraza del hotel.

Elaine acababa de dejar la calle Mayor y avanzaba por el camino junto al río, cuando de repente se acordó. ¡Las flores! Había dejado las siete flores que le había dado Inger junto a la chimenea de Helen. ¿Obrarían todavía su efecto si dormía sobre ellas la noche siguiente? Era probable que no: la noche de San Juan era ésa. Y tal vez Inger le preguntaría por ello, y ojalá lo hiciera. Puede que Inger fuera una muchacha promiscua, pero era casi como una amiga y Elaine estaba deseando charlar sobre sus sueños y reírse con ella. Y si quería saber qué aspecto tendría su futuro esposo tenía que volver por las flores. Al trote perdería como mucho cinco minutos.

Banshee dio media vuelta de mal grado. Su ama había querido regresar a casa lo más deprisa posible y había emprendido la marcha con el debido brío. ¿Ahora tenían que volver otra vez por la calle Mayor? Eso no le cuadraba a la yegua, pero era un caballo obediente.

—Venga, *Banshee*, cuando entre, birlaré un pastelito del té para ti —le susurró Elaine.

William y Kura deberían haber oído los cascos, pero esa noche ambos sólo oían su propia melodía, la respiración y el corazón del otro, sentían el latido de la tierra.

Elaine quizá no habría visto a la pareja si ésta hubiera permanecido al abrigo de la casa. Esperaba que la pensión estuviera cerrada y quería entrar por los establos. Pero Kura y William estaban a la luz de la luna, iluminados como en un escenario. *Banshee* vaciló al verlos y piafó con los cascos. A Elaine se le cortó la respiración. Aquello era inconcebible. ¡Debía de ser su imaginación! Si cerraba los ojos y volvía a abrirlos, seguro que ya no estarían ahí.

Los cerró, intentó recuperar la respiración y volvió a mirar. Y la pareja seguía ahí, besándose. Estaban absortos, eran como una sola silueta a la luz de la luna. De repente se encendió una luz en la casa y la puerta se abrió.

—¡Kura! ¿Por todos los santos, qué haces aquí?

¡La abuela Helen! Así que no era su imaginación. Helen también lo había visto. Y ahora...

Más tarde, Helen no habría sabido decir qué la había inducido a bajar de nuevo antes de acostarse, tal vez las flores que Lainie había olvidado. Su nieta había hablado de ellas tan esperanzada... Seguro que regresaba si por el camino se daba cuenta de su olvido. Y entonces vio dos sombras frente a la casa, o una única sombra.

Y el repiqueteo de los cascos...

Helen observó cómo Kura y William se separaban, y vio por una fracción de segundo los ojos desorbitados por el horror de su nieta, antes de que hiciera dar media vuelta a su pony blanco y lo lanzara al galope calle Mayor abajo como llevado por el diablo.

—¡Entra inmediatamente en casa, Kura! Y usted, señor William, búsquese por favor otro alojamiento. No volverá a pasar ninguna noche más bajo el mismo techo que la niña. Sube a la habitación, Kura. ¡Mañana hablaremos! —Los labios de Helen formaban una delgada línea y en su entrecejo había aparecido una marcada arruga.

William entendió de golpe por qué los colegas buscadores de oro le tenían tanto respeto.

—Pero... —Helen lo miró y ya no salió nada más de su garganta.

—Nada de peros, señor William. No quiero verlo nunca más.

7

—Créeme, Fleur, ¡yo no lo he echado!

O'Keefe se estaba cansando del interrogatorio de su esposa. Detestaba que descargara contra él su mal humor, aunque él en realidad no fuera culpable de la catástrofe familiar acaecida entre Elaine, William y Kura.

—Él mismo se ha despedido. Dice que quiere ir a las llanuras de Canterbury. A la larga ha resultado que echaba en falta las ovejas...

—¡Eso sí me lo creo! —refunfuñó Fleurette—. Debe de tener la vista puesta en diez mil ovejas bien precisas. ¡Nunca he confiado en ese tipo! Deberíamos haberlo mandado al quinto pino.

Ella misma notaba que estaba poniendo nervioso a Ruben, pero al final de ese día necesitaba un pararrayos. La noche anterior había oído volver a Elaine pero no había hablado con ella. Por la mañana, la joven no había bajado a desayunar y Fleur había encontrado en el establo a *Banshee* bastante descuidada. Claro que Elaine le había dado de comer y echado una manta por el lomo, pero no había lavado ni cepillado a la yegua. De eso dejaba constancia el pelaje apelmazado por el sudor tras una intensa cabalgada, y no era propio de Elaine desatender su caballo. Finalmente, había subido para comprobar qué le pasaba a la joven y había encontrado en la cama a su hija llorando inconsolablemente, con *Callie* pegada a ella. Fleurette no consiguió sonsacarle nada y fue Helen quien por la tarde contó lo que había ocurrido.

Helen llegó sola a Pepita de Oro con el caballo de Leonard tirando de un *dogcart* prestado: algo también increíble. La mayoría de las veces evitaba trasladarse en esa clase de carros de dos ruedas o cabalgar. Antes, en las llanuras de Canterbury, había tenido un mulo, pero desde la muerte de *Nepumuk* no había adquirido otra montura. Y esa mañana tampoco había precisado de la ayuda de Gwyn.

—Gwyneira se marcha —anunció Helen con fingida amabilidad, cuando Fleurette le preguntó por ella—. Todo le resulta espantosamente lamentable y comprende que es mejor evitar a Elaine la presencia de Kura. Por lo demás, no ha tomado ninguna medida de castigo. Tampoco se ha planteado la idea de un internado en Inglaterra o, aún mejor, en Wellington. Y, sin embargo, ésta hubiera sido la única solución para esa joven tan bella como malcriada. Debería aprender que no se puede tener todo lo que se desea.

—¿Te refieres a que ha seducido a William? —preguntó Fleurette directamente. No estaba dispuesta, ni siquiera de pensamiento, a disculpar a la joven.

Helen se encogió de hombros.

—Él no la arrastró fuera de casa, ella debió de seguirle a él y a Elaine. Como dice Daphne: a ciertos hombres las chicas les caen como ciruelas maduras.

Fleurette casi se rio. Ese tipo de expresiones no era propio de Helen.

—Y ahora se irá con ella a las llanuras de Canterbury. ¿Qué dice mamá al respecto? —preguntó.

Helen volvió a encogerse de hombros.

—Creo que todavía no lo sabe. Pero tengo un presentimiento bastante oscuro. Me temo que Gwyn vea en este William la respuesta a sus oraciones...

«Elaine lo superará.»
Eso escuchó Fleurette una y otra vez en las semanas siguientes, pues la partida de William estaba en boca de todos en la ciu-

dad. Si bien sólo Elaine había sido testigo de su relación con Kura, algunos clientes y empleados se habían enterado de la renuncia del joven. Y las mujeres de Queenstown, en especial, ataron cabos, a más tardar en el momento en que resonaron las palabras: llanuras de Canterbury. Gwyneira y Kura Warden se habían marchado prácticamente el mismo día que el contable de Ruben. Elaine ni se atrevía a pisar la ciudad, aunque Fleurette afirmaba que no tenía nada de que avergonzarse. La mayoría de la gente más bien simpatizaba con ella. Los ciudadanos mayores de Queenstwon no habían envidiado a Elaine por su prometido, y muchas chicas casaderas de su edad disfrutaban cotilleando sobre su desgracia. No obstante, Elaine no dejaba de llorar. Se enclaustró en su habitación y sollozó hasta que no le quedaron lágrimas.

—Esto se repite —opinó Daphne cuando Helen se lo contó en la reunión del té.

Elaine ya no la sustituía en la recepción y tampoco ayudaba en la tienda. Cuando no estaba llorando, vagaba con su perro y su caballo por los bosques de los alrededores. Pasaba de forma inevitable por los lugares en que había estado con William celebrando un picnic o besándose... y por tanto siempre acababa llorando a lágrima viva.

—Es que era su primer amor —continuó la propietaria del burdel—. Hay que pasar por eso. Todavía me acuerdo de lo mucho que lloré yo. Tenía doce años y él era marino. Fue él quien me desvirgó, el muy desgraciado, y sin siquiera pagar. En lugar de eso me dijo que se casaría conmigo y que me llevaría a recorrer mundo. ¡Qué tonta era! ¿Desde cuando zarpan los marinos con sus amadas? Pero me contaba patrañas diciéndome que me escondería en un bote salvavidas. Cuando desapareció, el mundo se me derrumbó. Desde entonces no me fío de ningún hombre. Pero soy una excepción, señorita Helen. La mayoría vuelve a caer a la que aparece el siguiente tipo. Sería estupendo que Lainie tuviera algo que hacer. Arrastrarse por ahí llorando no le hará ningún bien.

Así que Helen intentó con ruegos —y Fleurette y Ruben con una suave presión— que Elaine abandonara su ostracismo.

No obstante, pasaron varias semanas antes de que volviera a ayudar en la tienda y el hotel.

La muchacha que enseñaba piezas de tela y registraba a los huéspedes, al igual que había hecho antes, ya no era la misma. Y no sólo porque había adelgazado y se la veía pálida y ajada —las marcas del desamor, como explicaba Daphne—, lo más alarmante era su comportamiento. Dejó de sonreír a la gente, ya no iba por la ciudad con la cabeza alta y no dejaba que sus rizos revolotearan. En lugar de eso se mostraba insegura. Prefería ayudar en la cocina que en la recepción, trabajar en el almacén que despachar a los clientes. Cuando se compraba un vestido no elegía nada alegre, de colores, sino una prenda discreta. Y su cabello... «como si los ángeles hubieran hilado cobre», lo había descrito William, el muy embustero. Antes a Elaine le gustaba que sus rizos flotaran en torno a ella como electrizados. Ahora corría a alisárselos con agua antes de atárselos en la nuca en lugar de cepillárselos para darles más vida.

La joven parecía extrañamente encogida, arrastraba los pies, tenía la mirada baja y la espalda encorvada. Mirarse al espejo le resultaba una tortura: en el mejor de los casos, no veía más que un rostro desgraciado. Se consideraba tonta y carente de talento, nada en comparación con la maravillosa Kura Warden. Se veía delgada y plana, cuando antes se encontraba delicada y esbelta. «Élfica», había dicho William. Para ella había sido un piropo maravilloso. Pero ¿quién quería una elfa? ¡Los hombres querían una diosa, como Kura!

Elaine se estaba destrozando a sí misma aunque Inger no dejaba de darle ánimos. Las jóvenes se habían hecho amigas, y la noticia de que su padre había contratado a Søren en la tienda para sustituir a William y de que el joven sueco iba a casarse con Inger pocas semanas después, había arrancado por un tiempo a Elaine de su dolor. De todos modos, Inger no le brindaba la ayuda adecuada. Elaine no encontró especialmente halagüeño que su amiga le señalara inocentemente que Daphne daría lo que fuera por contar con una chica como ella. Claro, para un burdel quizá daba la talla, pero un hombre de verdad nunca la amaría.

Con el tiempo, el semblante de William se fue borrando de sus recuerdos. Ahora podía recordar sus caricias y besos sin sentir el horrible dolor del «nunca más». En el fondo sucedió justamente lo que Daphne y los demás habían predicho. Elaine se olvidó de William... pero no de Kura.

William había partido hacia las llanuras de Canterbury el mismo día que Gwyneira y Kura, pero, por supuesto, no viajaron los tres juntos. Gwyn sólo había cargado la calesa con un ligero equipaje y le había pedido a Ruben que le enviara el resto de sus cosas con el siguiente transporte que saliera hacia Christchurch. Luego dirigió su semental rumbo al norte. William, que se había refugiado otra vez en el campamento de buscadores de oro, necesitaba comprarse un caballo antes de ponerse en camino. No obstante, al final fue más rápido que Gwyn y Kura, pues las dos pernoctaron esta vez en granjas de conocidos, por lo que tuvieron que dar algún rodeo.

William hizo descansos breves. No le gustaba dormir en el bosque y ahora en invierno el frío era penetrante. Así que llegó a Haldon dos días antes que Gwyn, se hospedó en el hotel local, un establecimiento más bien desastrado, y se buscó un trabajo. El lugar no le gustó especialmente. Haldon tenía sólo una calle Mayor flanqueada por tiendas corrientes: un pub, un médico, un enterrador, un herrero y un gran almacén de leña. Todo el lugar estaba construido con madera, y a los edificios, de dos pisos como mucho, les habría sentado bien una nueva capa de pintura. La calle no estaba bien pavimentada: en invierno se llenaba de lodo y en verano seguro que de polvo. El conjunto se hallaba enclavado prácticamente en la nada; en los alrededores había una laguna, pero salvo eso, sólo pastizales que, pese a la fría estación del año, todavía verdecían con moderación. A lo lejos se distinguían los Alpes del Sur en los días claros. Parecían relativamente cerca, pero era una falsa impresión. Había que galopar durante horas para que las montañas se acercaran de forma tangible. El amplio perímetro de Haldon estaba salpicado de granjas de ovejas más o menos grandes, pero distanciadas entre sí varios kilómetros. También había en la región poblaciones de maoríes, aunque nadie sabía dónde se encontraban. Los indígenes solían ser nómadas.

Kiward Station, la granja de los Warden, era conocida por todos. La señora Dorothy Candler, la esposa del tendero y cotilla oficial del lugar, le facilitó una amplia información sobre la historia de la familia. Contó con reverencia que Gwyneira Warden era una auténtica noble rural de origen galés a quien un cierto Gerald Warden, el fundador de Kiward Station, se había traído a Nueva Zelanda largo tiempo atrás.

—¡Imagínese, en el mismo barco en que venía yo! Cielos, mire que pasé miedo en la travesía. Pero no la señorita Gwyn, a ella le gustaba la aventura. Iba a casarse aquí con el hijo del señor Gerald. Un hombre interesante, se llamaba Lucas, amable y discreto, sólo que no le iba bien con el trabajo en la granja. Era más bien un artista, ¿sabe? Pintaba. Luego desapareció... La señorita Gwyn dice que se marchó a Inglaterra, para vender sus cuadros. Pero ¿será cierto? Corren rumores. En algún momento lo declararon muerto, Dios lo tenga en su seno. Y la señorita Gwyn se casó con James McKenzie. Es un hombre agradable también, de verdad, no quiero criticar al señor James, pero era un ladrón de ganado. ¡Es él quien dio nombre a las McKenzie Highlands! Allí se escondió hasta que lo descubrió Sideblossom. Pues sí, y luego también le tocó al señor Gerald, el mismo día que al señor O'Keefe. ¡Mal asunto, uff! O'Keefe mató a Warden y el nieto de éste mató al primero. Luego querían que pareciera un accidente...

Tras media hora de estar hablando con la señora Candler, a William le zumbaba la cabeza. Seguro que necesitaría un tiempo para ordenar tanta información. Pero esa primera impresión de los Warden ya le resultaba estimulante: en comparación con todos los desliz de esa familia, un atentado frustrado contra un político irlandés era un mal menor.

A pesar de ello debería esforzarse para causar buena impresión. Tras el escándalo que había armado Helen O'Keefe por un par de besos con Kura, la señorita Gwyn seguro que no querría ni oír hablar de él. Ése fue el motivo de que William se pusiera a buscar un trabajo enseguida. Debía tener un trabajo seguro antes de ir a hablar con los Warden. A fin de cuentas, la señorita Gwyn no tenía que pensar que iba tras la herencia de Kura. ¡Una insinuación que William habría refutado categóricamente! Puede que sí hubieran intervenido ciertas reflexiones en torno a la economía cuando empezó a salir con Elaine, pero Kura... William la hubiese querido aunque fuese una mendiga.

En lo que a trabajo se refería, no parecía haber gran cosa en las granjas del entorno. Y menos se ofrecían puestos de administración. De todos modos, William habría empezado como pastor de ganado, no tenía reparos, pero en invierno había escasas vacantes. Sin contar con los sueldos espantosamente bajos, lo rudimentario de los alojamientos y lo duro del trabajo. Sin embargo, su experiencia de contable en la tienda de Ruben le sirvió de ayuda. Los Candler se alegraron cuando les preguntó si tenían un empleo. El marido de Dorothy, que sólo había ido a la escuela del pueblo, casi dio saltitos de euforia ante un joven con tanta formación como William.

—Siempre tengo problemas con la contabilidad —reconoció con franqueza—. Es una tortura para mí. Me gusta tratar con personas y entiendo de compraventa. Pero ¡los números me vuelven loco! Los tengo más en la cabeza que en los libros.

Y los libros de la contabilidad lo confirmaron. Tras un vistazo rápido, William encontró distintas posibilidades de simplificar la gestión del almacén y, sobre todo, de ahorrar impuestos. Candler resplandecía como un árbol de Navidad y enseguida le pagó una gratificación. Además de esto, Dorothy, un ama de casa modélica, se ocupó de encontrarle un alojamiento acorde a su posición en casa de su cuñada y casi cada día lo invitaba a comer. Con lo cual, claro está, le ofreció discretamente a su hija Rachel. En otras circunstancias, William tal vez no hubiera dicho que no. Rachel era una joven alta, de cabello oscuro y ojos castaños y dulces. En general, una pequeña belleza, pero en comparación con Kura no daba el nivel, como Elaine.

Al principio ninguno de los Warden o McKenzie se dejó caer por la población. No obstante, Kiward Station realizaba compras, pero Gwyneira enviaba a empleados anónimos para que recogieran los artículos. Dorothy le contó en una de sus periódicas y parlanchinas reuniones para tomar el té que Gwyneira compraba casi todos su vestidos en Christchurch.

—Ahora que los caminos están más transitables no es demasiado dificultoso venir aquí. Antes era como emprender la vuelta al mundo, pero ahora... Pero la pequeña, la nieta, está bastante mimada. ¡No recuerdo que haya puesto el pie ni una sola vez en nuestra tienda! ¡Todo tiene que llegarle de Londres a la señoritinga!

William torció el gesto. Era evidente que Kura tenía buen gusto y que la oferta de ropa de los Candler carecía de categoría. Sin embargo, ya podía enterrar la esperanza de encontrarse con ella en Haldon, primero por azar y luego tal vez incluso en secreto.

A pesar de ello, la señorita Gwyn apareció por fin pasadas varias semanas desde la llegada de William a las llanuras de Canterbury. Iba sentada en el pescante de un carro entoldado junto a un hombre algo mayor, alto y fornido. Los dos saludaron cordiales a los habitantes del lugar, por lo que el hombre no daba la impresión de ser un empleado. Debía de tratarse del esposo, James McKenzie. William aprovechó su discreta colocación tras el mostrador de la tiendecilla para observar con atención a la pareja. McKenzie tenía el cabello castaño, un poco desgreñado y salpicado de mechones blancos. Su tez estaba tostada y curtida por la intemperie. Dominaban las arrugas de expresión en su rostro, al igual que en el de la señorita Gwyn. Parecía una pareja armoniosa. Llamaban la atención los ojos castaños y vivaces de James; parecían afables, pero seguro que no era un hombre del que nadie se burlara fácilmente.

William pensó en si presentarse a James de inmediato, pero decidió contenerse. La señorita Gwyn quizá lo habría despellejado; era mejor esperar unas semanas más, para que se calmaran del todo los ánimos. De todos modos, lo que más le urgía era volver a ver a Kura. El domingo siguiente ensilló su caballo, últimamente bastante ocioso, y cabalgó hacia Kiward Station.

Como la mayoría de los visitantes, también William se sintió casi impactado por la visión de aquella casa señorial en medio de la maleza. Acababa de pasar a caballo por una tierra extensa y sin urbanizar, junto a pastizales en los que no parecía que hubiesen apacentado los animales y que sólo se veían ocasionalmente interrumpidos por formaciones rocosas o algún pequeño lago de aguas transparentes. Y, entonces, al doblar un recodo del camino, uno se sentía de repente en plena campiña inglesa. Un cuidado camino de grava arreglado con esmero conducía, por una especie de paseo flanqueado de hayas del sur y de *cabbage trees,* a una rotonda con arbustos de flores rojas. Detrás se hallaba la pendiente a Kiward Station. ¡No era una granja, era más bien un castillo! Era evidente que la habían proyectado arquitectos ingleses y construido con la arenisca gris típica de la región, que se utilizaba también en ciudades como Christchurch y Dunedin en «edificios monumentales». Kiward Station tenía dos pisos y la fachada estaba engalanada con torrecillas, miradores y balcones. No se veían los establos. Como William supuso, se encontraban detrás de la casa, al igual que los jardines. No dudó de que esa residencia rodeada de primorosas zonas verdes incluso tuviera un jardín de rosas... Aunque la señorita Gwyn no daba realmente la impresión de ser una apasionada de la jardinería. Kura desempeñaría mejor esa tarea. William se imaginó a una Kura vestida de blanco con un sombrero de paja y un adorno floral, recogiendo delicadamente las rosas y al final subiendo la escalinata de la entrada con un cesto cargado de flores.

Pero el recuerdo de Kura también le devolvió a la realidad. ¡Era imposible entrar simplemente ahí! Era impensable encontrar «por azar» a la muchacha en esas tierras, teniendo en cuenta que Kura tampoco era precisamente una amante de la jardinería.

Si dejaba la casa, seguro que sólo era para salir a los jardines y éstos seguramente estarían cercados. Además debía de haber una legión de jardineros, de ello daba testimonio ya sólo la rampa primorosamente cuidada.

William dio media vuelta con el caballo. No quería que lo vieran allí. Inmerso en pensamientos sombríos, se dispuso a dar un amplio rodeo a las tierras. En efecto, tanto a la derecha como a la izquierda de la casa señorial había caminos que conducían a los establos y cercados donde unos caballos rumiaban la escasa hierba de invierno. Pero William no tomó ese rumbo: el riesgo de encontrarse con gente que le interpelaría le pareció demasiado grande. En lugar de ello, tomó un sendero a través de un pastizal y llegó a un bosquecillo. Allí uno se encontraba casi en Inglaterra o Irlanda, las hayas del sur y el suave monte bajo recordaban a Europa. Una senda, más trillada por pies humanos que por cascos de caballos, atravesaba el bosquecillo serpenteando. William avanzó lleno de curiosidad y tras un recodo casi chocó con una joven vestida de oscuro que parecía caminar tan ensimismada como él. Llevaba un vestido sobrio combinado con un sombrerito oscuro que le daba un aspecto adusto. A él le dio la impresión surreal de ser una institutriz inglesa camino de la iglesia.

El joven detuvo su caballo en el último momento y esbozó su sonrisa más compradora y compungida. Precisaba de un pretexto para justificar su presencia ahí.

La mujer no daba la impresión de ser una especialista en la cría de ganado. Puede que lo tomase por uno de los trabajadores. William saludó cortésmente y añadió una disculpa. Si seguía cabalgando, era casi seguro que ella lo olvidaría enseguida.

Al principio, ella respondió de forma concisa e indiferente, sin mirarlo. Sólo tras la disculpa se dignó a levantar los ojos hacia él. Al parecer, algo en su voz había despertado su interés. William maldijo su acento de clase alta. ¡Tenía que intentar de verdad cultivar su irlandés!

—No tiene que disculparse, yo tampoco le he visto. Estos caminos son una caja de sorpresas. —Hizo una mueca involuntaria e intentó esbozar una sonrisa comprensiva. Tenía el pelo de un rubio desvaído y era pálida. Sus ojos azul grisáceo parecían descoloridos, y el rostro era un poco largo pero de rasgos finos—. ¿Puedo serle de ayuda? ¿De verdad quiere ir al poblado maorí?

Tal como lo preguntó, hacía pensar que se trataba de una tribu caníbal y que visitarla sería un acto de demencia. Y ella misma se dirigía como misionera, con un sencillo vestido gris oscuro y un negro y soso sombrero. Bajo el brazo llevaba una especie de misal.

William sonrió.

—No; quería ir a Haldon —dijo—. Pero me temo que no sea el camino adecuado.

La mujer frunció el ceño.

—Sí, ha tomado el mal camino. Ésta es la senda que une el campamento maorí con Kiward Station... El edificio que está a sus espaldas es la casa señorial y el asentamiento está en esa dirección, aunque desde el camino no se ve. Lo mejor es que vuelva a la casa y tome el camino principal.

William asintió.

—¿Cómo iba yo a desoír el consejo de tan atractivos labios? —repuso galante—. Pero ¿qué hace una joven *lady* como usted entre los maoríes?

Era curiosidad legítima. Al fin y al cabo, también esa mujer hablaba el inglés impecable propio de la clase alta. Incluso gangueaba un poco.

La joven puso los ojos en blanco.

—Me han encargado que dispense cierta... asistencia espiritual a esos salvajes. El párroco me pidió que los domingos recitara un oficio divino en el campamento. La anterior profesora, la señorita Helen, siempre lo hizo, y luego la señora Warden...

—¿La señora Gwyneira Warden? —preguntó sorprendido William, incluso a riesgo de descubrirse. Pero la señorita Gwyn no le había parecido en absoluto una especie de monja. A la señorita Helen le sentaba mejor ese papel.

—No; Marama Warden. Es maorí, pero ha vuelto a casarse y vive ahora en el poblado vecino, cerca de O'Keefe Station. Allí también da clase.

A la joven no se la veía muy satisfecha de desempeñar tal misión. Pero cuidado... ¿no había dicho algo de «profesora»? ¿Habría tropezado con la institutriz de Kura Warden?

William apenas si logró contener su alegría, al menos si la relación entre Kura y su admirada señorita Witherspoon era realmente tan estrecha como había contado la muchacha en Queenstown.

—¿Da clases a los maoríes? —inquirió—. Sólo allí o... Es que la señorita Warden habló tan cariñosamente de la señorita Heather...

«Cariñosamente» no era exactamente el modo en que Kura había descrito a su profesora, sino que había hablado de una alianza de intereses contra los ignorantes de su entorno. Pero fuera como fuese, esa señorita Witherspoon era la única en Kiward Station a la que consideraba más o menos una amiga. Y era evidente que la joven necesitaba un poco de estímulo.

En el rostro severo de la señorita Witherspoon apareció entonces una sonrisa.

—¿De veras? ¿Kura se ha referido con cariño a mí? La aprecio mucho, aunque con frecuencia es un poco fría. Pero ¿cómo es que conoce a Kura?

La joven lo miró de modo inquisitivo y William se esforzó por adoptar una expresión culpable, al tiempo que algo pícara. ¿Podría ser cierto que Kura no hubiera contado nada de él? Entonces la señorita Heather empezó a atar cabos.

—Pero espere. ¿No será usted...? —Su expresión desconfiada cedió sitio a la sorpresa—. ¡Sí, debe de ser usted! Usted es William Martyn, ¿verdad? Por la descripción de Kura...

Kura había descrito a William hasta en el último detalle. El cabello rubio, los hoyuelos, los brillantes ojos azules... La señorita Heather lo miró con una expresión radiante.

—¡Qué romántico! Kura sabía que vendría. ¡Simplemente lo sabía! Estaba muy deprimida después de que la señorita Gwyn recibiera tan de repente la orden de regreso de Queenstown...

¿La orden de regreso? William se quedó perplejo. Quizá Kura no le había contado todo a la institutriz. Quizá no confiaba del todo en ella. Así que optó por la prudencia. Sin embargo, esa criatura descolorida constituía su única esperanza. De nuevo desplegó sus encantos.

—No he dudado ni un instante, señorita Heather. Después de que Kura se marchara, me despedí de mi empleo, compré un caballo y aquí estoy. Ahora tengo un trabajo en Haldon... todavía no demasiado importante, he de reconocerlo, pero ¡me esforzaré por conseguirlo! Un día quiero pedir oficialmente la mano de Kura.

El semblante de la señorita Heather resplandeció. Eso era lo que ella quería oír. Era evidente que sentía debilidad por las historias románticas.

—Por desgracia, no todo es tan sencillo por el momento —añadió William, pero dejó sin explicar el porqué.

A la joven se le ocurrieron un par de motivos.

—Kura todavía es demasiado joven —observó—. En eso se entiende a la señora McKenzie, si bien la misma muchacha no comparte su opinión. Kura estaba muy disgustada cuando la... bueno... la apartaron de su lado tan de repente... —Se ruborizó.

William bajó la cabeza.

—También a mí se me partió el corazón —reconoció. Esperaba no haber exagerado demasiado, pero ella lo miraba comprensiva—. Por favor, no me malinterprete. Soy consciente de mi responsabilidad. Kura es como una flor en la plenitud de su belleza pese a que todavía no ha florecido del todo. Sería una irresponsabilidad que ahora la... —Si decía la palabra «arrancara», ella seguramente se escandalizaría, así que dejó inconclusa la frase—. En cualquier caso, estoy decidido a esperar a Kura. Hasta que crezca lo suficiente... o la señorita Gwyn considere que ha madurado.

—¡Kura es muy madura para su edad! Es un error tratarla como a una niña.

En efecto, desde su regreso de Queenstown, Kura estaba de morros y justo ese día había vuelto a tener una pelea muy desagradable con James McKenzie. Durante la quinta repetición del *Oratorio* de Bach, que Kura estaba practicando mientras el resto de la familia desayunaba, James había perdido la paciencia.

Le explicó a la joven que no estaba obligada a comer con ellos, pero que les ahorrara también su malhumor. En cualquier caso, ya no quería escuchar más esa música deprimente. ¡Hasta una vaca perdía con ella el apetito! Jack, riendo, había apoyado a su padre, mientras la señorita Gwyn había callado como casi siempre. Al final, Kura se había encerrado ofendida en su habitación, y Heather tuvo que acudir a consolarla. Fue la siguiente, por ello, a la que le cayó una bronca. No debía apoyar a Kura en sus tonterías, le comunicó la señorita Gwyn, sino realizar sus tareas e ir a rezar con los maoríes.

Naturalmente, William no tenía ni idea de nada de ello, pero notó que Heather estaba resentida con la señorita Gwyn y McKenzie. Debía arriesgarse.

—Señorita Heather... ¿existe la posibilidad de ver alguna vez a Kura? ¿Sin que sus abuelos lo sepan? No pretendo nada indecente, por supuesto... pero la mera visión de ella, un saludo por su parte, me harían feliz. Y espero que también ella ansíe verme... —William observó a su interlocutora con atención. ¿Le había tocado la fibra sensible?

—¿Que si ansía verlo? —replicó la señorita Heather, emocionada y con voz temblorosa—. Señor William, ¡se consume por usted! La pequeña sufre... ¡Debería oír cómo canta! Su voz ha ganado en expresividad, tal es la profundidad con que...

William se alegró, pese a que no recordaba que Kura fuera tan sentimental. En absoluto se la imaginaba deshecha en llanto. Pero si esa señorita Heather se sentía en el papel de la salvadora que todavía puede evitar un suicidio a causa de una pena de amor...

—Señorita Heather —interrumpió William la exacerbada perorata—. No quiero apremiarla, pero ¿existe alguna posibilidad realista?

La mujer por fin pareció reflexionar con los pies en la tierra y pronto llegó a una conclusión.

—Tal vez en la iglesia —contestó—. No puedo prometerle nada, pero veré qué se puede hacer. En cualquier caso, asista a la misa de Haldon el próximo domingo...

—¿Kura quiere ir a Haldon? —preguntó perplejo James McKenzie—. ¿La princesa está dispuesta a mezclarse con el vulgo? ¿A qué se debe esta transformación?

—Deberías alegrarte, James, en vez de ver los aspectos negativos. —Gwyneira acababa de anunciarle a su marido que la señorita Heather y Kura tenían la intención de asistir a la misa del próximo domingo. El resto de la familia podía ir con ellas o disfrutar de una tranquila mañana de domingo libres de arias y adagios. Sólo esto ya era motivo para ahorrarse la misa. Gwyn ya se alegraba al pensar en un desayuno tranquilo en familia con Jack, o incluso sola con James en su habitación. Esto último todavía le gustaría más—. Kura ya hace tiempo que trabaja en esa pieza tan rara de Bach. Así que quiere oírla en el órgano. Es comprensible.

—¿Y quiere interpretarla ella misma? ¿Delante de todo el mundo? ¡Gwyn, ahí hay algo que no encaja! —James frunció el ceño y silbó a su perro. Gwyn había ido a verlo junto a los establos. Andy y un par de hombres más administraban vermífugo a las ovejas madre, mientras James dirigía los perros pastores para que las condujeran. *Monday* en ese momento perseguía algo que parecía una pelota de lana gorda y respondona.

—¿Quién iba a tocar, si no? —preguntó Gwyn, al tiempo que se cubría la cabeza con la capucha de su abrigo encerado. Volvía a llover—. La organista de Haldon es terriblemente mala. —Ésa era una de las causas por las que Kura no iba a la iglesia de Haldon desde hacía tiempo.

James recurrió a la estación invernal para poner otro reparo más.

—Dime, Gwyn, ¿esa pieza no es un oratorio para la Pascua, que no cae precisamente por estas fechas?

Gwyn puso los ojos en blanco.

—Por mí puede ser el oratorio de Navidad o el oratorio de Papa ama a Rangi... —James sonrió cuando Gwyn aludió a la historia de la Creación de los maoríes que hablaba de la separación de los amantes Cielo y Tierra, en la cual Rangi encarnaba el Cielo y Papa la Tierra—. Lo importante es que Kura no esté por aquí con cara de alma en pena, sino que piense de una vez en otra cosa.

8

Que Kura Warden tocara el órgano en Haldon era todo un acontecimiento, y el templo estaba lleno como hacía meses no lo estaba. No era de extrañar, pues todos los habitantes del pueblo querían ver y escuchar a la misteriosa heredera de los Warden. Esto tuvo efectos positivos en el servicio dominical y las oraciones se recitaron con especial fervor. Varios hombres sucumbieron a distintos estadios de veneración en cuanto descubrieron el rostro y la figura de Kura, mientras que las mujeres fueron vencidas por la emoción cuando la oyeron cantar. La voz de Kura llenó la pequeña iglesia de armonía y su interpretación al órgano fue virtuosa, aunque sólo había practicado una única vez.

William no se cansaba de contemplar su figura esbelta en el coro. Llevaba un vestido de terciopelo azul oscuro, sencillo pero que resaltaba su silueta; una cinta de terciopelo también mantenía el cabello apartado de la frente y la melena se derramaba como una oscura catarata por la espalda. Se imaginó besando aquellos dedos suaves pero vigorosos que pulsaban las teclas del órgano, y recordó vívidamente el modo en que esos dedos exploraban su rostro y su cuerpo aquella noche en Queenstown. La organista, obviamente, mantenía la cabeza inclinada, pero de vez en cuando apartaba el semblante de la partitura y William alcanzaba a verlo. De nuevo lo cautivaron sus rasgos por igual exóticos y aristocráticos y la reverente seriedad con que interpretaba. Tenía que hablar con ella tras la misa... no, ¡tenía que besarla! No soportarba limitarse simplemente a verla, tenía que tocarla, sentirla, inspirar su aroma...

William se forzó en dirigir una sonrisa a la señorita Heather Witherspoon, que se hallaba sentada con la espalda erguida en uno de los bancos delanteros, y le lanzó alguna que otra mirada buscando aprobación. Si había organizado ese encuentro, era posible que hiciera todavía más para reunir a los amantes. ¿O era que simplemente se sentía orgullosa de tan talentosa alumna?

Al final, fue Dorothy Candler quien reunió de modo informal a William y Kura. Como casi todos los habitantes de Haldon, estaba deseosa de tratar de cerca a la niña prodigio, y William le ofrecía el pretexto ideal.

—¡Venga, señor William, vamos a saludar! Debe de conocer ya a la muchacha, ¿no? Usted estuvo con sus parientes en Queenstown. Seguro que se la presentaron...

Él farfulló algo de «encuentro pasajero», pero Dorothy ya lo había cogido del brazo y puesto rumbo audazmente hacia Kura y la señorita Heather.

—¡Ha tocado de forma extraordinaria, señorita Warden! Soy la presidenta de la asociación de damas y puedo asegurarle en nombre de todas que ha sido maravilloso. Por otra parte, le presento a este caballero, el señor William Martyn, creo que ya se conocen...

Kura había estado mirando con su habitual expresión de hastío a la gente, o más bien a través de la gente. En ese instante, sin embargo, sus brillantes ojos azules adquirieron vida, si bien comedidamente: Kura sabía que ahí estaba siendo observada y se contenía. William pensó en Elaine. Seguramente se habría ruborizado y enmudecido en una situación así. Pero Kura se desenvolvió como una adulta.

—En efecto, señor William. Me alegro de verle.

—Venga con nosotros a la sala parroquial —la invitó Dorothy—. Cada domingo después de la misa tomamos el té. Y hoy, con esta celebración tan especial...

La señorita Heather esbozó una sonrisa forzada, pero Kura asintió cortésmente.

—Me apetece tomar un té —dijo y dirigió una sonrisa a la tendera. Sólo William sabía a quién sonreía en realidad.

En la sala le sirvieron té y pasteles, pero ella sólo tomó unos sorbos de la infusión y desmigajó las pastas del té entre los dedos. Mientras respondía con educación y monosílabos a las preguntas del reverendo y las mujeres de la asociación no dejaba de obsequiar a William con miradas brevísimas, apenas de un suspiro, hasta que él pensó que no podría soportarlo más. Al despedirse, sin embargo, se retiró del círculo de mujeres para aproximarse a él y le susurró:

—¿Conoces el camino entre Kiward Station y el asentamiento maorí? Nos encontraremos allí a la puesta de sol. Diré que voy a visitar a mi gente.

Y a continuación presentó sus disculpas a sus admiradoras de Haldon. El reverendo le preguntó si tocaría el órgano con más frecuencia en la parroquia, pero Kura sólo respondió con una amable evasiva.

William abandonó la sala antes que ella. Temía traicionarse con una mirada o un gesto si se despedía formalmente. No sabía cómo iba a pasar el resto del día.

La puesta de sol en la senda del bosque. A solas...

Lo último se reveló como una conclusión equivocada: Kura no llegó sola, sino con Heather Witherspoon de carabina. Ni ella misma parecía satisfecha con este arreglo, sino que trataba a su institutriz como si fuera un fastidioso lacayo. Ésta, de todos modos, no permitió que la quitaran de en medio, el decoro era lo primero.

Pese a todo, William casi murió de dicha cuando por fin volvió a tener a Kura delante. Tomó con cautela su mano y la besó, y sólo el roce hizo nacer en él miles de llamas que se avivaban en lugar de consumirse. Kura le sonrió con franqueza. Él se perdió en sus ojos y fue incapaz de apartar la vista de su piel morena y cremosa. Al final, acarició sus mejillas con dedos temblorosos y Kura se estrechó contra él como una gata —o mejor dicho, como una dócil pantera—, frotó su rostro suave contra la palma de su mano y mordisqueó la parte carnosa. William apenas podía ocultar su excitación y a Kura parecía sucederle lo mismo. La señorita Heather, por su parte, carraspeó cuando la muchacha alzó el rostro para que le besara los labios. Demasiada intimidad para la institutriz.

Intercambiaron comentarios sobre el concierto de Kura y el nuevo empleo de William. Kura también se quejó un poco de su familia. Quería escapar cuanto antes del control de su abuela.

—Claro que podría vivir con mi madre —explicó—, pero entonces no tendría el piano, pues es de la abuela. Y la señorita Heather tampoco querría vivir en el poblado maorí ni en O'Keefe Station.

William se enteró de que Marama y su marido vivían en la antigua granja de los padres de Ruben O'Keefe. Tras la muerte de su esposo, Helen había vendido la propiedad a Gwyneira, quien la había dado a su vez a los maoríes como compensación por las irregularidades cometidas en la compra de Kiward Station.

El jefe de la tribu había aceptado este arreglo porque Kura, la heredera de la propiedad de los Warden, llevaba sangre maorí.

—Por eso están todos tan preocupados por que conserve esta tediosa granja —suspiró Kura—. No me importa nada, pero cada día tengo que oír tres veces «¡Tú eres la heredera!», y en eso mi madre es igual. Aunque a ella no le importa si me caso con un maorí o con un *pakeha*. Para la abuela, por el contrario, el mundo se derrumbaría si me casara con alguien de la tribu de Tonga.

William casi enloquecía de amor y deseo. Escuchaba las explicaciones de Kura tan poco como antes el parloteo de Elaine. Sin embargo, sus últimas palabras penetraron en su mente. De todos modos, ya reflexionaría más tarde al respecto.

Quizá Gwyneira Warden y él tenían más intereses comunes de lo que suponía. Posiblemente la señora no fuera tan reacia a conversar con él.

—No lo estoy entendiendo bien, Gwyn, ¿es eso? ¿Ahora quieres permitirle que salga de forma oficial con el mismo tipo que le ha roto el corazón a Lainie?

James McKenzie se sirvió un whisky del mueble bar, lo que a él mismo le resultaba extraño tras tantos años como dueño, hasta cierto punto, de la casa. Mientras sólo había sido el capataz de Gerald Warden casi nunca le habían invitado al salón y, naturalmente, el viejo nunca le había ofrecido una copa. Pero, James bebía poco alcohol por lo general, al contrario que su anterior patrón. Ese día, sin embargo, precisaba una copa. Acababa de ver pasar por la entrada principal al joven tan elegante que Dorothy Candler le había presentado poco tiempo atrás como William Martyn. No personalmente, de todos modos, o James le habría soltado un par de cosas bien dichas respecto al asunto «Lainie».

Las cartas de Fleurette todavía tenían un tono abatido. Al parecer, Elaine aún no se había recuperado de su pena tres meses después de que estallara el escándalo con su prima. Él todavía recordaba los celos que tras el primer encuentro con Gwyneira sintió hacia su futuro esposo Lucas. Luego, cuando ella quedó embarazada de otro hombre, se le rompió el corazón y huyó, al igual que Lucas Warden. Ojalá hubiera sabido simplemente que el desdichado hijo —Paul— había sido fruto de la violación de Gwyn por su suegro. Quizá todo hubiera transcurrido de forma distinta, incluso con Paul... ¡y es posible que no tuvieran que cargar ahora con esa pesadilla de Kura, cuya relación con William Martyn de pronto Gwyn quería bendecir de forma oficial! ¡Su esposa debía de haberse vuelto loca! James se sirvió otro trago.

—¿Pues qué tengo que hacer, James? —preguntó ella—. Si se lo prohibimos, se encontrarán en secreto. Basta con que Kura se traslade a vivir con los maoríes. Marama seguro que no vigila con quién se mete en la cama.

—Pero no se irá con los maoríes, ya que no puede llevarse allí su querido piano. El ultimátum fue una idea genial, Gwyn, una de las pocas buenas ideas que se te han ocurrido durante la educación de esa niña. —James volvió a tomar un trago.

—¡Gracias! —resopló su mujer—. ¡Échame a mí la culpa! Pero tú también estabas aquí mientras ella crecía, si no me equivoco.

—Y más de una vez no me dejaste que le diera unos buenos azotes. —James reposó una mano en el brazo de su esposa y sonrió apaciguador. No quería discutir acerca de la educación de Kura, de todos modos ya nada se podía cambiar y el asunto ya había suscitado demasiadas desavenencias entre él y Gwyneira. Pero ahora ese asunto con Martyn...

—Pues pasará del piano. Está enamorada de él, James, perdidamente. Y él también de ella. Sabes bien que eso no puede cambiarse. —Y respondió a la tierna caricia, como si quisiera recordar a James su propia historia.

Pero él no iba a calmarse.

—No me vengas ahora con el amor eterno. No con un tipo que acaba de abandonar a su última chica. Y nuestra atractiva Kura también acaba de desprenderse de su Tiare como de una camisa vieja. Sí, lo sé, era lo que querías. Pero si acto seguido los dos se juntan, yo no hablaría de un gran amor. Y eso dejando aparte todo lo que Fleur escribe sobre él...

—¿Sí? ¿Qué es lo que escribe? ¿Qué ha hecho de tan terrible? Es de una casa buena, educado y al parecer se interesa por la cultura. Eso es lo que lo hace tan atractivo a los ojos de Kura. Y que se haya dejado cautivar por los fenianos... ¡Cielos, todos los jóvenes quieren ser en algún momento Robin Hood!

—Pero no todos hacen volar por los aires al sheriff de Nottingham —observó James.

—Eso no lo ha hecho. Se involucró en un feo asunto, eso lo admito. Pero precisamente tú deberías entenderlo.

—¿Te refieres a mi pasado de cuatrero? —sonrió James. Ese tema no le alteraba desde hacía mucho tiempo—. Nunca robé a la persona equivocada, mientras que William casi carga en su conciencia lo sucedido con su amigo. Pero de acuerdo, pecados de juventud, no quiero seguir dándole vueltas. Sin embargo, con Elaine se ha comportado como un canalla y no veo razón para considerar que vaya a tratar mejor a Kura.

Gwyneira bebió el resto del whisky y tendió el vaso a James. Con el ceño fruncido, éste le sirvió por segunda vez.

—Kura no me preocupa... —respondió Gwyneira.

Si James quería ser honesto, debía darle la razón. Si no se hubiera tratado justo de ese tal William, más bien se habría apenado por el hombre.

—Lo conservará todo el tiempo que quiera. Y... cielos, James, míralo de forma objetiva. Suponiendo que no hubiera abandonado a Lainie sino a otra chica, suponiendo que no supieras nada de ello. Entonces... —Nerviosa, agarró el vaso.

—¿Entonces? —preguntó James.

Gwyn respiró hondo.

—¡Pues que entonces tú también dirías que es un enviado del cielo! Un *gentleman* inglés que se adaptará bien a esta sociedad... Ya sabes cómo es la gente. Incluso si saliera a la luz la historia del atentado, todavía lo encontrarían más interesante. Y procede de una granja de ovejas. Le gustará criar aquí. Podemos adiestrarlo. Ruben dice que es servicial. Puede que llegue a dirigir la granja con Kura a su lado. —Gwyneira parecía estar casi soñando. Aunque la conversación que había mantenido con William por la tarde también había transcurrido de modo armonioso. El joven, que ya en Queenstown le había causado una buena impresión, le parecía el aliado ideal.

—Pero, Gwyn, la muchacha no hará un giro de ciento ochenta grados cuando se convierta en la señora Martyn —objetó James.

—¿Qué otro remedio le quedará? Si se casa con él, se encontrará atada a Kiward Station. Voluntariamente. Y con más fuerza que hasta ahora. Por tanto, no podrá limitarse a abandonar la granja. Y tampoco huirá con los maoríes para vivir en una cabaña...

—¿Pretendes tenderle una trampa? —James casi no daba crédito.

—¡Ella misma lo hace! A fin de cuentas, nosotros no la estamos emparejando. Sale por iniciativa propia con ese chico. Y si de ahí surge algo más...

—¡Gwyn, la chica tiene quince años! —exclamó James—. No es que la quiera especialmente, bien lo sabe Dios, pero hay que darle la oportunidad de crecer...

—¿Y de que haga realidad sus desvaríos? Si de verdad se va a Inglaterra y no sale airosa con sus cánticos, es posible que venda la granja con nosotros dentro. —Gwyn no volvió a servirse, pero empezó a pasearse nerviosamente por la habitación—. He trabajado aquí cuarenta años y ahora todo depende de los caprichos de una niña.

—Todavía faltan seis años para que alcance la mayoría de edad —la tranquilizó su marido—. ¿Qué hay de lo que sugirió Helen, de enviarla a un internado inglés? Fleur me comenta algo así en la carta y lo encuentro razonable.

—Eso era antes de William. Y él me parece la solución más segura. Pero en principio no hay nada decidido. No le he permitido que pida su mano, James, sólo que vaya con ella a la iglesia...

Kura disfrutó dos meses de la compañía «oficial» de William Martyn. Luego el asunto empezó a resultar profundamente engorroso. Claro que era una maravilla poder ver a su amado sin obstáculos, pero eso no incluía más que algún beso robado o unas caricias precipitadas. Haldon era más conservador que Queenstown, ahí no había buscadores de oro ni burdeles, sólo la asociación parroquial y la asociación de damas. Se observaba meticulosamente quién salía con quién, e incluso si Heather Witherspoon bajaba la guardia, Dorothy Candler o su cuñada, el reverendo o su esposa, estaban dispuestos a no perder de vista a la parejita. Eso sí, con una simpatía desbordante. Todos eran extraordinariamente amables con la hermosísima heredera de los Warden que ahora, por fin, se dejaba ver por el pueblo y con el galán que hacía tan buena pareja con ella. Dorothy decía entre suspiros que, desde Gwyneira y Lucas Warden, no había habido otra pareja tan bonita, y podía pasar horas contando cómo, de joven, había prestado sus servicios durante el enlace.

De todos modos, a Kura ya no le apetecía tomar té y charlar

mientras todos contemplaban como hipnotizados las manos de William y ella entrelazadas. El deseo la consumía y quería probar de una vez con William todo lo que Tiare le había enseñado sobre el amor físico. Suponía que William también debía de ser un virtuoso en el asunto, o no habría podido inducir a su mojigata primita a hacerse caricias en la orilla del lago. ¡Si sólo lograra quedarse una o dos horas con él a solas! Pero a ese respecto, su vida hasta el momento retirada le negaba cualquier oportunidad. Kura tenía miedo a los caballos, así que una cabalgada juntos ni se planteaba. Apenas si había dejado los alrededores de la casa principal, así que no podía pretextar que quería enseñarle a William la granja, el lago, el círculo de piedras o al menos las ovejas. Ni siquiera el piano estaba en sus aposentos privados. Si invitaba a William para tocarle una pieza, lo hacía en el salón, en presencia de Heather Witherspoon. Kura había intentado una o dos veces salir a hurtadillas a la senda que llevaba al poblado maorí y quedar en ella con William cuando éste se hubiera marchado oficialmente a caballo. Consiguió al menos desprenderse de la señorita Heather. Pero una vez la siguieron Jack y sus amigos y, mientras la pareja se besaba, les dispararon con las hondas bolas de papel. La segunda vez la sorprendieron unos maoríes que, naturalmente, hicieron correr la voz en el asentamiento de que Kura tenía un amante. Tiare la obligó a decir si era cierto y Kura, claro está, no lo negó. El ataque de rabia de Tonga la afectó. El jefe de la tribu no estaba nada contento de que un inmigrante inglés de repente quisiera meter mano en la tierra de la tribu.

—Tu obligación consiste en devolver esa tierra a la tribu. Deberías escoger a uno de los nuestros como esposo, al menos dar a luz a un niño de los nuestros. ¡Luego puedes hacer lo que te apetezca!

También Tonga tenía conocimiento de los grandes planes de Kura, pero los maoríes lo veían de una forma más relajada que la abuela. Mientras Kura dejara un heredero y en Inglaterra no se le ocurriera la idea de vender Kiward Station, podía marcharse, según el parecer de Tonga, donde se le antojase. Aun así, el jefe de los maoríes se temía lo peor si se abandonaba a Kura a su propia voluntad. Los indígenas lo ignoraban todo acerca de la disciplina de una cantante. Sólo veían a la muchacha extremadamente sensual que ya a los trece años lanzaba miradas concupiscentes a los jóvenes de la tribu. Y ahora ese inglés con el que no compartía todavía el lecho, sólo porque los *pakeha* se lo impedían casi haciendo uso de la violencia. Cuando llegara el hombre adecuado, Kura renunciaría por él a Kiward Station en un arrebato. A Tonga, como a Gwyn, también le habría gustado atar a Kura... pero a ser posible no a un *pakeha* que le recordaba de forma insistente a su antiguo rival Paul Warden. No por su aspecto, pues Paul tenía el cabello oscuro y no era tan alto como William, pero había algo en la actitud del recién llegado, simplemente en cómo abarcaba con la mirada a los trabajadores maoríes de la granja. La mano impaciente en la rienda del caballo, el comportamiento autoritario... Tonga no presentía nada bueno y así se lo había planteado a Kura. De modo poco diplomático, contó Gwyneira a su esposo riendo irónicamente, después de que Kura le hubiera quejado seriamente del jefe. Gwyneira seguía impresionada por el galán de Kura, mientras que James hacía las mismas observaciones que Tonga.

Sea como fuere, Kura estaba decepcionada. Se había imaginado distinto lo de la compañía «oficial». Acudir a las fiestas de la primavera de las granjas vecinas o bailar alrededor del árbol de mayo en Haldon, que ahí se había trasladado al mes de octubre, no le bastaba en absoluto.

A William le ocurría más o menos lo mismo, aunque disfrutaba de las celebraciones. Le interesaban sobre todo las invitaciones a las granjas contiguas o en Christchurch, pues le brindaban la oportunidad de conocer a gente nueva que solía mostrarle de buen grado sus tierras. De este modo, William obtenía una visión general de la práctica de la crianza de ovejas en las llanuras de Canterbury sin tener que plantear preguntas en Kiward Station. Tras un par de meses, se sentía más que preparado para dirigir una de esas granjas de crianza y ardía en deseos de convertirse en un «barón de la lana». Por el contrario, cada vez le aburría más su trabajo en la tienda de los Candler.

No obstante, pese a tener todas las esperanzas puestas en Kiward Station, lo que más ansiaba era a Kura. Cada noche se despertaba soñando con ella, y tenía que cambiar la sábana a la chita callando para que la cuñada de Dorothy no fuera contando por ahí burlona que descargaba involuntariamente todas las noches su henchida virilidad. Cuando se encontraba con Kura, le faltaban incluso palabras hermosas, era sólo sentimiento y deseo y apenas podía disimular la erección que provocaba su mera imagen. Tenía que poseerla. Y pronto.

—Cariño, escúchame con atención —acabó diciéndole una vez que estaban fuera del alcance de los oídos de los habitantes de Haldon. La comida campestre mensual de la parroquia se acompañaba de una salida en barca de remos, así que William paseaba a su amada por el lago Benmore. Claro que siempre a la vista de la orilla y al menos con tres botes con otras parejas jóvenes que sufrían las mismas cuitas—: si tú no quieres realmente esperar, tendremos que casarnos.

—¿Casarnos? —preguntó Kura sorprendida. Hasta el momento no se le había pasado por la cabeza. Sólo soñaba con vivir su amor... y celebrar de paso su triunfo como cantante. Pero no se devanaba los sesos pensando en cómo llevarlo a la práctica.

William sonrió y pasó relajadamente los brazos en torno a ella, dentro de los límites de lo aceptable.

—¿Acaso no quieres casarte conmigo?

Kura se mordió el labio.

—¿Podré cantar si me caso?

William sacudió sorprendido la cabeza.

—¡Qué pregunta! ¡El amor hará que florezca tu voz!

—¿E irás conmigo a Londres? ¿Y a París? —Kura se acomodó en sus brazos e intentó estrecharse todo lo posible contra él.

William tragó saliva. ¿Londres? ¿París? Bueno, ¿por qué no? Los Warden eran ricos. ¿Por qué no iba a prometerle un viaje a Europa?

—Pues claro que sí, cariño. ¡De mil amores! ¡Europa caerá rendida a tus pies!

Kura se removió grácilmente entre sus brazos y le besó, lejos de las miradas vigilantes por un momento, en el hombro y el cuello.

—Pues entonces casémonos pronto —susurró.

En el fondo, todo estaba saliendo conforme a lo que Gwyneira había calculado en cuanto a la petición de mano de William, pero como se produjo tan pronto le remordió la conciencia. Y al final triunfaron sus sentimientos hacia Kura sobre el interés por Kiward Station. James tenía razón, debía dar a la muchacha la posibilidad de elegir entre un casamiento y una carrera artística, sin importar sus propias circunstancias personales.

Así que, a regañadientes, dijo a Kura que tenían que hablar en serio y le expuso el plan de Helen.

—Estudia dos años en Inglaterra. Te buscaremos un internado en el que puedas estudiar canto. Si te acepta entonces un conservatorio, estudiarás música. Siempre podrás casarte después.

Gwyn estaba convencida de que Kura se olvidaría de William tras el primer año de estudio. Pero no se lo dijo.

La reacción de Kura no tuvo nada de entusiasta. Pese a que dos semanas antes habría estado encantada si Gwyn le hubiera propuesto tal cosa, ahora se mostró terca y se paseó impaciente por la habitación.

—Sólo quieres evitar que me case con William —replicó—. No creas que no me doy cuenta. ¡No eres mejor que Tonga!

Gwyn se quedó perpleja. Sus intenciones y las de Tonga eran en general más bien opuestas. Por lo que ella apreciaba, el jefe maorí no tragaba a William, pero siempre era una opción mejor que el que Kura se marchara de Kiward Station.

—Ahora sólo me falta que también me vengas con la idea de las yeguas de cría.

Gwyneira ya no entendía nada, pero Kura no se cortó un pelo.

—¡Pero en eso estáis todos muy equivocados! No pienso irme de aquí sin William. Y tampoco tengo la menor intención de quedarme embarazada enseguida. Tendré tanto a William como mi carrera, abuela. ¡Os lo demostraré a todos! —Kura estaba preciosa cuando se enfadaba, pero no impresionaba a Gwyn.

—No puedes tenerlo todo, Kura. Las esposas neozelandesas no aparecen en los escenarios operísticos de Europa. ¡Y menos cuando sus esposos se convierten en barones de la lana! —Gwyn se mordió el labio. La última observación había sido un error. A Kura no se le escapó.

—¡Y ahora también lo admites! ¡Consideráis a William un cazador de dotes! ¡Creéis que no me quiere a mí, sino a Kiward Station! Pero estáis equivocados. ¡William me quiere a mí... sólo a mí! ¡Y yo a él!

Su abuela se encogió de hombros. Nadie podría echarle en cara que no lo hubiese intentado.

—Pues tendrás a William —dijo serenamente.

—¿Señor Martyn? —James McKenzie llamó a William cuando éste salía con el semblante radiante de la mansión de Kiward Station. Gwyneira le acababa de comunicar que aceptaba su petición. Siempre que la madre de Kura no tuviera nada en contra, empezaría con los preparativos para la boda.

Naturalmente, James lo sabía y por eso llevaba días disgustado. Gwyneira le había pedido que no se inmiscuyera en ese asunto, pero ahora no podía evitar tomarle el pulso a ese William. Salió a su encuentro y se plantó casi amenazadoramente ante él.

—¿Tiene algo que hacer? Salvo celebrar quizá su triunfo, supongo. Hasta ahora no ha visto bien Kiward Station. ¿Me permite que se lo enseñe?

A William se le congeló la sonrisa.

—Sí, desde luego, pero...

—Nada de peros. ¡Será un placer para mí! Vamos, ensille el caballo y demos un pequeño paseo.

William no se atrevió a poner objeciones. Y por qué hacerlo, además; hacía semanas que quería echar un vistazo a la propiedad. Aunque tal vez le hubiera gustado que el guía no fuera el huraño esposo de Gwyneira. Pero eso era imposible de cambiar. Se encaminó dócilmente al establo y ensilló el caballo. Ya no solía hacerlo él mismo, pues acostumbraba haber algún joven maorí por ahí que se ocupaba. Ese día, sin embargo, no se atrevió a pedírselo a nadie. McKenzie habría hecho alguna desagradable observación al respecto. James esperó pacientemente con su caballo bayo fuera del establo hasta que el joven sacó su montura y se encaramó a ella.

Sin pronunciar palabra, James se dirigió hacia Haldon, pero abandonó luego el camino y puso rumbo al poblado maorí. William vio por vez primera el asentamiento y se quedó perplejo. Había pensado hallar chozas primitivas o tiendas y en lugar de eso se encontró con una hermosa casa comunal espléndidamente adornada con tallas de madera. Unas piedras grandes junto a un horno de tierra invitaban a tomar asiento.

—El *wharenui* —señaló James—. ¿Habla usted maorí? Debería aprenderlo y seguro que no sería mala idea realizar la ceremonia de matrimonio según el ritual propio del pueblo de Kura.

William arrugó el ceño.

—No creo que Kura considere a esta gente su pueblo —respondió—. Y de ninguna manera pienso acostarme con Kura delante de toda la tribu como prescriben sus leyes. Iría en contra de las buenas costumbres...

—No de los maoríes —replicó James tranquilamente—. Y no es necesario que se acueste a la vista de todos. Basta con que comparta el lecho con ella, coma y beba con la gente... La madre de Kura se alegraría. Y usted sería mejor aceptado. Tonga, el jefe, no da saltitos de alegría ante la idea de que Kura se case.

William esbozó una mueca.

—Bueno, en eso coincide con usted, ¿no es así? —respondió con acritud—. ¿Qué significa esto? ¿Que tengo que habituarme a empuñar una lanza?

James sacudió la cabeza.

—No, en general no es gente violenta.

—¿Ah, no? ¿Y el padre de Kura?

El esposo de Gwyn suspiró.

—Eso fue una especie de accidente. Paul Warden había provocado a los maoríes, pero su muerte no fue consecuencia de ello. El responsable fue un bribonzuelo cabeza de chorlito de la granja Sideblossom, que había tenido malas experiencias con los *pakeha* desde la infancia. Paul no pagó sólo por sus propios pecados. El mismo Tonga lamentó expresamente su muerte.

—¡Pues a Tonga le vino muy bien! —dijo William, sarcástico.

James no respondió.

—Sólo me refiero a que para todos los implicados sería mucho mejor que usted estableciera una buena relación con los maoríes. También sería importante para Kura. —De hecho, James opinaba que a Kura sólo le importaba la satisfacción de sus propios anhelos, pero se abstuvo de mencionarlo.

—Entonces tendrá que pedírmelo también Kura —respondió William—. Por mi parte, podemos invitar a la gente a la boda. De todos modos se celebrará una fiesta para los criados, ¿no?

James aspiró hondo pero no hizo comentarios. El joven pronto se percataría de que Tonga y su gente no se consideraban para nada «criados» de los Warden.

Por la tarde, el asentamiento de los maoríes estaba bastante vacío; sólo algunas ancianas se ocupaban de preparar la cena y vigilaban a los niños que jugaban junto al lago. El resto de la tribu se hallaba fuera. Una parte de la gente trabajaba con los Warden y la otra estaba cazando o en sus campos. William vio casi exclusivamente rostros arrugados y cubiertos de tatuajes que le habrían causado miedo si hubieran pertenecido a individuos jóvenes.

—¡Qué horribles tatuajes! —observó—. Gracias a Dios a nadie se le ocurrió la idea de afear a Kura de ese modo.

James sonrió.

—Pero usted la habría amado de todas formas, ¿no? —ironizó—. Y no se preocupe, los maoríes más jóvenes ya no llevan tatuajes, salvo Tonga, que para provocar se ha tatuado las marcas de jefe de la tribu. En su origen señalaban la pertenencia a una tribu determinada. Cada comunidad tenía un tatuaje distinto, como los blasones de la nobleza inglesa.

—Pero ¡los ingleses no tatuaban a los niños! —protestó William—. ¡En Inglaterra son civilizados!

James hizo una mueca.

—Sí, olvidaba que a los ingleses se les transmite su petulancia con la sangre materna. Mi pueblo lo ha visto de otro modo. Nosotros, los escoceses, nos pintábamos de azul para enfrentarnos al invasor. ¿Cómo funcionaba entre los auténticos irlandeses?

William pareció querer abalanzarse sobre James.

—¿Qué significa esto, McKenzie? —preguntó—. ¿Quiere ofenderme?

James lo miró con expresión inocente.

—¿Ofender? ¿Yo? ¿A usted? ¿Cómo se me ocurriría? Pensé sólo en recordarle un aspecto de sus propias raíces. Aparte de eso, me limito a darle buenos consejos, el primero de los cuales dice: ¡no convierta a los maoríes en sus enemigos!

Recorrieron a caballo el asentamiento y pasaron junto a un dormitorio, almacenes sobre pilastras —*patakas*, explicó James— y algunas casas particulares. James saludó a las ancianas e intercambió alguna broma con ellas. Una mujer pareció preguntar por William, y James lo presentó.

Las ancianas cuchichearon entre sí y William distinguió un par de veces la palabra «Kura-maro-tini».

—Ahora tendría que decir *kia ora* cortésmente e inclinarse ante las señoras —señaló James—. En realidad debería frotarse la nariz con ellas, pero creo que sería demasiado pedir...

Volvió a dirigir unas palabras a las mujeres, que soltaron unas risitas.

—¿Qué ha dicho? —preguntó William, desconfiado.

—He dicho que es usted tímido. —James parecía divertirse—. ¡Deles los buenos días!

William se había puesto morado de rabia, pero pronunció dócilmente el saludo. Las ancianas parecieron alegrarse y le corrigieron riendo la pronunciación.

—*Haere mai!* —oyó decir William también a los niños—. ¡Bienvenido!

Uno de ellos le regaló un pedacito de jade. James dio las gracias y exhortó a William a que también lo hiciera.

—Es un *pounamu*. Le dará suerte. Un regalo muy generoso de ese pequeño... con quien además debería tener un trato especialmente bueno. Es el hijo menor de Tonga.

El pequeño ya se comportaba como un jefe de tribu y aceptó el agradecimiento de los *pakeha* con solemnidad. Finalmente, los hombres abandonaron el pueblo. Las tierras alrededor del asentamiento no estaban cercadas por los Warden, sólo había un par de campos y huertos trabajados por los maoríes. Poco después cabalgaron junto a un gran *paddock*, en parte ocupado por ovejas. Los animales se apretujaban en refugios adicionales, pues había empezado a llover. En los refugios también había heno.

—Durante el invierno también se encuentran pastizales para la mayoría de las ovejas —explicó James—. Pero a las hembras paridoras las alimentamos nosotros. Los corderos son más fuertes y se les puede subir a las montañas antes, con lo que se ahorra en forraje. Y aquí también están los bueyes... Desde que hay cargueros frigoríficos a Inglaterra, hemos ampliado la cría. Antes, la carne sólo se repartía en Otago o en la costa Oeste. Siempre era bien recibida por los buscadores de oro y los mineros, pero ahora hay barcos con dispositivos para conservar el frío que zarpan de forma periódica hacia Inglaterra. Es un buen negocio. Y Kiward Station posee un montón de pastizales. Ahí, al otro lado, está el primer cobertizo de esquileo.

James señaló un edificio grande y sobrio con el que William unas pocas semanas antes no habría sabido qué hacer. Entretanto había aprendido en otras granjas que ahí se hallaba el lugar de trabajo seco de las cuadrillas de esquiladores que en primavera iban de granja en granja para aliviar a las ovejas de la lana.

—¿El primero? —preguntó William.

James asintió.

—Tenemos tres. Y precisamos de los esquiladores durante tres semanas. Ya sabe lo que eso significa.

William sonrió.

—Muchas ovejas —respondió.

—Más de diez mil según el último recuento —especificó James, y añadió—. ¿Satisfecho?

A William no le sentó bien la coletilla.

—Señor McKenzie, sé que usted supone que soy un cazafortunas. ¡Pero a mí no me interesan sus malditas ovejas! A mí me interesa sólo Kura. ¡Me caso con ella, no con sus animales!

—Se casa con los dos —observó James—. Y no me cuente que eso le da igual.

William lo miró echando chispas.

—¡Por supuesto que me da igual! Amo a Kura. La haré feliz. Y todo lo demás no influye para nada. ¡Sólo quiero a Kura y ella me quiere a mí!

James asintió, no demasiado convencido.

—La tendrá.

VOLUNTAD ES VIDA

Queenstown, lago Pukaki, llanuras de Canterbury

1894-1895

1

William Martyn y Kura-maro-tini Warden contrajeron matrimonio poco antes de la Navidad de 1893. El enlace supuso la fiesta más espléndida que se había celebrado en Kiward Station desde la muerte de Gerald Warden, el fundador. El fin de año coincidía con el pleno verano en Nueva Zelanda y el clima se prestaba para festejar en el jardín. Gwyneira había mandado instalar pabellones y carpas adicionales para protegerse de algún eventual chaparrón veraniego, pero el tiempo se puso de su parte. El sol brillaba rivalizando con los invitados, que habían acudido en gran número para homenajear a los novios. La mitad de Haldon estaba presente, la primera de todos, naturalmente, la incansable plañidera de Dorothy Candler.

—Ya se pasó llorando como una Magdalena mi boda —comentó Gwyneira a James.

Por supuesto, los habitantes de las granjas colindantes también asistieron. Gwyneira dio la bienvenida a lord y lady Barrington y a sus hijos pequeños; los mayores estudiaban en Wellington o en Inglaterra, una de las hijas estaba casada y vivía en la isla Norte. Los Beasley, antes sus vecinos más próximos, habían muerto sin herederos directos y unos parientes administraban la granja. En la actualidad el comandante Richland, un veterano de la guerra de Crimea, administraba la cría de ovejas y caballos del mismo «caballeresco» modo que Reginald Beasley. Por fortuna tenía a un buen administrador que se limitaba a no tomar en cuenta las órdenes más absurdas del aspirante a granjero.

Procedentes de Christchurch aparecieron George y Elizabeth Greenwood, ellos también acompañados sólo por sus hijas. Uno de sus varones ya estudiaba en Inglaterra y el otro hacía prácticas en las filiales australianas de la empresa. La hija mayor, Jennifer —una joven rubia, pálida y más bien tímida—, enmudeció cuando divisó a Kura-maro-tini.

—¡Es preciosa! —logró susurrar al verla con su vestido de novia blanco como la leche.

Era innegable. El vestido, cortado en Christchurch, realzaba la perfecta silueta de la muchacha sin producir un efecto descocado. La corona era de flores frescas y llevaba el cabello suelto hasta la cintura, haciendo de por sí las veces de velo. Aunque se comportaba casi con tanto desinterés como cuando honraba otras fiestas con su presencia, su piel relucía y los ojos le centelleaban siempre que su mirada se posaba en su futuro esposo. Al dirigirse al altar, sus movimientos eran tan gráciles como los de una bailarina. Sin embargo, surgió un pequeño contratiempo antes de que el obispo, llegado de Christchurch, pudiera bendecir la unión bajo el baldaquín adornado con flores.

Jennifer Greenwood, quien solía tocar el órgano en Christchurch —según el obispo, «como los ángeles»—, no tuvo valor para hacerlo en esa ocasión. No era de extrañar, pues Dorothy Candler acababa de contar a su madre con todo su esplendor cómo la pareja de novios se había encontrado en Haldon tras el extraordinario concierto de Kura.

—No puedo —susurró a su madre, roja como la grana—. No ahora que la he oído tocar. Seguro que me equivoco y todos me miran y nos comparan. Pensaba que exageraban con lo de Elaine O'Keefe, pero...

Gwyn, a cuyos oídos llegaron estas palabras, se mordió el labio. Era obvio que los Greenwood conocían todos los detalles del escándalo en torno y Elaine y Kura en Queenstown. A George y Elizabeth les unía una estrecha amistad con Helen, pues de niños los dos habían sido discípulos suyos. Helen había dado clases a George en Inglaterra como profesora particular y Elizabeth se contaba entre las huérfanas que la institutriz había acompañado a Nueva Zelanda. Además, seguro que para George no tenía secretos. Sin la resuelta protección del comerciante de lana, dedicado también a los negocios de importación y exportación, el marido de Helen, Howard, no habría podido conservar la granja mucho tiempo y la vida matrimonial de ella todavía habría transcurrido de forma más traumática. Encima, Ruben O'Keefe casi idolatraba a su «tío George», cuyo nombre había dado a su hijo menor. Era muy posible que una conversación de Ruben con Greenwood —o de Georgie con su padrino— hubiera dejado al descubierto unos secretos lamentables.

Elizabeth, una mujer rubia y todavía esbelta, con un vestido sobrio y elegante, intentaba convencer a su hija.

—Pero si sólo se trata de ese sencillo *Treulich geführt*, Jenny. ¡Lo tocas con los ojos cerrados! ¡Ya lo has hecho en la catedral!

—Pero si me mira así, me desmoronaré... —Jenny señaló a Kura, que en ese momento le lanzaba una mirada inclemente. Entre una cosa y otra, la música ya hacía tiempo que debería haberse iniciado.

Sin embargo, Jenny no tenía en realidad nada de que avergonzarse. Era una joven alta, muy delgada, de pelo rubio y un rostro delicado y hermoso dominado por unos grandes ojos verde mate. Ahora, empero, intentaba esconder el semblante, bajando la cabeza y dejando que el cabello lo tapara como una cortina.

—¡No podemos correr este riesgo! —Un joven que hasta el momento se había mantenido en la última fila, pese a que Gwyn le había reservado un asiento delantero, se levantó caballerosamente.

Stephen O'Keefe, el único representante de la familia de Queenstown, pertenecía a los parientes más cercanos de la novia. Fleurette y Ruben lo habían enviado para no provocar más chismorreos sugiriendo que boicoteaban la boda. Fleurette había dejado claro en una carta que, pese a que deseaba todo lo mejor a Kura y William, no quería exigir a Elaine que acudiera a la celebración: «Sigue siendo una sombra de sí misma, aunque parece superar lentamente que el señor Martyn la haya abandonado. Es de lamentar que ella misma se atribuya toda la responsabilidad de lo sucedido. En lugar de estar indignada, como sería de justicia, se está destrozando dándole vueltas a lo que ha hecho mal y a lo mucho que desmerece comparada con su prima. De ninguna manera podemos esperar de ella que además contemple a Kura en el papel de novia radiante.»

Stephen, por el contrario, tenía vacaciones de Navidad y se dirigió a caballo hacia Kiward Station. A través de las cartas de su madre estaba al corriente de lo sucedido entre Kura y Elaine, pero no se había tomado muy en serio el asunto. Sin embargo, durante su estancia en Queenstown se asustó, al ver lo destrozada y abatida que estaba su hermana. No quería perderse la oportunidad de conocer a los dos causantes de tan dramática situación.

—Si me lo permite... —Stephen se inclinó sonriente ante Jenny Greenwood y ocupó su sitio ante el espléndido piano de cola que sustituía al órgano. Éste era el regalo de boda que Gwyneira había ofrecido a su nieta, pese a las protestas de James: «Tendremos que vaciar medio salón para que quepa.»

—¿Sabes tocar? —se sorprendió Gwyneira, que había dejado su sitio para conocer el motivo de la tardanza.

Stephen sonrió.

—Soy nieto de Helen O'Keefe y he crecido junto a un órgano en la iglesia. Y hasta Georgie podría interpretar esa ridícula marcha nupcial

Sin mayor dilación, atacó los primeros compases e interpretó la pieza musical con soltura, casi con demasiado brío, mientras los novios se situaban frente al improvisado altar. Puesto que Stephen no conocía la canción prevista para la siguiente intervención, introdujo una versión no menos briosa de *Amazing Grace*, lo que le valió una mirada divertida de James McKenzie y una de reproche de Gwyneira. A fin de cuentas, la letra, «Cuán dulce el sonido que redimió a una desgraciada criatura como yo», no era precisamente lisonjera referida a una joven novia.

Stephen siempre daba con el tono correcto. La inseguridad

le resultaba ajena. Jennifer le sonrió agradecida bajo su cortina de cabello.

—Luego me cobraré este favor con el primer baile, ¿no? —le susurró Stephen, y Jennifer enrojeció de nuevo, aunque esta vez de alegría.

Entretanto, también un grupo de músicos maoríes se había apostado ante el pabellón. Marama, la madre de Kura, se unió a ellos y cantó un par de canciones tradicionales. Con ello quedó patente de quién había heredado la voz la muchacha: Marama era respetada entre su gente como cantante, poseía además un registro más alto que el de Kura y un timbre casi etéreo. Si los buenos espíritus que Marama conjuraba con su voz la oían, no opondrían resistencia, de eso Gwyneira estaba convencida. También el resto de los invitados escuchaba cautivado.

Sólo William parecía encontrar inadecuado la intervención de su suegra, pese a que ésta llevaba un vestido de fiesta occidental y ninguno de los músicos maoríes llamaba la atención por una indumentaria especialmente extraña o por sus tatuajes. Sea como fuere, el novio prefirió ignorar a los indígenas y dio muestras de satisfacción cuando la música concluyó. Disfrutó mucho más al recibir las felicitaciones de los invitados, aunque encontró un tanto extraño que los barones de la lana del entorno felicitasen a Gwyneira tan efusivamente como a los recién casados.

—¡Es increíble! —exclamó lord Barrington, estrechándole la mano—. El chico responde a lo que había soñado usted para Kiward Station, parece como si lo hubiera cocinado usted misma.

Gwyneira rio.

—No sucedió así, surgió de forma espontánea —respondió discreta.

—¿De verdad no ha intervenido usted? ¿No ha administrado una pócima de amor a la pequeña Kura o algo así? —preguntó Francine Candler, la comadrona de Haldon y una de las más veteranas amigas de Gwyn.

—¡Tendría que haberle pedido a usted que la preparara! —le

contestó Gwyn—. ¿O acaso cree que la hechicera maorí me habría preparado un brebaje para que la granja tuviera un heredero inglés?

Naturalmente, Tonga también se hallaba presente y había aprovechado la oportunidad para aparecer con la vestimenta propia de su tribu, incluidas las insignias de jefe. Observaba la ceremonia con semblante pétreo, el mismo con que felicitó a la pareja. Tonga hablaba un inglés perfecto y sus modales eran excelentes, si es que se dignaba a mostrarlos ante los *pakeha*. También él había sido alumno de Helen O'Keefe.

El resto de los maoríes se mantenía en segundo plano, incluso Marama y su esposo. Gwyneira les habría dado un papel más relevante, pero tenía un olfato finó para advertir los deseos de los protagonistas de la ceremonia. Mientras a Kura parecía darle igual lo que sucediera, como casi siempre, la actitud despectiva de William frente a las tribus ya había dado que hablar. Por eso Gwyn se alegró de que James se reuniera con los invitados maoríes tras la comida y conversara animadamente con ellos. Tampoco él se encontraba del todo a gusto en la ilustre compañía de los barones de la lana y los prohombres de Christchurch. En realidad, también él había entrado en el negocio por matrimonio y no poseía ningún derecho real sobre la tierra. Algunos de esos individuos lo habían llegado a perseguir por robar ganado. Ambas partes encontraban igual de fastidioso coincidir en la escena social. Además, James hablaba maorí con fluidez.

—Deseo que mi hija sea feliz —susurró Marama con su voz melodiosa. No había puesto objeciones a William, pese a que se sentía molesta con su comportamiento—. Y que su marido no ponga trabas, como Paul antes... —Marama había amado a Paul Warden con toda su alma, pero siempre había ejercido escasa influencia en él.

—El nombre «Paul» me viene a la mente con demasiada frecuencia en relación con ese Martyn —observó Tonga con una sonrisa irónica.

James podía darle la razón.

William flotaba en su fiesta. Era sumamente feliz. Claro que había sufrido algunas pequeñas contrariedades, como la inesperada aparición de los maoríes y el firme apretón de manos del impertinente joven que representaba a la familia O'Keefe. «¡Felicidades, especialmente de parte de mi hermana!», le había dicho Stephen, mirándolo a los ojos con inquina. Era el primer joven que no reaccionaba de forma manifiesta ante la belleza de Kura. Pese a que ésta le dirigió una sonrisa, Stephen la felicitó con la misma frialdad que a William. Y además había interpretado al piano *Amazing Grace*, nada más fuera de lugar.

Los otros barones de la lana, en cambio, habían dado una calurosa bienvenida al recién llegado. William conversó animadamente con Barrington y Richland, lo presentaron a George Greenwood y esperaba haberle causado una buena impresión. Por lo demás, la fiesta transcurrió de forma satisfactoria. La comida fue exquisita, el vino de primera calidad y el champán corrió a raudales. A este respecto, el servicio doméstico de Gwyneira demostró estar bien enseñado. Por lo demás, las cocineras y doncellas maoríes (así como el extraño mayordomo, un maorí más anciano) le parecieron algo prepotentes. Pero ya tendría tiempo de meterlos en vereda. Pronto hablaría de ese asunto con Kura.

Entretanto, los músicos de Christchurch estaban tocando en el jardín. William y Kura abrieron el baile con un vals, si bien la joven ya estaba harta de la celebración.

—¿Cuándo nos podremos retirar? —se lamentó, restregando su cuerpo contra su marido de un modo tan provocador que llamaría la atención de los presentes—. Estoy impaciente por estar a solas contigo...

William sonrió.

—Contente, Kura. Seguro que resistes un par de horas más. Estamos aquí para exhibirnos. Es importante. A fin de cuentas representamos Kiward Station...

Kura frunció el ceño.

—¿Cómo es que de golpe representamos esta granja? Pensaba que nos íbamos a Europa.

William la arrastró en un elegante giro a la izquierda para darse tiempo de reflexionar. Pero ¿qué estaba diciendo esa mujer? ¿No creería en serio que ahora...?

—Todo a su debido tiempo, Kura —respondió, apaciguador—. Por ahora estamos aquí, y yo ardo de impaciencia al igual que tú.

Eso al menos sí era cierto. Aún no lograba concebir que esa noche acudiría al dormitorio de Kura sin provocar ningún escándalo. Sólo el contacto con ella durante el baile ya le excitaba.

—Nos quedaremos hasta los fuegos artificiales y luego desapareceremos. Así lo he apalabrado también con tu abuela. A ninguno de nosotros nos gusta esos dichos ofensivos con que la gente despide a las parejas de recién casados.

—¿También apalabras con mi abuela cuándo tenemos que ir a la cama? —preguntó Kura, airada.

William suspiró. Estaba loco por esa muchacha, pero ese día se comportaba como una niña.

—Tenemos que guardar las formas —respondió sin perder la calma—. Y ahora vayamos a tomar algo. Si sigues frotándote contra mí te poseo aquí mismo, en medio de la pista de baile.

Kura rio.

—¿Por qué no? Los maoríes estarían encantados. ¡Yace conmigo ante toda la tribu, por favor! —Se estrechó más contra él.

William se apartó con firmeza.

—Compórtate —farfulló—. No quiero que hablen de nosotros.

Kura se lo quedó mirando desconcertada. ¡Ella quería que la gente hablara de ellos! Quería ser una estrella, estar en boca de todos. Le gustaba el modo en que las revistas europeas escribían acerca de cantantes famosas como Matilde Marchesi, Jenny Lind o Adelina Patti. En algún momento, también ella viajaría por Europa en su propio tren privado...

Rodeó con determinación el cuello de William y lo besó en la pista de baile. Fue un beso largo, íntimo y que a nadie podía pasar inadvertido.

—Es preciosa, ¿verdad? —repetía Jenny Greenwood, dirigiéndose esta vez a Stephen, que la había sacado a bailar el primer baile y ahora oscilaba entre la hilaridad y la indignación viendo cómo Kura besaba a su esposo con tanto ardor como si quisiera anticipar la noche de bodas. A ojos vistas, esa escena le resultaba penosa al novio. Parecía desear que se lo tragara la tierra y apartó a su joven esposa con rudeza. Se oyeron algunas palabras airadas. No era el mejor comienzo para un matrimonio—. Y se dice que también canta bien. Mi madre suele decir que hay personas a quienes las hadas les dan un don al nacer. —Jenny casi parecía sentir un poco de envidia.

Stephen rio.

—Eso también se dice de la Bella Durmiente, pero, como ya sabes, no le salió del todo bien Además, yo no la encuentro tan guapa. A mí me gusta más otra chica de la fiesta...

Jenny se ruborizó, incapaz de mirarlo.

—Mentiroso —susurró.

George Greenwood había presentado a Stephen a su mujer y su hija después de la celebración del matrimonio diciéndoles que era el hijo mayor de Ruben, tras lo cual Jenny y Stephen no tardaron en conversar como buenos amigos. A fin de cuentas habían jugado juntos de niños, aunque la última visita de los O'Keefe a Christchurch se remontaba a casi diez años atrás. Por entonces la hermana pequeña de Jenny, Charlotte, que ahora daba vueltas alrededor de ellos curioseando, todavía llevaba pañales.

Stephen se llevó la mano al corazón.

—Jennifer, nunca miento en situaciones importantes... al menos, no todavía. Puede que cambie cuando sea abogado. Pero hoy puedo afirmar con la mano en el corazón que aquí veo a dos chicas a las que encuentro más bonitas que Kura-maro-tini. No me preguntes por qué, no sabría explicártelo. Pero a esa chica le falta algo, algo primordial. Además, no me gusta la gente que deja sin respiración a los demás. Y hace un momento, con una sola mirada de ella, parecías totalmente trastornada.

La cortina de pelo de Jenny se dividió un poco cuando alzó la mirada hacia el joven.

—¿Vas a bailar con las dos chicas que encuentras más bonitas que ella?

Stephen sonrió y le apartó con suavidad uno de los mechones de la frente.

—No, sólo con la que encuentro más bonita de todas.

William reconocía que las dos copas de champán que Kura había bebido la habían desinhibido totalmente. Ni la reacción arisca ante su beso había logrado contenerla. No le quitaba las manos de encima. Por eso suspiró aliviado cuando por fin se encendieron los fuegos artificiales y ya pudo marcharse con ella. Kura soltaba risitas traviesas cuando corrieron a la casa e insistió en cruzar el umbral de la puerta en brazos. William la levantó sumiso.

—¿También las escaleras? —preguntó.

—¡Sí, por favor! —respondió Kura risueña.

Él subió ceremoniosamente con ella en brazos las escalera abierta y ondulante que conducía del salón al primer piso. Allí se hallaban las habitaciones de la familia y William estaba muy satisfecho con el acuerdo al que se había llegado sobre los aposentos del joven matrimonio Martyn. Al principio, Kura se había contentado con permanecer en sus habitaciones. Disponía de un dormitorio espacioso, un vestidor y un «gabinete de trabajo» en el que la señorita Witherspoon le impartía las lecciones. Habían pertenecido anteriormente a Lucas Warden, el primer marido de Gwyneira. Habría bastado con añadir una habitación para William, pero éste se opuso.

—Kura, eres la heredera, todo lo que hay aquí te pertenece y te contentas con habitaciones que dan a la parte posterior...

—A mí me da igual que las habitaciones miren al fondo o al frente —respondió ella sin alterarse—. De todos modos, sólo se ve hierba.

Su última observación daba fe de que jamás miraba por la ventana. Desde las habitaciones de Kura se veían los establos y algunos prados, mientras que las ventanas de Gwyneira daban al jardín, pero William quería habitaciones con vistas al acceso de la casa y el paseo.

—Son las que corresponden al propietario. Y eres tú quien debería disponer de ellas. Hasta se podría instalar el piano ahí.

La serie de habitaciones a la que William se refería llevaba dieciséis años vacía. Gerald Warden había habitado ahí y Gwyneira jamás había cambiado el mobiliario. James tampoco tenía ningún interés en hacerlo. Para él bastaba con el dormitorio de Gwyneira, nunca había pedido uno propio. Jack ocupaba la habitación de Fleurette cuando era niña.

Gwyneira se quedó perpleja y experimentó una sensación desagradable cuando Kura finalmente le pidió el traslado.

—¿Queréis vivir entre esos muebles antiguos? —preguntó. Ya la mera imagen de albergarse en medio del mobiliario de Gerald o simplemente de dormir en una habitación en la que él había estado la hacía estremecerse.

—Kura cambiará el mobiliario —respondió William cuando la joven no contestó.

Era evidente que no le interesaban los muebles de la casa, quería que los suyos fueran caros y modernos. Al parecer, temía las críticas de la señorita Whitherspoon y previno de inmediato sus posibles objeciones, dejando casi a su entera responsabilidad la renovación de los aposentos. Heather se entregó en cuerpo y alma a estudiar catálogos a su antojo y elegir las piezas más bonitas sin tener en cuenta el dinero. William la respaldaba de buen grado y ambos pasaban tardes enteras discutiendo sobre madera local o madera importada, una cuestión que resolvieron al final en un periquete cuando mandaron traer todos los muebles de Inglaterra. Gwyneira no se alarmó por los gastos: Kiward Station parecía nadar en la abundancia.

Las habitaciones recién empapeladas y amuebladas respondían por entero al gusto de William; Kura había aprobado la elección con rostro indiferente.

—De todos modos, tampoco viviremos tanto tiempo aquí —respondía impasible, lo que a la señorita Witherspoon le provocaba sofocos. También para la institutriz era un hecho que con la boda Kura había renunciado a sus grandes proyectos.

—Deje que mi prometida sueñe, todavía es muy joven —decía William con fingida tolerancia—. Cuando tenga un hijo...

La señorita Heather sonreía.

—Sí, es cierto, señor William. Aunque en realidad es una pérdida, pues Kura tiene una voz preciosa.

William le daba la razón. Kura dormiría a sus hijos con la voz más hermosa del mundo.

Ahora, de todos modos, pasaba el umbral de su dormitorio conyugal con su joven y algo achispada esposa. Por supuesto, contaban también con habitaciones privadas para él y para ella. En el dormitorio reinaban los colores cálidos y vivos, las cortinas de la cama y las ventanas eran de seda pesada. William vio que habían puesto ropa de cama para estrenar y que también la doncella de Kura estaba preparada para ayudarla a desvestirse.

—No, deja, ya puedes irte —dijo William a la muchacha maorí, respirando entrecortadamente de excitación, pues llevar en brazos a Kura había encendido su pasión.

La muchacha se marchó entre risitas. William depositó a su esposa en la cama.

—¿Quieres quitarte tú sola el vestido o...?

—¿Qué vestido? —Kura se rasgó simplemente el escote. No se tomó la menor molestia con los corchetes y el corsé. ¿Para qué? De todos modos, nunca volvería a llevar ese vestido de novia.

William sintió aumentar su excitación. La naturaleza indómita de la joven desbarataba todas las convenciones. Dejó de lado cualquier tipo de reflexión y tiró con violencia de la delicada tela, se desprendió presuroso del pantalón y se lanzó, todavía medio vestido, sobre la joven. La besó en el cuello y la garganta, y desató el corsé, lo que no fue fácil pues las ballenas se le resistían. Pero por fin quedó desnuda y se inclinó hacia él anhelante. William había aprendido que había que tratar con suavidad a las muchachas vírgenes: las hijas de los arrendatarios habían llegado a llorar durante o después del acto. Sin embargo, Kura no mostraba ningún sentimiento de vergüenza o pudor. Ansiaba

que él la penetrara y al parecer sabía muy bien lo que la esperaba. William lo encontró raro, pensaba que una mujer no debía
ser tan ansiosa. Pero entonces sucumbió a la pasión de su esposa, la besó, se frotó contra ella y al final la penetró de forma casi
triunfal. Kura gritó brevemente —William no supo si de dolor o
de placer— y emitió unos fuertes gemidos cuando él empezó a
embestirla. Le hincó las uñas en la espalda como si quisiera que
se introdujera más profundamente en su interior. Al final, él estalló en el éxtasis, mientras Kura le mordía el hombro y lloraba
de placer, en la satisfacción de sentir su deseo saciado. Sin embargo, pronto volvió a besarlo y a pedir más.

William nunca había experimentado algo así y tampoco había creído que tal sensualidad fuera posible. Y Kura se sumergió
en un torrente de melodías y sentimientos que ningún aria ni
canción de amor había provocado en ella. Hasta ese momento,
la música había reinado en su vida armónicamente. Pero el placer sexual era más fuerte y ella quería experimentarlo una y otra
vez. La coraza de indiferencia de Kura se hizo pedazos esa noche y William le dio todo lo que ella había soñado.

James McKenzie observaba a Gwyneira, que revoloteaba
con naturalidad de un bailarín a otro. Parecía increíble que ese
manojo de energía pronto fuera a cumplir los sesenta años. Pero
hoy Gwyn tenía el aspecto de alguien cuyos deseos se han cumplido, totalmente distinta de cuando James la había visto bailar
con Lucas Warden, tanto tiempo atrás. Formal y rígida, la joven
de diecisiete años esperaba nerviosa una noche de bodas en que
no sucedió nada. Gwyneira todavía era virgen cuando un año
más tarde le pidió a James que la ayudara a concebir un hijo, un
heredero para Kiward Station. James había hecho cuanto podía,
pero había prevalecido la línea de los Warden. Y a saber dónde
acabaría a través de la unión con ese William.

De repente, James echó en falta a *Monday*, su perra, a la que
había dejado en los establos, como antaño Gwyn había dejado
allí a *Cleo* durante su boda con Lucas. Sonrió para sus adentros

al pensar en la «demostración canina» que Gerald Warden había querido ofrecer entonces, en la tarde del enlace. Había comprado en Gales una camada de border collies, perros pastores innatos, y quería mostrar a sus amigos y vecinos la gran revolución que esos animales representaban para las labores de una granja. Entonces el perro mejor adiestrado era de Gwyneira, pero, como es obvio, la misma novia no iba a dirigir al animal, de lo cual tuvo que encargarse James. Nunca olvidaría cómo se había plantado allí Gwyn, emocionada y con traje de novia, y su expresión preocupada cuando se dio cuenta de que *Cleo* no respondía a las órdenes de James y ella tuvo que intervenir. Gwyn había dirigido de forma magistral a la perra con el velo nupcial ondeando al viento. Y le había dedicado a James esa sonrisa dichosa que Lucas nunca había provocado en ella. Mucho tiempo después, Gwyn le había regalado la perra *Friday*, hija de *Cleo*, para que le acompañara en el exilio. Y *Monday*, la perra actual de James, era su descendiente.

James se puso en pie y se encaminó a los establos. Los invitados también se las apañarían sin él, y el champán, de todos modos, tampoco le gustaba. Prefería vaciar un par de vasos de whisky con Andy McAran y los otros pastores.

El trayecto hacia los establos fue como un viaje al pasado. Encima de la casa caían en ese momento los fuegos artificiales y James recordó la primera vez que bailó con Gwyneira aquella noche de fin de año. También ahora unos jóvenes ovejeros arrastraban en círculo, al son de la música improvisada de un violín y un acordeón, a las muchachas, y de nuevo se divertían más allí que en la ceremoniosa celebración del jardín.

Sonriendo, James distinguió a una parejita fuera de lugar. Su nieto Stephen bailaba con Jenny Greenwood marcando los pasos de una giga. La pequeña Charlotte intentaba convencer a Jack de que bailara, pero él no quería saber nada: a Jack tanto le daba un vals o una giga, cualquier tipo de baile le parecía una bobada.

Monday y un par de perros más se separaron de Andy, y algunos otros pastores de edad más avanzada, que compartían la bebida en un círculo alrededor del fuego, tendieron la botella a James. Éste saludó a los perros y luego cogió la bebida.

McAran señaló hacia las balas de paja que había junto a él.

—Siéntate ahí, si es que tu elegante traje lo aguanta... Hoy estás casi irreconocible.

En efecto, James llevaba el primer traje formal de su vida.

—Gwyn quería que todo saliera perfecto —respondió al tiempo que tomaba asiento.

—Pues yo entonces me hubiera buscado otro nieto político —añadió con ironía *Poker* Livingston, otro pastor veterano del que James era amigo desde hacía una década—. Ese Martyn tiene buen aspecto, de acuerdo, pero ¿saldrá algo bueno de eso?

James sabía que también Andy era escéptico al respecto. En las apenas seis semanas de noviazgo, William había colaborado en las tareas de Kiward Station de forma ocasional, ofreciendo a los hombres la posibilidad de tantearlo. No había dejado la mejor de las impresiones, sobre todo durante el esquileo, cuando realmente se precisaba a todos los hombres rindiendo al máximo. Según quedó demostrado, William Martyn no había esquilado una oveja en su vida, lo que no habría supuesto ningún problema, pero que en ese caso fue observado con mayor ironía por la insistencia con que el joven se jactaba de su futuro en una granja de ovejas. William tampoco demostró estar familiarizado con la conducción de los animales y el manejo de los perros, y no daba muestras de querer aprender. Había pensado que su colaboración sería más una «supervisión». Como al final se comprobó que era un agudo observador y que se desenvolvía bien con las cuentas, el bonachón de Andy le cedió generosamente el control del tercer cobertizo de esquileo. Por desgracia, William no se dio por satisfecho contando las ovejas por esquilador, sino que se dejó arrastrar por la ambición. Todos los años se premiaba al mejor cobertizo y, con objeto de ganar, a William se le ocurrían las ideas más peregrinas para acelerar el ritmo del trabajo. Sus sugerencias solían ser poco prácticas y constituían sobre todo una ingerencia en las tareas de las cuadrillas, que reaccionaban mal ante las críticas, pues siendo trabajadores a destajo se consideraban la elite de Nueva Zelanda y se comportaban como divos. Andy, James y al final también Gwyneira tuvieron que aplacar los ánimos. Nada presagiaba que la futura colaboración de William en la finca fuera positiva.

—Podría haber sido peor —dijo Andy, y bebió otro trago de whisky—. Vaya, chicos, ¿tenéis vosotros también la impresión de haber retrocedido en el tiempo? Me parece estar de vuelta al día en que la señorita Gwyn y el señor Lucas se casaron, ese soplagaitas... —Le pasó la botella a Poker.

James pensó en si otro trago de whisky le sería de ayuda, en vista de las palabras que iba añadir.

—Si... si me preguntáis mi opinión, eran... son los dos igual de soplagaitas... Lucas Warden soplaba con más discreción, como cuando se silba a un perro, y nadie lo oía. Pero éste... aunque Gwyn no quiera verlo... éste pega unos soplidos fuertes y estridentes. Cuando éste da un soplido se entera todo el mundo.

2

Ruben O'Keefe estaba de malhumor y Fleurette no había ido a la ciudad, sino que iba a pretextar en los siguientes días tener labores impostergables en casa. Sin embargo, nada tenía que ver todo eso con el enlace que se celebraba ese día en Kiward Station. Ruben hacía tiempo que se había olvidado del joven irlandés y no solía ser rencoroso. En realidad, su indulgencia para con el prójimo sólo conocía una excepción: John Sideblossom de Lionel Station. Y éste, precisamente, deambulaba de nuevo por Queenstown acompañado de su hijo. Helen incluso les había alquilado una habitación, lo que Ruben se había tomado a mal.

—¡Haz el favor de no comportarte como un niño! —le advirtió su madre—. Claro que ese tipo no es ningún caballero, aunque finja serlo; pero no puedo rechazarlo porque veinte años atrás pidiera la mano de mi nuera...

—¡Intentó violarla! —protestó Ruben.

—Sin duda fue demasiado lejos, pero de eso hace mucho tiempo. Y Gerald Warden reforzó esa locura, asegurándole que sería la mujer ideal para él —matizó Helen.

—¿Y James McKenzie? ¿Vas a disculparle por haberlo apresado?

Sideblossom había sido el cabecilla de la expedición que había capturado al cuatrero McKenzie tras años de perseguirlo en vano.

—No se lo puedes censurar sólo a él —respondió Helen—. No era el único a quien irritaban esos robos de ganado, con los que James no adquirió precisamente una buena reputación... ¡Por mucho que ahora hablen de él como si fuera Robin Hood en persona! El comportamiento de Sideblossom durante el arresto es harina de otro costal, se comportó fatal. Pero en este caso casi fue una suerte, pues es posible que de lo contrario también hubiera atrapado a Fleurette y ahora no existirían ningunos Almacenes O'Kay.

A Ruben no le gustaba recordarlo, pero, de hecho, el capital inicial de su negocio era fruto de los actos delictivos de McKenzie. Fleurette había estado con su padre cuando Sideblossom se enfrentó a él, pero consiguió huir en medio de la confusión general durante la captura.

—Actúas como si tuviera algo que agradecerle a Sideblossom —farfulló Ruben.

—Sólo debes ser amable —respondió riendo Helen—. Trátalo simplemente como a cualquier cliente. Volverá a marcharse en un par de días y tendrás los próximos meses para olvidarte de él. Además ganas mucho dinero con él, así que no te quejes.

En efecto, Sideblossom se dejaba caer por Queenstown una o dos veces al año como mucho, pues tenía negocios con un criador de ovejas de los alrededores. Aprovechaba entonces la oportunidad de casi vaciar con sus compras los Almacenes O'Kay, y recientemente también había pedido artículos y muebles nobles, pues se había casado con una joven, joven en el sentido literal de la palabra. Su esposa Zoé acababa de cumplir los veinte años, era hija de un buscador de oro de la costa Oeste que se había enriquecido rápidamente y que, con la misma rapidez, lo había perdido todo en malas inversiones. En Queenstown se rumoreaba que la muchacha era preciosa, pero muy mimada y complicada, si bien nadie la conocía. Lionel Station, la granja de Sideblossom, se hallaba en un paraje precioso pero muy alejado de los demás asentamientos del lado oeste del lago Pukaki. Llegar a Queenstown requería de varios días a caballo y la joven esposa no parecía tener mucho interés en acompañar a su marido en esos fatigosos recorridos. Naturalmente, la población femenina en especial se preguntaba qué haría una joven muchacha ahí arriba tan sola. Este asunto, sin embargo, tampoco resultaba para las mujeres de Queenstown tan importante como para sufrir las fatigas del viaje y hacerle una visita de buenas vecinas.

—¿Hoy no has traído a Lainie? —preguntó Helen, cambiando de tema—. ¿Ahora que Fleurette permanece escondida? Los dos necesitaríamos un poco de ayuda, ¿no crees? Las mellizas tampoco pueden dividirse en tres...

Laurie y Mary trabajaban, según la necesidad, o bien de camareras en la pensión o bien de dependientas en los Almacenes O'Kay.

Ruben rio.

—Entonces el caos sería total. ¡Otra rubia idéntica y con el final del nombre pronunciado con una i sería increíble! Pero tienes razón, podría necesitar a Elaine. Lo que pasa es que en cuanto ese Sideblossom está en la ciudad, se despierta en Fleur la gallina clueca. Lo que más le gustaría entonces sería envolverla en algodones o no dejarla salir de casa. De todos modos se ha vuelto muy retraída y se ve como un ratón gris. Sideblossom no le dedicaría un segundo vistazo.

Helen puso los ojos en blanco.

—Sin contar con que ese hombre tiene más de sesenta años. Está bien conservado, sí, pero seguro que no es del tipo que se abalanza sobre una menor de edad en la recepción del hotel.

Ruben rio.

—Fleur lo cree capaz de todo. Pero tal vez Lainie aparezca por la tarde. La casa se le debe de estar cayendo encima. Y ha perdido el gusto por el piano... —añadió con un suspiro.

En el rostro de Helen apareció una expresión de rabia.

—No soy rencorosa, pero le deseo lo peor a ese William Martyn. Lainie era una chica tan vital y feliz...

—Ya lo superará —contestó Ruben—. En cuanto a desearle lo peor, Georgie dice que ya lo tiene. Considera que casarse con Kura Warden es lo peor que le puede ocurrir a un hombre. ¿Debería preocuparme ahora por él?

Helen rio.

—Tal vez dé muestras de sagacidad. Esperemos que sepa apreciar los valores interiores hasta que llegue a la edad de casarse. Envíame a Lainie cuando venga, ¿de acuerdo? Necesitaría que vigilase la recepción, tengo que ocuparme de la comida. Los dos Sideblossom harán acto de presencia y no voy a servir una sopa de verduras...

Elaine llegó a la ciudad por la tarde. Había ido a caballo a una de las granjas de ovejas de los alrededores para entrenar a *Callie*. El border collie necesitaba adquirir experiencia y, puesto que en Pepita de Oro no había ovejas, se dirigía a la granja de los Stever. Fleurette no lo veía con buenos ojos. Los Stever, colonos de origen alemán, eran gente cerrada que sólo de vez en cuando se dejaban ver en Queenstown y no cultivaban las relaciones sociales. Eran personas de mediana edad y Fleurette encontraba que la mujer tenía un aspecto desdichado y afligido. Elaine no podía opinar al respecto. En la práctica nunca coincidía con los propietarios de la granja, sino que sólo tenía contacto con los pastores, la mayoría de los cuales eran maoríes.

Desde hacía unas semanas se había asentado en la granja una tribu que, con su acostumbrada hospitalidad, había acogido a Elaine y, con el relajado pragmatismo de su pueblo, también al perro. Ninguno de los dos representaba una carga para nadie y ambos eran serviciales, por lo que invitaban con frecuencia a comer o a las fiestas tribales a Elaine y le regalaban pescado y boniatos para su madre. Desde el asunto con William, Elaine se reunía más a menudo con los maoríes que con la gente de su edad de la ciudad, lo que su madre veía con cierta preocupación, aunque también ella había crecido jugando con los maoríes, hablaba su idioma a la perfección e incluso acompañaba a veces a Elaine a visitar a sus nuevos amigos para refrescar sus conocimientos. Desde entonces, los maoríes se presentaban más a menudo en la ciudad y compraban en los Almacenes O'Kay, lo que ahora provocaba las quejas de la señora Stever. Recientemente sus hombres pedían más dinero, explicó en una de sus escasas visitas a Queenstown. Antes pagaban a sus criadas y pastores en especies, embaucándolos en cierto modo. En la actualidad, sin embargo, los maoríes de Stever Station tenían poco que hacer y una de las muchachas de la tribu había contado a Elaine que la tribu proyectaba desplazarse. En verano las ovejas de los Stever se hallaban en las montañas y el patrón era tacaño, sólo contrataba a sus hombres por días cuando los necesitaba. Así que la tribu se marcharía un par de meses a los montes a pescar y cazar y regresaría en otoño para bajar a las ovejas de los pastos. Esto formaba parte de la tradición maorí y ellos lo encajaban sin problemas. A Elaine y *Callie*, sin embargo, las esperaba un verano más triste.

Y justo ese día la muchacha buscaba algo en que ocuparse, no quería pensar en su situación. A fin de cuentas, se estaba celebrando la boda... Había sido un gesto de amabilidad por parte de su padre no informarla de la hora exacta del enlace, aunque Elaine la había averiguado a pesar de todo. Ya no le dolía tanto. Si hubiera sido sensata nunca habría alimentado esperanzas. Frente a una chica como Kura siempre llevaría las de perder.

Inmersa en tan sombríos pensamientos, llevó a *Banshee* al establo de su abuela, donde, para su sorpresa, encontró dos caballos desconocidos. Ambos eran negros, uno castrado y el otro semental, lo que resultaba inusitado. La mayoría de los granjeros, incluso los ricos barones de la lana, preferían yeguas o castrados, de manejo más fácil. No obstante, ese precioso ejemplar daba muestras de estar perfectamente adiestrado. Apenas si osó piafar cuando Elaine pasó a su lado con *Banshee*. La yegua, por su parte, ya había sido cubierta y pronto daría a luz un potro de *Owen*.

El caballo castrado, sin duda un purasangre, no le iba a la zaga en belleza al semental y probablemente fuera un hijo o hermano. No era fácil que alguien hubiera comprado dos animales tan parecidos en lugares distintos. ¿Dos jinetes, pues, de la misma familia? A Elaine le picó la curiosidad. Preguntaría a la abuela Helen.

La muchacha tomó el camino directo entre el establo y la casa y se sacudió el polvo y los pelos de caballo antes de entrar en la pensión. No iba a cambiarse de ropa. Daba igual que ayudara en la cocina o en la tienda, no quería impresionar a nadie. Incluso se había recogido el cabello descuidadamente en la nuca. Elaine seguía sin preocuparse de su apariencia.

En la recepción esperaba una melliza que se aburría llevando el registro de entradas.

—¡Ah, hola, señorita Lainie! ¡Y *Callie*! —La mujer rubia dirigió una sonrisa a Elaine y acarició a la perra, quien enseguida brincó sobre ella meneando la cola.

Elaine estaba segura de que *Callie* distinguía a las mellizas. En cambio, ella aún tenía que adivinar quién era quién. A ver... La abuela decía que Mary era más abierta, por lo que sería ella quien atendiera la recepción, mientras Laurie se encontraría en la cocina.

—¡Hola, Mary! —saludó, probando fortuna.

La melliza soltó una risita.

—Soy Laurie. Mary está en la tienda. Y eso que aquí hay trabajo a raudales. La señorita Helen tiene muchos comensales y hemos de cocinar. Pero ahora por suerte ha llegado usted. La señorita Helen ha dicho que se encargue de la recepción y que yo vaya a la cocina...

A Elaine eso no le gustó. Ya no trabajaba de buen grado en la recepción, aunque a solas tampoco se desenvolvía bien en la cocina. Ni siquiera sabía qué quería preparar Helen. Así que ocupó el sitio de Laurie sin protestar. *Callie* siguió a la melliza a la cocina, al menos allí le caía casi siempre alguna exquisitez.

Pese a todo, Elaine satisfaría ahora su curiosidad. Los nuevos huéspedes debían de haberse registrado, por lo que enseguida averiguó a quién pertenecían los caballos del establo...

John y Thomas Sideblossom.

Elaine casi se echó a reír. Si su madre supiese que se había metido en las fauces del león... Conocía las viejas historias de John Sideblossom y su familia, pero no se las tomaba especialmente en serio. Habían pasado ya veinte años: una eternidad para la joven Elaine. En cualquier caso no había motivo para que Fleurette siguiera preocupándose. Elaine ya había visto desde lejos alguna vez a Sideblossom y no le había parecido que infundiera tanto temor. Un hombre alto y musculoso de tez curtida y cabello oscuro un poco largo salpicado de muchas hebras blancas. Su corte de pelo no era muy convencional, pero salvo eso... La madre de Elaine solía hablar de sus «ojos fríos», pero la muchacha nunca lo había visto tan de cerca. Y tampoco Fleurette en los últimos veinte años. Se atrincheraba en Pepita de Oro cuando él venía al pueblo.

Elaine percibió unos pasos en el pórtico del hotel, similar a una terraza, y miró. Habría preferido hacerse invisible, pero tenía que sonreír y dar la bienvenida a los huéspedes. Bajó la vista cuando las hermosas campanillas de colores que Helen había colgado en la entrada de la pensión anunciaron la llegada de alguien.

—¡Buenas tardes, señorita Lainie! ¡Encantado de volver a verla aquí!

Gracias a Dios, sólo era el señor Dipps, el mayor de los dos empleados de banco. Elaine le saludó con una inclinación de la cabeza.

—Llega pronto, señor Dipps —observó, al tiempo que buscaba la llave.

—Después tengo que volver al banco. El señor Stever quiere hablar de un crédito y al parecer no puede ir al banco en las horas de apertura normales, tiene que ocuparse de su ganado. Es culpa suya, por no contratar a nadie fijo todo el año. Ahora se queja de que los maoríes se van. Vaya, en cualquier caso soy yo el que después hago horas extra, así que he salido un poco antes. ¿Podría utilizar los baños, señorita Lainie?

Elaine se encogió de hombros.

—Preguntaré a Laurie, pero las mellizas están hoy muy atareadas. Aunque tal vez las estufas ya estén encendidas. Tenemos nuevos huéspedes y es posible que también ellos quieran tomar un baño.

Corrió a la cocina y miró casi con envidia a Laurie, que estaba cortando zanahorias. Ella también habría preferido ocultarse ahí, en lugar de correr el riesgo de toparse con Sideblossom. Aunque sentía curiosidad por él...

Laurie apartó la vista de lo que estaba haciendo y reflexionó unos instantes.

—¿Los baños? Sí, los hemos calentado. Pero ¿será suficiente para tres personas? El señor Dipps tendrá que ser comedido. Seguro que siendo empleado de banca lo conseguirá.

El señor Dipps, que había escuchado la observación porque Elaine había olvidado cerrar las puertas, rio complacido.

—Intentaré hacer honor al banco. Si no, yo mismo, con mi propia mano, cargaré con dos cubos de agua. Prometido. ¿Tiene las llaves, señorita Lainie?

Elaine buscó la llave de los baños y volvió a oír otro tintineo de las campanillas. De modo que cuando por fin encontró la llave en un cajón y se volvió hacia el señor Dipps se encontró por sorpresa ante al nuevo huésped. El hombre, alto y de cabello oscuro, estaba detrás del empleado y la miraba fijamente con unos ojos castaños e insondables.

Elaine bajó la mirada y enrojeció, al mismo tiempo que se enfadaba consigo misma. ¡No podía comportarse allí de ese modo! El hombre la consideraría una tonta sin remedio. Se forzó a mirarlo.

—Buenas tardes, señor. ¿En qué puedo servirle?

El hombre la observó un momento más y luego se dignó a dirigirle una sonrisa. Era muy alto y atlético, con un rostro de rasgos marcados, incluso un poco anguloso. Tenía el cabello rizado y bien peinado, como si llegara de una reunión de negocios.

—Mi nombre es Thomas Sideblossom. Mi llave, por favor. Y la de los baños que ya habíamos reservado.

Dipps esbozó una sonrisa de disculpa.

—La tengo yo. Si permite que sea yo quien le acompañe, no tendremos que molestar a la señorita Laurie.

—Tam... también puedo llamar al sirviente si se necesita más agua —balbuceó Elaine.

—Creo que nos las arreglaremos —respondió Sideblossom—. Gracias, señorita Laurie.

—No, bueno, quería decir, muchas gracias, pero yo... bueno... yo no soy Laurie... —Elaine miró al hombre más abiertamente y le gustó su sonrisa. Suavizaba sus rasgos.

—¿Cómo se llama usted entonces? —preguntó él. No parecía molestarle el balbuceo de la joven.

—Elaine.

Thomas Sideblossom no tenía mucha experiencia con las muchachas *pakeha*. No había ninguna en los alrededores de la granja en que había crecido y en los escasos viajes que había emprendido sólo se había relacionado con prostitutas. Éstas, sin embargo, no le habían satisfecho. Cuando Thomas deseaba a una mujer, antes aparecía en su mente un cuerpo moreno y de caderas anchas que una criatura de tez clara. El cabello tenía que ser lacio y negro, lo suficientemente largo para enredarlo en los dedos y agarrarlo como una rienda. Ahuyentó la imagen de la sumisión: la cabeza echada atrás y la boca abierta en un grito. Ahuyentó el recuerdo de Emere. No encajaba en ese lugar. Pues aunque no sabía demasiado de respetables muchachas *pakeha*, ya las chicas insolentes de los burdeles le habían aclarado que no podía esperar de ellas nada parecido a lo que Emere hacía por su padre.

Así que si quería casarse, tendría que transigir. Y casarse era inevitable: Thomas Sideblossom necesitaba un heredero. En ningún caso iba a arriesgarse a que su padre y su nueva esposa engendraran a un posible pequeño rival. Sin contar con que él ya no aguantaba más. Todas esas mujeres en la casa que pertenecían sin excepción a John Sideblossom... o que eran tabú porque ellas... No, Thomas tampoco era capaz de pensar en ello. Lo único que sabía con seguridad es que necesitaba una mujer para él solo, que le perteneciera a él y que nunca antes hubiera pertenecido a otro. Debía ser una mujer adecuada, de buena casa. Ninguna de esas criaturas risueñas y presuntuosas que le presentaban una y otra vez sus socios. Las hijas de los barones de la lana y banqueros solían ser guapas; pero la forma en que lo examinaban, casi con avidez, tasándolo, su conversación franca, la manera de vestir provocadora... A Thomas le repugnaba todo eso.

En cambio, le resultó agradable ver a esa pequeña pelirroja de la recepción, cuya vida le estaba contando ahora el señor Dipps. El empleado se reveló en los baños como todo un cotilla y así se enteró de que la pequeña Elaine había alimentado las habladurías de todo el pueblo. Eso provocó, naturalmente, que Thomas se predispusiera a descartarla. Lástima, pero era evidente que la muchacha ya no era virgen.

—El tipo le rompió el corazón —contaba el señor Dipps con sincero interés por la relación de Elaine con William Martyn—. Pero la joven por la que la traicionó era de otra clase. No era tan fácil. Era una princesa maorí.

Esto tenía poco interés para Thomas. Ni se planteaba que una chica maorí pudiera convertirse en señora de Lionel Station. Elaine, por el contrario, le había causado una buena primera impresión. Tan dulce y tímida, con su sencillo y bien cerrado traje de montar oscuro. Pese a ello, con buen tipo y el pelo largo, sedoso... riendas revestidas de seda. Durante unos segundos, Thomas soñó que la dulce pelirroja ocupaba el lugar de Emere.

Y, sin embargo, tras lo que había contado Dipps no habría echado un segundo vistazo a la chica si su padre no la hubiera mencionado también.

—¿Has visto a la pelirroja de la recepción? —preguntó John Sideblossom cuando los hombres se reunieron más tarde en la habitación. Thomas acababa de dejar los baños y se estaba cambiando cuando John entró tras haber cerrado varios tratos con Herman Stever. Las negociaciones habían ido bien, el hombre compraría todo un rebaño de las mejores ovejas paridoras, adquiriendo para ello una fuerte deuda. Sin embargo, lograría hacer un buen negocio si impulsaba la crianza de forma planificada y no ahorraba donde no debía. En realidad, Sideblossom le habría vendido de buen grado un par de carneros también, pero el testarudo alemán dijo que no los necesitaba. Sería culpa de éste si la cría no respondía después a sus expectativas.

Thomas asintió indiferente, aunque en su interior centelleó una imagen de la chica.

—Sí, ya la he conocido. Se llama Elaine. Pero es mercancía usada. Se dice que tuvo un lío con un inglés.

John soltó una risita de viejo zorro en esas lides.

—¿Ésa, usada? Qué va. ¿Quién te lo ha contado? Puede haberse enamorado, pero es una joven decente, Tom. No es de las que se acuestan con cualquiera.

—He oído decir que está emparentada con la propietaria del hotel —respondió Thomas—. Y ella también es pelirroja, aunque no se comporta como si hubiera crecido en la taberna.

Sideblossom soltó una carcajada.

—¿Te refieres a que está emparentada con Daphne O'Rourke? ¿La madama? No me lo creo. ¿Dónde está tu olfato para las clases, hijo? No y no, el cabello rojo es legado de los Warden. Lo ha heredado de la legendaria señorita Gwyn.

—¿Gwyneira Warden? —preguntó Thomas, mientras se abrochaba la chaqueta de su terno—. ¿De Kiward Station? ¿La que está casada con ese ladrón de ganado?

—Esa misma. Y está cortada con el mismo patrón que su madre y su abuela. Parece ser la versión más suave. Fleurette era una mujer con carácter y la vieja Gwyn aún más. Pero tenía clase, las dos la tienen. Deberías echarle otro vistazo a la pequeña. Y aún más sabiendo que todavía tengo una cuenta pendiente con su familia.

Thomas no sabía si realmente quería contribuir a saldar las cuentas de su padre. Lo que le habían contado sobre la familia de Elaine, sin embargo, sonaba interesante, él también había oído hablar bastante de su padre y Fleurette Warden, un asunto que todavía se comentaba tantos años después. Era la única mujer que había opuesto resistencia a John Sideblossom, afirmaban los rumores. Tras el compromiso anunciado por todo lo alto, había desaparecido una brumosa noche y luego vuelto a aparecer ya casada en Queenstown... Había que tener valor para eso. La dulce

Elaine seguro que no lo tenía. Mejor. Los intereses de Thomas Sideblossom y su instinto de caza se despertaron de nuevo.

En cualquier caso, esa noche renunció a la visita que había planificado hacer al Hotel de Daphne. ¿Qué impresión habría causado si ahora gozaba de una puta y al día siguiente cortejaba a una hija de buena familia? La esperanza de volver a ver a Elaine en la mesa de la dueña de la pensión no se cumplió. La joven ya había vuelto a su casa. De todos modos, se enteró de que no se trataba de una empleada, sino de la nieta de Helen. De ahí el malentendido del parentesco con Daphne.

—Elaine es una muchacha encantadora, pero primero hay que sacarla de su reserva —explicó Helen—. Estaba apenada por haberse comportado con tanta timidez en la recepción. Cree que la tomarán por tonta.

Helen no se sentía muy a gusto hablando de forma tan sincera con los Sideblossom sobre Lainie. Seguramente Fleurette la habría recriminado por ello. Sin embargo, ese joven parecía bien educado, amable y solícito. Había preguntado cortésmente por Elaine y tenía al menos tan buena apariencia como William Martyn. ¡Y era rico! Tal vez Elaine superaría sus complejos si otro hombre presentable se interesaba en ella. De ahí no tenía por qué surgir nada, pero un par de conversaciones agradables, una chispa de admiración en los ojos oscuros del joven —la mirada de Thomas no era tan afilada y punzante como la de su padre, sino más bien soñadora—, tal vez con ello Elaine volviera a florecer. ¡Era una muchacha tan hermosa! ¡Ya era hora de que alguien se lo dijera!

—Encuentro muy encomiable que una muchacha sea un poco... hum... reservada —dijo Thomas—. La señorita Elaine me ha caído muy bien. Si usted tiene a bien comunicárselo...

Helen sonrió. Seguro que Elaine volvía a ruborizarse de alegría en lugar de por falta de seguridad en sí misma.

—Y quizá vuelva a verla aquí, así hablaría un poco más extensamente con ella. —Thomas también sonrió.

Helen tuvo la sensación de que el asunto estaba bien encarrilado.

3

Thomas volvió a cruzarse con Elaine en la tienda de su padre, donde estaba buscando telas para unos trajes nuevos. En Queenstown había sastres excelentes, como había observado su padre, y eran mucho más baratos que sus colegas de Dunedin. Bien pensado, no había ninguna razón para emprender el largo viaje a Dunedin por cualquier nimiedad. La oferta de Queenstown le gustaba en todos los aspectos. Y las telas para trajes que Ruben ofrecía no sólo eran de buena calidad, sino que estaban recomendadas por una delicada muchacha.

Elaine estaba ordenando un par de piezas en una estantería cuando Thomas entró en la sección textil. Su padre estaba ocupado en ese momento con Ruben O'Keefe. Mejor, así Thomas echaría un nuevo vistazo a la joven a solas.

Ella enrojeció como la grana cuando lo vio aparecer de nuevo, pero Thomas encontró que le sentaba bien. Le gustó también el recato, casi temor que había en sus ojos. Unos ojos preciosos, destellantes como la superficie del mar al sol, con un matiz verdoso. Además llevaba el traje de montar del día anterior. En verdad, no se le podía reprochar que fuera vanidosa.

—Buenos días, señorita Elaine. Ya ve que me acuerdo de su nombre.

—Yo... yo no tengo melliza... —A la chica se le escapó esa tonta observación antes de pensar en algo más ingenioso. Sideblossom, sin embargo, pareció encontrarla graciosa.

—Por suerte no. ¡Creo que es usted singular! —respondió galantemente—. ¿Quiere mostrarme un par de telas, por favor? Necesito dos trajes. Algo de primera calidad pero no demasiado llamativo. Que sea apropiado para realizar tratos bancarios, reuniones formales nocturnas: de la asociación de ganaderos de Dunedin, para ser preciso.

Unos meses antes, Elaine habría contraatacado con coquetería respondiendo que los criadores de ganado utilizaban chaquetas de piel y zahones, pero ahora no se le ocurrió ninguna réplica. En lugar de eso ocultó el rostro con timidez tras el cabello. Ese día lo llevaba suelto y constituía un buen escondite. Cuando bajaba la cabeza nadie le veía la cara, pero ella tampoco se enteraba demasiado de lo que ocurría alrededor.

Thomas observó divertido cómo tanteaba entre el género. Era realmente una muchacha dulce. Y debía de ser pelirroja por todas partes. Thomas se había acostado una vez con una prostituta pelirroja, pero tenía el vello del pubis rubio. Eso le disgustó. No soportaba que le engañaran.

—Aquí tenemos algo en color marrón —señaló Elaine. «Conjuga con el color de sus ojos», pensó, pero no se atrevió a decirlo. En cualquier caso le sentaría mejor que el traje gris que llevaba ese día. Tenía unos ojos bonitos, había en ellos algo misterioso, algo oculto... Extendió ante él, diligente, las piezas de tela.

—¿Cuál escogería usted? —preguntó el joven amablemente. Tenía una voz oscura, casi ronca, no como la de tenor de William.

—Oh, yo... —Sorprendida por la pregunta, empezó de nuevo a balbucear. Al final señaló la tela marrón.

—Bien, entonces me la llevo. El sastre se dirigirá a usted cuando haya tomado las medidas. Muchas gracias por su consejo, señorita Elaine.

Thomas Sideblossom se encaminó hacia la salida. De repente Elaine habría querido detenerlo.

¿Por qué no le salía nada? ¡Antes del asunto con William nunca le costaba entablar conversación con la gente! Elaine abrió la boca, pero no lograba vencerse a sí misma.

De golpe, Sideblossom se dio media vuelta.

—Me gustaría volver a verla. Su abuela me ha contado que monta a caballo. ¿Me acompañaría a dar un paseo?

Elaine no mencionó a sus padres la cita con Thomas Sideblossom. No sólo porque sabía la relación de su madre con el padre de él, sino porque temía que la criticaran otra vez. Nadie debía enterarse la próxima vez que un hombre se interesara por Elaine O'Keefe. Así pues, salió con *Banshee* de la ciudad y Sideblossom se comportó como un caballero. Los vecinos considerarían tal vez una casualidad el hecho de que salieran juntos de los establos de la pensión de Helen, como también era normal que ambos intercambiaran un par de frases. Sólo Daphne escrutó con la mirada a Elaine y Thomas. A ella no la engañaban tan fácilmente. Distinguió el interés tanto en los ojos de él como en los de ella. Y no le gustó lo que vio.

Resultó que el caballo castrado negro pertenecía a Thomas y el semental a su padre. Y, en efecto, ambos animales también eran padre e hijo.

—Mi padre compró una vez en Dunedin un caballo árabe —contó Thomas—. Un caballo fantástico. Desde entonces los cría. Siempre tiene un semental, *Khazan* ya es el tercero. Mi caballo se llama *Khol*.

Elaine le presentó a *Banshee*, pero no agobió a Thomas —como antes a William— con un caudal de explicaciones sobre la cría de cobs galos de su abuela Gwyneira. Seguía sin pronunciar palabra en presencia de Thomas. Pero a él eso no parecía molestarle. ¿Tal vez había asustado a William con su parloteo? Elaine recordó de pronto que Kura contestaba a prácticamente todas las preguntas con monosílabos. Ella debería contenerse aún más.

Así que cabalgaba silenciosa junto a Thomas, que llevaba la voz cantante sin el menor problema, si bien también se interesaba por su acompañante y le formulaba atentas preguntas. Elaine respondía con un sí o un no siempre que podía. De lo contrario, se limitaba a contestar con parquedad y se escondía tras la melena. En realidad, durante el paseo a caballo, sólo una vez fue espontánea: sugirió que hicieran una carrera al llegar a un tramo largo y recto. Sin embargo, de inmediato lo lamentó. A William no le habían gustado esas cabalgadas salvajes y cuando ella lo dejaba atrás solía refunfuñar. Pero Thomas se comportó de otro modo. Incluso pareció encantado con la idea. Puso su caballo en posición junto al de ella, con toda seriedad, y permitió que la joven diera la señal de salida. Naturalmente, *Khol*, el caballo árabe, venció a *Banshee* sin esfuerzo. Elaine llegó riendo a la meta tres cuerpos detrás.

—Está encinta —dijo disculpando a la yegua.

Thomas asintió poco interesado.

—Para eso están las yeguas. Pero es usted una intrépida amazona.

Elaine lo tomó como un cumplido. Cuando regresó, volvía a llevar la cabeza alta como antes de la traición de William, y dejaba flotar su cabello al viento.

Ruben maldijo y Fleurette siguió ocupada en otras tareas de la casa cuando los Sideblossom alargaron la estancia en Queenstown. Sólo Helen sabía de la relación en ciernes entre Thomas y Elaine, y tampoco le habían pasado inadvertidos los primeros cambios en Elaine. Claro que tenía mala conciencia por estar encubriendo un secreto, pero veía que Elaine por fin sonreía otra vez, se vestía mejor y se cepillaba de nuevo el cabello hasta que brillaba y revoloteaba alrededor de su rostro. Helen no se percató de que Elaine seguía hablando con Thomas con la cabeza gacha y seguía contestando con monosílabos. En su época, en Inglaterra, todas las muchachas se comportaban así, y había encontrado un poco chocante el comportamiento franco de Elaine hacia William. Para Helen, Thomas Sideblossom, comparado con William, también era mejor. Claro que William era agradable y un buen conversador, pero también era susceptible e impulsivo. Helen siempre se había sentido, durante las conversaciones en torno a la mesa, como si vigilase un barril de pólvora. Thomas, por el contrario, era reservado y afable, un caballero de la cabeza a los pies. Cuando salía a cabalgar con Elaine, le sujetaba el estribo; en la misa de los domingos, a la que asistían, los Sideblossom sólo intercambiaban un par de palabras corteses con la joven. En cambio, Fleurette no advirtió el trato afable entre los dos; ella ya tenía suficiente con pasar desapercibida. Los O'Keefe no se acercaron ni una vez a los Sideblossom. De ahí su sorpresa cuando, tras el picnic campestre de la parroquia, Thomas invitó a Elaine a dar un paseo en barca. La laboriosa Unión de Transportistas solía alquilar botes de remos a las parejas de enamorados con el fin de reunir fondos para la construcción de una nueva iglesia.

—He conocido a su hija en la pensión de la señorita Helen y me sentiría muy honrado si me permitieran ofrecerle un entretenimiento.

Elaine se ruborizó al instante. Todavía recordaba con todo detalle los últimos entretenimientos con William.

En un principio, Fleurette estuvo a punto de negarse, pero Ruben le puso la mano en el brazo. Los Sideblossom eran buenos clientes y la conducta de Thomas, en concreto, nunca había dado pie a la menor queja. No había motivo para ser impertinente con él. Mientras Fleurette se disponía a discutir con su esposo, Thomas condujo a la nerviosa Elaine al siguiente bote con la autorización de su padre. Elaine no se dio cuenta de que no le había preguntado si deseaba hacerlo y tampoco le había dejado elegir —como William— el color de la barca. Thomas se limitó a maniobrar el bote y la ayudó caballerosamente a subir. Elaine, agobiada por el peso de sus sentimientos y recuerdos, no pronunció palabra durante el paseo, pero se la veía muy guapa. Ese domingo llevaba un vestido de seda azul claro y se había atado unas cintas azules en el pelo. No volvió el rostro hacia Thomas casi en ningún momento y se limitó a contemplar el agua. Thomas disfrutó de tiempo para admirar su perfil y volvió a luchar con sus recuerdos. La silueta de Emere a la luz de la luna, como un teatro de sombras... y también ella cara a cara con el hombre que la poseía... A la luz del sol todo parecía irreal. Sin embargo, si Thomas se casaba con una mujer, la vería también durante el día. Estaría siempre ahí, no sólo para llenar sus noches y avivar sus oscuros deseos. Pero Elaine era silenciosa y fácil de amedrentar.

No debía de ser complicado mantenerla tranquila. Empezó a hablar con cautela de la granja Sideblossom junto al lago Pukaki.

—La casa tiene una vista preciosa al lago y por su estilo es comparable con Kiward Station, aunque no tan grande. Hay bonitas zonas verdes y suficiente personal doméstico... aunque Zoé afirma que los maoríes están mal enseñados. Se esfuerza en mejorarlos, pero una segunda mujer en la casa beneficiaría a Lionel Station.

Elaine frunció el ceño. ¿Sería eso una proposición? ¿O un tanteo cauteloso? Se permitió mirar a Thomas y distinguió una expresión seria, casi un poco temerosa.

—He oído decir... que la granja está muy... aislada —observó ella.

Thomas rio.

—Ninguna de las granjas grandes tiene vecinos directos —contestó—. Junto a Lionel Station sólo hay asentamientos maoríes. Queenstown es, en efecto, la localidad más grande de los alrededores. En el camino, no obstante, hay un par de poblados. Un lugar sólo está aislado cuando uno es desdichado...

Sonó como si Thomas también quedara a veces inmerso en tristes cavilaciones.

Elaine lo miró con recato.

—¿Se siente solo con frecuencia? —preguntó vacilante.

Thomas asintió con gravedad.

—Mi madre murió cuando yo era un niño. Y la mujer maorí que cuidó de mí... nunca me dio lo que yo necesitaba. Más tarde estuve en un internado inglés.

Elaine lo observó interesada, olvidándose de su timidez.

—Oh, ¿estuvo usted en Inglaterra? ¿Cómo fue? Debe de ser muy distinto de esto...

Él sonrió.

—Bueno, no hay ningún *weta*, si se refiere al dios de las cosas feas.

—Es maorí, ¿no? El dios de las cosas feas. ¿Habla usted maorí?

Thomas se encogió de hombros.

—Más o menos. Mis nodrizas fueron indígenas. Obviamente, eso no existe en Inglaterra. Allí unas diligentes ayas son las que meten a los niños en la cama y les cantan nanas. En lugar... —Thomas se interrumpió y una mueca de dolor cruzó su rostro.

Elaine advirtió el cambio de expresión en su semblante y sintió brotar la compasión. Animosa, le puso la mano en el brazo. Él dejó caer el remo.

—A mí no me importaría vivir en una granja, aunque estuviera algo apartada. Y no tengo nada en contra de los *weta*... —De hecho había cazado de niña esos insectos gigantes para hacer después apuestas con sus hermanos.

Thomas se recompuso.

—Volveremos a hablar del tema —dijo.

Elaine sintió renacer en su interior aquel calor que le provocaba William cuando le hablaba con cariño.

Regresó del brazo de Thomas al lugar donde estaban sus padres.

—¿De qué habéis hablado? —preguntó Fleurette, recelosa, una vez que Thomas se hubo despedido con una ceremoniosa inclinación.

—Oh, sólo de los *weta* —respondió Elaine.

—Su nietecita vuelve a estar enamorada —afirmó Daphne en la reunión del té con Helen—. Por lo que se ve, siente debilidad por hombres que a mí me ponen los pelos de punta.

—¡Daphne! —la reprendió Helen—. ¿A qué te refieres con eso?

La madama sonrió.

—Disculpe, señorita Helen, quería decir que la señorita O'Keefe se siente atraída por hombres que a mí me provocan una vaga sensación de malestar.

—¿Alguna vez has hecho una observación positiva de un hombre al que hayas conocido? Exceptuando aquellos que bueno... en cierta medida... no necesitan ninguna mujer.

Daphne mostraba una clara preferencia por camareros y sirvientes que se sentían atraídos por su mismo sexo. Siempre había hablado de manera amable de Lucas Warden, al que había conocido poco antes de su muerte.

—¡Me anoto la expresión! —respondió riendo—. Tomar el té con usted siempre es didáctico, señorita Helen. Y en lo que se refiere a los chicos... los homosexuales son más prácticos, no tratan de ligar con las chicas. Los normales son aburridos. ¿De qué me sirve hablar bien de unos individuos que ni siquiera son clientes míos? Además, esos Sideblossom... El joven nunca ha ido al hotel, pero el viejo no es que sea uno de nuestros clientes favoritos, para decirlo suavemente...

—¡No quiero oírlo, Daphne! El comportamiento del señor Thomas aquí está por encima de cualquier duda. Y Elaine empieza a florecer.

—También puede tratarse de una breve floración. ¿Cree usted que sus intenciones son honestas? Y aunque lo fueran... La señorita Fleur no estará encantada.

—Esto todavía no es objeto de discusión —protestó Helen—. Por lo demás, el señor Thomas y el señor John no son una única y misma persona, y eso es válido tanto para Fleur como para ti. Sea cual sea el error de uno, no tiene por qué ser hereditario. Mi marido Howard, por ejemplo, no era ningún caballero, pero Ruben no ha salido en nada a él. Tal vez sea también el caso de los Sideblossom.

Daphne se encogió de hombros.

—Tal vez —apuntó—. Pero si mal no recuerdo, usted se dio cuenta de cómo era el señor Howard cuando ya estaba instalada en las llanuras de Canterbury.

Inger se expresó de forma más clara, aunque no comunicó a Elaine, obviamente, todos los detalles de sus experiencias con John Sideblossom.

—Daphne sólo le permitía ir con las muchachas con experiencia y eso siempre provocaba discusiones. Él únicamente quería a las más jóvenes, y en parte es lo que también queríamos nosotras porque... bueno con esos hombres siempre cae algo más de dinero extra y con frecuencia un par de días libres. Pero Daphne sólo cedió una vez porque Susan necesitaba de verdad el dinero con urgencia.

Inger señaló algo avergonzada su vientre, un gesto que Elaine, de todos modos, no supo interpretar. La muchacha observó maravillada por primera vez que su amiga sueca se ruborizaba.

—Lo necesitaba para... para pagar otra cosa. El... fruto que llevaba no superó esa noche, y Susan estaba bastante... bueno, se sintió mal. La señorita Daphne tuvo que llamar al médico. Y luego siempre que el señor John venía se escapaba. No podía ni verlo.

Elaine no entendía mucho. ¿Qué «fruto» había destruido el señor Sideblossom? Pero a ella no le interesaba el señor John, sino que le contara cosas sobre Thomas. Describió de forma minuciosa a su amiga cómo pasaba el tiempo con él. Y respecto a eso, Inger no tenía nada que decir; si algo encontraba preocupante era más bien el comportamiento tan reservado de Thomas.

—Es extraño que nunca haya intentado besarte —señaló tras una descripción enervantemente larga de un paseo a caballo, durante el cual Elaine y Thomas sólo habían intercambiado miradas.

Elaine se encogió de hombros. En ningún caso iba admitir que era precisamente la reserva de Thomas lo que tanto le gustaba. Desde lo sucedido con William tenía miedo a las caricias. No quería que volviera a despertarse en ella algo que luego no iba a satisfacerse.

—Por eso es un auténtico caballero. Quiere darme tiempo y a veces creo que sus intenciones son serias. —Se ruborizó un poco.

Inger rio.

—¡Ojalá! ¡Cuando los hombres no tienen intenciones serias, van directos al grano! En el mejor de los casos respetan a las damas, pero a las muchachas...

Thomas seguía dudando. Por una parte, Elaine aparecía cada vez con mayor frecuencia en sus sueños y, naturalmente, era una novia adecuada. Por otra parte, se sentía casi infiel, un sentimiento absurdo porque a fin de cuentas nunca había tocado a Emere. Ella nunca lo había tolerado, ni siquiera cuando era un niño anhelante de inocentes caricias. Sin embargo, era casi como si fuera a cerrarse una ventana, como si el pedir en serio la mano de Elaine y llevarla con él a Lionel Station marcara el final de una etapa. Thomas no lograba decidirse, pero debería hacerlo deprisa porque su padre lo apremiaba. Estaba más que de acuerdo con la elección de su hijo y no cabía en sí de gozo al pensar que bailaría con Fleurette O'Keefe el día de la boda de Thomas y Elaine. Además, quería regresar a su granja. Queenstown ya estaba acabado para él, había cerrado todos los negocios y se había acostado con todas las prostitutas a las que Daphne le había permitido acceder. Ya tenía ganas de volver con Zoé, su joven esposa, y a los deberes de la granja. Pronto sería el momento de bajar de los pastos a las ovejas y necesitaría a Thomas. Rechazó la idea de dejarlo solo en Queenstown para que llevara a término con calma la petición de mano.

—¿Y con qué motivo ibas a quedarte aquí? —apremió a su hijo—. ¿Un Sideblossom que ronda la puerta de una mujer como un macho la caseta de una perra en celo? ¡Haz por una vez las cosas bien! Pregunta a la chica y luego a su padre. Sería mejor al revés, pero hoy en día ya no se estila. La muchacha come de tu mano, ¿no?

Thomas sonrió con ironía.

—La muchacha está madura... aunque no sé qué se imagina. Ese William Martyn no debió de enseñarle mucho, con lo tímida que es. ¡Cómo pude dudar de que era virgen! Se sobresalta cuando la toco sin querer. ¿Cuánto tiempo me das?

Sideblossom puso los ojos en blanco.

—Una vez la tengas en la cama, tres minutos. En caso contrario... A más tardar quiero irme en una semana. En ese plazo espero que ya te haya dado el sí.

—Pero ¡quiero casarme con él! —se obstinó Elaine y casi dio una patada en el suelo. Por primera vez en meses, sus padres reconocieron el genio de su hija. Tan sólo habrían deseado que el desencadenante hubiera sido otro.

—Elaine, no sabes lo que estás diciendo —terció Ruben. Al contrario que su esposa, que había reaccionado como una histérica ante la noticia de que Elaine se había prometido con Thomas Sideblossom, él intentó conservar la calma—. ¿Quieres comprometerte con un hombre totalmente desconocido cuya historia familiar, dicho suavemente, es bastante cuestionable...?

—¡Uno de mis abuelos era ladrón de ganado, y el otro un asesino! Tampoco encajan tan mal —replicó Elaine.

Su padre hizo un gesto de impotencia.

—Con cuya familia no hemos tenido las mejores experiencias —se corrigió entonces—. Quieres casarte con él e ir a vivir a una granja aislada de la civilización. ¡Lainie, comparada con Lionel Station, Pepita de Oro se encuentra en el centro de la ciudad!

—¿Y qué? Tengo un caballo y sé montar. Kiward Station también está alejada y a la abuela Gwyn no le molesta. Además estarán Zoé, el señor John...

—¡Un viejo mujeriego que acaba de comprarse a una jovencita para tirársela! —terció con aspereza Fleur, haciéndola callar por un instante. Habría esperado tales expresiones de Daphne, pero nunca de su bien educada madre.

—No ha comprado a Zoé...

—¿Que no la ha comprado? La mitad de la costa Oeste habla de eso.

Era evidente que Fleurette no sólo había pasado las últimas semanas ocupándose de las labores domésticas, sino también de numerosas visitas a vecinos cercanos y lejanos. Con lo que se había puesto al día de todos los chismes que corrían por la isla Sur.

—El padre de Zoé Lockwood estaba a punto de arruinarse. Se había excedido con la granja y la buena vida... Otro presumido que hizo fortuna en los yacimientos de oro, pero que no supo conservarla. Sideblossom pagó sus deudas y le entregó unas ovejas de cría. Así obtuvo a la muchacha. Yo a eso lo llamo «comprar». —Fleur lanzó a su hija una mirada iracunda.

—Pero Thomas y yo nos amamos —afirmó Elaine.

—¿Ah, sí? ¡Lo mismo decías de William Martyn!

Aquello era demasiado. Elaine vacilaba entre romper a llorar o protestar.

—Si no me das permiso, esperaremos a que sea mayor de edad. Pero en cualquier caso pienso casarme y no me detendréis.

—¡Pues ya puedes sentarte a esperar! —gritó Fleur—. Quizá con el tiempo entres en razón.

—¡También podría fugarme con él!

Ruben pensó con espanto en lo que significaría pasar dos años más con una hija de morros. No consideraba que Elaine fuera una joven inconstante. Además, también él había observado los cambios operados en su hija. Thomas Sideblossom parecía hacerle bien. Si Lionel Station no estuviera tan terriblemente lejos...

—Fleur, quizá deberíamos hablar a solas de ello —intentó mediar—. De nada sirve levantar la voz. Si tal vez se estableciera un noviazgo razonablemente largo...

—¡Ni hablar! —Fleurette recordaba demasiado bien la noche en que John Sideblossom la había acosado en el establo de Kiward Station. Por suerte, su madre había llegado a tiempo de salvarla, pero Fleur tuvo que cruzar el salón con el vestido desgarrado y se topó con Gerald Warden y algunos de sus compañeros de borrachera. Fue uno de los momentos más horribles de su vida.

—¡Mamá, no lo conoces en absoluto! Nunca has intercambiado una palabra con Thomas pero te lo imaginas como si fuera el diablo en persona —argumentó Elaine.

—Si lleva razón, hay que dársela —intervino Ruben—. Vamos, Fleur, supera tus miedos. Invitemos al chico y valorémoslo.

Fleurette le dirigió una mirada furibunda.

—¡Eso mismo fue todo un éxito en el caso del irlandés! —señaló—. Al final todos estaban encantados excepto yo. Pero esto no es un examen de conocimientos humanos. Se trata de la vida de Lainie...

—¡Exacto, de mi vida! Pero tú siempre quieres meterte en ella...

Ruben suspiró. Con toda certeza tendrían para dos horas más. Fleurette y Elaine discutían pocas veces, pero cuando lo hacían, no se callaban nada. No iba a seguir escuchando. Tranquilamente se levantó, se dirigió al establo y preparó el caballo. Tal vez lo más sencillo fuera que él mismo hablara con los Sideblossom, con padre e hijo.

Ruben no tenía ninguna pendencia declarada con John Sideblossom. Aun así lo encontraba poco agradable y seguía guardándole rencor, pero aquel granjero alto, resistente a la bebida y reservado no tenía demasiados amigos. Se había dado a conocer en la unión de ganaderos tras la persecución de James McKenzie, pero tenía mala fama. En aquella ocasión, su comportamiento había repelido especialmente a los caballeros que se hallaban entre los ganaderos, pese a que no cabía duda de que había tenido éxito en su empresa. Y en lo que concernía a Fleurette, Ruben y Sideblossom nunca habían sido rivales directos. Fleur y Ruben ya hacía tiempo que eran pareja cuando Sideblossom pidió la mano de ella y en las historias que luego se contaron, por lo que Ruben sabía, el exceso de alcohol y todavía más el deseo de impresionar habían desempeñado un papel importante. Veinte años después estaba preparado para perdonar.

Aún más porque también esta vez Sideblossom había demostrado ser un cliente bueno y solvente, en eso Helen llevaba razón. El hombre no regateaba, prefería la calidad a los artículos de baratillo y se decidía pronto, incluso cuando se trataba de adquisiciones importantes.

También en esa ocasión fue al grano, una vez que se hubieron encontrado en la taberna. Ruben había sugerido ese lugar para hablar en términos generales del «compromiso matrimonial».

—Sé que su esposa sigue enfadada conmigo y eso me resulta incómodo —declaró Sideblossom—. Pero creo que los jóvenes no deberían verse afectados por ello. No es que me refiera a un gran amor, no es mi forma de pensar. Pero desde mi punto de vista, la unión resulta del todo conveniente. Mi hijo es un caballero y ofrecerá a su hija una vida adecuada. Y en caso de que mi joven esposa no me dé una sorpresa...

Su sonrisa hizo pensar a Ruben en un tiburón.

—Thomas es mi único heredero. Esta vez le aseguro que no están tratando con un cazafortunas.

—¿Esta vez? —se sobresaltó Ruben.

—Vamos, el asunto con William Martyn es por todos conocido. Un joven ambicioso. No le reprochará que haya preferido Kiward Station a una filial de una tienda de pueblo, supongo.

Ruber sintió que montaba en cólera.

—Señor Sideblossom, yo no vendo a mi hija al mejor postor...

—Eso digo yo —respondió confiado Sideblossom—. «Pero lo más importante es el amor», así consta incluso en la Biblia. Case a su hija sin pensar simplemente en el dinero.

Ruben decidió tratar el tema de otro modo.

—¿Ama usted a mi hija? —preguntó al joven Sideblossom, que hasta el momento había permanecido callado. Cuando el viejo hablaba, el joven no tenía mucho que decir, de ello ya se había percatado Ruben en la tienda.

Thomas lo miró y Ruben contempló sus ojos castaños e insondables.

—Deseo casarme con Elaine —declaró grave y solemnemente—. La quiero para mí, deseo protegerla y cuidarla. ¿Es suficiente?

Ruben asintió.

Sólo mucho más tarde pensaría en que aquella «declaración de amor» habría justificado igual de bien la adquisición de un animal doméstico.

4

Los O'Keefe y los Sideblossom acordaron un noviazgo de seis meses. El enlace se consumaría a finales de septiembre, es decir, durante la primavera neozelandesa, antes del esquileo, para el que Thomas y John eran insustituibles. Fleurette insistió en que Elaine visitara Lionel Station al menos una vez antes de la boda. La muchacha debía ver en qué iba a embarcarse. En realidad, Fleur quería acompañar a su hija, pero luego no tuvo valor. Todo en ella se oponía a pasar una noche bajo el mismo techo que John Sideblossom. Seguía estando en contra de la unión. Sin embargo, apenas era capaz de presentar argumentos de peso en contra. Los hombres se habían reunido y se habían puesto de acuerdo, y Ruben no había tenido la peor de las impresiones de padre e hijo.

—De acuerdo, el viejo es un timador, eso ya es sabido. Pero no es peor que Gerald Warden, por ejemplo. Es una generación: cazadores de focas, balleneros... Cielos, ésos no han amasado su fortuna con guantes de seda. ¡Son pendencieros! Pero en lo que va de tiempo se han amansado y diría que el joven está bien educado. De vez en cuando son estos tipos los que crían vástagos manifiestamente blandos. ¡Piensa en Lucas Warden!

Fleurette sólo tenía buenos recuerdos de Lucas, al que había considerado por mucho tiempo como su padre. Al final, también ella se había sentido preparada para conocer a Thomas Sideblossom y, en efecto, no le encontró ningún reparo. Sólo la sorprendió el modo en que Elaine se comportaba con él. Cuando William estaba con ella, la joven casi chisporroteaba vitalidad, mientras que Thomas la dejaba muda. No obstante, Fleur ya se había acostumbrado a que de nuevo su hija anduviera alborotando por la casa con su animado parloteo y las faldas y la melena ondeando.

Al final, pidió a Helen que acompañara a su nieta a casa de los Sideblossom, y Leonard McDunn se ofreció a llevarlas. Fleur confiaba en que ambos tuvieran una sana capacidad de juicio, pero sus opiniones estaban algo divididas cuando regresaron.

Helen puso por las nubes la hospitalaria casa, su preciosa ubicación y el bien adiestrado personal. Encontró encantadora a Zoé Sideblossom y bien educada.

—¡Una auténtica belleza! —exclamó con admiración—. ¡La pobre Elaine ha vuelto a retraerse cuando se ha visto frente a esa criatura resplandeciente!

—¿Resplandeciente? —preguntó McDunn—. Bueno, a mí me ha parecido una joven más bien fría, aunque tiene el aspecto de uno de esos angelitos que cuelgan de los árboles de Navidad. No me extraña que Lainie se haya acordado de Kura. Pero esta vez, la muchacha no es una rival. Sólo tiene ojos para su esposo, y el joven Sideblossom sólo los tiene para Lainie. Y el personal... puede que la gente no esté bien adiestrada, pero temen y respetan al patrón. ¡Incluso a la joven Zoé! Con las doncellas, el ángel se convierte en general de brigada. Además, el ama de llaves, esa Emere... es como una sombra oscura. La he encontrado realmente rara.

—¡Exageras! —lo interrumpió Helen—. Contigo pasa que no has tenido mucho contacto con los maoríes.

—¡Desde luego, a mí nunca me había dado alojamiento una maorí así! Y esa música de flauta... y siempre por la noche. ¡Da miedo! —McDunn se estremeció. En realidad no era un hombre nervioso, sino que tenía los pies en el suelo y tampoco había dado muestras de rechazo hacia los maoríes.

Helen rio.

—Ah, ya, el *putorino*. Es verdad, suena un poco raro. ¿Lo has oído alguna vez, Fleur? Una flauta de madera concebida de tal modo que con ella prácticamente es posible interpretar dos voces. Los maoríes hablan de una voz masculina y otra femenina...

—¿Masculina y femenina? —preguntó McDunn—. Vaya, pues a mí me sonó a maullido de gatos ahogándose... en cualquier caso supongo que así se oiría a esos bichos.

Pese a sus preocupaciones, a Fleurette se le escapó una risita.

—Por lo que decís, me recuerda a la *wairua*. De todos modos, todavía no la he oído. ¿Y tú, Helen?

Helen asintió.

—Matahorua sabía hacerla sonar. Te corría un escalofrío por la espalda... —Matahorua era la antigua hechicera maorí de O'Keefe Station, cuyo consejo en «asuntos de mujéres» habían pedido Helen y Gwyneira en sus años jóvenes.

—*Wairua* es la tercera voz del *putorino* —explicó Fleurette al perplejo McDunn—. La voz de los espíritus. Pocas veces se oye. Es evidente que exige una destreza especial para emitirla con la flauta.

—O un talento especial —terció Helen—. Seguro que para su pueblo Emere es una *tohunga*.

—¿Y por eso toca la flauta por la noche hasta que la última ave nocturna se retira? —preguntó McDunn escéptico.

Fleurette volvió a reír.

—Tal vez su gente no se confía a ella durante el día —sugirió—. Según dicen, el comportamiento de los Sideblossom para con los maoríes no es ejemplar. Es posible que acudan a la hechicera a escondidas.

—Por lo que vuelve a plantearse la pregunta de qué hace una *tohunga* maorí como ama de llaves de un *pakeha* así de desagradable... —gruñó McDunn.

Helen hizo un gesto con la mano.

—No le hagas caso, Fleur. Está enfadado porque el viejo Sideblossom le ganó veinte dólares al póquer.

Fleurette puso los ojos en blanco.

—Pues ha salido bien parado, Leonard —dijo consolándole—. A otros los ha desplumado, ¿o acaso cree que se ha ganado el dinero para construir Lionel Station con la caza de ballenas?

Cualquiera lo consideraría poco probable. La casa señorial era demasiado noble, el mobiliario y el equipamiento de las habitaciones demasiado caros. Elaine casi se había sentido amedrentada ante tanto lujo, aunque Zoé ya estaba acostumbrada de casa de sus padres. Como fuera, se desenvolvía con toda naturalidad entre las porcelanas caras y las copas de cristal, mientras Lainie se concentraba y tenía que recordar las lecciones de Helen —largo tiempo olvidadas— para acertar con el empleo de los distintos cuchillos, cucharas y tenedores durante la cena.

Sin embargo, la joven no mencionó sus temores. A la pregunta de Fleurette respondió que Lionel Station era bonita. La casa le había gustado, de la granja no había visto mucho, si bien era lo que más dicha le causaba. Thomas había estado maravilloso, muy atento y solícito. Ella seguía enamorada de él y siempre había sido uno de sus sueños vivir en una granja grande. Al decirlo relampagueaban en sus ojos unas chispas bastante conocidas, pues ya desde niña admiraba Kiward Station, aunque no se había percatado de la presencia de ninguna ama de llaves de aspecto extraño ni de melodías de flauta. Tal vez, pensó Helen, su habitación estaba en un ala de la casa distinta a la de ella y Leonard, y el sonido del *putorino* no llegaba hasta allí.

La misma Fleurette ignoraba qué era lo que no le gustaba de la proyectada boda. Tal vez se dejaba llevar por sus prejuicios. Así que se abstuvo de expresar sus vagos presentimientos. De todos modos, a nadie le habían interesado durante el «caso William». De ahí que se sintiera sorprendida de que de repente alguien que compartía sus preocupaciones se dirigiera a ella: Daphne O'Rourke.

La madama la abordó dos meses antes de la boda. Fleurette se percató de que Daphne se comportaba discretamente y que se había vestido con marcada sobriedad. Llevaba un vestido de terciopelo verde oscuro sin más volantes que los que permitía la decencia.

—Espero no ofenderla, señorita Fleur, pero me gustaría hablar brevemente con usted.

Sorprendida, pero franca, Fleurette se volvió hacia ella.

—Pues claro, señorita Daphne. Por qué no iba yo...

—Por eso. —Daphne sonrió con ironía al tiempo que señalaba con un gesto a tres señoras decentes que las miraban curiosas.

Fleurette sonrió.

—Si se trata sólo de eso... también podríamos ir a mi casa y tomar un té. Si es que se siente incómoda, quiero decir. A mí me da igual.

Daphne sonrió más abiertamente.

—¿Sabe qué? Vamos a darles realmente algo de lo que cotillear y lo tomaremos en mi casa. La taberna todavía está cerrada. —Señaló la entrada de su «hotel».

Fleurette no se lo pensó mucho. Ya había estado antes en el establecimiento de Daphne, incluso había pasado la noche de bodas con Ruben allí. ¿Por qué iba a hacer remilgos? Así que, riendo como dos colegialas, ambas mujeres entraron en el local.

Había cambiado mucho desde que Fleurette había llegado a Queenstown. Era evidente que Daphne había invertido en mejorar la decoración del salón. Sin embargo, su aspecto respondía con bastante exactitud al de prácticamente todas las tabernas de la zona anglosajona: mesas y sillas de madera, taburetes en la barra, estantes de madera y toda una batería de botellas detrás de la barra. No obstante, el escenario en que bailaban las muchachas era mucho más bonito que la sencilla tarima de madera que había antes. De las paredes colgaban cuadros y espejos. Eran de tema atrevido, pero Fleurette no encontró ningún motivo para ruborizarse.

—¡Venga, vamos a la cocina! —dijo Daphne, conduciéndola por una zona detrás de la recepción. En el Hotel de Daphne no sólo había whisky sino también tentempiés.

Daphne puso a calentar el agua para el té, mientras Fleurette tomaba asiento a la mesa de la cocina. Una mesa bastante larga, pues al parecer Daphne también servía allí las comidas para sus chicas.

—Bien, ¿de qué se trata, señorita Daphne? —preguntó Fleur, cuando la anfitriona le puso delante una preciosa taza de porcelana.

Daphne suspiró.

—Espero que no se lo tome como una intromisión. Pero, maldita sea... oh, disculpe. También usted tiene un mal presentimiento con ese asunto.

—¿Ese asunto? —preguntó Fleurette con prudencia.

—Con el compromiso de su hija. ¿De verdad quiere enviar a la muchacha a ese desierto al otro lado del Pukaki? ¿Sola con esos tipos? —Daphne vertió el té en las tazas.

—Lo que yo quiera no tiene ninguna importancia. Elaine insiste. Está enamorada. Y Helen...

—Elogia Lionel Station, lo sé. —Daphne sopló en su taza—. Por eso me he dirigido a usted, señorita Fleur. La señorita Helen... bueno, es una dama. Usted también, claro, pero por decirlo de algún modo, ella es una dama quizás especial... bueno, una dama femenina. Hay cosas de las que es imposible hablar con ella.

—¿Hay algo que usted sepa, señorita Daphne? ¿Sobre Thomas Sideblossom? —preguntó inquieta Fleurette.

—No sobre el joven. Pero el viejo es... bueno, con ése yo no dejaría sola a mi hija. Lo que se dice sobre su matrimonio también es extraño...

Fleurette quería objetar algo, pero Daphne hizo un gesto para que no hablara.

—Sé lo que piensa. El viejo tiene mala fama, pero el joven quizá sea distinto. También me lo ha reprochado la señorita Helen. Sólo quiero decir... —Daphne titubeó—. Tal vez debería contarle a Elaine lo que le espera la noche de bodas.

—¿Que debo qué? —Ahora sí que Fleurette enrojeció. Amaba a Ruben con todo su corazón y no se avergonzaba de lo que hacían en la cama. Pero ¿hablarle de ello a Elaine?

—Debería decirle lo que pasa en la cama entre un hombre y una mujer —precisó Daphne.

—Bueno, creo que ella ya sabe lo esencial. O sea, me refiero... todas lo hemos averiguado por nosotras mismas... —Fleurette no sabía qué decir.

Daphne volvió a suspirar.

—Señorita Fleur, no sé cómo ser más clara. Pero digamos que no todas averiguan lo mismo y que no siempre se trata de un descubrimiento satisfactorio. ¡Explíquele lo que pasa entre un hombre y una mujer!

La conversación de Fleurette con Elaine transcurrió de forma penosa y dejó más dudas sin aclarar que resueltas.

Pero al final habló con su hija y le explicó que entre un hombre y una mujer sucedía como entre un macho y una hembra. Sólo que la mujer no se relacionaba con una bestia, no en «ese sentido», y todo se desarrollaba, claro está, a oscuras y en el dormitorio conyugal y no a la luz del día y delante de todos. En cambio, *Owen* y *Banshee* no se sentían nada inhibidos.

Elaine se puso roja como un tomate y su madre no le fue a la zaga. Al final las dos se quedaron mudas y Elaine prefirió plantear sus preguntas a una iniciada que no se comportara como una dama. Por la tarde se dirigió a Inger.

Sin embargo, no encontró a su amiga sola. Inger charlaba en su lengua materna con una muchacha de cabello rubio claro en quien Elaine reconoció a la nueva estrella del local de Daphne. Ya iba a retirarse, cuando Inger le hizo un gesto para que se quedara.

—Maren no tardará en marcharse. Puedes quedarte con toda tranquilidad con nosotras. ¿O te resulta incómodo?

Elaine sacudió la cabeza. Maren, por el contrario, se ruborizó un poco. Al parecer, la conversación de las dos jóvenes giraba alrededor de asuntos bastante escabrosos. Siguieron en ello, con lo cual Maren se sintió bastante incómoda.

—¿Puedes traducir para mí? —pidió Elaine—. O hablad en inglés. Maren tiene que aprender el inglés si se queda aquí.

Las muchachas recién llegadas no solían hablar la lengua del país demasiado bien, una de las razones, seguramente, de que algunas acabaran en un burdel en lugar de encontrar un empleo decente.

—Es un tema un poco complicado —contestó Inger—. Daphne me ha pedido que le explique una cosa a Maren que ella... bueno, no entendería en inglés todavía.

—¿Y qué es? —La curiosidad de Elaine se había despertado.

Inger vaciló.

—No sé si una chica decente debería saberlo.

Elaine puso los ojos en blanco.

—Se diría que va de hombres —señaló—. Y yo me caso dentro de nada, así que podéis tranquilamente...

Inger rio.

—Pues no es el momento adecuado para que lo sepas.

—Es sobre cómo mujeres no tener bebés —dijo Maren en un torpe inglés, con la vista en el suelo.

Elaine rio.

—Bueno, en eso eres una experta —repuso con la mirada el vientre de Inger. La joven esperaba en pocas semanas la llegada de su primer hijo.

Inger soltó una risita.

—Para saber cómo evitar los bebés, hay que saber primero cómo se hacen.

—Mi madre dice que es como entre un semental y una yegua —dijo Elaine.

Maren soltó una carcajada. Su inglés no era tan malo. Inger rio.

—En general, el hombre y la mujer lo hacen tendidos —explicó—. Y mirándose. También se hace de otro modo, sólo que... no es realmente apropiado para una señorita.

—¿Por qué no? Mi madre dice que es bonito... si todo transcurre de forma correcta. De todos modos, si todo fuera tan bonito, por qué no iban todas las chicas a... hum. —Lanzó una mirada expresiva a la «ropa de trabajo» de Maren, un vestido rojo y muy escotado.

—Para mí, no bonito —advirtió Maren.

—Bueno, no con extraños. Pero cuando se ama al hombre

entonces sí —puntualizó Inger—. Aunque los hombres siempre lo encuentran bonito. Si no no pagarían por hacerlo. Y cuando se quiere tener un bebé —se acarició el vientre—, es inevitable.

Elaine se sentía confusa.

—Entonces, ¿cómo es? Pensaba que se tienen niños cuando se hace como... —Lanzó una mirada a *Callie*. La perrita se dejaba acariciar por Maren.

Inger alzó los ojos al cielo.

—Lainie, no eres ni una perra ni una yegua —declaró con firmeza, y empezó a repetir en inglés el discurso que acababa de soltar a Maren—. Las mujeres se quedan embarazadas cuando tienen relaciones justo en la mitad del período entre una regla y otra. Justo en medio. Daphne les da fiesta entonces a sus chicas. Sólo tienen que bailar, cantar y andar por el bar.

—Pero entonces debería bastar con no hacerlo en ese período —dijo Elaine.

Inger puso los ojos en blanco.

—Tu marido siempre tendrá ganas, todos los días. Te lo garantizo.

—¿Y si se hace en esos días del medio? —También Maren parecía no haberlo entendido todo.

—Entonces te haces enjuagues con agua y vinagre caliente. Justo después. Te limpias todo lo que tengas dentro, aunque queme, y con todo el vinagre que seas capaz de resistir. Al día siguiente repites otra vez. Aunque no es un método seguro, dice Daphne, puede salir bien. Cuenta que a ella siempre le funcionó. No tuvo que abortar ni una sola vez.

Elaine no preguntó por el significado de abortar. Sólo la idea de lavar sus partes más íntimas con vinagre le provocó escalofríos. Pero ella nunca tendría que hacer algo así. Ella quería tener hijos con Thomas.

5

Sobre Kiward Station se cernía una tormenta y William Martyn intentaba llegar a casa antes de que descargara. En su interior reinaba un tumulto similar al de las formaciones de nubes en las montañas que el viento arrastraba con fuerza hacia las llanuras de Canterbury. La primera nube ensombreció el sol y un trueno resonó, vagando con un sordo estruendo sobre la tierra. La luz de la granja se hizo extrañamente mortecina, casi espectral, el seto recortado y las cercas arrojaban sombras amenazadoras. Luego, el primer rayo fustigó el aire y pareció electrizar la atmósfera. William cabalgó más deprisa, aunque sin conseguir desprenderse de su rabia. Al contrario, cuanto más fuerte soplaba el viento, más anhelaba disponer del poder de lanzar rayos para expresar así su ira y frustración.

Su estado de ánimo debería serenarse al regresar junto a Kura. Tal vez lograra convencerla que se pusiera de vez en cuando a su favor cuando se trataba de los intereses de la granja. ¡Si al menos reivindicara con más firmeza su futuro derecho de propiedad, y con ello el del mismo William! Pero hasta el momento lo estaba dejando solo. No parecía oír sus quejas sobre los pastores rebeldes, los maoríes perezosos y los capataces reticentes. Al menos lo escuchaba, aunque siempre con el rostro impasible y con respuestas incoherentes. Kura seguía viviendo para la música y se diría que no había abandonado su sueño de consagrarse en Europa. Cuando William le hablaba de algún nuevo agravio por parte de Gwyneira o James McKenzie, Kura le consolaba con observaciones como: «Pero, cariño, de todos modos pronto estaremos en Inglaterra.»

¿Había creído él realmente que esa chica tenía entendimiento?

Condujo mohíno el caballo entre pastizales cercados con primor y en los que unas ovejas gordas y lanudas rumiaban heno, indiferentes al estado del tiempo. ¡Y eso a pesar de que al lado de la granja había hierba en abundancia! El sol de primavera todavía brillaba con timidez, pero había días como ése en los que casi hacía calor. Y alrededor del lago y el asentamiento maorí todavía quedaba hierba alta del año pasado, que seguía creciendo. Por esa razón, William había ordenado a Andy McAran que condujera allí a las ovejas paridoras. Pero el tipo había hecho caso omiso de sus indicaciones y le había ido con el cuento a Gwyneira. Ella le había echado un buen sermón junto a los corrales de los bueyes.

—William, soy yo quien toma tales decisiones, y si no, James. No es asunto suyo. Las ovejas están a punto de parir y no hay que perderlas de vista, no puede usted soltar alegremente a esos animales.

—¿Por qué no? En Irlanda siempre lo hemos hecho así. Uno o dos pastores, y al monte. Y los maoríes viven allí. También pueden echar un vistazo a las ovejas —se defendió William.

—A los maoríes tampoco les gusta, como a nosotros, que las ovejas pasten en sus campos. No llevamos los animales a apacentar en los alrededores de sus casas ni en la zona del lago, en la que viven, o en las formaciones rocosas que llamamos los Guerreros. Son lugares sagrados para los maoríes...

—¿Se refiere a que renunciamos a más hectáreas de los mejores pastizales porque esos indios adoran un par de piedras? —preguntó el joven en tono agresivo—. ¿Un hombre como Gerald Warden aceptó algo tan absurdo?

En los últimos meses, William había oído hablar mucho de Gerald Warden y su respeto por el fundador de la granja había aumentado. Al parecer, Warden había sido un hombre con estilo, de ello daba testimonio la casa señorial. Seguro que también había supervisado la cría de ganado y el personal. William opinaba que Gwyneira era demasiado tolerante.

En esos momentos, los ojos de la mujer brillaban iracundos como siempre que William hablaba de las singularidades del viejo barón de la lana.

—Gerald Warden solía saber exactamente con quién era mejor no pelearse —respondió con sequedad, y prosiguió con tono conciliador—. Dios mío, William, piense un poco. Usted lee los diarios y sabe lo que sucede en otras colonias. Alzamientos de los indígenas, masacres, presencia militar... es como si estuvieran en guerra. Los maoríes, en cambio, se empapan de civilización como esponjas. Aprenden inglés y escuchan lo que nuestros misioneros les explican. ¡Y pronto hará veinte años que están presentes en el parlamento! ¿Y tengo yo que enturbiar esta paz para ahorrar un poco de heno? Sin tener en cuenta que esas rocas descollando sobre la hierba verde tienen un aspecto precioso...

El semblante de Gwyneira adquirió una expresión soñadora. Pero, naturalmente, no contó a William que su hija Fleurette había sido concebida justamente en ese círculo de guerreros de piedra.

William la miró como si estuviera fuera de sus cabales.

—Pensaba que Kiward Station tenía problemas con los maoríes —observó—. Justo usted...

Las disputas entre Tonga y Gwyneira Warden eran legendarias.

Ella resopló.

—Mis diferencias de opinión con el jefe de tribu Tonga no tienen nada que ver con nuestra nacionalidad. Las habría incluso si fuera inglés... o irlandés. Con la terquedad de esas etnias también estoy teniendo mis experiencias. Ingleses e irlandeses se pelean por las mismas niñerías por las que quiere sembrar usted cizaña ahora. ¡Así que, por favor, modérese!

William había bajado las orejas. ¿Qué otro remedio le quedaba? Sin embargo, los roces de ese tipo aumentaban, en parte también con James McKenzie. Éste se había ausentado esos días, por fortuna, para asistir a la boda de su nieta Elaine en Queenstown. ¡Menudo asunto! William deseaba mucha suerte a la muchacha, aún más por cuanto el futuro esposo parecía un buen partido. Él no se habría opuesto a viajar con Kura para celebrar el enlace y felicitar a la novia, así que no entendió por qué Gwyn se había negado con tanta vehemencia. Tampoco concebía que ella misma hubiera rechazado asistir a la ceremonia. Él habría dirigido Kiward Station la mar de bien. Tal vez hasta habría logrado meter algo de prisa a los trabajadores holgazanes, pues incluso el trato con los empleados seguía resultándole difícil. Era tan distinto a Irlanda, donde siempre había establecido buenas relaciones con los arrendatarios... Pero en Irlanda éstos temían a sus patrones y cada vez que les aflojaban las riendas respondían con agradecimiento y simpatía. Aquí, por el contrario, cuando William trataba con dureza a un pastor, éste ni se preocupaba de despedirse: se limitaba a empaquetar sus cosas, iba a la casa señorial para recoger lo que le correspondía de salario y se buscaba un trabajo en la granja de al lado. Los antiguos conductores de ganado, como McAran y Livingston, todavía eran peores, los arrebatos de William simplemente les resbalaban. El joven a veces se figuraba despidiéndolos en cuanto Kura alcanzara la mayoría de edad y él se ocupara de administrar la granja. Pero ni siquiera esto asustaba al personal. McAran y Livingston, por ejemplo, hacía años que tenían relaciones con mujeres en Haldon. La viuda a quien estaba unido McAran incluso poseía una pequeña granja. Los hombres acabarían encontrando cobijo allí. Y los maoríes también eran indomables. Desaparecían en cuanto William gritaba y dejaban el trabajo sin concluir. Al día siguiente estaban de vuelta... o no. Hacían lo que se les antojaba y Gwyneira lo permitía.

—¡Fuego!

William seguía al trote, absorto en sus pensamientos y con la cabeza gacha para protegerse de la lluvia con el sombrero de ala ancha. La tormenta había empezado a caer con tal fuerza y estruendo sobre Kiward Station que apagaba todos los demás sonidos. No obstante, William oyó el golpeteo apresurado de unos cascos y una voz clara a sus espaldas. Un joven maorí cabalgaba a lomos de un caballo sin ensillar y con sólo una cuerda alrededor del cuello.

—¡Deprisa, deprisa, señor William! El rayo ha caído en el corral de los bueyes y los animales han derribado las cercas. ¡Voy a buscar ayuda, vaya usted corriendo! ¡Se está quemando!

El joven apenas había detenido el caballo para comunicar la noticia y tampoco esperó una respuesta de William, sino que prosiguió su galope hacia la casa. Willam dio media vuelta y también puso al galope su montura. Los corrales de bueyes estaban junto al lago y albergaban varios rebaños de bueyes y vacas madre... Bien podría ser que esa noche los maoríes recibieran visita en sus pastos sagrados.

En efecto, no tardó en percibir el olor a quemado. El rayo debía de haber sido potente. Pese a la lluvia, las llamas ya salían del almacén de forraje y alrededor de los corrales reinaba la agitación. Los pastores corrían entre la humareda intentando desatar los últimos bueyes, que mugían horriblemente. Gwyneira Warden estaba con ellos. En ese momento salió tosiendo de un establo, empapó un pañuelo en un cubo de agua, se lo llevó al rostro y volvió a correr al interior. Era evidente que todavía no había peligro de que se derrumbara la construcción, pero los animales podían asfixiarse. Los maoríes —todos se habían reunido en un santiamén allí— habían organizado una cadena con cubos desde el manantial hasta el corral, y las mujeres y los niños formaban otra cadena hasta el lago. Pero lo peor eran los bueyes que andaban sueltos, sin orientación, mugiendo y correteando confusos bajo la lluvia, haciendo un cenagal de la tierra y derribando los cercados. Jack McKenzie y un par de jóvenes arriesgaban el pellejo oponiéndoles resistencia, pero apenas lograban contener a los animales llevados por el pánico. Sin embargo, los novillos y los bueyes no estaban directamente amenazados, los corrales estaban de hecho todos abiertos. Sólo unas vacas lecheras y un par de toros se hallaban atados en el interior del establo y Gwyneira y los otros voluntarios intentaban soltarlos.

—¡Venga, William, vaya a por los toros! —le gritó Gwyn con la cara al viento. Era la segunda vez que salía y arrastraba una vaca que parecía sentirse más segura dentro—. ¡Necesitan gente que sepa algo de ganado!

El joven irlandés, que estaba controlando la cadena con los cubos de agua y apremiaba a la gente para que fuera más rápida, se volvió vacilante hacia el corral de los toros.

—¡Póngase manos a la obra! —gritó Andy McAran y se subió por su cuenta al caballo de William cuando éste por fin hubo desmontado.

»¡Venga, señorita Gwyn, aquí hay suficientes ayudantes! ¡Necesitamos buenos jinetes para conducir los bueyes! ¡O dejarán tan apisonado el poblado maorí como los corrales! —El viejo pastor hincó los talones en los flancos del caballo de William. El animal parecía tener tan pocas ganas de lanzarse al torbellino como su jinete. Sin embargo, la situación era crítica.

Mientras los muchachos intentaban controlar los becerros y las vacas lecheras que estaban sueltos, los bueyes jóvenes llevaban un rato en camino. William observó que Gwyneira dejaba en manos de otros voluntarios las vacas y saltaba a lomos de su caballo. Galopó con Andy en dirección al asentamiento maorí. Su yegua cob no necesitaba conducción, se diría que había estado esperando abandonar el edificio en llamas.

William se aproximó por fin al establo, enfadado porque McAran se había adueñado sin más de su montura. ¿Por qué no se ocupaba ese tipo de soltar los toros mientras él se iba a caballo con Gwyneira?

Los establos de las vacas lecheras crepitaban a causa de las llamas, si bien los animales ya trotaban en el exterior. Dos mujeres maoríes, que parecían familiarizadas con la tarea, habían soltado los últimos animales y los metían en un corral que sus hombres reparaban de forma provisional. Los jóvenes conducían los novillos en la misma dirección. Los animales se sosegaban, sobre todo porque la lluvia y los rayos iban amainando.

William entró en el establo, pero *Poker* Livingston lo detuvo.

—Coja primero un pañuelo y cúbrase la nariz para no inspirar el humo. Y luego venga conmigo. ¡Vamos, dese prisa! —El viejo guía de ganado ya volvía corriendo al establo, directo hacia los toros que pateaban y bramaban. Ahora los animales veían el fuego y estaban aterrorizados. William se encaminó hacia la cerradura del primer box. No las tenía todas consigo al acercarse a esos monstruos embravecidos para liberarlos, pero si Poker pensaba...

—¡No, no entre ahí! —tronó el guía—. ¿Nunca ha trabajado con toros? Esas bestias lo matarán si entra ahora en los boxes. Venga aquí e intente sujetarme. Probaré a soltar la cadena desde fuera.

Poker escaló a lo alto del compartimento, haciendo peligrosos equilibrios por las delgadas tablas. Mientras estuviera sujeto a un madero no había problema, pero para soltar la cadena tenía que inclinarse hacia delante con las manos libres. También tenía que desprenderse del pañuelo, claro, aunque la humareda no era muy espesa.

William se encaramó a su vez al tabique de madera, se sentó a horcajadas y sujetó a Poker del cinturón. Éste se balanceó peligrosamente, pero conservó el equilibrio y trajinó con la cadena del primer toro. Tenían que andarse con muchísimo cuidado para no ser alcanzados por los cuernos del animal.

—¡Abre el box, Maaka! —gritó Poker a un niño maorí que andaba por allí. El pequeño, que acababa de conducir las vacas con Jack, se protegió veloz como un rayo detrás de la puerta cuando el toro salió en estampida.

»Bien, ahora el segundo. Pero cuidado, Maaka, éste es muy salvaje... —Poker hizo un gesto de ir a escalar el siguiente box. El toro volvió la vista y arañó, amenazador, la tierra con la pezuña.

—¡Déjame a mí, Poker! ¡Yo soy más rápido! —El diligente y pequeño Maaka ya había escalado las tablas antes de que Livingston encontrara los apoyos adecuados para hacerlo. Con la gracia de un bailarín, Maaka hacía equilibrios sobre el tabique.

William quería acabar pronto con ese asunto. Las llamas se acercaban deprisa, la humareda se espesaba y apenas se podía respirar. Pero ni a Poker ni a Maaka se les pasaba por la cabeza sacrificar a los animales.

William agarró al niño por el cinturón tal como había hecho antes con Poker, mientras el viejo ovejero se ocupaba del tercer toro. Era un animal joven y estaba atado al box con una soga.

Poker la cortó con el cuchillo rápidamente y Jack McKenzie, que acababa de entrar en el establo, sólo tuvo que abrir el portillo. De este modo, el toro se precipitó fuera. Después, tanto Jack como Poker se pusieron a manipular el portillo del último box, que parecía atascado. Maaka todavía bregaba con la cadena del toro, que cada vez estaba más enfurecido al percibir que sus congéneres ya habían escapado. El joven se inclinaba de forma temeraria, casi suspendido sobre el madero del box. Y entonces...

William no supo si Maaka había sufrido una cornada del toro, si la culpa había sido de su propia e insegura posición en el tabique o si simplemente el cinturón del niño había cedido. Puede que también se debiera a las sacudidas provocadas por la cubierta del cobertizo, que se tambaleaba y les dificultaba mantener el equilibrio. William nunca sabría si primero resbaló u oyó el grito de Maaka cuando el cinturón se le escurrió de la mano, pero vio caer al niño entre las pezuñas del toro, mientras él mismo se precipitaba a un rincón del box, a salvo del ataque del animal mientras éste permaneciera encadenado. Sin embargo, el toro estaba suelto: Maaka había logrado desatar la cadena al caer. El animal sólo necesitó un par de segundos para darse cuenta de que estaba libre, luego se dio la vuelta, pero el box seguía cerrado. Poker y Jack luchaban con la cerradura, pero el toro no quería esperar, sino que se revolvió enloquecido, hasta que descubrió a Maaka, que estaba acurrucado en el suelo e intentaba protegerse el rostro. El niño gimió cuando los cuernos del toro se aproximaron a él.

—¡Desvíe a esa bestia, señor William, maldita sea! —tronó Poker, mientras se desesperaba con la cerradura, en vano.

William miraba como hipnotizado la enorme bestia. ¿Desviarlo? Entonces el toro lo embestiría a él. ¡No estaba chalado! El niño herido se arrastraba hacia él con un miedo atroz.

—¡Aquí, *Stonewall*!

William vio con el rabillo del ojo que Jack MacKenzie agitaba una manta delante de la salida para atraer al animal. El joven se balanceaba desafiando la muerte sobre el tabique del box, y por fin el mecanismo de la cerradura funcionó y el portillo se abrió. El toro no lo advirtió enseguida y concentró su rabia y terror hacia Maaka. Bajó la cornamenta, se preparó para la embestida y... en ese momento Jack lo golpeó con la manta húmeda en el cuarto trasero y lo jaleó como un torero.

—¡Ven aquí, *Stonewall*, ven!

Poker le gritó al joven que retrocediera, pero éste siguió provocando al toro, que ahora se giraba lentamente.

—¡Vamos, chico! ¡Muévete! —lo azuzó Jack, y reculó como un rayo cuando el animal por fin se puso en movimiento.

El ágil muchacho se subió de un salto al cercado poniéndose a salvo, mientras *Stonewall* por fin distinguía una escapatoria. El toro bravo se precipitó a la salida, derribando a *Poker* Livingston de un topetazo. Había salido. Los hombres que se hallaban ante el establo debieron de oír los gritos, porque acudieron presurosos. Las llamas iluminaban el establo. William tosía, sintió que lo cogían por el brazo y que un fuerte pastor maorí lo arrastraba fuera. Otros dos hombres agarraron a Maaka y el tercero sostuvo a Poker, que tosía.

Y por fin William respiró jadeante el aire puro de la noche junto al lago y se percató de que algunas partes del establo se derrumbaban.

Un par de hombres se ocuparon de Maaka y Poker, pero el salvador de William no le dio tiempo para reponerse. Otra evidente falta de consideración. El grosero maorí tiró sin miramientos de William por las piernas.

—¿Está herido? ¿No? Entonces venga, tenemos que conducir las ovejas. Aquí no puede hacerse nada más. La señorita Gwyn está conduciendo las vacas a los cobertizos de esquileo. Hay que meter las ovejas en los corrales. Vamos, dese prisa. —El hombre echó a correr, pero se volvió varias veces como para asegurarse de que William lo seguía.

William se preguntaba por qué Gwyn no se ocupaba también de las ovejas. Sin embargo, tuvo que reprimirse cuando vio los pequeños accesos a los cobertizos. Claro, por ahí salían las ovejas tras el esquileo más o menos en fila, luego se las bañaba y finalmente se reunían en el *paddock*. A través de esa estrecha puerta los jinetes nunca lograrían introducir un rebaño bovino. Las ovejas estaban satisfechas con el cambio a los corrales. Sus mejores recuerdos no provenían del esquileo, los esquiladores no las trataban precisamente con delicadeza. Al final los perros pastores colaboraron con eficacia. William y los demás hombres sólo tuvieron que conducir el torrente de ovejas a los rediles apropiados y cerrar los portillos.

William apenas se enteró de cómo Gwyn y Andy habían encerrado las vacas, pero más tarde oyó los pormenores de semejante hazaña. Habían alcanzado y detenido el rebaño de vacas poco antes del poblado maorí, lo habían obligado a dar media vuelta y regresado con él, y sólo con cuatro jinetes y una perra pastora. Si bien el establo de las vacas y bueyes estaba totalmente destruido, no sería difícil reconstruir la estructura de madera y, por lo demás, las provisiones de forraje ya se habían prácticamente agotado. Sólo un par de campos maoríes habían sido arrasados por la estampida y Gwyneira pagaría la indemnización por los perjuicios causados. No se habían perdido los animales y los voluntarios sólo habían sufrido un par de arañazos y ligeras intoxicaciones a causa del humo. Poker y Maaka eran los únicos que habían resultado heridos. El viejo pastor tenía contusiones y un hombro dislocado; el niño maorí, un par de costillas rotas y una fea herida en la cabeza.

—Podría haber sido mucho peor —sentenció Andy McAran, cuando todo hubo pasado y las vacas rumiaban forraje en sus nuevos corrales.

Jack y sus amigos habían conseguido conducir los toros hacia los cobertizos de esquileo y juntarlos con los rebaños de bueyes. Ahora trajinaban orgullosos entre los trabajadores. La declaración de Jack de que en Europa se ganaba dinero si uno aparecía en público agitando un paño rojo delante de un toro para enervarlo despertó en los niños maoríes la vocación de torero.

—¿Cómo ha sucedido? —preguntó Andy—. Maaka no se metió en el box de *Stonewall*, ¿no?

Mientras Gwyneira reñía a su hijo, al que reprochaba su falta de sensatez, McAran empezó a investigar el incidente. Jack y los demás voluntarios no daban ninguna explicación al respecto. Nadie había visto el accidente. El mismo Maaka era incapaz de reaccionar. Al final, la mirada de McAran se posó en Poker, quien, todavía jadeando, estaba sentado sobre una manta.

—El príncipe consorte ha soplado la gaita... perdón, más bien es una gaita —observó el viejo pastor con una significativa sonrisa irónica—. ¿Alguien podría recolocarme el hombro? Prometo no gritar.

—¿Qué le ocurrió? —Gwyneira había acabado con su hijo y había repartido un barril de whisky entre los diligentes voluntarios. Las mujeres maoríes, por su parte, habían recibido un saco de semillas por su colaboración. Ahora Gwyneira aprovechaba el camino de vuelta a la casa señorial para regañar a William. Estaba empapada, sucia y de mal humor y buscaba un chivo expiatorio—. ¿Cómo ha podido dejar caer al chico?

—¡Ya he dicho que ha sido un accidente! —se defendió William—. Nunca habría...

—¡Nunca habría tenido que permitir que el niño se metiera ahí! ¿Por qué no soltó usted mismo la cadena? ¡El niño podría haber recibido heridas mortales! ¡Y también Jack! ¡Pero mientras esos dos críos intentaban soltar al toro usted permanecía en un rincón, mirando al animal como un conejo asustado!

Poker no lo había expresado del todo así, por lo que la información debía de proceder de Jack. William sintió crecer la rabia en su interior.

—¡No ha sido así! Yo...

—¡Sí fue así! —le espetó Gwyneira—. ¿Por qué iban a mentir esos niños? William, no deja usted de intentar reafirmar su posición aquí, lo que entiendo. ¡Pero luego le suceden estas cosas! Si nunca se las ha visto con toros, ¿por que no se limita a decirlo? Habría sido más útil en la cadena de los cubos o en la reparación de los corrales...

—¡Debería haber salido a caballo con usted! —protestó el joven.

—¿Para que probablemente se cayera del caballo? —preguntó con rudeza Gwyneira—. ¡Despierte, William! Ésta no es una empresa que se pueda administrar como haría un noble rural. Aquí no puede salir cómodamente a dar una vuelta a caballo con sus botas Hunter y distribuir las tareas. Debe saber lo que hace, y considérese afortunado de disponer de hombres como McAran y Poker, que siempre arriman el hombro. Hombres como ellos son de un valor incalculable. Nueva Zelanda e Irlanda son dos mundos muy distintos.

—Disiento —declaró con soberbia William—. A mí me parecen simplemente distintos estilos de administrar... —A la luz crepuscular del día, el joven vio que Gwyneira ponía los ojos en blanco.

—William, los arrendatarios irlandeses llevan generaciones en las granjas. No necesitan a los señores rurales, pueden encargarse ellos solos de que todo funcione y es probable que así sea mejor. Pero aquí está usted con principiantes. Los maoríes son unos pastores dotados, pero las ovejas vinieron con los *pakeha*; en esta región, con Gerald Warden hace cincuenta años. No hay una tradición. Y los pastores blancos son aventureros venidos de no se sabe dónde. Hay que adiestrarlos y para eso de nada sirven las imposiciones. Hágame caso de una vez y permanezca al menos un par de meses callado. Aprenda de personas como James, Andy y Poker en lugar de estar siempre metiéndose con ellos.

William no pudo replicar porque en ese momento llegaron a la casa. Desmontaron delante del establo. Gwyneira condujo ella misma su yegua al interior y se dispuso a desensillarla; era probable que los mozos de cuadra se hubieran retirado a un cobertizo con los voluntarios que habían apagado el incendio y lo estuvieran celebrando. Estarían de suerte si el personal doméstico no había acudido también al festejo.

William se ocupó también de su caballo, con el único deseo de darse un baño y pasar una velada tranquila con su esposa. Al menos estaba seguro de que esto le resultaría placentero. Gwyneira se retiraba pronto, y si Kura se empeñaba en pasar horas al piano, William no tenía nada en contra de disfrutar de un concierto privado. Se bebería un whisky y cavilaría los placeres que al final compartirían en el dormitorio. A ese respecto, no había ningún problema: cada noche con Kura seguía siendo una revelación. Cuanta más experiencia iba adquiriendo, más refinadas eran las ideas que se le ocurrían para darle satisfacción. No conocía el pudor, amaba con todos los sentidos y ofrecía su delicioso cuerpo en tales posturas que al mismo William a veces le sonrojaban. Pero el gozo de ella al hacer el amor era totalmente libre e inocente. En este apartado era un alma cándida por naturaleza. Y también por naturaleza, dotada de mucho talento.

Entraron en la casa señorial y Gwyn arrojó el abrigo empapado en el vestíbulo.

—Uf, menudo día. Creo que me merezco un whisky...

Para variar, William estuvo de acuerdo con ella, pero no se dirigieron de inmediato al mueble bar. Esta vez del salón no procedía el sonido del piano y un canto, como cabía esperar, sino susurros y sollozos.

Kura lloraba acurrucada sobre un sofá. La señorita Witherspoon intentaba calmarla.

William paseó una mirada inquisitiva por la habitación. Sobre la mesilla delante del sofá había tres tazas de té. Al parecer las señoras habían recibido visita.

—¡Tú lo has querido! —Cuando Kura divisó a su abuela, se puso en pie y la miró iracunda—. ¡Es lo que tú querías! ¡Sabías exactamente qué pasaría! ¡Y has contribuido a ello! —Al final se dirigió a William—. No pensabas ir a Europa. Ninguno de vosotros quería que yo... que yo... —Y estalló de nuevo en sollozos.

—Kura, ¡compórtate como una dama! —La señorita Witherspoon intervino con severidad—. Eres una mujer casada. Es normal que...

—Yo quería ir a Inglaterra. Quería estudiar música —lloriqueó Kura—. Y ahora...

—Me dijiste que antes que nada querías a William —contestó Gwyneira, breve y concisa—. Y ahora deberías reponerte y explicarnos por qué ya no lo quieres. Hoy por la mañana me ha parecido verte muy contenta. —Y se sirvió por fin el whisky. Daba igual lo que le ocurriese a Kura, primero necesitaba un reconstituyente.

—Cariño mío... —Tras esa calamitosa jornada, William no tenía ganas de más complicaciones, pero aun así se sentó junto a su mujer para abrazarla. Tal vez le preguntara por qué olía a humo e iba manchado de hollín. Pero Kura no pareció advertirlo en absoluto.

—No lo quiero... No y no —gimió histérica—. ¿Por qué no has tenido cuidado? ¿Por qué...? —Se desprendió del abrazo y golpeó con los puños a William en el pecho.

—¡Contente, Kura! —ordenó la señorita Witherspoon—. Deberías alegrarte en lugar de estar furiosa. Ahora deja de llorar y comunica la noticia a tu marido.

Gwyneira se volvió hacia Moana, el ama de llaves maorí, que se disponía a recoger el servicio de té.

—¿Quién ha venido de visita, Moana? Mi nieta está fuera de sí. ¿Ha sucedido algo?

El ancho rostro de Moana resplandeció. Al menos ella conservaba la calma.

—Yo no escuchar, señorita Gwyn —contestó alegre, pero bajó la voz cuando añadió—: Pero estuvo la señorita Francine. La señorita Witherspoon la llamó para Kura.

—¿Francine Candler? —El semblante de Gwyneira se iluminó—. ¿La comadrona de Haldon?

—¡Sí! —gritó Kura—. ¡Ya podéis alegraros de que me vea condenada a vuestra maldita granja! ¡Pero yo no! ¡Estoy embarazada, William, embarazada!

El joven paseó la mirada de la llorosa Kura a la desolada señorita Witherspoon y a la maravillada Moana. Por último, miró a Gwyn, que bebía su whisky con la expresión de un gato satisfecho. Ella le devolvió la mirada.

William Martyn tomó conciencia de que Gwyneira Warden McKenzie, en ese momento, se lo perdonaba todo.

6

Mientras William Martyn consolidaba su posición en Kiward Station de ese modo, en Queenstown se celebraba la boda de Elaine O'Keefe y Thomas Sideblossom.

Se respiraba cierta tensión, sobre todo durante los protocolarios valses a los que la madre de la novia y el padre del novio no podían negarse. Fleurette O'Keefe se comportó como si la forzaran a bailar con un *weta* descomunal. Así al menos lo definió Georgie, ganándose con ello una reprimenda de su abuela Helen. Ruben encontró que la observación habría sido acertada de no ser porque a Fleurette nunca le había repugnado el contacto con esos enormes insectos, todo lo contrario de lo que le sucedía con John Sideblossom.

Ruben, a su vez, disfrutó de sus bailes con la jovencísima madrastra de Thomas. Zoé Sideblossom apenas si tenía veinte años y era, en efecto, muy guapa. Tenía un cabello ondulado y rubio como el oro que llevaba recogido, si bien suelto le llegaba hasta la cintura. Su rostro era aristocráticamente pálido y armonioso, y sus ojos castaño profundo causaban desconcierto, dados los tonos del cabello y la tez. La joven era amable y muy educada. Ruben no estaba de acuerdo con Leonard, que la había calificado de bonita pero fría como un témpano.

En cuanto a hermosura, sin embargo, ese día la novia superaba a todo el mundo. Elaine llevaba un vestido blanco adornado con una falda amplia y el talle muy ceñido. Apenas si pudo probar los manjares. Su rostro resplandecía y el cabello brillaba bajo el velo de puntillas y la corona de flores blancas. James McKenzie aseguró que nunca había visto una novia más hermosa, salvo quizá Gwyneira, y para Elaine éste fue el elogio más preciado. Al fin y al cabo, la última novia que había visto su abuelo era Kura Warden. En cuanto al esplendor de la fiesta y el número de invitados, la celebración de Elaine tampoco le iba a la zaga a la fiesta de Kura. George Greenwood no se privó de asistir con la familia entera, debido seguramente a la insistencia de Jenny, que quería consolidar su relación con Stephen. Ambos jóvenes no se quitaban los ojos de encima.

—A ver si va a ser ella la próxima novia —bromeó James McKenzie con su orgulloso padre.

—No tendría nada en contra —respondió George—. Pero creo que el muchacho quiere concluir primero sus estudios. Y Jenny todavía es muy joven, si bien esto no parece un impedimento para los jóvenes de esta generación.

Durante los festejos, Thomas y John Sideblossom se comportaron de forma irreprochable. Sideblossom incluso hizo un esfuerzo y saludó casi con cortesía a James McKenzie, pese a que había sido él mismo quien había capturado al James cuatrero y lo había arrastrado ante los tribunales. Lo último en el sentido estricto de la palabra, por lo que también James tenía motivos para odiar al padre del novio. Aun así, Fleurette confiaba en que él se controlara. James se mantenía lo más apartado posible de Sideblossom, en especial a medida que avanzaba la tarde y el whisky empezaba a correr. Fleurette vigilaba el alcohol que consumía John, si bien sabía que era capaz de beber cantidades ingentes sin que se le notara. Así sucedió también en esta ocasión, pero si su comportamiento sufrió algún cambio fue que aumentó el control sobre su joven esposa, en especial cuando Zoé osó hablar e incluso bailar con otro hombre.

Un comportamiento similar observó Inger —que debido a lo avanzado de su estado había renunciado al papel de «dama de honor» de Elaine— en Thomas Sideblossom. No apartaba la vista de Elaine y cuanto más avanzaba la tarde más posesivo se mostraba. La novia, por el contrario, casi recuperó ese día su antigua personalidad. Se sentía feliz por lo bien que transcurría la fiesta, las miradas amables y admiradas de los invitados y por todos los elogios. Aunque también estaba nerviosa, claro, ante la noche de bodas: Thomas había reservado la habitación más grande de la pensión de Helen.

La antigua Elaine siempre había exteriorizado su nerviosismo con un parloteo irrefrenable: vencía el miedo riendo y hablando, simplemente.

También lo intentó así en esta ocasión. Sus complejos tras la traición de William desaparecían a ojos vistas. Reía con Jenny Greenwood y su hermano, bromeaba con Georgie y bailó con Søren.

Sin embargo, el novio no permitió esto último. Se adentró en la pista de baile y se interpuso con una sonrisa fría entre la pareja, que bromeaba alegremente.

—¿Me permite que le rapte a mi esposa? —preguntó amablemente, aunque Søren advirtió amenaza en sus ojos.

El joven sueco conservó el tono jocoso.

—Faltaría más, ¡es la suya! —respondió sonriendo, y se separó de Elaine dedicándole una reverencia formal—. Ha sido un placer, señora Sideblossom.

La joven oyó por vez primera su nuevo tratamiento y se sintió tan contenta y emocionada que no se tomó en serio el malhumor de Thomas.

—¡Oh, Thomas, ¿a que es una fiesta maravillosa? —comentó emocionada—. Podría seguir bailando hasta la eternidad...

—Ya llevas demasiado tiempo bailando —observó él y la guio diestramente siguiendo los compases de un vals, pero ignorando el intento de la joven de estrecharse con ternura contra él—. Y con demasiados hombres. No te comportas como una dama. No es digno de ti. Ya va siendo hora de que nos retiremos.

—¿Ya? —preguntó Elaine, decepcionada—. Esperaba ver los fuegos artificiales. —Georgie había hecho alguna alusión al respecto y sus padres sabían que siempre había soñado con que en su boda hubiera fuegos de artificio.

—Ya es hora —repitió Thomas—. Cogeremos la barca. Así lo he acordado con tu padre.

Elaine lo sabía, y también se había enterado de que Jenny y Stephen habían pasado toda la mañana decorando la barca con flores. Se suponía que el trayecto nocturno de los novios debía ser romántico y Elaine ya se hacía ilusiones. No obstante, se sentía algo triste por no llevarse a *Banshee* a Lionel Station. Unos meses antes la yegua había dado a luz un pequeño y magnífico semental. El bonito potro negro era vigoroso y rebosaba salud, por lo que podría haber recorrido el tramo hasta Lionel Station sin dificultad. Pero Thomas objetó que eso demoraría la marcha porque la yegua no avanzaría lo bastante rápida. Elaine no era de su mismo parecer, ya que el cortejo no iría deprisa de todos modos. Ruben enviaba a Lionel Station un carro de transporte con la dote de su hija y unas cuantas compras más de los Sideblossom, y Zoé viajaba en carruaje. Todo esto refrenaría más el avance por los largos caminos sin pavimentar, que unían Queenstown y la granja, que la compañía de un vigoroso potro cob. Thomas, empero, no cambió de opinión y Elaine cedió. John Sideblossom le llevaría la yegua en su próxima estancia en Queenstown.

Elaine no se despidió de nadie, sólo Inger le sonrió animosa cuando Thomas la condujo a la barca guarnecida de flores. El trayecto río abajo fue, en efecto, muy romántico, y aún más por el hecho de que en Pepita de Oro se encendieron los fuegos artificiales. La joven desposada disfrutó de las cascadas de luces de colores y de la lluvia de estrellas sobre los árboles oscuros, consiguiendo apenas contener su entusiasmo ante la belleza de los reflejos multicolores en las aguas.

—¡Oh, qué idea tan maravillosa, Thomas, ver los fuegos desde el río, nosotros a solas! ¿Verdad que es una noche espléndida? Deberíamos amarnos aquí, a cielo descubierto, como los maoríes... Mi abuela Gwyneira cuenta historias así de románticas. De joven siempre conducía las ovejas, y luego... ¡Ay, yo también lo haré, Thomas! Me alegro tanto de ir a vivir a una granja, con todos esos animales... y *Callie* es una perra pastora maravillosa. ¡Ya verás, las dos trabajaremos por tres de tus hombres! —Resplandecía de alegría e intentó acurrucarse junto a Thomas como hacía antes con William. Sin embargo, él volvió a rechazarla.

—¡Qué ideas! ¡Conducir el ganado! ¡Eres mi esposa, Elaine! ¡De ninguna manera vas a ir rondando por los establos. Realmente, hoy no te reconozco. ¿Se te ha subido el champán a la cabeza? Vamos, ponte en tu sitio y quédate callada hasta que lleguemos. ¡Tanta efusión resulta fastidiosa!

Elaine se retiró desilusionada a su banco, frente a él.

Pero entonces la música quebró la tensión instaurada entre la joven pareja. En ese momento pasaban por las tierras de Stever Station. Los amigos maoríes de Elaine, que habían regresado de llevar el ganado a los pastos, se habían reunido junto al río para ofrecer una serenata a los novios.

Elaine reconoció un *haka*, una representación bailada en la que hombres y mujeres cantan y tocan instrumentos tradicionales como las flautas *nguru* y *putorino*.

—Oh, Thomas, ¿no podríamos detenernos? —pidió maravillada—. Están tocando para nosotros...

Entonces vio el rostro demudado de Thomas. ¿Ira? ¿Dolor? ¿Odio? Algo parecía desatar en él una rabia que apenas era capaz de contener. Y ella sintió un extraño asomo de miedo...

Elaine se acurrucó en su rincón mientras Thomas cogía los remos con semblante sombrío. La corriente del río era suficiente para arrastrarlos, pero él impulsó la barca como si estuvieran huyendo.

Elaine habría formulado miles de preguntas, pero permaneció en silencio. Thomas parecía otra persona. Poco a poco empezó a sentir temor de la noche de bodas. Había mantenido su nerviosismo bajo control hasta el momento. Tras las conversaciones con Inger y Maren, y sobre todo después de haberse acariciado con William, casi se había sentido una mujer experimentada. Desde hacía poco tiempo volvía a permitirse pensar en William casi sin rencor. Recordaba sus besos y carantoñas. Había estado dispuesta a dejarse tocar y se había humedecido a causa de la excitación.

Entonces le había resultado vergonzoso, pero Inger le había dicho que era normal y hacía más cómodo el acto sexual para la mujer. Poco antes, mientras estaba junto a Thomas contemplando fascinada los fuegos artificiales, había sentido ascender en sus partes íntimas esa calidez y humedad; sin embargo, ya no notaba nada de ellas. ¿Qué sucedería si después Thomas no conseguía excitarla? Además, ¿él tendría ganas? De momento se diría más bien que quería despedazar a alguien.

Elaine apartó esos pensamientos de su mente. Claro que Thomas la estrecharía entre sus brazos, la acariciaría y sería tierno con ella. Y ella entonces estaría preparada para entregarse a él.

En la pensión de Helen, y para sorpresa de ambos, los esperaban las mellizas, pese a que poco antes habían estado bailando en la boda.

—Daph... bueno, la señorita Helen dijo que volviéramos antes para ocuparnos de usted, señorita Lainie —gorjeó Mary.

—Alguien tendrá que ayudarla a desvestirse —añadió Laurie—. Y a cepillarse...

Thomas frunció el ceño.

—Gracias, pero yo mismo ayudaré de buen grado a mi esposa —dijo, rechazando los servicios. Sin embargo, no había contado con la terquedad de las mellizas, a quienes Daphne, por su cuenta, había dado claras instrucciones.

—No, no, señor Thomas, eso no sería correcto —protestó Mary—. El hombre debe esperar a que la mujer esté preparada. Tenemos aquí un rico chocolate caliente...

Thomas rechinó los dientes, pero hizo un esfuerzo por dominarse.

—Prefiero un whisky.

Laurie agitó la cabeza.

—Nada de alcohol en casa de la señorita Helen, un vino como mucho. Ahí tenemos una botella, pero es para más tarde. Puede beber una copa con la señorita Lainie cuando ella...

—Antes o después... —dijo entre risitas Mary.

Thomas apretó los puños. ¿Qué demonios pasaba? Primero aquellas flautas en la orilla del río... ¡los malditos maoríes! Habían vuelto a despertar en él ese sentimiento, esos recuerdos. ¡Y luego esas mujeres! ¿Qué les importaba a ellas lo que hiciera él con su esposa? Y Elaine también parecía contenta con la prórroga.

—¡Hasta muy pronto, cariño! —canturreó ella, al tiempo que seguía a las mellizas escaleras arriba.

Thomas se desplomó en un sillón y se obligó a tomárselo con calma. Mañana nadie se interpondría en su camino...

Las mellizas hicieron toda una ceremonia de desvestir a Elaine y soltarle y cepillarle el cabello. Al final, Mary la ayudó a ponerse un camisón precioso, con hermosos bordados en seda, y Laurie sirvió vino en una copa de cristal noble.

—¡Beba, señorita Lainie! —la exhortó—. Es un vino muy rico, regalo de bodas de Daphne.

—¿Os ha enviado Daphne? —Elaine se puso nerviosa de golpe. Creía que aquella sorpresa era cosa de Helen.

Mary asintió.

—Sí, señorita Lainie. Y dice que al menos tiene que beber una copa de vino antes y luego otra con él, antes de... bueno, ya sabe. Un trago de vino hace más fácil y bonito el trance.

Elaine sabía que una dama tendría que haber protestado y que con William tampoco habría necesitado del alcohol para sentirse bien y segura entre sus brazos, pero Daphne sabía lo que hacía. Obedientemente, se bebió el vino. Era dulce. Sonrió.

—Bien, ya podéis decir al señor Thomas...

—Que ya está usted lista —completaron entre risitas las mellizas a coro—. A sus órdenes, señorita. ¡Y mucha suerte!

Thomas no quería vino. Si bien Elaine había encontrado excitante presentarse ante él como una diosa romana del amor, con su precioso camisón, el pelo ondeando a la espalda y una copa de vino en la mano para dar la bienvenida a su amado, Thomas rechazó la copa, y poco faltó para que se la quitara de un manotazo.

—¿Qué significa todo esto, Elaine? ¿A qué estamos jugando? Anda, tiéndete en la cama como una esposa sumisa. Sé que eres bonita, no tienes que comportarte como una puta.

Elaine tragó saliva. Como un perro apaleado, se metió en la cama y se acostó boca arriba. A Thomas pareció gustarle lo que veía.

—Eso está mejor. Espera a que me haya desnudado. Podrías haberme ayudado, pero no medio desnuda como estás, no es propio de una dama. Espera.

Thomas se desvistió tranquilamente y dejó su ropa en orden sobre una silla. Pero Elaine oyó que respiraba más deprisa y se sobresaltó cuando vio su miembro, una vez se hubo desprendido de los pantalones. Inger le había contado que se hinchaba... pero ¿tanto? ¡Oh, Dios, si quería penetrarla con eso le haría daño! Se acurrucó, se puso de lado y se apartó un poco de él. Thomas la miró con lascivia, jadeando. La cogió por los hombros, con un breve movimiento la puso de nuevo en la posición correcta y se colocó encima de ella.

Elaine quiso gritar cuando la penetró sin prolegómeno alguno, pero él le sofocó los labios con la boca. Introdujo a la vez la lengua y el miembro. Elaine casi le habría mordido del susto y el dolor. Se quejó cuando él empezó a embestirla gimiendo de placer. Sus movimientos se hicieron más rápidos, su respiración se entrecortó, y Elaine apenas si conseguía soportar el dolor.

—Ah, ha estado bien... —Thomas no dijo más cuando recuperó la respiración.

—Pero... —Ahora que el dolor había remitido, Elaine reunió nuevas fuerzas—. ¿No quieres... no tendrías antes que besarme más?

—Yo no tengo que hacer nada —respondió Thomas con frialdad—. Pero si así lo deseas...

Necesitó un poco de tiempo para recobrarse, pero luego se puso de nuevo encima de ella y esta vez la besó con esmero.

Primero en la boca, al principio con tanta fuerza y energía como antes, luego en el cuello y los pechos. También esto le dolía, pues, a diferencia de William, más que besos parecían mordiscos. Elaine se crispó más. Gimió cuando él volvió a penetrarla, esta vez largamente. De nuevo sintió aquella sustancia pegajosa como la primera vez. Ahora sabía Elaine lo que las prostitutas limpiaban con agua y vinagre cuando hacían el acto los días desaconsejados. Y el pensamiento de un poco de agua con vinagre, o al menos de agua con jabón, le resultó muy tentador. Se sentía lastimada, sucia y ofendida. Permaneció rígida junto a Thomas, que no tardó en dormirse. Entonces salió de la cama tiritando.

En ese piso, el baño estaba junto a la habitación. Con un poco de suerte no se cruzaría con nadie. La mayoría de los huéspedes seguramente estarían todavía en la fiesta de la boda. En «su» fiesta.

Para su sorpresa, unas lámparas ardían en el baño y las mellizas la esperaban con dos cuencos de agua caliente y jabón perfumado.

Elaine rompió a llorar cuando las vio. También eso era cortesía de Daphne. No tendría que pasar sola por ese trago. Y las mellizas, al parecer, sabían lo que se hacían. Por una vez no parloteaban, sino que hablando en voz baja y apaciguadora le quitaron el camisón y la lavaron.

—¡Pobrecita! Mañana todavía te dolerá, pero luego irá todo mejor.

Laurie frotó con la esponja las marcas de los mordiscos y chupetazos de Thomas, eso que él llamaba «besos».

—¿Siempre es así? —sollozó Elaine—. Si es que sí, prefiero morir.

Mary la estrechó entre sus brazos.

—Claro que no. Una se acostumbra.

Elaine recordó haber oído que Daphne nunca había exigido a las mellizas que se acostumbraran a algo así.

Laurie le sirvió más vino; Daphne había enviado varias botellas. Elaine lo bebió con avidez, sedienta. Bebiendo se olvidan las penas, decían, incluso si a la noche siguiente se repetía lo sucedido.

—Dad las gracias a Daphne de mi parte —susurró cuando al final se separó de las mellizas y con el corazón palpitante y llena de temor volvió a la habitación en la que dormía su esposo.

—¿Y ahora qué le decimos a Daphne? —preguntó Laurie a su hermana mientras recogían sus cosas—. Me refiero a que él no ha sido muy amable con ella...

Mary se encogió de hombros.

—Es cierto. Pero ¿cuántos hay que sean amables? Daphne no ha preguntado si es amable. Quería saber si... —Se calló avergonzada.

Laurie comprendió.

—Sí, tienes razón. La señorita Lainie me ha dado mucha pena, pero no hay que inquietar a Daphne. Por lo que sabemos, todo ha ido dentro de la normalidad.

7

Elaine se alegró de no tener que montar a caballo al día siguiente. No sólo por el agudo dolor que sentía en el vientre, sino porque había dormido mal y encogida en el borde de la cama. Ahora sentía todo el cuerpo dolorido y tenía el rostro abotargado y enrojecido por el llanto. Thomas no hizo ningún comentario al respecto, y tampoco Zoé, con quien iba a compartir el día en una calesa y luego una casa. Elaine había esperado entablar una relación amistosa con ella, a fin de cuentas una mujer joven debía saber lo que había sufrido esa noche. Sin embargo, Zoé guardaba un silencio obstinado. Salvo a ella, Elaine no tenía a nadie a quien confiarse.

Los Sideblossom no querían demorarse y Elaine sólo pudo dar un breve abrazo de despedida a sus padres. Fleurette percibió que algo le pasaba, pero no había tiempo para plantear preguntas. Sólo Helen se reunió un momento a solas con Elaine mientras la ayudaba a recoger los platos del desayuno. No tardó en darse cuenta de los gestos torpes y doloridos de Elaine.

—¿Ha ido mal? —preguntó apenada.

—Horrible.

Helen asintió comprensiva.

—Lo sé, pequeña. Pero mejorará, créeme. Y eres joven, pronto te quedarás embarazada. Entonces tal vez tengas un respiro.

Elaine pasó la mañana en la calesa sumida en agitados pensamientos sobre si la experiencia de la noche pasada podría provocar que engendrara un niño. Todo en su interior se resistía a la idea de haber sido fecundada. Al final se serenó. Hacía cuatro días que había tenido la última menstruación y, según Inger, en ese lapso era imposible que se quedara embarazada.

La calesa de Zoé disponía de una suspensión bastante buena, pero los caminos en torno al lago Wakatipu no se hallaban en un estado óptimo. Elaine lanzaba un gemido cada vez que pasaban por un bache y el carruaje se sacudía. Angustiada, intentó entablar conversación con Zoé, pero la joven sólo parecía interesarse por la administración de la casa y los diversos objetos de lujo que decoraban Lionel Station. Habló sobre muebles y telas de cortinas, pero no se le ocurrió consultar la opinión o saber los gustos de Elaine. Tras un par de horas, Elaine había decidido no permitir que su marido la obligara a quedarse en casa. Con Zoé se moriría de aburrimiento. Tenía que conseguir colaborar en la granja, tal como había logrado la abuela Gwyneira. Absorta en sus pensamientos, acarició a *Callie*, la cual percibía que su ama necesitaba consuelo.

Zoé contempló al animal con desdén.

—Espero que no metas a este chucho en casa.

Eso encendió a Elaine.

—No es un chucho, es un kiward border collie. Son los perros más famosos de Nueva Zelanda. A *Friday*, su abuela, incluso le querían dedicar un monumento en Christchurch. Proceden de los silkham collies, conocidos en toda Gran Bretaña. —Y añadió con vanidad—: Si todos los inmigrantes procedieran de un linaje parecido...

El bello semblante de Zoé se contrajo en un gesto iracundo. Elaine no había querido atacarla personalmente, su observación había sido más bien irónica, pero al parecer Zoé no procedía de ninguna noble estirpe.

—¡No quiero perros en casa! —espetó—. ¡Y John tampoco!

Elaine se puso tensa. Si Zoé pretendía iniciar una guerra de poder...

—Thomas y yo tendremos nuestras propias habitaciones —dijo. Y añadió—: Que podré decorar según mis gustos. Detesto los volantes.

En las horas siguientes reinó el silencio en la calesa. Elaine se concentró en la belleza del paisaje. Al principio bordearon durante un rato el lago, a continuación cruzaron una planicie en dirección a Arrowtown. La hierba crecía como en las llanuras de Canterbury, si bien la superficie no era tan amplia y llana y mostraba una mayor variedad de plantas. Había sido un centro de la cría de ovejas —o al menos debería haberlo sido—, antes de que un esquilador, Jack Tewa, descubriera oro casi treinta años atrás. Desde entonces, los buscadores del preciado metal acudían a esa zona. La pequeña ciudad de Arrowtown había crecido mucho. Elaine se preguntó si realmente habría oro en los arroyos y ríos junto a los que pasaban, cuyas orillas idílicas y boscosas invitaban a detenerse.

Thomas le había dicho que pernoctarían en Arrowtown. De hecho dejaron la ciudad a la izquierda e hicieron un alto en una granja de ovejas a cuyo propietario conocían los Sideblossom. La casa presentaba pocas similitudes con Kiward o Lionel Station, era más bien modesta y la habitación de invitados diminuta. Los propietarios, no obstante, se revelaron como unos anfitriones excelentes, como todos los granjeros de Nueva Zelanda. También Garden Station se hallaba bastante alejada y disfrutaba de pocas visitas. Elaine se esforzó por satisfacer la necesidad de novedades de Queenstown y Otago de la señora Gardener, aunque no tenía muchas ganas de charla. Lo cierto es que estaba agotada tras el viaje y asustada ante la expectativa de pasar la noche con Thomas. Desde la mañana su marido casi no le había dirigido la palabra y en ese momento los Sideblossom varones mantenían la conversación con el señor Gardener. Las mujeres permanecían aparte. Zoé tampoco era de gran ayuda: comía en silencio la cena que les habían ofrecido. Elaine apenas pudo tragar bocado a causa del cansancio y el nerviosismo, mientras la señora Gardener la interrogaba. Al final, Zoé pidió retirarse. Elaine se sumó gustosa a la petición y la señora Gardener, aunque algo decepcionada, se mostró comprensiva.

—Deben de estar cansadas después de la boda... y luego este largo viaje. Me acuerdo muy bien de cuando era una recién casada...

Elaine se temió una larga exaltación de las virtudes del matrimonio, pero la anfitriona, al parecer, se refería a otra cosa. Cuando llevó a Elaine agua para lavarse, puso un cuenco con ungüento junto a la palangana.

—Puede que lo necesite —indicó sin mirar a Elaine—. Lo hago yo misma, con grasa de cerdo y extractos de plantas. Tengo caléndulas en el jardín, ¿sabe?

Elaine nunca se había tocado sus partes íntimas, pero esta vez, cuando la señora Gardener se hubo marchado, cogió el cuenco de ungüento y se frotó las zonas magulladas. En un momento se alivió el dolor. Suspirando, se desnudó y se dejó caer en la cama. Thomas seguía bebiendo con Gardener y sus hijos —parecía resistir la bebida tan bien como su padre—, así que ella se durmió antes de que él llegara. Sin embargo, eso no la salvó. Horrorizada, se despertó al notar que la cogían del hombro y la ponían boca arriba. Gritó sobresaltada y *Callie*, que dormía delante de la habitación, dio un fuerte ladrido.

—Haz callar a ese animal —ordenó Thomas con voz ronca.

Elaine advirtió que ya se había desnudado. Además la tenía agarrada. ¿Cómo iba a salir de ahí para tranquilizar al animal?

—¡Basta, *Callie*! ¡No pasa nada! —Elaine intentó calmar al perro, pero su voz sonaba tan asustada que ni ella misma se lo hubiera creído. Y los perros tienen un fino instinto para los estados de ánimo...

Al final, Thomas la soltó, fue a la puerta y propinó al animal una patada. *Callie* gimió, pero siguió ladrando. Elaine ya no temía sólo por sí misma, sino también por su mascota. Suspiró aliviada al oír la voz amable de la señora Gardener en el pasillo delante de las habitaciones. Parecía llevarse a la rebelde *Callie*. Elaine dio gracias al cielo a su anfitriona y yació sumisa y en silencio, mientras Thomas volvía a dirigirse a ella.

Tampoco ese día se entretuvo en acariciarla. En lugar de eso, penetró a su joven esposa sin siquiera desvestirla. Le subió el camisón con tal violencia que lo desgarró.

Elaine contuvo la respiración para no gritar; habría sido terriblemente vergonzoso que los Gardener la oyeran. Pero esa vez le hizo menos daño que la noche anterior al moverse en su interior. El ungüento también facilitaba la penetración. Esa noche, Thomas se limitó a hacerlo una sola vez y se durmió en cuanto se calmó su respiración. Ni siquiera se tomó el trabajo de separarse de Elaine. Ella olió su sudor y el penetrante hedor del whisky. Debía de haber bebido mucho. Elaine oscilaba entre el miedo y el asco. ¿Lo despertaría al intentar librarse del peso de su cuerpo? Tenía que intentarlo; era impensable permanecer en esa postura hasta la mañana siguiente.

Al final reunió valor para apartar el pesado cuerpo. Luego se levantó de la cama con todo el sigilo de que fue capaz, palpó en busca de su bata —había adquirido esa elegante prenda en Dunedin pensando en unos agradables desayunos con su amado esposo— y salió a hurtadillas de la habitación. El retrete estaba en el piso inferior, junto a la cocina, así que tenía que bajar las escaleras. De la cocina le llegó un suave gemido. Era *Callie*. Elaine olvidó su primera intención y abrió la puerta de la cocina. Encontró por fin la perrita en un rincón de la despensa de la señora Gardener. Ahí fue donde también durmió Elaine, aunque por fortuna despertó antes de que clareara. Volvió a encerrar a *Callie* a toda prisa y corrió escaleras arriba. Thomas no se había percatado de nada. Seguía durmiendo, cruzado sobre la estrecha cama y roncando. Elaine tiró de una manta y se acurrucó el resto de la noche en el suelo de la habitación. Sólo cuando Thomas se movió por la mañana, soñoliento, se acostó encogida en el borde de la cama.

Si las cosas seguían así se moriría por falta de sueño. Elaine se sentía desgraciada. Las miradas compasivas de la señora Gardener de nada le servían.

—Quédese con el ungüento... Ah, y enseguida le escribo la receta. —dijo la bondadosa mujer—. ¡Lástima que no quiera darme a cambio su perrito! ¡Qué animal tan mono! Nos sería de mucha ayuda aquí.

Elaine casi pensó en regalarle a *Callie*, al menos así el animal estaría en lugar seguro. Por la noche había temido que Thomas hubiera herido de gravedad a *Callie* con la patada, pero ya encontraría una solución en Lionel Station. En cambio, pensó en escribir a la abuela Gwyn. Seguro que habría un kiward collie para la señora Gardener, sólo había que disponer cómo llevárselo. Pero ya se arreglaría. En ese momento, Elaine habría regalado a su amable anfitriona las joyas de la corona.

El día transcurrió igual que el anterior. Siguieron la ruta en dirección a Cardrona, montaña arriba, donde todavía había nieve. Elaine, exhausta y magullada, temblaba de frío en la calesa. No había pensado en desempaquetar el abrigo de invierno. Al final, el cochero de su padre, un irlandés joven pelirrojo, se detuvo y buscó mantas y prendas de pieles para las mujeres entre los arcones que transportaba. Elaine ya iba abrigada, pero suspiró de alivio cuando llegaron al hotel de Cardrona donde iban a pasar la noche. Era un edificio de madera sencillo y pequeño, en cuyo bar no se permitía la entrada a las mujeres. Elaine y Zoé ni siquiera pudieron calentarse delante de la chimenea, sino que tuvieron que meterse enseguida en sus habitaciones. Allí, una muchacha les sirvió algo que comer y cerveza caliente, y Elaine bebió tanta como pudo. Sabía fatal. Salvo un poco de vino, nunca había bebido alcohol, pero pensó en el consejo de Daphne: el alcohol todo lo cura.

La cerveza no surtió efecto, más bien al contrario, por desgracia. Esa noche fue peor que las anteriores: Thomas apareció sobrio poco después de la llegada. Elaine esperaba que esto lo hiciera más paciente y tierno, pero se echó a temblar en cuanto él la tocó, lo que para su horror pareció excitarlo.

—Estás hermosa cuando te estremeces así —dijo—. Me gusta más que el número que has montado estos días. Le sienta mejor a mi pequeña e inocente campesina...

—¡No, por favor! —Elaine se apartó cuando él le cogió los pechos. Todavía no se había desnudado del todo, llevaba aún el corsé, pero eso no parecía molestarle—. Así no, por favor... ¿No podríamos ser al principio un poco... agradables?

Enrojeció ante la mirada burlona de su marido.

—¿Agradables? ¿Qué entiendes por eso? ¿Se trata de un jue-guecito? ¿Te ha enseñado tu amiga la puta alguna cosita? Sí, no me cuentes. Ya me he enterado de con quién te tratas. ¿Cómo quieres que lo hagamos? ¿Así?

Le arrancó el corsé, la lanzó sobre la cama y le sobó los pe-chos. Ella se retorció de dolor, pero él sólo reía y se preparaba para penetrarla.

—¿O tal vez algo más brutal? ¿Así tal vez?

Elaine gimió cuando él le dio la vuelta.

«Los hombres y mujeres suelen estar frente a frente cuando lo hacen», le había dicho Inger. Pero ¿aquello también era nor-mal?

El siguiente día, el viaje prosiguió cuesta abajo y más depri-sa. La temperatura subió. Entre las rocas volvía a crecer la hier-ba. Las flores de primavera amarillas y blancas se asomaban sin querer responder al ánimo sombrío de Elaine. Junto al lago Wa-naka, eso lo recordaba de su primer viaje, el paisaje era más bo-nito que en Queenstown. Las rocas no caían escarpadas sobre el lago, sino que había playas y bosques a la orilla. Fue un día apa-cible. Por primera vez desde la boda hacía buen tiempo y la vis-ta sobre el lago dejaba al descubierto un paisaje maravilloso. El agua era de un azul profundo, la playa se amoldaba a ella, y unos enormes árboles se reflejaban en la superficie. Se diría que todo se hallaba al margen de la civilización. Sin embargo, la localidad de Wanaka se hallaba al lado. Se trataba de una ciudad pequeña, comparable a la de Haldon junto a Kiward Station, aunque ubi-cada en un paraje más hermoso. Los Sideblossom cruzaron Wa-naka al comienzo de la tarde y luego siguieron el río Cardrona en dirección al lago Hawea. Era un rodeo, pero el trecho trans-curría directo junto al lago por la montaña y apenas había cami-nos transitables con vehículos.

Pasaron la última noche del viaje en una granja junto al río. Y por fin Elaine disfrutó de un respiro. Los hombres se emborracharon de tal modo con el whisky que destilaba el granjero irlandés que Thomas ni siquiera supo llegar a la cama. Elaine pudo dormir y se encontraba más animada cuando al día siguiente emprendieron la última etapa del viaje. ¿Había pasado también en la primera visita a Lionel Station por esos paisajes montañosos y despoblados? El entorno era espléndido, y cada vista sobre el lago azul en medio de las montañas era más arrebatadora que la anterior, pero en todo el día no divisaron ni una casa ni un asentamiento. La verdad estaba a la vista: aunque Elaine dispusiera de su caballo, entre Lionel Station y Wanaka había dos días de marcha. Vio con toda claridad lo que antes apenas había percibido: los Sideblossom, Zoé y tal vez un par de pastores eran los únicos blancos a los que vería durante meses.

Lionel Station se hallaba en Makaroa, en el extremo oeste del lago Pukaki. La finca dominaba una bahía en la desembocadura del río Makaroa. Alrededor de la casa señorial, así como junto al río hasta las McKenzie Highlands, se extendían los pastizales de las ovejas de los Sideblossom. El personal de servicio de la casa estaba constituido exclusivamente por maoríes, pero no había ningún poblado en las cercanías. Los empleados dormían en alojamientos provisionales en Lionel Station. Incluso Elaine, que no conocía demasiado las costumbres maoríes, habría afirmado que eso provocaba un continuo cambio entre los empleados. Los maoríes eran seres apegados a la familia, y eso les hacía volver a su tribu aunque trabajaran de buen grado con los *pakeha*. Los que los esperaban ese día pertenecían en gran parte, pues, a tribus distintas de los de la primera visita de Elaine. Zoé ya se había quejado de ello por el camino: no dejaba de adiestrar a nuevos empleados. Según su opinión, eso consistía en que el nuevo personal llegara a comportarse, como el anterior, de forma intachable. De todos modos también era supervisado por sus semejantes: Elaine reconoció a una mujer de mayor edad a la que en invierno le habían presentado con el nombre de Emere. Lucía tatuajes en la cara, pero habría dado la misma terrible impresión sin los tradicionales adornos maoríes. Emere era más alta que la mayoría de las mujeres maoríes. Llevaba suelto su largo cabello negro con algunas hebras blancas, algo inusual en una empleada de una señora tan severa como Zoé, a quien le importaba que la ropa fuera occidental y el cabello estuviera recogido, y que incluso las doncellas llevaran cofias. Pero no parecía que Emere se dejara mandar demasiado. Aparentaba ser una mujer segura de sí misma y contempló a Zoé y Elaine con una mirada apreciativa de sus ojos oscuros, impenetrables e inexpresivos.

Elaine la saludó con tanta amabilidad como pudo tras el largo viaje. Al menos tenía que entablar buenas relaciones con el personal: estaría perdida si no se granjeaba algún amigo en Lionel Station. De todos modos, Thomas no le dejó tiempo para sociabilidades.

—Ven, Elaine, te enseñaré nuestra casa. He mandado arreglar el ala oeste para nosotros. Zoé ha sido muy amable en colaborar en la decoración.

Elaine, que tras la primera noche reposada ya no se sentía sumisa y asustada, sino enfadada por el trato que se le dispensaba, lo siguió a regañadientes.

Thomas se detuvo ante la entrada. Desde el espacioso vestíbulo, una puerta conducía al ala oeste.

—¿Quieres pasar el umbral en brazos? —preguntó el joven con ironía.

Elaine se sintió enfurecer.

—Guárdate tu romanticismo para las horas de intimidad —le respondió con resolución.

Thomas la miró sorprendido, pero al punto sus ojos brillaron iracundos. Con un valor inusual en ella, Elaine le devolvió la mirada.

Tal como era de esperar, el ala oeste abundaba en volantes estampados con flores, así como muebles oscuros y torneados. Nada de ello respondía a los gustos de Elaine. En una situación normal le hubiera dado bastante igual, pues de todos modos prefería trabajar fuera de casa, y si estaba leyendo un libro interesante no le importaba cuál era el entorno. Pero en ese momento protestó.

—¿Puedo cambiar la decoración si no me gusta? —preguntó, con un tono más agresivo de lo que pretendía.

—¿No te gusta? Todos los que la han visto han dicho que la decoración da muestras de un gusto exquisito. Claro que puedes colocar tus muebles, pero...

—Tal vez yo no tenga un gusto especialmente selecto, pero me gusta ver lo que tengo delante de los ojos —aclaró Elaine, corriendo con resolución las pesadas cortinas de una de las ventanas. Para ello le hizo falta algo de fuerza, pues Zoé prefería las creaciones voluminosas de terciopelo que aislaban totalmente del exterior—. Esto al menos habría que quitarlo.

Thomas la contempló como si la maldijera con la mirada. ¿De verdad ella había intuido una semana atrás cierta vulnerabilidad en su rostro impenetrable? Con el tiempo sus secretos se habían revelado. Quizá siendo un niño Thomas se había sentido abandonado y solo, pero ahora había encontrado un camino para convertirse en lo que quería ser.

—A mí me gusta —afirmó él—. Diré que traigan tus cosas. Indica a los empleados lo antes posible donde quieres dejarlas. —Dicho esto, se dio media vuelta y dejó a una Elaine amedrentada y abatida, pues había percibido su tono amenazador.

¿Qué tenía que hacer ella ahora con toda una carretada de dote? Y con la discusión, Thomas no había acabado de enseñarle la casa. Desesperada, miró alrededor.

—¿Puedo ayudar a *madame*? —preguntó una voz joven y amanerada desde la puerta—. Soy Pai, su doncella. Bueno, lo seré si a usted le agrado, según me ha dicho la señorita Zoé...

Elaine miró sorprendida. Nunca antes había tenido una doncella. ¿Para qué se necesitaba? La pequeña Pai tampoco parecía saberlo con exactitud. Debía de tener unos trece años y parecía desubicada en su uniforme de sirvienta negro con delantalito y cofia blancos. ¿Y esa forma tan forzada de hablar en francés? Era evidente que Zoé había enviado a su «nuera» la muchacha de la que más fácilmente podía prescindir en el trabajo doméstico. Elaine sintió crecer de nuevo la rabia y el despecho. Pero Pai no podía ayudarla. La muchacha daba una impresión de inocencia y simpatía, con su semblante ancho y de una tez inusualmente clara, y el pelo negro y grueso, que, recogido en trenzas tirantes hacía resaltar su ancha frente. Es probable que no fuera una maorí de pura raza, sino una mestiza como Kura, aunque ni de lejos de una belleza extraordinaria como su prima.

Elaine sonrió.

—Me alegro. *Kia ora*, Pai! Dime, ¿conoces bien la casa? Los hombres no tardarán en traer un montón de cosas y tenemos que colocarlas en algún sitio. ¿Tenemos... tengo otros sirvientes?

Pai asintió solícita.

—Sí, *madame*, otra doncella, Rahera. Pero es tímida y no habla mucho inglés. Hace sólo dos semanas que vino.

Justo lo que había pensado Elaine. El personal experimentado se lo guardaba para sí Zoé, mientras que a ella le enviaba las novatas. Bien, al menos intentaría conservar aquellas chicas.

—No importa, Pai, hablo un poco de maorí —respondió cordialmente—. Y tú hablas muy bien inglés, así que nos las arreglaremos. Ve a buscar a Rahera... O no, enséñame primero la casa. Tengo que tener una vaga idea de dónde irán las cosas.

Pai la guio por los aposentos y la joven no tardó en sentirse mejor cuando la niña le indicó el camino hacia su habitación. Al parecer habían reservado un dormitorio y un vestidor sólo para Elaine. Así que no tendría que compartir la cama cada noche con su esposo, o al menos dormir junto a él. Además había un salón y una sala de caballeros que se comunicaban. Ninguno era grande, casi seguro que en Lionel Station las cosas funcionaban como en Kiward Station: las salas comunes más importantes eran utilizadas por todos los habitantes de la casa y en las comidas se reunían todos los miembros de la familia. De todos modos, el ala oeste no disponía de cocina, pero sí de dos baños generosamente equipados y muy modernos.

Elaine tenía dotes para formarse con rapidez una idea del

espacio. Pronto se hizo una imagen de la planta de la casa, así que cuando los hombres —el cochero de su padre y un trabajador maorí— llevaron los muebles y arcones, les indicó con bastante precisión en qué lugar colocarlos. Pai, a su vez, demostró ser bastante espabilada. Tal vez no tuviera gran experiencia, pero sabía que como doncella debía ocuparse de la ropa de la señora y guardarla en el vestidor. Diligente, Pai apiló la ropa blanca en los cajones del dormitorio de Elaine y sacó de los arcones los vestidos que metió en los armarios mientras Rahera ordenaba los cubiertos y la cristalería en las vitrinas con una cautela que casi rayaba en la reverencia. El ayudante maorí se presentó como Pita, el hermano de Rahera. En realidad, le explicó a Elaine, trabajaba de pastor, sólo se había ofrecido como porteador para ver a Rahera.

Más bien a Pai, pensó Elaine, a quien no pasó desapercibido un brillo revelador en los ojos del joven y la muchacha. Tanto mejor. Si Pai se había hecho un amigo, no se iría tan pronto.

—Su perro es bonito —dijo Pita mirando a *Callie*, que había entrado en la casa con el cochero de Ruben. Había pasado las últimas noches con él en el carro entoldado, pero Elaine debía buscar ahora otra solución. No era tarea fácil y, por ello, tanto más urgente.

»¡Bueno para las ovejas! ¿Ha comprado el señor Thomas?
—Tampoco el inglés de Pita era muy bueno. Elaine tenía que averiguar lo antes posible de dónde procedían esas personas, a qué tribu pertenecían y a qué se debían las grandes diferencias culturales.

—No —respondió con una sonrisa tristona—. Se la han dado de propina. Se llama *Callie* y es mi mascota. —Se señaló a sí misma porque Pita no parecía entenderla—. Sólo me obedece a mí.

Pita asintió.

—Perro muy bonito. ¡Y tú prestar a nosotros para ovejas!

—¡Usted! —Una voz de tono cortante resonó desde la puerta. Zoé Sideblossom se precipitó en el interior de la habitación. Ya se había cambiado de ropa tras el viaje y se notaba que había tomado un baño. Se la veía más fresca y arreglada de lo que Elaine se sentía, y además tenía energía suficiente para reprender a los sirvientes—. Repite, Pita: «Si a usted y al señor Thomas les parece bien, les pediremos prestado el perro para las tareas con las ovejas.» En mi casa no quiero escuchar ese balbuceo indígena. Y sobre todo, acostúmbrate al tratamiento correcto: «usted» y «madame». —Zoé Sideblossom esperó hasta que el intimidado Pita hubo repetido la complicada fórmula, con toda seguridad sin comprenderla del todo. Sólo entonces se volvió hacia Elaine—. ¿Es todo de tu agrado? Thomas dijo que... la decoración te había gustado especialmente. —Y esbozó una sonrisa sardónica.

Callie le gruñó. Elaine deseó de repente que su afable collie se transformara en un feroz rottweiler.

—Mis muebles ya se encargarán de suavizar un poco el ambiente —respondió con gélida contención—. Y si Pita fuera tan amable de ayudar a su hermana a correr a un lado las cortinas... Además, no tienes que llamarme «madame», Pita. En mi casa soy «la señorita Elaine» o «la señorita Lainie».

Pita y Rahera se miraron como conejos asustados, pero Pai contuvo una risita.

—Te esperamos a las ocho para la cena. —Zoé abandonó el ala oeste con porte majestuoso.

—¡Bruja! —gruñó Elaine.

Pai sonrió con ironía.

—¿Qué ha dicho, *madame*?

Eran casi las ocho cuando por fin se vaciaron todos los arcones y se distribuyeron todos los muebles en las habitaciones. La mayoría estaba en el dormitorio de Elaine y en el vestidor, para lo que había trasladado los originales a otras habitaciones. Cierto que la sala de estar se veía un poco recargada, pero a Elaine le daba igual, pues tampoco pasaría mucho tiempo ahí. Y ahora sólo tenía diez minutos para cambiarse para la cena. Ésta era bastante formal, según había observado en la visita anterior. ¿Insistiría John Sideblossom en ello? ¿O Zoé? En cualquier caso, dependería de lo estrictos que los hombres fueran con las reglas. Elaine no creía que Zoé tuvieran tanta autoridad en la casa como ella afirmaba. Durante el viaje se había mostrado siempre sumisa con John.

Aun así, Elaine jamás se había sentado a la mesa, ni siquiera en Queenstown, con un vestido de viaje sucio. Le urgía lavarse un poco y cambiarse de ropa. Por fortuna, Pai ya estaba sacando un vestido. Antes, el cochero de su padre fue a despedirse de ella.

—¿Ya quiere marcharse, Pat? —preguntó asombrada—. Puede salir mañana con toda tranquilidad. Seguro que hay aquí una cama para usted.

Patrick O'Mally asintió.

—Duermo en los alojamientos para el servicio, señorita Lainie. Pita me ha invitado. En caso contrario hubiera dormido en el carro, como durante el viaje...

Era cierto. Elaine advirtió con quedo pesar que ninguno de los Sideblossom había pensado en dar alojamiento a Pat. Menuda desconsideración. Al menos podrían haberle ofrecido una habitación en el hotel.

—Pero mañana quiero partir al amanecer. Sin carga y sin que las señoras me detengan llegaré pronto a Wanaka... —Pat vio el rostro algo dolido de Elaine y se corrigió—. Disculpe, señorita Lainie, yo... eh... no lo decía con mala fe. Lo sé, usted siempre ha sido una estupenda amazona; pero la calesa de la señora Sideblossom y esos caballos cojos tirando...

Elaine sonrió comprensiva. También ella había advertido que las nobles monturas de la calesa de Zoé no podían competir con un caballo de tiro como *Owen* o las yeguas cob que tiraban de los carros de transporte de Pat.

El cochero podría haberse despedido en ese mismo momento, pero al parecer tenía una duda.

—Señorita Lainie... ¿está todo realmente como tiene que estar? —preguntó al final—. También con... —Miró de reojo a *Callie*. Elaine no le había explicado por qué la perra tenía que dormir con él durante el viaje, pero Patrick no era tonto.

Elaine buscó la respuesta adecuada. No habría sabido contestar aunque Thomas Sideblossom no hubiera aparecido en ese momento a espaldas del cochero.

—Dirígite a mi esposa como señora Sideblossom, por favor —dijo con tono tajante—. No permito tratos de confianza, chico. Es una falta de respeto. Además, ¿querías marcharte, no? Así que despídete ahora como es debido. Espero ver hoy mismo las herraduras de tu caballo alejarse echando chispas.

Pat O'Mally le sonrió con ironía: no se dejaba intimidar tan fácilmente.

—Será un placer, señor Sideblossom —respondió tranquilo—. Pero no sabía que yo fuera su siervo. Así que, por favor, nada de tratos de confianza. No recuerdo que le haya permitido tutearme.

Thomas permaneció sereno, pero sus pupilas se dilataron. De nuevo distinguió Elaine los abismos de sus ojos. ¿Qué haría si Pat fuera un empleado suyo?

En cualquier caso, este último respondió a la mirada sin temor, casi con audacia.

—¡Hasta la vista, señorita Lainie! —exclamó—. ¿Qué le digo a su padre?

Elaine tenía la boca seca y el semblante pálido.

—Diga a mis padres... que estoy bien.

8

Thomas no dio tiempo a Elaine de cambiarse. Le ordenó que le acompañara tal como estaba, así que la joven se sintió humillada y sucia ante los ojos de la impecable Zoé y de los hombres, que habían mudado la ropa de viaje por trajes formales. Emere también lo advirtió, pues examinó a Elaine con su mirada insondable. ¿Desaprobándola? ¿Evaluándola? ¿O simplemente curiosa por saber cuál sería la reacción de los comensales? En cualquier caso, Elaine no tenía queja del comportamiento de Emere, era amable y muy diestra en el servicio.

—Fue mi primera esposa quien adiestró a Emere —explicó John Sideblossom, sin mirar siquiera a la alta mujer maorí—. La madre de Thomas. La pobre murió muy pronto, y por desgracia dejó muy poco personal tan bien enseñado...

—¿De dónde proceden los maoríes? —preguntó Elaine—. No parece haber ningún poblado en el entorno.

¿Y por qué seguía estando Emere ahí en lugar de haberse casado y tenido hijos? ¿O de ocuparse de su tribu? La abuela Helen había contado que Emere era una *tohunga*. Si realmente era capaz de despertar la voz *wairua* del *putorino* debería disfrutar del honor de ser una respetada hechicera. Y ahora que Elaine la contemplaba con mayor atención, sintió que ese rostro ancho y la forma de corazón del comienzo del cabello le recordaban a alguien... Pero ¿a quién?

—Los hombres entran en servicio aquí —respondió Thomas—. Como pastores. En cuanto a las chicas... ellos mismos traen a algunas consigo y las otras las buscamos en la misión que hay junto a Dunedin. Niñas huérfanas. —Pronunció la última palabra dando énfasis al significado, al tiempo que parecía lanzar a su padre una mirada burlona.

Elaine se sintió otra vez desconcertada. Nunca había oído hablar de niños huérfanos entre los maoríes. No se ajustaba a su concepción de la familia. La abuela Helen le había contado que los niños maoríes llamaban a todas las mujeres de la generación correspondiente «madre» o «abuela», era el colectivo de la tribu el que criaba a los niños. ¡Seguro que no dejaban a los huérfanos ante las puertas de una misión!

Fuera como fuese, la formación en una escuela de misioneros de ese tipo explicaba el inglés de Pai y sus conocimientos básicos del mantenimiento de una casa. Elaine le preguntaría más tarde de dónde provenía.

La comida que se servía a la mesa de los Sideblossom era excelente, si bien notablemente influida por la cocina maorí: carne, pescado y boniatos asados. Elaine se preguntó si siempre era así o si Zoé solía supervisar la cocina y preparar el menú. No recordaba lo que habían servido en su primera visita. Entonces no tenía ojos más que para Thomas, se había enamorado del paisaje que rodeaba Lionel Station y lo había encontrado todo maravilloso. Ahora pensó cómo había podido estar tan ciega. Y encima no era la primera vez que le ocurría, sino la segunda.

Algo así no volvería a pasarle. Nunca más volvería a enamorarse, ahora ella... estaba «casada». Al tomar conciencia de que en su situación actual no tenía salida se atragantó. Eso no era una pesadilla de la que fuera a despertar. ¡Era un hecho consumado! Claro que existía el divorcio, pero había que presentar razones de peso, y ella sería incapaz de describir ante un juez lo que Thomas le hacía cada noche. Se desmayaba sólo de pensar en contárselo a alguien. No, el divorcio no era la solución. Tendría que aprender a vivir así. Tragó un bocado con determinación, aunque tenía la boca tan seca como antes. Al menos había vino. Cogió una copa y se sirvió. No demasiado, necesitaba tener la mente despejada. Debía buscar un lugar para *Callie*. Tal vez preguntara a Pai o, mejor aún, a Rahera. Ella llevaría la perra a su hermano Pita para que la cuidara. Y luego... Elaine debería seguir otros consejos de Daphne O'Rourke, aparte del de buscar el olvido en el alcohol. Lo primero de todo, pasara lo que pasase, era evitar un embarazo.

El destino se portó bien con ella durante el primer mes de matrimonio. Poco antes de que dormir con Thomas fuera, según sus cálculos, peligroso, los hombres se marcharon a llevar las ovejas a la montaña. Destinaban a las ovejas paridoras en especial los prados ocultos que había en una depresión del terreno. El viaje a caballo duraba dos días con los animales, y la vuelta llevaría, al menos, un día más. Tal vez los hombres también se detuvieran en algún lugar para pescar o cazar. Con algo de suerte, ya habrían pasado los días críticos.

Elaine no se atrevía a esperar que Thomas contuviera sus impulsos de buen grado. Casi cada día yacía con ella y no podía hablarse de «aclimatación». La joven seguía teniendo la sensación de que la desgarraba cada vez que la penetraba. El ungüento de la amable señora Gardener hacía tiempo que se había acabado y Elaine todavía no había conseguido reunir los ingredientes para elaborar uno nuevo. Cuando Thomas la apretaba contra él o le hundía los dedos en los pechos acababa siempre con moratones. Lo peor ocurría cuando ella le enfurecía o no se comportaba «como una dama». Él lo llamaba «practicar con él el jueguecito», y de esa manera la mortificaba. Había formas de penetrar a una mujer que Inger no conocía o que no había explicado a Elaine.

Pai siempre se ruborizaba cuando veía las huellas que los malos tratos de Thomas dejaban en el cuerpo de Elaine.

—¡Yo seguro que no me caso! —afirmó una vez—. ¡No me acostaré con ningún hombre, no quiero!

—¡Pero si ser bonito! —protestó Rahera con su dulce voz. Era una muchacha encantadora, de unos quince años, pequeña y achaparrada, pero muy bonita—. Yo sí casarme con hombre de mi tribu. Pero no puedo, ahora tener que trabajar... —Su rostro se entristeció.

Elaine había averiguado que Pita y Rahera pertenecían a una tribu que solía asentarse en las McKenzie Highlands. Por desgracia, el jefe de la tribu había practicado el cuatrerismo. Y así, las sospechas recayeron sobre la tribu cuando un rebaño de las mejores ovejas de Sideblossom desapareció. Sin embargo, los animales no tardaron en recuperarse y Sideblossom, que sabía exactamente, claro está, que el jefe se escaparía con su tribu en cuanto informara al *constable* de la policía, culpó de la pérdida a los jóvenes maoríes que por casualidad se encontraban junto al rebaño. Ahora Rahera, Pita y dos jóvenes más pagaban su castigo trabajando, un castigo estipulado por Sideblossom y probablemente eterno. Elaine sabía que, si se hubieran presentado ante el tribunal, los jóvenes habrían salido mucho mejor parados y Rahera no se habría visto implicada.

—Pero ¿tú... ya? —preguntó Pai abochornada—. Quiero decir... ¿con un hombre? —La educación que la muchacha había recibido de los misioneros se hacía patente en todos los ámbitos. Nunca había vivido con su pueblo e incluso hablaba incorrectamente su propia lengua.

Rahera sonrió.

—Ah, sí. Llamarse Tamati. Buen hombre. Ahora trabaja en mina en Greystone. Cuando libre, estaremos en *wharenui*. Luego esposo y esposa...

Elaine descubrió por primera vez un sentido en la costumbre maorí de realizar el acto sexual ante toda la tribu. ¿Cómo habrían reaccionado las mujeres más ancianas de la tribu si hubieran sabido lo que Thomas le hacía cada noche?

Elaine aprovechó la ausencia de los hombres para inspeccionar con detenimiento los establos de Lionel Station. En esos pocos días, ya había empezado a aburrirse en casa. A fin de cuentas, allí no tenía nada que hacer. No se cocinaba y las muchachas realizaban las tareas de la limpieza. Aunque Rahera no tenía ni idea de cómo abrillantar la plata y fregar los suelos, y además parecía encontrarlo todo bastante innecesario, Pai era sumamente meticulosa en esos quehaceres. Elaine no sabía cuál era su religión, pero la escuela de la misión había hecho un trabajo impecable formándola como una perfecta ama de casa inglesa. Pai adiestraba a Rahera y cuidaba de que todo lo hiciera de manera correcta. Allí, Elaine sólo molestaba. Distracciones como libros o un gramófono no existían en casa de Sideblossom. Al parecer, ni el padre ni el hijo leían demasiado y Zoé se limitaba a las revistas femeninas. Elaine también las leía, pero llegaban una vez al mes como mucho y se las acababa todas en un día.

No obstante, en el gran salón había un piano que nadie usaba. En lo que a música se refería, su formación para ser una perfecta dama estaba muy descuidada. Elaine empezó a tocar de nuevo, aunque había perdido práctica ya que no había vuelto a tocar desde lo sucedido con Kura. Allí, sin embargo, los ejercicios llenaban las eternas y vacías horas y pronto se atrevió con obras más difíciles.

Como esos días el acceso a los establos estaba libre, seguida de la alegre *Callie* exploró las instalaciones exteriores. Como cabía esperar, eran amplias. Justo al lado de la casa había establos para caballos y cocheras, como en Kiward Station. Elaine echó un vistazo al limpio establo y los boxes. Había casi exclusivamente caballos negros y algún que otro zaíno, que la miraron y le relincharon. Todos tenían las cabezas pequeñas y nobles de los caballos de carreras de John y Thomas, y el saludo fogoso propio de los que llevaban una abundante herencia de purasangres. Elaine acarició un pequeño semental negro que, impaciente, golpeaba con los cascos delanteros la puerta del box.

—Sé cómo te sientes —suspiró—. Pero hoy no me va bien. Mañana haremos una cabalgada. ¿Tienes ganas?

El pequeño resoplaba y olisqueaba la mano y el vestido de montar que por primera vez la joven había sacado del armario para dar el paseo por el establo. ¿Se percibiría todavía el olor de *Banshee*?

Elaine volvió a salir a la luz del sol. Siguió un camino que conducía a otros corrales y se topó con Pita y otro joven maorí que estaban intentando meter unos carneros que se habían escapado en un corral que acababan de reparar. Eran animales jóvenes y traviesos que seguramente habrían seguido de buen grado a las ovejas paridoras y los carneros de cría a la montaña. No se dejaban impresionar por los intentos de Pita por sujetarlos y uno de ellos, insolente, trató incluso de atacar al joven maorí.

Elaine se rio del pequeño carnero que había provocado la huida del pastor, pero luego su corazón dio un brinco. ¿Debía intervenir? *Callie* estaba sentada junto a ella, jadeando y en posición de alerta, pero su adiestramiento era insuficiente. Elaine siempre acababa improvisando. ¿Qué sucedería si fracasaba? Haría un ridículo tremendo.

Por otra parte, ¿qué tenía que perder? Lo peor que podía pasar era que los dos maoríes se rieran de ella. Podría soportarlo. Y con un poco de suerte los dejaría impresionados y cuando los chicos se lo contaran, Thomas tal vez vería que fuera era más valiosa que encerrada en casa.

Elaine dio un penetrante silbido y *Callie* salió disparada como una bala. La perrita de tres colores se lanzó entre los dos maoríes y el carnero impertinente, emitió un breve ladrido, se puso frente al animal y le dejó claro que ahí no tenía que estar. El carnero reculó a toda prisa. *Callie* le mordió los calcañares y se volvió luego hacia los otros animales. Unos segundos más tarde, había formado un rebaño con los seis y dedicaba a Elaine una reluciente mirada de collie. La joven se acercó con paso tranquilo al portillo del corral, no debía correr para no dispersar a las ovejas. Abrió el portillo de forma un tanto ostentosa y volvió a silbar. Al instante las ovejas se metieron trotando en el corral con tanta formalidad como si estuvieran practicando un desfile.

Elaine rio y elogió entusiasta a *Callie* La perrita no cabía en sí de orgullo. Brincó sobre su ama y acto seguido sobre su nuevo amigo Pita. En efecto, por la noche había encontrado refugio en el establo donde él se alojaba y parecía estar a gusto en su compañía.

—¡Esto bien, señorita Lainie! ¡Una maravilla! —Pita estaba exultante.

—¡Sí, *madame*! Ha sido estupendo. Había oído hablar de estos perros pastores, pero los animales del señor John no trabajan ni la mitad de bien —añadió el otro maorí.

Elaine se quedó boquiabierta. El joven se expresaba con tanta precisión como Pai. ¿Y se equivocaba si veía cierto parecido? Sin lugar a dudas era también mestizo, pero algo en los rasgos angulosos de su rostro le resultaba conocido. Nunca le había pasado algo así con hombres y mujeres de sangre maorí. Diferenciaba con poco esfuerzo a las personas achaparradas y oscuras —lo que no todos los blancos conseguían a la primera—, pero apenas lograba advertir rasgos familiares entre los nativos.

Un momento... ¿Familia? Esos rasgos afilados del rostro no eran de herencia maorí. Elaine vaciló ligeramente. Debía indagar.

—A mi perro le gusta conducir ovejas —dijo—, pero lo que realmente es fantástico es tu inglés, joven...

—Arama, *madame*. Arama, a su servicio. —El muchacho se inclinó con gentileza.

Elaine sonrió.

—Sólo «señorita Lainie», Arama. La palabra *madame* me hace pensar en una matrona sentada en una mecedora. Pero dime, ¿cómo es que hablas tan bien el inglés? ¿Eres pariente de Pai?

Era igual que Pai. Y éste era igual que Emere. Emere y... Arama rio.

—No, no. Los dos somos huérfanos de la misión de Dunedin. Nos dejaron ahí cuando éramos bebés. Al menos eso contó el reverendo. —Arama pestañeó. Debía de rondar los veinte años, así que ya no era un adolescente como Pai. Seguro que también él había observado los parecidos. Y era posible que en la granja hubiera más muchachos y muchachas que «pertenecieran a la familia».

Elaine estaba trastornada. No tanto porque John Sideblossom tuviera o hubiera tenido relaciones íntimas con sus empleadas maoríes, sino porque eso debía de haber ocurrido ante la mirada de su hijo. Thomas tenía que haber convivido con dos embarazos al menos de Emere... ¿Y acaso no había sido ella su niñera? ¿Y cómo podía John forzar a la mujer a abandonar a sus hijos en un orfanato?

Elaine palideció.

—¿Hay más? —preguntó con voz ronca.

El semblante de Arama adoptó un gesto escrutador.

—¿Ovejas? —preguntó con cautela—. ¿Para la perra? De todo tipo. Si lo desea, venga con nosotros y...

Elaine no respondió, sino que frunció el ceño sin dejar de mirarlo.

—El señor Sideblossom recogió cinco niños mestizos de la misión de Dunedin —dijo al final Arama—. Dos muchachas como empleadas de la casa y tres chicos que están siendo instruidos en las faenas de la granja. Yo llevo cuatro años aquí y confía en mí. Dirijo la granja cuando él sale a conducir las ovejas. Y...

—¿Lo sabe el señor Thomas? —preguntó Elaine con tono inexpresivo.

Arama se encogió de hombros.

—No lo sé, yo no hago preguntas. Usted tampoco debería preguntar, el señor Sideblossom no es un hombre muy paciente. Tan poco como el señor Thomas. ¿Quiere ayudarnos ahora con otras ovejas? Reparamos los corrales y hay varias cosas que hacer.

Elaine asintió. Ya pensaría más tarde en lo que acababa de averiguar. También sobre qué sabía Zoé y sobre la novedad que ésta le había comunicado llena de orgullo esa mañana: Zoé Sideblossom estaba embarazada. Thomas tendría un hermanastro o una hermanastra. Bueno, al menos eso no era algo nuevo para su esposo...

Elaine dejó de pensar en aquel método particular de aumentar el servicio doméstico y siguió a Arama y Pai a los otros corrales. No había mucho trabajo para una perra pastora. La mayoría de las ovejas estaban en la montaña, allí sólo quedaban unos pocos animales enfermos, algunas ovejas paridoras que habían sido cubiertas muy tarde y cuyos partos todavía había que esperar, así como unas docenas de animales que vender. *Callie* se divirtió sobre todo con estos últimos, pues los rebaños eran más grandes y se exigía más de ella. También Elaine se sentía por primera vez casi feliz cuando regresó por la tarde a la casa.

—¡Hueles a oveja! —se quejó Zoé cuando Elaine se la encontró al entrar—. En mi estado actual no es algo que me agrade.

En el desayuno, Elaine ya había oído esta frase dos veces. Una, Zoé no soportaba el aroma del café y, otra, se sintió mal al ver unos huevos revueltos. Si eso seguía así, a Elaine y las empleadas domésticas les esperaban unos meses exasperantes.

—Me lavo enseguida —informó a Zoé—. Aunque el niño debería acostumbrarse al olor de las ovejas; el señor John no lo educará para que cultive rosas.

Dicho esto, Elaine corrió a sus habitaciones. Estaba bastante satisfecha de sí misma. Poco a poco iba recuperando su antigua prontitud de réplica; si bien antes no era tan cortante y mal intencionada. Tal vez debería ser más paciente con Zoé, pensó, sobre todo si había sacado similares conclusiones a las de Arama y ella. A Zoé le debería de poner de los nervios la estrecha convivencia con Emere. Al contrario que Elaine, Zoé no tenía la posibilidad de retirarse tan fácilmente al ala oeste, que estaba separada: las habitaciones comunes pertenecían a la vivienda de ella y John, y la cocina estaba en una zona fronteriza. Todo ello era el reino de Emere. Gélida, con su mirada insondable, probablemente sería un tormento para Zoé.

A la mañana siguiente Elaine volvió al establo. Arama y los pocos hombres que habían permanecido con él tenían más trabajo para *Callie*. Como al mediodía ya habían concluido, Elaine decidió dar un paseo a caballo por la tarde. Arama se ofreció a ensillarle el pequeño corcel negro con el que había jugueteado el día anterior.

—Se llama *Khan* —dijo Arama—. Tiene tres años y lleva la silla desde hace sólo dos meses. Sabe montar, ¿verdad?

Elaine asintió y le habló de *Banshee*.

—Mi padre la enviará en cuanto se haya separado del potro. Sólo pensarlo me pone contenta, la echo de menos.

Arama la miró incrédulo, lo que sorprendió a Elaine. ¿Acaso dudaba de su destreza para cabalgar? ¿O le incomodaba la idea de tener una yegua blanca en ese tétrico establo? De todos modos, Elaine no pensaba tener el caballo encerrado. *Banshee* estaba acostumbrada a apacentar en el prado.

Enseguida acabó con las dudas respecto a su habilidad para cabalgar. Se subió ágil y sin ayuda a lomos de *Khan* y rio cuando Arama explicó, disculpándose, que no disponían de silla de amazona.

—La señorita Zoé no monta.

Pero ¿por qué sonaba tan envarado?

Daba igual, Elaine no iba a interpretar las declaraciones de Arama, sino a investigar su nuevo entorno. Cabalgar con *Khan* pronto se reveló como todo un placer. El semental era brioso, pero fácil de guiar, y Elaine, que no estaba acostumbrada a los caballos árabes, disfrutó de esa sensación de ligereza. Cuando los cobs de su abuela galopaban, la tierra se estremecía bajo sus poderosos cascos; *Khan*, por el contrario, parecía no rozar el suelo.

—¡No me costará nada acostumbrarme! —observó Elaine, dando unos golpecitos al caballo negro en el cuello—. ¡Mañana repetimos!

En ese primer paseo a caballo se limitó al territorio contiguo a la granja e inspeccionó los pastizales de la finca y los cobertizos de esquileo. Lionel Station tenía dos de considerable tamaño. No se criaban bueyes, pues el terreno era demasiado montañoso y esos animales eran rentables cuando se disponía de pastizales extensos, como los de las llanuras de Canterbury. En verano era imposible conducirlos a la montaña como a las ovejas.

Al día siguiente, Elaine se levantó temprano y se llevó la comida. Quería cabalgar junto al río en dirección a la zona montañosa y explorar las estribaciones de las McKenzie Highlands. Formaban parte de la historia familiar, por así decirlo. Se rio para sus adentros al pensar en su abuelo y la arriesgada cabalgada con que su madre se había escapado de los perseguidores de James. Al huir de Sideblossom, Fleurette había descubierto a su padre y ambos casi habían caído en la misma trampa.

Elaine disfrutó del paseo. Hacía un día estupendo, seco, soleado y algo ventoso, ideal para cabalgar. *Khan* avanzaba obediente, más sosegado que el día anterior y sin aprovechar todas las oportunidades para lanzarse al galope. Elaine podía pues concentrarse en el paisaje y disfrutar de la visión de las altas montañas a la derecha y el río Haas a la izquierda, que seguía hacia el noroeste. *Callie* corría alegre junto a ella y de vez en cuando se desviaba para perseguir algún conejo, pese a que no estaba bien visto que los perros pastores cazaran. Aun así, el problema de los conejos en Nueva Zelanda había aumentado de tal modo en pocos años, que incluso puristas como Gwyneira McKenzie renunciaban a reprender a los perros por esas pequeñas travesuras. Los conejos se habían introducido en el país en algún barco y se habían multiplicado de forma escandalosa por falta de enemigos naturales. En algunos lugares cercanos a Otago, incluso se disputaban la hierba con los animales útiles. Había superficies donde antes apacentaban las ovejas que esos orejudos habían saqueado totalmente. Los desesperados colonos habían introducido zorros, linces y otros cazadores de conejos. Pero todavía no había, ni mucho menos, suficientes depredadores para acabar con la plaga.

Pese a todo, los conejos no corrían ningún peligro con *Callie*: los perseguía pero no los cazaba. Gwyneira acostumbraba decir que los border collies reunirían y conducirían a los conejos antes que comérselos.

Hacia el mediodía, Elaine descansó junto a un arroyo que desembocaba en una pequeña cascada en el río Haas y *Khan* y *Callie* chapotearon en el agua. La muchacha tomó asiento en una roca y dispuso la comida en otra, pues las piedras estaban colocadas como una mesa con taburetes alrededor. Eso les gustaría a los maoríes. Elaine se preguntó si la tribu de Rahera acamparía en ese lugar, pero no encontró huellas. Bueno, ella misma tampoco dejaría ninguna: los maoríes eran cuidadosos con su tierra y Fleurette y Ruben habían enseñado a sus hijos a imitarlos. Claro que *Khan* pastó un poco y sus cascos dejaron marcas en la alta hierba, pero al cabo de un día habrían desaparecido. Y Elaine ni siquiera había encendido fuego. Tras la comida, permaneció un rato tendida al sol y disfrutó de ese día despejado y de ensueño.

En cuanto al paisaje, le gustaba su nuevo hogar. ¡Si Thomas sólo se comportara de un modo normal! ¿Qué gusto encontraba en atormentarla y humillarla? Pero tal vez eso escondía una forma de miedo. Tal vez debería hablar de nuevo con él, intentar explicarle su punto de vista y señalarle que no había ningún peligro. No podía huir de él ni serle infiel. ¡Él tenía que aprender a confiar en ella! A la luz del sol, bien lejos de la casa tétrica que todavía se le aparecía como una pesadilla y tras tres días de libertad sin Thomas, Elaine dejó de considerar su situación como tan desesperada.

De nuevo optimista, ensilló a *Khan*. En realidad tendría que haber vuelto a Lionel Station, pero entonces se le ocurrió explorar un meandro más del río para ver qué se escondía detrás. Además, por el momento el camino era cuesta arriba. El río corría allá abajo por un cañón. Parecía como si alguien hubiera cortado con un cuchillo el paisaje y vertido agua después en el surco. Luego recorrería el camino a casa cuesta abajo y avanzaría mucho más deprisa. Elaine disfrutó feliz del panorama, se rio de *Callie*, que se paraba inquieta junto al abismo y acechaba curiosa el río, y pensó dónde empezarían las McKenzie Highlands y se hallaría el famoso paso por el que James conducía las ovejas y se había ocultado tanto tiempo de sus perseguidores.

Ya era entrada la tarde cuando Elaine decidió regresar. De repente, *Khan* levantó la cabeza y relinchó. Le contestaron otros caballos y aparecieron varios perros que saludaron a *Callie*. Elaine miró hacia la dirección de donde procedían los relinchos y reconoció a los jinetes: John y Thomas Sideblossom acompañados de sus hombres. Habían llegado mucho antes de lo que ella suponía.

Pese a los reconfortantes pensamientos que había alimentado poco antes, cuando vio que Thomas se acercaba a ella, le recorrió el habitual escalofrío de miedo y recelo. Su instinto la impulsó a escapar. Tal vez los hombres todavía no la hubieran visto y *Khan* era rápido. Pero al punto se censuró por tales pensamientos. Ellos eran su familia y ella no había hecho nada indebido. No había razón para escapar. Tenía que dejar, de una vez por todas, de comportarse como un animal asustado en presencia de Thomas. Así pues, sonrió con afabilidad y cabalgó hacia los hombres.

—¡Qué sorpresa! —gritó alegre—. No había pensado que nos encontraríamos aquí. Creía que volvíais mañana.

Thomas le clavó una mirada furibunda.

—¿Qué haces aquí? —preguntó despacio y arrastrando las palabras.

Elaine se forzó a mirarlo a los ojos.

—Estoy dando un paseo, ¿qué otra cosa iba a hacer? Pensé en echar un vistazo a los alrededores y como todavía no tengo mi caballo cogí a *Khan*. No está prohibido, ¿no? —La última frase sonó bastante amedrentada. Pero no era sencillo comportarse con seguridad ante el rostro impenetrable de Thomas. Y Elaine no era la única que percibía un aire amenazador. Los hombres de Sideblossom, casi todos jóvenes maoríes, se retiraron.

—¡Sí, está prohibido! —siseó su marido—. El semental apenas está domado, podría haberte pasado algo. Sin contar con que no es caballo para una dama. Además, no está bien visto que una señora cabalgue sola por estos parajes...

—Pero Thomas... —El argumento era tan absurdo que, pese a la tensión, Elaine se habría echado a reír—. Pero ¡si aquí no hay nadie! Desde que salí de Lionel Station no me he cruzado con nadie que pudiera juzgar inconveniente mi comportamiento.

—Pero yo lo encuentro inconveniente —respondió Thomas

con sequedad—. Y eso es lo que cuenta. No tengo nada en contra de un paseo a caballo, pero conmigo y en un animal tranquilo. No volverás a irte sola de la granja. ¿Entendido?

—Siempre he salido a pasear a caballo sola, Thomas. Ya de niña. ¡No puedes encerrarme!

—¿Que no puedo? —replicó gélido—. Ya veo, es otro de tus jueguecitos, ¿verdad? A saber qué o a quién andabas buscando por aquí. Bien, vamos, ya hablaremos otra vez sobre este asunto.

Los hombres colocaron a Elaine en el centro, como si fuera un prófugo de la justicia que debe conducirse con medidas de seguridad. De repente, el paisaje dejó de ser arrebatadoramente hermoso o de una sublime amplitud. En lugar de eso, las montañas parecieron cerrarse en torno a ella como una cárcel. Y Thomas no volvió a dirigirle la palabra. El regreso de tres horas transcurrió en un agorero silencio.

Arama y Pita, que la esperaban en el establo, se encargaron de *Kahn*. El rostro de Arama reflejaba una profunda preocupación.

—No debería haber estado tanto tiempo fuera, señorita Lainie —susurró—. Ya me temía que pasara algo así, pero pensaba que los hombres volvían mañana. No se preocupe, no contaremos que nos ayudó usted con las ovejas.

Elaine habría cepillado gustosamente al semental como el día antes, pero Thomas la apremió para que entrara de inmediato en la casa.

—¡Cámbiate para al menos presentarte en la mesa como una dama!

Elaine temblaba cuando corrió a su vestidor. Pai, por fortuna, ya tenía listo un vestido y la ayudó a ponérselo.

—El señor Thomas está... ¿enojado? —preguntó con sigilo.

Elaine asintió.

—No lo soporto —susurró—. Quiere encerrarme...

—Chiss. —Pai, que acababa de recogerle el pelo, le acarició la mejilla para consolarla—. No llore. Con eso no mejorará nada. Lo sé por el orfanato. A veces los niños lloraban, pero no servía de nada. Uno se acostumbra, señorita Lainie... uno se acostumbra a todo.

Elaine tuvo la sensación de que gritaría si volvía a oír esa frase. Nunca se acostumbraría a una vida así. ¡Antes morir!

Zoé esperaba a los comensales con una sonrisa hipócrita.

—¡Tú también estás de vuelta, Elaine! ¡Qué bien! Puede que en los próximos días me hagas un poco más de compañía. Estar siempre con pastores y perros no puede ser muy divertido...

Elaine apretó los dientes. Thomas la castigó con una mirada glacial.

—Antes yo también salía a pasear un poco a caballo —prosiguió Zoé vivaz, mientras los sirvientes servían la comida. Ese día llevaba ella la voz cantante. Thomas seguía callado y John estaba interesado en observar al joven matrimonio—. Imagínate, Lainie, hasta tenía un caballo cuando llegué. Pero luego se me quitaron las ganas. Y los hombres tampoco tenían tiempo de acompañar a una dama en sus paseos. Así que John vendió el caballo...

¿Qué era eso? ¿Una advertencia? ¿O acaso Zoé se alegraba por anticipado de que Thomas fuera a desprenderse de *Banshee* en cuanto llegara a Lionel Station? Elaine entendió ahora por qué la yegua no la había acompañado. No se trataba de ahorrarle al potro ese largo camino, sino de tener a Elaine encadenada a la casa.

Emere, la mujer maorí, servía en silencio, como siempre. Pero tampoco ella apartaba la vista de Elaine. Por la noche tocó la flauta *putorino*. Elaine intentó cerrar la puerta a la voz de los espíritus, pero sonaba más cercana que de costumbre y ni siquiera los pesados cortinajes lograban silenciarla.

Esa horrible noche, Elaine intentó por primera vez lavarse con vinagre. Gemía de dolor. No le fue fácil hacerlo en su baño, después de que Thomas la hubiera obligado a practicar sus jueguecitos más brutalmente que nunca. El inquietante sonido de la flauta parecía aumentar su perversidad.

Cuando por fin se marchó, Elaine sólo deseaba acurrucarse debajo de la manta hasta que el dolor remitiera, pero se acordó de lo que Inger le había indicado para evitar un embarazo indeseado. No podía tener un niño. ¡De ninguna manera!

9

William y Kura Martyn mantenían una curiosa relación desde que ella se había enterado de su embarazo. La joven esposa parecía sentirse ofendida por prácticamente todos en Kiward Station. Solía pasar el día sola, a lo sumo con Heather Witherspoon. Casi no tocaba el piano y hacía semanas que no se oía su voz. Gwyneira estaba preocupada, pero James y Jack lo consideraban un respiro.

—¡Qué calma! —se alegró James ya la noche de su regreso de Queenstown, acomodándose en un sillón—. ¡Y eso que antes me gustaba escuchar música! Pero ahora... ¡No pongas esa cara, Gwyn! Déjala que esté de morros. Dicen que las mujeres se ponen raras cuando están embarazadas.

—¡Vaya! —replicó Gwyneira—. ¿Por qué no me lo dijiste antes? Siempre me aseguraste que con el embarazo estaba más guapa. Nunca mencionaste que me hubiera puesto «rara».

—Eres la excepción que confirma la regla —contestó James riéndose—. Por eso me enamoré de ti a primera vista. Y Kura también se recuperará. Es probable que ahora haya entendido que el matrimonio no es un juego.

—Se siente tan desdichada... —suspiró Gwyn—. Y está enfadada con todos, en especial conmigo. Y eso que de hecho le di a elegir...

—No todos nos sentimos felices cuando se cumplen nuestros deseos —sentenció su marido—. Pero ahora ya no puede cambiarse nada. William casi me da pena, él es quien paga los platos rotos. Aunque no parece importarle mucho.

Lo último se debía sobre todo a que el mal humor y el aislamiento de Kura se producían en especial durante el día. Por la noche parecía perdonárselo todo a William y se convertía en una amante todavía más excitante que antes. Parecía reservar todas sus energías para la satisfacción de sí misma y de William, así que por las noches se sucedía un orgasmo tras otro. Durante el día, él se entregaba al trabajo en la granja, donde también se sentía mejor. Gwyneira lo dejaba tranquilo, y aun cuando algo no le gustaba, prefería tomar partido por él, a veces incluso si esto provocaba discusiones con James. Éste, sin embargo, era un hombre tranquilo por naturaleza. Nunca había considerado Kiward Station su propiedad, así que acataba las eventuales decisiones equivocadas de William sin comentarios. Era probable que el joven se convirtiera algún día en el patrón, así que James ya podía acostumbrarse a que le impartiera las órdenes.

Poker Livingston, por su parte, se retiró. Se suponía que el brazo lastimado le impedía seguir realizando las tareas de la granja y ahora vivía con su amiga en la ciudad. William ocupó triunfante el puesto de Poker y empezó a controlar a los hombres en los trabajos de reparación y otras tareas que se presentaban en el transcurso del verano. Poco después, la tribu establecida en Kiward Station emprendió una larga migración. James hizo un gesto de resignación y contrató a trabajadores blancos en Haldon.

—Ese bisnieto sale caro —dijo a Gwyneira—. Quizá tendrías que habértelas apañado con un maorí como progenitor. Ahora la tribu no se marcharía y, si lo hiciera, simplemente se llevaría a Kura y no tendríamos que contemplar su cara llena de reproches. ¡Parece como si fuéramos nosotros los que la hemos dejado encinta!

Gwyneira suspiró.

—¿Por qué William no se entiende con los maoríes? En Irlanda tenía problemas porque era demasiado amable con los arrendatarios y aquí se enfada con los indígenas...

James se encogió de hombros.

—A nuestro Willie le gustan las muestras de agradecimiento, y es sabido que eso es ajeno a la naturaleza de Tonga... ¡Aparte de que tampoco le debe nada a William! Enfréntate a los hechos, Gwyn, William no soporta tratar con alguien que esté a su mismo nivel. Quiere ser el jefe, y pobre de quien lo cuestione...

Gwyneira asintió con tristeza, pero luego esbozó una sonrisa.

—Los enviaremos a los dos ahora mismo a la reunión de criadores de ovejas de Christchurch —indicó ella—. Así nuestro caballero rural se sentirá importante, Kura pensará en otras cosas y tú podrás reparar las cercas. ¿O querías ir tú a la reunión?

James hizo un gesto de rechazo. Consideraba del todo inútil esa reunión. Un par de charlas, un par de discusiones y luego una buena cogorza durante la cual las propuestas eran cada vez más absurdas. El último año, de hecho, el mayor Richland había expresado la idea de fundar un club de caza con perros de rastreo para combatir la plaga de conejos. El hecho de que en esas cacerías se cazaba zorros en lugar de conejos le había pasado inadvertido.

James, en cualquier caso, no precisaba asistir, sin contar con que originalmente la unión de ganaderos de Christchurch se había fundado para luchar contra cierto cuatrero, detalle este que lord Barrington siempre traía a colación a más tardar tras la tercera copa.

—Bueno, esperemos que a William no le inspiren para cometer necedades —murmuró James—. Si no, es posible que pronto criemos Hunters en lugar de ovejas...

William disfrutó del viaje a Christchurch y al regresar parecía haber crecido unos centímetros. Kura se había gastado una fortuna en ropa, pero salvo por eso parecía de peor humor que antes. La cálida y espontánea acogida de William en el círculo de los barones de la lana había abierto por fin los ojos a la joven: su matrimonio y su hijo la ataban a Kiward Station. William nunca había tenido la intención de seguirla como una especie de musa varonil a través de las óperas de Europa. Tal vez algún viaje, pero seguro que nada de estancias más largas y, desde luego, nada de carreras en un conservatorio. En las largas horas a solas, Kura se enfurecía con su esposo y consigo misma, pero volvía a caer en los brazos de William después. Cuando éste la besaba y acariciaba ella se olvidaba de sus otros deseos y necesidades. La adoración de él valía por el aplauso de la multitud y lo que sentía cuando él la penetraba superaba cualquier sublime emoción provocada por el *bel canto*. Si al menos no existieran esos días tediosos y si ella no tuviera que ver ceñuda cómo su cuerpo se transformaba... William decía que el embarazo la embellecía, pero ella odiaba sus redondeces. Y, además, todos partían del hecho de que ella se alegraba por la llegada del niño, cuando, en el mejor de los casos, a Kura le resultaba indiferente. Al final llegó el otoño, los hombres bajaron las ovejas de la montaña y William hizo el ridículo cuando al buscar unos animales perdidos se extravió él mismo. Un día después y con ayuda de un grupo de búsqueda lo encontraron.

—Ya creíamos que se había escapado —informó Andy con una sonrisa irónica al sarcástico James.

Ninguno de los McKenzie se había unido a ellos en esa ocasión. Gwyn pensó que Kura necesitaba compañía y a James los huesos empezaban a dolerle cuando pasaba todo el día a lomos del caballo y las noches durmiendo en el duro suelo. Con el paso del tiempo, se había hecho a la idea de ceder toda la administración de Kiward Station a William y mudarse con Gwyn a una acogedora casita. Unas pocas ovejas, una camada de perros y una chimenea encendida por las noches, sin necesidad de empleados. Gwyn y James ya habían soñado con ese tipo de vida siendo jóvenes y James no veía ningún motivo para no cumplir ese sueño. Sólo por Jack le daba un poco de pena renunciar a la granja. Su hijo todavía era joven, pero sería un perfecto ganadero. Ya ahora, Andy no hacía más que elogiarle.

—Jack tiene un sexto sentido para el trabajo. Encuentra todas las ovejas y los perros le obedecen sin rechistar. ¿No hay ninguna posibilidad de que sea él quien se encargue de la propiedad?

James negaba con la cabeza.

—No es un Warden. Si Gwyneira hubiera heredado la granja, otro gallo cantaría. Además, Stephen, Georgie y Elaine estarían antes que Jack en la sucesión, pero con los O'Keefe podríamos llegar a un acuerdo. Steve y George no tienen ningún interés, y Elaine posee ahora su propia granja de ovejas.

—Pero ¡Kura tampoco tiene interés! —replicó Andy—. Es una lástima que no pudiera casarse con Jack. Bueno, algo de consanguineidad habría habido, pero la sangre sería buena.

James soltó una carcajada.

—¡De nada le servirían entonces todas las ovejas del mundo a Jack! Creo que aunque Kura fuera la última chica de la Tierra, mi hijo preferiría meterse en un convento.

Se acercaba el alumbramiento de Kura y su humor empeoraba a ojos vistas. William, por el contrario, se esforzaba al máximo, pasaba más tiempo en casa e intentaba ser más indulgente con ella, aunque con poco éxito. Desde que por las noches no se acercaba a ella para no dañar al niño, ella lo trataba con un gélido desprecio, una vez incluso montó en cólera y le tiró los platos a la cabeza. Ya no quedaba nadie capaz de animar a Kura. No quería estar embarazada. No quería tener hjos. Y el último lugar en que quería estar era Kiward Station.

A Marama, su madre, le preocupaba que todo esto pudiera perjudicar al niño, y Gwyneira recordaba a veces su embarazo de Paul. También ella había rechazado al niño. Pero Paul era fruto de una violación, mientras que Kura esperaba un hijo del amor. Gwyneira casi se sintió aliviada cuando por fin aparecieron los dolores del parto. Marama y Rongo Rongo, la partera de los maoríes, ya estaban allí para atender a Kura, y Gwyneira mandó llamar también a Francine Candler para que no se sintiera ofendida. El niño, de todos modos, ya había salido cuando la comadrona llegó de Heldon. Kura dio a luz sin dificultades, pasó seis horas con dolores y trajo al mundo una niña pequeña pero sana.

El rostro de Marama resplandecía cuando se la mostró a Gwyneira.

—No está enfadada, ¿verdad, señorita Gwyn? —preguntó.

Gwyneira sonrió. Cuando Kura nació, Marama había preguntado lo mismo.

—Pues claro que no, ¡así mantenemos la estirpe femenina! —respondió, cogiendo a la pequeña de los brazos de Marama. Contempló inquisitiva la diminuta cara. Todavía no se distinguía de quién había heredado los rasgos, pero ya se veía que la pelusilla de la cabeza tendía más a los tonos dorados que a los negros—. ¿Qué nombre quiere ponerle Kura? —preguntó mientras acunaba al bebé. Le recordaba a la recién nacida Fleurette y una oleada de ternura la envolvió cuando el bebé levantó los párpados y mostró unos grandes ojos azules.

Marama se encogió de hombros.

—No lo sé. No dice nada, tampoco ha querido ver a la niña. «Llévasela a la abuela», es lo único que ha dicho. Y «Lamento que no sea un niño». William ha dicho «La próxima vez», y Kura se ha puesto casi furiosa. Rongo Rongo acaba de darle una pócima para que duerma. No sé si es lo correcto pero estaba tan enfadada...

También William estaba descontento. Había contado con tener un varón y parecía decepcionado. Tonga, por el contrario, envió un regalo, pues los maoríes reconocían la sucesión femenina.

A Gwyneira le daba igual que fuera niño o niña.

—Lo más importante es que no le guste la música —dijo a James y puso a la niña en su cuna.

Puesto que nadie había pensado dónde instalarla, el pequeño salón de Kura se convirtió en su habitación. James tuvo que sacar la cuna del desván. Parecía que nadie se preocupara ni siquiera de dar un nombre a la recién nacida.

—Que le pongan el nombre de la cantante favorita de Kura —aconsejó James—. ¿Cómo se llama?

Gwyneira puso los ojos en blanco.

—Son tres: Mathilde, Jenny y Adelina. ¡No vamos a hacerle eso a la niña! Preguntaré al padre, puede que quiera ponerle el nombre de su madre.

—Entonces es probable que se llame Mary o Bridey... —caviló James—. Todas las irlandesas se llaman así, ¿no?

Sin embargo, William sí había pensado ya en un nombre.

—¡Tiene que ser un nombre especial! —explicó ya algo achispado por el whisky. Gwyneira se lo había encontrado en el salón de la planta baja—. Algo que exprese nuestra victoria sobre esta tierra. ¡Creo que la llamaré Gloria!

—No es necesario que le demos esta explicación a Tonga —comentó James con ironía cuando Gwyneira le comunicó la noticia.

Entretanto, Jack se había reunido con él y padre e hijo estaban colocando un juguete colgado sobre la camita de la niña. Por el momento, le explicó James a su hijo, la niña todavía no alcanzaba a ver bien, pero con el tiempo, el osito que se balanceaba le encantaría y la calmaría.

—¿Y ella qué es de mí? ¿Mi tía? —Jack observaba fascinado la cuna en que Gloria dormía.

—Puedes cogerla —lo animó Gwyn—. Sí, ¿qué es? El padre de Kura y tú erais hermanastros. Por tanto Kura es medio sobrina tuya. Y el bebé es una sobrina segunda. ¡Todo resulta un poco enredado!

Jack sonrió a la niña. En su rostro se plasmaba la misma expresión que mostraba su padre al contemplar las crías: una admiración incrédula, algo así como devoción. Al final, tendió la mano hacia la cuna y buscó con los dedos la manita de Gloria.

La niña abrió los ojos por un instante y volvió a cerrarlos. Parecía dirigir unos guiños a Jack. Envolvió el dedo de su tío segundo con su diminuta mano.

—¡Creo que me gusta! —dijo el muchacho.

En los días siguientes, cuidar de la pequeña Gloria se convirtió en la tarea principal de las mujeres de Kiward Station. Su escolta, la cocinera Kiri y Marama, estaban en contra de privar a Kura del cuidado de la niña. Años atrás, tras el embarazo funesto de Gwyneira, Kiri se había ocupado del pequeño Paul y más tarde lo había considerado un error. La madre nunca había logrado establecer una relación con el niño y tampoco lo había amado nunca de verdad, ni como adolescente ni como adulto. Si ella simplemente hubiera dejado berrear a Paul, argüía Kiri, Gwyn se habría visto obligada, antes o después, a alimentar al niño, y eso habría despertado su instinto maternal. Con Kura y Gloria pasaría exactamente lo mismo, concluía.

Gwyneira, por el contrario, opinaba que tenía que encargarse de su pequeña bisnieta. Por un motivo obvio, ya que nadie lo hacía. Kura, en cualquier caso, no se sentía obligada a ocuparse de la niña sólo porque llorara. Antes bien se retiraba a otra habitación para no oír al bebé. Instalar a la pequeña Gloria en el salón de la madre, la habitación más distante de su suite, se reveló como una equivocación. La habitación daba a un pasillo, de modo que el llanto de Gloria llegaba a oídos de casi todos los ocupantes de la casa. Sin embargo, cuando Kura se retiraba a su dormitorio o a su vestidor, no oía casi nada. Y en lo que a Heather Witherspoon concernía, parecía que el griterío la enervaba, pero temía que el bebé se le cayera al cogerlo, y Gwyn compartía la misma opinión después de haber visto cómo lo manejaba en una ocasión.

—¡Dios mío, señorita Heather, que es un bebé, no una muñeca! Todavía hay que aguantarle la cabeza. Gloria todavía no tiene fuerzas para aguantarla por sí misma. Y la niña no la morderá si se la apoya en el hombro. Tampoco explotará, no tiene que cogerla como si fuera un cartucho de dinamita.

La señorita Heather se mantuvo en lo sucesivo a distancia. Al igual que William, quien, no obstante, contrató a una niñera, una tal señora Whealer. Había rechazado la idea de una empleada maorí. La señora Whealer, aunque bastante diestra, empezaba a trabajar alrededor de las nueve de la mañana, ya que venía de Haldon, y quería estar de vuelta en su casa antes del anochecer. James refunfuñaba diciendo que por lo que pagaban al hombre que recogía y llevaba a la señora Whealer ya podían también enseñarle a cambiar los pañales.

En cualquier caso, por las noches no había nadie que consolara y diera de comer a Gloria y con frecuencia era Jack quien llamaba a la puerta del dormitorio de sus padres para avisarles. El joven dormía junto a la habitación de la niña y por consiguiente era él el primero que la oía llorar. Como era decidido, se limitaba a sacarla de la cuna y tenderla junto a él como al cachorro que le habían regalado por Navidad. Tenía la costumbre de darle de comer antes de ir a dormir, por lo que el animal se dormía plácidamente, a diferencia de Gloria, que tenía hambre y no había modo de serenarla.

Jack no tenía otro remedio que despertar a Gwyn. Claro, lo probaba primero con Kura, pero nadie respondía. En el dormitorio de la joven madre, los golpes en la puerta se oían tan poco como el llanto de Gloria, y el muchacho no se atrevía a entrar en las habitaciones privadas.

—Pero ¿qué hace en realidad William? —farfulló James la tercera noche seguida que Gwyneira se levantaba—. ¿No se le puede explicar que no basta con engendrar al bebé?

Gwyneira se echó la bata por encima.

—No la oye. Y Kura tampoco. Sabe Dios en qué están ocupados. De todos modos no me imagino a William con un biberón en la mano. ¿Tú sí?

James casi contestó que para ello primero tendría que soltar la botella de whisky, pero no quería inquietar a Gwyneira. Estaba tan ocupada con la niña y la granja que no se daba cuenta, pero últimamente él había advertido una merma notable en las reservas de alcohol. El matrimonio de William y Kura no parecía tan feliz como al principio o como durante los primeros meses del embarazo. Los dos no se iban a la cama tan pronto como antes ni intercambiaban miradas de amor, sino que parecían rehuirse mutuamente. William, en todo caso, solía permanecer en el salón cuando Kura se había retirado. A veces conversaba allí con la señorita Witherspoon. (A James le habría gustado saber qué tenían que decirse.) Pero con frecuencia se quedaba cavilando a solas, siempre con una copa al lado.

En efecto, la relación de William con Kura no había mejorado tras el nacimiento de Gloria como él había esperado. Caballerosamente, había concedido a su esposa cuatro semanas para que se recuperase tras el parto y luego había intentado volver a hacerle el amor. Suponía que sería más que bienvenido, puesto que Kura le había reprochado durante semanas que no la deseara a causa de su abultado vientre. Y de hecho dejaba con agrado que la besara y acariciara y lo excitaba hasta que casi llegaba al clímax. Pero cuando él quería penetrarla, lo rechazaba.

—No irás a creer que volverá a pasarme, ¿verdad? —le decía con frialdad cuando él se reprimía lamentándose—. No quiero tener más hijos. Ya disfrutaremos de todo lo demás, pero no me quedaré embarazada.

William no le había hecho mucho caso al principio y había vuelto a intentarlo, pero Kura se mantenía en sus trece. Sin embargo, empleaba su conocida destreza para excitarlo hasta el umbral del éxtasis y en el último momento se retraía. A ella no parecía importarle, más bien se contentaba con el hecho de que William la deseara con locura.

Una noche, no obstante, William perdió el control y la tomó a la fuerza, venció la resistencia de la joven y rio cuando ella lo golpeó y arañó. Sin embargo, Kura pronto bajó las defensas y también gozó. Pese a todo, algo así era imperdonable. William se disculpó esa misma noche y tres veces más en el transcurso del siguiente día; se sentía verdaderamente compungido. Kura aceptó sus disculpas, pero por la noche él se encontró cerrada la puerta de la habitación de su esposa.

—Lo siento —dijo Kura—, pero eres demasiado peligroso. Nos dejaremos llevar y yo no quiero más hijos.

Así pues, volvió a cantar y tocar el piano durante horas, como al principio de su matrimonio.

—Hay que pensarse bien lo que uno desea... —suspiró Gwyneira, meciendo a la pequeña Gloria. Al menos sus plegarias para que el bebé careciera de todo sentido musical habían sido atendidas: Gloria berreaba con desconsuelo en cuanto oía el piano.

—¡Me la llevo al establo! —sugería Jack alegremente, huyendo también de Beethoven y Schubert—. Está tranquila con los perros, incluso ríe cuando *Monday* la lame. ¿Cuándo crees que podremos enseñarla a montar a caballo?

A William le ponía frenético ver a Kura, observar que su figura adquiría sus anteriores y fascinantes formas y que sus movimientos se volvían ágiles y gráciles, liberada ya de la torpeza del embarazo. Todo en ella lo excitaba, su voz, la danza de sus largos dedos sobre las teclas del piano... A veces le bastaba pensar en ella para encenderse. Mientras bebía a solas el whisky, recordaba sus noches de pasión. Recordaba cada lugar, pensaba nostálgico en cada beso. A veces creía que iba a reventar de deseo. A Kura seguramente le sucedía lo mismo, pues también él advertía sus miradas anhelantes. Pero ella se dominaba de forma inquebrantable.

Kura no sabía qué otro giro iba a dar su vida, pero quedarse en Kiward Station, tener un hijo tras otro y perder atractivo y engordar en cada ocasión, además de caminar como un pato, le resultaba horrible. Unos pocos meses de placer no compensaban los inconvenientes. Y Rongo Rongo no había dejado que se hiciera ilusiones: «Hasta los veinte, todavía puedes tener tres niños más, quién sabe cuántos en total.»

A Kura le recorría un escalofrío sólo de pensar en cargar con tres mocosos chillones. Es cierto que encontraba mona a Gloria, pero ignoraba qué hacer con ella, al igual que con las crías de perro, gato u ovejas que a Gwyneira y su prima Elaine tanto cautivaban. Ya no quería más de lo mismo.

Pese a ello, renunciar al amor de William la irritaba. Necesitaba algo, y si no era la satisfacción sexual y el amor, sería la música y el aplauso. Además, la música era menos peligrosa. Así que insistió en practicar al piano, cantar y esperar. Algo tendría que suceder.

10

Roderick Barrister no era precisamente un genio del *bel canto*. Había cursado estudios en un instituto de cierto renombre y se abría paso en la ópera luchando tenazmente con los papeles más importantes de tenor. Además, tenía buena apariencia, con su cabello abundante, liso y negro, que llevaba largo, lo que confería más carácter a un personaje operístico. Su rostro de rasgos bien definidos ejercía un efecto más dulce que los semblantes clásicos, conmoviendo más profundamente los corazones femeninos, y sus ojos negros tenían un brillo apasionado. Gracias a su aspecto siempre conseguía contratos en pequeñas compañías o en veladas musicales. Sin embargo, eso no era suficiente para hacer carrera en los grandes escenarios, pero a la larga esto había dejado de importarle a Roderick.

Por eso aprovechó la oportunidad que se le ofreció cuando un hombre de negocios neozelandés financió una compañía para hacer una gira por Nueva Zelanda y Australia. George Greenwood, un hombre rico aunque ya no joven, perseguía con ello un objetivo más altruista que el simple enriquecimiento. Claro que ganaría algo de dinero, pero se trataba sobre todo de dar una alegría a su esposa Elizabeth. Años atrás, el matrimonio había pasado unos meses en Inglaterra, y la entonces joven esposa se había visto atraída por la ópera. La isla Sur de Nueva Zelanda carecía de una ópera y los aficionados al *bel canto* debían conformarse con los gramófonos y los discos. George quería poner remedio a esa situación y aprovechó una nueva estancia en Londres para formar una compañía de cantantes y bailarines.

Roderick fue de los primeros en presentarse y pronto comprendió que también ahí podía aplicar de forma provechosa su talento: George Greenwood no tenía ni idea de música y un interés limitado por ella. Para él más bien era una carga tener que ocuparse, junto a su trabajo habitual, de seleccionar cantantes y bailarines, sin contar con la tarea de tomar la decisión de cuál de ellos dominaba su oficio mejor que los demás. En este sentido aceptó de buen grado la sugerencia de Roderick de ayudarlo en la elección y Barrister se vio de pronto desempeñando las funciones de un *impresario*.

Las desarrolló a conciencia, contratando a las bailarinas más bonitas y predispuestas y a bailarines que se sentían atraídos por su propio sexo. A fin de cuentas no iba a hacerse acompañar a ultramar por competidores. En cuanto a las cantantes —y naturalmente en la elección sobre todo de otros tenores, barítonos y bajos—, se cuidó de que nadie le hiciera sombra ni acústica ni ópticamente. Su futura compañera, la primera soprano, era por consiguiente, tanto por su aspecto como por su voz, más bien mediocre, aunque una mujer de buen corazón. Sabina Conetti sabía tan bien como Roderick que no estaba dotada de un gran talento. Agradeció el contrato bien pagado y se mostró siempre dispuesta a satisfacer a Roderick cuando las bailarinas no tenían ganas, acunándolo contra sus exuberantes senos para que le contara sus penas. A Roderick le ahorró algún que otro problema y el tenor evitó todos los conflictos privados de la compañía con que otros empresarios hubieran pasado noches en blanco. La paz y el amor reinaban en la pequeña *troupe* y, como quedó demostrado, el público no exigía demasiado. Ya en el barco, un buque de vapor que realizó el viaje en pocas semanas, la compañía ofreció un par de conciertos y los viajeros colmaron de elogios tanto a los artistas como a George Greenwood, que estaba exultante de alegría.

Roderick aguardaba con serenidad la primera aparición de la compañía en Christchurch, en las llanuras de Canterbury. Se suponía que Sabina Conetti en persona era mejor que Jenny Lind en disco.

También Christchurch resultó toda una sorpresa. Los cantantes y bailarines se habían figurado que llegarían a un pueblucho en el fin del mundo, pero se encontraron con una ciudad con pretensiones de metrópolis inglesa. El ferrocarril, inaugurado ya en 1880, atravesaba traqueteando la pulcra ciudad. El Christ College atraía a estudiantes de toda Nueva Zelanda y confería a la ciudad una atmósfera juvenil, y era evidente que la gente no era tacaña. La cría de ovejas y también la reciente exportación de carne habían contribuido a un considerable enriquecimiento en Canterbury y los ediles invertían de buen grado los fondos recaudados en magníficos edificios públicos.

Aun así, todavía no había un edificio destinado al espectáculo operístico y la función se celebraría en un hotel. Roderick dio de nuevo gracias al cielo por contar con Sabina. Mientras ella se ocupaba de los cantantes, que se quejaban de la mala acústica de la sala del White Hart, y de los bailarines, preocupados por el reducido tamaño del escenario, él exploró la ciudad y luego observó con curiosidad, cuando quedaba poco para la representación, al público: personas bien vestidas y exultantes de alegría anticipada que pronto aplaudirían a Roderick Barrister como si fuera Paul Kalisch en persona. ¡Un sueño hecho realidad! Y entonces divisó a aquella muchacha...

Heather Witherspoon fue quien comunicó la actuación de la compañía de ópera a William y Kura. Si bien George Greenwood había informado a Gwyneira, ésta se había olvidado de comentarlo, ya que ni a James ni a Jack les interesaba la ópera.

—Debería ir. La ópera es un bonito espectáculo —dijo ahora Gwyn, intentando con poco convencimiento hacer cambiar de opinión a su hijo.

Pretendía facilitarle una formación general, lo que no era sencillo en Nueva Zelanda, y James solía apoyarla en ello. El año anterior, la Royal Shakespeare Company había fascinado a los McKenzie, si bien a Jack le había emocionado más el duelo de espadachines que el desdichado amor entre Romeo y Julieta. No obstante, la familia de Gwyn no era aficionada a la ópera.

—¿Y qué haremos con Gloria? —preguntó Jack—. Llorará si la dejamos tanto rato, y si la llevamos con nosotros todavía llorará más. No soporta el ruido.

El muchacho había adquirido la costumbre de llevar a su «medio sobrina» de un lugar para otro como si fuera un cachorrillo. En lugar de ositos de peluche, le dejaba los cepillos de los cascos de los caballos balanceándose por encima de su cestito, que instalaba en la cuadra, y cuando Gloria manoteaba le daba tallos de paja o un cepillo de los caballos para que jugara. A la niña le gustaba. Mientras su madre no cantara o tocara el piano, estaba tranquila, y desde que Jack dominaba como un profesional el asunto de la leche hervida, incluso dormía toda la noche.

Gwyn no había informado a Kura y William acerca de la inminente velada de ópera. Últimamente, las familias de Kiward Station vivían cada vez más distanciadas. El piano en medio del salón y los conciertos vespertinos de Kura empujaban a James y Jack a retirarse pronto a sus habitaciones, y si la intérprete se marchaba pronto a dormir, nadie tenía ganas de acompañar a William con una copa de whisky. Salvo, cómo no, Heather Witherspoon.

—¿Hay algo entre los dos? —preguntó James en una ocasión—. Quiero decir... supongo que no pasarán toda la noche hablando sobre su educación inglesa en un internado, ¿verdad?

Gwyneira rio.

—En cualquier caso, Jack afirma que entre Kura y William ya no hay nada. ¿Habrás ejercido una mala influencia sobre él? ¡Helen estaría horrorizada! En cualquier caso, él cree que cada noche los oye pelearse. Lo que no me ha contado a mí, por otra parte, sino a su amigo Hone. Me he enterado por casualidad. Hace poco que se están empezando a interesar por las chicas. En este tema, Hone está más maduro que Jack. El joven sufre «el hechizo de Kura». ¡Por lo que es posible que acabe en un monasterio!

James sonrió con ironía.

—Me parece improbable. No cabe duda de que es un buen pastor, le fastidiaría no esquilar ni dirigir a su gusto su rebaño de feligreses. Además no hay creencia que incluya a los border collies como guardianes de la virtud, por lo que sé.

—¡Pues no estaría tan mal! —rio Gwyn—. ¿Te acuerdas de cómo ladraba *Cleo* cada vez que me tocabas?

James lanzó una mirada a *Monday*, que yacía en su cesta junto a ellos.

—La guardiana actual duerme. Así que ven, no dejemos pasar esta oportunidad...

Kura estaba entusiasmada con la excursión a Christchurch, y Heather Witherspoon, no menos. William se interesaba más por el hecho de seguir manteniendo los contactos con los otros barones de la lana a través del viaje, y las acompañó gustoso. Gwyneira concedió de mala gana la tarde libre a la señorita Witherspoon. Seguía descontenta con el trabajo de ésta en lo que a la formación de Jack y los niños maoríes se refería. Sin embargo, Heather pedía tan pocas veces un día libre que no podía negárselo.

—A lo mejor se enamora de un cantante y se marcha de aquí —señaló esperanzado James.

Sin embargo, no había que contar con que algo así sucediera. Ya hacía tiempo que Heather había entregado su corazón. Si bien al principio William no había mostrado ningún interés por la institutriz, sino que seguía soñando con conquistar la «fortaleza de Kura», era ella quien permanecía cada noche con él. En algún momento descubriría el joven a la mujer que había en ella. O al menos, ella así lo esperaba. En los libros y revistas que leía seguro que ocurría al final; la mujer debía mantenerse tierna, paciente y, sobre todo, estar siempre dispuesta.

Así pues, Kura, William y Heather se marcharon a Christchurch y, naturalmente, la primera mirada que Roderick Barrister arrojó al público se posó en Kura-maro-tini.

—Pardiez, ¿has visto a la chica que está ahí sentada? —exclamó Roderick con voz casi reverencial.

Sabina miró aburrida por un agujero del telón.

—¿Cuál? Al menos veo diez. Después todas estarán locas por ti. ¿Cantarás primero Pamino o Don José?

—Empezamos con Mozart... —murmuró Roderick, desconcentrado—. ¿Cómo puedes ver a diez chicas ahí? ¡A su lado, toda la sala se diluye en una nada brumosa! Ese cabello, ese rostro... Tiene algo exótico. Se ha movido... Ha nacido para bailar, estoy seguro.

—Siempre has tenido debilidad por las bailarinas —suspiró Sabina—. Brigitte y Stephanie volverán a arrancarse los ojos por tu culpa. Deberías contenerte un poco... Vamos, ve a maquillarte. ¡La «nada brumosa» quiere entretenimiento!

La compañía ofreció escenas de *La flauta mágica*, *Carmen* y *El trovador*; de esta última, el famoso cuarteto de la escena final que, en realidad, nadie del grupo se sabía. En especial la mezzosoprano, una jovencita bailarina que había estudiado algo de canto, representó fatal el papel de Azucena. Casi nunca se la oía, pues los hombres, como no cantaban bien, intentaban entonar alto. Sabina volvió a decir que la próxima vez entraría en escena con tapones en los oídos, ya que de todos modos no podría empeorar más su interpretación de Leonora.

Fuera como fuese, entre todo el benévolo público de Christchurch sólo había una oyente que se percataba de los errores de la representación y se concentraba en las voces femeninas. ¿Eso era la ópera? ¿No hacía falta nada más para pertenecer a una compañía internacional? Por una parte, Kura estaba decepcionada; pero, por la otra, se sentía esperanzada. ¡Esa chica que ahora graznaba como un cuervo en el papel de Azucena y antes en el de Carmen, ni siquiera se acercaba a su nivel! ¡Y esa soprano! Pero a Kura le gustó el tenor. Bueno, cierto que no afinaba en todas las notas, pero tal vez era a causa de la mediocridad de sus compañeras. Fuera como fuese, logró que el corazón de Kura se regocijara: lo que más le hubiera gustado a ella era acompañarlo cuando su Carmen fracasó de forma deplorable en el dueto, e incluso se hubiera atrevido a interpretar a Pamina mejor que esa tal Sabina. Además, el hombre era apuesto, igual a como ella siempre se había imaginado a Manrico, Pamino y como se llamara el resto. Kura sabía que era una función de tercera categoría, pero nunca había deseado nada con mayor intensidad que estar en ese escenario.

Heather Witherspoon también habría sido capaz de clasificar la calidad de los cantantes, pero estaba ensimismada en su enamoramiento. William estaba sentado entre ella y Kura y poco le costaba imaginarse que él le pertenecía a ella y que a continuación lo acompañaría a la recepción que George Greenwood había preparado para los asistentes más importantes y los cantantes. Pero claro, sólo William y Kura estaban invitados. Pese a ello, Heather soñó durante dos horas que se hallaba en otro mundo y la dejaba del todo indiferente si los intérpretes afinaban o desafinaban.

William habría ansiado su compañía en dicha recepción. En efecto, se moría de aburrimiento pues, salvo los Greenwood, no había asistido casi nadie interesante. Al parecer, los barones de la lana de las llanuras no se interesaban por el canto y la danza, al menos en el período de esquileo. Según George, las cuadrillas de esquiladores ya estaban en la granja de los Richland.

—Es probable que luego se dirijan a Kiward Station —señaló el comerciante—. ¿No le necesitan ahí, señor Martyn?

William casi se había ruborizado. De hecho, Gwyneira no le había comentado nada de que el esquileo estuviera al caer. Era probable que se tratara de otro intento de dejarlo de lado. Cuando él volviera, todos los animales habrían bajado de los pastizales de la montaña y estarían listos para el esquileo, y los pastores se partirían de risa porque su joven patrón prefería escuchar ópera a trabajar.

William estaba furioso y el comportamiento de Kura tampoco contribuía a apaciguarlo. En lugar de quedarse junto a él como una buena esposa —lo que solía hacer por falta de interés hacia el resto de los invitados—, ese día revoloteaba de un cantante a otro. Un guaperas de cabello oscuro parecía haberla impresionado especialmente.

—¿De verdad? ¿Canta usted, señorita...? —preguntaba el sujeto, también con esa ávida expresión que todo semblante masculino mostraba sin excepción ante Kura.

—Warden... no, Martyn. Señora Martyn. —En el último instante Kura pareció recordar su estado civil. El cantante mostró su decepción. William habría sido capaz de atizarle una colleja a Kura.

Se preguntó si tenía que seguir escuchando y decidió no atormentarse más. Así que se dirigió a la barra. Un whisky le levantaría los ánimos. Y desde allí también podría controlar a Kura. William no sentía celos, sabía que al ver por primera vez a su esposa todos los hombres se colapsaban. ¿Por qué iba a ser distinto ese cantante de pacotilla? Y si tenía que desafiar a cada individuo que mirase con lascivia a Kura, tendría que dedicar el resto de su vida a batirse en duelo. William confió en Kura: si no dejaba que él yaciera con ella, tampoco dejaría a ningún otro. Y en cuanto ella abandonara esa sala, él volvería a estar a su lado para que no se le ocurriera cerrar la habitación que compartían en el hotel.

Kura, entretanto, dedicaba a Roderick aquella sonrisa suya tan arrebatadora...

—Yo quería ser cantante. Soy mezzosoprano. Pero el amor se interpuso...

—¡Y privó al mundo de una maravilla como usted! La diosa del Arte no debería haberlo permitido... —Roderick aduló a la muchacha, aunque no se creyó ni por un momento que tuviera talento artístico. No era más que otra de tantas mujeres que sobrevaloraban sus tres clases de piano... De todos modos, algunas se mostraban dispuestas a enseñarle sus dotes durante un par de horas—. En caso de que se lo piense mejor... —dijo displicente—. Estaremos todavía una semana aquí y gustosamente la oiría cantar.

Kura resplandecía cuando más tarde recorrió brincando el pasillo del hotel junto a su marido.

—¡William, siempre lo he sabido! Puedo cantar ópera y el *impresario* se ha mostrado dispuesto a escucharme. ¡Oh, William, quiero hacerlo! ¡Mañana mismo! A lo mejor no necesito estudiar esa aburrida carrera. A lo mejor podemos ir simplemente a Londres, canto y luego...

—Cariño, me gustaría complacerte, pero por la mañana tenemos que volver a la granja. —William había tomado la decisión tras el tercer whisky—. Nos espera el esquileo. Acabo de enterarme de que las cuadrillas de esquiladores están por llegar. Me necesitan, no voy a dejarles todo el trabajo a la señorita Gwyn y a James.

—¡Bah, lo han hecho durante veinte años sin ti! —replicó Kura, con razón—. ¡Vamos, deja que cante ante el señor Barrister! Luego...

—Ya veremos. —Kura le había cogido la mano y él ya alimentaba esperanzas de pasar una noche deliciosa entre sus brazos.

La besó cuando entraron en la habitación y se sintió más seguro cuando ella respondió con avidez, así que empezó a bajarle el vestido.

—Dios mío, Kura, eres tan hermosa... Los hombres pagarían cualquier precio por verte sobre un escenario tanto si cantas como si no cantas —susurró con voz ronca.

Kura le dejó desvestirla. Luego se quedó desnuda ante él y permitió que acariciara y besara su cuerpo para, al final, tenderse en el lecho, donde él le introdujo la lengua en sus partes íntimas y jugueteó con su inflamada vagina. Ella gimió, dejó escapar unos grititos y no tardó en llegar al orgasmo. Feliz, tomó la cabeza de su esposo, le acarició el cabello y empezó a excitarlo. Se subió encima de él a horcajadas.

—Espera... —advirtió William—. Espera, he de quitarme los pantalones...

Tenía la sensación de que su turgente miembro iba a desgarrar la tela. Se desprendió por fin de la prenda y ya se disponía a penetrar a Kura, a fundirse con ella en un único ser. Pero Kura se retiró con determinación.

—Kura, no serás capaz... —William necesitó una voluntad casi sobrehumana para no agarrar uno de los largos mechones de su mujer, atraerla con violencia contra sí, cogerla por los hombros y tomarla por la fuerza. Su deseo era demasiado, simplemente demasiado...

Kura lo miró impasible.

—Pero si ya te he dicho que no quiero volver a hacerlo. Justo ahora que es posible que lo del canto salga bien. ¡No quiero otro hijo!

William salió dando tumbos de la cama. Si se quedaba allí ¡la violaría! Nadie podía esperar de él que, excitado y a las puertas del orgasmo, se durmiera al lado de Kura como un monaguillo. Su erección iba disminuyendo, pero debía salir de ahí. Buscaría un lavabo para aliviarse él mismo y luego... tal vez habría otra habitación. Pero ¡qué vergüenza pedirla en la recepción, maldita sea!

Camino del baño se encontró con Heather Witherspoon. En otras circunstancias le habría resultado embarazoso, a medio vestir como estaba. Pero ella sonrió desenvuelta y segura de sí misma. Tampoco ella iba vestida del todo. El cabello le caía sobre los hombros e iba descalza. Su rostro se iluminó cuando lo vio.

—¡Señor William! ¿Tampoco usted logra conciliar el sueño? ¿Cómo ha ido la recepción?

Heather sólo llevaba una ligera bata sobre un camisón de seda. Sus pechos se marcaban bajo la tela y, liberada del eterno corsé y los vestidos tristones de solterona, se reconocía una silueta femenina. Su mirada era incitadora, le temblaban los labios y los ojos le brillaban.

William no se lo pensó y la estrechó entre sus brazos.

Al día siguiente, William no dejó apenas tiempo de desayunar a Kura. Había regresado a su cama por la noche, aliviado tras hacer el amor con Heather y borracho de whisky, pero su esposa ya dormía profundamente. Tampoco Kura conocía los celos, se sentía demasiado segura de sí misma. Ahora protestaba irritada contra la apresurada partida, pero no lograba imponerse.

—Ese tipo no quiere oírte, sólo contemplarte con lascivia —explicó William a su quejumbrosa esposa—. Eso no me importa, pero no pueden empezar a esquilar sin mí. Bueno... claro que pueden, pero se me caería la cara de vergüenza delante de los pastores. ¿Qué pensarían? ¡El futuro señor de Kiward Station se queda agarrado a las faldas de una aprendiza de diva y el resto hace el trabajo!

Hirió tan profundamente a Kura con el calificativo de «aprendiza de diva» que al menos disfrutó de un viaje tranquilo. Ella calló airada y sólo intercambió unas palabras con Heather. Así que avanzaron rápidamente. William llevaba dos cobs que tiraban de la ligera calesa y en los últimos años los caminos habían mejorado considerablemente. Ya no había que pernoctar entre Christchurch y Haldon.

Llegaron a Kiward Station a primeras horas de la tarde y William anunció casi triunfal su retorno para el esquileo. Ya a la mañana siguiente supervisaría la distribución de las ovejas en los cobertizos. De todos modos, empezó la noche con un par de whiskies en el salón y la concluyó en la cama de Heather Witherspoon.

Heather, totalmente colmada por el amor de William, no sabía qué decir ante las quejas de Kura por haber perdido la oportunidad de demostrar sus dotes para el canto. De ninguna manera quería que su discípula se marchara a Inglaterra, al menos no con su marido. Pero Kura nunca había sugerido que abandonaría Kiward Station incluso sin William. Por otra parte, habían cambiado muchas cosas. Heather era la confidente de Kura, así que sabía muy bien que no hacía el amor con su marido desde el nacimiento de Gloria. Y estaba al corriente de los intentos de Kura por reducir las relaciones sexuales con William a inocentes caricias y besos, como había hecho con Tiare. Aunque no le interesaban los detalles, según la opinión de Heather, el matrimonio de Kura con William había concluido de hecho. Cabía la posibilidad de que al final Kura abandonara a su marido. La audición en Christchurch podría ser el primer paso. Por eso aconsejó con prudencia a la muchacha.

—No deberías hacerte demasiadas ilusiones, pero saber qué opina una vez un especialista no te perjudicará.

—Por eso tendría que haberme quedado en Christchurch... ¡William es tan malvado! —Kura reanudó las quejas que Heather tendría que aguantar toda la mañana.

Pero a la institutriz se le ocurrió como solución buscar las partituras de algunas piezas que habían escuchado la noche anterior. A partir de ese momento Kura practicó de forma tenaz. Una y otra vez cantó los papeles de Carmen y Azucena.

—Yo habría estrangulado a esa Carmen en el segundo acto como mínimo, o mejor aún en la primera escena —farfulló James, cuando por tercera vez resonó a través del salón la *Habanera* mientras él intentaba relajarse después de comer. Estaba enfadado: el regreso anticipado de William no le convenía. Además, por la mañana el joven todavía estaba bastante resacoso y entumecido. Había estado importunando a los hombres con su mal humor, confundiendo a los animales y sacado de quicio a James. Sólo le faltaba que Kura pasara horas cantando sobre el amor y sobre pájaros rebeldes, una y otra vez el mismo fragmento. ¡Qué pesadilla!

—¿Y ahora qué pasa? ¿No había dicho hace tres días que tenía que practicar el alemán porque no podía cantar los *Lieder* de Schubert en inglés? Pero ¿eso no es francés?

Kura había aprendido francés con la señorita Witherspoon.

—Lo oyó antes de ayer en Christchurch y se supone que la cantante era terriblemente mala —explicó Gwyneira, y pasó a contarle el asunto de la audición—. Kura quiere que le proporcione un hombre y un carro para que pueda volver a ver a ese cantante, o *impresario*, como lo llama ella. Pero por el momento nos resulta imposible prescindir de nadie, salvo tal vez de William. No entiendo por qué no se quedaron en la ciudad para la dichosa audición.

—Yo en su lugar tampoco lo hubiese permitido —gruñó James—. Está claro lo que quiere ese tipo. ¿O crees que va poner por delante de sus cantantes a una muchacha que en su vida ha entrado en un conservatorio?

Gwyneira se encogió de hombros.

—No lo sé, James. No tengo ni idea y, para ser franca, tampoco me interesa. Yo le diría a ese hombre que despidiera a la que interpretó a Carmen y le diese una oportunidad a Kura...

En ese momento Kura atacó de nuevo el aria. James puso los ojos en blanco.

—¡Otra vez no! —murmuró agobiado—. Mira, Gwyn, durante dieciséis años has intentado hacer feliz a Kura. Ahora le corresponde a William conseguirlo. Ella tiene que persuadirle de que la lleve a Christchurch, se quede allí con ella y le coja de la manita cuando cante. Seguro que también es bueno a la hora de negociar los contratos de su esposa y de volver locos a sus socios cuando ella cante demasiado alto o demasiado bajo. Pero eso a ti ya no te incumbe. Ya es bastante malo que ninguno de los dos se ocupe de su hijita. Además, tenemos que decirle a Jack que la niña no puede estar en los cobertizos durante el esquileo, no le conviene el aire que allí se respira. Aunque vuelva a pasarse el día llorando.

Gwyneira suspiró. ¡Y encima eso! La niñera acabaría despidiéndose. Ella misma supervisaría, como siempre, uno de los cobertizos, pero si Kura se pasaba el día cantando y, como consecuencia, Gloria se pasaba el día llorando, la señora Whealer capitularía.

Kura cantaba como una posesa y cuanto mayor era su seguridad en el dominio del texto y en la afinación, más corroboraba su opinión de estar a la altura de las exigencias de Roderick Barrister. ¡Tenía que ir a Christchurch! Entretanto, ya casi había pasado la semana, le quedaban sólo dos días, de los cuales uno desaparecería en el viaje. Debía volver a hablar con William. ¿O no sólo hablar? Si permitía que le hiciera el amor, él se convertiría en una marioneta en sus manos. Claro que correría un riesgo; pero si ella le conducía de un orgasmo a otro, él no le negaría nada. Además, en la recepción había oído que las bailarinas murmuraban sobre un percance que le había ocurrido a una, y al parecer existía un método para enmendar el error. Así que, en el peor de los casos, hablaría con la chica al respecto. O con el señor Barrister. A él tampoco le parecería correcto que una de sus cantantes o bailarinas apareciera de repente por ahí con un barrigón.

Así pues, Kura no pasó la tarde junto al piano, sino que se preparó para William. Sólo volvió a tocar por la noche, para él y la señorita Witherspoon. Gwyn y James se habían retirado pronto y Jack estaba atrincherado con Gloria y su perro en su habitación a medias insonorizada.

Esa noche, sin embargo, Kura no se dedicó a la ópera, sino las canciones irlandesas que gustaban a su marido. Y, en efecto, tras interpretar *Sally Gardens* divisó la chispa del deseo en sus ojos. Cantó *Wild Mountain Thyme* para atizar más su pasión y prometió amor en la *Nacht auf Tara Hill*. Al final le pareció que él estaba lo bastante preparado. Se levantó pausadamente, poniendo cuidado en que él no apartara la vista de ella, y avanzó hacia la escalera balanceando las caderas.

—No tardes mucho —susurró, insuflando en su voz promesa y seducción. La respiración de William también pareció acelerarse. Kura subió los escalones convencida de que pronto lo oiría llamar a su puerta.

Pero él no apareció. Al principio Kura no se inquietó. Tenía que acabarse el whisky y librarse de Heather. Últimamente, ésta parecía haberse enamoriscado de él. ¡Qué absurdo!

Kura se desvistió con calma, se perfumó y se cubrió con su camisón más seductor. Luego empezó a impacientarse. Ya quería empezar para que al día siguiente no se les hiciera tarde. Había pensado levantarse temprano para no llegar a Christchurch por la noche. Lo mejor sería, pensaba, llegar al atardecer y hablar con Barrister para fijar una cita el día siguiente.

Cuando ya había pasado casi una hora, Kura se hartó. Si

William no venía por sí mismo, ella iría a buscarlo. Se puso una bata, volvió a arreglarse el pelo y bajó la gran escalinata que conducía al salón. Él tenía que verla llegar, irresistible en sus prendas de noche...

Kura flotó escaleras abajo.

Pero William no estaba en el salón. De hecho, la luz ya estaba apagada, parecía como si todos ya se hubieran acostado. ¿Se habría retirado William a su habitación sin llamar al dormitorio de ella? ¿Tras su sugerencia? Kura decidió no reprochárselo, sino fingir arrepentimiento. A fin de cuentas, lo había rechazado tantas veces que era comprensible que él hubiera abandonado cualquier esperanza. Así, la estrategia de esa noche todavía resultaría más efectiva...

Kura se deslizó con movimientos felinos hasta la habitación de William. Lo despertaría con sus besos y caricias íntimas. Sin embargo, en la cama no había nadie, estaba intacta. Kura frunció el ceño. Tal vez William había ido a ver a Gloria y se había quedado consolándola porque lloraba. Pese a que Kura nunca había visto algo así, tampoco sabía cómo pasaba él las noches.

No tardaría en descubrirlo. En la habitación de la niña reinaba el silencio, y también al lado, pues de la habitación de Jack no salía ningún sonido. Sin embargo, sí se oían risas y gemidos en el dormitorio de la señorita Witherspoon. Kura no dudó ni un segundo y abrió la puerta...

—¿Que se ha marchado? ¿Cómo que se ha marchado? —preguntó perpleja Gwyneira, que había bajado a desayunar un poco soñolienta. La noche anterior, James y ella habían abierto una botella de buen vino para olvidarse de la fastidiosa Carmen y dejado entre caricias que avanzara la noche. Ahora estaba disgustada porque William ya volvía a importunarla.

»No diga tonterías, William, Kura no monta a caballo y tampoco viaja sola. No puede haberse marchado de Kiward Station.

—Ayer estaba un poco fuera de sí... lo entendió todo mal...

De hecho, Kura sólo había arrojado una mirada incandescente a su marido y a Heather, que estaban en la cama, una mirada que expresaba algo así como odio. O más bien decepción, repugnancia... William no había sabido calificar su expresión. Él sólo la había visto un segundo, después de que ella hubiera entendido lo que pasaba ante sus ojos, lo que la hizo precipitarse fuera de la habitación. William llamó de inmediato a su puerta, pero ella no contestó. Tampoco cuando lo intentó una y otra vez. Al final se había retirado a su cuarto, donde no consiguió dormirse. Sólo al alba le venció el cansancio.

Una vez que se hubo levantado intentó una vez más hablar con Kura. Sin embargo, cuando llegó a la habitación de su esposa encontró la puerta abierta de par en par. Se había marchado.

—¿Os habéis peleado? —tanteó Gwyneira.

—No directamente... bueno, sí, pero... ¡Por todos los cielos, ¿dónde se habrá ido? —William casi parecía asustado. Kura no acostumbraba a comportarse de ese modo y, aunque él no lo había revelado, ella le había escrito una nota que había dejado sobre la mesa del vestidor.

«No vale la pena.»

Ni más ni menos, eso decía la nota. ¡Pero Kura no sería capaz de hacer una locura! William pensó horrorizado en el lago junto al poblado maorí.

—Bueno, lo primero que yo haría es buscar en Christchurch —señaló con tranquilidad James, que bajaba de buen humor por la escalera—. Es adonde ella quería ir, ¿no?

—Pero no a pie —replicó William.

—Kura se ha marchado con Tiare. —Era Jack. Acababa de entrar seguido de su cachorro, al parecer ya había echado un vistazo en el establo—. Le he preguntado si no quería despedirse de Gloria, pero ni me ha mirado. Y Tiare ha cogido a *Owen*.

—Quizá fue antes a ver a Gloria —terció Gwyn para que su nieta no pareciera tan mala madre.

Jack sacudió la cabeza.

—¡Qué va! Gloria ha dormido en mi habitación, acabo de dejarla ahora con Kiri en la cocina. Y Kiri tampoco ha dicho nada.

—¿Y tú has permitido que simplemente cogiera el semental?

—preguntó William—. Ese chico maorí viene aquí, coge un caballo de valor y...

—Yo no sabía que no había pedido permiso —respondió Jack—. Pero seguro que Tiare lo trae de vuelta. Seguro que sólo han ido a Christchurch para lo de esa audición tan rara. Mañana ya estarán aquí.

—Yo no creer... —intervino Moana. El ama de llaves había puesto la mesa del desayuno cuando William apareció con la noticia de la desaparición de Kura. Así que había subido rápidamente a inspeccionar las cosas de la chica. Moana servía desde hacía cuarenta años en la casa, había criado a Marama y Paul, y Kura era para ella como una nieta propia y mimada—. Ella llevarse maleta grande, todas las cosas bonitas, también vestidos de noche. Yo creer que para largo viaje.

Roderick Barrister apremiaba a los miembros de la compañía poco antes de la velada operística de Christchurch para hacer un ensayo general. Tenían que volver a practicar el cuarteto de *El trovador*: tan lento era penoso. Y aún más dado que Azucena empeoraba. Se le exigía un esfuerzo demasiado grande, sufría las burlas de los demás bailarines y luego... había el otro asunto... pronto habría que hacer algo. Roderick se preguntaba cómo había podido ocurrirle algo así. Hasta el momento nunca había dejado embarazada a ninguna de sus muchas amantes, al menos ninguna se lo había comunicado.

Pese a todo, la inoperancia integral de la pequeña en *El trovador* todavía era soportable, peor era la escena de *Carmen*. Más valdría eliminarla y buscar otra cosa. *La Traviata*, quizás, él mismo podría cantarla con Sabina, si bien ese papel la superaría a ella y tampoco tenía aspecto de estar tísica.

—Quizá si las mujeres se ubican un poco más adelante en el escenario —reflexionó ahora—. El canto se oirá mejor.

—O pedimos a los hombres que canten más bajo —refunfuñó Sabina—. *Piano*, amigo mío. Lo mismo debería ocurrir con las voces más altas, si uno se considera tenor...

En la protesta que iniciaba en ese momento el intérprete de Luna y el propio lamento de Roderick se mezclaban las risitas de los bailarines que lentamente se reunían para su entrada en escena.

Y entonces, de repente, desde algún lugar de la platea resonó una dulce voz.

«*L'amour est un oiseau rebelle, que nul ne peut apprivoiser...*»

«La Habanera» de *Carmen*, pero interpretada por una voz mucho más potente que la de la pequeña bailarina. Aunque esa cantante tampoco era perfecta, sólo le faltaba pulirse, educarse un poco, algo de formación. La voz, como tal, era espléndida.

Roderick y los demáss volvieron la vista sorprendidos hacia la sala. Entonces vislumbraron a la muchacha. Preciosa con un vestido azul celeste y el cabello recogido con una peineta, tal como debía de peinársela Carmen. Tras ella había un joven maorí.

Kura-maro-tini cantó hasta el final, segura de sí misma y tranquila, ¿o reconocía ya la admiración en los ojos de sus oyentes? En cualquier caso, ni los cantantes ni los bailarines al fondo del escenario lograron contenerse. Aplaudieron fascinados cuando Kura concluyó, sobre todo la pequeña mezzosoprano, que por fin veía un final a sus pesares, y Roderick Barrister. Esa muchacha era un sueño: preciosa y con una voz angelical. ¡Y él la formaría adecuadamente!

—Necesito un trabajo —anunció Kura a continuación—. Y al parecer, usted necesita a una mezzosoprano. ¿Podemos llegar a un acuerdo?

Se pasó la lengua por los labios provocadora y se mantuvo erguida como una reina. Sus manos jugueteaban con unas castañuelas imaginarias: había estudiado su papel de Carmen. Y dominaría a ese *impresario* como la gitana a Don José.

11

Toda la vida de Elaine giraba en torno a no quedarse embarazada bajo ningún concepto. A veces eso casi se convertía en una obsesión, pues considerándolo fríamente, el embarazo habría mejorado mucho su situación en la casa de los Sideblossom. Al menos John no parecía demasiado partidario de importunar con visitas nocturnas a las mujeres embarazadas. Así que cuanto más se redondeaba el vientre de Zoé, más se ausentaba él de casa. Sus «negocios» le llevaban unas veces a Wanaka, otras a Dunedin o incluso a Christchurch. Y no dejaba de lanzar miradas a Emere, algunas de ellas posesivas. La mujer maorí lo miraba con un odio apenas disimulado, pero Elaine sospechaba que por las noches obedecía la llamada del hombre. Cuando estaba en la cama despierta, solía oír ruidos en los pasillos, sonidos fantasmagóricos, como si alguien se arrastrara. Y si bien Emere solía moverse de forma armoniosa, balanceando las caderas y con andar seguro, se diría que al día siguiente estaba entumecida. Fuera de la casa, tocaba el *putorino*, muestra innegable de que era ella quien salía en plena noche en lugar de hacerlo tras la cena con el resto de los sirvientes que se retiraban a sus alojamientos. Extraía de ese pequeño y exótico instrumento unos sonidos extraños, casi humanos, que inquietaban y atemorizaban a Elaine, como si la flauta reflejara su propio tormento. Entonces apenas se atrevía a moverse por miedo a que Thomas despertara y oyera la melodía, pues la música de Emere parecía despertar en él un disgusto particular: su marido se levantaba, cerraba la ventana con violencia e intentaba ahogar todavía más el sonido corriendo los gruesos cortinajes. Elaine solía dejar de oír entonces la flauta, pero Thomas parecía seguir escuchándola y se paseaba como un tigre enjaulado. Si Elaine osaba hablarle o atraía de algún modo su atención, él descargaba su malestar y excitación en ella. Elaine empezó pues a insonorizar la habitación como medida preventiva. Aun así había humedad en el ambiente y hacía calor, y Thomas abría la ventana de nuevo una vez que había satisfecho sus necesidades con Elaine, y ella volvía a temer que la música de Emere lo desquiciara de nuevo. Pero luego también eso terminó. La silueta de Emere empezó a redondearse como la de Zoé y John la dejó en paz.

El respiro de Elaine, sin embargo, no duró mucho. Al final ella fue la siguiente en quien se posaron las miradas lascivas de John. De vez en cuando le acariciaba las caderas como sin querer o incluso los pechos al pasar junto a ella, o fingía sacarle una hoja o una brizna de hierba del cabello. Elaine lo encontraba repugnante y rechazaba sus caricias siempre que podía. Cuando Thomas se percató, lanzó a su padre una mirada iracunda y luego se vengó en Elaine. Según su opinión, era ella quien provocaba a los hombres, y que ahora también involucrara a su padre era el colmo de la insolencia. Elaine lo negaba con vehemencia, pero era en vano. Thomas sufría unos celos enfermizos. Elaine cada vez estaba más nerviosa y apenada por ello. Nunca se acostumbraría a sus ataques de celos ni a sus visitas nocturnas: ¡nadie se acostumbra a la tortura! Algo así nunca formaría parte de la vida de una pareja normal, pero Elaine no encontraba la forma de ponerle remedio. Incluso cuando intentaba pasar lo más desapercibida posible y no ofrecer a Thomas ningún punto de fricción por el que él luego creyera tener que «castigarla», su trato, aunque menos malo, seguía siendo doloroso.

Le resultaba casi imposible evitar los días «peligrosos», aunque se esforzaba por tomar las medidas necesarias. A veces no comía nada los días anteriores para presentar peor aspecto y fingir que tenía fiebre. O se metía los dedos en la garganta, vomitaba varias veces y decía que sufría una indigestión. Una vez incluso llegó a comer jabón porque había leído que provocaba fiebre. De hecho se sintió fatal, estuvo dos días enferma y apenas tuvo fuerzas el tercero para lavarse con vinagre una vez que Thomas la hubo «visitado». El remedio parecía eficaz. Hasta el momento, Elaine no había sido fecundada.

De vez en cuando intentaba hablar con Thomas sobre hacer un viaje a Queenstown. ¡Algo tenía que ocurrir, no iba a pasarse la vida en la cárcel de su esposo! Quizá reuniría valor para contárselo todo a su madre, y si no a ella, al menos a Inger o Daphne. A la madama seguro que se le ocurría algo para hacer sus noches más soportables.

No obstante, Thomas se negaba con firmeza. No quería ir a Queenstown, y a esas alturas Elaine también abrigaba la sospecha de que él controlaba su correo. Después de que un día, totalmente desesperada, hubiera hecho un par de alusiones en una carta a su madre de lo aburrida y aislada que se sentía en la casa y de los padecimientos nocturnos, Thomas arremetió contra ella con una violencia terrible. Le dijo que ya le quitaría él el aburrimiento, aunque ella no se había quejado. Elaine tenía motivos para sospechar que Fleurette no recibía sus cartas.

Así pues, sólo podía esperar que a sus padres se les ocurriera un día la idea de visitarla, pero, como bien sabía, era difícil. El negocio floreciente de Queenstown hacía que al menos Ruben fuera casi imprescindible, y Fleurette no haría un viaje tan largo sola ni se alojaría bajo el mismo techo que su antiguo enemigo Sideblossom, si no había un motivo de verdadera fuerza mayor. Y la vigilancia de Thomas impedía que su madre se enterase de un motivo así.

Elaine pensaba a veces que un embarazo quizá la ayudaría. Sus padres vendrían, a más tardar cuando el bebé naciera o fuera bautizado. Pero todo en ella se resistía a alumbrar una nueva vida en ese infierno, sin contar con que un hijo la ataría a Lionel Station totalmente y sin esperanzas de hallar una salida. Así que seguía actuando como antes y esperando un milagro. Naturalmente, no llegó, pero casi un año después de su boda apareció Patrick O'Mally.

El joven irlandés conducía un pesado carro con el que había transportado artículos para Wanaka. Ahora el carro ya estaba vacío y una yegua blanca lo seguía con un trote orgulloso.

—He pensado que ya que tenía que pasar por aquí, la visitaría y le traería a *Banshee*. Es una pena que esté por ahí sin hacer nada y que usted no tenga caballo. El pequeño potro ya hace tiempo que se ha separado de la yegua y le aseguro que crece estupendamente. Ah, sí, su madre dice que tendría que escribirle con más frecuencia y no sólo cartas en las que no cuenta nada. Está empezando a preocuparse. Aunque, por otra parte, dicen que cuando no hay noticias es que no ocurre nada malo, ¿verdad? —Patrick observó de forma inquisitiva a Elaine—. ¿Verdad, señorita Lainie?

Elaine miró alrededor temerosa. Sólo estaban por ahí Arama y Pita, que se ocupaban de los caballos. Pita la había llamado cuando Patrick llegó. Pero Thomas no andaba muy lejos, estaba supervisando algunos trabajos con las ovejas paridoras y sin duda aparecería en cuanto se enterase de la presencia de Patrick. El joven cochero parecía sospecharlo y ni siquiera había desenganchado el tiro. Quería emprender enseguida el camino de vuelta, antes de que se produjera una probable pelea con Sideblossom. Pero Elaine todavía estaba a solas con él y el muchacho le planteaba preguntas perspicaces. Pensó en que tal vez se le notaba su infelicidad. Había adelgazado y con frecuencia mostraba un rostro lloroso y abotargado. Podría haber dicho algo en ese momento. Patrick parecía estar esperando sólo una confesión. Pero ella no iba a depositar su confianza en ese muchacho tan joven. Ya sólo la vergüenza casi le impedía hablar. Si al menos consiguiera hacer alguna alusión...

—Sí, pero... me aburro mucho en casa... —Miró alrededor.

—¿Y por qué se queda dentro? —preguntó Patrick—. Su madre cree que ya se encarga usted de toda la cría de ovejas, como su abuela en Kiward Station. ¡Y esta perrita en algo tendrá que ocuparse! —Patrick le acarició el lomo a *Callie*.

Elaine se ruborizó.

—Ya me gustaría. Pero mi esposo no quiere que...

—¿Qué es lo que no quiere tu esposo? —La voz de Thomas

interrumpió el balbuceo de Elaine. Había surgido como de la nada a lomos de su caballo negro y ahora se erguía con un dios severo ante Elaine y el joven Patrick. Pita y Arama se metieron corriendo en los establos.

—Que ayude con las ovejas... —susurró Elaine. Si Patrick no era ciego ni sordo, se percataría de que ahí pasaba algo raro.

—Ah, sí. ¡Y puede que tu esposo tampoco quiera que vayas coqueteando con recaderos! A ti ya te tengo visto, chico, la acompañaste aquí. Algo os traéis entre manos, ¿verdad?

Thomas había saltado del caballo y se acercaba a Patrick con aire amenazador. Elaine se sobresaltó cuando le agarró del cuello de la camisa.

El mozo no dio la impresión de asustarse, pareció más bien dispuesto a pagar con la misma moneda. Sin embargo, Elaine proyectó su propio y exacerbado temor en el joven. Thomas podía pegar a Patrick, matarlo, y luego...

El miedo le impedía pensar de forma lógica. Paralizada por el terror contemplaba la pelea que se avecinaba entre los dos hombres. Sideblossom y O'Mally intercambiaban palabras acres, pero Elaine no las entendía. Estaba como en trance. Si Thomas le hacía algo a Patrick, si acababa con él... entonces sus padres no sabrían nada de lo que a ella le estaba ocurriendo, ya no habría esperanzas y...

Elaine temblaba, febril. Entonces se le ocurrió una idea. Ruben O'Keefe nunca dejaba que sus hombres viajaran desarmados. Si bien la isla Sur era apacible, un carro de transporte con artículos de valor y bebidas alcohólicas podía despertar la codicia. Por eso había un revólver bajo el asiento de los carros de Almacenes O'Kay. El cochero podía sacarlo con un solo gesto.

Elaine despertó de su letargo y se acercó al pescante del carro. Thomas y Patrick no se fijaron en ella. Seguían insultándose y ya se empujaban, lo que en la mente sobreexcitada de Elaine surtía un efecto terriblemente amenazador. Rezó para que el arma estuviera allí... y estaba: al primer intento notó en su mano el acero frío. «¡Si al menos supiera cómo funciona esta cosa», pensó desesperada.

Pero de repente —Elaine balanceaba la pesada arma en la mano—, los dos hombres se calmaron. Patrick O'Mally había considerado que llevaba las de perder si se peleaba con un barón de la lana en su propia granja. Aunque la reacción de Thomas le resultaba del todo exagerada, incluso fruto de una mente perturbada, de esa clase de gente lo mejor era mantenerse alejado. Además, se lo contaría a Ruben O'Keefe. Ya era hora de que alguien con más autoridad que un chico de los recados controlase si todo estaba en orden allí.

Así pues, Patrick dejó de defenderse y dijo apaciguador:

—Está bien, hombre, tranquilícese. Yo no le he hecho nada a su mujer, sólo le he traído su caballo. Ni siquiera nos han dejado a solas, sus mozos de cuadra estaban presentes...

—Mis mozos no son menos licenciosos —contestó Thomas, aunque permitió que Patrick retornara al carro—. Y ahora largo de aquí, ¿entendido? La próxima vez que te vea en esta granja, te pego un tiro.

Elaine seguía junto al pescante, pero ahora retrocedió apresuradamente y escondió el arma entre los pliegues de su vestido. No quería pensar lo que haría Thomas si la descubría. Tendría que habérselo devuelto a Patrick, pero notar el tacto del revólver le daba seguridad, incluso si todavía no sabía cómo utilizarlo. Fuera como fuese, ahora la tenía; la escondería en su arcón y averiguaría cómo funcionaba. En silencio contempló a Patrick subir al pescante y azuzar los caballos tras una lacónica despedida. El chico la miró de modo significativo. Pat había entendido: le enviaría ayuda.

La situación de Elaine se agravó. La visita de Patrick había reforzado la obcecación de Thomas, que ya no dejaba prácticamente sin vigilancia a su esposa. La asaltaba el pánico cuando por la mañana encontraba su puerta cerrada y no podía salir de la habitación. Una vez estuvo a punto de saltar por la ventana.

Thomas se vengaba sin piedad por su breve conversación con el joven cochero. El día después de la visita, tenía el cuerpo tan dolorido y amoratado que no conseguía ponerse en pie. Pai y Rahera le llevaron el desayuno a la cama y se quedaron estupefactas.

—¡Esto no bueno! —se alarmó Rahera—. En mi tribu no hacer.

—En el orfanato sí que ocurría —contó Pai—. Siempre nos pegaban cuando hacíamos algo malo. Pero usted no ha hecho nada, señorita Lainie.

Elaine esperó a que las muchachas se marcharan y fue hasta su arcón para sacar el revólver. La reconfortó empuñarlo. Colocó dubitativa el dedo alrededor del gatillo. ¿Conseguiría disparar esa arma tan grande? ¿Por qué no? Había visto a hombres disparando al blanco, y aunque la mayoría manejaba el arma con una sola mano, algunos la cogían con las dos para apuntar mejor. ¡También ella podría hacerlo! Levantó el revólver y lo dirigió a las horribles cortinas. «¡Espera, primero hay que quitarle el seguro!» El cierre no resultó difícil de encontrar. En el fondo, un arma no era más que una herramienta. Elaine no tardó en averiguar cómo se cargaba. Pero eso no le sirvió de nada, nunca obtendría más que los seis cartuchos que había ahora en el tambor. Y nunca podría disparar más de uno antes de que Thomas le arrebatara el revólver. ¡Así que nada de pruebas de tiro en casa! Volvió a guardar el arma. En lo sucesivo no dejaba de pensar en ella cada hora de su miserable vida. Hasta entonces siempre había esperado ayuda, como les sucedía a las muchachas de los folletines baratos y a las protagonistas de las novelas. Pero ella no era un personaje de ficción, sino un ser de carne y hueso. No tenía que esperar a que un caballero la liberase; tenía un arma, tenía un caballo. No pensaba en serio en abrirse paso a tiros, pero con el revólver en el bolsillo se sentiría más fuerte, al igual que ahora se sentía más segura sabiendo que estaba en el arcón... Antes de que Thomas la matara a palos, ella lo mataría a tiros. Cada noche sentía el deseo de hacerlo. No obstante, recurrir al revólver mientras Thomas la maltrataba era algo ilusorio. Elaine tendría que haber escondido el objeto bajo la cama, pero carecía de valor para ello. No podía ni pensar en lo que pasaría si cometía un error y el arma no se disparaba. No, era mejor buscar la oportunidad de escapar sin que nadie lo advirtiera. Cabalgaría hasta Queenstown e intentaría obtener el divorcio.

Su miedo superaba su sentimiento de vergüenza. Claro que le resultaría horroroso tener que confesar ante el juez, pero temía por su vida.

Mientras Zoé esperaba el nacimiento de su hijo y Emere volvía a tocar la flauta (ahora eso no guardaba relación con las «visitas» de John Sideblossom, sino con componer encantamientos protectores para su hijo no nacido), Elaine trazaba su plan de huida. Tal vez, cuando bajaran de las montañas a las ovejas. Entonces Thomas estaría ausente al menos dos días. Los mozos de cuadra estaban de su parte y Zoé y Emere no podrían detenerla. Pero todavía faltaba mucho... Elaine se obligó a ser optimista. A lo mejor antes llegaba ayuda de Queenstown.

Sin embargo, cuando había pasado sólo un par de semanas de la visita de Patrick, surgió de repente la oportunidad de abandonar Lionel Station. El día antes se habían reunido las cuadrillas de esquiladores, por lo que Thomas y John estaban muy ocupados. Cada uno de ellos supervisaba un cobertizo, tarea que no delegaban de buen grado por mucho que los trabajadores que eran «huérfanos» supieran contar y escribir correctamente. Zoé se quejaba de que John la abandonara cuando estaba a punto de dar a luz. Tenía mal aspecto y exigía la atención de todo el personal doméstico. Incluso Pai y Rahera tuvieron que realizar alguna pequeña tarea para ella, lo que enojaba a Elaine, pues sus chicas no eran para nada asunto de Zoé. Por otra parte, y por vez primera desde su llegada a Lionel Station, sintió que nadie la vigilaba. Pensó entonces en ensillar a *Banshee* y escapar sin más, pero le parecía demasiado arriesgado. Los caballos de Thomas eran más rápidos que *Banshee*. Si sólo lograba tres o cuatro horas de ventaja, él la atraparía.

Por otra parte, de pronto le sonrió la suerte: hacia el mediodía, Zoé empezó a sufrir dolores. Perdía mucha sangre y se dejó llevar por el pánico. Emere mandó llamar a John y ella misma se retiró para, según dijo, rezar a los espíritus por un alumbramiento feliz.

Cuando le llegó la noticia a John, éste descargó toda su ira sobre todas las mujeres maoríes presentes, luego mandó a Wanaka a unos hombres para que encontraran en algún lugar a una comadrona. Él mismo se apostó delante de los aposentos de Zoé, en apariencia preocupado por su esposa, o al menos por su hijo, pues estaba seguro de que sería varón. La pareja llevaba de cabeza tanto a las doncellas como a las cocineras. Zoé pedía unas veces agua y otras té con un hilo de voz, y gritaba como una histérica cuando sentía una contracción. Tenía miedo a morir y llamaba quejumbrosa a Emere, quien, sin embargo, no aparecía.

Todos parecían haberse olvidado de Elaine. Nadie la vigilaba y ese día Thomas no la había encerrado en sus habitaciones. Y él era indispensable en la granja. Puesto que su padre hacía guardia ante el dormitorio de Zoé, alternando el enfado con la lamentación y ya había vaciado media botella de whisky, la supervisión de los esquiladores les correspondía a él y a los capataces. De estos últimos, sin embargo, no se fiaban mucho los Sideblossom, así que Thomas no se movería de los cobertizos.

Elaine fingió estar trabajando en un bordado, pero se le agolpaban los pensamientos. Si conseguía sacar del establo a *Banshee* sin que nadie se percatara, en tres días estaría en Queenstown. No tenía que preocuparse por la ruta, pues el caballo encontraría el camino de vuelta a su antiguo hogar. La yegua todavía no se sentía como en casa en el establo de los Sideblossom, y si se la dejaba con las riendas sueltas, seguro que correría a casa tan deprisa como pudiera. No sería sencillo, por supuesto, escapar a sus perseguidores, pero con seis u ocho horas de ventaja lo conseguiría. *Banshee* era fuerte, no necesitaba descansar mucho tiempo. Esa intensa cabalgada afectaría más a Elaine que al caballo, pero eso no tenía importancia. Ella habría cabalgado noche y día sólo por llegar a casa y, pasara lo que pasase, no dejaría que la convencieran de volver con Thomas. Seguro que sus padres la apoyarían. A fin de cuentas, Fleurette sabía, por propia experiencia, qué cabía esperar de los Sideblossom.

En la habitación de Zoé se oían de nuevo gritos. Todos en la casa estaban ocupados.

¡Ahora o nunca!

Elaine corrió a su dormitorio e hizo un hatillo. No necesitaba demasiado, pero sí una capa y un vestido de montar. Ahora, por supuesto, ya no podía cambiarse de ropa, pero no se creía capaz de emprender un viaje a caballo de tres o cuatro días con el vestido de estar por casa y, además, por montañas en las que todavía hacía un frío considerable. Renunció a todo lo demás, aunque habría sido conveniente llevarse víveres o al menos cerillas, pero entrar en la cocina habría sido arriesgado, y además no se atrevería a encender fuego por miedo a delatarse.

Metió el revólver en el bolsillo del vestido antes de marcharse. No volvió la vista atrás. Su abuelo James McKenzie le había dicho en una ocasión que eso daba mala suerte. Quien abandona una cárcel debe mirar hacia delante.

Veloz y sin ser vista, llegó a los establos donde *Banshee* y el pequeño *Khan* la saludaron con relinchos. *Banshee* se había aburrido durante la semana anterior. Piafó impaciente cuando Elaine pasó presurosa por su box en dirección a la habitación de las sillas de montar. Allí la esperaba también *Callie*. Pita la encerraba cuando trabajaba y no podía vigilarla. En caso contrario, la perrita salía en busca de Elaine, pero en los últimos tiempos ya no le permitían estar en la casa. Se suponía que durante el embarazo, Zoé había desarrollado una alergia a los pelos de los animales.

Ahora, también eso había pasado. Poco a poco, Elaine sentía que renacían en su interior la alegría y las ganas de aventura. ¡Esperaba que Pat hubiera llevado su silla de montar! Los caballos de los Sideblossom eran en general más finos que *Banshee*. Y sí, su silla estaba ahí... Gracias a Dios no era la de amazona, que convertía horas de galope en una tortura. Cogió la silla y las bridas. No había tiempo para cepillarla, pero *Banshee* no se había ensuciado en el establo. A toda prisa, Elaine la embridó y la ensilló en el mismo box. La silla tenía cinchas de cuero, así que sujetaría allí el equipaje. ¡Todo parecía ir bien! Ahora sólo quedaba salir y dirigirse al río, luego esquivaría los cobertizos con un rodeo. ¡En media hora estaría fuera del área de influencia de Thomas! Lástima que ignorase dónde se había retirado Emere para conjurar a los espíritus. Desconfiaba de la mujer maorí. Por una parte, Emere parecía odiar a los Sideblossom; pero, por otra, los servía desde hacía años y al parecer les era fiel. Debía de haber un motivo también para que siguiera permitiendo que John Sideblossom se acostara con ella. ¿Lo amaba o lo había amado en alguna ocasión? Elaine no quería pensar en ello. No obstante, ojalá la maorí estuviera muy lejos de allí. Era imprescindible que nadie la viera...

Pero entonces oyó la flauta. Emere volvía a tocar aquellas notas desconcertantes y huecas con que conjuraba a los espíritus. A los malos espíritus, se diría. Al menos en Thomas atizaban la cólera. Daba igual. Elaine suspiró aliviada al oír la flauta. La música procedía de algún lugar en el patio trasero y mientras Emere estuviera tocando, sería fácil evitarla.

Condujo la yegua por el corredor del establo y se detuvo horrorizada cuando divisó a Thomas en la entrada. Su sombra se alzaba amenazadora contra la luz del sol, y se frotó la frente, como solía cuando oía la flauta de Emere. Pero ese día seguro que no precisaba de ningún conjuro que encendiera su rabia.

—Vaya, vaya. ¿Otro paseo a caballo? ¡Ya sabía yo que era importante hacer una corta visita a mi dulce esposa! Una muchacha tan voluptuosa no se deja sin vigilancia con tanto esquilador rondando por la granja... —Sonrió sardónico, pero su mano se dirigió como involuntaria al oído, como si quisiera apagar el sonido de la flauta.

Elaine se puso tensa. Tenía que hacer acopio de valor, no había vuelta atrás.

—No me interesan tus esquiladores —respondió con calma, acercando la mano lentamente al bolsillo en que llevaba el revólver. La melodía de Emere se aceleró y Elaine sentía los fuertes latidos de su corazón—. Tampoco voy a dar un paseo a caballo. Te abandono, Thomas. Ya no aguanto tus celos ni tus extraños... jueguecitos. ¡Y ahora apártate!

Dio muestras de querer pasar con el caballo por su lado, pero Thomas se apostó con las piernas separadas en medio de la salida.

—¡Mira, el perrito gruñe! —exclamó sonriendo.

Callie empezó a ladrar desaforadamente como obedeciendo una orden. Ahogaba la melodía de la flauta de Emere, lo que parecía aliviar a Thomas. Éste dio un paso hacia Elaine.

Ella sacó el arma.

—¡Hablo en serio! —anunció con voz trémula. ¡No debía ceder! Lo que él le haría si ahora se acobardaba era inimaginable.

Thomas soltó una carcajada.

—¡Oh, un juguete nuevo!

Señaló el revólver. *Callie* ladraba todavía más fuerte y en el fondo vibraban las notas que Emere arrancaba a la flauta.

Entonces todo sucedió a la velocidad del rayo. Elaine, asustada, quitó el seguro del arma cuando Thomas se abalanzó sobre ella. Su intento de cogerla desprevenida fracasó: Elaine apretó el gatillo sosteniendo el arma con una mano. No sabía si había apuntado bien, pero Thomas se detuvo con expresión casi incrédula. Entonces ella cogió el arma con ambas manos y volvió a disparar a su esposo, fría como el hielo y totalmente concentrada. Quería darle en el pecho, pero el revólver pareció adquirir vida propia cuando apretó el gatillo. El retroceso levantó el cañón y la sangre lo salpicó todo. El rostro de Thomas explotó ante ella como un surtidor de sangre... Ni siquiera gritó. Se desplomó como alcanzado por un rayo.

—¡Maldito seas! —oyó decir a Emere.

Thomas sabía que no debería haber escuchado la canción de los espíritus. ¿Acaso no le había dicho ella siempre que sólo estaría seguro en su habitación cuando ella conjuraba a los espíritus? Pero él era curioso... y ahora tenía ocho años: un chico tenía que reunir el valor para enfrentarse a un peligro. Al menos eso es lo que había dicho su padre. Así que esa noche había seguido a Emere cuando ella pensaba que dormía, embriagado por el profundo e hipnótico sonido de la flauta. Pero ella no había salido al encuentro de ningún espíritu. Era su padre quien se acercó a ella... en el jardín de verano, mientras ella se balanceaba de forma extraña, como si no supiera si quedarse o salir corriendo. Luego la voz de John:

—¿Por qué no has venido cuando te llamé?

Emere se volvió hacia él.

—Vengo cuando quiero.

—¿Ah, sí? Conque quieres jugar al jueguecito, ¿eh?

Lo que Thomas vio entonces quedaría marcado a fuego para el resto de su vida. Era repugnante, pero también excitante. Era casi como si espiar le permitiera participar del poder de su padre. ¡Y qué poder! John Sideblossom consiguió todo lo que Thomas tanto deseaba. Emere lo abrazaba, lo besaba... pero él tenía que forzarla a hacerlo, que someterla. Thomas deseó poseer la fuerza de su padre y forzar también a Emere... Al final, su padre la dejó tendida. Ella gemía. La había castigado...

Y luego sonó la flauta. La voz de los espíritus. Thomas debería haber escapado de allí y Emere nunca habría sabido que él había visto su humillación. Pero él se quedó, se acercó a ella incluso. Quería...

Y entonces Emere se volvió hacia él.

—¿Lo has visto todo? ¿No te da vergüenza? Ya lo tienes en los ojos, Thomas Sideblossom... ¡Maldito seas!

Y el rostro de Thomas estalló.

Elaine vio cómo un charco rojo se extendía alrededor de la cabeza de Thomas. No osaba moverse, aunque ya no tenía miedo, sino frío y horror. *Callie* gimió y se escondió en un box. Los sonidos fuertes la asustaban. La flauta de Emere seguía emitiendo unas notas huecas que subían y bajaban...

«Está muerto... está muerto...» Los pensamientos se agolpaban en la mente de Elaine: vacilaba entre el impulso enfermizo de acercarse a Thomas para confirmar su estado y el impulso de huir a esconderse en un rincón de su habitación.

Pero entonces se dijo que no iba a hacer algo así. Iba a seguir con su plan: cogería su caballo y desaparecería.

No miró al hombre que yacía en el suelo, tampoco cuando *Banshee* se dispuso a pasar por encima de él. Le horrorizaba su rostro destrozado y ya tenía suficientes recuerdos espantosos de Thomas Sideblossom para toda su vida. *Banshee* bufó, pasó por encima del cuerpo sorteándolo como si fuera un tronco caído en el bosque. Elaine dio gracias al cielo de que no lo pisara, habría sido demasiado. Ya bastaba con que *Callie* lo olfateara con interés, aunque la reprendió severamente para que no lamiera la sangre. De este modo, alcanzaron el patio sin ser vistas. No obstante, al menos Emere debía de haber oído los disparos. No estaría tan concentrada en la flauta. La misma Elaine siempre conservaría en el oído el sonido de las detonaciones.

La maorí no apareció pese a que la flauta dejó de sonar cuando Elaine abandonó el establo. ¿Era pura casualidad? ¿O la mujer había ido a dar la alarma? No importaba, Elaine sólo quería marcharse. Subió a lomos de *Banshee* y casi salió al galope de allí. La yegua pretendía tomar el camino directo a Wanaka y ahora Elaine ya no necesitaba evitar los cobertizos.

En ese momento la conciencia de lo que había hecho penetró en su mente como un cuchillo: había matado a un hombre, a su marido. Había apuntado a un hombre desarmado y le había disparado a sangre fría. Ni siquiera podía decir que hubiera actuado en defensa propia. No podía correr a casa de sus padres y esconderse allí. Ahora era una asesina fugitiva. La mañana siguiente, a más tardar, John Sideblossom pondría la denuncia y luego el *constable* saldría en su búsqueda. No podía volver a Queenstown, tampoco a las llanuras de Canterbury. Tenía que olvidarse de su familia y sus amigos, cambiar de nombre y empezar una nueva vida. Cómo y dónde no lo sabía, pero no tenía otra opción.

Elaine orientó a la reacia yegua hacia las McKenzie Highlands.

LA HUIDA

Llanuras de Canterbury, Greymouth (costa Oeste)

1896

1

—¡Por Dios, William, claro que podríamos ir a buscarla!
—La voz de Gwyneira sonaba más que impaciente; había tenido
esa discusión repetidas veces con su nieto político—. El itinerario de la gira de ese cantante no es ningún secreto. ¡Están en la
isla Norte, no en Tombuctú! Pero la cuestión es si eso solucionará algo. Ya ha leído usted su carta: es feliz. Está donde quiere
estar y hace lo que siempre ha deseado hacer.

—¡Pero es mi esposa! —replicó William, tampoco por primera vez, mientras se servía un whisky. No era el primero de la
noche—. ¡Tengo mis derechos!

Gwyneira frunció el ceño.

—¿Qué derechos? ¿Quiere forzarla a que venga? En teoría
hasta podría hacerlo, todavía es menor de edad. Pero ella nunca
se lo perdonaría. Además, volvería a marcharse. ¿O pretende
encerrarla?

Esto le tapó la boca. Claro que no quería encerrar a Kura,
además en Kiward Station tampoco habría encontrado ningún
carcelero. Los McKenzie asumían la partida de Kura y los maoríes no se inquietaban por asuntos como ése, de todos modos. Ni
siquiera podía contar con la ayuda de Tonga. A fin de cuentas,
Gloria era la nueva heredera. Tonga había perdido la partida para
esa generación. Gwyneira, por el contrario, triunfaba y casi parecía alegrarse un poco por su nieta. La carta que Kura había enviado desde Christchurch —entregada por George Greenwood una

vez que la *troupe* ya había emprendido la marcha hacia Wellington— transmitía euforia y alegría. Al parecer, la compañía de ópera la había acogido con los brazos abiertos. Escribía que, aunque
todavía tenía mucho que aprender, el *impresario*, el señor Barrister, le daba clases en persona y ella progresaba rápidamente. Ya la
primera noche le permitieron salir al escenario, donde cantó la
Habanera y recibió una gran ovación del público en pie.

Según sospechaba Gwyneira, el éxito de Kura también podría atribuirse a su belleza exótica, pero qué más daba. La chica
se divertía y ganaba dinero. Mientras siguiera triunfando, no dedicaría ningún pensamiento al futuro de Kiward Station.

—Dele un poco de tiempo, joven —intervino James para sosegar a William, mientras le servía una copa. Gwyn no se percataba,
pero William ya se había bebido el tercer whisky. Por su parte, su
marido ya llevaba media hora escuchando la discusión y opinaba
que también él se merecía un trago—. Salir corriendo tras ella ahora no servirá de nada, y menos teniendo en cuenta que, por lo que
sabemos, discutieron ustedes antes de la partida, ¿no es así?

William y la señorita Witherspoon seguían siendo los únicos
que sabían lo acontecido aquella noche y ninguno de ellos tenía
intención de contárselo al resto de la gente. La partida de Kura
también había puesto punto final, al menos por el momento, a la
relación. William no había vuelto a tocar a la institutriz desde
que su esposa lo había abandonado y tampoco quería mantener
conversaciones confidenciales con ella. Por el momento, nadie
albergaba ninguna sospecha concreta y William tenía gran interés en que todo siguiera igual.

—Exacto, deje que ella concluya la gira. —Gwyneira se adhirió
a la opinión de su marido—. Luego ya se verá. George me ha asegurado que el viaje de regreso de los otros cantantes ya está reservado y pagado. La organización se ocupa de todos los gastos del
viaje. Si Kura quiere a continuación marcharse con la compañía a
Inglaterra, tendrá que pagarse el viaje con sus propios honorarios o
pedirme dinero. Entonces volveremos a hablar de este asunto. Pero
¡pacíficamente, William! ¡No quiero perder a otra nieta!

Esa última observación los enmudeció a todos, pues aludía a

la triste historia de Elaine, que hacía poco había llegado a oídos de Gwyneira y James. Gwyn se había enfadado mucho, sin condenar a Elaine en absoluto. Todo eso también podría haberle ocurrido a ella, a fin de cuentas, ella misma se había plantado ante un Sideblossom con un fusil en las manos. Claro que la situación había sido distinta, pero Gwyneira estaba convencida de que Elaine había tenido sus buenas razones para defenderse. No entendía, sin embargo, por qué la muchacha no le había pedido ayuda. Kiward Station se hallaba apartada, habrían ocultado a Elaine durante un tiempo y buscado después una solución. También habría sido posible arreglar un viaje a Australia o incluso a Inglaterra. El que Elaine se hubiera esfumado sin dejar huella sacaba a Gwyneira de sus casillas. ¡De ninguna manera debía romperse también el contacto con Kura!

William bebió el whisky a sorbitos. Habría preferido salir en pos de su esposa hoy antes que mañana: ¡ese baboso de Barrister seguro que no la dejaba cantar por mera cortesía! Algo esperaba ganar a cambio de la inmediata aparición de Kura en el escenario. Y él mismo «le daba clases». ¿Clases de qué? Menudo listillo. William no sólo se sentía herido en su orgullo, sino que también se moría de celos.

Sin embargo, era incapaz de oponerse a los argumentos de los demás. Resultaba penoso quedarse en el papel de marido abandonado, pero si forzaba a Kura a regresar, ella sería la primera en pregonar a voces por qué se había ido... y William perdería el beneplácito de los McKenzie.

—¿Y yo qué hago mientras tanto? —preguntó casi lloroso—. Me refiero a que...

—Siga haciendo lo mismo que hasta ahora, aunque sería de agradecer que se ocupara un poco más de su hija —contestó Gwyneira—. Por lo demás, familiarícese usted con el trabajo y colabore. Partamos simplemente de la hipótesis de que Kura está de viaje. Está conociendo un poco de mundo, desarrolla su talento y en un par de meses estará de vuelta. Considérelo así, William. Cualquier otra cosa sería una insensatez.

A Gwyneira le resultab fácil decirlo, pero si para William la vida en Kiward Station ya había tenido sus dificultades, ahora resultaba inaguantable. Los ovejeros, que hasta el momento sólo habían hablado con disimulo de su falta de cualidades como barón de la lana, se mofaban de él incluso en su presencia. Al parecer, cuchicheaban que el «príncipe consorte» tampoco poseía especiales cualidades fuera de los establos, o no las suficientes para retener a una mujer espléndida como Kura Warden.

—¡Vaya gaita! —se reía *Poker* Livingston, que volvía a dejarse caer con mayor frecuencia por la granja.

Andy McAran, el más paciente, escuchaba las órdenes e ideas de William con semblante impasible, pero luego hacía lo que creía correcto.

Los peores, sin embargo, eran los maoríes. La tribu había regresado de la migración y los hombres reemprendieron sus tareas en Kiward Station. William los ignoraba. Si hasta el momento lo habían aceptado como uno más de la tribu *pakeha* del lugar, aunque a disgusto, tras la partida de su mujer William perdió autoridad. Daba igual que rogase o gritase, la mayoría de los maoríes no le hacían ni caso.

A William esto le enfurecía, y aún más porque cada vez se entendía menos con Gwyneira, que ya le reprochaba que ahogara con creciente frecuencia su frustración en el alcohol.

—¿Cómo pretende usted ser un modelo para los hombres cuando por las mañanas aparece tarde y resacoso al trabajo? Tampoco yo lo apruebo, William, y no sé cómo comportarme. Si le defiendo hago el ridículo y pierdo autoridad. Pero si doy la razón a los hombres, usted se lo toma a mal y vuelve a atiborrarse de whisky. ¡Esto tiene que acabar, William! Ya tuve hace tiempo a un bebedor en la granja y esa experiencia no volverá a repetirse mientras yo tenga capacidad de mando aquí.

—¿Y qué le gustaría hacer, señorita Gwyn? —preguntó William sarcástico—. ¿Despedirme? Está claro que tiene usted todo el derecho, pero entonces perderá a Gloria. ¡A ella, desde luego, me la llevo!

La mujer se esforzó por mantener la calma.

—Pues ya puede empezar a practicar con las papillas —respondió con serenidad—, y a pensar en quién le dará trabajo con un bebé a cuestas. ¿Cómo pretende viajar con Gloria? ¿Meterá a la niña en una alforja?

William no replicó; pero más tarde Gwyn confesó a su marido que esa amenaza le había infundido un miedo cerval.

—Es cierto, no tenemos ningún derecho sobre la niña. Si se la lleva... deberíamos mantenerla, tal vez enviarle dinero cada mes para que pagara a una niñera y una casa...

James sacudió la cabeza.

—Gwyn, cariño, no te dejes arrastrar por el pánico —la sosegó, acariciándole el pelo para consolarla—. Exageras demasiado. No creerás que nuestro aprendiz de barón de la lana va dejar que tú lo mantengas, ¿verdad? ¿Adónde iba a irse con Gloria si todo el mundo no hace más que cotillear? ¿Y qué va a hacer con ella? Por Dios, si ni siquiera sabe cómo sostenerla en brazos. Es inconcebible que se la lleve consigo, y menos aún sabiendo que nuestra señora Whealer no es ninguna esclava a quien se le pueda ordenar que vaya con él. Y, en el peor de los casos, la niña también tiene madre. Podrías hablar con Kura. Seguro que te encargará a ti que te ocupes de su hija. Y cualquier juez lo confirmará. Así que no te alteres. —James la estrechó entre sus brazos, pero no consiguió tranquilizarla del todo.

¡Se había sentido tan segura! ¡Y ahora William escapaba a su control!

Heather Witherspoon iba y venía como un perro apaleado los primeros días tras la partida de Kura. No entendía por qué William de repente la rechazaba y, además, de malas maneras. A fin de cuentas, ella no tenía la culpa de que Kura los hubiera sorprendido; al contrario, ella había descubierto la estrategia de Kura aquella noche y había alertado a William, pero él ya estaba demasiado borracho para entender nada y tampoco estaba preparado para admitir que su mujer era una manipuladora.

—Yo no obedezco a sus toques de silbato —había farfullado

con ebria indignación—. Y... y no seré yo quien la lleve a Christchurch. Ya puede menear las caderas todo lo que quiera, que la llevaré cuando me dé la gana a mí, no cuando a ella se le antoje.

Heather había dejado de intentar convencerlo, más no podía hacer. Era injusto que ahora le echara todas las culpas a ella.

Sin embargo, ya hacía mucho tiempo que Heather había aprendido que la vida no es justa, así que se ciñó a su probada estrategia: esperar pacientemente. En algún momento, William volvería a entrar en razón, en algún momento él la necesitaría. No creía que Kura fuera a regresar. Disfrutaba del éxito que siempre había soñado y si necesitaba a un hombre se lo buscaría allí donde estuviera en ese momento. Kura-maro-tini Warden no dependía de William Martyn. Y si Heather creía en el amor, era más que nada en el suyo propio.

Kura ya había encontrado a su hombre, si bien en este caso no habría hablado de amor. Aun así, admiraba a Roderick Barrister: encarnaba todos sus sueños de éxito. Por un lado era capaz de introducirla en los secretos del *bel canto* mucho más profunda e intensamente que la señorita Witherspoon con sus tres clases de canto en Suiza. Además tenía dotes de mando: la *troupe* obedecía sus órdenes con una sumisión como Kura nunca había visto. Claro que también en Kiward Station había patrones y sirvientes, pero Kura admitía la independencia y altivez de los pastores y los maoríes que tanto habían desconcertado a William. En las granjas de ovejas no se exigía una obediencia ciega. Los trabajadores debían tomar sus propias decisiones. En la compañía de Barrister, por el contrario, sólo valía una palabra, y era la suya. Podía hacer felices a bailarinas prometiéndoles un solo más, e incluso cantantes formadas como Sabina Conetti no replicaban cuando él les imponía a una novata como Kura. Y ella pronto descubrió que la benevolencia de Barrister se relacionaba directamente con la oferta carnal de los miembros femeninos del grupo. Las bailarinas hablaban sin tapujos de que Brigitte, por ejemplo, había logrado cantar *Carmen* porque se había ganado los favores del *impresario*. Una discreta co-madrona de Wellington liquidó el indeseado fruto de la unión.

Después, Brigitte no pudo bailar durante semanas y se pasa-ba las noches llorando. Kura se ponía de los nervios pues com-partía habitación con la joven bailarina. Brigitte, sin embargo, no se lo tomaba a mal. Estaba contenta de haberse librado de los papeles de cantante, que exigían demasiado de ella, y era eviden-te que ya estaba harta de Roderick. Cuando pocas noches más tarde, Kura empezó a salir a hurtadillas de la habitación para reunirse con el *impresario* pasada la medianoche, Brigitte fingió no percatarse de nada.

El apuesto tenor sedujo totalmente a Kura, que no tuvo que disimular cuando cedió a sus requiebros. Por otra parte, no hubo que esperar largo tiempo a que él dejara de contentarse con cándidos besos y caricias. De los temores de Kura a quedar-se embarazada sólo se rio.

—¡Tonterías, pequeña, ya tengo cuidado! ¡Conmigo nada saldrá mal, no temas!

Kura quería creerlo y notaba que Roderick solía retirarse an-tes que William al hacer el amor. Pero había lo del asunto con Brigitte. Al final, con el corazón en un puño, se confió a Sabina Conetti. Si bien temía no caer demasiado bien a la cantante —Ro-derick estudiaba también en esos momentos los papeles de sopra-no con su nuevo descubrimiento—, confiaba en que ella sería quien tuviera más conocimientos ocultos en cuestiones femeni-nas. Sabina se mostró dispuesta a compartir lo poco que sabía.

—Puedes abstenerte los días peligrosos. Pero el método nunca es del todo seguro. —Y advirtió para terminar—: Y me-nos que nada las promesas de esos tipos de casarse contigo en caso de duda... o lo que sea que te cuenten. Hazme caso, Rode-rick te promete ahora la luna, pero no te fíes. Por el momento está a gusto en su papel de Pigmalión, pero a la larga volverá a ser quien es. Te abandonará si eso conviene a sus objetivos.

No obstante, esta advertencia de nada sirvió a Kura. En pri-mer lugar, no tenía ni idea de mitología griega y, en segundo lu-gar, estaba convencida de que Roderick tenía buenas intenciones. Creía que si fuera un egoísta, no le daría papeles cada vez más importantes y, sobre todo, clases de canto gratuitas todos los días. En efecto, el hombre pasaba media tarde al piano con Kura, mientras los otros miembros de la compañía disfrutaban del tiempo libre y visitaban ciudades como Auckland y Wellington o hacían excursiones para ver maravillas naturales como las selvas lluviosas y los géiseres.

Por las noches era ella quien se ponía a su servicio. Pero también Kura disfrutaba de ese juego, aunque Roderick era peor amante que William. Kura añoraba los momentos de éxtasis, los orgasmos delirantes a los que su marido la transportaba, y estaba un poco molesta por que Roderick no la compensara de igual modo por el riesgo que corría de quedarse embarazada. De todo ello se olvidaba, empero, cuando por las noches recibía el aplauso del público sobre el escenario. Entonces se sentía feliz, rebosaba de agradecimiento hacia Roderick y lo colmaba de caricias. Y él no daba en absoluto muestras de ser vanidoso. Por el contrario, la dejaba brillar, la enviaba sola ante al telón para recibir las ovaciones de los espectadores y la deleitaba llenando de flores el escenario.

—Nuestro gallo parece enamorado de verdad —le cuchicheó una noche Fred Houver, el barítono, a Sabina Conetti—. Y es cierto que la joven está mejorando. Todavía tiene problemas con el dominio de la respiración, pero un día todos pareceremos caducos a su lado, y él antes que nadie.

Los cantantes se colocaban en el fondo, al tiempo que Barrister se inclinaba por quinta vez delante de Kura en el escenario. Habían formado el coro mientras Kura y Roderick interpretaban los papeles de Carmen y su torero.

Sabina asintió a las palabras de Fred Houver y contempló el rostro radiante de Kura. Barrister había sucumbido sin remedio a la joven.

William ya estaba hasta las narices. Era uno de esos días en que se habría marchado sin más de Kiward Station si hubiera habido alguna alternativa imaginable. Gwyneira había vendido un rebaño de animales jóvenes al mayor Richland y había pedido a William que le llevara las ovejas. Puesto que el día anterior el tiempo todavía estaba sereno, Richland había decidido acompañarlo y había pasado la noche en Kiward Station. Como es natural, ambos habían estado bebiendo, incluso después de que Gwyneira y James se hubiesen retirado, y los dos estaban con resaca y destemplados. Por añadidura, había llovido toda la mañana y dos boyeros maoríes que Gwyneira había adjudicado a William no se habían presentado. En el establo sólo estaba Andy McAran. William pidió al viejo pastor que los acompañara, pues no confiaba en encontrar por sí mismo las ovejas elegidas. McAran, viendo que no tenía otro remedio, se dignó a acompañarlos. No obstante, aceleró mucho la marcha y no hizo caso de William cuando éste le pidió que por respeto al anciano mayor procediera con mayor lentitud. Richland se sostenía bien a lomos de su purasangre y con cada trago que daba a la petaca, más animado parecía. William, al final, aceptó un sorbo, mientras Andy rehusó sacudiendo la cabeza.

—No durante el trabajo, señor William, a la señorita Gwyn no le gusta.

William, que se sentía reprendido, empezó a ceder a los ofrecimientos de Richland, pero, como se comprobó más tarde, no era ni la mitad de resistente a la bebida que el anciano militar. En primer lugar, fracasó estrepitosamente a la hora de reunir a las ovejas. El perro no le obedecía, sino que se echaba temeroso contra el suelo cuando le gritaba. Y entonces el caballo se asustó ante un joven carnero testarudo que quería romper la línea del pastor y William se encontró en la hierba mojada.

Andy McAran, con un inquebrantable dominio de sí mismo, permaneció serio, pero el mayor Richland no se cansó de tomarle el pelo a su anfitrión durante todo el viaje de vuelta. Era descorazonador... y además seguía lloviendo y estaban calados hasta los huesos. Richland no regresaría a su casa esa misma noche, sino que pernoctaría de nuevo en Kiward Station y sin duda entretendría a los McKenzie contándoles los percances de William durante el día. Todo estaba transformándose en una catástrofe. ¡Si al menos volviera Kura! Pero ella parecía seguir feliz en su compañía de ópera. De vez en cuando mandaba a Gwyneira unas cartas rebosantes de entusiasmo, pero nunca escribía a William.

Como era de esperar, cuando los hombres por fin llegaron a la granja de Kiward Station no había ningún mozo de cuadras a la vista y William tuvo que ocuparse él mismo de su caballo. De todos modos, McAran no insistió en que también le acompañara a los corrales en los que debía poner al abrigo a las ovejas durante la noche. En cualquier caso, apestaba a lana mojada y lanolina. William llegó a la conclusión que en el fondo de su corazón odiaba ocuparse de las ovejas.

Gwyneira y James esperaban a Richland y William en el salón, pero no mostraron la menor intención de invitarlos a una copa de bienvenida. Los semblantes rubicundos y el paso vacilante de los recién llegados eran muestras suficientes de que ya habían tomado bastante alcohol. Una sola mirada bastó para que Gwyn y James se pusieran de acuerdo: ni un trago más antes de la comida si no querían que la velada se malograra. En lugar de ello, mandaron a los hombres arriba, a lavarse y cambiarse. Y el sirviente, claro está, llevó primero el agua caliente a la habitación del huésped...

William habría preferido meterse en la cama con una botella de whisky, pero cuando entró en la habitación que con tanto cariño había amueblado para vivir con Kura, le esperaba una sorpresa: en el pequeño salón flotaba el olor aromático de un té recién hecho. Un calentador conservaba el té a la temperatura correcta, y al lado aguardaban dos vasos y una botella de ron.

El joven no logró contenerse. Primero cogió la botella de ron y bebió un buen trago. Pero ¿quién le habría preparado eso? Seguro que no Gwyneira, y menos Moana o Kiri. Los maoríes no tenían sensibilidad para esas cosas y el servicio ya estaba lo suficiente atareado con el huésped.

William miró alrededor desconfiado... hasta que oyó una risita aguda procedente del cuarto de baño.

—¡Qué día tan horrible! Tuve que ir a dar clases a los maoríes y el agua atravesó la techumbre... ¿A quién se le ocurre techar las cabañas con hojas de palma? Y luego pensé que por esos caminos deberías de estar congelándote...

En la entrada del baño estaba Heather Witherspoon con una sonrisa radiante y un delantalito protegiendo el vestido oscuro como una gentil doncella. Con un gesto le indicó que se aproximara a la bañera, llena de agua caliente y perfumada.

—Heather... yo... —William oscilaba entre el agradecimiento, el deseo y la conciencia de que dejarse seducir sería una locura. Pero Kura ya llevaba tanto tiempo fuera...

—¡Ven, William! —dijo ella—. Disponemos de una hora antes de que se sirva la cena. la señorita Gwyn tiene que estar pendiente de la cocina, el señor James está pendiente de la chimenea y a Jack ya le he puesto unos cuantos deberes. No hay nada que temer. Nadie me ha visto entrar aquí.

William se planteó un segundo si ella misma habría llevado hasta allí el agua caliente, algo que le resultaba inconcebible. Luego, no obstante, dejó de pensar. Sumergirse en el agua caliente, que ella le masajeara la espalda, lo acariciara y después le condujese a la cama era demasiado tentador.

—Yo tampoco quiero que nadie nos sorprenda —dijo Heather en un arrullo—. Pero ya lo tenemos bastante difícil. Tampoco tenemos que vivir como en un convento...

A partir de esa noche, la relación entre William y Heather se reavivó. Él olvidó su enfado y sus temores en cuanto ella lo rodeó con sus brazos, y se consoló además de los reproches que él mismo se hacía: Kura seguro que tampoco vivía en total castidad y en general, en la habitación a oscuras o con los ojos cerrados, era el rostro y el cuerpo de su esposa lo que veía cuando poseía a Heather...

2

Elaine O'Keefe caminó lentamente por la calle Mayor de la pequeña población de Greymouth en la costa Oeste. Qué ciudad tan pequeña y fea, pensó desanimada. ¡El nombre le sentaba bien, «Boca Gris»! Si bien Elaine había oído decir que era la desembocadura del río Grey, el río «Gris», la que le había dado tal denominación, ahora se le antojaba una especie de garganta gris que amenazaba con devorarla. Sin embargo, tal vez fuera a causa de la niebla que envolvía la ciudad, cuando hiciera mejor tiempo seguro que no daría una impresión tan negativa. Al fin y al cabo, Greymouth descansaba sobre una delgada franja costera idílicamente situada entre el mar y el río, y las casas de madera de uno o dos pisos que flanqueaban las calles ofrecían un aspecto tan pulcro y nuevo como los edificios de Queenstown.

También Greymouth se consideraba una comunidad floreciente, si bien su riqueza no procedía de los yacimientos de oro, sino de las minas de carbón abiertas y explotadas de forma profesional desde hacía pocos años. Elaine se preguntó si flotaba polvo de carbón en el aire o si era sólo la niebla y la lluvia lo que dificultaba la respiración. En cualquier caso, el ambiente le resultó radicalmente distinto al vivaz y optimista de su ciudad natal. De acuerdo, los buscadores de oro de Queenstown esperaban hacerse ricos en un santiamén. Una mina, sin embargo, sólo enriquecía de verdad a quien la explotaba; a los mineros los condenaba a una triste existencia bajo tierra.

Elaine no habría elegido nunca esa ciudad de motu proprio, pero tras pasar varias semanas a caballo recorriendo las montañas, ya no aguantaba más. Al menos los primeros días de su huida había tenido suerte con el tiempo. Al principio había cabalgado junto al río Haas, por el agua siempre que era posible para no dejar huellas. De todos modos, no creía que fueran a soltar perros sabuesos tras su rastro. ¿De dónde iban a sacarlos? Además, los cascos de *Banshee* apenas dejaban marcas sobre la tierra seca. Antes de su partida no había llovido en un par de días y el tiempo fue clemente hasta que alcanzó las McKenzie Highlands. A partir de ahí empeoró y Elaine pasó un frío terrible al intentar dormir envuelta en los pocos vestidos que había cogido. De más ayuda le sirvió la manta de *Banshee*, pero la mayoría de las veces estaba húmeda del sudor de la yegua. A tales adversidades se añadía el hambre.

Elaine conocía bien las plantas autóctonas, ya que Fleurette solía organizar «viajes de aventura» con sus hijos, y James McKenzie jugaba con sus nietos a «sobrevivir en plena naturaleza», un juego que a Gwyn le gustaba mucho en sus años infantiles. En tales ocasiones disponían de pequeñas palas, cuchillos para pelar las raíces o destripar los pescados, y sobre todo de sedales y anzuelos. Ahora, Elaine no contaba con nada similar. Y sólo consiguió unas pocas veces prender fuego sacando chispas al golpear dos piedras, algo que perdió las esperanzas de repetir cuando se desató la lluvia. Los primeros días había pescado alguna que otra trucha con la mano y la había asado, pero siempre con el miedo de que el fuego la traicionase. Por esa misma causa tampoco se atrevía a disparar contra ninguno de los omnipresentes conejos. De todos modos, probablemente habría errado el tiro. Si ni siquiera había acertado al pecho de Thomas hallándose a sólo dos metros de distancia, ¿cómo iba a conseguir darle a un conejo?

Pese a todo, *Callie* cazó en una ocasión. Fue un día feliz, pues descubrió una gruta seca en las montañas y consiguió prender fuego. El conejo guisado tal cual no constituyó ninguna maravilla culinaria, pero sació el hambre de la joven. Los siguientes días fueron peores. En la costa Oeste no parecía crecer nada comestible. Una vez, Elaine tropezó con una tribu maorí que la recibió de forma hospitalaria; nunca le habían sabido tan bien los boniatos hervidos.

Los maoríes le indicaron el camino hacia Greymouth: *Mawhera*, como ellos lo llamaban, poseía una larga historia como bastión maorí, pero ya hacía tiempo que estaba en manos de los *pakeha*. Pese a todo, los indígenas le indicaron que era un lugar especialmente seguro, lo que probablemente se relacionara con otra leyenda de espíritus. A Elaine le resultaba indiferente, para ella tanto daba una ciudad que otra, pero en algún momento debía dejar de errar. Así que decidió seguir el consejo de sus nuevos amigos y buscar trabajo en Greymouth. A fin de cuentas era la ciudad más grande de la costa Oeste. Allí no la encontrarían tan fácilmente. Antes que nada, necesitaba una cama decente y ropa limpia. También *Banshee* dio muestras de contento en el establo seco que Elaine (inquieta pues no podría permitirse pagar por adelantado) había alquilado, antes de cualquier otra cosa. El propietario del establo no le pidió pago anticipado, sino que asignó un box con arena limpia a la yegua y le dio forraje en abundancia.

—Esta preciosidad está un poco delgada —observó el hombre, lo que no era extraño, ya que la escasa hierba de las Highlands no había bastado para alimentar al animal.

En ese momento *Banshee* devoraba y Elaine no tenía ni idea de cómo iba a costearle esa vida de lujo. Y también tenía que ocuparse de sí misma. El propietario del establo le había lanzado una mirada significativa, como si quisiera darle a entender que la amazona aparentaba estar tan agotada como su caballo. Elaine preguntó por una pensión y por un trabajo. El hombre reflexionó.

—En el muelle hay un par de hoteles, pero son caros. Es allí donde se instalan los ricachones que han hecho fortuna con las minas. —Estaba claro que no clasificaba a Elaine dentro de esa categoría—. Y el Lucky Horse... bueno, no se lo recomendaría. Aunque seguro que, si no le importa trabajar de lo que salga, le dan una alegre bienvenida. —Sonrió—. Pero la viuda Miller y la mujer del barbero alquilan habitaciones. Podría preguntar allí, las dos son gente respetable. Aunque si no tiene dinero...

Elaine entendió el guiño. El hombre no sabía nada de posibles empleos para mujeres decentes que vivieran solas. Pero daba igual. Elaine se dirigió con paso decidido al centro de la ciudad; ya encontraría algo.

De todos modos, la ciudad tampoco parecía prometer demasiado. La decisión de Elaine de entrar en todas las tiendas para pedir trabajo empezó a flaquear ya en la lavandería china. Primero, los vapores que salían de allí la dejaban sin aire que respirar, y luego el propietario no parecía comprender lo que le preguntaba, antes bien intentó comprarle a *Callie*. Y seguro que no tenía ninguna oveja... Elaine recordó los rumores acerca de que los chinos comían perros y se marchó sin más.

La mujer del barbero disponía de una habitación libre, pero no de trabajo. Elaine había abrigado esperanzas, ya que estaba familiarizada con las labores propias de una pensión. La señora Tanner, sin embargo mantenía ella misma limpias las tres habitaciones que alquilaba y no necesitaba ayuda para cocinar tres menús como máximo.

—Vuelva cuando haya encontrado trabajo —le dijo. La joven lo entendió: hasta que no demostrase tener ingresos, no habría para ella ni cama ni comida.

La siguiente tienda era de un fabricante de ataúdes que despertó reparos en Elaine. ¿Qué iba a hacer ella allí? En contra de lo que suponía, el almacén parecía prometer, pero una familia con cinco niños espabilados lo administraba; ya tenían suficientes ayudantes. Al lado trabajaba un sastre y, desalentada, Elaine deseó saber coser aunque fuera sólo un poco, pero siempre había odiado las tareas manuales y Fleurette no la había obligado a aprenderlas. Helen le había enseñado algo de costura, si bien sus conocimientos no pasaban de coser un botón. Pese a ello, Elaine entró en el taller y preguntó si había trabajo. El sastre, aunque amable, sacudió la cabeza.

—Aquí no hay mucha gente que pueda permitirse trajes a

medida. Los propietarios de las minas, claro, pero suelen comprar en ciudades más grandes. Aquí se limitan a pedir arreglos y yo solo me basto.

En resumen, eso era todo respecto a los comerciantes respetables de Greymouth. A Elaine le quedaba solicitar un empleo como doncella en los grandes hoteles, pero ¿con ese aspecto tan desaliñado? Tal vez debería probar en una taberna. ¿Cómo camarera o cocinera? Si bien no haría gala de sus artes culinarias, sí podía intentarlo. Había pasado junto a un local. ¿Debía volver atrás para preguntar? Ya sólo la entrada era tan fea y pringosa... Elaine se debatía consigo misma, cuando se encontró de sopetón delante del Lucky Horse, hotel y taberna.

Le recordó al establecimiento de Daphne. También allí la entrada estaba pintada de colores y ejercía un efecto incitador. Al menos para los hombres, pues a ellos iba claramente dirigida la oferta. Para las muchachas, por el contrario, parecía la única posibilidad de ganar dinero en aquella ciudad, aunque no de forma decente.

Elaine sacudió la cabeza. No, eso sí que no. ¡No después de haber escapado a un infierno nocturno! Aunque, la verdad, eso no podía ser mucho peor que su matrimonio con Thomas. Si quería hundirse tanto... Elaine casi rio. ¡Era una asesina! ¡Mucho más bajo no iba a caer!

—No se quede parada, entre, ¿o es que tiene algo urgente que hacer ahí fuera bajo la lluvia? —La voz procedía de la puerta entreabierta de la taberna. *Callie* se había colado en el interior y se dejaba acariciar encantada por una mujer a la que Elaine estudió con recelo. La mirada de *Callie*, por el contrario, era de adoración... más bien interesada, pues en la taberna flotaba el aroma de un asado. También a Elaine se le hizo la boca agua. Además, en el interior no hacía frío y estaba al abrigo de la lluvia.

Venció sus escrúpulos. La mujer, de cabello muy rubio, de tez sumamente clara y muy maquillada, no daba la impresión de ser peligrosa, más bien tenía un aspecto maternal con sus pechos generosos, las caderas redondeadas y un rostro ancho y bonachón. Un tipo totalmente distinto al de Daphne.

—¡Venga, pase! ¿Por qué mira mi entrada como un ratón la puerta de una trampa? —preguntó la mujer—. ¿Todavía no había visto un burdel cuidado y acogedor?

Elaine sonrió. Daphne nunca había llamado «burdel» a su establecimiento.

—Sí —respondió—. Pero nunca había estado dentro.

La mujer le devolvió la sonrisa.

—¿De un burdel o de una trampa? Dicho con franqueza, tiene usted el aspecto de haberse escapado de una.

Elaine palideció. ¿Tenía realmente el aspecto de una forajida? ¿Y si esa mujer ya se percataba de ello, qué rumorearían las matronas decentes?

—Yo... bueno, busco trabajo. Pero no... Podría limpiar o... ayudar en la cocina. Estoy acostumbrada. Mi... esto... tía... tiene una pensión... —En el último momento, pensó que era mejor no mencionar a su abuela. Cuanto menos se supiera de su vida anterior, mejor.

—Querida, es usted demasiado guapa para limpiar. Los hombres no mantendrían la limpieza mucho rato, ya me entiende. Además, tengo una habitación libre. Y mis chicas se ganan bien la vida, puedes preguntarles, todas están contentas conmigo. Por cierto, me llamo Clarisette Baton. Pronunciado a la francesa, por favor, pero basta con que digas «Madame Clarisse». —La mujer había empezado con toda naturalidad a tutear a la muchacha.

Elaine se ruborizó.

—No puedo. Un trabajo así... no puedo hacerlo, ¡no me gustan los hombres! —exclamó, provocando en Madame Clarisse una sonora carcajada.

—Vamos, pequeña, no me cuentes ahora que te has escapado de tu distinguido hogar porque te gustan las chicas. No te creo. Aunque eso ofrece muchas posibilidades de ganar dinero. Una vieja amiga mía tenía dos mellizas que bailaban... Las gemelas hacían cosas perversas con toda ingenuidad. Tú, para eso, me pareces demasiado aburguesada.

Elaine se ruborizó aún más.

—¿Cómo sabe que provengo de un hogar distinguido?

Madame Clarisse hizo un gesto de hartura.

—Querida, a nadie le pasa por alto que has estado durmiendo semanas con ese vestido. Y si uno es un poco listo se da cuenta también de que el vestido es caro. Además... este perrito no es un chucho cualquiera. Viene de una granja de ovejas. Espero que no lo hayas birlado. A veces los hombres son peores cuando van en busca de sus perros que de sus mujeres.

Elaine vio desvanecerse sus esperanzas. Para esa mujer, ella era un libro abierto. Y las conclusiones que Madame Clarisse extrajera, con toda seguridad serían las mismas que extraerían otros. Si alquilaba una habitación en casa de la señora Tanner pronto todo el pueblo hablaría de ella. Sin embargo, la oferta de la madama... Nadie cotilleaba jamás sobre las rameras de Daphne. A las mujeres respetables no les importaba de dónde vinieran ni adónde fueran.

Madame Clarisse la contemplaba con una sonrisa, pero ocultaba una mirada escrutadora. Se percataba de que la muchacha sopesaba su oferta con seriedad. ¿Sería hábil en la barra? No cabía duda de que había tenido malas experiencias con los hombres, pero no era ninguna excepción. Y sí... había algo en los ojos de esa chica que iba más allá de un «no me gusta». Clarisse reconoció un auténtico terror, incluso odio. Y un resplandor asesino que seguramente atraería a algunos hombres como la luz a las polillas, pero que al final causaría problemas.

Mientras, Elaine paseaba la mirada por la taberna. También ahí se confirmaba la primera impresión del exterior. Todo estaba limpio y ordenado. Había mesas y sillas de madera corrientes y un par de dianas en la pared. Al parecer también se jugaba y apostaba: una pizarra informaba sobre los resultados de las carreras de caballos de Dunedin.

No había escenario como en el Hotel de Daphne y todo estaba decorado con menos elegancia, tal vez en consonancia con la clase de clientela: mineros, no buscadores de oro. Hombres de la tierra, con menos «grandes proyectos», como decía su abuelo James.

Y entonces Elaine vio el piano. Un instrumento bonito y a ojos vistas nuevo. Se mordió los labios. ¿Debía preguntarlo? Pero seguro que no tendría tanta suerte...

—¿Por qué te quedas mirando el piano? ¿Sabes tocar? Nos acaban de traer esa cosa después de que el chico que preparaba las bebidas me contara maravillas de lo bien que sabía tocar. Pero en cuanto llegó la caja, el chico desapareció. No tengo ni idea de adónde ha ido, pero se esfumó de repente. Lo que significa que ahora tenemos un piano de decoración. Parece bueno, ¿verdad?

En el rostro de Elaine se dibujó una expresión esperanzada.

—Voy a tocar un poco...

Sin esperar invitación, abrió el instrumento y pulsó un par de teclas. Sonaba de maravilla. Estaba perfectamente afinado y seguro que no había sido barato. Tocó la primera pieza que le vino a la cabeza.

De nuevo se oyó la risa de Madame Clarisse.

—Niña, estoy encantada de que saques notas de ese trasto, pero así no avanzaremos. ¿Qué tal si llegamos a un acuerdo? Te pago tres dólares a la semana por la música. Abrimos al anochecer, cerramos a eso de la una. ¡No tienes que dormir con ningún hombre si no quieres, pero a cambio no vuelvas a tocar nunca más *Amazing Grace*!

También Elaine se echó a reír. Caviló unos instantes y lo intentó con *Hills of Connemara*.

La madama asintió.

—Mucho mejor. Ya me imaginaba yo que eras irlandesa... con ese cabello rojo. Aunque no tienes acento. ¿Cómo te llamas en realidad?

—Lainie. Lainie Keefer.

Una hora más tarde, Elaine no sólo tenía un trabajo medio decente, sino también una habitación y, sobre todo, un humeante plato de comida delante de ella. Madame Clarisse le sirvió asado, boniatos y arroz y no le planteó tantas preguntas como

Elaine se temía. Además, la disuadió de que intentara lograr una habitación en casa de la señora Tanner.

—Esa vieja es la cotilla de la ciudad. Y más virtuosa que la virgen en persona. Cuando sepa cómo te ganas la vida es probable que te ponga de patitas en la calle. Y si no lo hace, media costa Oeste pronto estará hablando de la hija de casa bien que ha tomado el mal camino. Pues eso es lo que eres, ¿no es así, Lainie? No quiero saber de qué huyes, pero creo que la señora Tanner tampoco debería saberlo.

—Pero... pero si me instalo aquí... —Elaine intentaba no hablar con la boca llena, pero estaba famélica— todos pensarán que soy...

La madama le sirvió otro trozo de carne.

—Niña, lo pensarán de todos modos. Aquí tienes que elegir: o un trabajo o una buena reputación. Al menos entre las damas. Los hombres son distintos, todos intentarán liarte, pero si los rechazas tampoco pasará nada. Y si no tendrán que vérselas conmigo, por eso no te preocupes. Con lo único que no debes contar es con la comprensión de la gente como la señora Tanner. Simplemente no le cabe en las entendederas que cada noche una vea a treinta tipos y que, a pesar de todo, no se acueste con ninguno. ¡Si hasta a mí me tiene por una descocada! —Y volvió a reírse—. Esas mujeres decentes tienen un concepto extraño de la virtud. Así que protégete con un caparazón cuanto antes. Además, aquí te sentirás mejor que con esa vieja arpía. Te garantizo que cocino mejor y la comida es gratis. Y también tenemos baños propios. ¿Qué, te he convencido?

Ese día Elaine no habría podido resistirse a tomar un baño. En cuanto terminó de comer, se metió en una bañera llena de agua caliente y conoció a la primera muchacha de Madame Clarisse.

Charlene, de diecinueve años de edad, llenita y de cabello negro, la ayudó a lavarse el pelo y le habló con franqueza.

—Llegué con mi familia a Wellington cuando todavía era un bebé, ya no me acuerdo. Lo que sí recuerdo es que vivíamos en una barraca miserable y que mi padre cada día nos apalizaba después de haber hecho todo lo posible para cargar a mi madre con un nuevo hijo. A los catorce me escapé con el primero que se presentó. Un auténtico príncipe azul, pensé entonces. Quería buscar oro y al final nos haríamos ricos... Lo intentó primero en la isla Norte, luego gastó las pocas monedas que nos quedaban para hacer la travesía cuando en Otago empezaron a encontrar oro. Pero trabajar no era lo suyo y tampoco tenía suerte. En realidad, sólo me tenía a mí... así que sacó rendimiento. Me alquilaba a los buscadores de oro de los campamentos... Sabe Dios que no era divertido, a menudo se repartían el billete y tenía que cargar con dos o tres en la misma sesión. Y yo misma no vi nada de dinero, todo se iba en whisky pese a que él me decía, cómo no, que se lo gastaba en el material para explotar de forma adecuada su concesión. Cuando comprendí que yo era la concesión, tenía dieciocho años. Me escapé de noche, y aquí estoy.

—Pero... pero sigue siendo lo mismo. Sólo que ahora trabajas para Madame Clarisse.

—Cariño, yo también habría preferido casarme con el príncipe de Gales, pero no sé hacer otra cosa que esto. Y nunca me ha ido tan bien como en este sitio. ¡Tengo habitación propia! Cuando acabo con los tipos, cambio las sábanas y rocío un poco de aceite de rosas y la habitación vuelve a ser acogedora y cómoda. Y en los baños siempre hay agua para lavarse, y suficiente comida en el plato... Bah, no tengo ningunas ganas de encontrar marido. Si quisiera no sería difícil, apenas hay mujeres solteras y los mineros no se andan con remilgos. El año pasado se casaron con tres chicas de Madame Clarisse. Pero ahora las pobres viven en unos barracones sucios sin váter y una de ellas ya carga con el segundo crío. Así que ya ves, aquí estoy mejor. ¡Si me caso tendrá que ser realmente con un príncipe!

Charlene cepilló el cabello recién lavado de Elaine. No parecía extrañarle que la nueva muchacha no llevara equipaje. El hotel de Madame Clarisse era una especie de centro de recogida de muchachas extraviadas.

—Necesitas un vestido, pero los míos te irán demasiado grandes. Espera, le preguntaré a Annie.

Charlene desapareció unos instantes y regresó con un vestido escotado de color azul cielo y adornado con puntillas y volantes.

—Toma. Puedes ponerte un corpiño debajo si el escote te resulta demasiado indecente. Annie sólo tiene éste disponible, hoy tendrás que ir así. Pero seguro que encontramos un chal. ¡Los hombres no deben verte nada!

Elaine contempló el vestido. Casi le dio miedo, pues era mucho más llamativo que todo lo que había llevado hasta entonces. Se miró nerviosa en el espejo y... se quedó encantada. El azul cielo conjugaba con sus ojos, la puntilla negra en el escote acentuaba su tez pálida y el cabello rojo y brillante la realzaba. Tal vez las matronas de Queenstown encontrarían su aspecto impío y no quería ni pensar en lo que Thomas hubiera dicho; sin embargo, Elaine se encontraba bonita.

Madame Clarisse también silbó entre dientes cuando vio a la muchacha.

—Querida, si te pago el doble, ¿te lo harás con dos o tres por noche? Los hombres se pelearían por estar contigo.

Elaine frunció el ceño, pero el tono de la madama era jocoso. Hasta le prestó un chal negro.

—Mañana te encargaremos un vestido. ¡El sastre se alegrará! Pero no será gratis, cielo, te lo descontaré de tu salario.

Madame Clarisse también cobraba el alquiler de la habitación, pero Elaine lo encontraba justo. Al principio le había preocupado que tuviera que alojarse en una de las habitaciones del primer piso, donde los hombres visitaban a las chicas. Sin embargo, la madama le adjudicó una habitación de servicio diminuta junto a los establos. En realidad, ahí debería vivir un mozo de cuadras, pero Clarisse no contaba con ninguno. Sus clientes dejaban los caballos unas horas como mucho en el establo y ellos mismos limpiaban lo que habían dejado. Así que el establo estaba ordenado y en el patio trasero había incluso un espacio para pasear. Elaine preguntó con timidez si podía alojar ahí a *Banshee*.

—Conque también tenemos caballo —dijo Madame Clarisse con el ceño fruncido—. Vaya, vaya, si no tuvieras un rostro tan honesto... ¿Me juras que no lo has robado?

Elaine asintió.

—Me lo regalaron.

La mujer arqueó las cejas.

—¿Regalo de compromiso o de bodas? No diré nada más, niña, pero me gustaría estar prevenida por si aparece un marido furioso.

—Seguro que no. De verdad.

Madame Clarisse percibió el extraño matiz entre la culpabilidad y la liberación. Pero no era su problema. De todos modos, la muchacha no daba la impresión de estar mintiendo.

—Pues bueno. Tráete a tu caballo. De lo contrario, el alquiler del establo se llevará la mitad de tu salario semanal. Pero tú misma tienes que mantener la limpieza y encargarte del forraje.

Elaine decidió ir a buscar a *Banshee* la mañana siguiente. Se permitiría una noche sola en el establo. Primero que nada lavó sus vestidos y luego los colgó a secar en su diminuta habitación. Fuera continuaba lloviendo y el tiempo era frío y desapacible. La ciudad seguía sin gustarle. Ni comparación con Queenstwon, que solía estar siempre soleada, donde los chaparrones no solían durar mucho y los inviernos, aunque más fríos que en la costa Oeste, eran diáfanos y con nieve en abundancia en lugar de grises y húmedos.

Pese al mal tiempo, el local tenía parroquianos, que entraban mojados como patos. Madame Clarisse se las veía y deseaba para colocar todas las chaquetas y abrigos empapados. Elaine pensó en el práctico abrigo encerado de Gwyn; los mineros habrían necesitado algo así en esa zona, pero al parecer no había ninguno que pudiera permitírselo. Sin embargo, el recorrido entre las minas y la ciudad era bastante largo. Muchos debían de estar desesperados por un poco de calidez y de conversación, para decidirse a pasar por tantas incomodidades después de acabar sus turnos.

—¡Tendrías que ver cómo viven allá fuera! —dijo Charlene cuando Elaine se lo comentó—. Los propietarios de las minas les dan unos cobertizos en la zona, pero no son más que una cubierta sobre la cabeza. Ni siquiera pueden lavarse como es debido, la mayoría sólo dispone de un bidón de hielo. Y esos cerdos les cobran por el agua. Luego se nos quedan aquí las sábanas llenas de hollín.

En efecto, la mayoría de los parroquianos se veían muy poco limpios; sus rostros parecían cubiertos por una pátina. El polvo de carbón era grasiento y, aunque se lo restregaran, no se desprendía del todo con agua fría.

A Elaine le daban pena, pero para su sorpresa parecían contentos pese a la dureza de su vida. Aunque se oían los más diversos dialectos, casi todos los hombres procedían de las regiones mineras de Inglaterra y Gales. Todos eran inmigrantes: a los neozelandeses de segunda o tercera generación no les atraía el trabajo subterráneo.

Los hombres aplaudieron maravillados cuando Elaine tocó una vieja canción galesa que su abuela Gwyn le había enseñado. Pronto un par de ellos se pusieron a cantar, otros sacaron chicas a bailar y enseguida apareció el primer whisky delante de Elaine sobre el piano.

—No bebo whisky —dijo cuando Madame Clarisse le señaló la bebida y al hombre que la invitaba: un inglés rechoncho de las inmediaciones de Liverpool.

—Pruébalo. —La mujer le guiñó un ojo y cuando Elaine tomó vacilante un trago, sabía a té frío—. Aquí no bebe ninguna de las chicas, o a las diez estarían totalmente borrachas. Pero de cada copa que te ofrecen los chicos, la mitad del importe es para ti.

A Elaine le pareció un magnífico negocio. Se bebía el «whisky» y sonreía al bienhechor. Éste se acercaba al piano y quería concertar una cita para más tarde, pero lo aceptaba con resignación cuando Elaine se negaba. Poco después desaparecía con Charlene o con otra.

—¡Das vida al negocio! —dijo Madame Clarisse cuando le llevó la tercera copa—. Como es martes estamos haciendo caja. Jueves y viernes estaremos de capa caída porque los chicos ya no tendrán dinero. El sábado es día de cobro y aquí se anima el asunto, y el domingo las minas están cerradas. Ese día todos beben para ver el mundo con mejores ojos.

A medida que transcurría la velada, Elaine iba encontrando divertido su trabajo. Nunca había tenido un público tan agradecido como los mineros y, además, ninguno la incordiaba. Por el contrario, parecían tratarla con respeto. Los hombres no se limitaban a llamarla por su nombre como a las otras chicas, sino que decían educadamente «señorita Lainie» cuando le pedían una canción o le preguntaban si quería otra copa.

Al final cerró el piano contentísima, mientras Charlene y las otras se despedían de los últimos clientes. Todavía faltaba para la hora de cierre, pero los primeros mineros bajaban a los pozos a las cuatro de la madrugada y el trabajo bajo tierra no carecía de peligros. Ninguno quería arriesgarse a estar resacoso.

—Pero espera a que llegue el fin de semana. ¡El alcohol corre a raudales! —explicó Charlene.

Al día siguiente, Elaine recogió a *Banshee*. El propietario del establo alabó su forma de tocar el piano. Había echado un vistazo en la taberna y la había oído. Así pues, no quiso cobrarle por haber guardado la yegua una noche.

—No, déjelo. Pero ¡a cambio me debe tres canciones! Y no se burle de mí si vuelvo a ponerme a berrear *Wild Mountain Thyme*.

También el sastre estaba al corriente del nuevo trabajo de Elaine y le tomó solícito las medidas para el vestido.

—¿No demasiado abierto? Pero entonces recibirá menos propinas, señorita, que lo sepa usted —bromeó—. Y un par de puntillas ha de tener. No querrá parecer una santurrona.

Elaine casi habría deseado esto último cuando se encontró en la calle Mayor con la señora Tanner. La matrona la miró de arriba abajo y no se dignó a saludarla cuando pasó por su lado. En cierto modo, Elaine lo entendía, ella misma se sentía extraña con el vestido de Annie. Durante el día, por la calle, la ropa se veía mucho más llamativa que por la noche en el local, donde las otras chicas iban vestidas igual. Pero sus cosas todavía no estaban secas, pues la habitación era húmeda y fuera volvía a llover. A la larga necesitaría un par de vestidos más, pero no le importó. Tres dólares a la semana no era mucho, pero casi se duplicaban con los ingresos extraordinarios gracias a los «whiskies».

El sábado por la noche fue realmente agotador. El local estaba a rebosar. Al parecer se habían reunido allí todos los mineros, además de algunos hombres de negocios y trabajadores de la ciudad.

—¡Muchos más que de costumbre! —se alegró Madame Clarisse—. ¡Menudos golfos! Les gusta más la música que las peleas de perros.

Elaine se enteró de que la otra taberna de la ciudad frecuentada por mineros se había especializado en apuestas para entretener a los clientes. En el patio se celebraban peleas de perros y de gallos. A Elaine se le revolvía el estómago sólo de pensarlo. En el local de Madame Clarisse deambulaban también un par de corredores de apuestas, pero se apostaba a las carreras de caballos y de perros en los lejanos Dunedin, Wellington o incluso Inglaterra.

Los sábados, los hombres bebían, cantaban y bailaban hasta la hora de cierre si lograban mantenerse en pie. Ahora solía suceder con más frecuencia que alguno se acercara a Elaine con una intención clara, pero ella rechazaba con firmeza cualquier impertinencia y los hombres se resignaban. No se sabía si era debido a la mirada censuradora de Madame Clarisse o a la expresión entre asustada y de cólera asesina que de pronto surgía en los ojos de Elaine.

De ahí que los bebedores no tardaran en considerar a la chica que tocaba el piano una especie de confesor. Siempre que Elaine se permitía un descanso, un joven se apostaba junto a ella para soltarle sin falta la triste historia de su vida. Cuanto más avanzaba la noche, más sinceras eran las confesiones. Elaine oscilaba entre la censura y la compasión cuando el enjuto Charlie de Blackpool le contaba que no quería pegar a su mujer pero que no podía evitarlo; mientras que Jimmy, de Gales y grande como un oso, le confesaba con voz titubeante que en verdad tenía miedo a la oscuridad y que cada día en la mina se sentía morir.

—Y el ruido, señorita Lainie, ese ruido... Los pozos devuelven los sonidos, ¿sabe? Cada golpe con el pico se multiplica por doce. A veces pienso que se me va a reventar el tímpano. Toque otra vez *Sally Gardens*, señorita Lainie, quiero aprendérmela bien, tal vez la oiga otra vez cuando esté allá abajo.

Al concluir la noche, también a Elaine le retumbaba la cabeza, y cuando al final se marcharon todos los hombres se bebió un auténtico whisky con Madame Clarisse y las chicas.

—Pero sólo uno, chicas —advirtió la patrona—. No quiero que mañana la iglesia huela a licor.

A Elaine casi se le escapó la risa, pero era cierto que Madame Clarisse llevaba a sus ovejitas a la misa del domingo. Las prostitutas la seguían con las cabezas gachas, como una ristra de pollitos a la gallina. El reverendo, metodista, no lo consideraba del todo correcto, pero era incapaz de prohibir a las arrepentidas pecadoras que acudieran a la iglesia. Elaine se alegraba de llevar de nuevo su traje de montar cerrado, con el que se atrevió a volver a mirar de frente a la señora Tanner.

Las semanas siguientes fue acostumbrándose a Greymouth y tuvo que dar la razón a Charlene: no era la peor vida y tampoco la peor ciudad. Puesto que sólo trabajaba por las tardes y la pequeña habitación no le exigía mucho como ama de casa, disponía de tiempo libre durante el día para ensillar a *Banshee* y recorrer el nuevo entorno.

Vagaba por montañas y bosques de helechos y admiraba el siempre exuberante verde, fruto de la lluvia diaria, que crecía en el paisaje selvático del río Grey. El mar le encantaba y se quedó fascinada cuando durante un paseo tropezó con una colonia de lobos marinos. Le resultaba inconcebible que los *costers*, apenas unos pocos decenios atrás, hubieran degollado sin piedad a esos animales y vendido sus pieles. Con el tiempo, la zona de West-port y Greymouth se había centrado más en la industria y la explotación del carbón. Existía incluso un ferrocarril que Elaine observaba con añoranza en los días malos: la Midland Line unía la costa Oeste con Christchurch. Apenas unas horas de viaje y estaría junto a la abuela Gwyn.

Pero pocas veces se permitía tales reflexiones. Le dolía pensar en lo que opinarían ahora sus padres y familiares de ella. Al fin y al cabo no había tenido la posibilidad de contar las vejaciones a que Thomas la había sometido. Seguramente nadie la entendería.

Al pensar en el hecho mismo, sin embargo, no sentía ningún arrepentimiento. En realidad no vinculaba ningún sentimiento con esa mañana en el establo, sino que consideraba lo ocurrido con distanciamiento, casi como si fuera la escena de una novela. Y los papeles se repartían de forma tan clara como en esas historias: sólo había buenos o malos. Si no hubiera matado a Thomas, él la habría matado a ella antes o después. Por eso Elaine consideraba su acto como una especie de «legítima defensa preventiva». Volvería a actuar de la misma manera si era necesario.

Además se sorprendía de que la truculenta historia del crimen junto al río Pukaki todavía no hubiera llegado a la costa Oeste. En realidad había supuesto que tales novedades se propagaban pronto y casi había temido que enviaran una orden de arresto con su nombre e incluso su retrato. Pero no ocurrió nada de eso. Ni las putas ni las mujeres decentes hablaban acerca de la asesina de su esposo fugada. Elaine lo consideró una feliz providencia. Se integraba poco a poco en su nuevo hogar y no le habría agradado volver a escapar. Ahora ya la saludaban por la calle, los hombres con cortesía y las mujeres más bien con reticencias y deprisa. En cualquier caso ya no se podía ignorar a Elaine desde que había conseguido reunir el valor para mencionar al reverendo el segundo, y hasta el momento abandonado, instrumento de la ciudad. En la iglesia había un órgano flamante, pero la congregación se empecinaba en cantar obras religiosas sin acompañamiento y desafinando terriblemente con frecuencia.

El reverendo no dudó mucho antes de aceptar la oferta de Elaine. También había llegado a sus oídos que la joven pianista de la taberna no estaba a la venta sino que más bien evitaba a los hombres.

Elaine no veía nada desde el coro, pero la primera misa de domingo que inició con la enfática interpretación de *Amazing Grace*, creyó notar la ancha sonrisa de Madame Clarisse a sus espaldas.

3

Mientras Kura viajaba a Australia con la compañía de ópera y también allí cosechaba éxitos, William y Heather compartían cama sin la menor traba. Nadie parecía interesarse por cómo pasaban los dos la noche, y aún menos por cuanto, las primeras semanas en especial, William se mantuvo alejado del mueble bar. Estaba más equilibrado, como observó aliviada Gwyneira, aunque sin vincular este cambio con su vida sentimental, y pocas veces se peleaba con los trabajadores o con los maoríes. De vez en cuando incluso se esforzaba por aprender tareas en lugar de limitarse a mandar —James lo relacionaba con la vergüenza que había pasado al conducir las ovejas con Richland de regreso—, aunque mostraba poca destreza. Ésta era la causa de que James le asignara tareas rutinarias que él convertía en quehaceres importantes, al tiempo que se alegraba de haber recuperado la tranquilidad. De todos modos seguía pareciéndole sospechoso, por ejemplo, que algunas noches sonara el piano de cola en el salón. Heather Witherspoon se había ofrecido a tocar para la familia, sin bien nadie tenía ninguna necesidad de ello... salvo William. Éste la estimulaba y aseguraba incluso que a través de la música se sentía más cerca de Kura. Contaba que veía entonces el rostro y la figura de ella, mientras los rasgos de Heather se contraían en un gesto de desaprobación. En cualquier caso, ambos recuperaron sus veladas juntos en el salón y William volvió a las andadas con el whisky.

—¿No podríamos despedir ahora mismo a Witherspoon? —se quejó James mientras aguantaba caballerosamente a Gwyneira la puerta del dormitorio. Abajo, Heather llevaba horas tocando los *Lieder* de Schubert—. De hecho, desde que Kura se ha ido nadie la necesita.

—¿Y quién dará clases a Jack y los niños maoríes? Ya sé que no rinde precisamente al máximo, pero si la despido ahora tendré que buscar a una sustituta. Es decir, volver a poner anuncios en Inglaterra, esperar a que lleguen solicitudes y al final decidirme de nuevo a la buena de Dios.

—Ya tendríamos un criterio para elegir —apuntó James, burlón—. Ni Jack ni Gloria dan importancia a los conocimientos del piano. Pero en serio, Gwyn, no me gusta que William pase la mitad de las noches en el salón con la Witherspoon. Y menos ahora que Kura está fuera. Lo que intenta es seducirlo...

Gwyn rio.

—¿William, nuestro *gentleman*, con ese ratón gris? No me lo puedo ni imaginar. ¡Después de Kura sería realmente un descenso!

—El ratón gris siempre está a su disposición —objetó James pensativo—. Tenemos que vigilarlos...

Su esposa rio.

—¿No prefieres aprovechar la oportunidad de que yo también estoy a tu disposición? —lo pinchó—. Todas esas canciones de amor me han puesto sentimental. —Se desabrochó el vestido y James la besó con dulzura en el hombro descubierto.

—Tanto tocar el teclado al menos tendrá un buen...

Así como la relación entre William y Heather beneficiaba el proceso de aclimatación del joven a la vida en Kiward Station, también disminuían los esfuerzos de Heather por complacer a sus patrones. Cuanto más duraba su amor por William, más segura se sentía. Cada mes que pasaba sin que Kura regresara alimentaba la esperanza de poder quedarse para siempre con William. En algún momento se cansaría de esperar a Kura, y además no se sentía a gusto en Kiward Station. Entonces seguro que el matrimonio se disolvería fácilmente y por fin el terreno quedaría libre para una nueva unión, esta vez con Heather. Ya habían transcurrido más de tres años desde que William había dejado Irlanda. Con toda certeza, sus actos quedarían relegados al olvido y a la larga podría volver a su tierra. Heather se veía entrando a su lado en la casa de sus padres, que con toda seguridad estarían encantados con la elección de su hijo, pues ella siempre vestía con elegancia; era de buena familia, aunque venida a menos. La influencia que ejercía sobre William le haría moderarse, así que seguro que no se producirían nuevos escándalos en la tierra de su padre. Y puede que él hasta encontrara un empleo en la ciudad... eso aún le gustaría más a Heather.

Sea como fuere, era evidente que consideraba por debajo de su dignidad dar clases a niños indígenas y sucios, así que redujo sus tareas aún más. Sin embargo, a Jack no podía desatenderlo. Tenía que ir al Christ College y no debía suspender la prueba de ingreso. Así que le dio clases con severidad y sin la menor implicación emocional. Jack hacía sus deberes, pero sin disfrutarlos. A Gwyneira eso le parecía normal: también ella odiaba las clases de niña. Por el contrario, James, que no se había visto favorecido con una formación escolar, se lamentaba de ello e insistía en sustituir a la señorita Witherspoon lo antes posible.

—Caramba, Gwyn, comprendo que Jack no tenga ganas de aprender latín. Pero historia, zoología y botánica... ¡es justo lo que le interesa! A veces ha dicho que le gustaría ser veterinario. Le iría bien esa profesión si no asume él la dirección de Kiward Station. Pero la señorita Heather le quita cualquier interés que pueda tener en los libros. Luego hará lo mismo con Gloria. ¡Despídela, Gwyn, despídela de una vez!

Ella seguía dudando. Fue entonces cuando la falta de interés de Heather por su trabajo condujo por fin —si bien indirectamente— a que los descubrieran a ella y a William.

Gwyneira McKenzie solía vender con frecuencia ovejas de cría, rebaños incluso, a otros granjeros. Gerald Warden ya había emprendido tal actividad después de que, con el cruce de ovejas romney, cheviot y welsh mountain, creara el tipo ideal de oveja de lana para las llanuras de Canterbury. Sus animales eran robustos e independientes. Las ovejas paridoras y sus corderos pastaban todo el verano en libertad en las montañas sin que se produjeran pérdidas dignas de mención. Además, producían una lana que resultaba en general de alta calidad. Eran frugales y de trato fácil. Era natural, pues, que otros ganaderos se interesaran en ennoblecer sus rebaños con estos animales. Con el tiempo, ovejas que descendían de los animales de cría de Gerald Warden pastaban en todas las llanuras de Canterbury y casi todo Otago.

Hasta el momento, nadie del extremo noreste de la isla Sur se había interesado por las ovejas de Gwyneira, pues la cría estaba allí en ciernes. Sin embargo, se puso en contacto con ella un tal señor Burton de Marlborough, veterano de guerra como el mayor Richland, aunque más ambicioso en lo que a la solidez de la cría de ganado se refería. Gwyneira encontró simpático a ese hombre entrado en años y cargado de vitalidad. Burton era delgado y nervudo, un jinete audaz y buen tirador: enseguida sorprendió a sus anfitriones con tres conejos que había cazado «al pasar por ahí» a caballo.

—Son suyos, los he matado en sus tierras —sonrió—. Supongo que su pérdida no les afectará demasiado.

Gwyneira rio y mandó llevar los animales a la cocina.

—No hacía falta que se trajera usted mismo la comida —bromeó James—. ¿Tienen también ahí arriba problemas con los conejos o ustedes toman medidas con los zorros?

Burton y los McKenzie no tardaron en enfrascarse en una conversación, y esta vez, excepcionalmente, no fue William quien eligió los temas a tratar. Gwyneira se percató de lo animadamente que James conversaba y bromeaba con el granjero de Marlborough. Por fin había alguien que no conocía su pasado de ladrón de ganado, sino que lo aceptaba con naturalidad como capataz de Kiward Station. También a Jack pareció gustarle a primera vista Burton. Preguntó por los animales en los bosques que rodeaban Blenheim y las ballenas de Marlborough Sound.

—¿Ha visto de verdad alguna, señor Burton? —preguntó curioso.

El visitante asintió.

—Claro que sí, jovencito. Desde que la caza de esos grandes cetáceos ya no es tan intensa, se están volviendo más confiados. ¡Y en serio que son grandes como casas! Lees acerca de ellos, pero luego, cuando te ves enfrentado en un barco, pequeño en comparación, a esos gigantes... ¡Los cazadores de ballenas que lanzaban arpones en lugar de alejarse a toda máquina merecen nuestro respeto!

—Los maoríes las cazaban desde sus canoas —dijo Jack—. Debía de ser muy emocionante.

—Yo lo encontré horroroso y repugnante —intervino James—. Cuando hace años llegué a la costa Oeste, la caza de la ballena era la forma más segura de reunir deprisa una fortuna y busqué trabajo en ese campo. Pero no era para mí. Usted lo ha dicho, señor Burton: las ballenas son demasiado confiadas y a mí me cuesta clavar un arpón en el cuerpo de un ser que me tiende alegremente su aleta.

Todos rieron.

—¿Así que tienen aletas? —quiso saber Jack—. Lo digo porque en realidad son mamíferos.

—¡Deberías pasarte un día por ahí y verlas con tus propios ojos, jovencito! Tal vez nos ayudes a llevar las ovejas si tu madre y yo llegamos a un acuerdo mañana. —Burton ofreció satisfecho un brindis a Gwyneira. No parecía dudar de que se entenderían.

En efecto, al día siguiente se alzaron de nuevo las copas por la compra de un numeroso rebaño y Burton repitió su invitación. Jack y su amigo Maaka ya habían ayudado a reunir las ovejas, y la destreza de los jóvenes con los perros pastores había impresionado a Burton. No tardó en adquirir también dos border collies y afirmó que necesitaría ayuda para adiestrarlos, dirigiendo un jovial guiño a Jack. El chico apenas si lograba contenerse.

—Podré ir, ¿verdad? ¿Mamá? ¿Papá? Y Maaka también. Será una aventura... ya veréis, traeremos un bebé de ballena y lo criaremos en nuestro lago.

—La ballena madre estará encantada —ironizó Gwyneira—. Igual que yo. Tienes escuela, Jack, no puedes irte tan alegremente de vacaciones.

La señorita Witherspoon, que hasta el momento se había mantenido en silencio, asintió como cabía esperar.

—Pronto empezaremos con el francés, Jack, si es que quieres aprobar el examen de Christchurch.

—¡Bah! —refunfuñó Jack—. Como mucho estaremos dos semanas fuera, ¿no, señor Burton?

—Ya deberías haber empezado con las clases de francés hace medio año —le recordó Gwyneira.

Ella entendía la aversión de Jack hacia las lenguas. Su propia institutriz francesa la había vuelto loca cuando era adolescente, aunque por fortuna la mujer tenía alergia a los perros, hecho que la joven Gwyneira siempre había utilizado a su favor. Lamentablemente había contado esta historia a Jack y el muchacho sabía que cuando ella lo azuzaba para que estudiase no lo decía de corazón.

Y entonces recibió una ayuda inesperada de su padre.

—En el viaje a Blenheim aprenderá más de lo que la señorita Heather vaya a enseñarle en medio año —farfulló.

Heather ya iba a protestar, pero el movimiento de rechazo de James con la mano la detuvo.

—La costa, los bosques, las ballenas... hay que verlos. Se planteará preguntas y las respuestas están en los libros. Usted, estimada señorita Heather, podrá emplear el tiempo en reunir toda esa ciencia y transmitírsela entretanto a los niños maoríes. También les gusta leer otras cosas que no sean la Biblia y *Sarah Crewe*.

—Oh, sí, ¡será fantástico, señor Burton! —saltó Jack—. Mamá, papá, me voy al poblado a contárselo a Maaka. ¡Veremos ballenas...!

Gwyneira sonrió cuando su hijo se marchó emocionado para

dar a su amigo una grata sorpresa. Nadie dudaba de que Maaka obtendría autorización de sus padres. Los maoríes eran nómadas natos, se alegrarían por el chico.

—Pero le hago responsable, señor Burton, de que dejen los cachalotes donde están. Me he acostumbrado a los *weta* en la habitación de los juegos, pero no tengo intención de acostumbrarme a una ballena en el estanque.

Además de los dos muchachos, Andy McAran y *Poker* Livingston guiarían las ovejas. Poker, jubiloso, aprovechó la oportunidad de emprender este viaje, la vida tranquila junto a su compañera le aburría. Había que agilizar los preparativos pues el señor Burton quería marcharse pronto.

—Así se ahorra un guía, señorita Gwyn, y yo practico al mismo tiempo el trato con los perros.

Gwyn no le dijo que Andy y Poker solos y con dos perros también habrían efectuado la conducción del ganado, y James o ella, solos con un perro. Pero tampoco quería enturbiar su entusiasmo ni el de los chicos.

En este asunto, a Jack sólo le preocupaba una cosa: qué haría Gloria sin él.

—Si yo no estoy, nadie la oye por la noche cuando llora —dijo—. Ya casi no lo hace, pero no es seguro...

Gwyneira lanzó a William una mirada de reproche. Era su deber garantizar al menos en ese momento que él se ocuparía de su hija. Sin embargo, el joven irlandés no pronunció palabra.

—La llevaré a nuestra habitación —tranquilizó Gwyneira a su hijo.

—Tal vez la señorita Witherspoon desee ocuparse un poco de su futura pupila —soltó James con mala idea.

Entre la profesora particular y James se había iniciado una guerra abierta desde que éste había aludido a lo inservibles que eran sus clases.

Heather no se dignó ni a mirarlo.

—En cualquier caso, a Gloria no le pasará nada —intervino

Gwyn—. Aunque te echará en falta, Jack. Tal vez podrías traerle el retrato de una ballena. Y luego dibujas en el patio lo grande que es.

Jack estaba exultante cuando los jinetes por fin partieron; Gwyneira, por el contrario, luchaba con la desazón. Añoraba a su hijo en cuanto partía y de hecho la casa parecía perder vida en cuanto él no estaba. Durante la cena añoraba el parloteo alegre de Jack y su perrito, que parecía estar siempre en movimiento. La comida transcurrió más formalmente que de costumbre, y aún más por cuanto se percibía que la atmósfera entre James y Heather era gélida. William, por su parte, tampoco contribuyó a animar la conversación. James, que notaba el talante triste de Gwyn, fue en busca de una botella de vino especialmente bueno y sugirió a su esposa que se fueran pronto a la cama con aquel selecto caldo.

Gwyneira le dirigió la primera sonrisa del día, pero algo ocurrió entonces. Apareció un joven pastor preocupado por uno de los caballos del establo. En otras circunstancias habría avisado a Andy, pero como estaba ausente prefirió acudir directamente a los McKenzie. James y Gwyn fueron con él para ver la yegua.

Heather Witherspoon aprovechó la oportunidad para coger una botella de vino del armario que, en otro momento, habría estado cerrado.

—Ven, William, al menos nos relajaremos —llamó.

Él estaba pensando en qué sería lo más conveniente para su futuro. Por otra parte, había pasado todo el día fuera bajo una persistente lluvia. Ya tenía bastante.

Le sorprendió que Heather no lo llevara a su habitación como era habitual, sino que se encaminara hacia las habitaciones que él había compartido con Kura.

—¡Desde el principio he deseado dormir algún día en esta cama! —anunció contenta, mientras depositaba el vino sobre la mesilla de noche—. ¿Te acuerdas de cómo la elegimos? Creo que fue entonces cuando me enamoré de ti. Teníamos los mismos gustos, las mismas ideas... En realidad, éstas son nuestras habitaciones, William. Deberíamos tomar posesión de ellas de una vez.

A William eso no le agradó. En primer lugar tenía recuerdos muy concretos de esa cama, pero se referían menos a su selección que a los placeres que Kura le había deparado en ella. Dormir allí con Heather sería casi un sacrilegio. Y peor todavía, tenía la sensación de que de ese modo rompería del todo su matrimonio. Hasta el momento había justificado su comportamiento con Heather simplemente con la marcha de Kura. Pero ahora... No le parecía correcto entrar en sus habitaciones privadas.

Sin embargo, ella se limitó a reír y descorchó el vino.

—¿No hay copas? —preguntó—. ¿Nunca... —soltó una risita— habéis necesitado un pequeño estímulo?

William podría haber contestado que nunca había tenido ni que pensar en desinhibir a Kura con vino, pero fue a buscar dócilmente unas copas. De nada le serviría hacer enfadar a Heather.

A pesar de todo, hizo un intento de retirada.

—Heahter, creo que no deberíamos... Me refiero a que si alguien viene...

—¡No seas cobardica! —Heather le tendió su copa mientras ella bebía un primer sorbo. El vino era magnífico—. ¿Quién crees que puede venir? La señorita Gwyn y el señor James están en el establo y Jack se ha ido...

—El bebé tal vez llore —señaló William, si bien no lo habrían oído en esa parte de la casa.

—El bebé duerme en la habitación de la señorita Gwyn. Yo misma la he oído decir que se lo llevaría. Así que déjate de tonterías, Will, y ven a la cama.

Heather se desvistió, lo que no hacía de buen grado si la luz estaba encendida. En su habitación solía prender una vela cuando hacían el amor, y a William eso le iba bien pues seguía pensando en Kura mientras acariciaba el cuerpo de la institutriz. Allí, empero, Heather dejó encendidas las lámparas de gas, y parecía no cansarse de contemplar las habitaciones que ella misma había amueblado.

William no sabía qué más poner como pretexto. Tomó un buen trago de vino. Quizás eso le ayudara a olvidar la sombra de Kura en esa habitación.

El caballo del establo tenía un cólico y Gwyneira y James dedicaron un buen rato a administrarle purgante, masajearle el vientre y pasearlo para poner en movimiento la actividad intestinal. Transcurrida una hora —lo peor ya había pasado— Gwyneira se acordó de repente de que no había nadie en la casa ocupándose de Gloria. En general confiaba en Jack, pero seguro que ni William ni la señorita Heather pensaban en vigilar a la niña, y Moana y Kiri ya se habían marchado antes de que los McKenzie acudieran al establo.

Gwyn dejó en manos de James y el joven pastor los demás cuidados de la yegua y corrió a casa para echar un vistazo a Gloria. La niña ya casi tenía un año y solía dormir toda la noche, pero a lo mejor también echaba en falta a Jack y estaba intranquila. En efecto, estaba despierta cuando Gwyneira se acercó a su camita, pero no lloraba, sino que balbuceaba como si hablara consigo misma. Gwyneira rio y la tomó en brazos.

—Y bien, ¿qué le estás contando a tu muñequito? —le preguntó alegremente mientras le tendía el juguete—. ¿Unas historias terribles en las que unas ballenas se comen a Jack?

Meció al bebé y disfrutó de su aroma y de la forma en que su cuerpo se adaptaba al de ella. Gloria era una niña afable y nada problemática. Gwyn recordaba que Kura había llorado mucho más aunque Marama no se separaba de ella, mientras que Gloria casi estaba demasiado sola. Kura siempre había sido exigente y ya de bebé extraordinariamente hermosa. Eso no lo había heredado Gloria. La niña era mona, pero no tan impactante como su madre a la misma edad. Gloria tenía unos ojos del azul de la porcelana y ya era bastante seguro que lo conservaría. Su cabello, todavía escaso, parecía seguir dudando entre rubio oscuro o castaño claro. No se distinguía un tono rojizo y no era liso y fuerte como el de Kura cuando todavía era una niña, sino rizado y muy suave. Tampoco los rasgos de su semblante eran exóticos como los de su madre, antes bien mostraban ciertas similitudes con los de Paul y Gerald Warden. La barbilla enérgica era un legado de los Warden, pero salvo por eso, sus rasgos eran más suaves que los de su abuelo, ahí más bien se apreciaba la influencia de William.

—¡Para nosotros ya eres suficientemente guapa! —le susurró a su bisnieta mientras la mecía dulcemente—. Ahora te vendrás conmigo. Nos llevamos tu cestita y hoy duermes con la abuela Gwyn.

Sacó a la niña de la habitación y recorrió el pasillo, que estaba a oscuras. Por eso no pudo evitar ver el rayo de luz que salía de los aposentos de Kura.

Frunció el ceño. Era evidente que William ya había subido porque no había encontrado a nadie en el salón. Pero ¿qué estaba haciendo en las habitaciones de Kura? ¿Reavivando sus recuerdos? Su cuarto se hallaba al final del pasillo.

Gwyn se censuró por su curiosidad y ya iba a seguir adelante cuando creyó oír murmullos y risitas. ¿William? De repente recordó a James y su desconfianza hacia Heather Witherspoon. Hasta el momento había considerado esa sospecha absurda, pero...

Gwyneira quería saberlo ahora. Quien fuera que estuviese en las habitaciones privadas de Kura no tenía autorización. Así pues, dejó la cestita y cogió al bebé en brazos. Entonces abrió la puerta. Percibió con toda claridad los murmullos y gemidos. En el dormitorio...

Gloria se puso a llorar cuando su bisabuela también abrió esa puerta y de repente la inundó la luz clara, pero Gwyn no podía atender ahora a la pequeña. Casi sin dar crédito contemplaba a William y Heather en la cama de Kura.

La institutriz se quedó helada. William se separó a toda prisa de ella e intentó cubrir su desnudez.

—Señorita Gwyn, no es lo que usted se cree...

Gwyneira casi hubiera soltado una carcajada. Quería hacer una observación sarcástica pero se impuso la cólera.

—Gracias, no necesito ninguna aclaración. Acaban de darme una. ¿Es ésta la razón de que Kura se haya ido, William? ¿Descubrió lo vuestro?

—Señorita Gwyn, Kura... —William no sabía cómo formular una disculpa. Le resultaba muy difícil explicar el modo en que Kura lo había rechazado—. Ella... ella no quería...

Gwyneira lo miró con frialdad.

—Puede usted ahorrárselo. Ahora lo sé, y me daría de bofetadas por no haberme dado cuenta antes. Con Elaine pasó lo mismo, ¿no es así, William? A ella la engañó con Kura, y ahora engaña a Kura con esta... ¡Ya puede empaquetar sus cosas, señorita Witherspoon! ¡Ahora mismo! Mañana tampoco quiero verla a usted en esta casa.

—¿Tampoco? —preguntó William, sorprendido.

—¡Sí, tampoco! Usted también desaparecerá de aquí. Y ni se atreva a mencionar a su hija. ¡Ningún juez se la concederá a un adúltero! —Gwyneira había empezado a mecer a la niña en sus brazos y Gloria se había calmado. Curiosa, la pequeña miraba a su padre y a la señorita Witherspoon—. Bastante tiene con haberlo tenido que presenciar.

—Pero yo amo a Kura... —susurró William.

Gwyneira alzó la vista al cielo.

—Pues qué forma tan peculiar de demostrarlo... No me interesa su amor a corto plazo. Si piensa que servirá de algo, vaya a buscar a Kura y pídale perdón. Pero aquí no seguirá usted holgazaneando, bebiéndose mi whisky y seduciendo a los empleados. ¡Salga de esta habitación! ¡Y márchese a primera hora de Kiward Station!

—Pero usted no puede...

—¡Vaya si puedo!

Gwyneira esperó con expresión impertérrita a que ambos se hubieran cubierto más o menos castamente. Incluso se tomó la molestia de darse la vuelta cuando los dos salieron de la cama para recoger su ropa. Después apagó la luz y cerró la habitación de Kura tras ellos.

—¡Mañana temprano no la quiero aquí! —repitió—. Dejaré

el resto de su sueldo sobre la mesa del salón, señorita Witherspoon. Bajaré a desayunar a eso de las nueve. A esa hora espero no tener que verla. ¡A ninguno de los dos!

Dicho esto, se marchó apresuradamente, dejando a la abatida pareja. Gwyneira fue a su despacho a poner el dinero de Heather en un sobre. ¡Y además necesitaba un whisky!

James regresó del establo cansado y helado cuando Gwyn acababa de servirse una copa. Gloria dormía en el sofá con el pulgar en la boca.

James lanzó a su esposa una mirada de asombro.

—¿Aplacas a la niña con alcohol? —preguntó con ironía.

Gwyneira le sirvió también una copa y volvió hacia él su pálido semblante.

—Me aplaco a mí misma. Toma, ¡dentro de poco tú también lo necesitarás!

Heather Witherspoon esperaba a William delante de los establos sin haber pegado ojo y con el rostro blanco como la cal. El joven llegó alrededor de las seis de la mañana, con las alforjas llenas, y lanzó una mirada sorprendida a la mujer y su equipaje.

—¿Qué haces todavía aquí? —preguntó huraño—. ¿No sería mejor que te pusieras con las maletas en el camino que va a Haldon. Seguro que pasa alguien por ahí y, si tienes suerte, hasta te llevarán a Christchurch.

Heather lo miró con incredulidad.

—¿No... no nos vamos juntos?

William frunció el ceño.

—¿Juntos? Pero qué dices. ¿Cómo va a cargar mi caballo con todas esas cosas?

Los ojos de Heather se anegaron en lágrimas.

—Podrías alquilar una calesa. Nosotros...

William sintió que la rabia se adueñaba de él.

—Heather, no existe ningún «nosotros». Siempre he intentado hacértelo comprender, pero no has querido. Estoy casado y amo a mi esposa...

—¡Te ha abandonado! —exclamó Heather.

—Tendría que haber ido tras ella de inmediato. Claro que teníamos diferencias, pero... lo sucedido entre nosotros... ha sido un desliz. No deberíamos empeorarlo más. ¿Te ayudo a llevar el equipaje al camino? —William dejó sus alforjas y cogió las maletas.

Heather le lanzó una mirada furibunda.

—Ya puedo sola... —Quería insultar, gritar y blasfemar, pero desde pequeña le habían inculcado que eso no era propio de una dama, así que no encontró las palabras para descargar su ira—. Te deseo suerte, William —llegó incluso a decir—. Espero que encuentres a Kura y seas feliz.

Él no respondió. Cuando media hora más tarde llegó donde el camino se bifurcaba en dirección a Haldon y Christchurch, Heather había desaparecido.

4

En los meses siguientes, William aprendió sobre ovejas, bueyes y el lavado de oro, pero sobre todo aprendió sobre sí mismo.

Buscar un trabajo conveniente para él y que le aportara dinero para subsistir lo llevó por toda la isla Sur y casi más allá de sus confines. Al principio persiguió, en efecto, el objetivo de encontrar a Kura. Sin embargo, la compañía de ópera se había marchado hacía tiempo a Australia y él no tenía dinero para hacer la travesía, sin contar con que tampoco conocía con exactitud el itinerario de la gira y, por consiguiente, encontrar a Kura en ese enorme territorio habría sido una quimera. Se consoló pues con la certidumbre de que la *troupe* en algún momento regresaría. George Greenwood había conseguido unas condiciones especiales para los viajes en barco entre Christchurch y Londres, por lo que la ciudad de la isla Sur constituía el punto de partida y final de la gira. La compañía visitaría todavía dos ciudades más en la isla. William debía aguantar pues un par de semanas.

Tal espera no se demostró nada sencilla, y aún menos porque el orgullo le impedía pedir trabajo en los alrededores de Kiward Station. Al fin y al cabo, los barones de la lana lo tenían como alguien de su nivel. ¡Era inconcebible que ahora lo contratasen como pastor! Así que dirigió su caballo rumbo a Otago y las granjas de ovejas en el área de las McKenzie Highlands. Por ahí siempre se encontraba trabajo, pero William no permanecía mucho tiempo en un mismo lugar. Confirmaba lo que ya había vivido en Kiward Station: el trato directo con los animales no le gustaba y de las labores administrativas se encargaban los mismos propietarios de las granjas o las confiaban a empleados que llevaban mucho tiempo con ellos. Por añadidura, le desagradaban los alojamientos de los conductores de ganado: odiaba dormir al raso y encontraba las pullas burdas de los hombres, con frecuencia dirigidas a él, más ofensivas que divertidas.

Así pues, fue de granja en granja e incluso se dejó caer por Lionel Station, donde se enteró de los pormenores de la tragedia de Elaine. Con el paso del tiempo, William lamentaba profundamente lo ocurrido. Sabía que al menos James McKenzie, y sin duda la familia de Elaine, le achacaban parte de la culpa de aquel matrimonio precipitado: la joven pelirroja nunca había logrado superar del todo su enamoramiento por él. Además, ya hacía mucho que había llegado a la conclusión de que ella también habría sido mejor partido. Colaborar con los Almacenes O'Kay le había resultado más interesante que las tareas de Kiward Station, y aunque Elaine no era tan excitante, sí era más razonable y cariñosa que Kura.

Pese a ello, el corazón le palpitaba más deprisa cuando recordaba a Kura. Maldita sea, él la había amado de verdad, ¡todavía la amaba! Y lo habría asumido todo, incluso las dificultades de la granja, sólo si ella hubiera permanecido junto a él. ¿Por qué su mujer era incapaz de contentarse con lo que tenía?

Pero tampoco Elaine lo había conseguido en los últimos tiempos. Aunque William también encontró a John Sideblossom bastante antipático, Lionel Station era una propiedad maravillosa. Y Elaine siempre había soñado vivir en una granja de ovejas.

William no se quedó mucho tiempo allí. Reinaba un ambiente sombrío y John pagaba mal: no era de extrañar, pues él mismo se ocupaba de que existiera un flujo constante de trabajadores mal retribuidos que no se movieran de ahí. El perspicaz William había percibido enseguida el parecido de varios pastores maoríes con su patrón, quien con sus descendientes legítimos había tenido mala suerte. El primer hijo de Zoé Sideblossom había muerto en el parto y hacía poco la muchacha había sufrido un aborto.

William prosiguió su camino hacia los yacimientos de oro cercanos a Arrowtown, pero la suerte no le sonrió. También la caza de focas en la costa Oeste le repugnó más que atraerlo. Con el curso del tiempo esa actividad se había convertido en un negocio realmente fatigoso. Los animales ya no esperaban a sus cazadores en las playas a centenares, sino que se habían tornado más recelosos. William probó a trabajar de forma temporal fabricando ataúdes, pero esa labor le resultó demasiado triste. Pese a ello, el carpintero fue el primer jefe que lamentó su partida: desde que William asesoraba a los clientes, éstos pagaban más por ataúdes más bonitos y con mayor prestancia.

Al final se marchó hacia Westport, con la leve esperanza de volver a reunirse con Kura. En Kiward Station se había rumoreado que la costa Oeste constituía una de las últimas paradas de la *troupe*. Sea como fuere, William ni vio ni escuchó nada acerca de la compañía de ópera. Lo que allí se necesitaba eran trabajadores para las minas de carbón. Eso sí parecía un trabajo bien remunerado, pero William temía ese oficio de esclavos. Según su opinión, se nacía minero o no había manera. Así que prefirió marcharse con los utensilios de buscador de oro junto al río Buller. Y por fin tuvo un poco de suerte: en un día reunió en un arroyo polvo de oro por valor de unos treinta dólares. La mitad se la embolsó el dueño de la concesión, pero quince dólares eran suficientes para pasar un par de días en un hotel, beber un buen whisky y tomar un baño. Así pues, se encaminó a la taberna, al parecer bien gestionada y donde también alquilaban habitaciones, y al entrar pidió una copa. Mientras el dueño se la servía, paseó la vista por la estancia y... se quedó boquiabierto.

La clientela no sólo se componía de hombres bebiendo whisky a solas o en grupo y jugando a las cartas o a los dados, como era habitual. La atracción principal era un hombre que tenía una extraña maquinita sobre una mesa. Accionaba el ruidoso cacharro con una manivela lateral al tiempo que hablaba.

Aún más sorprendente era el público: en torno al hombre y la máquina se arracimaba un grupo de mujeres jóvenes y maduras que parloteaban inquietas. Mujeres decentes, al parecer: sus ropas eran modestas y las mayores no sólo no apartaban la vista de la máquina, sino también de sus hijas, que al parecer por primera vez en la vida entraban en una taberna. Las jóvenes, a su vez, no se interesaban por la decoración del local o los pocos bebedores solitarios que había en los rincones. Sólo tenían ojos para el apuesto hombre que en ese momento les explicaba las excelencias del ingenio.

—Observen, ahí donde una costurera experimentada hace cincuenta puntos, esta maravillosa máquina hace trescientos. ¡En manos de una mujer normal y corriente! ¿Alguna desea probar?

El hombre recorrió con la mirada el corro de mujeres apiñadas como un grupo de alumnas aplicadas. Al final, eligió a una pequeña y hermosa rubia que, al instante, se sonrojó.

—¿De verdad puedo? —preguntó con afectada modestia.

El joven se pasó la mano por los cabellos rizados y negros, sonriendo.

—¡Claro que sí, *milady*! Es imposible que estropee la máquina, al contrario: con unas manos tan bonitas seguro que funciona de maravilla.

La joven se sentó halagada delante de la máquina y empezó a mover la manivela. No parecía desenvolverse bien y gritó asustada cuando algo falló.

—¡Oh, no pasa nada, *milady*! A veces el hilo se rompe al principio. Pero se soluciona en un pispás... Vea, basta con que lo ensartemos aquí... y aquí... y aquí. Luego lo enhebramos... ¡Es muy fácil! Ya puede intentarlo otra vez. Pero ahora no sujete la tela, limítese a guiarla. Con delicadeza, seguro que eso no le resulta difícil.

Mientras la muchacha reiniciaba la labor, William se acercó con el vaso en la mano. Era más alto que la mayoría de mujeres y veía por encima de ellas. La pequeña máquina recordaba un poco a un gran insecto que inclinara su cabeza hambrienta sobre una presa y le fuera hundiendo los dientes. La presa era un trozo de tela; los dientes, la aguja que avanzaba veloz como un rayo y unía las partes con una pulcra puntada. Pese a ello, con esa costurera el resultado era algo mediocre.

—¡Déjame a mí! —intervino una mujer mayor, y la joven le cedió el sitio. La mujer giró la manivela a un ritmo más lento, con lo que la aguja también serenó su baileteo y la costura quedó recta.

El vendedor no lograba contener su entusiasmo.

—¡Perfecto! ¡Querida señora, tiene usted un talento innato! ¡Un par de días de práctica y ya estará cosiendo su primer vestido! ¡Qué maravilla!

La mujer asintió.

—En efecto, qué maravilla. Pero cien dólares es mucho dinero...

—Vamos, querida señora. ¡No se hacen las cuentas así! Claro que a primera vista parece cara, pero ¡piense en todo lo que ahorrará! Con esta máquina confeccionará la ropa de toda la familia. Hará cortinas, sábanas... incluso arreglará la ropa vieja, que de esta manera adquirirá un nuevo valor. ¡Véalo así!

El hombre volvió a tomar asiento junto a la máquina, sacó una sencilla camisa de niño y unas puntillas de un montón de telas que tenía a mano y midió los largos con movimientos hábiles. Luego colocó las puntillas y la blusita bajo la aguja de la máquina. Ésta empezó a repicar y al cabo de unos segundos el cuello de la pequeña prenda estaba rodeado por unas delicadas puntillas. Las mujeres exclamaron admiradas.

—Miren, ¿a que parece nueva? —dijo triunfante el hombre—. Y acuérdense de lo que cuesta una camisa de puntillas. Una máquina de coser no es cara, se amortiza en muy poco tiempo. Muchas de mis clientas incluso hacen negocio con ella y no tardan en coser ropa para sus amigas y vecinas. ¡Además no hay que pagarlo todo de una vez! Mi empresa les ofrece la posibilidad de comprar la máquina a plazos. Una entrega inicial y luego un par de dólares cada mes...

El hombre hablaba de forma muy persuasiva, y todas las

mujeres se morían de ganas de probar el aparato. El vendedor dejó pacientemente que una tras otra lo hiciera y para cada una de ellas encontró una palabra elogiosa y admirativa. Se reía de las pequeñas equivocaciones y se deshacía en alabanzas por los más mínimos logros. A William lo entretenía escucharlo.

Al final, tres mujeres firmaron el pedido de una máquina y otras dos dijeron que lo consultarían con sus maridos.

El hombre parecía muy satisfecho cuando el emocionado público se disolvió. William se acercó a él mientras guardaba las telas y la máquina.

—¡Qué aparato tan fascinante! —observó—. ¿Cómo se llama?

—Máquina de coser. La inventó un tal Singer hace cuarenta años. Bueno... bueno, no la inventó, sino que la comercializó. A precios razonables. Incluso a plazos cuando las señoras lo desean. Cosa ahora, pague después: ¡genial!

William sólo podía darle la razón.

—¿Así que no es usted mismo quien monta las máquinas? ¿Puedo invitarle a una copa, señor...?

—Carl Latimer, a su servicio. Y tomaré encantado un whisky.

Latimer empujó a un lado la máquina ya bien empaquetada y dejó sitio para William y la botella. Entonces contestó a sus preguntas.

—Claro que no soy yo mismo quien monta las máquinas. Nadie lo haría para venderlas luego por cien dólares. No deja de ser una cosa complicada. No se imagina cuántas patentes hay aquí. Algunos de los inventores todavía están discutiendo quién le robó una idea a quién. Eso no es de mi incumbencia. Yo soy un agente comercial. Sólo presento estos artículos al hombre... o mejor a la mujer.

William le sirvió otro vaso.

—¿Agente comercial?

—Algo así como un vendedor de biblias —contestó sonriendo—. A eso me dedicaba antes, aunque no era tan interesante ni lucrativo. Pero al final es el mismo principio: uno va de casa en casa y explica a la gente que la adquisición de ese producto te proporcionará de inmediato la felicidad eterna. En las ciudades te ahorras el ir llamando de casa en casa: la gente acude de buen grado a mis demostraciones con esta maravilla. Pero suelo recorrer las granjas y les presento la máquina a las mujeres.

—En el campo no venderá usted tantas, ¿verdad?

Latimer asintió.

—Cierto, pero me ahorro los gastos de manutención y el hotel. Las señoras me ofrecen gustosas la habitación de invitados... ¡Y no se imagina cuántas veces se encuentra una hijita o una doncella la mar de bonita dispuesta a amenizarle a uno las noches! Y la cifra de ventas tampoco es tan mala. Hay que seleccionar las granjas. Los establecimientos pequeños suelen ir justos de dinero, pero entonces arraiga la idea de la compra a plazos. Si la mujer se hace ilusiones de que la máquina la ayudará a ganarse un dinerito, enseguida está encantada. Y en las granjas grandes hay tanto dinero como forraje, pero las mujeres se aburren en ese desierto. Por eso siempre les enseño revistas de moda francesas y las engatuso con la idea de que copien los vestidos. Bueno, no es que quiera fanfarronear, pero dos de cada tres señoras pican. ¡Es cuestión de labia!

William asintió y en sus oídos resonaron aquellas palabras del empleado de banco de Queenstown: «¿Por qué no lo intenta con una actividad de la que entienda algo?»

—Dígame, ¿cómo se hace uno agente comercial? ¿Se necesita formación? ¿Capital inicial? ¿Dónde aprendió usted a manejar esa máquina?

William ganó el capital inicial haciendo ataúdes con el carpintero y siguió ejercitando sus habilidades de vendedor. El mismo representante tenía que adquirir el artículo para las demostraciones, y no se podía transportar en un caballo, necesitaba un carruaje ligero.

Sin embargo, poco después de haber presentado su solicitud en la compañía para la que trabajaba Latimer, recibió una invitación para realizar un cursillo para aprender a manejar el aparato en Blenheim. Así se familiarizó con las máquinas de coser y pronto supo desmontarlas y volver a montarlas, incluso realizar pequeñas reparaciones en casos de urgencia. Naturalmente, los futuros agentes —sin excepción hombres jóvenes, apuestos y encantadores— aprendieron a coser a la perfección sin torcer la línea, así como a confeccionar y embellecer rápidamente sencillas prendas de vestir.

—¡No basta con coser! Deben dejar pasmadas a las señoras, maravilladas, y nada mejor que un vestidito infantil confeccionado en pocos minutos —explicaba el profesor; pero William sólo lo escuchaba a medias.

Le resultaría sumamente sencillo convencer a sus clientas. Siempre había manejado bien el lenguaje. ¿Como había llamado Elaine ese arte? ¿*Whaikorero*?

William por fin había encontrado algo que se le daba mejor que todo lo anterior.

Kura siempre había intuido que tenía mejor voz que el resto. Ahora, la convicción de ser una cantante aventajada crecía con cada día que pasaba.

Si bien Roderick ya había suspendido las lecciones de canto —pese a todos los esfuerzos y contraprestaciones de ella, había dejado de tener ganas en un momento dado y prefería ir con ella de excursión a visitar las curiosidades de los sitios donde actuaban—, la joven aventajaba fácilmente a los demás cantantes. Gracias a que había mejorado la dirección de la voz, alcanzaba notas más altas y más bajas: abarcaba ahora casi tres octavas. Sostenía más las notas y no necesitaba ayudarse cantando más alto de lo que indicaba la partitura. Incluso en el fragmento más flojo de la representación del cuarteto de *El trovador*, durante el cual los demás cantantes se sofocaban unos a otros a gritos, su Azucena no pasaba inadvertida. La potente voz de Kura se imponía también con un volumen normal sin necesidad de esforzarse, incluso tenía tiempo de interpretar dramáticamente sus papeles. El público le concedía cada noche ovaciones en pie y cada vez se sentía más segura. Estaba decidida a marcharse a Inglaterra con la compañía. Se sorprendió cuando Brigitte le reveló que el grupo se separaría tras la gira.

—Sólo estamos contratados para Nueva Zelanda y Australia —le contó la bailarina, que ya había recuperado su antigua figura.

A este respecto, Kura casi sentía respeto por ella. Brigitte practicaba con tanta tenacidad la danza ayudándose con el respaldo de una silla como Kura repetía las escalas.

—¡No irás a creer que alguien querría ir a vernos en Europa! Los cantantes son todos fatales, incluso si sólo se da cuenta Sabina. Ella quiere dejarlo y dar clases de canto. Y los bailarines... hay un par de chicos buenos, pero la mayoría de las chicas sólo son guapas. Es probable que Roddy las eligiera sólo por su figura. Un auténtico *impresario* habría sido más crítico. No sólo se hubiera interesado por tus curvas, sino principalmente por tu danza.

O tu canto, pensó Kura con un asomo de miedo. Sin embargo, estaba convencida de que también triunfaría en Londres. Además no estaba sola, seguro que Roderick seguiría ayudándola. Seguro que tenía contactos en Inglaterra y probablemente formaría una nueva compañía para emprender otra gira...

Así pues, Kura estaba animada cuando al final dejaron Australia y embarcaron rumbo a Wellington. De ahí partían a la isla Sur, donde el transbordador hacía escala en Blenheim. Kura ignoraba que, justo cuando los cantantes desembarcaban y se preparaban para seguir el viaje a Christchurch, William estaba en una aireada fábrica en las afueras de la ciudad peleándose con una pérfida máquina de coser. No obstante, sabía que ya no estaba en Kiward Station. De forma esporádica escribía a Gwyneira y también recibía de vez en cuando cartas de ella si permanecía más tiempo en un lugar o George Greenwood se ocupaba de hacerle llegar el correo. De lo que no la habían informado era de los detalles de la partida. Gwyn sólo le comunicó que la señorita Witherspoon también había abandonado la granja.

Jack tiene ahora un profesor particular, un estudiante muy simpático de Christchurch. Sólo viene los fines de semana, pero consigue fascinar a Jack y Maaka hablándoles de las guerras de las Galias, que es de lo que se trata. ¡Y ahora es Jenny Greenwood quien da clase a los niños maoríes! Está pensando en presentarse a un examen de profesora, pero si quieres saber mi opinión, sólo ha solicitado la plaza porque Stephen O'Keefe vendrá en verano a visitarnos. ¿Te acuerdas de lo acaramelados que estaban el día de tu boda?

Kura no se acordaba y además le daba igual. De todos modos, la señorita Witherspoon no le habría aportado nada más. Y William... durante el día no tenía tiempo de pensar en él, pero por las noches todavía lo añoraba, incluso si compartía su lecho con Roderick, lo que sucedía con menos frecuencia en los últimos tiempos. Kura perdió por momentos interés en ese amante más viejo y más aburrido. Ya no admiraba a Barrister tanto como al principio, había aprendido lo suficiente para reconocer los puntos débiles de su forma de cantar y saber que no se hallaba ante ningún talento especial.

Tampoco como profesor era tan bueno como al principio ella había creído. Cuando en una ocasión asistió por azar a una de las clases de canto que Sabina daba a Brigitte, aprendió mucho más. De todos modos, seguía manteniendo relaciones con Barrister cuando él se lo pedía. Al fin y al cabo, todavía lo necesitaba, era su billete para Londres.

Roderick Barrister pensaba seriamente en llevarse a Kura a Inglaterra. La joven tenía un talento notable y además era un placer acostarse con ella. De todos modos, había abandonado la posibilidad de compartir escenario con ella. Si bien su potencial no estaba agotado, ella ya le superaba con creces. El público australiano la recompensaba ovacionándola más a ella en el escenario, y Roderick podía aceptarlo. En Londres, sin embargo, si cantaba con ella, a él lo abuchearían: no se hacía ilusiones al respecto. Si se llevaba a Kura a Inglaterra, tendría que ligar su futuro al de ella. Podía seguir siendo su maestro e *impresario*. Confiaba en que ella fuera tan dependiente de él que no aceptara ningún acuerdo ni firmar ningún contrato de grabación sin su consejo. A fin de cuentas, la joven sólo tenía dieciocho años, necesitaba un consejero paternal que la guiara y negociara sus contratos. Sin duda eso podría dar mucho dinero, seguro que más del que Roderick ganaría como cantante. Así pues, todo indicaba que le convenía llevarse a la chica... si no existiera su propio anhelo, demasiado poderoso, de pisar los escenarios.

Roderick los amaba. Necesitaba como una droga esa sensación de espera cuando el telón se levanta, el silencio del público antes de que suene la música, y el aplauso... ¡sobre todo el aplauso! Si ahora se decidía por Kura, nunca más volvería a experimentar algo así. En todo caso, no de forma directa, claro que podía permanecer entre bastidores y delirar con la representación de Kura. Pero ¡no sería lo mismo! Sería una vida de segunda mano, una actuación secundaria. Y la verdad, Roderick no estaba preparado para eso. Todavía no. Si Kura se hubiera cruzado cinco años después en su camino... Pero aún tenía buena apariencia, y eso seguía contribuyendo a que no le faltaran contrataciones. Era lo suficientemente joven para aguantar giras como ésa. Tal vez surgiera un nuevo contrato de este tipo, tenía que encauzar sus esfuerzos hacia ese objetivo. ¡Quizá pronto estaría viajando por la India o África!

Cuando Roderick subía al escenario se olvidaba de todos sus proyectos e ideas. El aplauso era mejor y más satisfactorio que cualquier otra cosa, incluso más bonito que el sexo. Y cuanto peor cantaba junto a Kura y menos atención le prestaba el público, más deprisa decrecía su amor por ella. Si es que había habido alguna vez amor y no sólo deseo.

Después de la última función, de pronto cambió de parecer y tuvo claro que no se llevaría a Kura. ¡Que hiciera carrera en Nueva Zelanda! Seguro que lo conseguiría. Y si alguna vez iba a Londres, ya tendría una segunda oportunidad.

Lo único que no debía hacer era enfadarla cuando se lo dijera, así que no se lo comunicaría demasiado pronto.

Gwyneira asistió al concierto de despedida en Christchurch junto con Marama, la madre de Kura. En realidad se habría llevado también a James, Jack y sobre todo a la pequeña Gloria. Marama deseaba volver a acercar a madre e hija. James se negó categóricamente a pagar entrada para oír cantar a Kura y Jack no quería exponer a Gloria a la influencia de su madre.

—Es posible que se ponga a llorar cuando Kura cante —dijo el muchacho—. Aunque hace mucho tiempo que no la padecemos. Puede que esta vez se quede callada y entonces a Kura quizá se le ocurra que tiene talento. Nunca se sabe qué ideas le pasan por la cabeza. ¿Que hacemos si de repente quiere llevarse a Gloria a Inglaterra con ella?

—Pero es su madre... —respondió Gwyneira con escasa determinación.

James sacudió la cabeza.

—El chico tiene toda la razón. Kura nunca se ha preocupado por la niña. Pero ahora ha crecido y es bonita... ¡A esa muchacha se le puede antojar cualquier cosa! Mejor evitar el riesgo. Si Kura quiere ver a Gloria, que venga a Kiward Station. El barco no zarpará de inmediato a Inglaterra.

Gwyneira encontró convincentes estos argumentos. Aun así, Marama no cambió de parecer, al menos había que intentar despertar el interés de Kura por Gloria. Para mayor seguridad, Jack solucionó el problema a su manera: la mañana del viaje a Christchurch desapareció con la pequeña. Últimamente la sentaba delante de él sobre el caballo, por lo que era inútil salir en su busca: ambos podían hallarse a kilómetros de distancia.

—Le daré una tunda cuando vuelva —prometió James sin mucha convicción cuando las mujeres se pusieron en camino. Sin embargo, le guiñó el ojo a Gwyneira. Lo más probable es que felicitara a su hijo.

Hasta la fecha, Marama había estado pocas veces en Christchurch y durante el viaje no tardó en superar el pequeño disgusto. Las mujeres hablaron del tiempo, las ovejas y la evolución de

Gloria: no tenían mucho más en común. Marama estaba volcada en la tribu, enseñaba a leer y escribir, pero sobre todo danza y música. Era una *tohunga* reconocida y amaba a su esposo. Las últimas publicaciones procedentes de Inglaterra, los nuevos descubrimientos y la política no le interesaban tanto como antes, cuando vivía con Kura en Kiward Station.

El viaje transcurrió plácidamente. Llegaron pronto a Christchurch y tuvieron tiempo para refrescarse antes de la función. Naturalmente, les habría encantado reunirse primero con Kura, pero eso no sucedió. Al parecer los cantantes necesitaban concentrarse antes de salir a escena. En su lugar, Gwyn se encontró en el vestíbulo con Elizabeth Greenwood y su hija más pequeña, Charlotte. Gwyn sonrió. La grácil y rubia niña era el auténtico retrato de la pequeña Elizabeth que ella había visto por vez primera en el *Dublin*.

—¡Estoy tan emocionada por Kura, señorita Gwyn! —dijo Elizabeth mientras tomaban una taza de té—. Todo el mundo la pone por las nubes, debe de cantar increíblemente bien.

Gwyneira hizo un gesto de conformidad, pero se sintió molesta.

—La gente siempre la ha puesto por las nubes —señaló.

—Pero George dice que ha progresado. Al menos es lo que afirma el *impresario*. George, por sí mismo, no entiende nada de eso, pero dice que ese hombre se la lleva a Inglaterra. ¿Qué opina usted, señorita Gwyn? ¿Es todavía su tutora?

Gwyneira suspiró. En Christchurch ya estaban criticando largo y tendido a Kura y el «*impresario*». William ya lo había previsto. Sin embargo, debía ser diplomática en su respuesta.

—En el sentido estricto ya no, pues está casada. Así que deberías preguntar qué piensa William de ello. Por otra parte, también a mí me gustaría saberlo. Creía que hoy vendría, pero no ha reservado habitación...

—Puede que sólo asista al concierto. Pero en serio, señorita Gwyn, no se lo pregunto por curiosidad, ¡bueno, no sólo por curiosidad! —Elizabeth esbozó una sonrisa contenida y Gwyn vio en esa recatada expresión a la niña que había sido—. George tendría que saber cuál es su parecer. Ha sido él quien ha reservado los pasajes de los otros cantantes para el barco. Si Kura quiere marcharse con ellos, lo puede arreglar o poner obstáculos más o menos ficticios. Así pues, en caso de que no desee que emprenda el viaje, tal vez hallaríamos de forma discreta una solución. George afirmaría que no quedan más camarotes y que Kura deberá esperar al siguiente barco. Entonces dispondrá usted de tiempo para intervenir...

Gwyneira casi estaba conmovida por la inquietud de los Greenwood. George siempre había sido un buen amigo y tenía mano izquierda para evitar los escándalos. Sin embargo, no veía del todo claro cómo actuar en esa circunstancia.

—Elizabeth, deja que hable primero con ella. La veremos tras el concierto, pero sobre todo venimos a escuchar cómo canta. No es que yo entienda mucho más que George, pero creo que incluso un profano en la materia se dará cuenta de si es o no capaz de acoplarse a los demás cantantes.

Elizabeth comprendió: en realidad Gwyneira se refería a si Kura sería aceptada como artista o sólo como amante del *impresario*, y a si Barrister creía de verdad en su carrera o si era que no podía renunciar a su cuerpo.

—Basta con que nos lo diga mañana por la mañana —respondió amablemente.

5

Kura-maro-tini estaba de mal humor. Era su última actuación en Nueva Zelanda y todos sus familiares y conocidos se hallaban entre el público, pero Roderick le había anulado dos solos, alegando que la velada se alargaría demasiado. A continuación Greenwood ofrecía a toda la compañía una fiesta de clausura y no había, pues, que demorarse demasiado.

La joven se sentía indignada. Había sido Sabina quien le había informado de los cambios, ya que había resultado imposible hablar con Roderick durante los preparativos. ¡Y encima esa fiesta de clausura! Los demás artistas habían recibido invitaciones formales, todos excepto Kura, que por supuesto iba a asistir. Sabina, Brigitte y los demás le dijeron que se trataba tan sólo de un error y se ofrecieron a llevarla como invitada personal, ¡todos menos Roderick! Éste no se había dejado ver en todo el día. Kura decidió montarle un numerito, en la cama a más tardar.

En ese momento observaba al público y se sintió de nuevo ofendida cuando sólo distinguió a Gwyneira y Marama en la primera fila. No es que esperara gran cosa de James y Jack, pero ya que habían pasado tantos años maldiciendo las escalas y los ejercicios de piano, le habría gustado que vieran su éxito. No echó en falta a Gloria, a Kura nunca se le habría ocurrido llevar a un bebé a un concierto. ¡Seguro que lloraba! Pero ¿dónde estaba William? También a este respecto, Kura había dado rienda suelta a su imaginación: seguro que él iría a Christchurch para volver a verla, pedirle perdón por todo y suplicarle que se quedara. Pero ella le soltaría a la cara lo que entonces le dejó por escrito: «¡No vale la pena!» No iba enterrarse en Kiward Station sólo porque amaba a William. ¿Y entonces...? En sus mejores fantasías, William la abrazaba en ese instante de su ensoñación, le decía que ella era para él mucho más importante que todas las ovejas del mundo y acto seguido reservaba un camarote en un vapor rumbo a Inglaterra. Claro que habría confrontaciones. ¡Ay, sería fantástico ver cómo competían Roderick y William! Pero al final lo tendría todo: a William y su carrera operística. ¡Tal como siempre había deseado! Sólo que él había desbaratado sus planes: la función empezaría en pocos minutos y todavía no había aparecido. Bueno, todavía le quedaba Roderick... Kura se alejó del telón. ¡Éste sí que iba a oírla!

Gwyneira tenía razón. No había que ser un melómano para juzgar el recital de Kura. En el fondo, a todo el mundo le quedó claro desde que se oyeron las primeras notas que la joven cantante no sólo estaba al nivel de sus colegas, sino que los superaba de largo. Kura cantaba con brío y expresión, daba con la nota exacta, imploraba, seducía, lloraba con su voz. Incluso Gwyneira, que nunca se había interesado por la ópera, y Marama, que era la primera vez que escuchaba un concierto de ese tipo, captaban los sentimientos que perturbaban a los personajes, aunque Kura cantase en francés, italiano o alemán.

A Marama se le humedecieron los ojos durante el cuarteto de *El trovador* y Elizabeth no podía dejar de aplaudir tras la *Habanera*. Roderick Barrister palidecía al lado de su compañera. Elizabeth Greenwood ya no entendía por qué el cantante la había fascinado tanto durante el primer concierto en Christchurch.

Cuando el telón cayó por última vez —el público había dirigido a Kura una sonora ovación—, las amigas permanecieron unos minutos sentadas y se miraron. Al final, Elizabeth felicitó a Marama, casi con veneración, por su hija.

—¡Tienen que enviarla a Londres! Hasta ahora siempre había pensado que se exageraba con lo de Kura y la música. Pero ahora... No está hecha para quedarse en una granja de ovejas. Su destino son los escenarios europeos.

Gwyn asintió, aunque menos eufórica.

—Puede marcharse si lo desea. Yo, al menos, no pondré piedras en su camino.

Marama se mordió el labio. Siempre se sentía algo apocada cuando era la única maorí entre tantos blancos. Y aún más por cuanto no era una belleza exótica como Kura, sino una típica representante de su pueblo: bajita, un poco achaparrada y con los años también algo regordeta. Ese día se había recogido el cabello negro y liso y llevaba ropa occidental, pero era obvio que destacaba entre la gente de la sala. Además, nunca estaba segura de si a Gwyneira le molestaba tener una nuera maorí.

—Aunque debería enviarla a una escuela, señorita Gwyn —osó decir Marama con su bella y cantarina voz—. ¿Cómo se llama? Conservatorio, ¿no? Canta de forma maravillosa. Pero ese hombre... no creo que él le haya enseñado todo lo que sabe. Kura todavía podría mejorar. Y necesita un título. Puede que aquí baste con cantar bien, pero entre los blancos se precisa de un diploma para ser *tohunga*.

Marama hablaba un inglés estupendo. Al ser hija de Kiri, había crecido prácticamente en casa de los Warden y había sido una de las mejores discípulas de Helen.

Estaba en lo cierto. Gwyneira le dio la razón.

—Ahora mismo hablaremos con ella, Marama. Lo mejor es que nos reunamos con ella en los camerinos antes de que se forme delante de nosotras una fila de veinte personas para decirle lo irresistible que es.

A Kura le encantaba que le dijeran lo irresistible que era y ya se habían precipitado suficientes admiradores en los improvisados camerinos de la compañía para asegurárselo. Esta vez, sin embargo, Roderick no se contaba entre ellos. Ni siquiera le había concedido un saludo a solas, sino que siempre había recibido los aplausos con ella en el escenario. ¡Un par de semanas atrás, incluso le había regalado rosas! Kura apenas si lograba esperar para echarle un rapapolvo. Pero ahora la aguardaban su madre y su abuela; esta vez ella saborearía su éxito. Las invitó a pasar a su camerino y Brigitte, que lo compartía con ella, se retiró discretamente.

—¿Y bien? ¿Os ha gustado? —preguntó Kura casi con altivez. Marama la abrazó.

—¡Has estado maravillosa, hija mía! —le dijo con ternura en su lengua—. ¡Siempre he sabido que serías capaz de conseguirlo!

—Tú no estabas tan segura —dijo Kura a Gwyneira.

Ésta reprimió un gemido. Kura tal vez cantaba mejor que antes, pero el trato con ella seguía siendo complicado.

—Yo no entiendo de música, Kura, pero lo que he escuchado me ha impresionado. Sólo puedo desearte lo mejor. Seguro que también triunfas en Inglaterra. No habrá problemas para pagar el viaje en barco y el conservatorio. —Y la estrechó entre sus brazos, pero Kura permaneció fría.

—Muy generoso por tu parte —observó con ironía—. Ahora que lo he conseguido sin ayuda ninguna estás dispuesta a complacerme en todo.

—¡Kura, eso no es justo! —protestó Gwyneira—. Ya te lo ofrecí antes de que te casaras...

—Pero sólo si renunciaba a William. Si entonces hubiera ido con él a Inglaterra... —Kura la miró iracunda. Estaba totalmente decidida a hacer responsable a su abuela de su fracaso matrimonial.

—¿Crees de verdad que lo habrías conseguido? —preguntó con dulzura Marama. Odiaba esas eternas discusiones sobre la culpa y la inocencia, la causa y la consecuencia con que tanto les gustaba enzarzarse a los blancos. Su hija era una maestra en ese arte de dilatar durante horas las conversaciones inútiles, de lo que Marama, a su vez, responsabilizaba a Gwyneira. Eso no lo había aprendido con los maoríes—. Cantas fabulosamente bien, pero ¿de verdad crees que en la Ópera de Londres te están esperando con los brazos abiertos?

El rostro de Kura se tiñó de una súbita indignación.

—¿Me estás diciendo que no soy lo suficientemente buena?

Marama mantuvo la calma. Ya había desempeñado muchas veces el papel de pararrayos estando con Paul Warden.

—Soy *tohunga*, Kura-maro-tini. Y he escuchado tus discos. Todos esos espléndidos cantantes... Puedes llegar a ser como ellos, pero todavía tienes que aprender.

—¡Ya he aprendido! He ensayado como una posesa durante todos estos meses. He estado en la isla Norte y en Australia, madre, pero no he visto nada de esos lugares, sólo el piano y mis partituras. Yo...

—Has mejorado mucho, pero todavía podrías hacerlo más. No deberías ir con ese hombre. ¡No te hará bien! —Marama contemplaba a su hija con una expresión serena.

—¡Y que me lo digas justamente tú! ¡Que una maorí quiera prohibir a su propia hija elegir libremente a su compañero!

—No te prohíbo nada. Yo...

—¡Estoy harta de todos vosotros! —replicó Kura—. Hago lo que me apetece y, afortunadamente, no necesito consultarlo con nadie. Los dos nos buscaremos empleos en Londres o formaremos otra compañía y saldremos de gira. ¡No necesito tu dinero, abuela, ni tampoco tus consejos, madre! Id a vuestra querida Kiward Station a contar ovejas. ¡Ya os escribiré de vez en cuando desde Inglaterra!

—Te echaré de menos —dijo Marama con cariño, sin hacer caso de su soflama. Quería estrecharla entre sus brazos como despedida y besarla o frotarle la nariz con la suya como era usual en su pueblo, pero esta vez Kura se puso tensa en cuanto se acercó—. *Harea ra* —susurró entonces—. Y que los dioses te bendigan y te guíen en la nueva tierra.

Kura no respondió.

—Ni una sola vez ha preguntado por Gloria —observó Gwyneira cuando ambas mujeres abandonaron los camerinos.

—Está tensa y disgustada —señaló Marama—. Algo no funciona como ella esperaba. Tal vez no deberíamos abandonarla, señorita Gwyn.

Gwyneira levantó la mirada al cielo.

—Por mí puedes quedarte aquí, Marama, y ponerte de felpudo. Pero yo ya estoy harta de su arrogancia, de su falta de corazón y de sus hombres. Que se marche a Londres si quiere. Sólo espero que gane de verdad suficiente dinero para sobrevivir o que para variar se busque un hombre que la mantenga. ¡En cualquier caso es la última persona que necesitamos en Kiward Station!

Kura estaba preciosa cuando se enfadaba, y la decisión de Roderick casi flaqueó cuando ella llegó a la sala donde se celebraba la fiesta con los ojos brillantes, las mejillas sonrosadas de excitación y llena de vehemencia. En ese momento él estaba bailando con Sabina, aunque con gusto se habría separado de ella para saludar a la joven, para tocarla y mimarla un poco a fin de que luego se mostrase más dócil. Pero no fue así. Tras haber bailado con Sabina, se dirigió con cierta pesadumbre hacia Brigitte. Kura, enfadada por su indiferencia, se colocó entre él y la bailarina.

—¿Qué significa esto, Roderick? ¿Me estás evitando? Primero no apareces en todo el día, luego me anulas la mitad del programa y ahora finges no conocerme. Si esto sigue así tendré que pensarme si comparto o no el camarote contigo.

Ese día, Kura volvía a llevar el cabello suelto, pero recogido hacia atrás con una diadema adornada de flores. Se había decidido por un vestido rojo, y una cadena de piedras azul celeste realzaba el escote. Los pendientes grandes, también azules, conferían todavía más brillo a sus ojos.

Era una lástima perderla... Roderick se irguió.

—¿Qué camarote? —preguntó amablemente—. Si he de ser franco, querida, es cierto que hoy intento evitarte. No soporto el dolor de las despedidas. —Sonrió con pesar.

Kura se lo quedó mirando.

—¿Significa que no quieres llevarme contigo a Inglaterra? Pero ya era un asunto cerrado...

—Kura, cariño, puede que hayamos hablado alguna vez de

eso... o soñado para ser más exactos. Pero no te lo habrás creído, ¿verdad? Mira, no tengo ningún contrato contigo.

Roderick se percató de que cada vez se iban deteniendo más parejas de baile en torno a ellos. La discusión con Kura despertaba el interés general. Él no se lo había imaginado así.

—¡Yo misma me buscaré mis contratos! —respondió altanera—. No será tan difícil. Tú mismo has dicho que tengo talento suficiente.

Roderick hizo un gesto de impotencia.

—Mi querida Kura, en estos últimos dos meses he hablado demasiado. Claro que tienes talento, pero... Mira, aquí en Nueva Zelanda eres una cantante de grandes dotes, pero allí... Sólo de los conservatorios de Inglaterra salen cada año docenas de cantantes.

—¿Te refieres a que yo no sería mejor que esas docenas? Pero todos estos meses... —Kura perdía su aplomo.

—Posees una voz que destaca en esta compañía de cantantes más bien... vulgares... —Entre los asistentes se alzó una protesta, pero Roderick ni se dio cuenta—. Aquí destacas, sí, pero ¿en la ópera londinense? En serio, pequeña, te haces demasiadas ilusiones.

Kura se sentía sola como una isla entre sus contrariados colegas. Si hubiera prestado atención tal vez habría oído que Sabina y otros la apoyaban y alababan su voz, pero las palabras de Roderick la habían conmocionado. ¿Tanto se había equivocado con él? ¿Habría él mentido de forma tan desvergonzada sólo por llevársela a la cama? ¿No valían nada las ovaciones de aquel público, sólo valía el público europeo?

Kura se enderezó. No, no podía ser, no debía ser así.

—Mira, Kura, pequeña, todavía eres muy joven —añadió Roderick, displicente—. Tu voz aún está desarrollándose. Primero tendrías que estudiar aquí...

—¿Dónde? —preguntó Kura con aspereza—. Aquí no hay conservatorios.

—Ay, un conservatorio... Nadie habla de eso. Pero dentro de tus limitadas posibilidades puedes hacer feliz a este público...

—¿Mis limitadas posibilidades? —espetó Kura—. ¿Y qué

pasa con tus limitadas posibilidades? ¿Crees que no tengo oídos? ¿Crees que no he advertido que eres incapaz de cantar *piano* una nota más alta que un *la*? ¿Y que alteras prácticamente todas las arias para que al gran Roderick Barrister le resulten más fáciles de cantar?

La gente que la rodeaba rio, algunos incluso aplaudieron.

—Mis limitaciones están muy por encima de las tuyas —remachó Kura.

Barrister se encogió de hombros.

—Si lo deseas, no puedo impedirte que lo intentes en Europa. Seguro que podrás costearte el pasaje... —Y para sus adentros rogó que no pudiera. Pasar seis semanas en un barco con una Kura iracunda debía de ser un infierno.

La joven reflexionó. El dinero que había ganado no era suficiente. Quizá para el viaje sí, pero luego no tendría ni un céntimo para mantenerse en Inglaterra hasta que la contrataran. Claro que podía pedir dinero a Gwyneira. Pero para eso tendría que reconocer que Roderick no la quería, admitir que Marama tenía razón con la valoración de su nivel de formación, en suma, aceptar imposiciones externas...

—¡Yo todavía estaré en los escenarios cuando a ti sólo te necesiten para arrastrar los decorados! —farfulló—. ¡En Inglaterra y por todo el mundo!

Y dicho esto, dio media vuelta y salió del salón.

—¡Maravilloso, bien dicho! —le susurró Brigitte.

—¡Mantente en tus trece! —señaló también Sabina cuando Kura pasó por su lado e intentó darle un par de consejos.

Pero a Kura no le interesaban. Ya no quería escuchar nada ni a nadie. Quería estar sola. No podía ver más a Roderick. ¡Para ser exactos, no quería volver a verlo nunca más! El barco que zarpaba hacia Inglaterra ni siquiera había llegado a Lyttelton, la compañía todavía podía permanecer días en el hotel de Christchurch.

Kura recorrió los pasillos con los ojos anegados en lágrimas hasta su habitación. Tenía que empaquetarlo todo ya mismo, tan deprisa como fuera posible.

A la mañana siguiente, antes del amanecer, estaba en el establo con la idea de procurarse un medio de transporte. La calesa de Gwyneira todavía estaba ahí, su abuela y Marama también pernoctaban en el White Hart, pero Kura no se dignaría a hablar de su situación con ellas. Durante la noche había decidido que antes proseguiría la gira sola, o más bien la repetiría. ¡El público la había adorado! Seguro que se alegraría de volver a escucharla. Y tenía dinero suficiente para un carruaje ligero, un caballo y para imprimir un par de carteles. Esto bastaría para empezar. Seguro que a partir de ese momento ganaría mucho más que hasta entonces, al final habría ahorrado todas las ganancias de sus actuaciones.

El propietario del establo le vendió gustoso un caballo y un calesín de dos ruedas. El coche tenía capota, algo importante, pero poco sitio para el equipaje. De todos modos consiguió meter las maletas con el vestuario de la función. En cuanto al caballo, el hombre le aseguró que era un animal obediente. Kura se tranquilizó, pues era ella quien tendría que guiarlo. Todo iba saliendo sorprendentemente bien, aunque no avanzaba muy deprisa, pues el pequeño alazán no era comparable a los cobs de Gwyneira. Al principio, Kura lo encontró casi tranquilizador, pues temía el viaje. Sin embargo, pasado medio día estaba muy nerviosa. Intentó azuzar al animal, pero fue en vano. Así que no llegó el primer día a Rangiora, como había esperado. La compañía había pernoctado meses antes en esa pequeña localidad camino de Blenheim, antes de cruzar a la isla Norte. Entonces se habían desplazado en carros amplios y cómodos tirados por caballos rápidos bajo cuyos cascos los kilómetros iban desapareciendo. El tardo alazán de Kura, sin embargo, sólo la condujo hasta Kalapoi, un pueblo que ni siquiera tenía un hotel como Dios manda. El establecimiento que llevaba ese nombre era un burdel pringoso. Así que Kura durmió en el establo, acurrucada sobre el cojín del carro para no pillar pulgas del heno o la paja. Con todo, el propietario del establo la ayudó a desenganchar y enganchar el caballo y no se propasó. Eso sí, le preguntó a dónde iba y quién era. La respuesta de que era cantante e iba de gira le divirtió más que impresionarlo.

En total, Kura necesitó tres días para llegar a Rangiora. Si seguía así, necesitaría años sólo para dar la vuelta a la isla Sur. Esa noche estaba desesperada y casi se lo había gastado todo. El caballo y el calesín habían costado lo suyo y ella no había contado con que tendría que buscar alojamiento tantas noches. Así que cedió a la petición del hotelero y entretuvo a los huéspedes con un par de canciones. Esta vez el establecimiento estaba limpio, si bien Kura consideraba que se rebajaba actuando en una taberna. Los oyentes seguro que no sabían apreciar un aria de ópera, así que Kura cantó un par de canciones populares y miró al público con aire desabrido, casi desdeñosa, cuando los hombres vociferaron de admiración.

La misma Rangiora era decepcionante. La compañía había cantado y bailado en la sala de la congregación y Kura estaba convencida de que la habían cedido sin cobrar. No obstante, ahora había que pagar alquiler y además convencer primero al reverendo de que la pusiera a disposición de una sola cantante.

—No se dedicará usted a nada indecente, ¿verdad? —preguntó el religioso con escepticismo, pese a que se acordaba de Kura por la anterior función—. Entonces no cantó usted mucho, en realidad sobresalió por lo guapa que es.

Kura aseguró al desconfiado religioso que entonces acababa de unirse a la compañía y todavía no tenía mucha experiencia. Ahora era diferente. Su representación de la *Habanera* seguro que convencería al reverendo. Pero ¿le quedaría dinero después de haber abonado el alquiler de la sala y pagado el hotel y el establo, además de al joven que iba a colgar los carteles?

En la primera función casi todas las localidades estaban ocupadas, por fortuna. Rangiora no era precisamente un núcleo cultural. Pocas veces acudían artistas de gira. Además, la gente no se mostró tan fascinada como cuando Kura había actuado con toda la compañía. Ahí no había nadie que realmente entendiera de música, pero los vestidos de colores, la variedad de los números y sobre todo los bailes entre las escenas operísticas habían cautivado a los asistentes. Kura, tocando las castañuelas en medio del coro, había marcado uno de los puntos culminantes. Pero ¿una chica, ahí sola, cantando junto al piano? Cuando había pasado media hora, la gente empezó a inquietarse, a cuchichear y mover las sillas. Al final aplaudieron, pero más por cortesía que por entusiasmo.

A la segunda función sólo asistieron diez espectadores. Kura anuló la tercera.

—Puede que si cantara usted algo más alegre... —le sugirió el reverendo. En cualquier caso, a él sí se lo había ganado: estaba fascinado por su voz y la interpretación de las diversas arias—. La gente de aquí es sencilla.

Kura ni se dignó a responderle. Siguió su recorrido por la costa Oeste y se encaminó hacia Waipara. La compañía no había actuado hasta llegar a Kaikura, pero ella no podía permitirse trechos tan largos entre las funciones. Así que exploraba todas las poblaciones que hallaba en el camino para ver si ofrecían la posibilidad de actuar. En esos lugares, un hotel serio solía facilitarle una habitación, por lo que no tenía gastos de alojamiento, y el alquiler de las salas era también más bajo que el de las parroquias. No obstante, los propietarios de los hoteles intentaban, a más tardar tras la primera velada, que Kura cambiara el programa.

—¡Muchacha, a nadie le interesan aquí esos lámentos! —explicó el propietario del hotel de Kaikura, que todavía estaba entusiasmado con la actuación de toda la compañía—. Canta un par de canciones de amor, quizás algo irlandés, eso siempre queda bien. Hay muchos alemanes por aquí. Tú sabes cantar en distintas lenguas...

En esa ocasión Kura se adaptó un poco e incluyó un par de *Lieder* de Schubert en el programa. Una parte del público se sintió profundamente conmovida, lo que de nuevo tampoco agradó al propietario.

—Mujer, no tendrías que hacerlos llorar, sino beber. ¡Por todos los cielos, eres una chica muy guapa! ¿Por qué no bailas también un poco?

Kura le explicó indignada que era cantante y no artista de taberna, y al día siguiente se marchó. La gira transcurría con más dificultades de lo que había imaginado. Cuando tras tres fatigosas semanas por fin alcanzó Blenheim, ya no tenía dinero para cruzar a la isla Norte.

—Da igual, nos quedamos aquí y completamos la vuelta a la isla Sur —dijo a su caballo.

¡Otro descenso de nivel! Antes se había burlado de que Elaine pasara horas hablando con su yegua y que afirmara que *Banshee* lo entendía todo. Pero ahora Kura solía añorar a alguien con quien conversar sin que la contradijera continuamente, le diera consejos bien intencionados pero inaceptables o intentara abalanzarse sobre ella. En las últimas semanas había tenido que oponer resistencia a algún que otro propietario de taberna o supuesto melómano. Nunca había experimentado algo así durante las representaciones con la compañía. Entonces siempre la habían tratado con respeto.

William concluyó el curso de introducción en Blenheim y adquirió una máquina de coser para realizar sus demostraciones. Como principiante no debía hacer incursiones en las áreas de venta más codiciadas, como Christchurch o Dunedin y alrededores. Pensaba en un lugar por la costa Oeste u Otago. Pero luego le sorprendió que lo destinaran a la isla Norte. Un lugar en el área septentrional, junto a una ciudad llamada Gisborne. Posiblemente una zona poco poblada, pero al menos terreno virgen en cuanto a la venta de máquinas de coser. Hasta el momento ningún representante de su compañía había pasado por allí.

Con buena disposición, William se trasladó en transbordador de Blenheim a Wellington y luchó heroicamente contra el mareo en un mar tempestuoso. Ya se las apañaría. Al menos en las clases siempre había sobresalido. Sus profesores se habían quedado encantados, en parte por lo creativo de sus estrategias de venta. Ningún otro participante había obtenido tan buenas críticas. William emprendió su nueva tarea con optimismo. ¡Ya fueran ataúdes o máquinas de coser, él sabía vender!

6

Timothy Lambert estaba indignado, pero ahora sabía al menos por qué su padre siempre recorría a caballo el camino, relativamente corto, de su casa a las minas. Por lo visto, al propietario le repugnaba pasar a pie por la cloaca en que sus hombres se alojaban. Sin embargo, no era que Timohty jamás hubiera visto un barrio mísero en Europa. Tampoco en Inglaterra y Gales las poblaciones mineras eran suburbios del paraíso. Pero lo que aquí, en torno a la mina de su padre, se había construido no tenía comparación. Era evidente que el poblado había crecido sin ninguna planificación. Se habían limitado a construir un cobertizo tras otro: cabañas de desechos y tablas de encofrado dañadas, seguramente sacadas de los desperdicios de la mina. La mayoría de los cobertizos carecían de chimenea. Cuando se encendía fuego en el interior, la humareda debía de ser espantosa. Y todavía era más raro encontrar un váter. Era obvio que los hombres se limitaban a ir a una esquina para aliviarse. Sin embargo, las cabañas estaban casi pegadas y la insistente lluvia en Greymouth arrastraba excrementos y basura a las callejuelas que discurrían entre los cobertizos. De vez en cuando esas «calles» semejaban arroyos hediondos. Timothy tenía que hacer un esfuerzo para cruzarlas sin mojarse los pies.

El asentamiento parecía abandonado. Los sonidos de alguien sorbiéndose la nariz o tosiendo salía de unas pocas cabañas, probablemente procedentes de los «desechos de enfermedad y pereza» de los que se había quejado su padre durante la cena.

Los casos de neumoconiosis y tuberculosis se repetían entre los mineros, pero en torno a la mina Lambert empeoraban porque nadie atendía a los enfermos. Se diría que ahí vivían tan sólo unas pocas familias, cuyas mujeres se ocupaban de guardar un mínimo de orden y limpieza en sus cobertizos. Los mineros estaban, en su mayoría, solos y preferían marcharse a una taberna antes que preocuparse de hacer más acogedores sus alojamientos. Timothy lo entendía perfectamente. Quien había estado diez horas cavando en una mina de carbón sólo tenía ganas de irse a la cama o de tomarse un par de cervezas en un ambiente agradable. Y quizá los hombres carecían de dinero para hacer reparaciones.

Timothy tenía que hablar urgentemente con su padre al respecto. ¡Al menos la mina debería facilitarles material de construcción para sus chozas! Lo mejor sería derribarlo todo y reconstruirlo siguiendo un proyecto razonable. Los recién fundados sindicatos de ultramar exigían, aunque todavía sin mucho éxito, colonias de trabajadores más agradables.

Entretanto, Timothy había llegado al área inmediata a la mina y pasado la puerta principal. Ahí las vías mejoraban pues las vagonetas cargadas de carbón no podían quedarse atascadas en el barro. Tim se preguntó por qué no había todavía ningún raíl que uniese la mina con la línea de ferrocarril. Así se realizaría el transporte del carbón con mayor celeridad y menos costes. Otro tema que debería sacar a colación cuando se reuniera con su padre.

Se sacudió las botas y entró en el edificio de oficinas de una planta, frente a la entrada de la mina. El despacho de su progenitor disfrutaba de unas buenas vistas sobre el castillete de extracción y el complejo de edificios que albergaba las máquinas de vapor y los almacenes. Desde ahí también era fácil vigilar a los hombres que entraban y salían, así como a los trabajadores al aire libre. A Marvin Lambert le gustaba tenerlo todo controlado. Alrededor de Greymouth había una serie de minas que pertenecían a familias o sociedades anónimas. Por sus dimensiones, la mina Lambert era la segunda de ese tipo y Marvin Lambert competía a muerte con su rival Biller. Ambos ahorraban todo cuanto podían en mano de obra y seguridad. A ese respecto, tanto Marvin Lambert como su competidor Biller eran del mismo parecer: los mineros eran en el fondo unos holgazanes y codiciosos, y como propietarios sólo se interesaban por la técnica de minería moderna si reportaba mayores beneficios.

Pero tal vez Timothy también juzgaba con ligereza a su padre. A fin de cuentas, había vuelto a casa el día anterior y su padre se había bebido una buena dosis de whisky antes de su llegada ya entrada la noche. El mismo Tim estaba fatigado e irascible tras el largo viaje. Ocho semanas de travesía en barco hasta Littleton y luego el recorrido en tren a Greymouth pasaban factura. De todos modos, no habría podido viajar a caballo desde la costa Este. La nueva línea de ferrocarril hacía el trayecto más rápido y cómodo.

En general, Nueva Zelanda había cambiado bastante desde que, diez años atrás, habían enviado a Timothy a Europa. Allí, había ingresado en un colegio privado, luego había cursado estudios de técnica de explotación minera en diversas universidades y al final había realizado un viaje de reconocimiento por los yacimientos de carbón más importantes del Viejo Mundo. Marvin Lambert lo había financiado todo de buen grado. A fin de cuentas, Timothy era su heredero: debía conservar la mina para la familia y multiplicar su rendimiento. Ése era su primer día de trabajo, y Tim suponía que le esperaban en la mina. Más tarde echaría un vistazo a la ciudad.

Era evidente que Greymouth había crecido desde que se había marchado a los catorce años. Entonces, la villa de los Lambert todavía se encontraba bastante solitaria junto al río, entre la ciudad y la mina. Ahora, las edificaciones llegaban casi hasta su casa.

En la oficina trabajaban dos secretarias junto a Marvin Lambert: también en eso ahorraba el anciano. Todo estaba decorado con espíritu espartano: nada comparable a los palacetes que se permitían los propietarios de minas europeos. Marvin levantó la cabeza de unos documentos y miró con ceño a su hijo.

—¿Qué estás haciendo aquí hoy? —preguntó—. Pensaba que le harías un poco de compañía a tu madre. Después de todo el tiempo que ha tenido que renunciar a ti...

Tim puso los ojos en blanco. De hecho, los lamentos de su madre el día anterior ya le habían sacado de sus casillas. Nellie Lambert era llorona y al principio no había podido contener la emoción que le provocaba el regreso, para, al final, reprocharle su larga ausencia. ¡Como si él hubiera estudiado en el extranjero para mortificarla!

—Puedo volver un poco antes a casa —respondió Tim con calma—. Pero tenía que ver la mina. Lo que ha cambiado, lo que puede cambiarse. Padre, tienes frente a ti a un perito de minas desempleado. Estoy deseando ser útil. —Y le sonrió con aire conspirador.

Marvin Lambert consultó el reloj.

—Visto así, llegas muy tarde —gruñó—. Empezamos a las nueve.

Timothy asintió.

—El camino se encuentra en un estado penoso. Urge hacer algo. Al menos tenemos que sanear las calles del asentamiento.

Lambert asintió.

—¡Toda esa cloaca tiene que desaparecer! ¡Menudo aspecto ofrecen los alrededores de la mina! En algún momento tendré que mandar que derriben eso que llaman «casas» y cerrar el solar. A esos tipos nadie les ha autorizado a colocar ahí sus cobertizos.

—Pues, ¿adónde van ir? —preguntó asombrado Timothy. El solar para la mina se había ganado con mucho esfuerzo a los bosques de helechos de la costa Oeste. Los hombres tendrían que habilitar tierra nueva para el asentamiento si querían construirlo fuera. Y habría que cubrir trechos más largos para llegar e irse de la mina. Ésta era la razón por la que en general los mineros se asentaban alrededor de la entrada a la mina.

—A mí me da igual. Ya estoy harto de sus cuchitriles. Parece mentira que vivan así. Ya te lo digo: son escoria. ¡Nos envían de Europa todo lo que no quieren en Inglaterra ni en Gales!

Timothy había oído lo mismo la noche anterior y protestado enérgicamente. Acababa de llegar de Inglaterra y sabía que la emigración a Nueva Zelanda se consideraba una manera de conseguir una mejor vida. Los hombres se hacían ilusiones de ganar más dinero y la mayoría eran buenos y emprendedores, gente que solía ahorrar durante meses para pagarse el viaje. No merecían ese infierno.

Sin embargo, Tim mantuvo la boca cerrada. De nada servía volver a encender la discusión. Tendría que hablarle a su padre al respecto cuando estuviera de mejor humor.

—Si te parece bien, me gustaría bajar a la mina y echarle un vistazo —dijo sin responder al enfado de Marvin. Debía hacerlo, pese a que se le fueron las ganas en cuanto miró a través de la ventana. La entrada a la mina no daba ninguna confianza. Su padre ni siquiera se había tomado la molestia de cubrir el vestuario, y el castillete de extracción parecía construido en los primeros tiempos de la técnica minera.

Marvin Lambert se encogió de hombros.

—Como quieras. Aunque sigo opinando que eres más necesario en la venta y la organización del trabajo que bajo tierra...

Tim suspiró.

—Soy perito de minas, padre. No entiendo mucho de negocios.

—Aquí aprenderás muy pronto.

Aquél era otro tema que habían sacado a relucir. Marvin consideraba que los conocimientos que Tim había adquirido en Europa sólo eran aprovechables parcialmente. No quería un ingeniero, sino un vendedor hábil y un hombre de negocios listo. Tim se preguntaba por qué su padre le había hecho estudiar técnica de minería en lugar de economía. En todo caso, se negaba a trabajar de agente comercial: no había nacido para ello.

Tim intentó de nuevo que su padre entendiera cuáles eran sus intenciones.

—Mis conocimientos se refieren a supervisar el trabajo de la mina y optimizar los métodos de explotación...

Su padre frunció el ceño.

—¿Ah, sí? —preguntó con fingida perplejidad—. ¿Se ha descubierto recientemente una manera mejor de agarrar el pico y la pala?

Tim conservó la calma.

—Pronto habrá máquinas para eso, padre. Y hoy día hay maneras más eficaces de transportar el carbón y los escombros. Hay técnicas modernas para apuntalar las galerías, perforar los pozos de ventilación, contener las aguas...

—Y al final todo eso cuesta más de lo que rinde —interrumpió Marvin—. Pero está bien, si eso te hace feliz... Míralo todo y respira un poco de polvo. Pronto te hartarás...

Lambert se concentró de nuevo en sus papeles.

Tim se despidió brevemente y dejó la oficina.

En cualquier caso, la industria minera no lo hacía feliz. Por iniciativa propia probablemente habría elegido otra profesión, pese a que le interesaba mucho la geología como tal, y sobre todo la ingeniería. Pese a ello, le atormentaba el trabajo bajo tierra y los peligros que encarnaba. Timothy se sentía mejor fuera, al aire libre, prefería construir casas que galerías. También le estimulaba la construcción de vías férreas, lo que hubiera constituido precisamente en Nueva Zelanda un terreno profesional interesante. Pero ya que heredaba una mina, había renunciado a sus inclinaciones personales y se había formado como experto en minas, rama en la que había adquirido cierto reconocimiento como especialista en cuestiones de seguridad. Timothy temía los hundimientos de las minas y las explosiones de gas, y lo que más le interesaba eran las medidas que evitaran tales catástrofes. Naturalmente, eran las primeras y todavía poco sólidas uniones de mineros las que solicitaban su asesoría y no los propietarios de las minas. Éstos solían invertir en la seguridad de sus minas de carbón sólo cuando ocurría una desgracia, y más de uno se alegraba cuando perdía de vista a un crítico tan perspicaz como Timothy Lambert. ¡Que viviera a costa de su padre en Nueva Zelanda! En Inglaterra nadie derramaba ninguna lágrima por él.

Timothy se encaminó a la mina y pidió a los dos hombres de expresión sombría que se encontraban en la máquina de extracción que hicieran subir al capataz. No estaba dispuesto a bajar al pozo sin guía, así que esperó pacientemente. Al final la máquina se puso en movimiento rechinando y chirriando y Tim se preguntó con un ligero estremecimiento con cuánta frecuencia se acondicionaba el cable metálico. El capataz era un muchacho relativamente joven que hablaba con acento galés y que adoptó una actitud más bien reticente hacia el hijo del propietario.

—Si se trata otra vez de la cantidad que extraemos, ya le he dicho a su padre que es imposible aumentarla. Los hombres no pueden trabajar más deprisa, y poner a más gente no sirve de gran cosa. Ahí abajo están como sardinas. A veces temo que se asfixien...

—¿No está provisto de suficiente ventilación? —Tim cogió un casco y una lámpara de minero con un gesto de sorpresa: ya hacía tiempo que se utilizaban modelos más modernos y fiables. Tim prefería las lámparas de gasolina, que no sólo suministraban luz sino que, gracias a su aureola, también permitían determinar el contenido de gas metano del aire.

El capataz advirtió sus movimientos de experto, así como su desaprobación, y se sinceró un poco más.

—Lo hacemos lo mejor que sabemos, señor. Pero los pozos de ventilación no se abren solos. Para excavarlos necesito que los hombres dejen otras faenas. Y hay que entubar las galerías, lo que produce gastos de material. Y ahí es donde su padre me calienta la cabeza...

Bastante calor hacía ya en el pozo. La temperatura aumentaba cuanto más descendía la jaula de transporte. Cuando llegaron a la última planta, Timothy percibió el aire enrarecido y un calor abrasador.

—Demasiado oxígeno en el aire —observó, y saludó a los hombres que tiraban de vagonetas cargadas de carbón y las disponían para el transporte en el pozo de extracción—. Urge tomar medidas. Sería terrible si se produjera un escape de gas.

El capataz esbozó una sonrisa irónica.

—Por eso lo tenemos aquí. —Señaló una jaula donde un diminuto pajarillo iba brincando de una barra a otra—. ¡Si el pájaro se tambalea debemos salir por piernas!

Timothy se horrorizó.

—¡Esto es medieval! —exclamó—. Sé que todavía se utilizan esos pajarillos porque como sistema de alerta son imbatibles. Pero ¡no sustituyen una ventilación correcta! Hablaré con mi padre, las condiciones de trabajo han de mejorarse. Entonces también los hombres rendirán más.

El capataz sacudió la cabeza.

—Nadie logrará rendir más en la mina, pero aumentaríamos el número de puntales y los dispondríamos más hábilmente.

—Y tenemos que mejorar el transporte de los escombros. Es increíble que los hombres todavía vayan arrastrando la rocalla en un capazo ¿Y es cierto que he visto pólvora negra? No me diga que todavía no utilizan explosivos específicos para el trabajo subterráno.

El capataz hizo un gesto negativo.

—Ni siquiera tenemos barreras para aislar las explosiones. Si algo estalla, arde toda la mina.

Una hora más tarde, Timothy había concluido la inspección y tenía en el capataz a un amigo. Matthew Gawain había asistido a una escuela de minería en Gales y sus ideas acerca de las técnicas de extracción modernas y la seguridad en las minas eran similares a las de Tim, si bien éste lo aventajaba en lo concerniente a las actuales técnicas de ventilación y construcción de pozos. Matthew llevaba tres años trabajando en Nueva Zelanda y la minería no dejaba de progresar. Ambos quedaron en verse en la taberna para beber una cerveza y seguir conversando.

—Pero no se haga muchas ilusiones —señaló Matthew al final—. Su padre sólo se interesa por la rentabilidad a corto plazo, como la mayoría de los jefes. Y eso también es importante... —se apresuró a añadir.

Timothy hizo un gesto de negación.

—Pensar a largo plazo es igual de importante. Se gasta más dinero cuando una mina se derrumba por no haber estado bien apuntalada, que renovándola a tiempo. Por no hablar de las vidas humanas. Además, el movimiento sindical está en marcha. A la larga, la creación de mejores condiciones laborales será ineludible.

Matthew sonrió burlón.

—Con lo que me temo que su familia vaya a pasar necesidad.

Tim rio.

—¡Pregunte a mi padre! Le contará que ya ahora vive en la miseria total y que cada día improductivo en la mina le acerca más a la hambruna. —Respiró aliviado cuando salió del pozo y vio de nuevo la luz del día. Su oración de gracias a santa Bárbara era franca, pero en el fondo de su corazón creía que impedir desgracias en los pozos no era tarea de una patrona celestial sino de la ingeniería terrenal.

»¿Cómo nos lavamos? —preguntó.

Matthew rio.

—¿Lavarnos? Tendrá usted que irse a casa. Aquí no encontrará lujos como lavabos cubiertos o agua caliente.

Timothy decidió no ir a casa. Al contrario, sucio como estaba se encaminaría al despacho de su padre y hablaría seriamente con él.

Por la tarde, Timothy condujo su caballo al centro de Greymouth. Tenía la intención de encargar enseguida los materiales que por la mañana había conseguido que su padre accediera a adquirir para rehabilitar la mina. De todos modos, no era gran cosa. Marvin Lambert sólo había permitido que construyeran un nuevo pozo de ventilación y algunas barreras para contener las explosiones, y esto únicamente para satisfacer los requisitos mínimos de una inspección. Tim había presentado el argumento de que el rival de Marvin, Biller, bien podía revelar y señalar las infracciones contra las normas de seguridad que se cometían en la mina Lambert. «Padre, basta con que pregunten a uno de tus mineros.» Eso había convencido al viejo. Timothy estaba decidido a revisar con todo detalle las normas en los próximos días. Tal vez podría sacar provecho de algo. Ahora, sin embargo, disfrutaba de la cabalgada en un precioso día de primavera. Por la mañana había llovido, pero el sol brillaba y los prados y bosques de helechos resplandecían verdes contra el fondo de montañas.

Al entrar en la población pasó junto a la iglesia metodista, un bonito edificio de madera. Pensó en entrar y hablar un poco con el reverendo. El hombre se ocupaba del cuidado de las almas, aunque muchos profesaban la fe católica y no asistían a sus oficios. Pero entonces advirtió que el párroco ya tenía visita. Delante de la iglesia había una pequeña y fuerte yegua blanca, junto a la cual esperaba pacientemente un collie de tres colores. Timothy vio salir al reverendo y despedir a la visita. Se trataba de una muchacha pelirroja que llevaba bajo el brazo unas partituras. Era una joven extraordinariamente bonita y delicada, ataviada con un gastado traje de montar gris. Había recogido su largo y rizado cabello en una trenza que le colgaba hasta mitad de la espalda, pero sus rizos se rebelaban. Un par de mechones ya se habían soltado y revoloteaban alrededor de su fino rostro. El reverendo volvió a despedir afablemente a su visita, mientras ella se dirigía hacia el caballo blanco y guardaba en una alforja las partituras. El perrito parecía loco de contento de volver a ver a su ama.

Tim se acercó a lomos de su caballo y saludó. Había supuesto que la muchacha ya lo había visto al abandonar la iglesia, pero ella se asustó al oír su voz y volvió la cabeza. Por un momento, Tim casi creyó distinguir pánico en el semblante de la joven. La muchacha se apresuró a mirar alrededor como un animal acorralado y sólo se tranquilizó cuando Timothy no hizo gesto de dirigirse a ella. También pareció darse cuenta de la consoladora proximidad de la iglesia. Con cautela devolvió la sonrisa a Timothy, luego bajó la vista y a partir de entonces se limitó a mirarle recelosa con el rabillo del ojo.

Se subió ágilmente a la grupa de su yegua. Daba la impresión de estar acostumbrada a montar sin ayuda de un caballero.

Timothy se dio cuenta de que seguían el mismo camino: también la muchacha dirigía su montura hacia el centro de la población.

—Tiene un bonito caballo —observó Timothy tras ir un

momento uno al lado del otro en silencio—. Se parece a los ponis de Gales, pero los grandes no suelen ser blancos.

La joven osó lanzarle una mirada de reojo algo más intensa.

—*Banshee* tiene sangre de welsh mountain —explicó—. De ahí procede el color blanco. En caso contrario, suele ser raro entre los cobs, tiene usted razón.

Una intervención sorprendentemente larga para una criatura al parecer tan tímida. El tema equino parecía tocarle la fibra sensible. Y se diría que ella lo conocía bien.

—Los welsh mountains son ponis pequeños, ¿verdad? ¿Los que también se utilizan en las minas? —siguió preguntando.

La joven asintió.

—Pero no creo que sean buenos para las minas. Son demasiado testarudos. *Banshee* al menos no permitiría que la metieran en un pozo oscuro. —Rio nerviosa—. Es probable que elaborase un plan para construir una escalera.

Tim permaneció serio.

—Que posiblemente aguantara más carga que algunas jaulas de transporte de las minas de por aquí —apuntó, pensando en el destartalado montacargas de la mina de su padre—. Pero es cierto que en las minas hay auténticos ponis de Darmoor y New Forest. Con frecuencia también fellponis, que son algo más grandes.

La joven se veía ahora algo más confiada y lo miró. Tim advirtió la hermosura de sus ojos y sus pecas.

—¿Es usted de Gales? —preguntó, pese a que no lo creía. La muchacha no tenía acento galés.

Ella sacudió la cabeza sin ofrecer más explicaciones.

—¿Y usted? —preguntó en cambio. No traslucía auténtico interés, sólo cortesía.

—Estuve en Gales, donde trabajé en una mina. Pero soy de aquí, de Greymouth...

—Entonces, ¿es usted minero? —También formuló esa pregunta sin curiosidad, aunque observó el traje bien cortado, la silla de montar cara y el bonito caballo. Los mineros normales no podían permitirse todo eso, por lo general iban a pie.

—Ingeniero de minas. He estudiado en Europa. Los ingenieros de minas se ocupan de las instalaciones mineras y...

La joven hizo un gesto.

—Y usted construye esto —dijo, señalando con un movimiento lacónico los castilletes de extracción y escombreras que afeaban el paisaje en torno a Greymouth. Su expresión reflejaba lo que opinaba al respecto.

Timothy le sonrió.

—Es horrible, puede decirlo tranquilamente. Tampoco a mí me gusta. Pero necesitamos el carbón. Da calor y posibilita la producción de acero... Sin carbón no hay vida moderna. Y además da empleo. Sólo aquí, en los alrededores de Greymouth, alimenta a gran parte de la población.

La joven habría añadido algo más. Su frente se cubrió de arrugas y sus ojos brillaron malhumorados. Si hacía tiempo que vivía ahí, era posible que conociera los miserables barrios de los mineros. Timothy se sentía culpable. Intentó ampliar sus explicaciones, pero ya habían llegado al centro del pueblo. El joven casi creyó notar cómo la muchacha se relajaba. Se la veía más natural cuando algunos transeúntes la saludaron y ella les correspondió. Así que, pese a la charla, se había sentido incómoda a solas con él. Timothy se extrañó. ¿Desde cuándo daba él miedo a las mujeres?

Varios negocios de la ciudad se dedicaban a la venta de material de construcción. Timothy indicó a la joven que debía detenerse en uno.

—Por cierto, mi nombre es Timothy Lambert —se presentó.

No obtuvo reacción.

Lo intentó de nuevo.

—Ha sido agradable charlar con usted, señorita...

—Keefer —susurró la joven a su pesar.

—Entonces, hasta la vista, señorita Keefer.

Tim alzó cordialmente el sombrero y dirigió el caballo al patio de la tienda de material de construcción.

La muchacha no respondió.

Elaine se habría dado de bofetadas. Tampoco era realmente necesario comportarse de ese modo. Aquel joven sólo había sido educado. Pero no podía evitarlo: en cuanto estaba con un hombre a solas se ensimismaba. Lo único que sentía era aversión y miedo. La mayoría de las veces no pronunciaba ni una sola palabra; pero ese joven la había sacado de su reserva hablando con conocimiento acerca de caballos. Sin embargo, incluso comportaba cierto riesgo que reconociera la raza de *Banshee*. Tal vez había oído hablar ya de los cobs galeses de Kiward y la vinculaba a ella, Elaine, con esa zona.

De inmediato se reprochó su desconfianza. El joven era un ingeniero de minas No conocía las granjas de ovejas de Canterbury. Seguro que *Banshee* no le importaba en absoluto, simplemente había pretendido mostrarse amable. ¡Y ella ni siquiera había sido capaz de decirle adiós! No debía seguir así. Llevaba alrededor de un año en Greymouth y nadie había aparecido en su busca. Claro que no tenía ninguna intención de enamorarse de nuevo, pero debía ser capaz al menos de hablar con un hombre sin agarrotarse. Ese tal Timothy Lambert habría sido un buen comienzo. No daba impresión de ser violento, incluso parecía sumamente amable. Tenía el cabello castaño y rizado, bastante largo, y era de estatura media y delgado, no tan alto como William ni tan atlético como Thomas. No era uno de esos hombres que atraen las miradas. Pero se sentaba cómodamente a lomos del caballo y llevaba las riendas con soltura. Seguro que no era hombre que pasara el tiempo en una oficina, y tampoco bajo tierra. Su tez era tostada y limpia, no pálida y gris del polvo de carbón como la de los mineros. Elaine había evitado mirarle a los ojos, pero diría que eran verdes. Un castaño verdoso discreto. No resplandecían como los de William, ni eran misteriosos como los de Thomas. Eran los ojos amables y serenos de un hombre normal, que no haría daño a nadie.

Pero también eso había pensado ella de William. Y de Thomas...

Ahuyentó cualquier otro pensamiento acerca de su acompañante. Había llegado ya al establo de Madame Clarisse, desensilló a *Banshee* y le dio de comer. *Callie* la siguió a la diminuta habitación que con el tiempo había hecho más acogedora con cortinas de colores y una preciosa colcha. Tenía que cambiarse de ropa, la taberna abría en media hora. Lástima no haberlo hecho antes, le habría gustado repasar las nuevas partituras que el reverendo le había dado para la misa del domingo. A Madame Clarisse, no obstante, seguía sin gustarle que ella tocara melodías religiosas en el local. Por las mañanas le daba bastante igual, pero a esa hora la mayoría de las chicas ya estaban allí para comer algo antes de trabajar.

—¡No vaya a ser que me las conviertas! —la amenazaba con un dedo Madame Clarisse.

Con el tiempo que llevaba allí, Elaine se reía relajada con esas bromas. También se había acostumbrado a las conversaciones de las chicas y ya no se sonrojaba cuando cambiaban impresiones sobre sus clientes. Sus historias sólo reforzaban la certeza de que no se perdía nada manteniéndose alejada del otro sexo. Aunque las jóvenes prostitutas ganaban mucho más que ella tocando el piano, sus vidas no tenían nada de envidiable, como tampoco lo tenía la de una mujer casada.

Elaine se decidió por un vestido azul claro que resaltaba el color de sus ojos, se soltó la trenza y se cepilló el cabello. Luego, siempre seguida por *Callie*, se sentó puntualmente al piano. Ya hacía tiempo que la perrita había dejado de ladrar cuando su ama tocaba el instrumento. Sin embargo, cuando un hombre importunaba a Elaine, gruñía. A la joven le daba seguridad y a Madame Clarisse no la molestaba. Ahí en el pub, la joven no sentía ningún temor al hablar con los hombres. Formaba parte del trabajo y no corría ningún riesgo. A fin de cuentas, la taberna estaba llena y nadie iba a ofenderla sin que los demás no se percataran. En el fondo habría preferido evitar cualquier conversación, pero si era demasiado antipática los hombres no la invitaban a una copa, y ella necesitaba esos ingresos adicionales. También ese día, una vez que empezó a tocar, no tardó en tener ante sí el primer «whisky» sobre el piano. Charlene, que servía la bebida, le hizo un gesto.

—Por favor, toca *Paddy's Green Shamrock Shore* —le pidió.

Elaine asintió. Una tarde como todas las demás.

Entretanto, Tim ya había cumplido todas sus tareas. Tras estudiar los catálogos y discutir las ventajas y desventajas de los distintos materiales, incluso había conseguido convencer al vendedor de que esta vez la mina Lambert no iba a pedir el material más barato, sino el mejor. El hombre se quedó anonadado y al final invitó a Tim a una cerveza: otro amigo más. El joven estaba contento y más que dispuesto a rematar el día en la taberna. Lástima que su cita con Matthew hubiera sido imprecisa. Ahora no sabía en cuál de los locales acostumbraba a tomar su cerveza el joven capataz, pero supuso que no sería en ninguno de los distinguidos hoteles y restaurantes del puerto. Y la primera taberna de mineros, el Wild Rover, no le causó muy buena impresión. Los clientes ya parecían estar a esa hora borrachos y en el ambiente se percibía agresividad. Tim oyó voces que discutían. Si Matthew andaba por ahí, entonces se había equivocado con él. Así que entró en el Lucky Horse, hotel y pub, donde también se hallaba el burdel, algo bastante usual que nada indicaba acerca del ambiente del local ni de la calidad de su whisky.

Tim quería atar el caballo delante del hotel, pero otro jinete, que también acababa de llegar, le informó de que había un establo detrás.

—Si lo deja aquí, su elegante silla de montar pronto estará mojada —señaló, mientras examinaba el caballo de Tim. El tiempo primaveral de la tarde no había sido un indicio seguro de la proximidad del verano. Ahora lloviznaba de nuevo—. Y sería una pena. Trabajo inglés, ¿verdad? ¿Dónde la ha comprado? ¿En Christchurch?

El individuo resultó ser el fabricante de sillas de montar local, y el establo, un anexo del local seco y limpio. Una yegua blanca relinchó. Tim colocó el caballo a su lado y le acarició el morro. ¿No era el cob de la joven? También su caballo pareció reconocer a la yegua e intentó acercarse a ella. *Banshee* respondió de buen talante.

El talabartero, Ernest Gast, abasteció de forraje a los caballos y arrojó un par de monedas en un plato que estaba ahí preparado para los mozos de cuadra. Tim quería preguntarle por la yegua, pero se olvidó cuando entraron en la taberna.

El local de Madame Clarisse era acogedor y olía a tabaco, cerveza fresca y carne asada. Timothy enseguida se sintió mucho mejor que en el Wild Rover, aunque también allí reinaba bastante alboroto, ya que los parroquianos cantaban en lugar de discutir: tres galeses habían formado un pequeño corro en torno al piano. En algunas mesas los hombres conversaban con muchachas de vestidos escotados, en otras se jugaba a las cartas, y un grupo de mineros competía con los dados. En un rincón, algo apartado de lo que sucedía, estaba sentado Matthew Gawain, que saludó cordialmente al recién llegado.

—Venga, señor Lambert, aquí no hay tanto jaleo. Además, los hombres no notarán enseguida que está ahí su capataz y también su jefe. A muchos les pone nerviosos. Al parecer, no creen que también nosotros tenemos la garganta seca tras pasar un día en la mina. Eso sí, esperan que les pague las bebidas.

—Tampoco se podrán permitir muchas durante la semana —observó Tim mientras tomaba asiento. Una muchacha se acercó y él le pidió una cerveza. Ernest Gast hizo lo mismo; también a él le había ofrecido asiento Matthew. Los hombres debían de conocerse.

Matt se encogió de hombros.

—Algunos se permiten beber en exceso. Se les suele ir todo el sueldo en ello, por eso no prosperan. Pero ¿quién se lo reprocharía? A miles de kilómetros de su hogar y todavía sin un futuro. Alojamientos míseros bajo la maldita lluvia...

—No me gusta ver borrachos trabajando bajo tierra. —Tim tomó un primer trago de cerveza y contempló el local con mayor detenimiento. En ese momento nadie se excedía con la bebida. La mayoría de los hombres tenían un vaso de cerveza delante y sólo unos pocos habían pedido whisky, y éstos no tenían aspecto de mineros. La música sonaba en ese momento más alegre. Los melancólicos galeses se habían alejado del piano, donde el pianista desgranaba una giga irlandesa.

¿El pianista?

—Pero ¿qué diablos es esto? —preguntó Tim atónito cuando reconoció a la joven del piano. Era la muchachita tímida que había conocido por la tarde. Ya no llevaba un discreto traje de montar, sino un hermoso vestido con volantes que realzaba su esbelta cintura. El color era demasiado chillón para una chica de buena familia, pero su vestido no era tan provocativo como el de las camareras y prostitutas, sino de escote cerrado. Por la espalda le caía suelto el cabello, que parecía en constante movimiento. Los rizos eran tan finos que hasta el más tenue soplo de aire parecía moverlos.

Matt y Ernest miraron sobresaltados en la dirección que Tim señalaba. Luego se rieron.

—¿La preciosidad que toca el piano? —preguntó Ernest—. Es nuestra señorita Lainie.

—¡La santa de Greymouth! —bromeó Matt.

Tim frunció el ceño.

—Bueno, aspecto de santa no tiene —observó—. Y no hubiera sospechado yo que aquí hubiera alguna.

Matt y Ernest soltaron unas risitas.

—Todavía no conoce a la señorita Lainie —dijo Ernest con énfasis—. También la llaman «la Virgen de Greymouth», pero a las damas del lugar eso no les gusta porque parece que sea la única.

De nuevo se oyeron fuertes risotadas procedentes de las mesas contiguas.

—Bueno, ¿alguien me lo explica? —pidió Tim. No sabía por qué pero no le gustaba el modo en que los hombres se reían de la chica. Sus delicados dedos parecían flotar sobre las teclas cuando tocaba los fragmentos difíciles de una rápida melodía y entre los ojos aparecía una arruga perpendicular, signo de su concentración. Se diría que la joven se había olvidado de la taberna y los hombres que la rodeaban, era una especie de isla de... ¿inocencia?

Matthew se apiadó al final y se lo explicó.

—Dice que su nombre completo es Lainie Keefer. Llegó aquí hace un año, bastante desharrapada y buscando trabajo. Un trabajo decente. También intentó alquilar una habitación en una pensión decente. La esposa del barbero todavía refunfuña hoy en día porque estuvo a punto de abrir su casa a una persona así. Pero no tenía dinero. Y bueno, Greymouth tampoco es un paraíso para la mano de obra femenina. Al final, Madame Clarisse la contrató como pianista. Claro que enseguida apostamos sobre cuándo caería. En este lugar, ¿cuánto puede mantenerse inmaculada una muchacha?

—¿Y? —preguntó Tim. Observó que la camarera despositaba una bebida para la pianista sobre el instrumento. La señorita Lainie vació el vaso de whisky de un solo trago. No era indicio precisamente de ingenuidad.

—¡Y nada! —contestó Ernest—. Toca el piano y charla un poco con los clientes, pero nada más.

—Y lo de charlar se limita al horario laboral —añadió Matt—. De lo contrario no habla con ningún hombre, salvo con el reverendo.

—Esta tarde ha hablado conmigo —observó Tim.

La muchacha tocaba en ese momento *Whisky in the Jar*, al parecer a petición de alguien. Una bebida, una canción.

—¡Ah, conque ya la ha conocido! —dijo Matt sonriendo—. Bueno, apuesto a que sólo han hablado del tiempo. No suelta mucho más.

—Hemos hablado de caballos —respondió Tim ensimismado.

Ernest rio.

—Bien, usted es de los rápidos. Ya lo ha intentado. Y no ha ido desencaminado. De lo que más le gusta hablar es de caballos. Y también de perros. Joel Henderson afirma que una vez le arrancó tres frases sobre una canción irlandesa y las dos versiones de la letra.

—¿Qué se supone que he intentado yo? —Tim se sorprendió de no estar apenas escuchando, la interpretación de Lainie al piano le atraía mucho más.

—Bueno, ¡pues ganarse a la chica! —Matt puso los ojos en blanco—. Pero será en vano, hágame caso. Todos lo hemos probado. Los mineros también, pero ninguno ha sacado tajada. ¿A qué chica le gustaría irse a vivir a sus cobertizos? Pero también los tenderos y sus hijos, el artesano, el mismo Ernie, y el herrero... y un modesto servidor, así como los capataces de Blackball y Biller. Todo para nada. Ella no se fija en ninguno.

En el sentido más exacto de la palabra. Tim recordó la mirada baja de Lainie mientras conversaban.

—¿Sabe lo que las otras chicas dicen de ella? —preguntó Ernest. Daba la impresión de estar algo achispado, pero tal vez el recuerdo de su fracasado intento le ponía melancólico—. Pues que la señorita Lainie tiene miedo de los hombres...

Tim esperó hasta que la conversación se desvió hacia otros asuntos. Entonces se levantó y se dirigió al piano. Esta vez se cuidó de que Lainie lo viera, no quería volver a sobresaltarla.

—Buenas noches, señorita Keefer —dijo educadamente.

Lainie bajó la cabeza y el cabello cayó como un telón sobre su rostro.

—Buenas noches, señor Lambert —respondió. Así que todavía recordaba el nombre.

—He colocado mi montura junto a su yegua y los dos no paran de coquetear.

Lainie se ruborizó.

—A *Banshee* le gusta la compañía —replicó con rigidez—. Se siente sola.

—Entonces deberíamos animarla de vez en cuando. ¿A lo mejor le gustaría salir a pasear alguna vez con *Fellow*? —Sonrió a la joven—. Es mi caballo y le aseguro que sus intenciones son del todo honestas.

Lainie seguía ocultándose tras la cortina de cabello.

—Sí, seguro, pero yo... —Alzó brevemente la vista y él creyó distinguir picardía en su mirada—. Yo, yo no la dejo que salga sola, ¿sabe?

—Nosotros podríamos acompañarlos. —Tim intentó que sus palabras sonaran informales.

Elaine lo observó. Tim la miraba con franqueza, no de modo ofensivo o lascivo. Parecía sinceramente amable y la invitaba con cortesía a dar un paseo. Era probable que los demás hombres le hubieran advertido. Y ahora estarían apostando si él lograba persuadirla.

Sacudió la cabeza. No se le ocurrió ninguna excusa, así que enrojeció y se mordió el labio. *Callie* gruñó bajo el piano.

Al final, Madame Clarisse tomó cartas en el asunto. ¿Qué hacía ese extraño con Lainie? ¿Es que quería que lo pusiera de patitas en la calle? Se diría que estaba confundiéndola.

—¡Nuestra Lainie sólo está para que la miren! —le advirtió con resolución—. Y para escucharla. Si pide una canción y la invita a una bebida, tocará de buen grado para usted. En caso contrario, manténgase alejado de ella, ¿entendido?

Tim asintió.

—Volveré —dijo amablemente.

Matt y Ernie lo recibieron con una sonrisa irónica.

—¿Qué? Nada, ¿verdad? —preguntó el talabartero.

Tim hizo un gesto de indiferencia.

—Tengo tiempo —respondió.

La noche siguiente Tim volvió a la taberna, se sentó cerca del piano y contempló a Lainie. Bebió una cerveza, después una segunda, intercambió unas palabras con sus nuevos conocidos de la tienda de materiales de construcción, con Matt y Ernie, y, salvo eso, no hizo más que observar a la muchacha que tocaba el piano.

Luego se despidió educadamente de Lainie y de Madame Clarisse, quien ya se había enterado de quién era y se había arrepentido un poco de las duras palabras que le había dirigido la noche anterior. El cuarto día, un sábado, Lainie no aguantó más.

—¿Qué hace todas las noches ahí mirándome? —preguntó después de que él se hubiera bebido la primera cerveza.

Tim sonrió.

—Pensaba que para eso está usted aquí. Su jefa, al menos, así me lo dijo: «Nuestra Lainie sólo está para que la miren.» Y eso es lo que hago.

—Pero ¿por qué? Si desea oír usted una canción determinada puede pedirla, ¿sabe? —Elaine se sentía desvalida.

—Estaré encantado de pedirle un té si de pedir se trata. Pero lo de las canciones es difícil. Las canciones de borrachos son demasiado ruidosas y las de amor no le parecen a usted auténticas...

Elaine enrojeció cuando aludió al té.

—¿Cómo sabe...? —Señaló al vaso de falso whisky que reposaba sobre el piano.

—Vaya, no cuesta tanto adivinarlo. Desde que estoy aquí es el quinto. Si fuera alcohol ya llevaría mucho tiempo bebida. Dicho sea de paso, no le iría mal probarlo. Facilita lo de las canciones de amor.

Lainie se ruborizó todavía más.

—Recibo un porcentaje —dijo con tono inexpresivo—. Del whisky...

Tim rio.

—Entonces nos permitiremos toda una botella ahora mismo. Pero ¿entonces qué hacemos con la música? ¿Qué tal *Silver Dagger*?

Lainie apretó los labios. La letra de esa canción refería la peripecia de una muchacha que renuncia al amor y duerme con una daga de plata en la mano para evitar el contacto con los hombres. Esto le despertó ciertos recuerdos. Tuvo que esforzarse para no echarse a temblar.

Madame Clarisse se acercó.

—Ahora deje trabajar a la chica, señor Lambert. A la pobre le da miedo que se pase usted todo el tiempo mirándola. Compórtese como un buen hombre, beba con sus amigos y cuando mañana encuentre a la joven en la iglesia le pregunta educadamente si le permite acompañarla a su casa. Me parece mucho más conveniente que compartir con ella una botella de whisky.

Tim no estaba seguro, pero tuvo la impresión de que Lainie se ponía tensa al mencionarse la iglesia. En cualquier caso, el rubor de sus mejillas se convirtió en una palidez cérea.

—Creo que preferiré el whisky... —susurró ella.

Al día siguiente, Tim se cruzó en efecto con la joven delante de la iglesia, pero ella lo evitó, algo que no le resultó difícil pues tocaba el órgano apartada de los feligreses. Tim siguió haciendo lo que ya tenía por costumbre: quedarse mirándola, por lo que fue su propia madre en esta ocasión quien le reprendió en lugar de Madame Clarisse. Esperaba ver a Lainie después de la misa, pero ella desapareció en cuanto hizo sonar el acorde final.

Charlene, una de las chicas de Madame Clarisse, le contó que comía con el reverendo y su esposa.

—Ellos la invitan a veces, pero creo que hoy se ha invitado ella misma. Lo de la iglesia no es la mejor idea, señor Tim. Lainie debe de haber tenido malas experiencias.

Tim se preguntaba por dónde debía empezar, pues su interés en la muchacha se había despertado con fuerza.

La semana siguiente prosiguió con sus visitas a la taberna. Seguía mirando a la joven, no tan abiertamente como los primeros días, si bien no se movía de su lado. A veces intercambiaba un par de frases con ella antes de volver a pedirle siempre la misma canción y de invitarla a una bebida. Ella sonreía entonces con timidez y tocaba *Silver Dagger* mientras Charlene le servía su «whisky».

Transcurrieron de este modo varias semanas sin que se produjera ningún cambio. Se acercaba el día de Santa Bárbara.

—¿Es cierto que su padre celebra una fiesta? —Matthew Gawain se dirigió a Timothy en cuanto entró en el local. Ese día no se hablaba en el Lucky Horse de otro tema que de la carrera de caballos de la mina Lambert y el joven capataz estaba ansioso por saber los detalles

Tim había aparecido un poco más tarde de lo habitual y acababa de intercambiar con Lainie los saludos de rigor. «Buenas noches, señorita Keefer», «Buenas noches, señor Lambert». Sólo entonces se sentó a la mesa para hablar con Matthew.

—Lo de la fiesta no ha sido idea mía, si se refiere a que hay dinero para las diversiones pero no para explosivos menos peligrosos —respondió Tim de mala gana. Acababa de pelearse con su padre por ese asunto y, como siempre, no había conseguido nada.

«¡Para los mineros la fiesta es más importante que las condiciones laborales! —sostenía Marvin Lambert—. Comida y juego, hijo mío, hasta los antiguos romanos lo sabían. Si ahora les construyes unos baños nuevos, mañana querrán una jaula de transporte nueva o mejores lámparas. Pero si les das una carrera de caballos como Dios manda, asas un buey y dejas que corra la cerveza gratis, estarán contentos durante semanas.»

—No me refiero a eso —respondió Matt, apaciguador—. Es que es tan impropio de su padre celebrar una fiesta el día de santa Bárbara. Llevo ya tres años aquí y nunca se ha hecho ninguna.

Tim se encogió de hombros.

—Hace poco hablamos de que los sindicatos se están moviendo. Se comenta sobre protestas en Inglaterra, Irlanda y América. Sólo nos falta el cabecilla adecuado y tendremos lo mismo. —Tim vació su jarra de cerveza más deprisa de lo habitual y pidió un whisky—. Mi padre piensa prevenirse de él con comida y una carrera de caballos...

—¿Una carrera de caballos? ¡Aquí no se celebran carreras de caballos! —Ernest y Jay Hankins, el herrero, se reunieron con ellos.

Tim arqueó las cejas.

—Tampoco tenemos galgos —observó—. Y hay pocas carreras de perros. A no ser que hagamos competir a la *Callie* de la señorita Lainie con el *Pudel* de la señora Miller... —Sonrió y lanzó una mirada a la perrita que estaba bajo el piano. El animal había oído su nombre y se acercaba a él moviendo la cola. En el transcurso de las últimas semanas se había ganado al menos la simpatía de la mascota, para lo cual no se había arredrado ante el soborno. A *Callie* le encantaban las salchichas que la madre de Tim servía para desayunar—. Pero hay aquí un par de caballos que sin duda saben galopar, y mi padre quiere ofrecer a la gente la oportunidad de apostar. Antes que rebajarnos a las peleas de gallos, prefiero las carreras de caballos. Además son fáciles de organizar. Alrededor de la mina hay caminos y la mayoría son planos y adecuados para recorrerlos a caballo. Lo llamaremos el Derby de la Mina Lambert. Todos estarán invitados a participar, todos podrán apostar y ganará el caballo más rápido.

—¡Decidámoslo ahora mismo! —exclamó Jay Hankins. Era propietario de una yegua de patas altas y también el caballo castrado de Tim descendía de purasangres.

—Yo debo competir —rezongó Tim—. ¿Qué os parece?

Otra discusión que había mantenido con su padre. El viejo Lambert opinaba que su hijo no sólo tenía que participar en la carrera, sino también ganarla. Los mineros debían apostar por un Lambert y triunfar con él. Eso crearía un sentimiento de compañerismo y el patrón se ganaría las simpatías de sus empleados. Marvin Lambert había llegado incluso a pensar en serio en comprar un purasangre.

—¿Pues que va a parecernos? —preguntó sorprendido Ernie—. Tiene caballo y participa con él, como es probable que lo haga cualquiera de esta ciudad que tenga un jamelgo que todavía consiga dar la vuelta a la mina trotando. ¡Es una diversión, Tim!

Para los mineros no era sólo diversión. Tim era consciente de que se excederían en sus apuestas. El salario de una semana no tardaba en esfumarse y nadie sabía quién ganaría una carrera tan rara.

—¡La señorita Lainie seguro que participa! —intervino Florry, la camarera. Había oído la conversación mientras les servía otras jarras de cerveza.

Los hombres rieron.

—¿La señorita Lainie con el poni? —preguntó irónico Jay—. ¡Qué miedo nos da...!

Florry lo miró con desaprobación.

—¡Espere usted a que *Banshee* le enseñe el trasero! —replicó—. Nosotras apostaremos todas por ella.

—Ese caballito no es rápido —terció Matt—. Ahora en serio, ¿como se os ha ocurrido que la señorita participe?

—La señorita Lainie sabe montar mejor que cualquiera de los hombres aquí presentes —replicó orgullosa Florry—. Y antes ha dicho que tenía ganas. Y Madame Clarisse le dijo que si tenía ganas, adelante. Ataremos lacitos de colores en las crines de *Banshee* y además hará publicidad del Lucky Horse. Al principio Lainie estaba indecisa. Pero todas la animaremos y seguro que *Banshee* será el caballo más bonito.

—¡Y la señorita Lainie la amazona más hermosa! —añadió sonriendo Tim antes de que los otros volvieran a reírse. Florry no era muy lista. Quizá no entendiera del todo la diferencia entre una carrera de caballos y un concurso de belleza. La noticia, sin embargo, abría a Tim nuevas perspectivas. ¡En la carrera, de jockey a jockey por decirlo de algún modo, Lainie tendría que hablar con él! Alzó su vaso y brindó con sus amigos.

—Está bien, yo tampoco pondré reparos. ¡Que gane el mejor!

O la mejor, pensó Elaine. Había interpretado un par de melodías suaves y seguido entretanto la conversación de los hombres. Y no tenía intención de convertirse en el blanco de las burlas de los mineros. Por eso había ido a examinar el recorrido el día anterior. La carrera se desarrollaría a lo largo de casi cinco kilómetros por caminos duros y blandos, anchos y angostos, cuesta arriba y cuesta abajo. Ahí no ganaría simplemente el más rápido, dependería también de la firmeza del paso y la condición del caballo... y de la pericia del jinete. Elaine miró de reojo a Timothy Lambert y se ruborizó cuando él se dio cuenta y le guiñó el ojo.

Pues bien, si tanto quería salir a pasear a caballo con ella, el día de Santa Bárbara lo haría.

8

El 4 de diciembre, fecha consagrada a la santa patrona de los mineros, cayó en Nueva Zelanda en pleno verano. Incluso en Greymouth, por lo general lluvioso, brilló el sol. Los hombres de Marvin Lambert habían transformado los alrededores de la mina en un lugar festivo. Decorados con guirnaldas, banderitas y globos, las oficinas, castilletes y pilas de carbón no parecían tan grises y descuidados como de costumbre, y también se habían drenado los caminos que unían las dependencias. Ese día los flanqueaban barracas en las que se servía cerveza, así como té para las señoras. Bueyes enteros en espetones se asaban en grandes hogueras. En otros puestos los hombres competían arrojando dardos o apostando en juegos como lanzar la herradura o clavar clavos.

La pista estaba cercada desde hacía dos horas. Seguía sin haber favoritos para tan singular carrera. Muchos apostantes esperarían hasta el último momento para decidirse por el caballo y el jinete que les parecieran más prometedores. Y justo delante de la entrada a la mina se encontraban la meta y la salida, así como la improvisada caseta de apuestas a cargo de Paddy Holloway, el patrón del Wild Rover. Así pues, la gente tenía la posibilidad de hacer sus apuestas cerca de los tenderetes de cerveza y seguir luego la llegada a la meta. Marvin Lambert oficiaba como patrocinador del evento. Como árbitro se había elegido al reverendo, que aceptó tal puesto con el propósito de hablar antes a sus feligreses acerca del poco pío y temerario acto de apostar. De todos modos, mostró una encomiable flexibilidad cuando se ofreció incluso a celebrar una misa la mañana de la fiesta delante de la mina, y eso que era metodista y no tenía nada que ver con santa Bárbara. El reverendo Lance también veía el lado pragmático del asunto: los hombres de la mina Lambert seguramente precisaban alimento espiritual para su vida cotidiana.

Elaine interpretó también *Amazing Grace*, una canción que, salvo en las bodas, siempre era bien recibida.

Por la tarde, cuando se aproximaba la hora de la carrera, los asistentes ya habían satisfecho su apetito y estaban algo achispados.

Cuando Elaine condujo la yegua a la pista, reconoció caras amigas entre el público. Las chicas de Madame Clarisse, con sus coloridos y escotados vestidos de verano, destacaban de la muchedumbre como flores en una pradera. La vitorearon cuando pasó por su lado. El resto de la asistencia femenina permaneció en silencio. Se trataba de anodinas esposas de mineros que estaban ahí sobre todo para que sus maridos no se gastaran todo el dinero jugando. Un par de damas notables del lugar se hallaban sentadas junto a sus maridos y Lambert en la tribuna. Ya estaban cotilleando sobre la presencia de esas chicas fáciles y sobre la participación de Elaine en la carrera. Lo consideraban toda una indecencia. Pero la buena señorita Keefer nunca se había tomado muy en serio eso de la decencia...

Elaine, que se figuraba de qué cuchicheaban las mujeres, les dirigió un saludo alegre.

Tim se percató y sonrió para sus adentros. Lainie podía ser una mujer tan segura de sí misma y tan divertida... ¿Por qué se encogía como un perro apaleado cuando un hombre se le acercaba?

Al saludarlo a él bajó la vista, de repente tímida. Ese día, empero, no ocultaría el rostro bajo ninguna cortina de cabello. Había recogido sus rizos e incluso llevaba un atrevido sombrerito, préstamo de Madame Clarisse. Era gris y conjugaba con el traje de montar, pero alguien le había colocado alrededor una cinta color índigo. Las crines y la cola de *Banshee* también estaban adornadas con cintas de colores.

Elaine se percató de la mirada de asombro de Tim y le sonrió brevemente.

—La decoraron las chicas. Ya ve qué aspecto absurdo tiene la pobre.

—No, no —respondió Tim—. Al contrario, le queda bien. Recuerda a los caballos de los rejoneadores en España.

—¿Ha estado en España? —preguntó Lainie. Guio a *Banshee* al lado del caballo de Tim y pareció relajarse. De todos modos, se encontraban en medio de la gente, tan poco a solas como en la taberna.

Timothy asintió.

—También en ese país hay minas.

La pista se iba llenando. Competirían nueve jinetes y una amazona. Tal como cabía esperar, se trataba de una mezcla variopinta. Timothy distinguió a Jay Hankins, el herrero, a lomos de su yegua casi purasangre. El propietario del establo había cogido un caballo castrado alto y de huesos recios, en cuyo árbol genealógico se había extraviado una vez, años atrás, un purasangre. Dos jóvenes de una granja montaban los caballos de tiro de sus padres. Dos jóvenes capataces de las minas de Biller y Blackball habían alquilado caballos para la carrera: uno se sentaba con destreza en la silla de montar, y el otro más bien tenía aspecto de principiante. Por supuesto, Ernest tampoco había dejado pasar la oportunidad de participar, aunque con su dócil y viejo caballo no tenía ninguna posibilidad. El último en colocarse en la línea de salida causó sorpresa: Caleb Biller; el hijo del principal rival de Marvin Lambert montaba un semental negro y elegante y fue jaleado a gritos. No cabía duda de que los hombres de su mina apostarían por él.

Tim estaba ahora al lado de Jay. Lainie se había retirado en cuanto se vio entre los dos hombres.

—El caballo tiene un aspecto estupendo, es un auténtico purasangre. ¡Nos dejará a todos atrás! —comentó Tim y acarició el cuello de *Fellow*, que buscaba inquieto con la vista a *Banshee*. Como desde hacía meses pasaba prácticamente cada tarde a su lado en el box, no quería separarse de ella.

El herrero se encogió de hombros.

—El caballo solo no puede ganar, depende del jinete. Y el joven Biller...

También Elaine miraba fijamente a los rivales. Hasta el momento había considerado a *Fellow* su adversario más peligroso. El caballo de Timothy Lambert era un fogoso tordo descendiente de caballos árabes. Sin duda en los trechos rectos era más rápido que *Banshee*. Sin embargo, aquel joven rubio —nunca antes había visto a Caleb Biller— montaba un auténtico caballo de carreras. De todos modos, no acababa de vérsele cómodo. Seguro que caballo y jinete no formaban un equipo armonioso.

—No es extraño, el viejo Biller le ha comprado el caballo especialmente para esta carrera. —Ernest Gast y el propietario del establo hablaban del mismo asunto—. Es de Inglaterra y ya ha corrido en el hipódromo de Wellington. Biller quiere ganar a toda costa. No le vendrá mal al viejo Lambert pasar un poco de miedo. Si al final le toca entregar el trofeo a su enemigo más acérrimo le dará un síncope...

Para eso todavía faltaban cinco kilómetros, pensó Elaine, pese a que también ella se había desinflado un poco a la vista del imponente semental negro.

Elaine se colocó en posición en el extremo derecho, lo que ya en el disparo de salida le resultó favorable. Un par de caballos, inquietos en la apretada hilera de la pista, se asustaron con la detonación. No querían pasar junto al hombre que todavía sostenía una humeante pistola, así que se ofuscaron ya en la salida. Los jóvenes de los caballos de tiro y el capataz del caballo de alquiler se vieron inmersos en la confusión. Este último se cayó enseguida, aunque tuvo suerte y no acabó entre los cascos de los animales que pateaban. Peor fortuna corrió Jay Hankins. Su yegua sufrió una coz en el corvejón y cojeaba; para él, la carrera ya había terminado.

Elaine, por el contrario, salió bien, al igual que Timothy. Ambos volvieron a encontrarse después de que los jóvenes campesinos hicieran un esprint seguidos de Biller y el semental negro. Era una locura salir a todo galope entre la alegre muchedumbre que flanqueaba la pista. Elaine consideraba demasiado peligroso aflojar las riendas. Las chicas de Madame Clarisse estaban apostadas en la primera curva y empezaron a vitorear en cuanto vieron acercarse a Lainie. Florry llevaba un vestidito de flores de colores y botaba como una pelota; además, agitaba dos abanicos, lo que asustó a dos caballos, uno de ellos el semental de Biller.

—¡Ten cuidado! —gritó Ernie al joven cuando casi se estampó contra el semental encabritado—. ¡Maldita sea, avanza antes de que el caballo salte sobre la gente!

Los espectadores situados en el borde de la pista se asustaron y se empujaron a gritos. El joven Biller espoleó al semental. El caballo negro se lanzó al galope, adelantó los caballos de los campesinos, luego al capataz a lomos del caballo de alquiler, y desapareció tras la siguiente curva.

—¡Allí va! —observó Ernie frustrado—. No lo volveremos a ver hasta llegar a la meta.

—Bah, no creo —respondió Tim—. No mantendrá esa velocidad durante los cinco kilómetros. Ese caballo nunca ha corrido una distancia tan grande. Incluso en las grandes carreras lisas no pasan de los doscientos metros. Espérate, volveremos a verlo mucho antes de lo que crees.

La estrategia de Timothy semejaba bastante a la de Elaine. También él recorrió los tres primeros kilómetros a un ritmo sostenido pero no demasiado rápido. Su caballo galopaba contento junto a la yegua de la joven, algo que Elaine permitió casi sin darse cuenta. Pese a la proximidad de Tim y Ernie, que se reunió con ellos al principio pero pronto quedó atrás, empezó a disfrutar de la carrera. Consiguió incluso contestar a la sonrisa de Tim cuando adelantaron al decepcionado propietario del establo; su montura había intentado alcanzar al semental de Biller y ahora estaba, a kilómetro y medio, totalmente agotado.

Lo mismo les sucedió a los jóvenes campesinos. Sus robustos caballos de labor se rindieron medio kilómetro después. *Banshee* y *Fellow*, por el contrario, no mostraban la menor señal de cansancio y también sus jinetes seguían frescos.

Timothy miraba maravillado a Lainie. Siempre la había encontrado atractiva, pero nunca tan cautivadora y vivaz como ese día. Poco después de la salida había perdido el sombrerito y el moño tirante se había soltado un kilómetro después. Sólo el viento de frente mantenía apartados de su rostro los rizos; parecía como si a su espalda ondeara una bandera roja. Se diría que una luz interior iluminaba su semblante. La veloz cabalgada la alegraba y por vez primera sus ojos perdieron aquella expresión de desconfianza cuando su mirada se encontró con la de Timothy.

En su mayor parte, la pista discurría por dentro del cercado de los terrenos mineros, pues el bosque lindaba con ellos. En ese momento, sin embargo, se acercaban al asentamiento de los mineros y la pista se desviaba hacia fuera. La curva antes de la entrada sur de la mina era bastante cerrada y si alguien pretendía tomarla a todo galope, corría el peligro de caerse con caballo y todo.

Tim y Elaine refrenaron sus caballos a tiempo. Una vez más parecían haberse puesto de acuerdo. Ella incluso aminoró al trote, una medida inteligente, pues de pronto les salió al encuentro Caleb Biller, tirando de las riendas de su espléndido semental y cojeando lastimosamente.

Elaine comprobó que el semental al menos estuviera bien. Ni siquiera se había ensuciado. Así que había arrojado al jinete fuera de la silla.

—¡Se ha asustado! —se quejó Caleb.

La causa del desaguisado era fácil de adivinar: en medio de la pista había (pese a los tres días de sol pasados) un gran charco, algo impensable en un hipódromo inglés. Aquel caballo nunca había visto algo así y al tomar la cerrada curva se había llevado un susto tremendo.

—¡Mala suerte! —respondió Tim a su vencido rival. No sonó demasiado compasivo.

—¿Y por qué no vuelve simplementa a montar? —preguntó Lainie cuando reemprendieron el galope—. El caballo está bien, todavía es capaz de ganar.

Tim sonrió burlón.

—Pero Caleb Biller no es un jinete osado. Ya se moría de miedo a lomos del poni cuando era pequeño. ¡Aún no entiendo cómo se las habrá apañado su padre para subirlo a la grupa de ese semental!

Elaine soltó una risita. Se sentía insólitamente liviana y casi como embriagada. Hacía años que no se divertía tanto, y encima competía con un hombre. Debía de ser por aquella circunstancia excepcional, pero, fuera como fuese, no sentía el menor recelo hacia Timothy Lambert. Al contrario, se alegraba de verlo, de su figura delgada pero fuerte sobre el tordo, de sus rizos castaños alborotados al viento, de sus ojos afables y su risa fácil formando arruguitas en las comisuras de su boca.

Entretanto, habían entrado en el kilómetro final y los dos vieron por fin ante sí a su último rival: el capataz de Blackball a lomos del caballo de alquiler, un líder inesperado. Pero el ligero caballo castañuelo parecía resistente y no cabía duda de que el jinete era versado. Al menos ladino. Cuando Elaine y Tim intentaron adelantarlo, el caballo empezó a hacer eses. Además, el jinete esgrimía la fusta hacia fuera y *Fellow* no se atrevía a pasar junto a él. Elaine lo intentó por el otro lado, pero el margen era angosto y el animal no permitía que lo adelantaran. Amenazaba a *Banshee* y quería morderla. La yegua, asustada, aminoraba.

—¡Ese canalla no se saldrá con la suya! —declaró Elaine con expresión iracunda.

A Tim se le escapó la risa. Tales expresiones no eran propias de «la santa de Greymouth».

Él mismo increpaba al jinete con voz autoritaria, pero el otro no pensaba rendirse ante el heredero de la mina Lambert. No perdía de vista a su perseguidor y seguía avanzando describiendo eses.

Elaine reflexionó febril. Faltaban todavía unos ochocientos metros para la meta y la pista no se ensanchaba. Además, pronto estaría flanqueada por espectadores que harían todavía más arriesgado cualquier adelantamiento. Sólo había un lugar en que la pista se ampliaba, precisamente a la entrada del área de la mina. El circuito pasaba por la puerta principal, delante de la cual se hallaba una especie de aparcamiento en el que solían detenerse carros de carga. Naturalmente, ese día el terreno estaría despejado, a no ser que también lo hubiera ocupado la gente. Allí había lugar suficiente para adelantar, pero el trecho era muy corto. Así que...

Elaine decidió arriesgarse. Cuando la pista se ensanchó, guio con firmeza a *Banshee* hacia la izquierda, donde se encontraban sólo dos o tres grupitos de espectadores que se apartaron cuando Lainie gritó «¡Vía libre!». *Banshee* alcanzó a su rival, pero no consiguió adelantarlo delante de la puerta y volver a la pista.

Tim, que también había acelerado detrás de Lainie, no entendió al principio qué se proponía ella. Sólo lo entendió cuando la joven no intentó alinearse con el otro jinete, sino que mantuvo a *Banshee* junto al cercado, azuzándola. Entonces tuvo que armarse de todo su valor para no tirar de las riendas de *Fellow* cuando vio que la yegua blanca saltaba por encima de la cerca que rodeaba la mina, seguía avanzando y dejaba atrás al pasmado capataz. Tim no tenía tiempo para pensar. *Fellow* también salvó la cerca con la misma facilidad que *Banshee*. Tim lo colocó junto a la yegua y miró jadeante a Lainie. Ella resplandecía, con el rostro encendido y los ojos brillantes.

—¡Le hemos dado una lección! —exclamó entusiasmada, al tiempo que espoleaba a *Banshee* para que se lanzara a todo galope.

Tim con gusto la habría dejado pasar, o al menos habría pasado la línea de meta a su lado. Pero luego se llamó al orden. Ninguno de sus hombres había apostado por Lainie. Si ella perdía estaban en juego unos pocos centavos de las chicas de Madame Clarisse, pero si la joven ganaba, docenas de mineros perderían el salario que tanto les costaba ganar. El joven dudó.

—¡Adelante! —le gritó Lainie—. ¡El suyo es mucho más rápido! —Rio, tal vez sabía lo que estaba pensando.

Tim azuzó a *Fellow*, que de mala gana se separó de *Banshee*. Cruzó la meta con una ventaja de medio cuerpo. Apenas si consiguió refrenar su montura, en especial porque la muchedumbre había estallado en gritos y vítores. Al final se quedó sentado a lomos de su caballo, excitado y haciendo escarceos, recibiendo sonriente el aplauso de sus hombres. Elaine observó su semblante feliz, rodeado de rebeldes mechones de cabello castaño y sus ojos serenos, que parecían titilar haciendo prevalecer el verde sobre el castaño. Su mirada no plasmaba ninguna desaprobación, como la de William tras una cabalgada, ni tampoco triunfo como la de Thomas cuando volvía a ganar una carrera. No, Timothy simplemente se alegraba y quería que los otros fueran partícipes de su alegría. Sonriente, se acercó a Lainie, tomó de forma espontánea su mano y la sostuvo en alto.

—¡Mirad, ella es la auténtica vencedora! Yo nunca habría osado saltar por encima de la cerca.

Lainie había resplandecido hasta el momento y se había sentido tan libre y viva como Tim, pero en cuanto él la tocó, todo volvió: las manos de Thomas sobre su cuerpo, el pánico a que le hiciera daño; las tiernas caricias de William en que ella había confiado, pero que eran falsas.

Tim sintió que ella se tensaba, que de repente se desvanecía su alegría y seguridad. La joven no dijo nada, incluso intentó conservar la sonrisa, pero en cuanto él le soltó la mano, ella se apartó de él como si la hubiera quemado. En sus ojos apareció el mismo miedo que él había visto el primer día delante de la iglesia.

—Discúlpeme, señorita Lainie —dijo desconcertado.

Ella no lo miró.

—No pasa nada. Tengo que arreglarme el cabello...

Su delicado rostro, sonrosado por la veloz carrera, se había teñido de golpe de una palidez mortal. Con dedos temblorosos intentó recogerse el pelo. En vano, por supuesto.

—¡Así está precioso, señorita Lainie! —Tim intentó tranquilizarla, pero la joven parecía encogerse en cuanto él la miraba.

Negó con la cabeza cuando Jay Hankins intentó ayudarla a desmontar, pues el satisfecho Marvin Lambert había mandado construir un podio e indicaba a los tres ganadores que ocuparan sus sitios. Lainie hizo retroceder a *Banshee* ante el joven herrero y se deslizó sin ayuda de la silla de montar. Tuvo que hacer de tripas corazón para subir al podio al lado de Tim y permaneció allí asustada y a la defensiva, muy distinta de la muchacha rebosante de felicidad y segura de sí misma que había sido poco antes.

Marvin Lambert entregó el trofeo al campeón y un invitado de honor llenó de whisky la copa de plata.

—¡Por el campeón! —gritó, alzando su propio vaso.

Los hombres del público lo imitaron. Tim sonrió y tomó un trago. Luego tendió la copa a Elaine, que al cogerla y rozar la mano del joven casi la dejó caer.

—¡A su salud, señorita Keefer! —dijo Tim—. Ha sido maravilloso cabalgar con usted.

Elaine bebió un trago e intentó recuperar el control. ¡Tim Lambert seguramente se estaba burlando de ella! Y ahora se acercaba el padre para felicitarla y con intención de besarla... No podía, no...

—No, padre —dijo Tim con voz tranquila.

Perplejo, Marvin Lambert se apartó de Lainie.

—¿Alguna objeción a que dé un beso a la segunda vencedora? —preguntó jovial.

—La señorita Keefer cuida de su reputación —explicó Tim—. Las damas... —Señaló a las matronas que estaban en la tribuna de honor y que ya cotilleaban sobre el inesperado segundo puesto de Elaine.

Marvin Lambert asintió a regañadientes y sólo tendió la mano a Lainie para felicitarla. Ella le dirigió una sonrisa forzada cuando recibió el vale de un pequeño premio en efectivo.

—¡Pero luego me debe un baile! —El propietario de la mina guiñó el ojo a Lainie y se encaminó hacia el tercer ganador.

Tim sabía que eso no ocurriría. Lainie Keefer no se acercaría ni a un kilómetro de la pista de baile. En ninguna cicunstancia permitiría a un hombre rodearla con sus brazos.

En efecto, volvió a encontrarse con ella poco después junto a los caballos. Se había librado de la gente lo antes posible, lo que no era sencillo, pues ese día todo el mundo quería brindar con él. Todo sucedía justo como él había supuesto: Lainie había dado una hora a su yegua para recuperarse, pero ahora volvía a ensillarla.

—¿Ya se marcha? —preguntó con cautela desde la entrada del establo.

Con él, Elaine no tenía que volver a replegarse en sí misma, pero lo hizo.

—*Fellow* se sentirá solo sin *Banshee*.

—La... la taberna no está abierta hoy —respondió ella con aparente incoherencia, pero luego Tim entendió: quería evitar que él la acompañara.

—Lo sé, pero pensaba... Esta noche habrá un baile.

—Hay una orquesta. No tengo que tocar el piano.

Lainie hablaba con la cara vuelta. Fingía no entenderlo.

—Me habría gustado bailar con usted, señorita Lainie. —Tim no cejó.

—Yo no bailo. —Sujetó las cinchas a toda prisa.

—¿No sabe o no quiere?

Elaine no supo qué responder. Miró al suelo y luego levantó los ojos con expresión desamparada, buscando una salida pese a saber que no había ninguna. Como un animalito acorralado...

Tim ansió liberarla.

—Lo siento, señorita Lainie, no quería forzarla...

Lo que él quería era acercarse a ella, tomarla entre sus brazos y librarla del miedo, desprenderla con sus besos y caricias de todo lo que pesaba sobre ella. Pero eso debía esperar, como el baile.

Lainie colocó los arreos a la yegua. Luego dudó. Para salir del establo tenía que pasar junto a Tim. Había palidecido de nuevo.

Timothy se apartó de la entrada. Se dirigió tranquilamente a su caballo y puso distancia entre él y la muchacha.

Lainie se relajó. Sacó a *Banshee* y se detuvo de nuevo cuando se creyó segura.

—¿Señor Lambert? Por lo de antes... con su padre. Muchas gracias.

No le dio la oportunidad de preguntarle algo o de contestar. Él sólo vio que se encaramaba al caballo delante del establo y se marchaba.

Una muchacha extraña. Sin embargo, Tim estaba casi contento cuando volvió a la fiesta. Al menos le había hablado. Y algún día la rodearía con sus brazos y bailaría con ella. Cuando se casaran.

9

Kura Martyn sabía desde hacía tiempo que había cometido un error. Enfadarse con Gwyneira había sido una equivocación y su huida todavía lo había empeorado más. No dejaba de maldecirse cada día por su estúpido orgullo. Podría estar hace tiempo en Inglaterra, tanto daba si en los escenarios o estudiando. En cualquier caso, no habría desperdiciado el tiempo recorriendo cual pionera solitaria los pebluchos de la isla Sur. Tal actividad no respondía hacía mucho a una satisfacción artística, sino a la mera supervivencia. Kura ya no mandaba imprimir carteles ni planificaba actuaciones. La mayoría de las últimas poblaciones por las que pasaba ni siquiera disponían de una casa parroquial o de un hotel en cuyos salones los burgueses de buena reputación acompañaran a sus engalanadas esposas. Por regla general sólo contaban con una taberna, que, con algo de suerte, disponía de piano. Kura ya no se enojaba cuando se encontraba con instrumentos totalmente desafinados. A veces ni siquiera había. En esas ocasiones cantaba sin acompañamiento o recurría a sus raíces maoríes y palmeaba los tambores o tocaba entre canción y canción la flauta *koauau*. Ese espectáculo funcionaba mejor que el repertorio operístico entre el público de los pueblos perdidos. Unos pastores maoríes incluso la invitaron una vez a cantar y tocar para su tribu. Kura disfrutó de esa función con los *tohungas*, se dejó acompañar por los músicos con los *putorinos* y cantó varios *haka*. Al final le regalaron una flauta *putorino* y a partir de entonces ella introdujo ese inusual instrumento en su programa. Su madre le había enseñado a tocarla y lograba conjurar incluso la voz *wairua*. La técnica necesaria siempre le había resultado fácil, pero se había iniciado siendo niña. Por desgracia, sus oyentes no sabían apreciar ese arte. Incluso si gustaba más la música maorí que la ópera, cuando Kura actuaba en una taberna los parroquianos querían oír las viejas canciones de su hogar. La joven interpretaba, pues, baladas y canciones de taberna procedentes de Irlanda y Gales, y se enfadaba si su público se ponía a bailar o a cantar con ella. Y encima, lo que ganaba sólo servía para subsistir ella y el caballo.

Se peleó con hombres impertinentes que creían que una cantante era una muchacha en venta. Trató de persuadir a respetables matronas que no alquilaban habitaciones a «artistas ambulantes». Intentó convencer a los pastores de la iglesia que daría a conocer a sus rebaños de feligreses un valioso bien cultural y que por ello quería utilizar el centro parroquial de forma gratuita. A veces llegaba a ofrecer actuaciones en iglesias de pueblo. ¿Había realmente considerado un día que interpretar el *Oratorio* de Bach en Haldon estaba por debajo de su nivel?

Tras casi un año rodando de un lugar a otro, Kura estaba cansada. Ya no quería viajar, ya no quería volver a sacar por la noche un vestido humedecido de lluvia de un arcón por lo general manchado de barro. Ya no quería negociar con taberneros pringosos.

De vez en cuando incluso pensaba en establecerse en algún lugar. Al menos un par de meses si tuviera un empleo, pero sólo se lo ofrecían si también estaba dispuesta a entretener a los hombres de otra manera.

—¿Por qué te lo pones tan difícil? —le preguntó en Westport una veinteañera que aparentaba cuarenta—. ¡A alguien como tú no le costaría ganar un montón! Y además podrías escoger a los hombres con quienes irte a la cama.

A ese respecto, Kura a veces casi sentía una especie de tentación. Añoraba el amor. Con frecuencia ansiaba sentir el fuerte cuerpo de un hombre. Casi cada noche soñaba con William y durante los largos trayectos por el campo se ensimismaba pensando en él. ¿Dónde estaría ahora? Había abandonado Kiward Station. ¿Con la señorita Witherspoon? De hecho, le resultaba inimaginable que Heather fuera capaz de conservarlo mucho tiempo a su lado. William también había sido otro error... y sin embargo ella seguía creyendo que con él habría podido ser feliz. Si no hubiera existido esa granja, ¡la maldita Kiward Station! La granja le había arrebatado a su marido. Si hubieran estado solos ellos dos, ya haría tiempo que se habrían marchado a Londres y ella disfrutaría de un éxito fulgurante. Soñaba con funciones en anfiteatros llenos y con noches en los brazos de William. Roderick no tenía cabida en esos sueños. Y Tiare... Durante su visita al poblado maorí junto a *Nelson*, estimulada por la música y las canciones, y sobre todo por la sensual danza de los maoríes, había sucumbido finalmente al deseo y compartido lecho con un joven. Una experiencia agradable, pero nada más. Muy lejos de los estados de éxtasis que experimentaba con William. ¿Y los hombres que acudían a sus actuaciones, los marinos y mineros a menudo enfermos de añoranza y que se esforzaban por conseguirla? Algunos tenían cuerpos hermosos y entrenados. Pero estaban sucios después del trabajo en la mina o apestaban a aceite de ballena o pescado. Hasta el momento, Kura nunca había conseguido decidirse, pese a que un par de dólares más a veces habrían sido bien recibidos.

La muchacha de Westport consideró el silencio de Kura como una reflexión seria.

—Por supuesto, el negocio de aquí es lo último —señaló—. No es de tu clase. Yo misma pronto me marcharé. Pero en Greymouth hay una taberna como Dios manda. Pertenece a una mujer, también prostituta, pero que ahora trabaja de hotelera. Se dice que antes trajinaba por aquí, cuando el negocio no había degenerado tanto.

Kura no dijo nada. De todos modos, Greymouth estaba dentro de su recorrido, así que no podría evitar esa taberna «como Dios manda». Sin embargo, esperaba algo más de ese lugar. Tenía un óptimo recuerdo de Greymouth durante la gira de la compañía. Entonces se habían alojado en uno de los hoteles nobles junto al muelle. Los notables del lugar —también propietarios de minas y comerciantes— le habían hecho la corte y el público se había puesto en pie para aplaudir a los artistas. Sobre todo a Kura Warden. Quizás el director del hotel la recordara.

De ahí que Kura se pusiera en camino con buena disposición. Esta vez, no obstante, se llevó una impresión muy distinta de la ciudad. Greymouth no era una ciudad pequeña, limpia e idílica compuesta sobre todo por hoteles elegantes y bonitas casas burguesas. A fin de cuentas, esta vez no cruzaba el Grey River en un transbordador, sino por la carretera costera de Westport y lo primero que se veía eran las colonias de los mineros así como el casco urbano más decrépito. Casas de madera, tiendas pequeñas, un barbero, un carpintero que hacía ataúdes, hasta con el burdel era evidente que había exagerado la prostituta de Westport. El Wild Rover producía una impresión tan poco acogedora y digna de confianza como la mayoría de tabernas de la costa Oeste.

Kura se alegró de internarse de nuevo en los mejores barrios y de acercarse a las elegantes fachadas de los hoteles. Sin embargo, se desengañó en cuanto preguntó si tenían trabajo. ¿Una artista sola? ¿Sin intervención de algún notable o de una agencia de espectáculos? Una muchacha innegablemente hermosa, pero ¿con vestidos gastados y sólo un par de flautas como accesorios en el escenario? Los hoteleros declinaron su ofrecimiento y le indicaron que mejor lo intentara en el barrio de los mineros.

La muchacha se marchó discretamente, desanimada y humillada. Había tocado fondo. Peor no podía irle. Debía tomar pronto una decisión. Ceder ante Gwyneira McKenzie o caer todavía más bajo y vender su cuerpo...

Lo primero que hizo fue entrar en el Wild Rover: estaba famélica.

El patrón de la taberna se presentó como Paddy Holloway. Su establecimiento estaba tan desastrado por dentro como por fuera.

La barra estaba pegajosa y sucia y las paredes no se pintaban desde tiempos inmemoriales. En el salón todavía flotaba el olor rancio de cerveza del día anterior y se diría que nadie había tocado el piano desde hacía un siglo, y qué decir de afinarlo. Tampoco Paddy Holloway iba nada arreglado. Todavía no se había afeitado y llevaba el delantal lleno de manchas de grasa, cerveza y salsa. Lo único que distinguía al orondo hombre de los demás taberneros era su franca admiración por Kura cuando la vio entrar en su establecimiento. Y además parecía interesado de verdad en la música, pese a sus miradas lascivas. Pero así reaccionaban casi todos los hombres y Kura ya estaba acostumbrada a que aun así la pusieran en la calle si no se mostraba convenientemente accesible. Paddy Holloway, sin embargo, se mostraba excitado como si hubiera recibido la visita de una reina.

—¡Pues claro que puede cantar aquí, será un placer! No es un piano de concierto, pero si decide quedarse más tiempo aquí lo cambiaré gustoso para usted. ¿No quiere que firmemos un... cómo llaman... un contrato?

Kura estaba perpleja. ¿Había oído mal o acababa de ofrecerle el patrón la oportunidad de hacer una pausa en su vagar a la intemperie? Y sin segundas intenciones, pues al parecer aquello era realmente una taberna, no un burdel.

—Sabe, hace tiempo que busco a una pianista —insistió él, ansioso—. ¡Y justo entra una por la puerta! ¡Y además tan guapa! ¡Y que también canta! ¡Dejarán de ir al Lucky Horse! ¡Los clientes vendrán aquí en tropel!

Kura no le prestaba mucha atención. Estaba cansada y se sentía derrotada. Habría preferido no cantar esa noche y meterse de inmediato en la cama. Únicamente se preguntaba en cuál. Todos su instintos, en alerta, la advertían que era mejor no dormir bajo el mismo techo que Paddy Holloway, incluso si en ese mismo momento le ofrecía una cama. Por algún motivo, era un sujeto extraño. ¿Cómo es que estaba buscando a una chica que tocara el piano? La mayoría de los pianistas de bares eran hombres. Si Holloway necesitaba uno, bastaba con que hubiera puesto un anuncio en Christchurch o Blenheim.

Al parecer, el Lucky Horse era el local de la competencia, probablemente el burdel que había mencionado la chica de Westport. Kura pensó si debía preguntar allí también antes de aceptar la propuesta de Holloway; pero estaba demasiado agotada. Se contentaría si conseguía una habitación aceptable y lograba entretener a los clientes del Wild Rover para pagársela.

—¿Me tocaría usted alguna canción, si es tan amable?

El silencio persistente de Kura parecía inquietar al patrón. No quería comprar sin comprobar antes el producto.

Kura se sentó suspirando sobre el taburete oscilante del piano y tocó *Para Elisa*. No fue del gusto de Holloway. No se trataba pues de ningún cultivado melómano al que el caprichoso destino hubiera arrojado a ese lugar de mala muerte. Eso no sorprendió a Kura: ya hacía tiempo que no se tragaba esas historias. Solía confiar ahora en la primera impresión y pocas veces se equivocaba. Poco importaba lo que Heather Witherspoon le hubiera contado en su infancia. Un sapo era un sapo, no un príncipe.

El patrón hizo una mueca e interrumpió la pieza.

—Suena bastante apagado —observó—. ¿No podrías tocar algo más alegre? ¿Algo irlandés? ¿El *Wild Rover*, por ejemplo?

Kura se había acostumbrado a que los hombres empezaran a tutearla a la tercera frase a más tardar. Ya no se enfadaba por eso. De todos modos, hizo acopio una vez más de todo su orgullo y se puso a cantar la «Habanera» de *Carmen* en lugar de la modesta canción de taberna solicitada.

Contra todo pronóstico, Paddy Holloway se quedó anonadado.

—¡Pues sí que cantas bien! —exclamó—. ¡Y también sabes tocar el piano! Yo diría que mejor incluso que la pequeña y tímida Lainie de Madame Clarisse. ¿Qué te parece? ¿Tres dólares a la semana?

Kura no se lo pensó mucho: era más de lo que solía ganar. Si en efecto se quedaba un par de semanas allí, descansaría y pensaría sobre su futuro. Sólo quedaba la cuestión del alojamiento apropiado. Y seguro que algo habría que hacer con los precios.

—No menos de cuatro dólares —contestó al patrón dirigiéndole, como ya tenía por costumbre, un parpadeo insinuante.

Paddy Holloway asintió de buen grado. No habría dudado en pagar cinco dólares.

—Y el veinte por ciento de todas las bebidas que los hombres pidan conmigo —añadió Kura.

El patrón volvió a asentir.

—¡Pero té en lugar de whisky! —puntualizó—. Si quieres auténtico alcohol yo no ganaré nada.

Kura suspiró. No le gustaba el té frío y sin azúcar, pero por el momento eso carecía de importancia.

—Entonces hemos llegado a un acuerdo. Necesito una habitación. No tengo la intención de vivir aquí en la taberna.

Paddy Holloway no tenía ni idea de quién alquilaba habitaciones en la ciudad. Si tenía clientela de paso la dejaba dormir en el establo. De todos modos, tras pasar una noche en el Wild Rover, no distinguían una cama de una paca de paja. Aun así aconsejó a Kura, con una expresión significativa en el rostro, que no se le ocurriera acudir al «hotel» vecino. La joven ya lo tenía en cuenta. Cuando se hablaba de hoteles, Kura hacía tiempo que no esperaba establecimientos decentes y asequibles como el White Hart de Christchurch.

Puesto que Paddy ya no le era de ayuda, se despidió y salió en busca de un albergue. Tal vez en la calle hubiera algún cartel de alquiler de habitaciones.

Avanzó con el caballo al paso por la población y pronto descubrió el Lucky Horse. Una colorida fachada recién pintada, una terraza pulcra y barrida, los cristales de las ventanas limpios, y un rótulo de «Hotel y Taberna» sobre la entrada. La chica de Westport tenía razón. Si bien era una taberna con burdel incluido, pertenecía a las mejores de su clase.

Kura lo lamentó. El Lucky Horse era mucho más atractivo que el Wild Rover. ¿Es que nunca haría nada bien? Cansada, se detuvo primero en el establo y encontró alojamiento adecuado para su caballo. Como en casi todos los pueblos, el encargado también la ayudó respecto al tema del alojamiento. Kura dio las gracias, agarró su maleta y buscó a las dos personas que alquilaban habitaciones en Greymouth. Estaba animada pues ya tenía experiencia en ganarse las simpatías de esa clase de señoras. Dicho y hecho: causó una impresión excelente en la viuda Miller, mientras dejaba en reserva la pensión de la señora Tanner. A fin de cuentas, ésta era la mujer del barbero y las casadas eran reacias a acoger a Kura en su casa.

La señora Miller, por el contrario, se derritió cuando la joven le describió sus éxitos como cantante. En su juventud, la señora Miller había asistido a una ópera en Inglaterra y todavía recordaba con detalles aquella experiencia. También el reverendo, le aseguró a Kura, era un gran melómano. Seguro que ponía la iglesia a su disposición para que diera un recital. Mientras tanto, le alquilaría una habitación a esa muchacha tan preciosa y bien educada. Kura no mencionó el Wild Rover.

Sin embargo, la gente de Greymouth sí habló pronto de ella: su primera velada en la taberna causó furor. Kura estaba sorprendida. Los hombres caían a sus pies, siempre pasaba igual. No podía zafarse de peticiones musicales y solicitudes ambiguas, pero se diría que los hombres en ese lugar hacían también comparaciones. Kura era mucho más bonita que la señorita Lainie, observaban algunos, y sabía cantar. Otros apostaban si el siguiente sábado el Rover estaría o no lleno de los clientes habituales del Horse.

—¡Es posible que hasta Tim Lambert se cambie! —señaló un minero, y los otros se troncharon de risa—. Ésta canta. A la fuerza tendrá que abrir la boca más veces que su señorita Keefer.

Tan sólo un hombre rubio y delgado parecía interesarse más por la música de Kura que por compararla con «el tímido ratoncito de Madame Clarisse», como Paddy la llamaba. Había llamado la atención de Kura al entrar. Iba mejor vestido que el resto de los parroquianos y no lo saludaban con un campechano «hola», sino que los mineros más bien lo miraban con recelo. El patrón, por el contrario, lo recibió casi con una reverencia.

—¿Desea hacer alguna apuesta, señor Biller? —preguntó Paddy. También eso era inusual, pues a los otros clientes los llamaba por su nombre—. El sábado tenemos una pelea de perros. Y en Wellington el domingo es día de carrera, tengo aquí las listas de salida; todo esto es absolutamente confidencial, ya sabe. Los resultados a partir del lunes por la tarde. Hasta ahora me ha sido imposible convencer a Jimmy Farrier de que pusiera un telegrama el domingo mismo.

—El lunes es suficiente —respondió el joven—. Deje el programa aquí y sírvame un whisky, un Single Malt.

Un par de sujetos que pululaban cerca del rubio pusieron los ojos en blanco. Un Single Malt costaba una fortuna.

El joven pasó la siguiente hora bebiéndose lentamente tres whiskies mientras contemplaba a Kura. Nada nuevo para ella, acostumbrada a los admiradores silenciosos. Aun así, la dejó perpleja su mirada detallista. Le observaba el rostro, el cabello, la ropa y los dedos volando sobre las teclas, pero no con deseo, sino como evaluándolo todo objetivamente. A veces Kura tenía la impresión de que el hombre iba a levantarse para hablar con ella, pero que luego volvía a pensárselo. ¿Era tímido? En realidad no daba muestras de ello. No se ruborizaba, tampoco bebía para darse ánimos ni reía como un tonto cuando Kura lo miraba.

Al final la joven decidió dar el primer paso. El individuo aparentaba ser un amante de la música y era evidente que sus modales eran refinados. Tal vez supiera valorar intepretaciones musicales de mayor calidad. De hecho se quedó con la boca abierta cuando ella cantó la *Habanera*. Y ahora venía, en efecto, a su encuentro.

—¡Bravo! —la elogió—. Es de la ópera *Carmen*, ¿verdad? ¡Maravilloso, simplemente maravilloso! Este último año ya la cantó, cuando estuvo aquí de gira con la Compañía Greenwood. Al principio no estaba seguro, pero he reconocido su voz...

El hombre casi parecía nervioso, mientras que Kura se sintió algo molesta. ¿Tanto había cambiado para que uno de los asistentes al concierto pasado no la recordara? ¡Y además varón! ¡Solía dejar una huella indeleble en los hombres!

Kura decidió que era a causa del maquillaje. En el escenario, todos los intérpretes iban muy maquillados y en el papel de Carmen se había recogido el cabello en la coronilla, mientras que ahora lo llevaba suelto. Quizás eso había confundido al hombre. Pese a todo, le dedicó una sonrisa benevolente.

—Qué halagador que lo recuerde.

El joven asintió.

—Sí, hasta me acuerdo de su nombre. Kura Marsten, ¿no es así?

—Martyn —corrigió ella, impresionada. Un hombre notable. Se acordaba de su nombre... De su nombre... pero ¿no de su cara?

—Ya entonces consideré que poseía usted un gran talento. Creía que la compañía se había marchado de la isla. Por cierto, mi nombre es Biller, Caleb Biller. Disculpe que no... —Y se inclinó como si hubiera sido un craso error no haberse presentado antes.

Kura lo sometió a un examen más detallado. Alto, delgado, realmente apuesto, el rostro quizás un poco pálido y falto de expresión, casi de una ingenuidad infantil. Labios finos pero bien dibujados, pómulos altos, ojos de un azul pálido. Todo en Caleb Biller carecía de color, pero eso no quitaba que fuera bien educado.

Kura sonrió de nuevo.

—¿Puedo complacerle con alguna canción, señor Biller? —preguntó. Quizá también pidiera un Single Malt para ella. Por el veinte por ciento de un par de bebidas de ese precio no le molestaría tomarse el té frío.

—Señorita Martyn, cualquier canción que salga de sus labios me complacerá —respondió Biller galantemente—. Pero ¿qué es esto? —Curioso, miraba el *putorino* que Kura había dejado sobre el piano—. ¿Es una de esas flautas maoríes? Nunca he tenido una entre las manos... ¿Puedo?

Kura asintió y Biller cogió con prudencia el instrumento para observarlo como un especialista.

—¿Le importaría interpretar algo? —preguntó después—. Me encantaría escucharlo, en especial esa voz de los espíritus...

—¿*Wairua?* —Kura sonrió—. Eso no se lo puedo garantizar. Los espíritus no suelen vagar por las tabernas. Es indigno de ellos.

Siempre iba bien contar historias misteriosas sobre la voz de los espíritus. Sin embargo, Kura estaba admirada. Eran muy pocos los *pakeha* que conocían las particularidades del instrumento. Ese joven debía de interesarse por la cultura maorí.

Se puso en pie e interpretó una canción sencilla, al principio en la voz femenina, alta, del instrumento. Un par de clientes la abuchearon. Era evidente que la mayoría prefería las canciones de taberna a la música maorí.

—Sin acompañamiento vocal suena un poco tenue —señaló Kura a modo de disculpa.

Caleb asintió.

—Entiendo. ¿Puedo?

Señaló el taburete del piano y Kura le dejó sitio perpleja. A continuación tocó una vivaz melodía de acompañamiento. Kura lo siguió con la flauta y cambió de las tonalidades femeninas a las masculinas, a lo que Caleb respondió con acordes más graves. Cuando terminaron, los mineros aplaudieron

—¿Por casualidad no sabréis *Tin Whistle*? —preguntó un irlandés borracho.

Kura puso los ojos en blanco.

—Tal vez sepa algo más a la manera maorí —señaló Caleb—. A mí me fascina su música. Y esa danza, el *haka*. ¿No es en su origen una danza guerrera?

Kura explicó algunas peculiaridades de la cultura musical maorí y entonó una canción apropiada. Biller parecía fascinado; Paddy Holloway no tanto.

—¡Acaba de una vez con esa cantinela! —dijo a Kura después de tres canciones—. Los hombres quieren oír algo divertido. Bastante se lamentan ya sus mujeres.

Kura intercambió una mirada de pesar con Caleb Biller y volvió a las canciones de taberna. El joven tampoco se quedó mucho más.

—Debo marcharme —anunció cortésmente y volvió a inclinarse ante Kura formalmente—. Ha sido estimulante escucharla y me gustaría volver a hacerlo. ¿Cuánto tiempo se quedará aquí?

Ella contestó que un par de semanas más. Biller se alegró.

—Entonces seguro que encontraremos la ocasión de tocar juntos —señaló—. Pero ahora debo irme, mañana he de levantarme temprano. La mina...

Caleb dejó en el aire hasta qué punto la mina dependía de él, se inclinó una vez más y se alejó.

Kura se propuso interrogar a Paddy acerca de él. Pronto se le presentó la oportunidad cuando el patrón depositó el siguiente «whisky» encima del piano.

—¡Ése, un minero? —Soltó una carcajada—. Qué va, pequeña, ése es del otro lado. Su papá es el propietario de la mina Biller, una de las dos mayores minas privadas y también una de las más antiguas del distrito. ¡Una familia riquísima! Si lo cazas, te convertirás en una mujer afortunada. Aunque no parece fácil. Dicen que no quiere saber nada con mujeres.

Unos meses antes, esta declaración la habría confundido, pero tras la gira con la compañía de Barrister conocía distintos tipos de amor.

—Parece que le interesa la música —respondió.

Paddy sonrió burlón.

—Otro disgusto más que acabará con su padre. El chico se interesa por todo lo que no sea la mina. Lo que más le habría gustado estudiar es medicina, pero al final llegaron a un acuerdo con la geología. El diablo sabrá qué cosa es, pero tiene algo que ver con el carbón. El capataz dice que el joven Biller no tiene ni idea de minas, y como comerciante también es un cero a la izquierda. ¡Y si apuesta por un caballo, puedes estar seguro de que llegará el último! El chico todavía vivirá de su padre cuando el infierno se congele.

—¿Viene aquí con frecuencia? —preguntó Kura. Según su experiencia, no era propio de un hombre que prefiriese la compañía de otros hombres a la de las mujeres. Los hombres solían reconocer enseguida tales inclinaciones y los señalados se convertían en el centro de las burlas. A veces hasta sufrían acosos.

En una taberna habían atacado una vez a un bailarín del grupo de Barrister.

El tabernero se encogió de hombros.

—Sale de vez en cuando y apuesta un poco. Aunque no sé si por propia iniciativa o porque su papi lo echa de casa. A veces vienen juntos, el viejo invita a todos a cerveza para congraciarse. Pero el joven más bien parece sentirse molesto. Cuando aparece solo por aquí, se bebe su malta (tengo una botella preparada para él) y no habla con nadie. Un tipo raro. Pero lo dicho, ¡persevera! ¡El puesto de la señora Biller todavía no está concedido!

Kura levantó la vista al cielo. No la seducía nada cambiar la granja de ovejas de Canterbury por una mina. Fueran cuales fuesen los problemas de ese Caleb Biller, a ella no le interesaban.

10

Según el deslenguado Matt Gawain, la relación entre Lainie y Tim había mejorado notablemente desde la carrera de caballos, pues el saludo formal ya no era «Buenas noches, señorita Keefer» y «Buenas noches, señor Lambert», sino «Buenas noches, señorita Lainie» y «Buenas noches, señor Tim», si bien este último pronunciado con cierta indiferencia.

—A este ritmo —apuntó riendo Ernie Gast—, dentro de unos veinte años podrá llevarla al altar.

Tim Lambert dejaba que sus amigos se burlaran. Él, personalmente, sentía —y provocaba— muchos cambios sutiles. Por ejemplo, justo después de la festividad de santa Bárbara había cesado de pedir cada noche la canción *Silver Dagger* y solicitaba *John Riley*, también una balada. Ésta, sin embargo, trataba de un joven marino que tras siete años en alta mar por fin pide a su amada en matrimonio. Al principio, Lainie creyó que era una casualidad, pero al tercer día se lo planteó.

—¿Otra vez *John Riley*? ¿Por algún motivo especial, señor Tim? —Ese día estaba más animada y accesible. Era el sábado después de la carrera y Tim había invitado a todos a cerveza en el Lucky Horse para festejar la victoria de ambos.

—¡Por la encantadora señorita Lainie, la auténtica triunfadora del derby Lambert! —propuso Tim.

Naturalmente, Lainie tuvo que brindar con todos y estaba un poco achispada, pues esa noche le habían puesto un whisky de verdad. Miró a Tim con cierta picardía por encima del piano.

—¿Ya no le gusta *Silver Dagger*, señor Tim?

Él le sonrió e hizo un guiño cómplice.

—¿*Silver Dagger*? Vaya, quiero que pierda la costumbre de tocar esa canción. Me pondría nervioso que mi esposa anduviera dando vueltas siempre con una daga.

Lainie frunció el ceño.

—¿Su esposa?

Tim asintió con gravedad.

—Así es, señorita Lainie. Estoy decidido a casarme con usted.

A ella, que en ese momento iba a beber un sorbito de whisky, casi se le escapó de la mano el vaso.

—¿Por qué? —preguntó inexpresivamente.

—¡Cuidado con el whisky! Creo que debo invitarla a otro. Se ha puesto usted pálida.

—¿Por qué? —repitió Lainie. Sólo la alternancia entre rubor y palidez plasmaba su agitación interna.

—Bueno —respondió el joven con mirada risueña—. Llevo semanas admirándola. Es usted preciosa, inteligente, valiente... En suma, la mujer con la que siempre he soñado. Me he enamorado de usted, señorita Lainie. ¿Debo hincar la rodilla ahora mismo o esperar un poco más?

En los ojos de Lainie fue surgiendo un terror reprimido.

—¡Yo no me enamoro! —replicó.

Tim asintió.

—Ya lo suponía —contestó con calma—. Pero no hay prisa. Dese tiempo para enamorarse, señorita Lainie. No se obstine.

—¡Nunca jamás! —Su réplica sonó un poco estridente. Volvió a ocultarse tras el cabello, inclinando la cabeza sobre el teclado.

Tim temió que volviera a encerrarse en su caparazón. Hizo una mueca con los labios, pero sus ojos sonreían cuando dijo:

—Eso, naturalmente, dificultará las cosas. Tendré que hablar con el reverendo para que me explique cómo se celebra un matrimonio tras la resurrección. A lo mejor nos casa encima de una nube. Claro que entonces tendríamos una vida conyugal bastante monótona. E indiscreta. No me gustaría que todo el mundo me mirase sobre una nube...

Lainie volvió a enderezarse.

—Así que quizá sería mejor que nos buscáramos otra religión —prosiguió él—. Una que nos ofreciera más de una vida. En algún lugar creen en la reencarnación. En la India, ¿no?

La muchacha parpadeó y respondió:

—Pero se corre el riesgo de reencarnarse en un animal. Un caballo o un perro... —Su voz volvía a sonar como siempre. Así pues, había decidido simplemente no tomarse en serio a Tim.

Él suspiró y le sonrió.

—Sería muy romántico. Ya me lo imagino: una pareja de enamorados que en su vida humana no coinciden, pero luego se reúnen en un establo, como *Fellow* y *Banshee*.

Elaine se apartó el cabello de la cara y le dirigió una sonrisa pícara, aunque impostada.

—Pues tenga cuidado, no vaya a ser que por descuido lo reencarnen en un caballo castrado —respondió en voz alta.

Timothy encajó con una sonrisa las carcajadas de los hombres al igual que hacía con todas las bromas respecto a su, al parecer vana, petición de mano. Vivía para esos momentos en que tras la fachada de Lainie brillaba su auténtico yo. Vivaz, inteligente, burlona, pero también sensual y cariñosa. En algún momento caería ese muro defensivo. Y entonces él estaría ahí.

—¿Algún voluntario para ir a espiar al Wild Rover? —preguntó Madame Clarisse tras volver a la mesa a la cual ya estaban sentados Ernie, Jay y Matt.

Entre los parroquianos no se hablaba de otra cosa que de la nueva y misteriosa pianista de la competencia. Debía de ser maorí y cantaba como los ángeles. A Madame Clarisse, como a los pocos de sus clientes que habían recorrido más mundo que la mayoría de los mineros, esto les pareció raro. Las chicas maoríes no solían tocar el piano, ni viajar solas sin la compañía de la tribu. Ni siquiera en los burdeles se encontraban maoríes de pura cepa, como mucho mestizas con una vida a menudo trágica. En cualquier caso, la madama estaba picada por la curiosidad. Colocó una jarra de cerveza en medio de la mesa, llenó los vasos de los hombres y les sonrió.

—Por supuesto, se lo pido a los clientes moralmente fieles al Lucky Horse. El resto podría correr peligro, estando Paddy Holloway por ahí, de caer víctimas de la pasión por las apuestas. —Madame Clarisse se persignó dramáticamente.

—Si luego los chicos cambian de taberna no tendrá nada que ver con las apuestas —se burló Matt—. Usted sólo se preocupa por nuestras almas, Madame Clarisse, ¿verdad? Muchas gracias, lo apreciamos de verdad.

—Pero ¿qué me dice de la prostitución, Madame? —preguntó Jay—. ¿Acaso no es también pecado? —El herrero puso una expresión cándida y se santiguó temeroso.

La madama sacudió la cabeza con desaprobación.

—¿Dónde ve usted aquí prostitución, señor Jay? —preguntó con afectada indignación—. Sólo veo unas jóvenes en edad de merecer que se relacionan con naturalidad con unos jóvenes casaderos. Ya sabéis que gestiono éxitosamente uniones matrimoniales. Sin ir más lejos, el mes pasado se celebró una. ¿Y qué pasa con usted y Charlene, señor Matt? Admítalo, ahí se cuece algo. Sin contar con el señor Lambert y la señorita Keefer...

Los hombres se desternillaban. Charlene, que justo iba a sentarse al lado de Matt, se ruborizó. En efecto, ahí parecía estar incubándose algo.

Tim levantó su cerveza y brindó con Madame Clarisse.

—Bien —dijo sonriendo—, somos lo suficientemente incorruptibles para pasar una tarde con Paddy Holloway. ¡Mañana mismo, en misión secreta!

Elaine oía algunos retazos de conversación; ella también había oído hablar de la cantante maorí del Wild Rover. Y eso le había recordado a su prima, claro, pero no podía ser. Kura vivía con William en Kiward Station. Y nunca se rebajaría a cantar en una taberna de mineros.

Kura no lo pasaba bien en el Wild Rover. La clientela era difícil. Los hombres bebían más cuanto más se acercaba el fin de semana y se volvían más pesados. Paddy Holloway no solía intervenir, pues no quería ofender a nadie y se mostraba muy comprensivo con los hombres. Kura también tenía que zafarse de él cuando no conseguía salir de la taberna con el último grupo de clientes a la hora de cierre. Su único momento feliz se producía durante la visita casi diaria de Caleb Biller, aquel joven enigmático. Caleb aparecía siempre a primera hora, bebía para darse ánimos y luego se unía a ella para tocar el piano. Si la taberna no estaba abarrotada y la gente no protestaba, Paddy admitía que Kura tocara el *putorino* mientras Caleb se ponía al piano, o que ella entonara canciones maoríes tradicionales que él acompañaba confiriéndoles carácter de baladas. El respeto de Kura hacia Caleb como músico crecía cada día. Era un pianista diestro y dotado, pero sobre todo como arreglista y compositor tenía un gran talento. Le gustaba trabajar con él; pero tal vez hubiera otras posibilidades aparte del desafinado piano del pringoso Wild Rover.

El viernes por la tarde, horas antes de que abriera la taberna, Kura se encaminó al Lucky Horse. Ya desde fuera se oía el sonido de un piano, y no interpretando la música habitual en una taberna. ¡Alguien estaba ensayando cánticos religiosos! El pianista intentaba tocar el *Oratorio de Pascua* de Bach. La interpretación era regular; unos meses antes Kura la habría tildado de «horriblemente mala». Sin embargo, había aprendido que ella había puesto el listón muy alto. Casi nadie compartía sus ansias de perfección artística, Kura siempre lo había sabido, pero ahora eso ya no la llenaba de orgullo y arrogancia. Había entendido que la perfección y el buen oído no se compran. Ella había sido bendecida con un don que nadie sabía apreciar. Así que no había razón para jactarse demasiado de él.

Empujó la puerta batiente y entró en el establecimiento de Madame Clarisse. Tal como esperaba, todo estaba ordenado, las mesas limpias, el suelo fregado y en el piano a un lado de la barra estaba sentada una muchacha pelirroja.

Kura no dio crédito a sus ojos y se detuvo en seco, pero la pianista ya se había percatado de su presencia.

Elaine parpadeó como para disolver una alucinación. Pero la joven que estaba de pie ante ella, con un vestido rojo y raído, era Kura. Quizás algo más pálida y delgada, la expresión ya no altiva sino resuelta y dura. Pero su tez seguía inmaculada, el cabello brillante, los ojos tan fascinantes como siempre. Y también la voz sonó igual de modulada:

—¿Tú aquí? —balbuceó con los ojos como platos—. Pensaba que estabas con tu marido en Otago...

—¡Y yo creía que vivías feliz y contenta con William en Kiward Station! —Elaine no quería dejarse intimidar por su prima. Su primer impulso había sido encogerse y mostrarse humilde, pero luego había sentido crecer la rabia tanto tiempo reprimida y que casi había destruido su vida—. ¿Qué quieres, Kura Warden? O mejor dicho Kura Martyn. Deja que adivine. Ya no te gusta el Wild Rover. ¡Primero me quitaste a mi hombre y ahora quieres mi trabajo!

Kura puso los ojos en blanco.

—Siempre tan sensiblera, Lainie —respondió sonriendo—. Y posesiva. Mi hombre, mi trabajo... Pero William nunca te perteneció, y este trabajo... —Paseó una mirada burlona por el Lucky Horse—. Bueno, tampoco es lo más digno del Imperio británico que digamos, ¿no crees?

Elaine no supo qué responder. Sentía una ira impotente y por primera vez desde aquella horrible mañana en el establo de Lionel Station deseó tener un arma. Ahora debía demostrar su superioridad moral, pero en cambio ya empezaba a suplicar. Se detestó por ello.

—Kura, necesito este trabajo. Tú puedes cantar en cualquier local...

Kura sonrió maliciosa.

—A lo mejor me gustaría cantar aquí. Y supongo que la esposa de Thomas Sideblossom no dependerá de un empleo en un burdel, ¿verdad?

Elaine apretó los puños. Pero entonces se produjo un movimiento en la escalera del piso superior. Charlene bajaba y debía de haber oído las últimas palabras.

La rabia de Elaine cedió paso a un espanto gélido. «La esposa de Thomas Sideblossom...» Si Charlene lo había oído y se lo contaba a Madame Clarisse...

La chica se limitó a dar un buen repaso a Kura, para lo cual la escalera constituía un excelente observatorio. Así que la regordeta Charlene evaluó inmisericorde a aquella posible rival.

—¿Quién es ésta, Lainie? —preguntó sin dignarse a saludar a la recién llegada—. ¿La sustituta de Chrissie Hamilton? Lo siento, cielo, pero Madame Clarisse quiere una rubia. Ya tenemos suficientes morenas. A no ser que hagas trabajitos especiales. —Charlene se pasó la lengua por los labios.

Kura la miró indignada.

—¡Soy cantante! —anunció—. No necesito...

—Ah, vale, la chica maorí que aporrea las teclas en el tugurio de Holloway. —Charlene puso los ojos en blanco—. Naturalmente, ése será tu trampolín para una carrera internacional. Tú puedes elegir los trabajos, cielo, lo entiendo. Y das muestras de tener buen ojo —se burló.

Kura recobró la serenidad. Nunca había sido tímida y en la compañía de Roderick Barrister había aprendido a imponerse a las chicas.

—Si quieres te canto algo para que evalúes mi voz, si es que pintas algo aquí —dijo—, aunque me da que no eres más que una puta entre muchas.

Charlene se encogió de hombros.

—Y tú, una pianista más entre otras muchas. Bueno, tal vez seamos un poco mejores que la media. Pero de eso el cliente sólo se da cuenta en la cama. Al menos conmigo, en tu caso no sé. Para la gente de aquí un pianucho suena igual que otro. Así que deja de ufanarte y lárgate con viento fresco. Aquí no hay sitio para zorras que nada más llegar ya arman jaleo.

Kura se dio media vuelta con la cabeza erguida.

—Volveremos a vernos, Elaine... —se despidió.

Pero entonces Charlene bajó las escaleras como un rayo y le

cerró el paso a Kura. Su mirada expresaba una cólera fría, los dedos crispados.

—Se llama Lainie —siseó—. Lainie Keefer. Y no era ni es la mujer de nadie. No empieces a propagar mentiras si no quieres que se hable de ti, porque tú también huyes de algo, monada. ¡Yo podría enterarme rápidamente de qué te has escapado! Además, no olvides que la belleza es pan para hoy y hambre para mañana...

Kura la miró, pero de pronto renunció a la idea de pedirle trabajo a la dueña. Nunca había conocido chicas como Charlene, pero había oído hablar de ellas a los bailarines. Chicas que manipulaban las zapatillas de las demás para que resbalaran y cayeran. Chicas que arañaban el rostro de sus rivales o que dormían con sus novios y convencían a éstos para que dejaran caer a sus novias en ciertas posturas peligrosas durante las actuaciones. Y Charlene no era la única. Todo el burdel de Madame Clarisse estaría lleno de gatas agresivas que defenderían su madriguera con uñas y dientes. Y a Elaine.

Se fue sin más.

Elaine rompió en lágrimas cuando su prima se hubo marchado.

—Yo no quería... bueno, en realidad quería echarla o tirarle de los pelos. Pero ha sido tan repentino, y ella...

—Es una furcia fría como un témpano —dijo Charlene, abrazándola—. Vamos, no te preocupes. Da igual con quién estuvieras casada y cómo te llames de verdad, no contaré nada, y tampoco de esa idiota. La he asustado y no volverá, descuida. Además, a la jefa le gustas tú. Y a mí también. Y a los clientes... y al señorito Tim...

Charlene meció a su amiga sollozante como si fuera una niña. Notó cómo la joven se relajaba pero volvía a ponerse rígida al oír el nombre de Tim Lambert. De acuerdo, él iría a espiar en la taberna de Holloway. Charlene soltó un suspiro. ¡Si hubieran averiguado antes que había una relación entre Lainie y esa chica maorí! Bueno, no era una maorí pura, alguno de sus padres era blanco. ¡Y esos ojos...! Si Charlene no se equivocaba, se percibía un lejano parecido entre Lainie y la chica. Pensó si debía preguntarlo en ese momento o mejor esperar a que Lainie se serenase. La joven ya no lloraba, pero seguía absorta. Ahora se había sentado al piano, inmóvil y con la mirada perdida. Charlene le llevó un té caliente y luego un whisky de verdad.

—Toma, pareces un fantasma. Bébete esto. Luego vendrá tu señorito Tim y ya podrás seguir tonteando con él. ¡Ayer fue muy ingenioso con eso de los caballos coqueteando en la próxima vida! ¡Vamos, ríete, Lainie!

Elaine bebió, pero no creyó que ese día tuviera motivo alguno para la risa. Tim Lambert iría esa noche al Wild Rover y se quedaría ahí. Igual que Matt Gawain. Todo era superficial, los hombres se olvidarían pronto de Lainie y Charlene. Sin embargo, a Elaine eso no le daba igual, y no entendía por qué. En el fondo estaría bien librarse de Tim, ¿o no? ¿Acaso no se quejaba con frecuencia de que era demasiado insistente?

Elaine empezó a tocar cuando llegaron los primeros clientes, pero de forma mecánica, sin concentrarse, y los hombres lo percibieron. Esa noche casi nadie la invitó a una copa ni le pidió una canción. Ella lo advirtió y lo aceptó. En la otra taberna tocaba y cantaba Kura-maro-tini. ¿Por qué iba alguien a gastar dinero en Elaine O'Keefe?

Pálida y con expresión indiferente, parecía mirar más allá de la taberna, hacia otro mundo, otros tiempos. La hora de cierre se acercaba con una lentitud mortificante. Cuando llegara, Elaine correría a encerrarse en su habitación, abrazaría a *Callie* bajo las mantas y se olvidaría de ese día aciago. Tendría que hacer planes. Sin duda había otra ciudad, otra taberna... pero no otro Timothy Lambert.

—¡Buena noches, señorita Lainie! —La alegre voz de Tim la sacó de su letargo. Interrumpió la melodía que estaba tocando y se volvió.

—Buenas noches, señor Tim... —Su voz no traslucía nada.

Él la miró inquisitivo.

—¿Pasa algo, señorita Lainie?

Ella sacudió la cabeza.

—Es sólo... No, no pasa nada. —Y volvió a tocar mientras el color regresaba a sus mejillas. Su corazón se disparó, esperanzado. Aunque... claro, Tim tenía que volver de todos modos: le había prometido a Madame Clarisse que la informaría. Elaine intentó escuchar alguna palabra, pero las noches del viernes había mucho bullicio. Madame Clarisse se apresuró a señalar una mesa a Tim y Matt y acudió con una botella de whisky. El mejor whisky...

—Siento que se haya hecho tan tarde —dijo Tim y olió con agrado el caro licor—. Pero nos hemos encontrado con Caleb Biller y hemos aprovechado para indagar un poco sobre la mina de su padre. —Seguro que el whisky había corrido en abundancia; ninguno de los dos estaba demasiado sobrio.

—Sí, el viejo Biller ha renovado todos los pozos de ventilación —informó Matt—. Hace poco tuvieron un escape de gas. Desde entonces, Biller se ha acobardado. Y el pequeño Caleb maldice porque tiene que supervisar el tema...

—Mientras que nosotros estaríamos encantados de supervisarlo si mi padre consintiera también en renovar. —Tim miró su vaso afligido.

La madama puso los ojos en blanco.

—¿Os he enviado al Rover por el acuciante interés que siento por los pozos de ventilación de Biller, chicos? ¡Vamos, vamos! Habladme de la muchacha, la que toca el piano.

Elaine se derrumbó. No sabía qué le había contado Charlene a su jefa sobre la aparición de Kura por la tarde, pero era muy improbable que se hubiera contenido.

Tim hizo un gesto de indiferencia.

—La chica es guapa —informó.

Matt resopló.

—¡Válgame Dios, sólo un enamorado puede expresarlo así! Madame Clarisse, la chica es un bombón. Cuando nació seguro que las hadas malas estaban de vacaciones. ¡Está para comérsela! ¡Es una chica de ensueño!

La jefa frunció el ceño y Charlene, que justamente revoloteaba junto a la mesa, le lanzó una mirada casi asesina.

—Por lo que sé —observó sarcástica—, la mayoría de los hombres prefieren mujeres de carne y hueso.

Matt le sonrió malicioso, disfrutando de sus celos.

—Oh, es la mujer más sensual, Charlene. Si la oyeras cantar... tiene pasión. Bajo su delicada superficie se esconde un volcán.

—¿Delicada? —se burló Charlene—. Ojalá los hombres no se dejaran embaucar tan fácilmente...

—Entonces ganarías menos —intervino Madame Clarisse riendo—. Pero seguid, chicos, ¿hablasteis con ella? ¿Os la ligasteis? ¿Quién es, de dónde viene?

—Pero bueno, Madame Clarisse, no querrá que seduzcamos a la chica, ¿verdad? —Matt se lo estaba pasando en grande—. ¿Qué vocabulario es ése? Tim y yo nunca nos ligaríamos a esa pianista.

—Aunque para hacerlo, antes tendríamos que pasar por encima del cadáver de Caleb Biller —observó Tim—. No sé si alguna vez se ha interesado por una chica, pero ahora...

Todos rieron, también los de las mesas vecinas. A la taberna de Madame Clarisse acudían sobre todo los trabajadores de las minas Lambert y Blackball. Entre ellos siempre surgía una rivalidad que nunca acababa a puñetazos, pero sí llevaba a bromas por ambas partes. El «afeminado» Caleb Biller era una de las víctimas preferidas.

—En cualquier caso procede de Canterbury. Ella no se lo ha dicho expresamente a Caleb, pero él lo ha deducido por sus antecedentes. —Tim explicó lo que había descubierto acerca de Kura. Al parecer no sólo había sonsacado a Biller información sobre la mina de su padre—. Viajó con una compañía de ópera por la isla Sur, la isla Norte e incluso Australia. Pero no quiso ir con ellos a Inglaterra. O no quisieron llevarla, que es lo que me imagino. Desde entonces viaja sola, un trabajo duro. Aunque ella no se queja, Caleb está convencido de que su vida deja mucho que desear, basta con ver adónde ha ido a parar. Por otro lado, canta e interpreta muy bien. Al final ha tocado con Caleb, que tampoco lo hace mal. O sea, el pobre toca el piano tres veces mejor de lo que monta a caballo, por no hablar de su desempeño en la mina...

Elaine no escuchó más. Le dio rabia que Tim estuviera impresionado con Kura. Pero era normal. Y, vaya, su prima al final había cantado ópera, pese a que siempre se había dudado de que lo lograra. Sin embargo, los ingleses no se la habían llevado. O sea que podría restregárselo por las narices cuando se dejara caer otra vez por allí, si es que se atrevía. Pero ¡tenía que hacerlo al menos una vez! Debía ser fuerte, como Charlene, a quien no parecían afectarle demasiado los arrebatos de Matt por Kura. Elaine suspiró aliviada cuando terminó la noche. Mañana sería otro día...

La noche del sábado estaba transcurriendo tan agitada como siempre. Elaine, que había decidido no arredrarse en ninguna circunstancia y se había sentado al piano con su vestido más bonito, complacía una petición tras otra. Se forzó a mostrarse alegre e incluso sonrió cuando a eso de las nueve se abrió la puerta y entró Tim Lambert. Había vuelto a llover todo el día y él había dejado el impermeable y el sombrero de hule en el establo. Pero las cosas que llevaba debajo se habían mojado en el breve trayecto del establo al local. Sonrió y se sacudió como un cachorro antes de acercarse a Elaine. Ésta tuvo que reconocer que estaba guapo pese al pelo empapado y las gotas de lluvia que le surcaban la cara; se le formaban hoyuelos cuando sonreía. Al final se secó la cara con la manga. Se le veía despreocupado, joven y vital.

—Buenas noches, señorita Lainie.

Ella hizo un gesto hacia él. De repente notó como si alguien le hubiera sacado un peso de encima.

—Buenas noches, señor Tim. ¿Desea que toque algo para usted?

Él sonrió.

—¡Ya sabe qué! Recree una vez más para mí los siete años que John Riley tuvo que esperar a su amada...

La muchacha frunció el ceño.

—¿No fue John Riley quien hizo esperar a su amada?

Tim rio.

—¡Hasta eso tendría que darle que pensar! —respondió con fingida seriedad—. Pero disculpe un momento, tengo que hablar con Matt antes de que se entregue totalmente al whisky. Razones no le faltan. Y a mí tampoco.

Lainie lo miró inquisitiva.

—¿Ha pasado algo en la mina?

Tim asintió.

—Mi padre ha vuelto a rechazar un intento de Matt por ampliar los pozos de ventilación. Sólo tenemos uno nuevo que funciona bien, pero si hay un escape de gas no será suficiente. Y si creemos lo que dice Caleb Biller, eso comporta un gran peligro. ¡Caramba, el viejo Biller siempre ha sido tan avaro como mi progenitor! Y si ahora él invierte en seguridad, significa que... —Tim parecía seriamente preocupado.

—¿No hay algo así como máscaras antigás? —preguntó Elaine. Había oído hablar de ellas y visto ilustraciones en una revista. Los hombres que se ponían esas máscaras parecían insectos gigantes y espantosos.

Tim se alegró de su interés.

—Tampoco contamos con ellas, señorita Lainie. Además no serían de gran ayuda. Lo complicado en los escapes de gas es el peligro de explosión. En la mayoría de los casos es sólo gas metano. No es tóxico, pero sí inflamable y prende fácilmente. Sólo es posible prevenirlo más o menos reduciendo el polvo de carbón de la mina mediante rociadas de agua, y asegurando la circulación del aire. Ambos medios son insuficientes en nuestra mina.

Elaine lo miró preocupada.

—Usted no suele bajar muchas veces ahí, ¿verdad?

Tim resplandeció.

—¡Me acaba de alegrar el día, señorita Lainie! ¡Se preocupa por mí! ¡Viviré de esto durante horas!

Y dicho esto, volvió a su mesa. Pocos minutos después, estaba enfrascado en una acalorada discusión con Matt Gawain. El capataz estaba a punto de renunciar a su puesto. Marvin Lambert lo había dejado en ridículo delante de sus hombres y había declarado que una mejora de la seguridad sólo era posible reduciendo el coste de las horas trabajadas. Los mineros debían decidir si eran cobardes o si tenían hambre. Naturalmente, nadie había aceptado una reducción de salario.

Algo más tarde, Tim volvió con Lainie y brindó por ella, mientras la joven tocaba de nuevo para él *John Riley*. Las horas habían transcurrido y ella había recuperado el ánimo. Por lo que se veía, nadie había cambiado el Lucky Horse por el Wild Rover, y tampoco había ahí nadie hablando de la cantante de la otra taberna. Quizá fuera inocuo plantear a Tim un par de preguntas. Elaine intentó ser diplomática, pero había un deje de reproche en su voz.

—¿También ayer pidió que le tocaran *John Riley*? —preguntó.

—¿Ayer? —Tim pareció pensar qué había pasado de especial el día anterior. Luego parpadeó con picardía—. Ah, se refiere en el Wild Rover. Bravo, señorita Lainie. ¡Primero se preocupa por mí y ahora está celosa!

Elaine se mordió el labio.

—No, en serio. ¿Le pareció esa mujer... le pareció bonita?

Tim la miró inquisitivo al percibir apremio en su tono. El suave cutis volvía a alternar rubor y palidez. Le temblaban ligeramente los labios y los ojos destellaban.

Él tuvo ganas de rodearle los hombros y poner su mano sobre la de ella, pero sintió su instintiva resistencia e, impotente, sólo acarició el borde del piano.

—Señorita Lainie —dijo con dulzura—, claro que esa chica es bonita y canta bien. Cualquier hombre que no sea ciego ni sordo se daría cuenta. Pero usted es mucho más bonita y toca de forma más conmovedora, y por eso yo no permitiría que ninguna otra chica tocara para mí *John Riley*...

—Pero... yo no soy tan bonita... yo... —Elaine se dio la vuelta en el taburete del piano. ¡Ojalá no hubiera preguntado nada!

—Para mí usted es más bonita —sentenció Tim, serio—. Créame, de verdad quiero casarme con usted. Me refiero a que todavía la veré bonita cuando tenga setenta años, el cabello gris y arrugas...

Elaine volvió a ocultarse tras el cabello.

—No me diga esas cosas... —susurró.

Él sonrió.

—No me lo puede prohibir. Y ahora haga el favor de tocar algo alegre para mí y olvídese de esa chica. Yo ya lo he hecho.

Ella se apartó el pelo y sonrió con timidez. Tocó un par de melodías movidas sumida en sus pensamientos. Y cuando al final Tim se despidió, sucedió un pequeño milagro.

Él la saludó como siempre «Buenas noches, señorita Lainie», pero ella respiró hondo y le lanzó una mirada asustada. Casi temerosa de su propia osadía, decidió entonces decir con una sonrisa:

—Buenas noches, Tim.

LA SANACIÓN

Greymouth

Finales de 1896 - Principios de 1898

1

Timothy Lambert estaba de un humor estupendo cuando el lunes se dirigió a caballo a la mina, y eso que todavía no se había llegado a ningún acuerdo respecto a las próximas reformas. El domingo, Tim había discutido acaloradamente con su padre, pero Marvin Lambert seguía considerando innecesario invertir más en medidas de seguridad y calificó de chiflado al viejo Biller.

—Quizás esté desvariando ahora que su hijo toca el piano en la taberna cada día. No me extraña que al viejo se le haya ocurrido algo para mantenerlo ocupado, aunque sea en la periferia de la explotación del carbón.

Tim le advirtió que también él podría empezar a tomar clases de piano. Tal vez fuese más útil en la taberna que en la mina, dado que sus sugerencias en asuntos de seguridad laboral no eran bien recibidas. Por todos los diablos, ¿para qué le había hecho estudiar técnica minera si ahora rechazaba su parecer? La conversación había desembocado en la discusión habitual respecto a que la mina no precisaba un técnico, sino un vendedor inteligente, y que Tim aprendería a desenvolverse en ese capítulo si se pasara con mayor frecuencia por el despacho...

El joven se había puesto hecho una furia, pero ahora, a la clara luz del día que daba aspecto de recién lavado al paisaje en torno a Greymouth, se olvidó de sus preocupaciones. En todo caso, se divertía cavilando en cómo Lainie le enseñaría piano, y eso lo animó aún más. Volvería a verla por la noche. Se acercaría a ella, le sonreiría y le diría «Buenas noches, Lainie». Y ella le devolvería la sonrisa y le llamaría «Tim». Un pequeño pero importante avance. Quizás ahora las cosas estuvieran encaminadas. Lainie daba la impresión de estar tranquila desde que él le había sacado de la cabeza las bobadas en relación a la otra pianista.

Pese a todo, no dejaba de ser una historia singular. ¿Por qué reaccionaba tan aterrorizada ante una competidora que no conocía? ¿O acaso había ocurrido antes algo entre esa Kura y ella? Cabía esa posibilidad, pues la chica maorí había viajado mucho. ¿Había traído la compañía de ópera a todos sus músicos de Europa? Tal vez había acompañado al piano a los cantantes y se habían peleado. Era probable que Kura supiera quién le había causado tanto daño a Lainie como para que ahora la aterraran todos los hombres. Por un segundo, Tim consideró la idea de hablar con la maorí, pero luego le pareció que sería como una traición. En cualquier caso, tenía la posibilidad de hablar con Caleb Biller. El joven era un poco afeminado, pero Tim no tenía nada contra él. Antes al contrario, era de trato mucho más cordial que su despótico padre, y no era tonto. Si Tim le hablaba de Lainie, tal vez él lograra discretamente sonsacar información a Kura.

Se puso a silbar una melodía mientras *Fellow* atravesaba el asentamiento de los mineros. Ahí había alcanzado algún pequeño logro: se habían drenado las calles durante los preparativos de la fiesta de santa Bárbara. Era un avance respecto a la seguridad de la mina. Hasta entonces no había ninguna salida de emergencia en dirección a Greymouth que fuera transitable. Ni qué pensar en caso de que el asentamiento se incendiara. Y la misma mina...

Tim contempló con una mezcla de orgullo de propietario y repugnancia el castillete de extracción y las otras instalaciones que se alzaban ante sus ojos. Era factible convertirlo todo en un establecimiento modélico, una mina moderna con elevados niveles de seguridad, conectada a una red viaria... El joven también había concebido bastantes ideas sobre cómo aumentar la cantidad extraída, nuevas y más eficaces técnicas de explotación y acerca de la ampliación de los pozos. Pero todo quedaría a la espera hasta que Marvin se jubilara. Aun así, su padre había anunciado que haría una nueva inspección ese día. Tim quería mostrarle, al menos desde arriba, dónde se presentaban dificultades en el área de ventilación y qué posibilidades había de ampliar las galerías si se invertía dinero y esfuerzo en ello. Se sentía tan alegre y contento que casi creía que saldría airoso.

Marvin Lambert miró a su hijo más bien enfurruñado.

—¡El absentismo típico de los lunes! —gruñó—. Siempre tenemos bajas. ¡El diez por ciento de los holgazanes del asentamiento hoy no ha aparecido! Los cocheros de los carros de transporte se quejan porque sus vehículos se atascan en el barro; ¡esta maldita lluvia! Ojalá hubiera hecho construir caminos hacia la parada del ferrocarril en lugar de las calles del asentamiento... Y el capataz también ha anunciado que se va. Sí, tal como lo oyes, se va, sin siquiera ofrecerse a ocuparse de esa entrega de tablas que todavía falta... Y encima ese tipo se niega a seguir explotando la veta hasta que...

El buen humor de Tim se esfumó.

—Padre, sin un puntal no puede seguir avanzando en el frente, te lo expliqué ayer. Y el que haya tantos enfermos se debe seguramente a esta lluvia incesante. Afecta los pulmones de los trabajadores, ya de por sí tocados. Hoy, por suerte, ha vuelto a salir el sol y mañana se encontrarán mejor. Ya verás, volverán todos en el siguiente turno, necesitan dinero. Pero ahora ven, padre, me has prometido echar un vistazo a los planos para la ampliación de la mina...

Lambert habría preferido quedarse tomando el té. Por su aliento, Tim percibió con inquietud que ya de buena mañana su padre lo mezclaba con whisky. Pero al final Marvin cedió a los deseos de su hijo y lo siguió a la clara luz del día.

—Mira, padre, tienes que imaginártelo como el aire a través de una ventana. No basta con una sola ventana, como tampoco basta en una casa. Si toda la casa tiene que estar provista de aire fresco, se necesitan aperturas suficientes. Si seguimos abriendo galerías, si ampliamos por así decirlo la casa, tenemos que cavar nuevos pozos de aireación. Y cuanto mayor sea el peligro de que se produzca un escape de gas, mayor debe ser el paso del aire. Sobre todo con este clima. Las temperaturas externas y la presión atmosférica también influyen... —Tim lo explicaba pacientemente, pero dudaba de que su padre lo escuchara. Cuanto más se extendía en su explicación, más abatido se sentía, y aún más porque desde ahí arriba, con la luminosidad y el alcance de visión de que disfrutaba, más claro tenía lo ramificada y peligrosa que era la red subterránea de pozos y galerías.

Y entonces se oyó de repente un retumbo, como si en algún lugar amenazara tormenta. Marvin miró al cielo y bajó la cabeza por precaución. Sin embargo, no había ni una nube sobre Greymouth, la montaña y el lago. Tim se alarmó. ¡No procedía de arriba, algo sucedía bajo sus pies!

—Padre, la mina... Ahí abajo está pasando algo. ¿Has dado alguna orden? ¿Una voladura? O... ¿no será una ampliación de los pozos? ¿Con los viejos explosivos? —Tim se desesperó.

Marvin hizo un gesto de desdén.

—El joven capataz, Josh Kennedy, está abriendo la galería nueve —respondió sin darle importancia—. No duda tanto como Gawain. Se puso manos a la obra en cuanto...

Tim esbozó un gesto de espanto.

—¿En cuanto ordenaste que se abriera la galería nueve? ¡Dios mío, padre, en la galería nueve no se ha realizado ningún tipo de perforación de prueba! Matt sospechaba que había cavidades allí. ¡Vamos a dar la alarma, padre, ahí abajo está sucediendo algo!

Tim dejó allí a su padre y se precipitó hacia la entrada de la mina, pero las explosiones se multiplicaron. El terreno de la mina permanecía tranquilo y silencioso bajo el cielo primaveral, mas en las entrañas de la tierra el ruido era infernal, como si hubieran detonado diez cartuchos de dinamita. Primero una vez, luego otra, antes de que el joven llegara al acceso.

Los hombres encargados de la jaula estaban blancos de miedo junto al pozo de entrada y ya habían puesto en marcha la maquinaria para subir la jaula. Mientras empezaban a moverse los cables se produjo una nueva explosión.

—¡No es aquí abajo! —gritó uno de los hombres—. Es más lejos, más al sur...

Tim asintió.

—Es la galería nueve... o lo era, no debe de quedar mucho de ella. Espero que los hombres hayan salido y no haya habido ningún escape de gas ni de agua. ¡He de bajar! Consíganme una lámpara. —Lanzó una mirada a los hombres junto al torno. Uno de ellos era un viejo minero galés con los pulmones muy dañados que ya no se internaba en la mina. El otro era un chico joven. Tim recordó haberlo visto bajo tierra—. ¿Tú no sueles estar en la galería siete? ¿Qué haces aquí arriba? ¿Estás enfermo?

El joven sacudió la cabeza y se preparó para bajar.

—Mi mujer espera un hijo. Cree que será hoy. Por eso el capataz pensó que era mejor que ayudara aquí. De todos modos, la galería siete está parada hasta que se entreguen las tablas y así podría estar más cerca de Cerrin, dijo el capataz.

Tim apretó los labios. Tal vez el niño por nacer había salvado la vida a su padre, pero él volvía a ponerlo en peligro...

—Aun así tiene que acompañarme —dijo a su pesar Tim—. Cuando lleguen más voluntarios tal vez sea demasiado tarde.

Tim subió a la jaula de transporte antes que el futuro padre. El viejo minero se persignó y Tim se sorprendió a sí mismo invocando a santa Bárbara. El asunto iba en serio y cuanto más descendían en la montaña, más serio le parecía. Salvo por los chirridos de la jaula, reinaba un silencio sepulcral. Los sonidos habituales, el martilleo constante, el rechinar de las vagonetas sobre los raíles, el ruido de las paladas al retirar los escombros, las voces de los sesenta a cien hombres que trabajaban allí abajo... todo había enmudecido.

El joven también se percató, miró a Tim con los ojos desorbitados y susurró:

—Dios mío...

Encontraron los primeros cadáveres en el espacio relativamente amplio que había delante de la plataforma de la jaula: dos hombres a los que la muerte había sorprendido a la carrera. Debían de huir de algo, pero habían llegado demasiado tarde para pedir la jaula.

—Gas —murmuró Tim—. Ha salido por aquí, en esta área todavía funciona la ventilación. Pero ya habían inhalado demasiado.

—También puede haber sido una especie de onda expansiva —sugirió el joven—. ¿Qué hacemos, señor? ¿Continuamos?

Tim era consciente de que el muchacho prefería salir de allí, y tal vez tuviera razón. Si ahí había muertos, había muchas posibilidades de que nadie hubiera sobrevivido más abajo. Pero ¿y si no era así? ¿Y si había bolsas de aire?

Tim vaciló un instante.

—Yo voy a inspeccionar mejor —respondió—. Pero márchese usted si lo desea.

El joven sacudió la cabeza.

—Voy con usted. Son mis compañeros los que están ahí abajo...

Tim asintió.

—¿Cómo se llama? —preguntó mientras recorrían la galería oscura como boca de lobo y con un silencio de muerte. Las lámparas de los cascos bañaban el entorno directo con una luz fantasmagórica y mortecina.

—Joe Patterson. Mire, ahí... ahí hay dos más.

—Tres... —susurró Tim.

Dos hombres habían intentado socorrer a un herido.

—Joe, debemos dividirnos para acabar antes. Vaya usted a la galería siete y yo iré a la nueve.

El túnel se bifurcaba en ese punto. Tim no sabía si los hombres procedían de la derecha o la izquierda. Giró a la derecha. El reticente Joe —era evidente que temía continuar solo— torció hacia la izquierda. Probablemente no había habido muchos hombres en la galería siete. Tim dio gracias al cielo por el retraso en la entrega de las tablas.

En la galería nueve enseguida encontró más muertos y también los primeros hundimientos. Se acercaba de forma inequívoca al origen de la explosión, cuya onda expansiva había lanzado gas y residuos por toda la mina. Seguía reinando el silencio. Al poco, Tim empezó a gritar.

—¿Hay alguien ahí? ¿Queda alguien con vida?

Y entonces, de repente, una voz joven, todavía infantil y llena de espanto, respondió:

—¡Estoy aquí! ¡Socorro! ¡Por favor! ¡Aquí...!

El grito concluyó en un sollozo.

Tim recuperó las esperanzas. ¡Había supervivientes!

—¡Llega ayuda, mantén la calma! —gritó a la oscuridad. En la galería nueve la visión tampoco era nítida antes de la explosión. El joven podría estar en cualquier sitio—. ¿Dónde te encuentras exactamente? ¿Estás herido?

—¡Todo está oscuro...! —El niño parecía al borde de la histeria.

Tim siguió la voz, adentrándose en una galería ciega con la esperanza de que el chico no estuviera enterrado. Con las prisas, ni Joe ni él habían cogido picos y palas. La voz no se oía ahogada, sino bastante cercana.

—¡Quédate donde estás, chico, pero háblame! Voy a sacarte de aquí...

Justo entonces distinguió un adolescente de ojos grandes en la penumbra de la galería. Roly O'Brien. Tim recordó que Matt le había presentado al muchacho de trece años un par de días antes. Acababa de empezar de aprendiz en la mina. Su padre ya llevaba años trabajando allí. Un escalofrío recorrió a Tim. ¿Dónde estaba Frank O'Brien?

Roly sollozó aliviado y casi se arrojó al cuello de su rescatador.

—Ha estallado —informó tembloroso—. Estaba ahí dentro... Me habían enviado ahí dentro para que practicara un poco con el pico. En las galerías principales sólo les estorbaba, decía mi padre, pero aquí en la veta podría recoger los restos....

El pozo —aunque unido a los demás, un poco apartado—

había explotado. A los hombres nunca les había gustado. Como era más profundo que los otros, el aire siempre estaba enrarecido. Sin embargo, justo eso, probablemente le había salvado la vida a Roly. Al parecer no había circulado ningún gas en ese túnel y tampoco se había derrumbado nada. Roly no había sufrido daño alguno, pero estaba temblando de miedo. Como tras la explosión todas las lámparas se habían averiado, no había podido orientarse y se había acurrucado en un rincón, hasta que había oído al hijo del jefe.

—Todo irá bien, Roly, tranquilo... —Tim no sabía si se estaba calmando a sí mismo o al espantado crío—. Sígueme contando. ¿Eras el único que estaba aquí? ¿Dónde se encontraban los demás? ¿De dónde llegó la explosión? ¿Oíste luego algo más?

—Mi padre y el capataz se han peleado —contestó Roly—. El nuevo, no el señor Matt... puede que por eso me echaran de ahí. El señor Josh... hum... Kennedy estaba muy enfadado. Y mi padre también. El señor Josh quería ampliar la galería con explosivos. Pero mi padre dijo que había una cavidad, que estaba seguro y que no se podía volar o abrir tan fácilmente porque se necesitaba una... una...

—Una perforación de prueba —completó Tim con un gemido—. ¿Y qué más?

Roly se sorbió la nariz.

—Luego mi padre dijo al señor Josh que lo hiciera él mismo y me envió aquí. Creo que él se fue a la otra galería que hay aquí al lado. Y... y entonces oí algo, señor. Yo estaba solo aquí...

Los pensamientos se agolpaban en la mente de Tim. ¿Habría alguien más enterrado? La entrada a la galería se había derrumbado con la explosón, ya se había percatado al pasar. ¿Pero antes o después del escape de gases?

—¿Qué has oído, Roly?

El muchacho se encogió de hombros.

—Golpes... o voces... —El tono era interrogativo.

También podía habérselo imaginado. De todos modos, Tim agarró un pico y otras herramientas que Roly tenía en el pozo. El chico sollozó cuando vio la entrada demolida.

—Ahí dentro está mi padre, seguro...

Tim apartó a un lado algunos escombros bastante sueltos y pudo cavar un poco. Tal vez se aproximara a las probables señales. Sin embargo, no creía que hubiera supervivientes. Las galerías, no muy alejadas entre sí, estaban separadas por roca maciza. Era improbable que Roly hubiese oído de verdad golpes procedentes de la galería contigua. Además, ese silencio sepulcral...

Roly se situó a su lado y agarró un pico. Era muy fuerte para su edad y su complexión menuda; en poco tiempo había cavado más que Tim. Ahora, cuando el pico golpeaba, sonaba a hueco. Así que el pozo no se había derrumbado del todo.

—Con cuidado, Roly —advirtió Tim, ya que el joven trabajaba con creciente ansiedad—. Si hay alguien enterrado le harás daño. Y si no... —Tim sentía cada vez dudas más profundas. ¿Qué sucedería si liberaban una bolsa de gas? Debían avanzar poco a poco, mejor salir, ir a buscar más ayuda, realizar una perforación. ¡Maldita sea, quizás hubiera máscaras antigás en una mina cercana en la que no se ahorrara cada céntimo!

Cuando iba a pedirle a Roly que dejara de cavar, el joven soltó un grito.

—Un hombre... Aquí hay alguien, un hombre... —El chico retiró con dedos trémulos piedras y tierra del cuerpo enterrado.

Pero Tim no tenía esperanzas. Si no había muerto al instante, debía de haberse ahogado bajo todo ese derrumbe. Roly parecía concentrar toda su energía en rescatarlo. Liberó los hombros, lo cogió por las axilas y tiró violentamente, moviendo las piedras que había sobre el cuerpo.

—¡Vamos fuera, chico, el pozo se está derrumbando! —Tim quiso arrastrar al muchacho, pensando que un desprendimiento de piedras era inminente. Pero entonces olió algo, o al menos creyó percibir algo que dificultaba la respiración—. Roly...

Tim consiguió volver la espalda al agujero que se abría. Entonces oyó la explosión y se vio lanzado por el aire. Cayó en el duro suelo y consiguió incoporarse. A su lado, Roly jadeaba. Tim tiró de él hacia arriba.

—Deprisa, el gas... —La pesadilla se repetía, pero esta vez Tim estaba allí. Oyó el estrépito de la piedra y vio inflamarse las llamas tras sí a una distancia no tan segura, así que huyó con la misma angustia que habían sentido los hombres cuyos cadáveres habían descubierto.

No llegaba a la jaula, el gas se propagaba por los túneles principales... Ojalá Joe Patterson no se viera afectado, ojalá estuviera de nuevo arriba, rogó Tim en silencio.

Tiró de Roly por las galerías, buscando un túnel lateral como aquel en que lo había encontrado... pero no había ninguno... ¡Sí, el nuevo pozo de ventilación! Estaba situado en una zona en la que Matt y Tim planeaban ampliar la mina. Si tenían suerte y los cálculos de Tim eran correctos, allí dispondrían de aire fresco.

Roly tropezaba, pero Tim corría directo a su objetivo. A su espalda se produjeron nuevas explosiones. Roly quería correr hacia la jaula, pero Tim lo atrajo hacia el nuevo pozo. Vio el pozo de ventilación, se arrojó hacia él y cogió una bocanada de aire fresco. Enseguida sintió alivio.

Y entonces el mundo se derrumbó sobre él.

2

La noticia de que se habían producido explosiones en la mina Lambert se extendió con una rapidez pasmosa. Matt Gawain se enteró en Greymouth y de inmediato se ocupó de las medidas de emergencia. Necesitarían un médico, una partida de rescate y la colaboración de los otros propietarios de las minas. En tales circunstancias no existían rivalidades. Todos enviarían hombres y material para rescatar a los sepultados. Matt no se hacía ilusiones sobre la dimensión de la catástrofe. No sólo se había derrumbado una galería: cuando las explosiones eran audibles desde la superficie, había heridos graves y muertos, tal vez por docenas. Matt informó al médico de Greymouth y envió mensajeros a las minas Biller y Blackball. También mandó informar al almacén de maderas. Quizá necesitaran material de soporte, no importaba el precio.

Cuando por fin llegó a la mina, estaba llena de hombres que se movían confusos y sin nadie que asumiese el mando.

—Hace apenas una hora han bajado el hijo del jefe y Joe Patterson —explicó el minero anciano a cargo de la jaula—. Y hace diez minutos hubo otra explosión. Yo no envío a nadie ahí abajo, señor Matt. Tiene que decidirlo usted. O el señor Lambert, pero está desquiciado. Va diciendo que qué locura ha hecho su hijo bajando ahí, pero no parece dispuesto a dar órdenes.

Matt asintió y ordenó:

—En primer lugar comprobaremos los pozos de ventilación, si todavía están abiertos y despiden gas. Luego ya veremos. Espero que al menos Blackball tenga un par de máscaras. Es una mina grande y tendría que contar con un equipo moderno, aunque nosotros no dispongamos de él. Al menos tiene las nuevas lámparas de seguridad que no prenden con el gas y avisan cuando hay escapes de metano. Caleb contó hace poco que Biller también dispone de ellas. Si usted se ocupa de esto, yo bajo. Reúna a voluntarios y equipe a los hombres de forma conveniente. La gente que está pululando por aquí tiene que colaborar y vaciar los cobertizos, necesitaremos sitio para los heridos y los muertos. Y necesitamos mantas y jergones. Alguien debería llamar al reverendo, también a él lo necesitaremos. Y a su asociación de amas de casa. Y a las chicas de Madame Clarisse. ¡Dios mío, Tim está ahí abajo, qué dirá Lainie! ¿Alguien ha informado a su madre?

Matt intentaba conservar la mente clara y no tardó en convertir el caos que había delante de la mina en una actividad ordenada. Llegaban los primeros voluntarios de otras minas. A la cabeza de ellos, se presentó Caleb Biller con todo un carro lleno de mineros provistos de lámparas, cables y camillas. El respeto que Matt sentía hacia el joven creció. Tal vez no le interesaran las minas, pero al menos sí le importaban sus hombres. ¿O es que el viejo Biller también actuaba aquí con más sensatez que su rival?

A Matt le habría gustado que Caleb compartiera la responsabilidad de las labores de rescate, pero éste se negó horrorizado cuando el capataz lo sugirió.

—No tengo la menor idea de minería, señor Gawain. Y dicho con franqueza, no quiero enterarme de los pormenores de lo sucedido ahí abajo. En cualquier caso, yo no bajaré. Ya tengo claustrofobia en las minas donde no se corre ningún peligro. Quizá pueda ayudar de otro modo...

«Pianistas no necesitamos», pensó Matt, irreverente. Pero eso no llevaba a ningún sitio, no iba a cambiar a Caleb Biller. Y quizás el joven lograra hacer algo útil ahí arriba.

—Entonces encárguese de la enfermería de urgencias mientras llega el doctor —sugirió Matt—. Mire qué edificio es el más adecuado.

—Las oficinas —respondió Caleb—. Los cobertizos no se pueden calentar, como mucho podremos dejar ahí a los... me refiero a que habrá fallecidos, ¿no?

Matt asintió abatido.

—Me temo que sí. Bien, hablaré con el viejo Lambert. Tendrá que cederme a mí la responsabilidad. Y tendrá que saber exactamente lo que pienso. Ahora mismo voy a sacarlo de su oficina.

Marvin Lambert se paseaba sin ton ni son por su despacho y parecía haberse atontado con whisky. Cuando Matt entró, hizo ademán de abalanzarse sobre él.

—¡Tú! ¡Si hubieras estado aquí, mi hijo no habría hecho esta locura! ¡Pero tenías que irte de la mina sin permiso...! Insensato... ¡estás despedido!

Matt suspiró.

—Despídame mañana —respondió—. ¡Ahora voy a intentar salvar a su hijo! Y a los otros que quizá todavía sigan con vida ahí abajo. Debería dejarse ver por fuera. Todos los hombres han venido para ayudar a sus compañeros, también la gente que está enferma. Necesitan unas palabras de ánimo, al menos podría expresarles su agradecimiento.

—¿Agradecimiento? —Lambert se tambaleó—. Después de que ese hatajo de vagos me dejara esta mañana en la estacada y...

Matt montó en cólera.

—Alégrese por los que esta mañana no han bajado a la mina, señor Lambert. Yo incluido. Y no quiero ni pensar qué pasaría si aquí no hubiera nadie que conociera bien lo que pasa abajo. Pero si no quiere pronunciar ningún discurso... bien, allá usted. ¡Al menos deje de atiborrarse de whisky! El joven Biller quiere habilitar una enfermería en las oficinas. Así que...

Matt no prestó atención cuando Lambert empezó a lamentarse de que lo único que quería Caleb Biller era aprovechar la ocasión para husmear en sus libros de cuentas. Seguro que entretanto alguien habría informado a su esposa. Tal vez la madre de Tim reaccionara de forma más madura ante la situación.

Caleb Biller entraba en la oficina justo cuando Matt salía. Lo seguían dos hombres fornidos. El joven miró alrededor como si fuera un entendido.

—Pediré que metan camas aquí, pero antes hay que despejar un poco. No es muy grande...

Matt asintió. Que el mismo Caleb se peleara con Lambert. Y en cuanto a la cantidad de camas necesarias para los heridos: si realmente había escapado mucho gas, es probable que no necesitaran muchas.

El médico estaba entrando en ese momento en el patio, también él con un carro cargado de mantas, apósitos y medicamentos. Matt lo saludó reconfortado. El doctor Leroy era un veterano de la guerra de Indochina que seguramente no se amilanaría ante la improvisada enfermería. Además llegaba con su mujer, también con experiencia en aquella contienda. Berta Leroy había sido formada como enfermera por la legendaria Florence Nigthingale. Había trabajado en el frente y conocido allí a su esposo. Ambos habían partido en busca de un lugar tranquilo y habían acabado instalándose en Nueva Zelanda, donde dirigían el consultorio de Greymouth. Las mujeres del lugar afirmaban que la señora Leroy era, como mínimo, tan competente como su esposo. En cualquier caso no tenía prejuicios sociales. Había llevado consigo a Madame Clarisse y tres de sus chicas. Charlene se cogió de forma espontánea al brazo de Matt.

—Me alegra que estés vivo —dijo en voz baja—. Pensaba que tú...

—Una feliz circunstancia, señorita Charlene, por la que deberá dar gracias a Dios en el momento oportuno —observó Berta Leroy—. Pero ahora tenemos cosas que hacer. Imagino que sabrá cambiar la ropa de las camas... dada su profesión.

La señora Leroy empujó a Charlene y las dos otras chicas a la oficina, ante lo que el doctor Leroy sonrió casi disculpándose.

—Mi mujer prefiere enseñar a las chicas del Lucky Horse

antes que a las damas respetables. Porque están más familiarizadas con la anatomía masculina, según dice ella, no yo.

Matt casi sonrió burlón.

—¿Es grave la situación, señor Matt? —preguntó Madame Clarisse antes de que el médico siguiera a su dinámica esposa—. ¿Es verdad que Timothy Lambert ha desaparecido?

Matt asintió.

—Tim Lambert ha realizado un primer intento de rescate. Pero hubo otra explosión. No sabemos si les ha afectado a él y al otro voluntario, pero de momento no han dado señales de vida. Empezamos ahora con las medidas de rescate. Deséenos suerte, Madame Clarisse. Por cierto, ¿dónde está la señorita Lainie? ¿Sabe...?

Madame Clarisse sacudió la cabeza.

—La enviamos con el reverendo en cuanto nos enteramos de la desgracia. Con su caballo y mi calesa. Entonces todavía no sabíamos nada del señor Tim. Pero pronto estará aquí. Yo se lo comunicaré con suavidad...

Matt se preguntó cómo se podía dar tal noticia con suavidad. En el patio se habían congregado varias mujeres relacionadas con los hombres de la mina. Una de ellas, la encinta Cerrin Patterson, pronto sería la primera paciente del «hospital» de Leroy. Empezó a sufrir contracciones cuando le comunicaron el infortunio. Como una ironía del destino, en ese lugar de muerte un niño vendría al mundo.

Nellie Lambert también estaba presente, pero más que ayudar, ella misma necesitaba ayuda, ya que sollozaba histérica. Matt la envió con su marido. Que otros se ocuparan de ella.

Y entonces, por fin llegaron noticias de la mina.

—Señor Matt, venimos de los pozos de ventilación —informó el anciano minero—. El área del uno al siete está intacta, en la del ocho y el nueve hay dos derrumbes. Pero debería echar un vistazo usted mismo. Uno de los chicos que lo han comprobado dice que ha oído golpes de socorro.

Montada en su yegua, Elaine guio la calesa de Madame Clarisse hacia la mina, el reverendo la seguía en su carro. Con ellos iban cuatro voluntarias de la asociación de amas de casa y otras dos prostitutas. Su distribución en los vehículos había exigido el tesón diplomático del reverendo, dado que las señoras, por una parte, veían amenazada su alma inmortal si compartían transporte con las chicas de Madame Clarisse; pero, por otra parte, el carro de ésta era mucho más cómodo que la calesa cerrada del reverendo. Al final, se apretujaron gemebundas sobre la superficie de carga y cedieron a Elaine y las chicas el transporte de una buena cantidad de provisiones rápidamente acondicionadas. La señora Carey, la esposa del panadero, llevaba un gran cesto de pan y pasteles; había que alimentar a los voluntarios. Ese día nadie cumpliría turnos que le permitieran regresar a casa: había que trabajar sin pausa. También habría que atender a los familiares de las víctimas y a los heridos, para lo cual las aportaciones de Madame Clarisse y Paddy Holloway serían muy eficaces: ambos aportaron unas cuantas botellas de whisky.

Elaine azuzó a *Banshee* y dio gracias al cielo por los caminos recién pavimentados que unían Greymouth con la mina. Estaba nerviosa, preocupada por los hombres que conocía. Por supuesto, sus pensamientos giraban en torno a Tim Lambert. No era en realidad un minero; seguramente estaba en la oficina cuando la mina había explotado. Pero no se sentiría del todo aliviada hasta que lo tuviera sano y salvo ante ella. De hecho, se imaginaba arrojándose en sus brazos, pero reprimía enseguida tal imagen. Nunca más se enamoraría. Ni de Tim ni de nadie. Era demasiado peligroso, no tenía ni que pensar en ello.

En los terrenos de la mina reinaba una agitación febril. Las mujeres de los hombres sepultados se habían agrupado en una esquina y miraban silenciosas y horrorizadas la entrada a la mina, donde se coordinaba un grupo de rescate para bajar. Algunas de las reunidas pasaban las cuentas del rosario entre los dedos, otras se abrazaban entre sí. En ciertos rostros se leía la resignación; en otros, una esperanza desesperada.

El reverendo se acercó a ellas y la intrépida señora Carey distribuyó a sus mujeres para que preparasen el té.

—Averigüe dónde podríamos instalar un comedor —indicó a una de las voluntarias, pasando por alto a las chicas de Madame Clarisse.

Éstas descargaron primero la calesa de la madama. Elaine era incapaz de concentrarse en ello. Seguía buscando con la mirada a Tim. Vio a *Fellow* atado delante de las oficinas; Tim debía de estar ahí. ¿Dentro o dirigiendo una partida de rescate?

Elaine se volvió hacia los hombres que esperaban junto a la jaula, atándose delantales de cuero, poniéndose los cascos y familiarizándose con las lámparas nuevas de la mina Biller.

—Busco a Tim Lambert —les dijo, sonrojándose. Si luego los hombres se lo contaban, él volvería a burlarse...

El minero a quien se dirigía movió la cabeza con gravedad.

—Todavía no sabemos nada, señorita Lainie. Sólo que bajó tras la primera explosión con Joe Patterson...

Elaine notó de repente un escalofrío paralizante. Él estaba abajo, en la mina... El entorno empezó a darle vueltas. Buscando apoyo, se agarró a una de las barandillas de hierro y observó cómo la jaula se acercaba traqueteando. En contra de lo esperado, no venía vacía: traía a la superficie los primeros cadáveres.

—Estaban en la zona de la entrada... Los mató el gas —explicó el capataz auxiliar que había subido con las camillas—. En la siguiente vienen tres más. A los otros tendremos que desenterrarlos.

Elaine observó los rostros contraídos de los cadáveres del montacargas. Conocía a dos de ellos... y a Joe Patterson.

—No me ha dicho que Joe había bajado... con Tim Lambert —balbuceó Elaine retóricamente.

El capataz auxiliar asintió.

—Sí, señorita Lainie. Maldita sea, su mujer está dando a luz un niño y Matt le había dado el día libre. Y ahora esto... —Pasó la mano impotente por el rostro sucio de polvo de piedra del joven malogrado.

—¡Pero no pierda la esperanza! —intervino uno de los voluntarios mientras volvía a subir a la jaula—. Alguien ha oído que golpeaban en uno de los pozos de ventilación. Así que probablemente queden supervivientes. Muchacha, estás blanca como una sábana... Que alguien se lleve a esta chica de aquí, está demasiado cerca de la mina. ¡Las mujeres traen mala suerte aquí!

Mientras la jaula bajaba traqueteando otra vez al fondo, alguien condujo a Elaine consideradamente lejos de allí, mientras en su cabeza sólo daba vueltas una pregunta: ¿cuánta desdicha podría llevar todavía a ese lugar?

Madame Clarisse la recibió en el hospital, donde todavía no había nada que hacer.

La señora Leroy se ocupaba de la parturienta Cerrin Patterson ayudada por Charlene, quien era evidente que también conocía los cuerpos femeninos, no sólo los masculinos.

—Cuando era pequeña asistí a mi madre con sus últimos cuatro hijos; tuvo doce en total. Tenía que hacerlo porque nadie iba a nuestra casa —explicó con frialdad.

El doctor Leroy sólo se había ocupado hasta el momento de los desvanecimientos y quebrantos de los familiares de los sepultados. Lanzó una breve mirada a Elaine, pidió un whisky y señaló a las mujeres y niños que estaban delante de la mina.

—Esa gente está sufriendo. No tienen otro remedio que esperar.

Entretanto se conoció la identidad de los primeros cadáveres y el silencio angustioso de las mujeres dejó paso a los gemidos y llantos de dolor. Los familiares de los muertos querían verlos. La señora Carey enseñó a las mujeres a ayudarla a amortajar y limpiar los cadáveres. El reverendo recitó unas oraciones e intentó prestar su consuelo. La mayoría de las personas que permanecían delante de la mina todavía abrigaban esperanzas. Pero las esposas de los mineros de mayor edad, que habían seguido a sus maridos desde Inglaterra, sabían evaluar de forma más realista la situación: si el gas había penetrado hasta el pozo de extracción, no se hacían ilusiones respecto a los hombres que estaban más al fondo. Algunas jóvenes se aferraban a la noticia de que alguien golpeaba para avisar de su presencia.

También Elaine conservaba la esperanza. Tal vez todavía quedara alguien con vida. Pero ¿cuántos de los hombres que habían bajado por la mañana? Intentó averiguar cuántas víctimas se preveían, pero nadie lo sabía.

—Alguien lo habrá anotado, ¿no? —se desesperó Elaine—. Se paga a los trabajadores por horas, ¿no?

Tras largas pesquisas, que al menos la tuvieron ocupada, dio con un empleado de las oficinas. El hombre la remitió al padre de Tim.

—Hoy lo ha apuntado el señor Lambert —contestó—. Se ha enfadado porque eran muy pocos. Pregúntele a él si es que ya ha recobrado la razón, yo ya he intentado que hiciera algo. Alguien de la dirección debería hablar con las mujeres, pero el jefe está totalmente alterado.

Marvin Lambert no sólo estaba alterado, sino también borracho. Tenía la mirada turbia y murmuraba palabras ininteligibles mientras su mujer Nellie sollozaba y no dejaba de pronunciar el nombre de Tim. Era imposible hablar con ellos, al menos para Lainie. Enviaría a la señora Carey o al reverendo para que los consolaran... Antes, sin embargo, tenía que encontrar las listas de asistencia. Removió papeles hasta que descubrió un formulario en el escritorio de Marvin Lambert. «20 de diciembre de 1896.» Sí, era ése. Incluía una lista de los trabajadores que se habían presentado. Noventa y dos. Y Tim...

Cuando informó a Caleb Biller de su hallazgo se ganó algo así como su admiración. El joven Biller se veía desplazado en medio de todo el tráfago de la mina. Contrariamente a los hombres que bajaban y subían sin tregua, estaba limpio, bien vestido y no parecía implicado en la tragedia. Igual que en la carrera de caballos: también ahí había dado la impresión de preferir hallarse en otro lugar. Pese a ello parecía estar al corriente de los sucesos más importantes. Se diría que se ocupaba de las tareas de coordinación.

—¡Esto es de gran ayuda, señorita Keefer! —dijo el joven

cogiendo la lista—. Así los hombres sabrán cuántos cadáveres han de buscar. No obstante, no creo que hayan bajado los noventa y dos. Seguro que algunos trabajaban junto a la jaula o cargaban carros de transporte. Intentaré averiguarlo.

Elaine dirigió la vista a la entrada de la mina, por la que volvían a sacar más cadáveres.

—¿Podría haber entonces supervivientes? —preguntó en voz baja.

Caleb se encogió de hombros.

—Más bien no. Pero nunca se está seguro, a veces hay cavidades, bolsas de aire... incluso cuando se producen explosiones de gas. Pero esto no pinta bien.

Poco después se confirmó que por la mañana habían bajado sesenta y seis hombres, y más tarde también Joe y Tim. Ya se habían encontrado veinte muertos, la mayoría en la zona de las galerías una a siete, que no se habían derrumbado. En el área de las galerías ocho y nueve se cavaba sin cesar.

Más adelante, Elaine no sabría cómo había transcurrido el día. Ayudó a preparar el té y bocadillos, pero no parecía estar presente de verdad. En algún momento, el reverendo le pidió que fuera a la ciudad por más provisiones. Los familiares de las víctimas no se habían llevado nada a la boca, pero los mineros comían mucho para reponer fuerzas. Unos cien hombres estaban trabajando en la mina, haciendo turnos para no amontonarse. La cantidad de escombros era gigantesca, algunas partes de las galerías estaba totalmente sepultadas. Continuamente se desenterraban muertos.

Lainie enganchó a *Banshee* a la calesa de la madama y se topó de nuevo con *Fellow*, que seguía esperando ensillado. Al parecer nadie se atrevía a llevárselo. Es probable que la gente temiera que fuera de mal augurio. También Elaine luchaba con la irracional idea de que, mientras *Fellow* lo estuviera esperando, Tim volvería enseguida y se subiría al caballo. Pero luego hizo un esfuerzo, desensilló al caballo y lo llevó a los establos de la mina.

—Aquí también te encontrará tu amo... —dijo en voz baja, y

de repente notó las lágrimas. Lloró silenciosa apoyada contra las crines del animal. Luego se irguió y puso rumbo a la ciudad.

Greymouth parecía desierta por la catástrofe de la mina Lambert. El Lucky Horse permanecía cerrado y en el Wild Rover imperaba el silencio. Elaine recogió otros alimentos. El resto de señoras de la asociación de amas de casa no se había quedado de brazos cruzados y había estado cocinando. Dos de ellas se unieron a Elaine, aunque ella no sabía si eran necesarias más voluntarias. Al principio se había pensado en el cuidado de los heridos, pero hasta el momento el doctor Leroy sólo se ocupaba de leves magulladuras entre los voluntarios. Los sepultados que se recuperaban estaban todos muertos.

Cuando Elaine pasó junto al Wild Rover vio a Kura. La joven iba a su trabajo como pianista, pero el local estaba vacío y la chica parecía dudar en si entrar. De pronto vio a Elaine.

—Me han contado lo de la mina —dijo Kura—. ¿Es grave?

Elaine la miró y por primera vez no sintió rabia, ni envidia ni admiración. En ese momento le daba igual que fuera su prima o una desconocida.

—Depende de lo que entiendas por grave —respondió con dureza.

Como siempre, Kura permaneció impasible. Sólo en sus ojos se distinguió algo así como un sobresalto. A Elaine se le ocurrió que Kura sólo sabía expresar sus sentimientos a través del canto; tal vez por eso necesitaba tanto la música.

—¿Debo ir? —preguntó Kura—. ¿Necesitáis ayuda?

Elaine levantó la vista al cielo.

—Por lo que sé —respondió con aspereza—, no dispones de ninguna cualidad que ahora sea útil en la mina. No son necesarios ni el arte de la seducción ni el canto operístico.

Las señoras que iban en el carro aguzaron el oído.

El ánimo conciliador de Kura se esfumó.

—Claro, mi presencia ejercería un efecto demasiado vivificante en los hombres... —ironizó con su voz más oscura y lasciva, y se echó el cabello atrás con un grácil gesto de la mano.

Las respuestas altivas de Kura habían dejado a Elaine muda

el día anterior, pero en ese momento se limitó a mirarla fríamente.

—Pues entonces sí podrías ser de ayuda. Hasta el momento tenemos treinta y tres muertos. Si quieres intentarlo, adelante...

Elaine chasqueó la lengua a *Banshee* y ésta partió briosamente. Kura quedó atrás en silencio. Elaine había ganado, pero no la embargó un sentimiento de triunfo. Al contrario, sintió que las lágrimas anegaban sus ojos.

Las tareas de rescate se prolongaron hasta bien entrada la noche, pero el único momento feliz fue el nacimiento del bebé de Cerrin Patterson. Un niño sano que tal vez consolaría un poco a su madre por la pérdida del esposo. De todos modos, nadie la había informado sobre la muerte de su marido. Cuando Elaine se enteró, comprobó llena de espanto las hileras de camillas con las víctimas en los cobertizos. Quizás hubieran encontrado a Tim también y se lo habían ocultado a ella y a los Lambert. Era un temor sin fundamento, pero Elaine se sintió profundamente afectada por todos esos muertos. Entre las víctimas distinguió a Jimmy, el minero grandullón que por los noches le había confiado, envalentonado por la cerveza, sus miedos cada vez que bajaba a la mina. La esposa de Charlie Murphy lloraba amargamente a su marido, si bien él le pegaba con frecuencia para después arrepentirse. Elaine vio entre los muertos a aprendices que habían bebido orgullosos su primera cerveza en el Lucky Horse tras el primer día de trabajo, y jóvenes y ambiciosos trabajadores que en los primeros tiempos de Elaine en la taberna la habían cortejado con tesón. Un día sería capataz, le había asegurado Harry Lehmann con orgullo, y entonces sí podría ofrecerle una vida cómoda. Ahora yacía allí con las piernas destrozadas, como la última tanda de cadáveres rescatados. Las labores de salvamento avanzaban ahora en las zonas en que se habían producido las explosiones. Allí no habían muerto intoxicados por el gas, sino bajo las piedras o quemados. Algunos cadáveres apenas resultaban identificables, en especial los encontrados en lo más profundo de la mina. Era imposible que Tim hubiera bajado antes, en realidad tendría que haber estado entre los primeros muertos recuperados.

Hacia las once de la noche, Matt Gawain volvió a salir de la mina. Apenas si le quedaban fuerzas. Los hombres habían conseguido obligarle a descansar.

Elaine se lo encontró en el improvisado comedor de la señora Carey, donde bebía un té y, hambriento, tomaba un caldo.

—¡Señor Matt! ¿Todavía no se sabe nada de Tim Lambert?

Él sacudió la cabeza. Tenía el rostro demacrado y negro de polvo de carbón. No se había lavado. No lo hacía ninguno de los trabajadores que llegaba dando traspiés para recobrar brevemente fuerzas y acudir al siguiente turno.

—Ahora avanzamos lentamente por la zona de donde procedían los golpes, si es que los había. Llevamos horas sin oír nada. Pero si hay supervivientes, será ahí, cerca del pozo de ventilación nueve. Son galerías recientemente abiertas con sistemas de ventilación propios... Pero es complicado. Los pasillos están derrumbados y muchos candentes tras el incendio. Hacemos todo lo que podemos, señorita Lainie, pero tal vez lleguemos demasiado tarde. —Y comió un pedazo de pan.

—Pero ¿cree usted que Tim...? —Elaine casi se negaba a volver a abrigar esperanzas.

—Si yo hubiera estado en su sitio, habría intentado huir por ese lugar. Pero ¿lo habrá logrado? Quedan todavía galerías por excavar. En teoría todavía podría haber alguien ahí. En cualquier caso, pronto llegaremos al pozo de ventilación. Si no lo encontramos allí... —Matt bajó la cabeza—. Bajaré de nuevo, señorita Lainie. Deséeme suerte.

En efecto, Matt volvió a bajar, aunque el doctor Leroy habría preferido prohibírselo, pues el joven se tambaleaba de agotamiento. Pero no quería perderse las últimas paladas y realizar las perforaciones eventuales en caso de que se abriera alguna cavidad peligrosa. El peligro en la mina no estaba en absoluto conjurado.

3

Elaine vagó sin rumbo por el terreno de la mina, donde los familiares de las víctimas y muchos voluntarios de la localidad habían logrado consolarse un poco. La señora Carey y la señora Leroy descansaban en unas tumbonas dispuestas inicialmente para los heridos. El doctor Leroy cabeceaba en un sillón de Marvin Lambert. Para el matrimonio Lambert había hecho instalar catres de campaña en una habitación contigua. Marvin había zozobrado en un letargo etílico y en algún momento el doctor no había aguantado más y había silenciado con láudano los lamentos de Nellie. Ahora la madre de Tim dormía tranquilamente junto a su esposo, quien se removía inquieto y parecía estar regañando incluso en sueños.

Habían acompañado a su casa a varias esposas e hijos de las víctimas. Algunas velaban a sus muertos. Quién todavía alimentaba esperanzas, seguía aguardando en el patio. Fue una noche cálida, las mujeres no temblaban de frío, sino de miedo y desfallecimiento. Sin embargo, la señora Carey había distribuido mantas.

Madame Clarisse había mandado a sus chicas a casa. Ahí ya no tenían nada que hacer y no le gustaba perderlas de vista por la noche. Los hombres exhaustos seguían siendo hombres y considerarían a las prostitutas como presas al alcance de la mano. El reverendo las llevó a la ciudad en un carro. Elaine, por el contrario, sacudió la cabeza cuando la madama le pidió que se fuera.

—Me quedaré hasta... hasta... —No siguió, temerosa de romper en lágrimas por agotamiento—. No se preocupe, conmigo nadie intentará nada —añadió.

Al final acabó en el establo junto a *Banshee* y *Fellow*, se acurrucó en un montón de heno y volvió a abrazarse a *Callie*. Parecía destinada a encontrar consuelo en los animales.

Casi al amanecer, un grito la arrancó de su sopor.

—¡Han encontrado a alguien! —anunciaba jubilosa una voz—. ¡Hay señales de vida! Alguien está sacando desde dentro los escombros.

Elaine se precipitó fuera del establo, sin siquiera sacudirse la paja del cabello. En el patio se encontraba un joven minero rodeado por un grupo de mujeres de nuevo esperanzadas.

—¿Quién es?

—¿Hay más?

—¿Están heridos?

—¿Es mi marido?

—¿Es mi hijo?

Siempre las mismas preguntas. ¿Es Rudy, es Paddy, es Jay, es...?

—¿Es Tim? —preguntó Elaine.

—¡No lo sé! —El joven apenas lograba arreglárselas con la avalancha de preguntas—. Sólo se oyen ruidos. Pero los están desenterrando. Tal vez en una hora...

Elaine se quedó con las demás mujeres, temblando, sollozando y rezando. Todas habían llegado al límite de sus fuerzas. Era la última oportunidad. No se encontrarían más supervivientes.

Casi dos horas tardó en subir al exterior la noticia.

—Es un chico. Roly O'Brien. ¡Decídselo a la madre! El chico está en las últimas, pero no ha sufrido heridas. Y...

Las mujeres se precipitaron a la entrada de la mina, mirando esperanzadas la jaula que subía.

—El otro es Timothy Lambert. Pero avisad al doctor... deprisa, es una urgencia...

Elaine miró incrédula la camilla en que sacaban a Tim. No se movía, estaba inconsciente pero no parecía sumido en un sueño profundo. Su cuerpo se veía deslavazado. Elaine casi tenía la impresión de estar viendo un títere que alguien hubiese arrojado al suelo para dejarlo ahí despatarrado. ¡Pero tenía que vivir, tenía que lograrlo!

Elaine quiso acercarse más, pero el doctor Leroy llegó presuroso para ocuparse del herido. La joven observó con el alma en vilo cómo le tomaba el pulso, escuchaba la respiración y le palpaba el cuerpo.

Al final se incorporó. Elaine intentó leer en su rostro, que parecía petrificado.

—Doctor... —dijo desesperada—. ¿Vive?

Leroy asintió.

—Sí, pero no sé si es una buena noticia... —Leroy apretó los labios al ver el rostro horrorizado de Elaine—. Tengo que seguir examinándolo. —El médico apartó la vista para mirar a los hombres de la camilla—. Llévenlo dentro y colóquenlo en una cama... Con cuidado, tiene múltiples fracturas de huesos.

—¡No desespere, señorita! —Berta Leroy, la enérgica esposa del médico, vio que la joven vacilaba cuando los hombres levantaron la camilla con Tim—. Mi marido suele exagerar. A lo mejor no es tan grave. Es imposible dar un diagnóstico tras una revisión tan somera. Deje que lo examinemos con mayor atención...

—Pero ¿se recuperará? —Elaine se apoyó agradecida en el brazo de la mujer mayor. Su voz traslucía temor—. Me refiero a las fracturas...

—Ya se verá, hija —la conformó Berta—. Lo principal es que viva. Señora Carey, ¿puede venir un momento, por favor? ¿Tendría un té más para esta señorita? Mejor con un chorrito de aguardiente.

La señora Leroy soltó dulcemente la mano que Elaine tenía prendida en su brazo y se dispuso a seguir a su marido y los heridos. Elaine se armó de coraje y corrió tras ella. De ninguna manera quería quedarse fuera. Tenía la inexplicable sensación de que a Tim no le pasaría nada mientras ella estuviera a su lado.

—No, usted no. —Berta sacudió la cabeza con resolución—. Ahí dentro todavía no la necesitamos. Tenemos que avisar a sus padres y usted... no me malinterprete, usted no es su prometida oficial. ¡Y no queremos tener problemas con los Lambert!

La razón de Elaine lo entendió, pero aun así sintió un irrefrenable impulso de aporrear la puerta que se cerró ante ella.

Entonces reconoció a Matt Gawain. Él seguro que conocería las circunstancias del rescate de Tim. El joven acompañaba al segundo superviviente, Roly O'Brien, que entró en la improvisada enfermería por su propio pie. Se le veía tembloroso al lado de su madre, que no dejaba de persignarse y sollozar de alegría, pero no había sufrido heridas graves. Todavía parecía algo desorientado, pero ya en ese momento la gente lo bombardeaba con preguntas.

Matthew intentó proteger a Roly.

—Al chico le urge comer algo —advirtió el capataz—. ¿Se ocupará usted de ello, señorita Lainie? Hemos encontrado a los dos en la zona del pozo de ventilación. Pudieron evitar el gas, pero por desgracia Tim se vio atrapado por un desprendimiento de piedras. El joven, por el contrario, se refugiaba en la galería. Incluso tenía espacio suficiente. Tal vez se hubiera desorientado bastante estando ahí solo, pero habría sobrevivido durante días.

—Estaba tan oscuro... —susurraba Roly—. Tan espantosamente oscuro que... que no me atrevía a moverme. Al principio pensé que el señor Lambert había muerto y que yo estaba solo. Pero luego se despertó...

—¿Se despertó? —preguntó Elaine presa de la excitación—. ¿Fue él quien dio los golpes para avisar?

Roly sacudió la cabeza.

—No; fui yo, él no podía moverse. Estaba enterrado hasta aquí. —Se señaló la mitad de tórax—. Intenté sacarlo, pero no pude... Él me dijo que no lo moviera porque le dolía... le dolía todo. Pero no tenía miedo... pensaba que al final nos rescatarían.

Me dijo que buscara un pozo de ventilación guiándome por la corriente de aire. Y que golpeara con una piedra el muro. Directo desde abajo. Y eso hice...

—¿Y él estuvo todo el tiempo consciente? —Elaine se aferraba a esa hipótesis. Tim no podía sufrir heridas internas graves si había pasado todo un día y media noche hablando con ese chico.

La señora Carey había puesto en la mesa un té y un plato con bocadillos para el muchacho. Roly bebió y comió atropelladamente. Se atragantó y empezó a toser.

—¡Despacio, muchacho! —rezongó Matt—. Hoy ya no te caerá nada más encima. Y si mi nariz no me engaña, estas señoras tienen también una sopa caliente para ti.

Elaine esperó impaciente a que el muchacho tragara un bocado.

—Roly, ¿qué sucedió con el señor Lambert? —apremió al chico, sintiendo ganas de zarandearlo por los hombros para que hablara.

—Volvía a despertarse a ratos. Al principio más, luego se encontró peor... Empezó a gemir y a decir que estaba muy oscuro, y yo me puse a gritar... Pero luego oí que estaban cavando en las galerías, y entonces pensé que nos habían encontrado y grité y golpeé, pero el señor Lambert ya no se enteraba. Tienen que darle también a él algo que beber. —Roly pareció caer en la cuenta y miró su taza de té con sentimiento de culpa—. Repetía que tenía mucha sed.

El relato de Roly no consoló a la apesadumbrada Elaine. Y aún menos en ese momento, cuando unos gritos y llantos salían del despacho. Matt también los oyó y frunció el ceño.

—Antes le latía con fuerza el corazón —dijo para consolar a Lainie.

Pero ella no lograba aguantar más. Se dirigió a la puerta y entró sin más. Que la echara el doctor Leroy, antes quería cerciorarse de si Tim aún vivía.

Sin embargo, el médico y su esposa tenían otras cosas que hacer antes que fijarse en su presencia. Berta atendía a Nellie

Lambert, que lloraba quejumbrosa, mientras el doctor intentaba tranquilizar al abatido Marvin Lambert.

—¡Muy propio de Timothy! ¡Sólo tiene pájaros en la cabeza! Siempre le he dicho que no vale la pena arriesgarse por los hombres. ¡Pero no, él quería a toda costa protegerlos de no sé qué! ¡Poniendo en peligro su propia vida! ¿Es que no podía dirigir las tareas de rescate desde aquí? ¡Ese capataz, Matt Gawain, ése ha sido más listo! ¡Él sí que no se embarca en una tarea temeraria para volver hecho un inválido!

—Matt Gawain ha pasado horas en la mina —le explicó el doctor—. Y era imposible que su hijo supiera que iban a producirse más explosiones. Mucha gente dirá que se ha comportado como un héroe.

—¡Sí, todo un héroe! —protestó Marvin con sarcasmo—. Seguro que quería desenterrar a los sepultados con sus propias manos. ¡Y mire lo que ha conseguido! —espetó con amargura.

Elaine todavía olía el whisky en su aliento. Apartó la vista del viejo Lambert y la dirigió al rostro de Tim en la cama. Gracias a Dios todavía estaba inconsciente y no se enteraba de la reacción de su padre. Tenía la tez gris, al igual que el cabello. Aunque alguien le había quitado el polvo superficialmente, en los poros y las arruguitas de expresión tan características de él todavía quedaba mugre. Aliviada, Elaine observó que el pecho oscilaba de forma regular. Estaba vivo. Y ahora que le habían cubierto con una manta, tampoco parecía tan desmadejado.

Lambert se calló un momento para dar paso a su esposa.

—Y ahora se quedará tullido. Mi hijo... ¡un inválido! —Nellie Lambert sollozó. Berta Leroy parecía a punto de arremeter contra los Lambert.

Nellie se desmoronó teatralmente sobre la cama de Tim. El herido gimió inconsciente.

—¡Le hace daño! —exclamó Elaine, sintiendo el deseo de arrancar a esa mujer histérica de la cama de su hijo. Pero se controló y la apartó suavemente, antes de que Berta decidiese intervenir enérgicamente. Nellie se refugió en los brazos de su marido.

Elaine arrojó una mirada suplicante al doctor Leroy.

—¿Qué tiene en realidad? —preguntó en voz baja.

—Fracturas complicadas en ambas piernas —respondió Berta. Al parecer no quería que su marido facilitara una información detallada, provocando así el histerismo en la joven—. Una cadera rota y también unas costillas...

—¿Se quedará paralítico? —preguntó Elaine. La palabra «inválido» le quemaba en la cabeza. Se había acercado más a la cama de Tim, deseosa de tocarlo, acariciar su frente o limpiarle las mejillas. Pero no se atrevió.

El doctor sacudió la cabeza.

—Paralítico no se ha quedado, para eso tendría que haberse fracturado la espina dorsal, lo que al parecer se ha ahorrado. Aunque habría que preguntarse si es o no una bendición: cuando alguien se queda paralítico al menos no sufre dolores. Pero así...

—¡Pero las fracturas de huesos se curan! —saltó Lainie—. Mi hermano se rompió una vez el brazo y se curó deprisa. Y mi otro hermano se cayó de un árbol y se rompió el pie. Tuvo que quedarse más tiempo en cama, pero luego...

—Las fracturas sencillas se curan sin dificultad —la interrumpió Leroy—. Pero éstas son fracturas complejas. Podemos entablillar, desde luego, pero no sé por dónde empezar. Llamaremos a un especialista de Christchurch. Seguro que de algún modo sanará...

—¿Podrá volver a andar? —preguntó Elaine esperanzada—. Quizás al cabo de unos meses, ¿no?

Leroy suspiró.

—Ya puede estar contenta si en un par de meses es capaz de sentarse en una silla de ruedas. Esa cadera rota...

—¡Deja de ser tan cenizo, Christopher! —Berta Leroy estaba con los nervios de punta. Su marido era un buen médico pero un pesimista crónico. Y si bien solía tener razón, de momento no era conveniente asustar a los familiares. Esa muchacha pelirroja que de algún modo pertenecía al grupo de Madame Clarisse, pero que al parecer no era una ramera, parecía una hoja agitada por el viento. Cuando Christopher mencionó la silla de ruedas, perdió todos los colores del rostro. Berta la agarró por los hombros—. ¡Respire hondo, pequeña! No ayudará a su amigo si se desploma aquí mismo. Descuide, vendrá un especialista de Christchurch. Hasta entonces no podemos afirmar nada con seguridad.

Elaine consiguió controlarse más o menos otra vez. Naturalmente, se comportaba de forma absurda. Debería alegrarse de que Tim siguiera con vida. Si al menos no tuviera constantemente la imagen de aquella carrera de caballos ante los ojos... Tim, el deslumbrante campeón, desmontando de un salto, subiéndose ágilmente al podio del vencedor, abrazando a *Fellow* y montando de nuevo con ligereza... No podía imaginarse a ese hombre en una silla de ruedas, condenado a la inacción. Tal vez el doctor tuviera razón: para él eso sería peor que la muerte.

Pero ya pensaría más tarde acerca de esto. Primero tenía que preguntar a la señora Leroy qué podía hacer ella por Tim. Si había algo en lo que pudiera ayudar...

Sin embargo, Berta Leroy ya se ocupaba de Nellie Lambert.

—¡Y ahora modérese de una vez! —regañaba a la gimoteante mujer—. Ahí fuera hay mujeres que hoy han perdido a sus maridos e hijos. Y que además ni siquiera saben cómo van a reunir el dinero para darles sepultura. Usted, por el contrario, ha recuperado a su hijo. Debería dar gracias a Dios en lugar de lamentarse absurdamente. ¿Dónde está el reverendo? Vaya a ver si encuentra a alguien ahí fuera que la acompañe a casa. Primero lavaremos al chico aquí y lo cuidaremos mientras esté inconsciente. Bastantes dolores sufrirá después... ¿Christopher?

El doctor Leroy preparaba ya el material para entablillar y los vendajes. Su mujer se percató satisfecha y se dirigió a Elaine.

—¿Ya se encuentra mejor, pequeña? Bien. Entonces vaya a buscar a la señora Carey. Necesitamos a alguien más que nos eche una mano. —Y se volvió hacia la cama de Tim dispuesta a airear las sábanas.

—¡Yo ayudaré! —La siguió Elaine.

Berta Leroy sacudió la cabeza.

—No, usted no. Sólo le faltaba tener que manipular las piernas de su novio. Se me desplomaría usted aquí mismo.

—No es mi novio... —susurró Elaine.

Berta rio.

—Oh, claro que no —sonrió la mujer—. Pequeña, está usted indiferente como un gorrión. Ha venido a parar aquí por casualidad y conoce a Tim Lambert sólo de nombre. ¡Vamos, no me haga reír! Ahora vaya y enganche su caballo. El carro de Madame Clarisse todavía está aquí, ¿no? Busque a alguien que saque los asientos para que quepa una camilla.

—¿Quieres llevarte a Tim a casa hoy mismo, Berta? —se sorprendió su marido—. ¿En este estado?

Berta se encogió de hombros.

—Su estado apenas cambiará en las próximas semanas. Pero mañana estará despierto y entonces sí notará todos los baches. Podemos ahorrarle esa tortura, ¿no crees?

Elaine se preguntó quién era realmente el médico del consultorio Leroy.

—Pero su familia...

Berta interrumpió a su marido y se dirigió con firmeza a Elaine.

—¿A qué espera, muchacha? ¡Vaya al establo!

Elaine corrió al exterior. No obstante, creía que en el fondo Leroy tenía razón. Si llevaban a Tim a su casa, al día siguiente su padre lo abrumaría con reproches y su madre lo agobiaría con su desespero. Ahora iba comprendiendo por qué Timothy iba a la taberna todas las tardes. Estar a merced de los Lambert debía de ser un infierno.

Banshee y *Fellow* relincharon cuando la muchacha entró en el establo. Además de ellos había algunos mineros tendidos en la paja, exhaustos tras las labores de rescate. Antes no se había percatado de los hombres, ¡ni siquiera que había dormido en el mismo sitio sin el menor temor! Pero ahora tenía que despertar a un par de ellos. Sola no conseguiría acondicionar la calesa de Madame Clarisse para el transporte de un enfermo. Se decidió por dos trabajadores ya mayores y tranquilos que conocía de vista de la taberna. Los hombres no parecieron entusiasmados, pero comprendieron la urgencia y buscaron herramientas.

Por desgracia no fueron muy cuidadosos con el acolchado de terciopelo rojo de Madame Clarisse, sino que lo mancharon con sus sucias manos. Lainie tendría que limpiarlo. Suspiró. ¿Acabaría ese día alguna vez?

Cuando por fin se detuvo delante de la oficina con la calesa preparada para el transporte del herido, el matrimonio Leroy seguía discutiendo. Berta prefería atender a Tim en la consulta, pues allí disponían de dos camas para pacientes e instrumental. Su marido, por el contrario, opinaba que una enfermera contratada por los Lambert podría encargarse de Tim en su casa. Y el joven necesitaría cuidados durante meses.

Berta sacudió la cabeza, irritada.

—La enfermera podrá lavarlo y cambiarle las vendas, pero ¿qué más? ¡Ya has visto cómo son los Lambert! ¡Si lo envías con ellos, en una semana estará deprimido a fondo! ¿Y crees que alguno de sus conocidos se atreverá a ir a visitarlo ahí? Quizá Matt Gawain, cada tres semanas y con el traje de los domingos. En la consulta siempre hay movimiento. Sus amigos irán a echar un vistazo, muchas mujeres respetables enviarán a sus hijas, y las chicas de Madame Clarisse se pasarán sin carabina. —Berta sonrió al ver a Lainie junto a la puerta—. Sobre todo ella —prosiguió—. A quien por supuesto no le importa especialmente lo que ocurra con él...

Elaine se sonrojó.

El doctor Leroy se rindió.

—Está bien, pues a la consulta. Que vengan dos hombres para cargar con la camilla. Y un par de voluntarios que nos ayuden a trasladarlo de cama.

El cuerpo de Tim estaba cubierto de vendajes, incluso el pecho. No obstante, los brazos no parecían haber sufrido daños. Eso dio esperanzas a Elaine, aunque volvió a perder el color cuando los Leroy y los voluntarios cambiaron al herido de la cama a la camilla y Tim soltó un gemido.

—He colocado mantas en la calesa —dijo.

Berta le hizo un gesto de aprobación con la cabeza y siguió a los camilleros hacia el vehículo.

—Bien pensado. Yo voy con usted para mantenerlo tranquilo. ¿De quién es el segundo caballo?

Elaine había enganchado a *Banshee* y atado detrás a *Fellow*. Señaló a Tim.

—Es suyo. Los Lambert se lo han olvidado, pero no puede quedarse aquí solo...

Berta sonrió burlona.

—Es usted una santa de verdad. Se preocupa por un hombre con quien no tiene relación alguna y luego hasta se ocupa de su caballo. ¡Es todo un ejemplo! Tal vez el reverendo debería pronunciar un sermón al respecto.

Elaine llevó a *Banshee* al paso todo el camino, pero en la oscuridad de la noche no pudo evitar los baches. Pese a estar inconsciente, Tim gemía a cada bamboleo y Elaine comprendió por qué Berta había insistido en transportarlo entonces. Al final, los hombres llevaron a Tim a la consulta y Elaine se ocupó de los caballos. Mientras éstos mordisqueaban complacidos el forraje, uno al lado del otro, siguió a los Leroy a la casa.

—¿Puedo hacer algo más?

Berta lanzó una mirada a aquella delicada muchacha con su traje de montar sucio. Elaine se veía pálida y agotada, pero con una expresión que revelaba que esa noche no iba a conciliar el sueño. Berta, por el contrario, sí necesitaba tenderse en la cama. Dormiría como un tronco.

—Puede quedarse con él, pequeña —respondió tras pensarlo un momento—. Alguien tendrá que estar aquí cuando se despierte. Descuide, su vida no corre peligro. Y si algo ocurriera, despiértenos.

—¿Y qué hago cuando se despierte? —preguntó Elaine vacilante, al tiempo que seguía a la esposa del médico a la habitación del paciente.

Tim yacía en una cama.

Berta se encogió de hombros.

—Hable con él y dele algo de beber. Si sufre dolores, que tome esto. —Señaló un vaso con un líquido lechoso junto a una jarra de agua sobre la mesilla de noche—. Volverá a dormirse enseguida, es un remedio fuerte. Y dele ánimo.

Elaine acercó una silla a la cama y encendió la lámpara que había sobre la mesilla. La señora Leroy había apagado la luz general. A Elaine tampoco le habría importado quedarse ahí a oscuras, pero si Tim despertaba no debía ver penumbras. Todavía recordaba las palabras de Roly: «No dejaba de decir qué oscuro está.»

Elaine permaneció junto al lecho de Tim hasta el amanecer. Se encontraba acongojada, pero no realmente cansada. De hecho recuperó la calma tras aquel día espantoso. Tim no ofrecía mejor aspecto. Tenía hundidas las mejillas y unas ojeras muy marcadas, y polvo del derrumbe por todas partes. La muchacha cogió una jofaina y la llenó de agua. Luego lavó el polvo de las comisuras de los ojos y pasó con suavidad el paño por todas las arruguitas que daban ese aire tan travieso al rostro de Tim cuando reía. De todos modos, se cuidó de tocarlo sólo con el paño. Reculó veloz como el rayo cuando acarició sin querer con el dedo la mejilla del joven.

Tras aquellas abominables noches con Thomas, nunca más había tocado a un hombre ni había estado a solas con ninguno, mucho menos de noche y en una habitación a oscuras. Nunca había querido volver a hacerlo. Pero ahora casi se reía de sus temores. Con Tim no corría ningún peligro. Y su rostro tenía un tacto tan agradable... La piel estaba tibia, seca, un poco áspera... Elaine dejó el paño a un lado y le acarició vacilante la frente, las cejas, las mejillas. Le apartó el pelo de la frente y comprobó lo suave que era. A continuación palpó sus manos, que yacían sobre la colcha. Manos tostadas por el sol, fuertes. Sin embargo, recordó también cómo esas manos sostenían con delicadeza las riendas de *Fellow*. En la carrera había admirado la sutileza con que guiaba su caballo. Los dedos de Tim estaban oscuros a causa del polvo, las uñas resquebrajadas. Así pues, había intentado desenterrar a los sepultados con sus propias manos.

Le acarició el dorso de las manos y luego tomó la derecha en la suya. Soltó un gritito apagado cuando los dedos de él se cerraron en torno. Era absurdo, pero aquella suave presión bastó para que ella retirase la mano como una histérica y diera un brinco para apartarse del hombre.

Tim abrió los ojos.

—Lainie... —susurró—. Estoy soñando... ¿quién ha gritado?, ¿el niño? —Miraba confuso alrededor.

Elaine se reprendió por su absurda reacción. Se acercó y aumentó la intensidad de la lámpara.

—No ha gritado nadie —dijo—. Y el chico está en lugar seguro. Está... está usted en Greymouth, en casa de los Leroy. Matt Gawain le ha rescatado.

Él sonrió.

—Y usted me ha cuidado.

Dicho esto, cerró de nuevo los ojos. Elaine le cogió la mano. La mantendría cogida hasta que él despertara y luego le sonreiría. Tenía que superar ese miedo atroz. Únicamente debía tener cuidado de no volver a enamorarse nunca más.

Tim volvió a recuperar el conocimiento casi al amanecer. Elaine ya no le cogía la mano, se había dormido en la butaca. Cuando él pronunció su nombre, se estremeció. Una voz varonil la arrancaba del sueño... así empezaba siempre que Thomas... Pero no era la voz dura y autoritaria de los Sideblossom. La voz de Tim era clara, amable y muy débil. Ella consiguió sonreírle. Él parpadeó a media luz.

—Lainie, puedes... podría usted... la ventana... la luz...

Elaine redujo la mecha de la lámpara.

—Las cortinas... —La mano de Tim se agitaba sobre la colcha, como si él mismo quisiera abrirlas.

—Fuera todavía está oscuro, pero ya amanece. Enseguida saldrá el sol.

Se puso en pie inquieta y corrió las cortinas. La primera luz del alba penetró en la habitación.

Tim parpadeó. Tenía los ojos irritados por el polvo.

—¡Pensaba que no volvería a ver... el sol. Y... Lainie —intentó moverse pero el rostro se le contrajo de dolor—. ¿Qué me está pasando? —preguntó en un susurro—. Siento un dolor infernal.

Ella volvió a sentarse y le cogió la mano. El corazón le latía con fuerza, pero Tim rodeó sus dedos con delicadeza.

—Sólo unos huesos fracturados —afirmó ella—. Tome, si... si quiere beberse esto... —Agarró el vaso de la mesilla.

Tim intentó enderezarse y cogerlo, pero el dolor le recorrió todo el cuerpo. Contuvo con esfuerzo un grito, pero no logró reprimir un gemido de dolor. Elaine advirtió las gotas de sudor en su frente.

—Espere, le ayudaré. Tiene que permanecer tranquilo y tendido... —Con cuidado, pasó una mano tras su cabeza, la levantó ligeramente y le acercó el vaso a los labios. Tim tragó con esfuerzo.

—Sabe fatal —dijo, esforzándose en sonreír.

—Pero le irá bien.

Luego él permaneció quieto, mirando por la ventana. Desde la cama no alcanzaba a ver mucho, sólo las siluetas de las montañas y un par de tejados, un castillete de extracción. Pero iba aclarando deprisa.

Elaine le secó la frente.

—Ahora ya no duele, ¿verdad? —lo consoló.

Tim la miró inquisitivo. Ella le escondía algo, pero estaba ahí. Él abrió la mano que había cerrado en un puño a causa del dolor y se la tendió a ella.

—Lainie... aunque no sea muy grave, parece como si lo fuera bastante. ¿No podría... no podría volver a cogerme la mano?

La joven se ruborizó, pero colocó su mano en la de él. Después contemplaron en silencio cómo, ante la ventana, una salida de sol excepcionalmente hermosa bañaba la ciudad con un rojo crepuscular y luego con una luz reluciente.

4

El sol se alzó sobre una ciudad triste y aturdida. Las gentes de Greymouth, incluso los comerciantes y trabajadores que nada tenían que ver con la mina, parecían cansados y abatidos. Todo transcurría entorpecido, como si hombres y carruajes se movieran en una espesa bruma.

Sin embargo, las minas no cerraron. Incluso los trabajadores que el día anterior habían participado en el rescate tuvieron que volver a sus galerías si no querían perder su miserable salario. Fatigados y sin haber dormido, se presentaban a su turno con la única esperanza de que el capataz fuera comprensivo y les encomendase una tarea fácil o al aire libre.

Ni Matt ni sus compañeros eran partidarios de ello. Si los hombres dejaban de trabajar demasiado tiempo, las imágenes de los heridos y muertos se grabarían en su mente y a partir de entonces temerían la mina. De ahí que siempre hubiera hombres que se despedían tras una desgracia. Ya los había que acudían aterrorizados a diario, incluso si no se producía ningún infortunio. La mayor parte de estos hombres llevaba generaciones trabajando en la minería. Sus padres y abuelos se habían deslomado en las minas de Gales, Cornualles y Yorkshire, y sus hijos bajaban a las galerías ya a los trece años. Los Paddys, Rolys y Jamies apenas si alcanzaban imaginarse otra cosa del mundo.

Matt y sus hombres sacaban los últimos cadáveres. Era una

tarea fatigosa y demoledora, pero, ante la entrada, mujeres y niños seguían esperando un milagro.

El reverendo intentaba darles su apoyo y al mismo tiempo arreglar los demás asuntos relacionados con los, en total, sesenta y seis fallecidos. Envió a las damas de su asociación de amas de casa a las familias de las víctimas y las tranquilizó cuando regresaron horrorizadas por las condiciones de los barrios mineros. Las damas de Greymouth atribuían la suciedad, la miseria y cierto abandono de los niños no tanto a los bajos salarios de los trabajadores y a la codicia de los propietarios, sino a la falta de capacidad para las tareas domésticas de las esposas de los mineros.

—¡Es que no tienen ningún sentido de la estética! —se quejaba la señora Tanner—. Hasta la cabaña más pobre se hace acogedora con un par de cojines y unas cortinas...

El reverendo callaba y daba gracias al cielo por contar con la cooperación de Madame Clarisse, que ayudó a dos viudas que antes habían sido mujeres de mal vivir. A ambas les prestó dinero para el entierro y prometió a la más joven una colocación en la taberna y a la mayor, que llevaba tres hijos colgados de sus faldas, un sitio en la cocina. Las chicas del burdel también colaboraban en la identificación de los muertos que carecían de familiares. La congregación tuvo que pagar el sepelio de casi la mitad de las víctimas. Por añadidura, había que ordenar sus cosas y localizar e informar de las muertes a los familiares de Irlanda, Inglaterra o Gales. Todo ello era difícil, lento y triste. Lo que más grima le daba al reverendo era ir a ver a Lambert. Tanto si le gustaba como si no, el propietario de la mina tenía que asumir parte de la responsabilidad. Las mujeres y los niños necesitaban apoyo, aunque Nellie Lambert no dejara probablemente de lamentarse de la desgracia que se había abatido sobre su propia familia. No obstante, el joven Lambert, según el doctor Leroy, ya no corría peligro. El reverendo había ido una vez más al consultorio para preguntar por el muchacho.

—Naturalmente, siempre puede surgir algo —le informó el pesimista galeno—. Tendrá que permanecer una larga temporada en cama y eso favorece la neumonía. No obstante, es un hombre joven y fuerte...

El reverendo no se demoró en pedir más explicaciones, sino que partió de inmediato con la intención de tranquilizar a Nellie Lambert diciéndole que, dadas las circunstancias, su hijo estaba bien. No lo consiguió, y también Marvin se mostró intransigente.

—Esperemos primero los resultados de la comisión de investigación —espetó—. Por ahora no le prometo dinero a nadie, sería como una admisión de culpa. Más tarde ya pensaríamos en un fondo de donativos...

El sacerdote suspiró y esperó lograr cubrir las tareas más urgentes con una colecta. Las diligentes damas de su parroquia ya estaban planificado una, además de los primeros mercadillos y picnics campestres con ese loable fin.

Los inspectores de minas se presentaron pronto, justo cuando Matt se disponía a marcharse por fin a casa tras dos días de trabajo endiablado. Así que tuvo que conducir a los hombres por la mina y no se mordió la lengua. El informe final censuró al propietario por la falta de dispositivos de seguridad; sin embargo, no había contravenido las disposiciones a grosso modo: le había salvado el nuevo pozo de ventilación que tan a regañadientes había autorizado cavar a Tim y al que ahora también debía agradecer que su hijo siguiera con vida. Le pusieron una pequeña multa sólo porque los grupos de rescate no estaban suficientemente equipados.

Marvin Lambert se enfureció al leerlo, pues en realidad los inspectores no habrían tenido que saber nada al respecto. Alguien se lo había contado y sospechaba que era Matt Gawain, lo que, claro está, Marvin se tomó a mal. Amenazó a Matt con despedirle, sin caer en la cuenta de lo mucho que alteraba con ello al resto de trabajadores.

—De todos modos, muchos piden trabajo en las otras minas —se quejaba Matt, cuando al fin hubo descansado y visitó a Tim antes de comenzar su turno—. Hasta ahora no me había dado cuenta, pero es como si su padre viviera en otro mundo.

Tim asintió. Marvin atribuía a todo y a todos la responsabilidad por el accidente de su hijo, pero no a su negligencia respecto a las medidas de seguridad de la mina. Lambert no era consciente de tener la culpa de nada y tampoco pensaba cambiar su proceder en cuanto a la abertura de nuevos pozos.

—¡Pero esta vez no lo conseguirá! —declaró Matt—. Debemos contratar al menos a sesenta personas nuevas, lo cual ya será bastante difícil: a fin de cuentas, ahora tenemos fama de ser la «mina de la muerte». Si seguimos alimentando esa reputación, su padre tendrá que sacar el carbón con sus propias manos.

Tim no dijo nada, ya estaba lo suficiente preocupado con su propia y crítica situación. Pelearse una vez más con su padre escapaba a sus actuales fuerzas, con el agravante de que Marvin apenas iba a visitarlo. Parecía querer ignorar la desgracia que se había abatido sobre su hijo, del mismo modo que su responsabilidad para con las familias de los fallecidos.

Matt se preguntaba con amargura si Lambert abrigaba la esperanza de que su hijo regresara en algún momento totalmente sano o si simplemente ya no contaba con él. Pero por supuesto no compartía estas dudas con su compañero, gravemente herido, sino sólo en la taberna, por las noches. Se emborrachaba con Ernie y Jay. Los dos estaban trastornados por el estado de Tim y pedían un whisky tras otro.

Podían hacerlo: tanto el Lucky Horse como el Wild Rover habían reabierto sus puertas el día después del accidente. No obstante, había menos bullicio. Tampoco Elaine y Kura tocaban el piano, los hombres hablaban con voces apagadas y consumían más whisky que cerveza, como si esperasen serenarse a base de alcohol.

Ese año no se celebró el día de Navidad y lo mismo sucedería con el fin de año. Nadie estaba para fiestas.

Matt inició la búsqueda de nueva mano de obra y se quejaba

de no encontrar mineros con experiencia. La mayoría de las solicitudes provenían de hombres que lo habían hecho casi todo, desde la pesca de la ballena hasta buscar oro, pero que jamás habían bajado a una mina. Ahora habría que adiestrarlos, una tarea fastidiosa y pesada.

El reverendo fijó los funerales de las víctimas para el siguiente domingo a fin de que todo el mundo tuviera posibilidad de asistir.

—Las minas deberían conceder el día libre, al menos la Lambert —comentó a Lainie—. Pero antes de tener que pelearme con ese tipo, me resigno a hacerlo el domingo.

Ella asintió.

—¿Qué quiere que toque? —preguntó, buscando sus partituras. Se había presentado en la iglesia para entregar al sacerdote el dinero que Madame Clarisse había reunido para los familiares de los fallecidos. Lo que de nuevo originó una disputa.

De hecho, era la asociación de amas de casa la que tenía el monopolio de los donativos y las mujeres honorables discutían airadas si había que aceptar el «dinero del pecado» procedente del burdel. El mismo reverendo, así como la pragmática señora Carey, estaban de acuerdo en que sí, máxime tratándose de una suma considerable. Madame Clarisse había triplicado lo recogido por las damas decentes.

—Limitémonos a verlo así —había dicho la señora Carey, logrando al fin el consenso general—: Madame Clarisse sólo ha retornado el dinero que los fallecidos se habían gastado en su local. Eso también redimirá a los hombres de algunos de sus pecados cuando se encuentren ante el Creador sin haber sido confesados...

—Y en cuanto a la música, *Amazing Grace* siempre va bien —sugirió Lainie.

El reverendo hizo una mueca.

—Bueno, señorita Lainie, espero que no se lo tome a mal, pero yo... yo ya he planificado las honras fúnebres con la señorita Martyn...

Elaine se lo quedó mirando.

—¿Con Kura? ¿Y ahora me entero?

El reverendo la miró.

—No queríamos pasar por encima de usted, señorita Lainie, de verdad que no. Pero la señorita Martyn toca el *Réquiem* de Mozart de forma sumamente conmovedora. No había oído algo así desde que dejé Inglaterra, por lo que pensé que como usted ha estado muy ocupada... y todavía lo está...

La muchacha se puso en pie. Se sentía tan ofendida que prefería marcharse antes de pegarle un grito al reverendo o revelarle el auténtico estado civil de su encantadora prima.

—¿En qué estoy yo tan ocupada? —preguntó enfadada—. No soy yo quien ha reunido el dinero, tampoco cocino para las familias de las víctimas como las damas de la parroquia. Pero ya veo que no estoy al nivel de «la señorita Martyn» al órgano... si es que ella se digna a hacer partícipe de su angelical interpretación al pueblo llano. Pero ponga atención en que la señora Tanner no desafine. En tal caso, «la señorita Martyn» podría mostrarse bastante antipática.

Y dicho esto se marchó hecha una furia. Tenía ganas de hablar con Kura al respecto, pero luego cambió de opinión. Kura sólo disfrutaría de su arrebato y era probable que hiciera un par de observaciones mordaces sobre la forma de tocar el órgano de su rival. Y era cierto. Elaine sabía que no era perfecta ni mucho menos. Kura interpretaría más ceremoniosamente las honras fúnebres. Su mera visión ya ejercía un efecto más estimulante.

Así pues, Lainie se dirigió a caballo a casa de los Leroy para visitar a Tim, lo que llevaba haciendo cada tarde. Sabía que en la ciudad se comentaba: algunos opinaban que se limitaba a cumplir así un deber cristiano, mientras que otros cotilleaban que ella pretendía pescar al hijo del rico propietario de la mina. Seguro que, aunque tullido, sería un buen partido.

Los que más sensatamente reaccionaron fueron los mineros. En la taberna habían visto a menudo a Tim junto al piano y algunos también estaban al corriente de su petición de mano, persistente pero hasta el momento inútil. Ahora preguntaban a Lainie por el estado de salud del joven.

En tales ocasiones, ella los animaba a que fueran a visitar a Tim, lo que muchos hicieron. Los cálculos de la señora Leroy salieron bien. En el consultorio no estaba totalmente apartado del mundo y las visitas de sus amigos le animaban. Eso era muy importante, incluso aunque el mismo Tim no se percatara. Todavía esperaba al especialista de Christchurch, que según decían estaba muy ocupado. Tim tenía todas sus esperanzas depositadas en él.

Entretanto había conocido el diagnóstico provisional del doctor Leroy, si bien tanto Lainie como la señora Leroy se lo habían explicado vagamente y el propio doctor se había guardado para sí sus peores temores. La madre de Tim, sin embargo, ignoraba la contención. Nellie Lambert visitaba a su hijo cada día y, al parecer, consideraba una de sus tareas llorar ininterrumpidamente durante una hora. En cuanto se cumplían los sesenta minutos, se despedía a toda prisa, la mayoría de las veces golpeando con torpeza la cama de Tim. Éste intentaba verle el lado cómico, pero no siempre era fácil, sobre todo porque los dolores aumentaban aunque sólo se le moviera un poco. A menudo necesitaba horas hasta que las agujas que laceraban su cuerpo le dieran un respiro. La señora Leroy lo sabía perfectamente, y puesto que también ella le hacía daño en la cura diaria, le ofrecía morfina. Pero él siempre la rechazaba.

—Puede que tenga las piernas destrozadas, pero ésta no es razón para ofuscar también mi mente. Sé que en algún momento ya no se puede abandonar la morfina, señora Leroy, y no quiero que me suceda.

A veces, sin embargo, el dolor era tan intenso que tenía que hacer acopio de todas sus fuerzas para no gritar. La señora Leroy le suministraba láudano y Lainie se sentaba en silencio a su lado y esperaba o le cogía la mano con cuidado. Era lo que mejor soportaba Tim: los movimientos cuidadosos y delicados de la muchacha, sin brusquedad alguna. Incluso cuando le daba de beber o le enjugaba la frente tras una oleada de dolor, sus gestos eran livianos como una pluma.

Ese día, Tim estaba de buen humor, sobre todo porque el

especialista de Christchurch por fin había anunciado que llegaría un día después de las exequias. Tim, contento con la noticia, sonrió ante el enfado de Lainie con Kura y el reverendo.

—En algún momento tendrá usted que contarme qué tiene en contra de esa chica maorí que toca el piano para Paddy Holloway —le dijo burlón, pero se arrepintió cuando vio que Elaine se crispaba; siempre reaccionaba así cuando él aludía a su pasado—. Mírelo de forma positiva, Lainie, no tiene por qué ir a esas honras fúnebres y llorar, en lugar de eso puede hacerme compañía a mí. Le hará un favor a la señora Leroy. En cierto modo le preocupa que me deprima si me deja solo; pero por otra parte, siendo la esposa del médico, debe asistir. Ha llegado incluso a preguntar a mi madre si quería quedarse, pero ésta no va a perder la oportunidad de lucir, compungida de dolor, su nuevo vestido de puntillas negro. Ayer ya lo traía puesto cuando me visitó. Espero que no haga una costumbre de ello.

Y así, Elaine permaneció con Tim, lo que dio que hablar a las cotillas del lugar. La señora Leroy sorprendió a dos chismosas y les plantó cara.

—¡Apenas se puede tocar a ese hombre! Deberían avergonzarse de estar pensando, en un caso así, en actos deshonestos.

La señora Tanner esbozó una sonrisa de complicidad.

—Señora Leroy, hay cosas que los hombres siempre son capaces de hacer —afirmó—. Y esa chica ya me dio mala espina cuando llegó aquí tan andrajosa.

En cambio, esta vez Kura ganaba puntos en lo que se refería a la «buena reputación». Tanto la señora Miller como Paddy Holloway se enorgullecían de su lucimiento. La joven cantante interpretó de forma tan conmovedora el acompañamiento musical de las exequias que hasta el trabajador más duro tenía lágrimas en los ojos. La misma Kura lloró, ganándose de ese modo el cariño de todos. Así que nadie comentó nada desagradable cuando, tras la misa, Caleb Biller la felicitó por su interpretación y le brindó su compañía durante el entierro. A su lado,

Kura causaba muy buena impresión. Incluso la madre, la señora Biller, los miraba más interesada que alarmada.

Elaine, a su vez, se hallaba junto al optimista Tim, que esperaba grandes progresos con la visita del especialista de Christchurch. El médico tendría que ajustar y enyesar las fracturas. Seguro que necesitaría horas para llevar esto a término, pero Tim estaba convencido de que, a partir de entonces, se curaría en un periquete.

—Siempre he estado sano, Lainie. Y de niño ya me rompí el brazo una vez. Me recuperé muy rápido. Sólo un par de semanas...

Elaine sabía que el doctor Leroy más bien calculaba un par de meses con el yeso, pero no se lo contó. Dejó a un lado el periódico que le había estado leyendo y cerró las cortinas. El joven protestó.

—Lainie, ahora no me dormiré. Es mediodía y brilla el sol, no soy un niño pequeño. Ande, léame un poco más o cuénteme algo...

Ella sacudió la cabeza.

—Necesita tranquilidad, Tim. El doctor Leroy dice que mañana será para usted un día agotador. —Le separó un rizo de la frente.

Tim podía mover los brazos, pero como tenía las costillas rotas, los movimientos del tórax le producían un dolor atroz. Elaine le aliviaba de todo lo posible, si bien Tim detestaba que ella le diera de comer o beber. Los cuidados más personales los dejaba en manos de la señora Leroy.

Le ajustó la manta. Estaba tan preocupada e inquieta que se habría echado a llorar. Le resultaba imposible compartir el optimismo de Tim. Además, Leroy no había dicho que fuera una convalencia «agotadora», sino «dolorosa». Enderezar las fracturas sería una tortura insoportable para Tim. Elaine esperaba que Berta Leroy lograra mantener alejada a Nellie Lambert.

Tim le dirigió su irresistible sonrisa. La imagen del Tim sano en la carrera de caballos volvió a aparecer ante Elaine. Le acarició tranquilizadora la frente.

Él le guiñó el ojo.

—Cuando más tranquilo estoy es cuando usted me coge de la mano —declaró. De repente en sus ojos surgieron aquellas chispas que Elaine veía con tanta frecuencia en los de Thomas Sideblossom y que había aprendido a temer—. Y me estimula cuando me acaricia la frente. Como ve, a pesar de todo sigo siendo un hombre...

Palpó en busca de la mano de la joven, pero al ver su rostro se arrepintió de sus palabras.

La expresión dulce y confiada de Lainie había dejado sitio al recelo y el temor. Retiró la mano con la misma brusquedad que si se hubiese quemado. Por supuesto, permanecería junto a él, así se lo había prometido a la señora Leroy, pero ese día seguro que no le daría la mano.

Por la mañana acudió de nuevo a hacerle compañía, aún sin entender cómo había sentido tanto miedo del joven y reprochándose no haber conseguido ocultarlo. El resto del día lo había tratado con bastante frialdad y, cuando ella se fue, él estaba desanimado.

Ese señalado día, el de la visita del especialista, Elaine ya se temía la catástrofe antes de verlo. Primero se encontró con Nellie Lambert, que sollozaba mientras tomaba una taza de té con Berta Leroy.

—¡Nunca más sanará! —anunció quejumbrosa a Lainie. Ambas mujeres habían coincidido algunas veces en la consulta médica, pero al parecer la señora Lambert ignoraba la relación de Elaine con Tim. Parecía no prestarle atención: la muchacha podría haber sido un jarrón decorativo del consultorio—. El doctor de Christchurch tiene los mismos temores que mi esposo. Ha enyesado las zonas fracturadas, pero los huesos están deshechos y aplastados, y es imposible observarlos directamente. Por el momento aún no, aunque en Alemania un tal Röntgen ha inventado hace poco un aparato que lo permite. El doctor Porter esta muy entusiasmado con ese avance, pero a Tim no le servirá de nada. El que los huesos se suelden rectos dependerá sólo de la suerte, pero la probabilidad de que todo se arregle perfectamente es nula. El especialista cree haber encajado bien la cadera, por lo que al menos logrará sentarse. No obstante, hay que esperar. Tim ha sido muy valiente. Pase a verlo con toda tranquilidad, Lainie. Él se alegrará.

—¡Pero no lo canse! —añadió la señora Lambert—. No me parece que hoy tenga que recibir muchas visitas.

Tim yacía en la habitación en penumbras y lo primero que hizo Elaine fue abrir las cortinas. Todavía no era tarde y estaban en verano, ¿por qué diablos tenía la señora Lambert siempre la necesitad de no dejar entrar el sol?

Tim la miró agradecido pero no sonrió. Tenía los ojos vidriosos, pues le habían administrado morfina. Aun así no parecía bastar, pues parecía rendido y abatido. Ni siquiera tras el accidente aparentaba estar tan consumido y quebrantado.

Elaine se sentó a su lado pero no lo tocó, pues Tim daba la impresión de no querer que lo rozaran.

—¿Qué ha dicho el médico? —preguntó Elaine. Seguramente los nuevos vendajes enyesados eran más aparatosos que el entablillado del doctor Leroy, pero estaban cubiertos por una manta. Tim se negaría a mostrárselos, así que ella no preguntó al principio.

—Muchas tonterías... —respondió en voz baja. Parecía adormecido y apagado por la morfina—. Un viejo tan pesimista como nuestro doctor. Pero no nos preocupemos, Lainie. En algún momento podré volver a correr. No voy a dejar que me confinen a una silla de ruedas. Quiero... bailar el día de nuestra boda.

Elaine no respondió, ni siquiera lo miró. Pero a Tim le resultó casi consolador, en cualquier caso mejor que las miradas indulgentes y compasivas de otras visitas cuando les comentaba el pronóstico del médico. Lainie más bien parecía luchar contra sus propios demonios.

—Lainie..., lamento mucho... lo de ayer.

Ella sacudió la cabeza.

—No tiene por qué sentirlo. Me comporté como una tonta —Levantó la mano como para acariciarle la cabeza, pero no se atrevió.

—Lainie, hoy ha sido un día... un poco cansado. ¿No podría... intentarlo de nuevo? Me refiero a eso para conciliar el sueño.

Sin pronunciar palabra, ella le cogió la mano.

5

Kura-maro-tini estaba furiosa y tenía varios motivos para estarlo. La semana anterior no había ganado prácticamente ni un centavo. Madame Clarisse no puso reparos en seguir pagando a sus chicas pese a que durante el período de duelo, tras la tragedia de la mina, no había hecho negocio; pero Paddy Holloway no pagaba. Si Kura no tocaba el piano, no cobraba. El problema estribaba en que la señora Miller sí seguía queriendo cobrar el alquiler, claro está, y lo mismo el propietario del establo. Kura ya había pensado en vender el caballo, pero se había acostumbrado a él.

Estaba indecisa e inquieta, pero contenta de haber dejado atrás al menos las exequias. Lo cierto es que se había divertido tocando el órgano, todavía más porque así se la jugaba a la antipática Elaine. Pero también había sido agradable volver a interpretar música seria, si bien Caleb Biller era el único que sabía valorar debidamente sus cualidades.

Kura reconoció que tal vez su desasosiego se hallara en parte vinculado a Caleb Biller. No estaba en absoluto enamorada de él, pero ansiaba un hombre. Mientras había estado de viaje y ocupada con su alojamiento y sus funciones, había podido reprimir ese deseo. Ahora, sin embargo, no había hora en que no pensara en William y en los placeres que le deparaba estar entre sus brazos. Incluso veía a Roderick Barrister con mejores ojos. Y ahora Caleb Biller, que parecía adorarla, despertaba todo su interés.

Sin embargo, era un chico peculiar. Por una parte se había comportado como todo un caballero durante las exequias; pero por otra, se mantenía frío como un pez, incluso cuando ella se echaba en sus brazos aparentemente desconsolada. Durante el viaje con la compañía, Kura había conocido a hombres «de la otra acera», como se decía, pero Caleb no se comportaba como ellos. Tal vez precisara simplemente un par de empujoncitos.

Así y todo, volvió al Wild Rover en cuanto Kura se sentó al piano de nuevo y necesitó como siempre dos Single Malt antes de reunir el valor para hablar con ella.

—Señorita Kura, debo agradecerle una vez más por haberme introducido en la interpretación de la flauta de los maoríes. Ha sido impresionante. Y encuentro fascinante la música de esos... esos «indígenas».

Kura se encogió de hombros.

—No tiene por qué disculparse de que los maoríes sean indígenas —respondió—. Además no es cierto. También inmigraron aquí. En el siglo doce, desde una isla cerca de la Polinesia que llaman Hawaiki. Nadie sabe cuál era exactamente. Sin embargo, los nombres de las canoas en que viajaron han pasado a la posteridad. Mis antepasados, por ejemplo, llegaron a Aotearoa en la *Uruau*.

—*Aotearoa* es la palabra maorí para Nueva Zelanda, ¿verdad? Significa...

—Gran nube blanca —completó Kura aburrida—. El primer colono se llamaba Kupe y su esposa, Kura-maro-tini, comparó la isla con una nube cuando se acercaban. A ella le debo mi nombre, para anticiparme a su pregunta. ¿Quiere que le toque alguna canción?

Los ojos de Caleb Biller relucían, aunque se diría que a causa de la información y no por Kura. Para ella ese hombre era un misterio.

—Sí... no. Bueno... entonces es probable que nadie escribiera la música de su pueblo, ¿no es así?

—¿En partituras? No que yo sepa.

Si bien Marama era una de las mejores intérpretes de la isla, no sabía solfeo. La misma Kura había aprendido las canciones de su tribu de oído, nunca se le había ocurrido transcribirlas. De todos modos su talento en ese ámbito aún era limitado. Aunque sabía escribir las notas de una melodía sencilla, las melodías de varias voces que se estilaban en su tribu superaban sus conocimientos.

—Y eso es una pena, ¿no? —preguntó Caleb—. ¿Qué le parece si me cantara, por ejemplo, una canción de guerra...?, ¿cómo lo llaman? *Haka*, ¿no?

—Un *haka* no es forzosamente una canción de guerra. Es más bien un tipo de opereta. Expresa sentimientos y suele exponer también un breve argumento a través del canto y la danza. El canto suele ser por regla general polífono.

—¡Entonces tendría que cantarme usted todas las voces seguidas! —apuntó con vehemencia Caleb—. Claro, eso presentaría dificultades en las voces masculinas. ¿O hay *haka* sólo para mujeres?

Kura asintió.

—Hay todos los *haka* posibles. La mayoría con papeles divididos. Éste, por ejemplo, se interpreta en entierros. No hay una coreografía específica. Cada uno baila a su antojo y los cantantes pueden ser hombres y mujeres o también sólo hombres o sólo mujeres.

Tocó un par de notas en el piano y empezó a cantar con su voz cautivadora. La melodía casaba bien con la atmósfera abatida de la taberna: la voz de Kura plasmaba el duelo de forma tan conmovedora que pronto se apagaron todas las conversaciones.

Cuando Kura concluyó, un viejo minero hizo un brindis por las víctimas de la mina Lambert. Luego los hombres pidieron que tocara *Danny Boy*.

Caleb esperó pacientemente hasta que el último irlandés achispado expresara su dolor a viva voz. Eso duró lo suyo, pero Kura estaba satisfecha. Los pesados cánticos fúnebres la ponían de los nervios, pero los hombres la invitaban a una bebida tras otra. Esa noche se llenaría de nuevo los bolsillos.

—¿Se lo ha pensado, señorita Kura? —preguntó al final Caleb, lanzando una mirada casi temerosa a la puerta.

Un hombre fuerte y rubio en edad madura entró y saludó a Paddy con voz tonante.

—¡Holloway, viejo bribón! He oído maullidos de gato desde la calle y he pensado: mejor que saque a mi hijo de ahí antes de que se ponga melancólico. Lo de la mina Lambert es triste, pero también es culpa de ellos, que podrían haber estado trabajando para mí. Como todos los mineros sensatos y buenos que hay en esta taberna. ¡Una cerveza para todos los hombres de la mina Biller! —El hombre se volvió hacia los bebedores de la taberna y recogió los esperados aplausos.

Kura lo reconoció en ese momento: Josuah Biller, el padre de Caleb. Lo había visto brevemente en las exequias. Caleb no parecía contento con su aparición. Más bien se diría que quería que la tierra se lo tragara con su whisky junto al piano.

Biller bebió un momento con sus hombres y se reunió luego con Caleb. Desde luego, se mostró interesado en lo que vio.

—¡Vaya, hijo, pensaba que eras tú quien acompañaba a esos gatos maulladores! Perdone, señorita, pero cuando mi hijo se pone a tocar, parece siempre un entierro. A usted al menos da gusto mirarla, y seguro que sabrá tocar algo alegre.

Kura asintió con afectación. Ese hombre era del tipo que casi siempre intentaba toquetearla y se ponía tan grosero que incluso una mujer tolerante se encerraba en su caparazón.

—Claro —respondió—. Su hijo y yo hablábamos sobre la música maorí, el *haka* en concreto. Señor Caleb, ésta, por ejemplo, es una danza alegre. Habla del rescate del jefe de la tribu Te Rauparaha, que se esconde de sus enemigos en un agujero de la tierra. Al principio espera que lo descubran, pero luego un amigo (y en algunas versiones también una mujer) le comunica que sus enemigos se han marchado. La música expresa primero su miedo y luego su alegría.

Kura pulsó las teclas y empezó a cantar.

—*Ka mate, ka mate, ka ora, ka ora...*

Caleb escuchaba fascinado; su padre, más bien impaciente.

—Al parecer, hasta a los maoríes no se les ocurre otra cosa que hacer versos sobre agujeros en la tierra. Pero tu amiguita es encantadora, Caleb. ¿No quieres presentármela?

Kura no daba crédito, pero Caleb se irguió formalmente y la presentó a su padre como un caballero.

—Kura-maro-tini Martyn.

—Josh Biller —murmuró el viejo—. Muy guapa. ¿Me darás un whisky ahora, Paddy?

Josuah Biller se bebió tranquilamente tres vasos de escocés sin apartar la mirada de Kura y su hijo. Caleb se comportó durante ese rato de manera irreprochable, mientras Kura acabó poniéndose nerviosa. Pese a ello, estaba ocupada: los mineros pedían canciones populares sentimentales, y Caleb ya no se atrevía a solicitar otro *haka*. Pasada una hora, los dos Biller se despidieron educadamente y Josh aprobó de nuevo a la joven al salir:

—Una chica muy hermosa, Cal.

A Kura le resultaron dos hombres más bien raros. Pero eso no sería nada comparado con la sorpresa que sufriría al día siguiente. Había dormido mucho, como siempre que tocaba el piano en la taberna hasta entrada la noche. La mayoría de las veces no desayunaba y comía sólo un par de bocadillos. En esta ocasión, sin embargo, la tímida doncella maorí de la señora Miller golpeó a su puerta y le transmitió una invitación.

—La señora Miller tiene visita y desearía contar con su compañía para tomar el té.

Kura alzó la vista al centenario reloj de pie que solía mantenerla despierta con su sonoro tictac y consultó la hora.

Las once. Ideal para una decorosa visita entre señoras respetables. La señorita Witherspoon le había explicado que era inconveniente hacerlas antes porque las señoras todavía podían estar durmiendo, y más tarde tal vez se importunaran los preparativos de la comida del mediodía.

Kura se vistió con mayor esmero del habitual, aunque todos sus vestidos ya estaban algo gastados. A la larga, tendría que ahorrar para hacerse ropa nueva. Bajó, y la doncella no la condujo a la sala de desayunos en que la señora Miller solía «recibir», sino directamente al salón.

En un sillón estaba sentada la señora Miller con cara de satisfacción. En el sofá, una dama vestida con sencillez, pero con prendas caras, sostenía una taza de té. La mujer enseguida le recordó a Caleb Biller. También ella tenía ese rostro largo y algo inexpresivo. Su cabello era castaño, empero, y no rubio como el de Caleb y su padre.

—Señorita Martyn, le presento a la señora Biller. Al principio la he acaparado para mí, pero en realidad deseaba hablar con usted. —Resplandecía como si le estuviera dando una especial alegría a Kura.

La joven saludó con unos modales impecables, se sentó con elegancia en el asiento que se le ofrecía y tomó una taza de té humeante con la misma gracia que la visitante. Claro que el decoro impedía preguntar directamente qué deseaba la señora Biller, así que conversaron.

Sí, era horrible lo sucedido en la mina Lambert, sobre todo con Timothy Lambert. Una tragedia. La ciudad necesitaría un tiempo para superarlo, por supuesto. Y sí, las exequias del reverendo habían sido conmovedoras.

—Fue entonces, naturalmente, cuando me percaté de usted, querida señorita Martyn —dijo la señora Biller, yendo por fin al grano—. Su maravillosa interpretación de Mozart... No podía contener las lágrimas. ¿Dónde ha aprendido, señorita Martyn?

Kura se mantenía alerta, pero había repetido ya tantas veces la historia que casi llegó a sus labios de forma natural.

—Oh, me educaron en una granja de Canterbury algo apartada pero muy bonita. Mi padre tenía gran interés por la cultura. Mi madre falleció pronto y su segunda esposa procedía de Inglaterra. Era la institutriz de los niños de una de las grandes granjas, pero los dos se enamoraron y ella me educó. Era una pianista de talento. Mi madre auténtica era, y todavía es, entre los maoríes una especie de leyenda en lo que a danza y canto se refiere.

Lo último no era mentira. Con la primera parte de la historia —la supuesta madre fallecida— a Kura siempre le remordía la conciencia.

—¡Qué extraordinario! —observó la señora Biller, y pareció satisfecha con la explicación.

Kura se había percatado a menudo de que los reverendos, o representantes de la Iglesia en general, con los que había hablado sobre el empleo de las salas de la congregación, se preocupaban por si era o no hija legítima. A la señora Biller parecía sucederle lo mismo. Al mencionar «su segunda esposa», los ojos se le iluminaron.

—Lo que me gustaría preguntarle... Señorita Martyn, el domingo ofreceré una pequeña comida. Nada especial, en el círculo familiar, y quería preguntarle si le agradaría acudir. Mi hijo se alegraría mucho. Siempre habla con alta estima de usted.

—Ambos compartimos la atracción por la música —observó cortésmente Kura, intentando no transmitir mayor interés por Caleb.

—¿Puedo entonces contar con su asistencia? —preguntó contenta la señora Biller.

Kura asintió. Un extraño comienzo para una relación sentimental. Pero bien, si Caleb deseaba presentarla en su círculo familiar... Tendría que adelantar el asunto del vestido. Después de que la señora Miller hubiera contado a su mejor amiga, la esposa del sastre, las prometedoras relaciones con la familia Biller, seguro que le daban crédito.

A Caleb Biller la invitación le pareció al principio lamentable, pero luego lo superó y pidió a Kura que fuera antes con las flautas.

—Podríamos transcribir las voces del primer *haka*, ¿no? —propuso—. Considero seriamente este proyecto y espero contar con usted. Tal vez podamos publicar luego un libro...

Kura compareció pues en la cena de los Biller con un nuevo vestido color granate que hacía resaltar su tez en todo su esplendor. Los ojos de Josuah brillaron como los de un niño al ver un árbol de Navidad cuando saludó a la preciosa muchacha. También los de Caleb. Kura no distinguió deseo en ellos, pese a que él le dedicó un par de galantes cumplidos; mientras que en los de su padre había realmente lujuria. Eso avergonzó a Caleb más que a Kura, a quien condujo corriendo al piano de cola para librarla de la compañía de Josuah. A la vista del instrumento, también Kura resplandeció y pensó con pena en el regalo de bodas de Kiward Station; era una lástima que ahora nadie tocase aquel maravilloso intrumento. ¿O sentiría su hija interés por la música? Pero Gloria todavía era demasiado pequeña para aprender algo... Kura seguía sin preocuparse por ella. El recuerdo de haber engendrado a Gloria, no obstante, hizo surgir en su mente el rostro de William y evocó sus caricias. Por Dios, ¿no podría Caleb ser un poco más sensual?

Los dedos del joven casi reflejaban ternura cuando los colocó sobre el teclado para interpretar una breve melodía. Kura reconoció pasmada el tema principal del *haka* fúnebre que ella había cantado en la taberna. Caleb poseía un elevado sentido musical, lo que todavía fascinó más a la muchacha cuando a continuación empezó a transcribir en una partitura la canción y la melodía de la flauta. Caleb escribía las notas de oído, como otras personas escribían letras. Cuando su madre los llamó para la cena, ya había anotado tres voces y la parte de la flauta, que ahora reunía en una especie de partitura orquestal.

—¡Será maravilloso, señorita Kura! —exclamó entusiasmado mientras la acompañaba a la mesa—. Lástima que no podamos también incluir la danza. Aunque usted ha dicho que para esta pieza no hay pasos predeterminados. Lástima que no tengamos aquí las posibilidades que brindan las grandes bibliotecas europeas. Seguro que sería factible poner por escrito coreografías. Pero no sé cómo se hace...

Caleb habló emocionado de partituras y composiciones hasta que su madre le hizo notar discretamente que estaba aburriendo a todos los comensales. No obstante, los demás invitados tampoco tenían un tema de conversación más interesante que sugerir. Salvo Kura, los presentes eran miembros de la familia y apenas tenían nada que contarse. Caleb le presentó a su tío y su esposa, así como a su primo Edmund, que acababa de casarse con la muchacha rubia que se sentaba a su lado. Kura se enteró de que tanto el tío como el primo trabajaban en la mina: el tío en la oficina y el primo, como Caleb, en la dirección. Al contrario que Caleb, mostraba interés por su trabajo y habló con Josuah sobre las negligencias y factores geológicos que habían provocado el accidente de la mina Lambert. Para las señoras ese tema era tan poco atractivo como las reflexiones de Caleb acerca de la ópera contemporánea.

Así pues, las tres señoras Biller se centraron en conversar con Kura, con lo que la madre de Caleb se esforzó por presentar los mejores aspectos de la cantante. Las preguntas de la tía y la prima, por el contrario, casi se definirían como alfilerazos.

—¡Debe de ser muy interesante crecer entre nativos! —señaló la joven señora Biller con un parpadeo angelical—. Sabe, no tenemos a ningún maorí en nuestro círculo de amistades. Sólo he oído decir —añadió con una risita— que tienen costumbres muy liberales...

—Así es —respondió lacónica Kura.

—A su madre debió de costarle adaptarse a la vida de una granja inglesa, ¿verdad? —preguntó la tía.

—No —contestó Kura.

—Pero usted no lleva vestidos tradicionales, ¿verdad? ¿Ni siquiera en las funciones? —La joven Biller contemplaba el corpiño de Kura como si ella fuera a arrancárselo de golpe y ponerse a bailar con los pechos al aire un *haka*.

—Depende de las funciones. En el papel de Carmen llevo un vestido español.

—¡La señorita Kura ha actuado en la ópera! —informó la madre de Caleb—. Estuvo de gira con una compañía internacional. En Australia y en la isla Norte también. Qué emocionante, ¿verdad?

Las señoras estuvieron de acuerdo, pero el tono de su voz era altanero, como si confirmaran que era una pelandusca errante que sin duda llevaba una vida indecorosa.

—¡Seguro que en su oficio se conoce a hombres interesantes! —observó la tía.

Kura asintió.

—Así es.

—Nuestro Greymouth, por el contrario, casi desmerece —señaló con una risita la prima.

—No —respondió Kura.

—¿Qué la trajo aquí, señorita Martyn? —preguntó la tía con voz melosa—. Me refiero a que el trabajo en una taberna no es comparable al gran arte que se desarrolla en los escenario operísticos.

—No lo es —confirmó Kura.

—Si bien aquí también ha conocido a hombres interesantes... —dijo la prima, sonriendo y lanzando una significativa mirada a Caleb.

—Así es.

Hasta el momento Caleb había escuchado en silencio, mirando a Kura casi con tanta adoración como en la taberna cuando cantaba la *Habanera*. Al parecer, su talento para obstaculizar cualquier conversación lo impresionaba tanto como su talento para la música. De todos modos, pensó que había llegado el momento de intervenir.

—La señorita Kura ha estado viajando por la isla Sur para reunir el legado musical de distintas tribus maoríes y catalogarlo —explicó—. Es muy interesante y me siento francamente honrado de que me deje participar en ello. ¿Quiere que trabajemos un poco más en ese *haka*, señorita Kura? ¿Tal vez en otros fragmentos de la flauta? Nuestros oyentes también disfrutarían de ello...

Le guiñó el ojo cuando la liberó de las damas. Kura parecía tan relajada como siempre.

—Me resulta bochornoso, señorita Kura. Mis familiares parecen asumir que usted... esto... y yo... —Caleb se sonrojó.

Ella le dirigió una de sus sonrisas más cautivadoras.

—Señor Caleb, da igual lo que sus parientes piensen, pero casarme con usted es lo último que planeo hacer en mi vida.

En la mirada asombrada del joven se mezcló el alivio y un ligero agravio.

—¿Tan horrible me encuentra?

Kura soltó una risita cantarina. ¿Es que ese hombre era ciego? Sus sutiles provocaciones en las exequias, su coqueteo en la taberna y el hecho de que ese día estuviera allí habrían convencido a cualquier hombre de su interés por él. Kura levantó la mano y le acarició lenta y sensualmente desde la frente hasta la comisura de los labios, describió allí un pequeño círculo y paseó luego los dedos por el cuello. William habría enloquecido con tales caricias. Caleb no sabía cómo reaccionar.

—No le encuentro horrible en absoluto —susurró Kura—. Pero no pienso en casarme. Como artista...

Él asintió con vehemencia.

—Por supuesto. Ya lo pensaba yo. Entonces, ¿no se lo toma... a mal?

Kura puso los ojos en blancos. ¡Había intentado excitar a ese hombre, y él sólo se preocupaba por las convenciones sociales!

Cuando poco después él la acompañó con unos modales exquisitos y se despidió cortésmente de ella, Kura volvió a intentarlo. Se acercó a él, sonrió y levantó el rostro con los labios entreabiertos.

Caleb se ruborizó, pero no hizo ningún ademán de querer besarla.

—¿Quizá mañana por la tarde podríamos seguir trabajando en la taberna con el *haka*?

Ella asintió resignada. Caleb era un caso perdido, pero al menos trabajar en la música con él la divertía. Encontró fascinante comprobar que las canciones y melodías de los maoríes de pronto eran legibles y con ello susceptibles de ser leídas e interpretadas por otros músicos. Más interesante todavía sería trasladar esa música a instrumentos europeos y conferirle así un carácter distinto. Hasta entonces, Kura no se había interesado por la composición, pero esto la entusiasmaba.

Las semanas siguientes, las canciones de sus antecesores llenaron los días, pero seguía pasando las noches sola, poco importaba lo mucho que ella estimulara a Caleb. Al final se hizo ilusiones cuando él le pidió ponerse en contacto con una tribu maorí local.

—Puedo imaginarme cómo suena un *haka*. Interpreta usted las distintas voces excelentemente, señorita Kura. Pero me gustaría oírlas por una vez de viva voz y ver las danzas. ¿Cree que la tribu interpretará un *haka* para nosotros?

Ella hizo un gesto afirmativo.

—Sí, seguro. Es parte del ritual de bienvenida cuando se anuncian huéspedes notables. Lo que no sé es dónde se encuentra la tribu más cercana. Tal vez pasemos varios días de viaje...

—Si a usted no le molesta... Mi padre me permitirá ausentarme, no habrá problema.

Kura ya había averiguado que el padre de Caleb era sumamente generoso en cuanto al tiempo de su hijo, al menos siempre que lo pasara con ella. Solía preguntarse si la mina realmente podía renunciar casi cada mañana o tarde a uno de sus jefes. A fin de cuentas, sólo trabajaban en el *haka* cuando la taberna estaba cerrada. La señora Biller seguía invitando a Kura a tomar el té, tiempo perdido en realidad, pero a la muchacha le resultaba mucho más estimulante trabajar en el piano de cola perfectamente afinado de Caleb que en la taberna llena de humo de Paddy. Así que solía citarse primero con Caleb para trabajar y a continuación tomaba el té con su madre. Con el añadido de que la señora Biller servía exquisiteces con el té y Kura se ahorraba la comida de todo el día.

—¡Me gusta que la gente joven se sirva abundantemente! —observaba la señora Biller cuando su invitada, con gestos sumamente gráciles, no paraba de zamparse bocadillos y pastelitos de té.

—Gracias —respondía la joven.

Localizaron a la tribu maorí más próxima junto a Punakaiki, un enclave minúsculo entre Greymouth y Westport. Las formaciones rocosas de las Pancake Rocks en ese entorno eran famosas, como Caleb le contó maravillado cuando Kura le dijo el nombre del lugar. Pese a que prácticamente apenas se interesaba por la minería, la geología lo fascinaba y sugirió unir la visita a la tribu con una exploración. Tal vez hubiera por allí cerca un albergue donde pernoctar.

—La tribu nos invitará —lo tranquilizó Kura.

Caleb asintió, aunque se le veía un poco nervioso.

—No sé... ¿Sería decente? No quisiera en ningún caso faltarle el respeto.

Kura rio e intentó de nuevo sacarle de su reserva acariciándole el pelo y el cuello, al tiempo que lo rozaba con las caderas. No obstante, él daba la impresión de estar escandalizado.

—Caleb, soy medio maorí. Todo lo que es decente para mi pueblo también lo es para mí. Y usted tendrá que familiarizarse con las costumbres de mi gente. Al fin y al cabo, queremos que la tribu nos ofrezca su acervo musical, su específico *haka* tradicional. Y eso no es posible si trata a la gente como especímenes exóticos.

—Oh, siento un gran respeto...

Kura dejó de escuchar. Tal vez Caleb se soltara de una vez por respeto a las costumbres maoríes. De momento, sin embargo, seguía pasando las noches acariciándose a sí misma y soñando con William.

El viaje a las Pancake Rocks duró en la calesa de Kura todo un día. En realidad había esperado un tiro más rápido de los establos de los Biller. Sin embargo, Caleb sabía tan poco de caballos y carruajes como la joven. Los dos se alegraron al oír que era mejor recorrer a pie las Pancake Rocks en lugar de pasar en la calesa por el difícil camino. Además amenazaba tormenta, lo que siempre irritaba un poco al caballo de Kura.

Pese a ello, para visitar las Pancake Rocks ese clima era el ideal, les explicó el patrón del hostal de Punakaiki, quien les alquiló un par de habitaciones.

—La impresión es espectacular cuando el oleaje es fuerte. Parece como si las tortitas estuvieran asándose sobre géiseres —dijo el hombre sonriendo, al tiempo que acariciaba el dinero de las dos habitaciones sencillas. Como es natural, creía que esa parejita dormiría junta, y a él le daba igual. Eso no había evitado que cuando entraron les pidiera con expresión severa el certificado de matrimonio. El éxito de esta jugada le había deparado unas monedas más, por lo que a continuación gustosamente ejerció de cicerone.

Kura y Caleb vagaron pues entre las extrañas formaciones rocosas, redondas como tortitas, junto al mar rugiente. El cabello suelto de Kura ondeaba al viento. Estaba fascinante, pero no ejercía el menor efecto sobre Caleb. Éste se limitaba a soltar parrafadas, concentrado en la densidad de las piedras calizas y el efecto de la erosión marina.

La belleza de la joven, empero, sí atrajo a dos jóvenes maoríes que conversaron brevemente con ella y la invitaron a visitar su tribu. Ellos ya habían oído hablar de ella, y desde su actuación en la tribu vecina a Blenheim era reconocida como *tohunga*. Los jóvenes hicieron ver que estaban impacientes por escuchar su música, aunque las miradas que lanzaban a los pechos y caderas de Kura decían otra cosa. Caleb encontró todo aquello sumamente escandaloso. Insistió en no aceptar la invitación, sino en salir al día siguiente hacia el poblado maorí.

—Esos jóvenes no me han parecido demasiado dignos de confianza —dijo preocupado, cuando llevaba a Kura de vuelta al hostal—. A saber qué habrían hecho con nosotros si simplemente les hubiéramos seguido. A fin de cuentas no tardará en oscurecer.

Kura rio.

—No habrían hecho nada en absoluto con «nosotros», aunque sin duda sí algo «conmigo». ¡No ponga esa cara, Caleb, para mí sólo es algo lisonjero! Es probable que durante el camino nos hubieran engatusado para sacarme a mí de su cama y meterme en la de ellos...

—¡Kura, por favor! —Caleb la miraba escandalizado.

Ella soltó unas risitas.

—¡No sea tan mojigato! ¿O tengo que decir que estamos casados? Entonces me dejarán en paz...

Caleb parecía casi atormentado y Kura dejó de molestarlo. Esa noche tampoco la tocó, pero se mostró generoso y cultivado invitándola a la mejor comida y al mejor vino de que disponía Punakaiki. No era demasiado, pero desde que ella llevaba una vida errante y sin medios sabía valorar los pequeños gestos.

El día después, Kura siguió las indicaciones de los dos maoríes para llegar a su *kainga* y enseguida encontró el poblado. Caleb se sorprendió del tamaño. Siempre había pensado que los maoríes vivían en tipis como los indios de América. La diversidad de las casas individuales, casas dormitorio, cocinas y almacenes lo dejó atónito.

Kura volvió a recordar lo ajenos al mundo que algunos niños *pakeha* crecían. Claro, cerca de Greymouth no había ningún asentamiento maorí fijo, pero por lo que ella sabía, Caleb ya había visitado varias ciudades de la isla Sur, e incluso había estado en Wellington y Auckland. ¿Realmente no había tenido ocasión de conocer allí la cultura maorí? Por otra parte, Caleb era entonces todavía un niño, y él, como Tim Lambert, había pasado los años de su adolescencia en internados ingleses.

Tal como esperaban, fueron recibidos hospitalariamente y no tuvieron ni que pedir una demostración de los *haka* más importantes. Antes al contrario, enseguida los recibieron con los primeros.

—Estos *haka* tribales tienen una curiosa historia —explicó Kura a un interesado Caleb, mientras los hombres y mujeres realizaban la danza—. En su origen fueron compuestos por tribus rivales y servían para ridiculizar al otro. Sin embargo, las mismas tribus los adoptaron, orgullosas de que alguien les temiera o respetara tanto como para entonar una canción de defensa.

Kura, naturalmente, hablaba maorí con fluidez, pero para asombro de los indígenas también Caleb cazó algunas palabras al vuelo y fue asimilando otras a lo largo del día. Incluso Kura estaba atónita de su facilidad para aprender. También ella tenía mucho oído musical y durante sus estudios había cantado textos alemanes y franceses, mas nunca había conseguido repetir las palabras de los maoríes sin acento como estaba haciendo Caleb.

Al final, ambos se sentaron con la tribu en su casa de reuniones, espléndidamente decorada con tallas de madera y dejaron correr la botella de whisky que habían llevado. Poco después, Kura estaba achispada y escogió un joven y fuerte bailarín con quien desapareció para entusiasmo general. Caleb se mostró escandalizado pero nada celoso. A Kura eso la enfadó, y a la tribu la sorprendió.

—¿Vosotros no...? —preguntó el hombre que se hallaba sentado junto a Caleb, e hizo un gesto obsceno que hizo ruborizar al joven blanco.

—No, sólo somos... amigos —balbuceó. A continuación hizo un comentario que provocó una gran carcajada.

—Dice que nosotros los maoríes tampoco lo hacemos con enemigos —tradujo una mujer.

Al día siguiente, Kura explicó con toda seriedad a un algo indignado Caleb que sólo había querido sonsacar una canción de amor especial a su acompañante. El joven bailarín también cantó de buen grado una por encargo, después de haberse desternillado de risa. La idea de interpretar una canción de amor delante de un hombre le pareció sumamente rara. Sin embargo, cantó y bailó con gestos casi exagerados. Kura se percató de que la admiracion apenas permitió a Caleb transcribir la música en notas. Por fin sus ojos refulgían, y ella comprendió de forma concluyente por qué todas sus artes de seducción con él eran inútiles. Más tarde, él la apremió a traducir las letras, pero la muchacha prefirió evitar los versos obscenos.

Poco antes de que se pusieran en camino hacia Greymouth, Kura tuvo otra conversación que le dio más que pensar que la manifiesta predilección de Caleb por el sexo masculino.

La esposa del jefe, una mujer resoluta y fuerte, que había

bailado el *haka* siempre en primera fila, le habló mientras recogía sus cosas.

—Venís de Greymouth, ¿verdad? ¿Sabes si todavía está allí la muchacha del cabello llameante?

—¿Una chica pelirroja? —Kura pensó en Elaine, pero sin estar segura del todo.

—Una criatura delicada que se parece un poco a ti, si uno tiene vista aguda. —La maorí sonrió cuando vio la expresión casi indignada de Kura, que asintió.

—¿Elaine? Todavía está allí. Toca el piano en una taberna. ¿Por qué? ¿La conocéis?

—La encontramos y la enviamos a Greymouth. Estaba bastante mal. Había vagado durante días por las montañas con su perrito y su caballo. Me hubiera gustado que se quedara con nosotros, pero los hombres lo consideraron demasiado arriesgado. Y estaban en lo cierto: él la sigue buscando. Pero mientras permanezca donde está, no correrá ningún peligro...

La mujer se dio media vuelta. Kura reprimió su curiosidad y renunció a preguntar qué era lo que hacía Greymouth más seguro que otros puebluchos de la costa Oeste y quién era el que estaba buscando a Elaine. Probablemente su esposo, de quien había escapado hacía mucho tiempo. Él ya debería haberse resignado.

En lo que a amor y matrimonio concernía, Kura estaba totalmente impregnada de la cultura de su madre. Una chica elegía al hombre al que quería pertenecer, y si éste no respondía a sus exigencias se buscaba otro. Pero en el matrimonio entre *pakehas* sucedía todo lo contrario. Kura lanzó una mirada inclemente a Caleb Biller. En algún momento sus padres lo presionarían para que se casara.

Kura no quería figurarse cómo sería la noche de bodas de la muchacha elegida.

6

William Martyn ya había inundado de máquinas de coser la isla Norte. Al principio le habían asignado un distrito poco atractivo de la costa oriental. Pero leal a la doctrina del genio de la venta, Carl Latimer, que había vendido montones de máquinas incluso en la costa Oeste de la isla Sur, donde escaseaban las mujeres, William viajó confiado de granja en granja. En el ínterin se informaba acerca de las noticias más importantes y siempre tenía algún tema de conversación con la señora de la casa antes de enseñarle la maravillosa máquina.

Se despertaba entonces la avidez de la mujer, algo en lo que tampoco había exagerado Latimer. En los distritos apartados se vendía menos, pero siempre se encontraba una cama gratis y a veces incluso caliente. William convencía a sus anfitrionas en todos los ámbitos. A veces se preguntaba si, especialmente las adineradas pero aisladas mujeres de las granjas grandes, le compraban una máquina para poder hacer uso una vez más del «servicio al cliente» en la siguiente parada por los alrededores.

A las mujeres y muchachas más pobres las engatusaba con el argumento de que ahorrarían confeccionando su propia ropa y podrían ganar algún dinero haciendo vestidos para sus conocidos. Al final, las cifras de venta superaron todas las expectativas y la compañía lo destinó a un atractivo distrito junto a Auckland. William se dedicó ahí, de forma adicional, a impulsar la producción industrial de prendas de vestir. En lugar de invitar sólo a mujeres a sus demostraciones, hizo imprimir volantes para inmigrantes que desearan consolidar su vida en la nueva tierra. Mediante la adquisición de tres o cuatro máquinas de coser podrían producir vestidos al por mayor y distribuirlos obteniendo beneficios. Prometía adiestrar personalmente a las costureras cuando volviera a pasar por la región, lo que de hecho también hacía. Pese a ello, la mayoría de las pequeñas empresas no tardaban en quebrar debido a que los empresarios carecían de dotes comerciales. Sin embargo, dos o tres trabajaban con éxito y sus clientes solicitaban cada pocos meses nuevas máquinas de coser, porque el negocio seguía ampliándose. La idea de vender de este modo varias máquinas de una sola vez causó impacto en la dirección de la empresa. Invitaron a William a pronunciar conferencias en el centro de adiestramiento de la isla Norte y se le confió otro distrito más interesante. William ya viajaba por el país con un carruaje conforme a su rango y un elegante caballo, vestido a la última moda y disfrutando de su nueva vida. Sólo llevaba clavado como una espina no haber logrado localizar a Kura y la compañía de ópera, si bien ignoraba cómo habrían logrado volver a unir sus vidas. La venta de máquinas de coser y las representaciones de ópera no habrían sido compatibles y seguro que Kura no habría consentido en abandonar su carrera. Mientras William conducía su caballo por las animadas calles de Wellington en busca de la oficina central de la compañía Singer, pensaba en si la compañía se encontraría en Australia, la isla Sur o Europa. ¿Se habrían llevado a Kura? Él no lo creía de verdad. El director de la compañía no parecía dispuesto a admitir otros divos a su lado; y en Europa, Kura habría tenido estatus de estrella. Incluso si no era lo suficientemente buena para la gran ópera, su belleza exótica le allanaría el camino.

William acabó encontrando la oficina y un sitio para su caballo y su carruaje en el patio posterior. El director de ventas lo había llamado personalmente para hablar con él; William estaba nervioso pero no preocupado. Conocía las cifras de ventas y esperaba más una prima que una amonestación. Tal vez le ofrecerían nuevas responsabilidades. Ató el caballo, cogió la carpeta con los papeles y se sacudió las motas de polvo del terno gris. El traje le quedaba impecable; por supuesto no había sido confeccionado, como él afirmaba, en una de las nuevas fábricas de máquinas de coser Singer, sino por el mejor sastre de Auckland.

Daniel Curbage, el director de ventas, lo saludó amigablemente.

—¡Señor Martyn! ¡No sólo puntual como un reloj, sino también con un montón de nuevos contratos de compraventa bajo el brazo! —El hombre cogió la carpeta sin pérdida de tiempo—. Huelga que le diga el gran respeto que suscitan sus ventas. ¿Le apetece un café, té, una bebida?

William aceptó un té. Estaba seguro de que el whisky ahí sería muy bueno, pero hacía tiempo que había aprendido que para salir airoso de una negociación había que tener la mente despejada y que además causaba mejor impresión si no optaba enseguida por el alcohol.

El señor Curbage asintió con satisfacción y esperó a que el secretario sirviera el té. Sólo entonces empezó a hablar.

—Como sabe, señor William, usted constituye una de las piezas principales de nuestra actividad y, como recordará, durante su formación se le señalaron distintas posibilidades de ascender en la compañía.

William asintió, aunque de su formación sólo recordaba haber estado cosiendo dobladillos, no recibiendo sugerencias sobre su promoción profesional.

—Tiene la posibilidad de ascender desde director de ventas de grandes distritos hasta incluso mi actual puesto. —Curbage rio afectuosamente, como si lo último fuese algo así como tocar el cielo con la mano—. Y yo ya había previsto para usted un cargo directivo aquí. —Miró a William esperando aprobación.

El joven se esforzó por responder a la mirada con el interés adecuado. Desde luego, no se moría de ganas de trabajar en un despacho. El puesto tendría que estar muy bien pagado para que aceptara encerrarse entre cuatro paredes.

—No obstante, la dirección en Inglaterra cree (ya sabe cómo es esa gente) que con sólo un año de experiencia quizás esté usted todavía un poco... digamos, verde para asumir tal responsabilidad. Sin embargo, los señores de la junta parecen creer que en las grandes ciudades como Auckland las máquinas se venden solas.

William iba a responder algo, pero Curbage le pidió que se contuviera con un gesto de la mano.

—Usted y yo sabemos que eso no es así, y lo sabemos por la práctica. En cambio, los señores de la dirección... —La expresión de Curbage reflejó su opinión sobre los chupatintas de Londres—. Bueno, de nada sirve hablar de eso. Lo importante es que he de pedirle una especie de prueba. Por favor, no lo tome como una afrenta o una sanción. Más bien, tómeselo como un trampolín. Su antecesor, Carl Latimer, hace poco que se encarga de la dirección del centro de formación de la isla Sur.

William no entendía adónde quería ir a parar.

—¿Carl Latimer? Tenía asignada la costa Oeste de la isla Sur, ¿no?

Curbage asintió.

—Tiene usted una memoria excelente, señor Martyn. ¿Conoce a Carl? Usted también procede de la isla Sur, ¿no es así? Bueno, tal vez le alegre volver allí...

William arrugó el ceño.

—Señor Curbage, Latimer ha adoquinado la costa Oeste con máquinas de coser. Ese hombre es un genio, endosó una Singer a toda criatura con aspecto de mujer.

Curbage sonrió.

—Bien, entonces todavía le queda la porción masculina de la población, que supone el cincuenta por ciento —bromeó—. Y usted ya ha demostrado aquí en Auckland cómo hacerlo.

William reprimió un gemido.

—¿Conoce usted la costa Oeste, señor Curbage? Seguramente no, de lo contrario habría dado un porcentaje más alto a la población masculina. Creo que está entre el ochenta y el noventa por ciento. ¡Y ése es el núcleo duro de la tierra Kiwi! Cazadores de focas, pescadores de ballenas, mineros, buscadores de oro... y en cuanto tienen un centavo en el bolsillo se lo gastan en la taberna más cercana. Allí a nadie se le ocurre remendar una prenda. Casi no hay costureras. Cuando una chica no es mojigata, gana mucho más en la taberna.

—Otra oportunidad para usted de crecer, William —respondió Curbage con énfasis, y recurrió a sus dotes de persuasión—: ¡Salve a esas muchachas de sí mismas! ¡Convénzalas de que una vida decente como costureras es mucho más digna que una existencia en el pecado! Además, cada vez emigran más mineros, algunos con toda la familia. Sus esposas seguro que se alegrarán de tener algún ingreso más.

—Si no fuera porque ninguno tiene ciento cincuenta dólares para la máquina. Es lo que cuesta ahora —observó William con sequedad—. No sé, señor Curbage...

—Llámeme Daniel, por favor. Y no lo vea tan negro. En cuanto conozca el nuevo distrito seguro que se le ocurre algo. Por cierto, estoy estudiando un nuevo sistema de venta a plazos especial para familias de mineros. Saque fruto de su nueva misión, William. Deje que me enorgullezca aún más de usted. Bien, ¿le apetece ahora una bebida? Tengo un whisky de primera.

William se sentía un poco abatido cuando abandonó la oficina. El nuevo distrito no le entusiasmaba. Y tendría que empezar de cero: su fogoso caballo y el pequeño y elegante carruaje no eran apropiados para los lodosos caminos de la costa Oeste. Tampoco sus elegantes trajes urbanos. Necesitaría botas, prendas de cuero y abrigo encerado. Trescientos días de lluvia al año y nada de granjas de ovejas con propietarias solitarias, sino hoteles con precios abusivos que solían alquilar las habitaciones por horas. Sin embargo, tenía que pensar en positivo si quería progresar. Al fin y al cabo, Carl Latimer había realizado ventas aceptables y las ciudades de esa zona prosperaban. Eso significaba que cada vez había más señoras, es decir, clientas potenciales.

El joven se irguió. Se había despertado su ambición. Era probable que no le dejaran más de un año en la costa Oeste y en ese período se esforzaría por superar los milagros de Latimer. Además, estaban los maoríes. ¿Había vendido alguien una Singer a un indígena?

Ese mismo día se informó acerca de los enlaces en transbordador con Blenheim. Una semana después traspasó su distrito a su sucesor y le vendió tanto el caballo como el carruaje. Al final emprendió el viaje a la isla Sur sólo con su vieja máquina de demostraciones. No quería cambiar el modelo pese a que ya había otros más modernos, pero el viejo le había dado buena suerte. Estaba decidido a conquistar la isla Sur. Además averiguaría algo sobre Kura. De hecho, hasta podía escribir a Gwyneira y preguntarle por Gloria. Seguro que la vieja sabía dónde se hallaba Kura. Y es posible que no tuviera máquina de coser...

Lo que menos le apetecía a Gwyneira McKenzie Warden era una máquina de coser. De todos modos, se habría alegrado de que la carta de William contuviera algún indicio sobre el paradero de su nieta Kura. Por lo demás, se alegró de tener noticias del padre de Gloria y suspiró aliviada al constatar que no tenía intención de reclamar a la niña. En cuanto a Kura, William daba los mismos palos de ciego que ella. Ambos sólo estaban relativamente seguros de que no se había marchado con la compañía de ópera a Inglaterra.

—Al menos en mi factura no aparece —dijo George Greenwood—. Si hubiera viajado, el listo de Barrister habría intentado endosarme su billete. Tampoco viajó con su propio nombre, según la compañía naviera, pero claro está que podría haber dado otro. Las listas de pasajeros no son muy fiables.

—Pero ¿por qué iba a hacerlo? —preguntó Gwyn, nerviosa—. ¿Quizá porque todavía era menor de edad?

—No lo habrían comprobado —respondió George, y prometió hacer averiguaciones en Inglaterra.

Un par de semanas después llevó a Gwyn los resultados de sus pesquisas.

—No hay ninguna Kura-maro-tini u otra chica maorí en la escena musical londinense seria —informó—. A ese Barrister lo encontraron mis hombres en un teatro bastante cutre en el Cheapside. Y Sabina Conetti canta en un musical, un género de entretenimiento ligero, similar a una opereta. Dos bailarines de la compañía también encontraron ahí empleo. Pero ni rastro de Kura. Definitivamente no está en Inglaterra. Así pues, nos quedan por investigar la costa Oeste, la isla Norte, Australia y el resto del mundo.

Gwyneira suspiró. George parecía tomarse el asunto con escepticismo, pero ella estaba casi tan preocupada por Kura como por Elaine.

James no compartía sus temores.

—Si se tratara de su virtud lo entendería —dijo con sequedad—. No daría ni un penique. Pero en cuanto a la mera supervivencia, en el sentido más estricto de la palabra, no me preocupa para nada. Esa chica es indestructible, aunque parezca tan tierna y ajena al mundo.

Gwyneira le acusaba de no tener corazón, pero para sus adentros esperaba que no se equivocase. La virtud de Kura le daba igual, lo que quería era volver a encontrarla lo antes posible sana y salva.

Fue Marama al final quien descubrió un rastro. Aunque a la madre de Kura le entristecía la desaparición de su hija, no se preocupaba por su vida.

—¡Si le hubiera sucedido algo yo lo sabría! —decía convencida.

Y al final su corazonada se vio confirmada: una tribu maorí nómada contó sobre una *tohunga* que había pernoctado un par de días en su poblado junto a Blenheim. Kura había cantado maravillosamente, se había divertido mucho con ellos y había contado que procedía de la tribu de Marama. Estaba claro que se trataba de Kura. Pero qué más hacía, de dónde venía y adónde iba no se lo habían preguntado. Y los maoríes tampoco recordaban con precisión cuándo se había producido el encuentro.

—En Blenheim hay un transbordador que va a la isla Norte —apuntó Gwyneira con resignación—. Así que es posible que Kura haya cruzado a la otra orilla. Pero ¿qué querrá hacer ahí? ¿Y a quién tendrá algo que demostrar? Dios mío, si sólo viniera a visitarnos alguna vez...

—Tiene casi diecinueve años —observó Marama—. Es testaruda y un poco infantil. Lo quiere tener todo y si algo va mal, le da una rabieta y llora. Además, siempre finge ser una adulta. Pero en algún momento se dará cuenta de todo y volverá. Sólo tenemos que esperar, señorita Gwyn.

Esperar nunca había sido el punto fuerte de Gwyneira. Pero mientras la desaparición de Kura sólo ponía a prueba su paciencia, toda la familia estaba seriamente preocupada por Elaine. Ruben O'Keefe envió a un detective privado a la isla Norte para que la buscara con la máxima discreción.

—Al fin y al cabo, no queremos facilitarle la tarea ni a Sideblossom ni a la policía —dijo con un suspiro—. El viejo también la está buscando. No dejará este asunto en manos de un *constable*, aún menos tras su experiencia con James.

John Sideblossom había deseado un castigo mucho más duro para el ladrón de ganado cuando atrapó a McKenzie. Sin embargo, su estancia en la cárcel no había sido muy dura, y el gobernador había conmutado la sentencia por destierro perpetuo. Al final, James había pasado un tiempo encarcelado y luego otro en Australia, después había regresado y, al final, a petición de Gwyneira y los O'Keefe fue indultado. John Sideblossom todavía rabiaba por ello. Ya no creía en la justicia y él mismo se la habría tomado gustosamente por su mano, en especial con Elaine. Pero seguía sin saberse el paradero de la muchacha y Fleurette O'Keefe carecía de esa fe inquebrantable que Marama sí poseía basada en la unión visceral entre madre e hijo. En sus pesadillas, Fleurette veía a Elaine muerta, a veces extraviada y congelada en las montañas, otras asesinada a golpes y enterrada por John Sideblossom, y aun otras violada y muerta en un campamento de buscadores de oro de la costa Oeste...

«A veces preferiría la certeza de una desgracia antes que estar viviéndola cada noche en sueños», escribió a Gwyn y James, y esta vez él asintió. Había tenido su propia experiencia con Sideblossom e imaginaba muy bien de qué había huido su nieta.

El primer rostro conocido que William Martyn descubrió en la isla Sur pertenecía a alguien a quien creía en Inglaterra. Pero no había duda: la joven que caminaba con dos bonitas niñas de la mano por el paseo costero de Blenheim era Heather Witherspoon. William la llamó por su nombre y ella se volvió. Al menos no había odio en sus ojos cuando lo reconoció.

—Redcliff —lo corrigió ella con cierto orgullo—. Heather Redcliff. Me he casado.

William la observó con atención y comprobó que el matrimonio le sentaba bien. Su rostro se había redondeado y suavizado, ya no llevaba el cabello peinado hacia atrás y tan tirante y había cambiado su forma de vestir por completo. Ya no lucía una insulsa falda gris o negra con una blusa de seda, y no daba aquella impresión de severa solterona, sino que seguía discretamente la moda. El traje azul pálido, bajo el cual llevaba una blusa de color rosa antiguo, le quedaba muy bien. Los botines de cordones tenían un pequeño tacón que hacía su paso más grácil, y llevaba las alhajas de oro adecuadas.

—¡Tienes un aspecto estupendo! —exclamó William—. Pero no puede ser que ya tengas dos niñas pequeñas. Aunque se te parecen un poco...

Las niñas también eran, en efecto, muy rubias y de ojos azules. La mayor prometía desarrollar unos rasgos más vivos que Heather, y la pequeña tenía unos suaves bucles alrededor de su rostro redondo.

Heather rio.

—Gracias, me lo dicen con frecuencia. Annie y Lucie, saludad educadamente al señor Martyn. No lo miréis así, no es propio de señoritas. No, Annie, ¡dale la mano correcta!

La niña, que tenía menos de cinco años, confundía todavía la derecha y la izquierda, pero obedeció y le tendió la mano adecuada a William; su reverencia todavía se tambaleaba un poco. En cambio Lucie, que debía de andar por los ocho años, se inclinó a la perfección.

—Son mis hijastras, unas niñas maravillosas de las que estamos muy orgullosos. —Heather pasó la mano por el cabello de la pequeña—. Ven, pongámonos a cubierto. Vuelve a llover.

William asintió. Había tenido una travesía infernal que confirmaba todas las historias espeluznantes que había oído sobre el impredecible mar entre las dos islas. Un salón de té habría sido de su agrado, pero ¿adónde llevar a una mujer decente en ese lugar?

Heather tenía sus propias ideas al respecto.

—Ven a nuestra casa, vivimos sólo a dos calles de aquí. Lástima que no puedas conocer a mi marido, está de viaje. ¿Te quedarás mucho tiempo en la ciudad?

William contó algo de sí mismo mientras seguía a Heather y las niñas por una tranquila calle residencial. La familia habitaba en una casa señorial. William no tuvo que preocuparse de que su presencia diera pie a habladurías en el barrio: una doncella les abrió la puerta, hizo una reverencia y le cogió el abrigo. Heather observó con satisfacción que él depositaba su tarjeta en la bandeja para ello.

—Sírvenos té y pastas en el salón, Sandy —pidió a la doncella—. Las niñas lo tomarán en su habitación. Encárgate de ellas cuando hayas acabado.

La muchacha se inclinó cortésmente. A William todo le parecía un poco irreal.

—¡Es un alivio no tener que trabajar con personal maorí! —dijo Heather mientras lo conducía a un salón ricamente amueblado.

La casa estaba equipada con una elegancia parecida a la de Kiward Station, aunque no por la propia Heather. William conocía sus gustos ya que ambos habían colaborado en la decoración de los aposentos de Kura. Heather se había instalado con el señor Redcliff en un nido literalmente ya acondicionado.

—Sandy es una chica sencilla, procede de una familia de mineros de Westport, pero al menos se le puede hablar en inglés y no hay que recordarle constantemente que se calce.

Pese a que William nunca había considerado al personal doméstico maorí de Kiward Station especialmente incivilizado, dio la razón a Heather. Tal vez le contaría cómo había llegado a Blenheim.

—Ah, simplemente tuve suerte —dijo cuando al fin les sirvieron el té y ella tomaba un pastelito—. Después de que no mostraras ningún interés por acompañarme —le lanzó una mirada fría y William bajó la vista con sentimiento de culpabilidad—, un carro me llevó de Haldon a Christchurch. Quería volver a Londres, pero el siguiente barco zarpaba un par de días más tarde, así que me hospedé en el White Hart. Y allí conocí al señor Redcliff. Julian Redcliff. Se dirigió a mí en la sala de desayunos con extrema cortesía, tras haberme comunicado a través de la camarera su interés en hablar conmigo. Julian cuida mucho de que todo discurra con la máxima corrección.

De nuevo lanzó una significativa mirada a William, que se esforzaba en mostrarse contrito, por cuanto había comprendido el mensaje: «A diferencia de ti, el señor Redcliff es un caballero.»

—Quería pedirme que cuidara de sus hijas durante la travesía a Londres. Iban a viajar solas para ingresar en un internado. —Heather se toqueteó el cabello hasta que un mechón se soltó y cayó sobre su oreja derecha.

William se atrevió a sonreír con admiración.

—¿Tan pequeñas ya en un internado? —preguntó incrédulo.

—¡Al señor Redcliff se le rompía el corazón! —se apresuró a explicar Heather—. Pero acababa de enviudar y él trabajaba en el ferrocarril.

—Supongo que no en los raíles... —observó William, echando un vistazo a la habitación.

Heather sonrió con orgullo.

—No; en la dirección de la obra. Está uniendo la costa Este con todas las poblaciones mineras de la costa Oeste. Es un proyecto faraónico y mi marido ocupa un cargo de responsabilidad. Por desgracia se ve obligado a viajar mucho... Así que le resultaba imposible educar solo a las niñas.

—A no ser que contara con una institutriz digna de confianza y de estupenda reputación —aventuró William.

Heather asintió.

—Estuvo encantado cuando se enteró de mis referencias y yo también me sentí cautivada por Annie y Lucie. Son...

«Totalmente distintas a Kura», completó William para sus adentros. El cariño de Heather hacia sus hijastras era auténtico a ojos vistas.

—Así que nadie se fue a Inglaterra, ni las niñas ni yo. En su lugar me encargué del cuidado de la casa del señor Redcliff. Entonces nos fuimos acercando sentimentalmente y, transcurrido el año de duelo, nos casamos. —Miró radiante a William, quien le devolvió la sonrisa y pensó en el señor Redcliff. No debía de ser el más apasionado de los hombres si todavía no había conseguido que su mujer lo llamara por su nombre de pila.

—¿Así que ya no estás enfadada conmigo? —preguntó al final. La casa le gustaba. Era cálida, y el bar seguro que estaba bien provisto. Además, Heather estaba más guapa que antes. Tal vez tuviera ganas de evocar su vieja relación. Se acercó un poco más a ella.

Heather desprendió distraídamente otro mechón de su cabello recogido.

—¿Por qué iba a estar enfadada? —respondió. Parecía haberse olvidado de la fría mirada que le había lanzado poco antes—. Al final el destino se mostró amable conmigo. Si hubiésemos seguido juntos, ¿dónde estaría yo ahora? Como esposa de un agente comercial...

Sonó un poco despectiva, pero William sonrió. Era obvio que se ufanaba de su nueva fortuna. Ahora era la señora de esa casa señorial. El nivel de él era inferior por muy buen vendedor de máquinas de coser que fuera. Era probable que él nunca pudiera conseguir con su propio esfuerzo una propiedad así, ni siquiera ascendiendo en la jerarquía de Singer.

Pero tenía otras cualidades. William le puso suavemente la mano sobre la suya y empezó a juguetear con sus dedos.

—Pero habrías sido una de las primeras mujeres de la isla Sur en posesión de una máquina de coser —bromeó—. Son pequeñas maravillas con las que, contrariamente a lo que sucede al manejar la aguja y el hilo, conservas las manos tan suaves y finas como ahora. —Le acarició cada uno de los dedos, mientras con voz dulce le explicaba cuántas puntadas ahorraba la moderna Singer a la bien cuidada mano femenina. Y después le enseñó con ejemplos concretos, aunque ya con la respiración algo alterada, en qué otras maravillas podía invertirse el tiempo que se ganaba con el empleo de la máquina Singer.

Al final, la cocinera y la doncella de Heather disfrutaron de una inesperada noche libre, las niñas tomaron antes de acostarse una bebida con una ínfima dosis de láudano y William pasó una primera noche sumamente reconfortante en la isla Sur. Heather se acordaba de todo lo que él le había enseñado y parecía sedienta de amor. El señor Redcliff era sin duda un caballero, pero también frío como un témpano.

—También te encargas del servicio al cliente, ¿verdad? —preguntó Heather cuando al alba volvieron a separarse—. ¿Hay que dirigirse a ti si se rompe algo de esas... hum... máquinas de coser?

Él asintió y le acarició el vientre todavía plano. El señor Redcliff no había engendrado otro niño pese a que, por lo que Heather le había contado, lo estaban intentando. Puede que esa noche ella se hubiera aproximado más a esa meta...

—Con las clientas normales paso en mi siguiente itinerario —susurró William, palpando más abajo—. Pero con las especiales...

Heather sonrió y arqueó la entrepierna contra su mano.

—Yo necesitaría una introducción detallada al manejo de ese aparato...

Los dedos de William jugaron con el suave y rubio vello púbico.

—Las introducciones son mi especialidad...

Heather necesitó dos tardes en la habitación del hotel de William antes de dominar completamente la técnica. A continuación firmó el contrato de compraventa de una máquina de coser.

William lo envió triunfal a Wellington. La estancia en la isla Sur había arrancado de forma muy prometedora.

7

Timothy Lambert llevaba cinco meses en cama enyesado. Había superado los dolores atroces de los primeros meses y el aburrimiento mortal de las últimas semanas que le desasosegaba e impacientaba. En la mina Lambert nada funcionaba como debía. En las obras de reparación posteriores al accidente no se aprovechaban muchas de las oportunidades para renovar y modificar lo que debía ser cambiado. Tim ardía en deseos de involucrarse en la tarea. Sin embargo, cuando su padre lo visitaba, al parecer tras haber bebido para animarse a ello, miraba con ojos vidriosos a su hijo y respondía a las preguntas sobre la mina con vaguedades. Esto enfurecía a Tim, quien no obstante se sobreponía al desinterés de su padre y los lamentos de su madre y conseguía sonreír casi siempre, bromear y mostrar optimismo cuando Lainie pasaba a verlo por la tarde.

Berta Leroy se alegraba de que Tim nunca descargara en ella su mal humor, como a veces hacía con otros visitantes regulares. Y por muy mal que le hubiese ido en los primeros tiempos, por muy desesperadamente que hundiera las uñas en la colcha, sus dedos siempre se posaban en la mano de Lainie tan delicadamente como sobre un pajarillo asustado. La misma Lainie no parecía preocuparse en todo el día por nada más que por hacer acopio de historias para distraer a Tim. Se reía con él y comentaba los cotilleos del pueblo con palabras agudas y certeras, le leía y luego jugaban al ajedrez. A Tim le encantaba que ella dominara ese juego, pero no se creyó la historia que Lainie le contaba sobre su origen. Decía que procedía de una familia humilde de Auckland. Bastaron dos preguntas sobre importantes proyectos de construcción en esa ciudad para desmentirla. Era evidente que la joven nunca había puesto un pie allí.

Las visitas diarias de Lainie mantenían animado a Tim y, mientras las semanas pasaban, crecieron sus esperanzas en que muy pronto se vería libre de aquellos vendajes torturantes. Cuando el especialista de Christchurch fijó una fecha y anunció su próxima visita para mediados de julio, el entusiasmo del joven se desbordó.

—Añoro volver a bajar el mentón al mirarte —dijo sonriendo cuando Lainie llegó—. Es horrible tener que alzar la vista ante todo el mundo. —Hacía tiempo que habían llegado al tuteo, y a la joven ya no le importaba.

Ella arrugó la frente.

—Si fueras tan bajo como yo estarías más que habituado —bromeó—. Además, dicen que Napoleón era bastante bajito.

—¡Al menos se sentaba a lomos de su caballo! ¿Qué hace *Fellow*? ¿Se alegrará de volver a verme?

Elaine había cuidado del caballo de Tim tras el accidente. Ninguno de los Lambert había preguntado por el animal, por lo que el ruano se había quedado en el establo de Madame Clarisse. Ésta no se quejaba siempre que Elaine respondiera del forraje, y el tratante de granos lo cargaba en la cuenta de los Lambert por orden de Tim. *Banshee* estaba encantada con la compañía y Elaine alternaba las salidas con ambos caballos. Tim disfrutaba de sus crónicas diarias. Para Elaine, sólo por eso valía la pena el aumento de responsabilidades.

—Claro. ¿Pero crees que podrás volver a montar enseguida?

Quería compartir el optimismo de Tim, pero recordaba los malos pronósticos de ambos médicos. ¿Qué sucedería si los huesos no se habían soldado tan bien como él esperaba? No quería recordarle los temores del doctor Leroy, pero ella abrigaba tanto temor como esperanza cuando pensaba en el día que le quitaran el yeso.

—¡Si no puedo hacerlo, me daré por muerto! —dijo Tim, haciéndola reír.

Ella conocía esa expresión de habérsela oído a la abuela Gwyn y le habría encantado hablarle de esa incombustible dama, pero se abstenía por prudencia. Era mejor que nadie estuviera al corriente de su auténtica historia. Hasta el más tonto sabía que era imposible que una hija de trabajadores de Auckland tuviera una abuela baronesa de la lana.

—No tiene por qué ser el primer día... —apuntó.

Tim pasó las semanas siguientes haciendo planes para después de su liberación, mientras que Berta Leroy le echaba miradas cada vez más preocupadas. Al final, la víspera de la visita del especialista, se llevó a Elaine a un lado.

—Venga mañana cuando le saquen las vendas. La necesitará —le pidió con tono casi de ruego.

Elaine la miró confusa.

—Él no quiere que esté presente —respondió apenada—. Vendré más tarde...

—Ya. Cree que saldrá a su encuentro caminando como un chaval —apuntó entristecida Berta, y señaló un par de muletas apoyadas en la pared fuera de la habitación de Tim—. Mire, las ha traído Matt. El carpintero las ha hecho a partir de ilustraciones de catálogos. El doctor Porter no podía traer ninguna. Tim nunca ha aceptado la verdad...

—¿Qué verdad? —Elaine sintió un escalofrío en la espalda—. Nadie sabía con exactitud en qué medida sanarían las fracturas. ¿no? Y Tim hace semanas que no siente dolores.

—Querida... —Berta suspiró y condujo a Elaine suavemente en dirección a la vivienda, en la trastienda de la consulta—. Creo que es mejor que bebamos un té... y luego le explicaré lo que le espera a Tim. Él no lo quiere saber y Nellie...

Elaine siguió a la angustiada esposa del médico. Ya sabía que no sería tan fácil como Tim esperaba, pero ahora parecía peor de lo que ella se temía.

—Lainie —empezó Berta ante dos tazas de té humeantes—, incluso si Tim tuviera razón con su optimismo, lo que le deseo de todo corazón...

Elaine se preparó en silencio.

—Incluso si todo hubiera soldado a la perfección, mañana sería incapaz de caminar. Ni mañana ni pasado mañana, y tampoco en una semana o un mes... —Berta removió el té.

—Pero mi hermano enseguida pudo correr después de haberse roto la pierna —replicó la joven—. De acuerdo, cojeaba un poco, pero...

—¿Cuánto tiempo estuvo su hermano en cama? ¿Cinco semanas? ¿Seis? Es probable que ni siquiera eso, tratándose de un niño. Deje que adivine. A las tres semanas ya iba feliz de un lado para otro con las muletas y a la pata coja.

Elaine sonrió.

—Sólo después de una. Pero mi madre no lo sabía...

Berta asintió.

—Ahí lo tiene. Dios mío, no puede usted ser tan ingenua. Ese caballo del que siempre le habla... Usted lo entrena. ¿Por qué lo hace?

Elaine la miró desconcertada.

—Para mantenerlo en forma. Si los caballos se quedan quietos, pierden masa muscular.

—¿Lo ve? ¿Y cuánta masa muscular cree que perdería el animal si hubiera pasado cinco meses tumbado?

La muchacha rio.

—Estaría muerto. Los caballos no pueden estar tendidos tanto tiempo... —De repente entendió lo que Berta quería decirle—. ¿Se refiere a que Tim estará demasiado débil para moverse?

La mujer volvió a asentir.

—Ahora tiene la musculatura atrofiada, los tendones encogidos, las articulaciones rígidas. Hasta que todo vuelva a la normalidad pasará un tiempo. Y no es algo que suceda solo, Lainie. En comparación con lo que le espera si realmente quiere volver a andar, las últimas semanas han sido un camino de rosas. Necesitará de un valor increíble, fuerza y tal vez a alguien que (perdone mi franqueza) de vez en cuando le patee el trasero. Al principio le dolerá todo y tendrá que luchar por cada milímetro que quiera mover una articulación. No podrá trabajar o montar a caballo al principio. Y mañana será de golpe consciente de ello. Esté ahí cuando esto suceda, Lainie, esté a su lado. —En la voz de Berta había desazón y gravedad.

—Pero quiere volver enseguida a casa —dijo la chica—. Yo...

—¡Menuda idea! —resopló Berta—. No quiero ni pensar en entregárselo a Nellie en este estado. Hace tiempo que se ha resignado a la idea de que su hijo sea un enfermo que requiera cuidados permanentes, y cada vez le gusta más. Se aburre como una ostra en esa gran casa. Si tiene alguien allí a quien poner de los nervios... ¡rejuvenecerá! Ya ha solicitado a una enfermera para que se ocupe de las tareas menos agradables; llegará mañana con el doctor Porter. Así como una silla de ruedas. Y ya ha empezado a llamar «mi bebé» a Tim. Lainie, si lo dejamos en manos de su familia, en dos semanas todavía estará en cama y atontándose con todo lo que pueda. No le proporcionaré morfina, pero Nellie tiene láudano de sobra, y en esa casa hay whisky más que suficiente...

—Pero ¿qué debo hacer? —preguntó Elaine abatida—. Claro que podría ir a casa de los Lambert, pero...

—Primero esté aquí mañana —contestó Berta—. Veremos cómo discurren las cosas.

Desde la taberna, Elaine observó la llegada del carruaje procedente de Christchurch con el médico, y luego la calesa de Nellie Lambert con una joven rechoncha y ataviada de enfermera. Entonces esperó un rato y luego cruzó la calle, seguida por *Callie*. Berta Leroy la esperaba en el vestíbulo. La mujer, alta y fuerte, oscilaba entre la rabia y el abatimiento.

—Vaya a verlo, Lainie —dijo con tono inexpresivo—. Se lo quieren llevar mañana. Tanto el doctor Porter como mi marido han dicho que hoy era imposible transportarlo de un lugar a otro...

—¿Tan mal se ha curado? —preguntó Lainie en voz baja.

Berta sacudió la cabeza.

—No tanto. Porter está satisfecho con la cadera, aunque ha quedado algo desplazada. Y cree que Tim logrará dar dos pasos con las muletas, de la silla de ruedas a la cama. Ni mi Christopher lo hubiera expresado de forma más pesimista. Tim está hecho polvo. Nellie nos ha ofrecido el concierto de maullidos habitual... No hay que dejarle al alcance de la mano morfina ni nada con lo que pueda hacerse daño. Me temo que podría cometer una locura.

Elaine luchaba con las lágrimas al abrir la puerta de la habitación de Tim, pero cogió con determinación las muletas y entró, siempre seguida por la perrita.

Parpadeó para acostumbrar los ojos. Tim permanecía en la penumbra, como casi siempre que Nellie lo había ido a visitar. Sin embargo, solía llamar enseguida a Berta para que volviera a correr las cortinas. Él mismo podría haber llegado a la lámpara de la mesilla. No estaba tendido en la cama como de costumbre, sino medio sentado y apoyado en unos cojines. Pese a ello, no volvió la cabeza hacia la joven. En lugar de eso, siguió inmutable con la vista fija en la pared de enfrente.

—Tim... —Elaine se disponía a sentarse en la cama, pero distinguió en su rostro la ya conocida expresión de dolor y obligada contención. No soportaría que lo tocaran—. Tim... —Colocó las muletas junto a la cama y abrió las cortinas. El joven estaba pálido como el papel e inexpresivo. Ella le sonrió—. Se te ve bien —dijo cariñosamente—. Casi estás sentado, con lo que puedes mirarme sin levantar el mentón si yo también me siento.

Él esbozó una ligera sonrisa.

—No pasaré de aquí —musitó—. Nunca más andaré. —Volvió el rostro hacia ella.

Elaine le acarició la frente.

—Tim, ahora estás cansado y decepcionado. Pero no es tan horrible. Berta está muy optimista... y mira lo que te he traído. —Señaló las muletas—. En un par de semanas...

—No lo conseguiré, Lainie. ¡Dime simplemente la verdad! —Tim quería parecer furioso, pero su voz sonaba ahogada.

Ella distinguió lágrimas en sus ojos enrojecidos. Debía de haber llorado en soledad. Luchó con el impulso de rodearlo con sus brazos como a un niño. Seguro que él no quería eso. Si todo el mundo lo veía como un inválido sin esperanzas...

—La verdad sólo depende de ti —dijo ella entonces—. Depende de lo que practiques, de lo que resistas... y tú tienes una gran capacidad de resistencia. ¿Quieres que te ayude a volver a tenderte? Te duele, ¿verdad? ¿Cómo es que te han dejado así?

Él consiguió esbozar una sonrisa.

—Los he echado de aquí. Ya no los soportaba más, por lo que ambos doctores han declarado que no soy responsable de mis actos. Sólo por eso sigo aquí. Si no, me hubieran puesto en esa cosa...

A Elaine se le cayó el alma a los pies cuando vio la silla de ruedas que la señora Lambert y la enfermera habían colocado en un rincón de la habitación. Un objeto voluminoso con reposacabezas y tapizado de flores. Elaine habría escogido algo así para una anciana minusválida. Casi era imposible que el paciente la impulsara con sus brazos, como había visto hacer en alguna ocasión a los tullidos por las calles de Queenstown. En aquella silla, Tim estaría más tendido que sentado.

—Dios mío, ¿no había otro modelo? —soltó ella.

Tim se encogió de hombros.

—Al parecer ésta es del gusto de mi madre —respondió con tristeza—. ¡Lainie, yo no pienso salir en eso! Pero ahora ayúdame, sí. Si me acuesto al menos no tendré que verla.

A Elaine no le resultó fácil devolverlo lentamente a la posición yacente. El tórax era pesado y al final tuvo que pasarle el brazo por la nuca hasta que él quedó apoyado en su hombro. Ella sentía su proximidad con una intensidad nunca antes experimentada y le gustó sostenerlo, sentir su calor. Antes de dejarlo sobre la almohada, le volvió la cabeza y le dio un tímido beso en la frente.

—No estás solo —le susurró—. Yo estoy aquí. También puedo ir a verte a tu casa, como aquí. Además, tengo dos caballos...

Tim trató de sonreír.

—Serías un incordio, Lainie —bromeó mientras se desprendía de su abrazo con pesar—. ¿Qué diría mi fabulosa nueva enfermera Elizabeth Toeburton al respecto?

Elaine le acarició las mejillas.

—Espero que nada. O me pondré celosa.

Ella intentó imitar el tono jocoso, aunque tenía ganas de llorar. Se le veía tan cansado y desamparado, y a pesar de eso intentaba animarla. Le habría gustado abrazarlo una vez más... y de repente consiguió imaginarse rodeada también por sus brazos. Inspiró hondo.

—¿O es que ahora quieres casarte con la señorita Toeburton?

Tim alzó la vista hacia ella y se puso de repente serio.

—Lainie, ¿significa esto que...? ¿No lo dirás por pena o algo así? ¿Te he entendido mal? ¿Y mañana no te echarás atrás?

Ella sacudió la cabeza.

—Me casaré contigo, Timothy Lambert, pero no con eso —dijo señalando la silla de ruedas—. Así que intenta no necesitarlo mucho tiempo. ¿Entendido?

El semblante agotado de Tim se iluminó.

—Te lo he prometido —contestó con voz ronca—: ¡bailaré en nuestra boda! Pero ahora quiero un beso de verdad. No en la frente o la mejilla. ¡Bésame en la boca!

La miró ansioso, pero Elaine titubeó. De repente recordó los besos de William, traidoramente dulces. Y la forma violenta de Thomas de penetrar en su boca y su cuerpo. Él distinguió el miedo en sus ojos y quiso desdecirse. Pero entonces ella se venció a sí misma y lo besó, vacilante y con cautela. Sus labios apenas rozaron los del joven antes de apartarse y mirar alrededor casi presa del pánico.

—¿Callie?

Tim observó desconcertado cómo buscaba a la perra, que ya al entrar se había instalado bajo la cama. A Berta Leroy no le gustaba ver al animal en su consultorio, lo que *Callie* debía de intuir. Prácticamente no se dejaba ver por los Leroy, pero ahora apareció moviendo la cola y restregó la cabeza contra la mano de Tim, que colgaba de la cama. De algún modo, a Lainie la tranquilizó que él acariciara al animal antes de tenderle la mano a ella. Elaine se acercó de nuevo y entrelazó confiada sus dedos con los del joven.

—Todo saldrá bien —dijo él con ternura—. Basta con que practiquemos un poco más el baile y los besos.

Y mientras él sostenía su mano y en el trozo de cielo enmarcado en la ventana iban apareciendo lentamente las estrellas, pensó que el camino de Lainie para llegar al baile de su boda sería tan largo y trabajoso como el suyo propio.

Cuando al día siguiente, alrededor del mediodía, Elaine pasó por la consulta del médico, no encontró a Berta en el vestíbulo como de costumbre. Sin embargo, las puertas no estaban cerradas y Elaine sabía que su visita era bienvenida. No obstante, lo que de pronto vio la conmocionó profundamente. Tim había desaparecido, al igual que la silla de ruedas. En su lugar, Berta Leroy yacía en la cama, apoyada en unas almohadas, y Roly O'Brien la rodeaba torpemente con un brazo. Él dejó que ella apoyara la cabeza en su hombro y la agarró por la cintura...

Elaine se quedó patidifusa mirando a la mujer del médico. Pero antes de que retrocediera espantada, Berta soltó una carcajada.

—¡Santo Dios, Lainie, no es lo que parece! Ay, tendría que haber visto la cara que ha puesto. ¿En serio ha pensado que estaba manteniendo relaciones ilícitas con este bribón?

Elaine enrojeció como un tomate.

—Buenos días, señorita Lainie —la saludó Roly. Era evidente que no se había dado cuenta ni de lo ambiguo ni lo cómico de la situación.

—Tranquilícese, hija, sólo se trata de una clase de asistencia a enfermos para la que nadie se ha presentado voluntario como paciente. Y mi marido ha tenido que ir a casa de los Kelly por una urgencia. Estamos tratando de preparar enfermeros.

—¿Quizá la señorita Lainie quiera probar? —propuso Roly, lanzando una mirada ávida al esbelto cuerpo de la muchacha.

Berta se levantó de un brinco.

—¡Ya te gustaría a ti, rapaz! Para luego contar en la taberna que la señorita se ha dejado sobar por ti. Ahora discúlpate. Luego seguimos. En una hora más o menos, puede que mi marido ya esté de vuelta y nos proteja de nuevos equívocos. —Volvió a reír y Elaine pensó que hacía tiempo que no la veía tan contenta—. No me imagino qué hubiera pasado si la señora Carey o la señora Tanner nos hubieran encontrado así... Y ahora pase y tómese un té conmigo, Lainie. Quiero saber qué ha hecho con Tim.

Roly se marchó y Berta condujo a Elaine a su vivienda tras cerrar la consulta.

—Si viene alguien, que llame al timbre. ¡Y ahora cuénteme! ¿Cómo lo ha conseguido?

A Elaine aún le zumbaba algo en la cabeza.

—¿Enfermeros? —preguntó—. ¿Para... para Tim?

Berta asintió radiante.

—Hoy Tim parecía otra persona. Vinieron a buscarlo esta mañana. Querían llevárselo en una camilla, pero él insistió en que lo sentaran en esa silla monstruosa. Dijo que no había pasado cinco meses aquí derrengado para que lo sacaran tal como había entrado. Pues sí, y entonces le paró los pies a la enfermera...

Lainie sonrió.

—¿A la fabulosa señorita Toeburton?

Berta rio.

—A esa misma. Ella le dijo algo así como «Y ahora le pondremos un cojín mullidito bajo la cadera, señor Tim». Y él contestó que no la había autorizado para que lo llamara por el nombre de pila. Entonces su horrible madre se quedó mirándolo como si fuera un niño de tres años y le dijo textualmente: «¡No seas maleducado, bebé!» Y entonces él explotó. Durante cinco meses aguantó los berreos de Nellie, pero eso fue demasiado. ¡Sus gritos se oían desde la calle! Y yo disfruté como nunca, la verdad. Antes que nada, Tim mandó al infierno a la señorita Toeburton, que hoy mismo se marcha con el especialista de Christchurch. Por cierto, Tim le pidió a ese doctor maravilloso que antes de irse le ajuste unas tablillas en las piernas. Él accedió a regañadientes, porque no cree que sirvan de nada. Pero mi marido le dio la razón a Tim y dijo que si Porter no le pone el entablillado, lo hará él mismo. Y Porter no se ha arriesgado, claro está, a que un médico de pueblo como Chris coseche el eventual éxito de esa medida. Además, Tim pidió un enfermero. Y como no hay ninguno, alguien tendrá que formarlo. Y eso es justamente lo que estaba haciendo con Roly. Y ahora, ¡cuénteme cómo lo ha conseguido, Lainie! Me muero de curiosidad.

Pero Elaine no acababa de entender lo del enfermero.

—¿Cómo se le ha ocurrido preparar a Roly?

Berta puso los ojos en blanco.

—La señora O'Brien estaba justamente en la consulta cuando ocurrió todo. Era inevitable oír los gritos de Tim, aunque una pareciera indiscreta. En fin, que Emma me preguntó si quería intentarlo con Roly. Desde el accidente, el muchacho se niega a bajar a la mina, lo que por supuesto es comprensible, pero resulta un problema económico para la familia. El padre muerto, el hijo mayor sin un trabajo como Dios manda... Roly se las apaña trabajando de chico de los recados, pero no gana casi nada. A él no le importa desempeñarse como enfermero, y menos para Timothy Lambert. Ya sabe usted que lo adora...

Roly formaba parte de las visitas más fieles de Tim. El muchacho estaba convencido de que le debía la vida. Habría hecho cualquier cosa por Tim.

—¡Y ahora, cuénteme, Lainie! ¿Qué sucedió ayer entre usted y Tim? Se quedó bastante tiempo, ¿verdad? Yo tuve que marcharme con Christopher...

Habían llamado al doctor Leroy con motivo de un parto difícil y Berta siempre lo acompañaba.

—Me quedé hasta que se durmió —respondió Elaine—. Pero no tardó mucho, estaba agotado.

—¿No sucedió nada más? ¿Sólo lo cogió de la manita y con eso se arregló todo?

Elaine sonrió.

—Bueno, no exactamente. De paso nos hemos... bueno, digamos que nos hemos... prometido.

8

—¡Tiene que ayudarme, Kura! ¡Es usted la única que puede ayudarme!

Caleb Biller apareció un jueves en el Wild Rover poco antes de la medianoche, mucho más tarde de lo acostumbrado, y sumamente excitado. Iba muy elegante para la taberna: su terno gris más bien era indicado para una cena formal. Apenas si logró esperar a que Kura concluyera la canción para hablarle, aunque sí consiguió tomarse un whisky.

—¿Qué sucede, Caleb? —preguntó ella divertida. En los últimos meses, a medida que conocía mejor al joven, se había ido acostumbrando a su forma de reaccionar, a veces rara, ante problemas nimios de la vida cotidiana. Desde la danza del adolescente del poblado maorí se había esforzado por aplacar sus ansias de amor carnal con Caleb Biller. Había comprendido que compartía las mismas inclinaciones que algunos miembros de la compañía de Barrister y que se sentía, pues, atraído por individuos de su mismo sexo. Kura lo asumía sin prejuicios, porque la heredera de los Warden, educada entre algodones, nunca se había visto confrontada a la homosexualidad con resentimiento. Había conocido entre artistas ese modo singular de buscar la felicidad, y entre ellos era algo natural. Por eso no entendía por qué Caleb hacía de ello un secreto, pero sí comprendió qué función desempeñaba ella en la familia Biller: los padres de Caleb estaban dispuestos a aceptar a una cantante de taberna descendiente de maoríes y de dudosa procedencia porque era mujer. Sólo les importaba eso, su género.

—¡Quieren que me prometa en matrimonio! —le confió Caleb demasiado fuerte, pero a esas horas no había mucha clientela. Los mineros ya se habían ido y un par de bebedores que quedaban en la barra parecían ensimismados en sus propios asuntos. Sólo Paddy Holloway lo miró sarcástico, aunque a Caleb le pasó inadvertido—. En serio, Kura. Claro que no me lo han dicho así, pero ¡qué indirectas! Y ¡cómo se comportó la chica! Como segura de que va a ser la futura señora Biller. Está todo estipulado y...

—Despacio, Caleb. ¿Qué chica es ésa? —Kura intercambió una mirada con Paddy, quien le dio a entender que ya podía concluir su trabajo por esa noche. Y les sirvió dos copas en una mesa separada.

—Se llama Florence... —Caleb se bebió de un trago su segundo whisky—. Florence Weber, de la mina Weber de Westport. Es muy bonita y cultivada... se puede hablar de todo con ella, pero...

Kura bebió un sorbo y comprobó satisfecha que Paddy también le había servido a ella Single Malt. El tabernero consideraba que iba a necesitarlo.

—Volvamos a empezar, Caleb. Sus padres han organizado una cena hoy, ¿correcto? —Se deducía fácilmente de la ropa de Caleb—. Para esa familia Weber de Westport. Y entonces le han presentado a esa muchacha...

—¿Presentado? ¡Parecía una puesta de largo! Hasta llevaba un vestidito blanco... bueno, casi blanco, con toques verdes. Y bordados en el escote, ¿sabe?

Kura alzó la mirada al techo. Eso era muy propio de Caleb: casi nunca conseguía concentrarse en lo esencial, sino que se enredaba con los detalles. Claro, para su tarea de recopilación musical era muy útil, pues los maoríes sabían valorarlo. En los últimos meses habían visitado más asentamientos para estudiar los *haka*, y Caleb podía permanecer horas con algún *tohunga* inmerso en el trabajo de éste y discutiendo sobre la estilización de un helecho en alguna talla de madera típica. Había aprendido rápidamente la lengua maorí y recordaba conceptos intrincados como si fueran palabras corrientes como «agua» y «pueblo». Pero el rigor analítico de Caleb no era útil para la vida cotidiana, y en situaciones como ésa podía sacar de quicio a su interlocutor.

—¡Vaya al grano, Caleb! —pidió Kura.

—No dejaban de hablar de las minas, de la de Florence y de la mía, y de las vías de distribución comunes. Y mientras tanto me evaluaban con benevolencia... No como a un purasangre en un mercado de caballos, sino más bien como un jamelgo cojo con el que se hará lo mejor que se pueda.

A Kura se le escapó la risa.

—Pero usted no es un jamelgo cojo —señaló.

—No, pero sí un pisaverde, como se suele decir —gimoteó, bajando la cabeza sobre el vaso—. No me gustan las mujeres.

La joven arqueó las cejas.

—¿Pisaverde? Nunca lo había oído. Pero eso no es ninguna sorpresa.

Caleb la miró sin entender.

—Usted... ¿ya lo sabía? —Su rostro alargado enrojeció como la grana.

A Kura se le escapó la risa. ¡Era increíble que ese hombre no se hubiera dado cuenta de sus intentos de seducirlo! Pero de nada servía importunarle ahora con eso. Así que asintió y esperó a que Caleb recuperase un color normal.

—No me ha pasado desapercibido, la verdad —añadió—. Pero ¿qué tiene ahora en mente? ¿Quiere que... bueno... me refiero a si desea que comparta cama con usted? Pero se lo digo desde ahora: no funciona. Bernadette, una de las bailarinas de la compañía, estaba enamorada de Jimmy, que era... como usted. Ella lo probó todo: se puso guapa, lo emborrachó e intentó seducirlo. Todo en vano. Cada uno es como es.

Kura lo aceptaba sin problema. Caleb la contempló con mirada lánguida aunque algo apenada.

—Yo no la ofendería de ese modo, Kura —declaró entonces—. Sólo pretenderlo ya sería improcedente.

Kura apenas si lograba reprimir la risa. Esperaba que Paddy Holloway no estuviera escuchando y luego difundiese esa conversación por la taberna.

—Es sólo que... Kura, ¿quiere ser mi prometida?

Ya lo había soltado. Caleb la miró con ansiedad, pero la chispa de esperanza de sus ojos se apagó en cuanto vio la cara de la muchacha.

Ella suspiró.

—¿De qué serviría eso, Caleb? No voy a casarme con usted, segurísimo que no. Aunque pudiera... me refiero a que incluso si pudiera hacerme a la idea de casarme. Quiero obtener algo de mi matrimonio. Yo no estoy hecha para un matrimonio espiritual. Es mejor que se lo pida a esa Florence. Las muchachas *pakeha* suelen estar educadas de forma muy... mojigata.

—Pero a ella no la conozco. —Caleb empleaba un tono casi infantil y Kura comprendió de golpe que él temía a la heredera Weber—. Y tampoco pensaba en casarme con usted. Sólo en... bueno... prometernos. O fingirlo. Hasta que se me ocurriera una idea mejor.

Kura se preguntó qué más podía ocurrírsele a Caleb, por más inteligente que fuese. Tal vez encontrara una solución una vez que se hubiera tranquilizado.

—Por favor, Kura —insistió él—, venga al menos el domingo por la noche a cenar. Si la invito formalmente será como un aviso para mis padres.

A la muchacha le pareció más una declaración de guerra, pero a ella ninguna Florence Weber iba a infundirle miedo alguno. Era probable que la chica se retirase a un rincón en cuanto la viera. Kura sabía cómo solían reaccionar las chicas corrientes; acabaría con Florence Weber igual que con Elaine O'Keefe.

—Está bien, Caleb. Pero si tengo que fingir ser tu prometida has de dejar de llamarme «señorita Kura». Tutéame.

Florence se reveló muy distinta de Elaine. Era todo lo contrario a bonita. Se requería la visión amable de Caleb y su falta de criterio para el atractivo femenino para poder clasificarla como «bonita». Florence era bajita y de momento sus formas todavía resultaban agradables, pero con el nacimiento de su primer hijo, a más tardar, cederían sitio a la notable redondez de su madre. Las pecas rosas de su rostro oval y algo fofo no conjugaban bien con su espeso cabello castaño. Los rizos oscuros eran tan rebeldes como la trenza de Elaine, pero no revoloteaban en torno a su semblante sino que más bien parecían aplastarlo. Además era miope, y tal vez por ello la visión de Kura no la desmoralizó del todo.

—Así que usted es la... amiga de Caleb —comentó cuando saludó a Kura—. Me han dicho que canta. —Enfatizó las palabras «amiga» y «canta», como señalando el colmo de la inmoralidad. De todos modos, no parecía encontrar tan chocante que Caleb alternara con cantantes de taberna.

Kura llegó a la conclusión de que Florence Weber no se dejaría amilanar tan fácilmente.

—¡Florence también ha tomado lecciones de canto! —gorjeó la señora Biller. Mientras que en la anterior cena elogiaba los encantos de Kura, ahora se había decidido por halagar a la heredera de los Weber—. En Inglaterra, ¿verdad, Florence?

Florence asintió con una virtuosa caída de párpados.

—Pero sólo como entretenimiento —precisó sonriendo—. Se disfruta más de una ópera o un concierto de cámara cuando se tiene al menos una idea del mucho trabajo y los largos estudios que hay tras un espectáculo así. ¿No cree, Caleb?

El joven no tuvo más remedio que darle la razón.

—Pero, en realidad, usted no ha estudiado canto, ¿verdad, señorita Martyn?

Kura permaneció relajada en la superficie, pero se enfureció por dentro. Esa chica no sentía ni pizca de respeto o temor por ella. Y ni siquiera era posible contentarla con sus típicos sí o no. Florence parecía conocer el truco y sólo planteaba preguntas que exigían frases completas y respuestas más largas.

—Recibí clases particulares —contestó lacónicamente.

A partir de lo cual, la señora Biller, la señora Weber y Florence señalaron las innegables ventajas de la formación en un internado.

Caleb escuchaba con cara de sufrimiento.

Su educación en un internado inglés había contribuido a un conocimiento temprano de su inclinación sexual. A Kura se lo había confesado ese jueves en la taberna, pero ahí no podía mencionarlo. En lugar de eso se esforzaba por convertir la velada en una opereta para dar credibilidad a su enamoramiento por Kura, lo que casi resultaba lamentable. Un caballero nunca habría exteriorizado sus sentimientos de ese modo, pero el siempre tan delicado Caleb no intuía qué era lo adecuado en esas circunstancias. Kura pensó que la mayoría de muchachas habrían escapado gritando si les hubieran presentado semejante candidato para el matrimonio. Florence, sin embargo, sobrellevaba la representación con una sonrisa estoica y una manifiesta serenidad de ánimo. Hablaba con afectación sobre música y arte, y conseguía dejar a Caleb como si fuera un ingenuo enamorado y a Kura como Jezabel en persona.

—Comprendo que le guste *Carmen* en especial, señorita Martyn. Seguro que la encarna de forma muy... verosímil. No, no creo que Don José tenga que ser condenado. ¡Si el pecado aparece revestido de un envoltorio tan seductor como esa cigarrillera...! ¡Pero al final consigue eludirla! Aunque... bueno, con un remedio un poco drástico... —Sonrió como dispuesta a afilarle la daga a Caleb para que la clavara de una vez entre las costillas de Kura.

Ésta se alegró al marcharse, mientras que Caleb quedó a merced de la encantadora Florence. Los Weber se hospedaban en casa de los Biller mientras buscaban un domicilio propio en Greymouth. El señor Weber había heredado acciones en la nueva línea de ferrocarril y quería ordenar algunos temas comerciales. Era muy probable que los Weber permanecieran un par de semanas en casa de los Biller antes de regresar a Westport, y en ese lapso esperaban llevar a buen puerto la relación entre Florence y Caleb.

El lunes siguiente por la noche, el joven apareció en la taberna deprimido para contar sus penas a Kura. Su madre le había echado en cara con durísimos reproches su actitud la noche de la cena, aunque su padre reaccionó con más sutileza: al día siguiente lo llamó a su despacho para hablar de hombre a hombre sobre un par de asuntos serios.

—Hijo, claro que te atrae Kura —le había dicho—. Es sin duda la chica más mona que quepa imaginar. Pero tenemos que pensar en nuestro futuro. Hazle uno o dos niños a esa Florence, luego estará ocupada y tú te buscarás una bonita amante.

Caleb parecía tan desesperado que incluso Paddy tuvo compasión e hizo un gesto a Kura para que dejara el piano.

—A ver si animas a ese chico, mujer, da pena verlo... Pero trata de que pida una botella de Malt, ¿comprendido? ¡O te cargo a ti la pérdida de ganancias!

Kura puso los ojos en blanco. Paddy era realmente de una sensibilidad poco común. Además, seguro que ya estaba aceptando apuestas sobre si el afeminado de Caleb lograría dejar embarazada a Florence Weber y cuándo.

—Es espantosa —murmuró Caleb, y parecía temblar sólo de pensar en ella—. Se impondrá por encima de mí...

—Puede suceder —admitió Kura con sequedad, pensando en la futura gordura de Florence—. Pero no tienes que casarte con ella. Nadie puede obligarte. Escucha, Caleb, le he estado dando vueltas al asunto.

En efecto, así lo había hecho y por primera vez en su vida había pensado en los problemas de otro. Ni siquiera ella misma lo comprendía. Por otra parte, el resultado de sus esfuerzos también la beneficiaba a ella. Así que sirvió a Caleb un vaso lleno del mejor whisky y le expuso sus conclusiones.

—Aquí en Greymouth jamás podrías vivir con otro hombre —dijo—. La gente hablaría de ti, tus padres te endosarían una Florence Weber tras otra. En algún momento te desmoronarías, Caleb. No te quedaría más remedio que vivir como un solterón. Pero tú eres un artista, tocas muy bien el piano, compones, haces arreglos y no existe ningún motivo para que sólo manifiestes públicamente tus dotes en la taberna cuando te emborrachas.

—¡Por favor, Kura! ¿Me has visto alguna vez borracho? —Caleb estaba ofendido, pero se sirvió un tercer vaso de whisky.

—De acuerdo, borracho no, pero sí achispado. Un artista requiere mucho valor para sentarse al piano sin probar una gota de whisky. A lo que voy... Podríamos dar juntos un recital, Caleb. Arreglas para piano y voz un par de *haka* y unas canciones de las que hemos recopilado y asunto resuelto. O para dos pianos con acompañamiento vocal, o para tocar a cuatro manos. Cuantas más voces, mejor. Comprobamos cómo funciona aquí y en Westport, y luego salimos de gira. Primero por la isla Sur y luego por la Norte. Luego a Australia y finalmente a Inglaterra...

—¿Inglaterra? —Caleb la miró. Seguía soñando con sus amigos del internado—. ¿Tanto éxito crees que alcanzaríamos?

—Claro que sí —respondió Kura con aplomo—. A mí me gustan tus arreglos, y se dice que a los londinenses les va lo exótico. Sea como sea, vale la pena probarlo. Sólo tienes que atreverte, Caleb. Tu padre...

Él se mordió el labio inferior.

—Mi padre no saltará de alegría con la idea. Podríamos empezar actuando en actos de beneficencia. Mi madre está muy involucrada, y la señora Weber estaría encantada...

Kura sonrió sardónica.

—Sobre todo la señorita Weber. Bien, adelante. Si quieres, practicamos cada tarde. Después de que la mina cierre y antes de que abra la taberna.

Como era de esperar, Florence Weber hizo de tripas corazón y fingió que la música maorí la fascinaba. Con el tiempo, los Weber habían encontrado por fortuna una casa de alquiler en Greymouth, y Florence y su madre ocupaban básicamente su tiempo en decorarla. Cada día, la señora Biller le contaba a Caleb cuánto gusto y habilidad desplegaba Florence en esa tarea, mientras que ésta le pedía juguetonamente consejo cuando se trataba del color de las alfombras o el tapizado de los asientos.

Kura observaba divertida que a él hasta le hacía gracia. Caleb era un amante de las artes, aunque la música era lo que más le interesaba; siempre podía sacar beneficio de cualquier disciplina que fuera remotamente artística. Florence, por su parte, estudiaba las partituras de Caleb con gravedad, si bien Kura dudaba de que supiera leerlas. La señorita Weber era de naturaleza pragmática y pronto se acostumbró a acompañar a Caleb durante sus horas de ensayo con Kura. Esto, naturalmente, provocó las habladurías del pueblo y Caleb pasó por un infierno. Kura se lo tomó con tranquilidad. Su nuevo compañero de trabajo tenía que acostumbrarse a tocar ante el público. Ya podía empezar con la prueba más difícil: Florence Weber. Criticaba sin moderación alguna y con frecuencia acertada. Kura aceptó muchas de sus sugerencias, incluso cuando la crítica era menos constructiva que malévola.

—¿No debería acompañar usted esta canción con un par de... cómo decirlo... de gestos expresivos? —preguntaba tras la canción de amor de los maoríes de Pancake Rocks.

A esas alturas, se había convertido en la pieza favorita tanto de Kura como de Caleb. Los arreglos del joven sonaban elaborados y ágiles, un dinámico contrapunto a la inequívoca letra. Caleb ya lo entendía, pero nunca se la hubiera traducido a Florence. La voz de Kura, sin embargo, era expresiva y las melodías que unas veces azuzaban y otras eran acariciadoramente exigentes pusieron a Florence sobre la pista correcta. Caleb enrojeció como la grana cuando la chica, con expresión inocente, planteó la pregunta, pero Kura sólo sonrió, cantó la canción una vez más y balanceó y sacudió las caderas de una forma tan provocativa que a Paddy Holloway casi se le saltaron los ojos y a Florence, efectivamente, se le desorbitaron.

—Claro que con el reverendo me contengo un poco —dijo Kura con malicia cuando la ruborizada Florence hubo desaparecido en el lavabo.

La fecha del primer recital en Greymouth ya se había fijado. Sería con ocasión del picnic de la iglesia. Los ingresos se destinarían de nuevo a las víctimas de la desgracia de la mina Lambert. Además, y gracias a la intervención de la señora Biller, se había programado una actuación en uno de los hoteles del muelle. Kura se alegraba de esa función; Caleb, por el contrario, se moría de nervios.

—¡No te pongas así, artista! —se burlaba ella—. Piensa mejor en el cuerpo maravilloso de nuestro amigo maorí y lo bonito que sería que estuviera aquí y bailara tu canción. Pero ¡no empieces a menear las caderas o tumbarás el piano!

En un principio, William Martyn dejó a su izquierda las poblaciones más grandes de la costa Oeste. Suponía que Latimer ya había vendido una máquina de coser a toda mujer mínimamente interesada y solvente. Sólo quedaban las esposas de los mineros y era probable que no sacara nada de ellas. Así que se centró en asentamientos aislados y tuvo un éxito inesperado en los poblados maoríes. Gwyneira McKenzie le había contado una vez que los indígenas de Nueva Zelanda asimilaban fácilmente las costumbres de los *pakeha*. Ya entonces casi todos los maoríes llevaban ropa occidental, así pues, ¿por qué no iban las mujeres a aprender a coser tales prendas? En este caso, también el dinero era un problema. Sería casi imposible explicar a los maoríes el sistema de los pagos a plazos. No obstante, en parte a través de la venta de tierras, la tribu tenía dinero que solía administrar el jefe.

William pronto desarrolló un sistema para explicar a los jefes de las tribus que podrían acrecentar la estima de las mujeres de la tribu hacia ellos y que también se ganarían el respeto de los *pakeha* si aprovechaban las ventajas del mundo moderno. Cuando hacía una demostración con su Singer, toda la tribu solía quedarse como hechizada alrededor de él y observaba con los ojos abiertos de par en par lo deprisa que cosía los vestiditos infantiles, como si William los hubiera encantado con un hechizo. Las mujeres se familiarizaban rápido con la máquina y se maravillaban como niñas. Así que, naturalmente, la Singer pronto se convirtió en un símbolo de estatus. Era extraño que William abandonase una tribu sin haber cerrado un contrato. Además, los maoríes era hospitalarios y abiertos, no había costes de mantenimiento ni de pernoctación. Lo único que William maldecía a veces era su ignorancia de la lengua. En caso contrario podría haber preguntado en confianza por Kura y haberse puesto de nuevo sobre la pista que, en la última búsqueda de Gwyneira, había concluido en los maoríes de Blenheim. Ahora se desenvolvía en inglés, claro. Los maoríes hablaban la lengua de los *pakeha* aunque fuera chapurreada y lo comprendían casi todo, pero William sabía que la gente no lo explicaba todo o desconfiaba cuando un extraño preguntaba en el idioma de los blancos por uno de los suyos.

Eso resultó especialmente notorio en una tribu entre Greymouth y Westport. Los pobladores prácticamente se retiraron cuando William, en su pobre maorí, preguntó por una muchacha que huía de su marido *pakeha* y que se dedicaba a la música. Mientras que otras tribus prorrumpían en carcajadas en cuanto mencionaba la huida de Kura, esa gente se puso nerviosa y enmudeció. Fue la esposa del jefe quien aclaró el asunto.

—Él no pregunta por la muchacha del cabello en llamas, pregunta por la *tohunga* —explicó a la tribu—. ¿Tú buscar Kura? ¿Kura-maro-tini? Ha escapado de un hombre que no quiere... —Y se rio con un gesto expresivo.

William la miraba desconcertado y un poco ofendido.

—¿Lo ha dicho ella? —preguntó—. Pero nosotros...

—Estuvo aquí. Con hombre rubio y alto. Muy inteligente. También hace música, también *tohunga*. ¡Pero mucho tímido!

Los demás rieron de nuevo, aunque no quisieron revelar nada más acerca de la visita de Kura. William ató cabos sueltos. Kura volvía a estar con un hombre, aunque no con Roderick Barrister. A éste también lo había sustituido pronto, como a él mismo. Ahora estaba con un músico rubio y tímido.

La necesidad de William de volver a encontrar a su esposa —y cantarle las cuarenta antes de abrazarla y seducirla de nuevo— crecía con cada día que pasaba.

9

Elaine se preocupaba por Tim, a quien veía más flaco, obstinado y agotado en cada una de sus visitas. En las últimas semanas, los hoyuelos de la risa habían sido sustituidos por esos surcos profundos que muchos mineros mostraban a causa del continuo agotamiento y el esfuerzo excesivo. Claro que seguía alegrándose de ver a Lainie, pero le resultaba más difícil que antes reír y bromear con ella. Tal vez se debiera a un cierto distanciamiento: la antigua confianza que había entre ellos desaparecía con cada día que no se veían. Y esos días se iban acumulando, lo que no era por desidia de Lainie. La distancia no era un problema, la casa de los Lambert se encontraba a unos tres kilómetros del centro urbano y *Banshee* y *Fellow* recorrían ese trayecto al trote en veinte minutos. Pero luego Elaine tenía que pasar por el filtro de Nellie Lambert, y eso era un obstáculo a veces insalvable.

A veces Nellie no abría cuando Elaine llamaba a la pesada aldaba de cobre. Roly y Tim no se enteraban, al parecer, porque el sonido llegaba como mucho al salón. En realidad ahí solía estar una doncella o la propia dueña de la casa, pero Elaine supuso que no se la quería recibir. Y si no, Nellie siempre encontraba excusas para mantener alejada a la «amiga» —la palabra «prometida» no salía de sus labios aunque Timothy no ocultara sus intenciones matrimoniales— de su hijo: Timothy duerme, Timothy no se encuentra bien, Timothy ha ido de paseo con

Roly y no sabemos cuándo volverán. Una vez incluso le dio un susto de muerte al contarle que Tim se encontraba en cama aquejado de una tos perruna y no podía recibirla. Elaine corrió a la ciudad y se desahogó con Berta Leroy.

Ésta disipó todos los temores de la joven.

—Qué va, Lainie, Tim no va a sufrir una infección pulmonar antes que usted o yo. Estaba expuesto a ese riesgo mientras permanecía en cama, pero ahora no para de moverse, según he oído decir. De todos modos, no tardaremos en comprobarlo: Christopher está justo ahora con los Lambert. Nellie también lo está volviendo loco al pobre. Se suponía que Tim tenía dolores al toser y mi marido ha ido a examinarlo. Espero que no sea él quien pille una buena con esta lluvia...

En efecto, fuera llovía a cántaros y también Elaine había quedado empapada tras la veloz galopada. Tras secar un poco el caballo con una toalla, Berta le indicó que tomara asiento junto a la chimenea mientras preparaba el té. No obstante, Elaine seguía tiritando cuando el doctor Leroy por fin llegó.

—¡Te lo aseguro, Berta, a esa señora le exigiré el doble de mis honorarios! —Estaba iracundo y se echó un chorro de coñac en el té—. ¡Cinco kilómetros bajo la lluvia a causa de un leve resfriado!

—Pero... —Elaine quería decir algo, pero el doctor movió la cabeza.

—Si a ese joven le duele todo al toser es porque tiene los músculos contraídos a causa de ese entrenamiento intensivo al que se somete. Cuando llegué estaba levantando pesas...

—¿Para qué? —preguntó Elaine—. Pensaba que quería caminar.

—¿Sabe usted lo que pesa sólo el entablillado que lleva en las piernas y que ha de levantar con cada paso? —El doctor Leroy se sirvió otro té y echó un chorrito de coñac también en la taza de Elaine—. En serio, joven, nunca he visto trabajar a nadie tan dura y disciplinadamente como a Timothy Lambert. Ahora estoy convencido de que, efectivamente, la llevará al altar por su propio pie. Lo que hoy me ha enseñado, pese a las toses y estornudos, merece todo mi respeto. De todos modos, le he enviado a la cama dos días para que se reponga del resfriado y de las fastidiosas agujetas. ¿Me hará caso? Le he advertido que irá usted mañana a controlarlo. Y esa arpía de madre que tiene me ha oído, así que tendrá que recibirla sí o sí.

Nellie Lambert habría preferido que Lainie acudiera a su casa sólo esporádicamente y por invitación personal. Cada dos semanas la invitaba a tomar el té, un numerito estrictamente formal que Lainie odiaba. También porque los Lambert aprovechaban para sonsacarle información acerca de su supuesta infancia en Auckland, sus familiares, sus orígenes en Inglaterra... Elaine se enredaba cada vez más en un entramado de mentiras de cuyos detalles siempre se olvidaba. Entonces tenía que improvisar y quedaba expuesta no sólo a la mirada inmisericorde de la señora Lambert, sino al parpadeo divertido de Tim.

El joven descubría sus embustes y ella temía que los interpretara como una falta de respeto. Siempre suponía que él la recriminaría y por eso estaba nerviosa y tensa cuando se quedaba a solas con él. Tim, por su parte, detestaba sentarse al lado de Lainie en la silla de ruedas o dejarse empujar por ella. Al menos su gimnasia con pesas daba buenos resultados: ahora ya lograba mover la monstruosa silla un par de metros, aunque los giros y las maniobras sencillas para rodear los muebles constituían una ardua tarea. Tim odiaba recibir a las visitas como un «inválido». Cuando Elaine lo iba a ver a sus habitaciones, Roly lo ayudaba a sentarse en una butaca normal. Sin embargo, las sillas del comedor eran incómodas y las butacas y sofás, demasiado mullidos. Tim se acomodaba en la silla de ruedas y se mostraba atormentado. En tales circunstancias era difícil entablar una conversación normal. A veces, al marcharse, Elaine lloraba impotente, abrazada a *Banshee* o *Fellow*, mientras Tim descargaba su rabia realizando todavía con más fiereza los ejercicios con pesas y con los andadores en su habitación.

Los dos ya estaban angustiados ante la pespectiva del ceremonioso banquete de Navidad que la señora Lambert había organizado.

—Una pequeña reunión, señorita Lainie. Espero que tenga ropa adecuada...

Elaine fue presa del pánico: era obvio que no tenía ningún vestido de gala. La invitación, por añadidura, había llegado demasiado tarde y tampoco hubiera dispuesto de tiempo para encargar un vestido aunque hubiera tenido dinero para ello.

Inquieta, se probó un vestido tras otro y al final Charlene la encontró llorando.

—Todos me criticarán —se quejó la joven—. Nellie Lambert quiere demostrar a todo el mundo que sólo soy una chica de taberna sin modales refinados. ¡Será horrible!

—¡No te agobies! —la consoló Charlene—. Ni siquiera es una fiesta de gala, es sólo un almuerzo. Además, tampoco estará allí todo el mundo. A mí, por ejemplo, no me ha invitado.

Elaine levantó la cabeza.

—¿Por qué iba a...?

—¡Como prometida oficial del señor Matthew Gawain! —Charlene resplandeció y se volvió orgullosa ante el espejo—. Mírame, Lainie Keefer, aquí tienes a una señorita respetable. Ya está hablado con Madame Clarisse: a partir de hoy sigo sirviendo en la barra pero ya no subo a las habitaciones con hombres. Me temo que Matt paga algo por ello, pero no quiero saberlo. En todo caso, ¡en enero habrá boda! ¿Sorprendida?

Elaine dejó sus preocupaciones a un lado y abrazó a su amiga.

—Pensaba que no querías casarte —bromeó.

Charlene se arregló el cabello y probó a peinarlo en un moño como el que llevaba Berta Leroy.

—No quería ser decente a cualquier precio, pero Matt es todo un capataz. En algún momento compartirá la dirección de la mina con Tim, ya lo han apalabrado. Así que no me espera una vida miserable en una choza y con diez niños colgados de la falda, sino un auténtico ascenso. Espera y verás, Lainie: en un par de años estaremos las dos a cargo de los bazares de beneficencia de la iglesia. Además, amo a Matt. Y el amor ya ha hecho cambiar de opinión a otra gente, ¿verdad, Lainie?

Ésta rio y se ruborizó.

—Todavía no ha llegado el momento de que el viejo Lambert se alegre de verme —prosiguió Charlene, mientras observaba con ojo crítico los vestidos de Elaine—. Por eso excluyen a Matt y no lo han invitado. Le da mucha pena... —Sonrió irónica—. ¡Aquí lo tienes! —Levantó el vestido de verano que Madame Clarisse le había hecho confeccionar al principio—. Y además mi nueva joya. Mira, ¡el regalo de prometida de Matt! —Y le tendió orgullosa un joyero con una cadena de plata con lapislázuli—. Para mí eres más tipo aguamarina, pero esto queda la mar de virtuoso... aunque el escote sea un poco profundo; pero, qué menos, estamos en verano.

Elaine sentía los latidos del corazón hasta en el cuello y bajó los ojos de vergüenza cuando el 25 de diciembre tendió la mano al señor y la señora Lambert y les deseó una feliz Navidad. Acorde con las circunstancias, dio un frío y recatado beso a Tim, quien, infeliz, estaba en la silla de ruedas. Sudaba en el terno que al parecer exigía la etiqueta para tal evento pese a las altas temperaturas estivales. Además, la madre había insistido en que se cubriera las piernas con una manta escocesa a cuadros, como si su aspecto resultara chocante y fuera mejor esconderlas a la vista de los invitados.

A Elaine le habría gustado consolarlo y darle a entender con algún gesto que ella lo apoyaba. Sin embargo, se sentía de nuevo como petrificada, sobre todo al presentarse ante el resto de invitados. Marvin y Nellie Lambert habían invitado a los Weber, y también a los Biller, pues ambas familias habían entablado amistad y era inevitable su presencia. Era evidente que esto último no complacía ni a Marvin Lambert ni a Josuah Biller, que parecían haber bebido para darse ánimos; sus esposas tendrían que pasar todo el día ejerciendo de mediadoras para que una nimiedad no acabara en pelea.

Los Weber, por el contrario, emanaban distinción y nobleza. No obstante, tanto madre como hija, miraron igual de disgustadas el vestido poco adecuado de Lainie, lo que a continuación comentaron entre cuchicheos con la señora Biller, quien dio un despiadado repaso a la joven. Aun así, el vestido de Elaine pasó al olvido cuando Caleb Biller provocó un auténtico escándalo. La señora Lambert le había adjudicado como compañera de mesa a Florence Weber, pero él apareció con su supuesta «prometida» Kura-maro-tini Martyn.

Elaine casi se atragantó con el champán que acababa de servirle la doncella.

—¡Mantén la boca cerrada! —le siseó Kura cuando las presentaron formalmente y las dos primas se estrecharon la mano—. Si insistes te lo explicaré todo en algún momento, pero hoy tienes que participar en el juego. ¡Estoy sentada sobre un barril de pólvora!

Lainie comprendió también quién sostenía la mecha. Era inevitable percibir la frialdad entre Kura y Florence Weber, con lo que el rechazo de ésta se hizo extensivo a Elaine. Puesto que ambas jóvenes eran pianistas de bares, la amistad entre las dos surgiría de forma automática, y toda amiga de Kura era enemiga natural de Florence. Así que los ataques a Lainie arreciaron sin que ella se lo esperase, y a punto estuvo la joven de esconder el rostro bajo la melena, enrojecer y caer en su antigua parálisis.

Sin embargo, vio entonces el semblante indignado de Kura y recordó que había otras estrategias.

—¿Así que usted también tiene ambiciones operísticas, señorita Lainie? —preguntó una almibarada Florence.

—No.

—Pero le pagan por tocar el piano, ¿no? ¿Y el Lucky Horse no es además un... cómo decirlo... un «hotel»?

—Sí —confirmó Lainie.

—Nunca he estado en un establecimiento de esa clase... Pero... —Florence lanzó a su madre una mirada con el rabillo del ojo, como si quisiera cerciorarse de que no la escuchaba—

pero ¡despierta la curiosidad, claro! ¿Los hombres se ponen muy pesados? Claro que sé que usted nunca... en fin...

—No —contestó Lainie.

Kura la miró por encima de la mesa y de repente las dos jóvenes tuvieron que contener la risa. Elaine no podía creerlo, pero casi sentía una especie de complicidad con su antigua rival.

También entre los demás invitados la conversación fluía con dificultad. El señor Weber preguntó a Marvin acerca de la reconstrucción de la mina tras el accidente, y cuando Tim contestó, se lo quedó mirando como sorprendido de que aquel inválido todavía pudiera hablar. El mismo Marvin estaba ofuscado tras varias copas de whisky, champán y vino, por lo que Nellie, la señora Biller y la señora Weber llevaron las riendas de la conversación. Hablaron sobre decoración y muebles ingleses, y miraron a Caleb como si fuera un monstruo cuando él intervino con ingenuidad. Un hombre que conocía la palabra «tapete» era una suerte de curiosidad de feria, al igual que un ingeniero de minas en silla de ruedas. Elaine se apenaba por Tim, cuyo semblante expresaba tedio y agotamiento. Kura, por el contrario, se alegraba por Caleb. Parecía un niño en el cuarto de los juguetes.

Y por encima de todo planeaba Florence Weber, que charlaba con la misma soltura de pantallas de lámparas, la nueva técnica de la electricidad, la ópera italiana y la eficacia de los pozos de ventilación en las minas de carbón. Esto último parecía ser lo que más le interesaba, pero provocó una sonrisa de superioridad entre los caballeros y una muda indignación entre las damas.

—No aguanto más. Tengo que salir de aquí —susurró Tim cuando Elaine lo condujo tras la comida a la sala de caballeros.

Nellie había pedido a su marido que lo hiciera, pero Lambert no estaba en condiciones de conseguirlo sin golpear a su hijo contra los muebles. Entonces Tim le dirigió a Elaine una mirada tan acuciante, incluso suplicante, que ella acudió con presteza. Los accidentes con esa silla de ruedas eran dolorosos y no carentes de riesgo. Pocas semanas antes, el doctor Leroy había tenido que atender a Tim después de que su madre hubiera logrado volcarlo con aquel artefacto tan pesado como inestable.

—No sé cómo —dijo Lainie desesperada. No conseguía hacer avanzar la silla por las gruesas alfombras de los Lambert—. Podríamos decir que vamos al jardín, pero jamás conseguiré empujar esto hasta allí. ¿Dónde se ha metido Roly?

—Hoy tiene libre —masculló Tim cabizbajo—. Es Navidad. Aun así ha estado aquí por la mañana y me ha ayudado, y por la noche volverá. Es un joven de una lealtad sin tacha, pero también tiene familia... —Y miró hacia el salón como si considerase la familia algo tan deseable como un dolor de muelas.

En ese momento Caleb Biller se acercó a ellos.

—¿Puedo ayudarla, señorita Lainie? —se ofreció el joven con sincera amabilidad—. Dar un paseo para bajar la comida me parece una buena idea. Si Tim lo considera conveniente...

Caleb agarró con naturalidad la silla de ruedas por los manubrios y empujó a Tim fuera de la casa. Hacía un día de calor asfixiante. Elaine constató que Caleb era muy cuidadoso. Manejaba la silla con prudencia y evitaba las irregularidades de los senderos del jardín.

Kura se les unió sin dejar de echar miradas inquietas por encima del hombro.

—¡Uf, nos hemos escapado! —resopló al final—. Gracias al cielo, estaremos a salvo de esa pesada de Florence Weber al menos por unos minutos. —Se echó atrás su reluciente cabello negro, que llevaba provocativamente suelto. También lucía un profundo escote y su vestido granate tenía un corte demasiado audaz para ser realmente digno de una señorita. Pero estaba arrebatadora—. Al menos ahora sé por qué lo hace —prosiguió, y se colocó espontáneamente junto a Lainie para que los hombres no la oyeran—. Durante semanas me he preguntado qué ve en Caleb. Ya tiene que haberse dado cuenta de que él no le hace caso. Pero lo que quiere es la mina, ¡a cualquier precio! Daría la vida por hacerse con la fortuna que heredará Caleb. Y en sus manos el pobre será un juguete. Si consigue llevarlo al altar, tendrá la mina Biller. También podría interesarse por Tim. ¡Así que mejor no la dejes a solas con él, prima!

Tal consejo en labios de Kura le pareció a Elaine algo extraño, aunque le hizo gracia en lugar de sentarle mal y recordarle a William.

—Tú eres una experta en esos menesteres —respondió mordaz, y se sorprendió al ver que Kura se emocionaba. Parecía tener los ojos lagrimosos. Elaine decidió hablar en algún momento con ella. Hasta entonces suponía que su prima había abandonado a William. ¿Había sido al revés?

Los invitados no se marcharon hasta entrada la tarde. Inmediatamente después, Nellie Lambert se dedicó a supervisar las tareas de limpieza. Su marido se retiró con una última copa a la sala de caballeros.

Elaine estaba indecisa. Por una parte se esperaba que ella también se despidiera; por otra, Tim parecía tan alicaído y cansado en la silla que no se sentía capaz de abandonarlo. Antes, en el jardín, el joven se había animado hablando con Caleb de la mina Biller, pero en las últimas horas apenas había pronunciado palabra, como si necesitara de todas sus fuerzas para mantenerse erguido. Además, Lambert, Biller y Weber no le habían prestado atención. Ni siquiera tuvieron el detalle de ofrecerle un vaso de whisky o un puro, de los que ellos sí disfrutaban. Finalmente se los sirvió Florence, que había seguido a los hombres a la sala de caballeros. Al parecer, ya harta de la charla sobre cortinas y mobiliario de baño, prefería la conversación sobre la comercialización del carbón.

Elaine, celosa, no había dejado de mirar por la puerta entreabierta la sala de caballeros y advirtió que Florence charlaba un rato con Tim, posiblemente porque el resto los ignoraba a los dos. Tim, de todos modos, estaba como ausente. Lainie observaba preocupada lo inquieto que estaba en la silla de ruedas. Intentaba cambiar sin cesar la postura sobre los cojines, demasiado blandos, y contraía el rostro de dolor cuando no lo conseguía.

Ahora estaba sentado junto a la ventana y miraba sombrío el jardín, ansiando que el sol por fin se pusiera.

Elaine acercó una silla y le acarició la mano.

—Tim...

Él retiró la mano y empezó a desabrocharse la chaqueta.

—Déjame a mí... —Elaine se puso en pie para ayudarlo, pero él la apartó malhumorado.

—Deja, tengo las manos sanas...

Ella se retiró e intentó iniciar una conversación, mientras él iba desabrochando con torpeza los numerosos botones para aliviarse un poco del calor.

—Caleb Biller es un joven amable...

Tim hizo un esfuerzo y asintió.

—Sí, pero sus dos mujeres le vienen demasiado grandes. —Sonrió cansinamente—. Perdona, Lainie. No quiero ser grosero, pero no me encuentro bien.

Ella le acarició el hombro y le desabrochó el chaleco. Daba las gracias al cielo por su ligero vestido de verano: los trajes de caballero de etiqueta eran una auténtica tortura con esas temperaturas. Aun así, los otros hombres se habían quitado las chaquetas después de la comida. Tim habría necesitado ayuda para hacerlo, pero prefería morirse antes que pedírsela a alguien.

—Ha sido un día largo y con gente horrorosa —dijo ella en voz baja—. ¿Puedo hacer algo por ti?

—Tal vez podrías... acercarte a caballo a casa de los O'Brien y pedirle a Roly que venga un poco antes. Yo... —Intentó cambiar de postura, pero el mullido asiento se lo impidió.

—Deja que te ayude. —Lainie no quería que él pensara que ella pretendía desnudarlo y meterlo en la cama. No obstante, quizá permitiera que lo ayudara a salir de esa maldita silla—. No puedo levantarte, pero...

Tim sonrió y, por primera vez en ese día, su rostro mostró algo de alegría e incluso triunfo.

—¡No tienes que levantarme! Ya casi puedo solo, pero salir de esta cosa es difícil. Y no creo que logre llegar a mi habitación.

En realidad, lo más complicado fue empujar la silla. De todos modos, la tarea se aligeró en cuanto dejaron atrás el salón y sus espesas alfombras. Tim tenía antes su habitación en el piso superior, donde también se hallaba el dormitorio de sus padres, pero recientemente se habían acondicionado algunas habitaciones de servicio entre la cocina y los establos para él. Su madre había vuelto a derramar lágrimas por ello, pero Tim tampoco encontraba mal que a veces oliera un poco a heno. Elaine lo empujó hasta su sala, donde él solía recibir las visitas.

—¿Me ayudas a colocarme en el sofá? —pidió con voz ronca.

Elaine asintió.

—¿Qué debo hacer? —preguntó mientras lo libraba de la odiada manta escocesa.

»¡Llevas el entablillado! —observó maravillada. Era la primera vez que veía la estructura de acero que le envolvía la pierna y al momento entendió la importancia de los ejercicios con pesas—. ¿No te molesta?

Él esbozó una sonrisa forzada.

—Quería presentarme con cierta dignidad, pero desgraciadamente no había contado con mi madre... —Señaló las muletas apoyadas en la pared.

Elaine notó crecer una rabia tremenda contra Nellie Lambert. Aunque Tim sólo pudiera caminar uno o dos pasos, haber tenido la oportunidad de saludar a los invitados de pie le habría ayudado mucho.

—Acércamelas, por favor...

Tim se colocó las muletas bajo los brazos e intentó levantarse a pulso de la silla, pero la muleta derecha resbaló y tuvo que agarrarse a Elaine. Ella le pasó el brazo alrededor y lo sostuvo hasta que se puso en pie. Y entonces se irguió a su lado por vez primera en todo un año, apoyado en ella y superándola en altura. Se le escapó también la muleta izquierda cuando se dio cuenta. Elaine lo sostuvo y él se limitó a rodearla con sus brazos.

—¡Tim, estás de pie! ¡Es un milagro! —Elaine alzó el rostro radiante hacia él. No tuvo tiempo de pensar que se estaba dejando abrazar por un hombre. Era simplemente demasiado bonito tener a Tim en pie a su lado y ver relucir su sonrisa como en la carrera de caballos.

Él no pudo contenerse: inclinó su cabeza y la besó. Primero suavemente en la frente y luego en la boca. Y después ocurrió el auténtico milagro: Elaine le abrió sus labios. Tranquila y con naturalidad, dejó que la besara e incluso respondió tímidamente a su beso.

—Ha sido maravilloso —dijo con voz ronca Tim—. Lainie...
—Y volvió a besarla.

Luego ella le recogió las muletas y él le enseñó que conseguía dar los dos pasos hasta el sofá.

—¡Mi récord son once! —anunció sonriente y dejándose caer jadeante en el sofá—. Pero en el pasillo de la iglesia son veintiocho. Roly los ha contado. Así que debo practicar más.

—Yo también —susurró Elaine—. A besar, me refiero. Y por mí podemos empezar ya mismo...

10

Tim se moría de ganas de empezar cuando Roly O'Brien se presentó al día siguiente para los ejercicios.

—Hoy haremos los ejercicios de siempre —explicó al perplejo muchacho, que se esperaba una mañana tranquila. La noche anterior, Tim parecía satisfecho pero agotado. Roly creía que ese día sólo harían suaves ejercicios de estiramiento—. Y al mediodía irás a buscar a *Fellow* a casa de la señorita Lainie.

—Pero... hum... ¿el caballo, señor Tim? —titubeó Roly. Los caballos le daban miedo. Hijo de minero, no estaba habituado al trato con animales, los más grandes habían sido cabras o gallinas.

—Exacto. Mi caballo. A Lainie le costará separarse de él, pero no hay más remedio. Lo de andar es demasiado lento, Roly. ¡A partir de hoy practicaremos el cabalgar!

—Pero...

—¡No hay peros que valgan, Roly! *Fellow* no te hará nada, es un buen muchacho. Y me urge tenerlo para salir de aquí. Quiero estar con Lainie, iniciar una relación más... ¡Quiero estar a solas con ella! —Tim se enderezó impaciente, apenas si podía esperar a que el sorprendido Roly lo ayudara de una vez a salir de la cama.

—¿Y si prueba primero con un carruaje? —propuso receloso Roly.

Tim sacudió la cabeza.

—Ni hablar. Iré a buscar a mi dama para dar un paseo a caballo como todo un caballero. No tengo ganas de esperar a que venga a visitarme o a que mi madre la deje entrar.

Roly puso los ojos en blanco con resignación. Lainie era muy atractiva, sí, pero no entendía los esfuerzos que el señor Tim hacía por ella. Su jefe bien podría haberse permitido que una de las chicas de Madame Clarisse acudiera a consolarlo... Las ensoñaciones diurnas de Roly giraban en torno a tales asuntos. Aunque probablemente tardaría años en reunir el dinero necesario para realizarlos. Quizá le fuera más rentable dedicarse un poco más a su vecina Mary Flaherty...

Lainie sacudió la cabeza cuando Roly recogió a *Fellow*.

—Es una locura, Tim todavía no puede sentarse sin respaldo —advirtió.

Roly hizo un gesto de impotencia.

—Yo sólo cumplo órdenes, señorita Lainie —se justificó—. Si quiere montar a caballo, que monte.

Elaine hubiera preferido acompañar al joven para vigilar los temerarios intentos de cabalgar de su patrón. Sin embargo, se imaginaba demasiado bien la reacción de Tim. Así que se quedó donde estaba, aunque preocupada.

Y no sin fundamento. El primer intento de Tim de subirse a la silla de montar fue desastroso. Ascender por la improvisada rampa que Roly le construyó con tablas y pacas de heno fue toda una proeza. Y cuando por fin se colocó trabajosamente a horcajadas sobre el impaciente caballo, éste dio un par de pasos laterales que le hicieron perder el equilibrio y desplomarse sobre el cuello del animal gimiendo de dolor. La recién soldada cadera protestaba con vehemencia por la repentina y excesiva extensión de músculos y tendones.

—¿Le ayudo a bajar, señor Tim? —Roly tenía casi tanto miedo de acercarse al caballo como de que su patrón se cayera y volviera a romperse algo.

—No, yo... Dame un par de minutos.

Tim probó a erguirse entre gemidos, en vano. Al final cedió a los ruegos de Roly y no se quejó cuando éste lo forzó a acostarse y descansar. De todos modos, volvió a enderezarse poco después y tomó papel y lápiz.

Cuando Roly regresó del establo, donde, temblando de miedo, había quitado a *Fellow* la silla y la brida, Tim le tendió una nota.

—Toma, llévasela a Ernest Gast, ya sabes, el talabartero. Le preguntas si puede hacer una así lo antes posible. Ah, sí, y Jay Hankins tendría que ver si puede forjar unos estribos de caja de este tipo.

Roly miró el dibujo.

—Qué raro es esto, señor Tim. Nunca había visto una silla así.

Tenía más forma de butaca que de silla de montar corriente. Los borrenes delantero y trasero, más altos, afianzarían al jinete y lo mantendrían sujeto. Y no tendría rodilleras: protegidas por los anchos estribos, las piernas de Tim colgarían a los lados.

—Yo sí. En el sur de Europa estas sillas son de los más habituales. También en la Edad Media utilizaban un modelo parecido. Ya sabes, los caballeros.

Roly nunca había oído hablar de sillas medievales, pero asintió.

Tim esperó impaciente hasta el día siguiente para saber la opinión del talabartero.

—El señor Ernie dice que puede hacerlo, pero que no le parece una buena idea —informó Roly—. Dice que le mantendrá sujeto como un tornillo de banco, casi como una silla de amazona. Y que si el caballo se cae, usted se romperá la espina dorsal. —Señaló el respaldo de la silla.

Tim suspiró.

—Bien, entonces le dices: primero, que *Fellow* nunca tropieza; y, segundo, que todas las damas inglesas montan en silla de amazona y aun así las familias más importantes no se han extinguido. Así que el riesgo no debe de ser tan alto. Y en lo que respecta a la columna vertebral... dos médicos me han asegurado que después de rota no duele. Y hoy eso casi me parece una buena solución...

Tras el primer intento de cabalgar sentía un dolor atroz en la cadera, pero a pesar de ello, por la tarde obligó a Roly a que fuera al establo y repitió el ejercicio. *Fellow* se quedó tranquilo y él subió por la rampa con menos esfuerzo.

La silla especial no hizo milagros, pero la perseverancia de Tim logró vencer el dolor y la inmovilidad de su cuerpo. Seis semanas después del primer intento, sacaba con orgullo a *Fellow* del patio, aunque siempre con dolores. Una velocidad superior al paso le resultaba inconcebible. No obstante, Tim iba erguido y bastante seguro.

La sensación de cruzar la ciudad a lomos del caballo compensó todos los esfuerzos. Por la tarde había mucha gente trabajando, pero todos los que conocían a Tim lo vitorearon. La señora Tanner y la señora Carey se santiguaron, y Berta Leroy lo tachó de «imprudente», pero sus ojos destellaban de alegría.

—Y ahora alguien tendría que decirle a la princesa que su caballero está aquí —le dijo ella—. Porque desmontar no acaba de resultarte fácil, ¿verdad?

Tim lo admitió. En el caballo no podía llevar el entablillado, por eso necesitaba a Roly para montar y desmontar y que le atara y desatara la estructura.

Elaine salió a la acera cuando Tim estaba dirigiendo el caballo desde el consultorio hacia la taberna. La noticia de la hazaña se había propagado más rápido que los cascos de *Fellow*.

Elaine se quedó mirándolo pasmada. Él no podía inclinarse para besarla, pero ella le cogió la mano y se estrechó contra su pierna y la cadera sana.

—¡No tienes remedio! —lo riñó—. ¿Cómo te has atrevido...?

Él rio.

—¿Recuerdas? Si no puedes montar, date por muerto. ¿Puedo invitar a la dama más maravillosa a dar un paseo a caballo?

Lainie puso la mano de él en su mejilla y le plantó un tímido beso.

—¡Voy a buscar a *Banshee*! —contestó sonriendo—. Pero

no puedes intentar seducirme si te acompaño sin carabina, ¿de acuerdo?

Tim la miró con fingida seriedad.

—¿Quieres venir sin carabina? Es una indecencia. Ven, vamos a preguntarle a Florence Weber. Seguro que se apunta.

Elaine rio. No se tomó la molestia de ensillar a *Banshee*, sino que se dio impulso desde el soporte para montar del hotel de Madame Clarisse y saltó sobre el lomo desnudo. Los viandantes la aplaudieron bonachonamente.

Ella saludó al dirigirse hacia la calle Mayor. Sólo un año antes había temido cabalgar desde la iglesia hasta el pueblo junto a Timothy Lambert. Ahora disfrutaba de que *Banshee* avanzara tranquilamente a su lado con Tim radiante de alegría. Le cogió la mano cuando salieron del pueblo y le sonrió. Era un cuento de hadas. La princesa y su caballero.

—No sabía que fueras tan romántico —le dijo burlona—. La próxima vez iremos de picnic al río.

Tim hizo una mueca.

—Me temo que tendría que comer aquí sentado —indicó.

Elaine cayó en la cuenta de su estado y enrojeció.

—Ya se me ocurrirá algo —prometió cuando se separó de él frente a la casa de los Lambert—. ¡Hasta el domingo!

El domingo era su único día libre y podía dedicarlo por entero al hombre que amaba. Ese día se sentía maravillosamente pletórica. Dejaba que *Banshee* se acercara a *Fellow* y besó a Tim larga y tiernamente, tal como habían hecho en Navidad.

El joven estaba feliz, y suspiraba aliviado cuando ella rehusaba tomar un té dentro de la casa. Así no tenía que ver cuánto esfuerzo le costaba desmontar, proceso que seguía resultándole bastante humillante. De todos modos, quizá pronto solucionaría el problema. Jay Hankins estaba trabajando en una rampa desde la cual le sería más fácil subir y bajar del animal.

Si bien Elaine consideraba prematuros los paseos a caballo de Tim, ésa era la única manera que tenían de verse fuera de la casa de los Lambert, donde la influencia de Nellie era sofocante. Así pues, para aligerar las dificultades dominicales, Lainie alquiló un *gig*, un carruaje ligero de dos ruedas. No era el vehículo ideal, apenas tenía suspensión, pero era barato. Tim debería de ser capaz de subir y bajar sin gran ayuda. Además podían sentarse uno al lado del otro.

Tim le sonrió agradecido cuando ella detuvo el *gig* delante de la casa.

—¡Un *gig*! ¡Si mi madre se enterase! —Rio e intentó protegerse de *Callie*, que brincaba contenta hacia él. Poco tiempo antes todavía se habría tambaleado, pero ahora se desenvolvía bastante bien con el entablillado—. Y qué práctico que mi madre no me exija que la acompañe a la iglesia. —Hasta entonces más bien le había dolido. Aunque superaba el paso de las semanas sin la bendición del reverendo, no le gustaba que lo excluyeran de actividades corrientes sólo porque Nellie pensaba que estaba demasiado débil.

—Pues sí, por culpa de la misa tampoco he logrado, por desgracia, que Florence me acompañara —rio Elaine—. Si bien sería deber cristiano que velara por la decencia ajena, Dios le perdonará este pecado, estoy segura, así como también hace la vista gorda respecto a las diversas faltas de una tal Kura...

A Tim le habría gustado preguntar qué fechoría había cometido Kura, pero se contuvo. Lainie se había ido de la lengua. Si él le preguntaba, posiblemente volvería a refugiarse en su caparazón.

—El pastor debería confesarnos también, pues he robado —dijo—. Mira, abre un momento la bolsa, con cuidado. Dentro está el mejor vino de mi padre.

Por la mente de Lainie pasó fugaz el recuerdo de cómo ella había saqueado la bodega de su padre durante su relación con William. Pero ahora quería olvidarlo.

—Yo también he traído, pero el mío es comprado. No era caro —admitió—, así que probablemente sea malo.

Tim rio.

—Rogaremos en este caso por el alma del viticultor.

Banshee se mantuvo ejemplarmente inmóvil mientras Tim tomaba asiento en el pequeño carruaje. No le costó demasiado y Lainie se enorgulleció de su idea cuando lo vio felizmente sentado a su lado.

—¿Adónde me llevas, secuestradora? —bromeó Tim cuando ella arrancó. Intentaba relajarse pero la escasa suspensión del vehículo no le hacía el trayecto más cómodo que a lomos de *Fellow*.

—A orillas del río, más allá de vuestra mina. No está lejos y los caminos son bastante regulares. He descubierto por allí un lugar precioso...

En efecto, toda la semana había estado buscando, pero el discreto rinconcito apartado en un recodo del camino, entre la mina y las vías del ferrocarril, era ideal. Llegaron en pocos minutos y ella ayudó a Tim a bajar en el arcén del camino.

—Puedo llegar hasta a la orilla, pero está lleno de baches. Así que mejor dejamos a *Banshee* y el coche aquí. Iremos a pie. Yendo recto entre los árboles no hay más de once pasos —bromeó.

Tim se rio, pero al final consiguió dar unos veinte pasos. Le costó, pues las muletas se le atascaban en la maleza. El lugar para el picnic era paradisíaco. Una playa minúscula junto al río, ante una especie de claro con hierba en las estribaciones del bosque de helechos. Éstos, altos como árboles, dejaban colgar sus hojas como sauces llorones. Sus cambiantes sombras danzaban a la luz del sol sobre la hierba y la orilla cuando la brisa mecía las enormes plantas.

—¡Es maravilloso! —exclamó Tim, admirado.

Lainie asintió y desplegó solícita una manta.

—Siéntate aquí y espera, voy a buscar a *Banshee* y el coche. Nadie que pase por el camino tiene que verlos.

El domingo no pasaría mucha gente por allí, pero Elaine quería tomar precauciones. A Kura no se le ocurriría, pero Florence podía forzar a Caleb a un picnic junto al río. Y Charlene fantaseaba precisamente con hacer esas salidas en compañía de Matt.

Tim se sonrojó.

—No sé si podré volver a levantarme sin ayuda en caso de que...

—Descuida, lo he previsto todo. Podrás apoyarte en esa piedra. Y en caso de emergencia *Banshee* tirará de ti. Mi abuelo me contó una vez que su caballo lo sacó de una ciénaga. Se agarró fuerte a la cola y el animal lo arrastró fuera. Y yo lo he practicado con *Banshee*. Sí, ya sé, suena infantil... —Sonrió con timidez.

Tim pensó en el aventurero abuelo de Elaine. En ciertas circunstancias era posible que un minero de Auckland se cayera en una ciénaga, pero seguro que no dispondría de un caballo que lo salvara...

A continuación se dejó caer lentamente sobre la manta y enseguida se sintió mejor. Se soltó el entablillado y acarició a *Callie* mientras Lainie ocultaba el *gig* entre los árboles y desenganchaba el caballo.

—*Banshee* está enfadada contigo porque le has quitado a *Fellow* —observó Elaine cuando se sentó y colocó entre ellos el cesto de la comida—. Se siente sola, muy sola en el establo de Madame Clarisse.

—Pronto volverá a reunirse con él. Cuando nos casemos te mudarás a nuestra casa y la traerás.

Ella suspiró.

—¿No podrías mudarte tú al establecimiento de Madame Clarisse? —La idea de compartir casa con Nellie Lambert le daba casi tanto miedo como el matrimonio en sí.

Él rio y le cogió el rostro entre las manos.

—No, no sería adecuado. —La besó—. Pero puedo imaginar una casita para nosotros. Tal vez cerca de la mina. El camino hasta allí me resultará demasiado largo cuando vuelva a trabajar, pero mi padre no quiere saber nada al respecto... Bueno, hablemos de algo más bonito. ¿Primero el vino barato o el sisado?

Bebieron el barato con la comida y luego Tim descorchó el bueno. No lucía en los vasos de whisky que Elaine había cogido de la taberna, pero los dos lo encontraron divertido. Al final se tendieron uno al lado del otro después de haber practicado un poco el arte de besar. Elaine se apoyó en el codo y acarició suavemente el pecho de Tim.

—Qué músculos tienes...

Él hizo una mueca.

—Cada día levanto pesas. —Con la mano señaló las tablillas.

Elaine observó el movimiento muscular bajo la ligera camisa de seda. Pero cuando el joven iba a atraerla hacia él, volvió a ver de repente el fuerte brazo de Thomas, los músculos que ella había golpeado a veces impotente o en los que había hincado las uñas. Y Thomas sólo se reía...

Tim observó el centelleo de sus ojos, y luego ese conocido retraimiento atemorizado ante su contacto. Suspiró y se apoyó en la piedra para enderezarse un poco.

—Lainie —dijo pacientemente—, no sé qué es eso tan horrible que un hombre te hizo, pero nada más lejos de mí que causarte daño. Sabes que te amo. Además soy bastante inofensivo. Si no me ayudas no lograré ponerme en pie. Por muy mala voluntad que tenga no puedo hacerte nada. ¿Por que no confías en mí en vez de pensar siempre lo peor?

—Es que no lo pienso. —Elaine se sonrojó—. Simplemente sucede. Sé que soy tonta. —Apretó su rostro contra el hombro de él.

Tim la acarició.

—No eres tonta. En algún momento te ocurrió algo horrible. No lo niegues, no hay otra explicación posible. Porque tú también me amas, ¿no es así, Lainie?

Ella levantó la cabeza y lo miró a los ojos.

—Te quiero mucho. Creo que...

Tim sonrió y le dio un empujoncito en la espalda. Luego le besó el rostro, los labios, el cuello, el escote. Abrió delicadamente la blusa y le acarició el nacimiento de los pechos. Elaine se puso rígida, pero luego comprobó que no le hacía daño, sino que mimaba su piel con suaves besos al tiempo que susurraba palabras cariñosas.

Elaine tuvo que ayudarlo a soltar el corpiño y los dos rieron con timidez. Entonces ella se tendió y su respiración se entrecortó mientras él seguía los contornos de su cuerpo con los dedos. Tim le repitió lo bonita y dulce que era mientras la acariciaba y besaba, hasta que ella notó una sensación de calidez, ya casi olvidada, avivándose en todo su cuerpo. Sintió que se humedecía y retrocedió un poco. Tim se dio cuenta y se apartó.

—No podemos seguir —dijo con voz ronca—. Debemos esperar hasta la noche de bodas.

—¡No! —Elaine casi gritó. ¿Otra vez esperando a un hombre en la cama con un camisón nuevo? ¿Temblando por lo que él iba a hacerle? ¿Quedándose desamparada a su merced? La mera idea la crispaba.

—¿No qué? —preguntó Tim, acariciándola de nuevo suavemente.

—¡No habrá boda! No una boda como tal. Es mejor que lo hagamos ahora...

Tim la besó.

—Se diría que voy a arrancarte una muela —bromeó con dulzura—. ¿Todavía eres virgen, Lainie? —Le costaba creer que lo fuera pese a que era más tímida que cualquier otra muchacha que hubiera amado. Todas las demás se mostraban reticentes pero sentían curiosidad. Lainie en cambio sólo estaba aterrorizada.

Ella sacudió la cabeza.

Él la besó otra vez y volvió a acariciarle los pechos, el vientre, las caderas, y al final le rozó el rizado vello púbico. Siguió excitándola con suaves caricias y besos. Sólo cuando ella dejó de temblar y su cuerpo se relajó, la penetró despacio y con cuidado. Luego se quedó quieto y después empezó a moverse con delicadeza y ternura, hasta que no pudo contenerse y tras un intenso estallido de deseo y pasión cayó agotado a su lado.

Elaine oyó su jadeo y le acarició temerosa la espalda.

—¿Qué te pasa? ¿Te duele?

Tim rio.

—No, Lainie, hoy no. Hoy sólo estoy feliz. Ha sido precioso. Pero ¿cómo te sientes tú?

—A mí no me ha dolido nada —dijo con gravedad. Parecía sorprendida, casi incrédula.

Él la atrajo hacia su hombro y le acarició el cabello.

—Lainie, no tiene que doler. La primera vez un poco, vale, pero después tiene que ser bonito, para ti y para mí... como si todo lo bonito que has vivido se agolpara en ti... como si estallaran fuegos artificiales.

Elaine frunció el ceño.

—¿Fuegos artificiales? —No, ella había sentido una especie de hormigueo—. Quizá tengamos que practicar más.

Tim rio.

—Sí, desde luego. En serio, es un poco como un arte. Sólo tienes que dejarte ir, confiar en mí. No tienes que temer nada.

La abrazó y la meció, mientras su respiración se serenaba y se sosegaban los impetuosos latidos de su corazón. Lainie estaba relajada y confiada. Él pensó en si debía excitarla otra vez, pero luego se le ocurrió correr un riesgo todavía mayor.

—¿No me lo quieres contar, Lainie?

La muchacha se tensó entre sus brazos.

—¿Contarte el qué? —repuso, conteniendo la respiración.

Tim siguió acariciándola.

—Lo que te sucedió. Lo que te causó un miedo tan espantoso... y que arrastras como una carga. No se lo diré a nadie, te lo aseguro. Pero en algún momento tendrás que confiárselo a alguien antes de que te devore.

Lainie se apartó un poco de él, sin separarse del todo. Al parecer, lo que tenía que decir era tan importante que no podía contarse como si nada, mientras los dos estaban abrazados tomando el sol. Tim lo comprendió y se enderezó un poco, creyendo que ella se sentaría frente a él, pero la muchacha volvió a apoyar la cabeza en su hombro y no lo miró. Su actitud ya no era relajada y confiada, sino que expresaba resignación.

Lainie respiró hondo.

—No soy Lainie Keefer de Auckland, sino Elaine O'Keefe de Queenstown, Otago. Estaba casada con Thomas Sideblossom, de Lionel Station. Y maté a mi marido.

LAS VOCES DE LOS ESPÍRITUS

Greymouth, Otago, Blenheim, Christchurch

1898

1

—Pero ¡fue en legítima defensa! ¡Nadie va a condenarte por eso! —Tim había escuchado atentamente la historia de Elaine, sin dar muestras de horrorizarse; antes bien, le secaba las lágrimas y la consolaba con sus caricias cuando ella, presa de un temblor descontrolado, le describía las peores experiencias de su vida.

Al final, la muchacha se quedó agotada y sin fuerzas, apretada a él, agarrando con una mano su brazo y con la otra estrechando a *Callie* contra sí. En cuanto había empezado a narrar su historia, la perrita corrió junto a ella gimoteando.

—No. fue en legítima defensa —insistió Lainie—. No en el sentido legal. Ese día, Thomas sólo me habló, no me tocó ni un pelo. Cuando le disparé estaba a dos metros de distancia. Puede comprobarse, Tim. Ningún juez me creerá.

—Pero ese hombre siempre te había maltratado. ¡Y sabías que volvería a hacerlo! ¿No hay ningún testigo? ¿Nadie que sepa la pesadilla que viviste?

Tim echó una manta sobre los dos, pues refrescaba. A mediados de otoño el sol de mediodía no caldeaba mucho tiempo.

—Dos muchachas maoríes —respondió Elaine sin vacilar, como si hubiera pensado mil veces esa conversación—. Una de las dos apenas habla inglés y trabaja como una esclava para Sideblossom, quien pilló a su tribu robando ganado. ¡Serían testigos estupendos si se atrevieran a declarar! Y dos mozos de cuadra podrían informar de que mi marido me prohibió montar a caballo sola. Lo cual no es motivo para matarlo, claro...

—¡Eso es privación de libertad! —Tim no se rendía tan fácilmente—. Ese hombre prácticamente te encarceló en su granja. Nadie será capaz de reprocharte que hayas explotado y que... bueno, pues que a raíz de ello el maltratador sufriera las consecuencias.

—Tendría que presentar pruebas. Y Zoé y John Sideblossom no confirmarán mis aseveraciones. Además, no fui raptada. Era la esposa legítima de Thomas. Es probable que ni siquiera esté prohibido mantener a las esposas en cautiverio... —Por su expresión furiosa, Elaine parecía estar reconsiderando la promesa de matrimonio que había dado a Tim.

—¿Y Pat, el cochero de tu padre? Él sí que vio cómo te trataba Sideblossom. —Tim analizaba todos los posibles enfoques del caso. Era imposible que Elaine no pudiera justificar su acto.

—No, él tampoco vio cómo Thomas me maltrataba. Además, en el momento que le disparé yo no estaba bajo una amenaza directa. Claro que Thomas me habría matado después, pero no puedo alegar algo así como «legítima defensa preventiva». No te esfuerces, Tim. He pasado noches enteras dándole vueltas al asunto. Si me entrego y el juez me cree en parte, puede que tenga suerte de no acabar en la horca. Sin embargo, pasaría el resto de mi vida en la cárcel, y eso no me atrae demasiado.

Tim suspiró e intentó cambiar la pierna de posición sin molestar a Elaine. Poco a poco el tiempo se iba haciendo desapacible. Lainie también se percató. Dio un beso fugaz a Tim cuando se separó de sus brazos y empezó a recoger las cosas.

Tim dudaba si era oportuno expresar lo que pensaba. Sabía que angustiaría a Elaine, pero aun así lo hizo.

—Seguir conservando en secreto este asunto nos causará complicaciones en nuestra vida en común —dijo con tono sereno.

Elaine se volvió hacia él y agarró la botella de vino vacía como si fuera a arrojársela a la cabeza.

—¡No estás obligado a casarte conmigo! —exclamó—. Tal vez habría sido mejor que te lo contara antes...

Tim no se amilanó.

—¡Eh! ¡A mí no me grites! Claro que me casaré contigo. ¡Es lo que más deseo en el mundo! Me refiero a que aquí nunca estarás del todo segura. Quizá puedas esconderte del mundo trabajando de pianista en una taberna, pero no como señora Lambert. Somos mineros importantes, Lainie, se habla de nosotros. Los periódicos escriben acerca de la mina Lambert. Tú tendrás que participar en actos de beneficencia y sociales, y con cada aparición pública crecerá el riesgo de que te reconozcan. ¿Cómo pensabas manejar este asunto con tus padres? ¿No volviéndolos a ver nunca más?

Elaine sacudió la cabeza con ímpetu.

—Pensaba dejar pasar otro año y luego escribirles. Y ahora que íbamos a casarnos...

—Y ahora que vamos a casarnos —corrigió Tim.

—Quería escribirles después de la boda. Firmando como señora Lambert. No pasaría nada... —Elaine se dirigió al caballo, que estaba pastando, y lo agarró por el cabestro.

—Así pues, supones que alguien vigila el correo de tus padres —constató Tim—. ¡Estás sentada sobre un barril de pólvora, Lainie!

—¿Pues qué debo hacer? —preguntó desalentada—. No quiero ir a la cárcel...

—Pero ¿y si vivimos en otro lugar? —A Tim se le acababa de ocurrir, y le parecía muy acertado—. ¡En Inglaterra, por ejemplo. Hay muchas minas. Podría buscar trabajo allí. En una mina o en una universidad. Soy un ingeniero muy bueno.

Elaine volvió a sentarse junto a él, conmovida, y apartó a *Banshee*, que había supuesto que la mejor hierba estaba debajo de la manta.

—¿De verdad lo dejarías todo por mí? ¿El país, tu mina...?

—¡Mi mina! Ya sabes lo que mi padre opina de mí. Y ese inefable señor Weber. Podría quedarme veinte años más aquí sentado en la silla de ruedas y contemplando cómo mi padre convierte «mi» mina en una ruina. Dice Matt que no pinta nada bien. Desde el accidente hay pérdidas.

—Pero Weber y Biller reaccionaron igual con Caleb —señaló Lainie—. Y con Florence cuando ella se entremetió...

Tim sonrió.

—¿Que se entremetió? ¡Florence Weber habla de la minería con más conocimiento que mi padre y el viejo Biller juntos! Por muy pesada que sea, sabe mucho de cómo dirigir una mina. Si es gracias a los libros que ha leído, merece todo mi respeto. Pero la situación de ellos no es comparable a la mía. Caleb no tiene ni idea y a Florence nadie la toma en serio porque es mujer, aunque eso cambiará cuando se case con Caleb y tome discretamente las riendas. Si de repente Caleb presenta propuestas constructivas, su padre las escuchará, seguro. Pero yo siempre seré un tullido, Lainie. Mi padre me tratará como a un inválido eternamente. Puedo imaginar otra vida en Europa. ¿Qué tal en Gales? Hay tanta lluvia como aquí, muchas minas, muchas ovejas. —Acarició a *Callie*.

—Y muchos sementales cob —añadió Lainie sonriendo—. ¡A *Banshee* le gustaría! Además, mi abuela viene de ahí. Gwyneira Silkham de...

—¿La esposa del abuelo que el caballo sacó de la ciénaga? —preguntó Tim mientras luchaba con el entablillado.

Lainie asintió y colocó a *Banshee* de modo que tirase de él. Los dos rieron cuando él se agarró a la cola.

—Precisamente ésa.

Era bonito no tener que mentir. Era bonito hablar de Gwyneira y James y de su gran amor, así como de Fleurette y Ruben y su huida a Queenstown. Era bueno no estar sola.

Tim quería fijar la fecha de la boda para un día de mediados del invierno, pero su madre se opuso. Con el tiempo había llegado a comprender que no lograría evitar que Tim se casara con aquella pianista de taberna; pero si había de ser así, que al menos no fuera precipitadamente.

—¡Pues no parece que tengas que casarte deprisa y corriendo! —protestó mientras miraba con severidad el vientre plano de Elaine.

Y le explicó a su hijo que antes de la boda se festejaba el compromiso. Con baile, anuncios y regalos, con todo lo que eso comportaba. Ya celebrarían la boda unos meses después. Mejor en verano, la fiesta sería mucho más bonita.

—¿Por qué no justo el día de la desgracia de la mina? —gruñó Tim una vez que se hubo quedado a solas con Lainie—. Es inconcebible que en los próximos años vayamos celebrando fiestas en esa época. Pero para eso mi madre no tiene la menor sensibilidad. Ya hace tiempo que se ha olvidado de los mineros muertos.

—A mí no me importa que antes nos comprometamos —dijo Elaine.

Cuanto más tarde tuviera que compartir casa con Nellie Lambert, mejor. Y por el momento le gustaba la vida con Tim tal como era. El joven continuaba esforzándose por conseguir caminar y montar mejor, pero ya no de forma tan denodada. Cuando concluía sus ejercicios de la mañana, pasaba la tarde tranquilamente o al menos se relajaba. Por lo general empezaba con la comida que había preparado Elaine, que había redescubierto su faceta de ama de casa que William había despertado brevemente en ella. A continuación, los dos acababan en la cama de ella, al principio para dormir la siesta, pero luego también para otras actividades.

A Tim le sentaba bien que lo mimaran. Ganó peso y su rostro perdió la expresión tensa que siempre mostraba. Volvieron a aparecer los hoyuelos de la risa y sus ojos refulgieron tan pícaros como antes. Todavía no podía bailar, pero cada vez iba más seguro sobre la grupa. A esas alturas también se había instalado una rampa especial para montar y desmontar en el establo de Madame Clarisse: Jay Hankins, el herrero, era un hombre previsor. Pese a ello, Lainie lo recogía con frecuencia en el *gig*, sin importarle la expresión avinagrada de Nellie. Y desde hacía poco, Roly practicaba como cochero; el joven solía tener tanta prisa como *Fellow*, que para tirar del carro era demasiado brioso. Cuando el muchacho de catorce años se hallaba lo bastante lejos de los cascos y dientes de los caballos, a los que todavía temía, se lo pasaba en grande en su papel de osado cochero. El vehículo de dos ruedas que había encontrado en la cochera de los Lambert brincaba entonces sobre ramas y piedras a velocidad vertiginosa, y cuando Tim llegaba a casa de Lainie estaba molido.

—Daría igual que recorriera el camino a galope tendido —se quejó, frotándose la dolorida cadera—. Pero Roly se lo pasa estupendo. Le va bien para desahogarse, con la de bromas que tiene que aguantar por ejercer de enfermero...

Tim también volvió a participar de los chismes y chismorreos de la ciudad. En la taberna, se sentaba con sus amigos a la mesa retirada de los tertulianos, y Madame Clarisse convirtió en todo un acontecimiento la sustitución de las duras sillas por unas cómodas butacas.

—Se trata de una cortesía especial para nuestro más leal cliente —se ufanó—. No sólo deben beneficiarse los señores que esperan la compañía de nuestras damas... —Las butacas procedían de una sala de espera del primer piso—. ¡Siéntase como en casa!

Ernie, Matt y Jay le seguían la corriente y tomaban asiento con grandes aspavientos y todavía más grandes puros y vasos de whisky en el especial «rincón de caballeros». Tim lo agradecía. Ya atraía demasiado la atención con las muletas. No podía pasar por la ciudad o la taberna sin que le dijeran algo.

Contrariamente a lo sucedido con su estatus para los propietarios de las minas, el respeto de los mineros hacia él había aumentado desde el accidente. Todos conocían la larga lucha que había emprendido para recuperarse bajo la estricta supervisión de Berta Leroy, y lo primero que se contaba a un minero recién llegado era cómo el hijo del propietario de la mina había sido el primero en bajar tras el accidente e intentado salvar con sus propias manos a los sepultados, arriesgando su propia vida. Desde entonces, Tim era uno de los suyos. Uno que sabía lo peligrosa que era su existencia y todo el miedo e inseguridad que experimentaban cada día. Por eso lo saludaban con respeto, y de vez en cuando le pedían consejo o que intercediera por ellos ante el capataz o la dirección de la mina. La influencia de Tim sobre su padre seguía siendo mínima y la mina Lambert no parecía producir beneficios. Cada vez eran más las noches en que Matt llegaba con rostro sombrío y contaba a Tim lo penosa que era la situación económica de la empresa.

—Para empezar, no conseguimos empleados. «Lambert paga mal y su mina es peligrosa.» Esto es lo primero que oye cualquier trabajador nuevo. Y es algo que no va a cambiar. Su padre ha perdido el favor de sus hombres. ¡Las prestaciones a las familias de los fallecidos en la tragedia son de chiste! Apenas si cubrieron los gastos del entierro y desde entonces las viudas y los niños viven de la beneficencia. Y, además, hay falta de planificación. Tendríamos que reconstruir, invertir dinero, renovarlo todo, hasta la última lámpara de la mina. Pero no se hace nada. Su padre opina que antes debemos cubrir las deudas y luego ya pensará en invertir. Justo el camino equivocado...

—Y con más razón porque cada vez invierte más dinero en whisky —suspiró Tim. Sabía que no debería hablar tan abiertamente con los empleados, pero Matt debía de oler el aliento a alcohol de su padre tanto como él—. Cuando al mediodía llega a casa ya suele estar bebido. Por la tarde continúa. ¿Cómo va a tomar decisiones razonables?

—Lo más indicado sería que usted tomara las riendas de la mina lo antes posible —señaló Matt—. Entonces los trabajadores acudirían a raudales y no tendríamos problemas con los créditos bancarios...

—¿Tan mal está la situación como para necesitar un crédito? —se alarmó Tim—. Pensaba que mi padre tenía ahorros.

—Por lo que sé, los ha puesto en una línea de ferrocarril que por el momento sigue empantanada... —murmuró Matt—. Pero no estoy seguro. No me ha informado con detalle sobre su situación.

A partir de entonces, Tim estudió el asunto y se llevó una

buena sorpresa. Sin duda, las inversiones en la construcción del ferrocarril reportarían dinero en algún momento, el ferrocarril era un negocio seguro, pero hasta entonces carecían de recursos y la renovación de las instalaciones más importantes de la mina tendrían que financiarse, en efecto, con créditos. En realidad eso no era un problema, ya que había garantías suficientes. Pero ¿le darían todavía crédito los bancos de Greymouth a Marvin Lambert?

Cuando habló con su padre al respecto acabaron una vez más enzarzados en una agria discusión. Tim estuvo a punto de reservar billete para la travesía a Londres.

—¡Y luego a Cardiff, Lainie! Nos ahorramos la comedia del compromiso y todo lo demás y nos casamos en Gales. Tengo conocidos que nos darían alojamiento si los Silkham no nos abren su castillo. Imagínate la sorpresa de tu abuela Gwyn cuando le envíes una postal de su viejo hogar.

Elaine sólo se reía, pero Tim estaba muy inquieto. Ya hacía tiempo que no era únicamente la mina y las discusiones con su padre lo que le quitaba el sueño, también estaba preocupado por Lainie. Ella se lo había ido contando todo sobre su familia y el joven se moría de miedo sólo de pensarlo: barones de la lana de Canterbury, unos almacenes y un hotel en Otago, relaciones con las familias más conocidas de la isla Sur... y además la extraña historia con su prima, ¡que justamente había ido a parar también a Greymouth! En algún momento descubrirían a Elaine... Y aún más si el parecido con su madre y su abuela era tan marcado como ella afirmaba. La gente quizá no se fijara tanto en la pianista de una taberna, pero era de lo más natural que una señora Lambert se relacionara con las mejores familias de la región. Alguien se percataría del parecido y hablaría de ello con Elaine. ¡Era posible que ocurriera incluso en esa nefasta fiesta de compromiso! Tim no habría esperado ni un día más para viajar con Lainie a Cardiff. Le parecía estar escuchando el tictac de una bomba de relojería...

—¿Todavía no se sabe nada de Westport?

John Sideblossom no había invitado a whisky a su informante y él ya iba por el segundo vaso. El informador no era tonto, pero el tiempo parecía haberse detenido en la costa Oeste. Ni las inversiones de Sideblossom en la línea de ferrocarril daban muestras de ser lucrativas, ni nadie había oído hablar de su fugitiva nuera. Sideblossom, un individuo alto y con el cabello ya casi gris, golpeó la mesa con el puño:

—¡Maldita sea, estaba seguro de que aparecería en la costa Oeste! Dunedin está demasiado cerca de Queenstown, en Christchurch es tan conocida como un perro de colores, y en los alrededores de Blenheim... no hago más que controlar ese territorio. Hasta los transbordadores a la isla Norte ordeno vigilar. ¡Es imposible que haya escapado!

—Tampoco puede abarcar todos los rincones de la isla —señaló el informante. Ya no era joven, pero sí un costeño típico con pantalones de piel gastados y un sucio abrigo encerado que seguramente lo habría acompañado en la pesca de la ballena, la caza de focas y la búsqueda de pepitas de oro. Tenía unos rasgos duros y curtidos por la intemperie, los ojos vivaces y de un azul claro. Sideblossom sabía por qué le pagaba. A ese tipo no había nada que se le escapara fácilmente—. Podría estar en una granja o con los maoríes...

—De las granjas ya me he ocupado —replicó Sideblossom con frialdad. Aborrecía que cuestionaran su eficiencia—. A no ser que escondan a ese mal bicho en Kiward Station. Pero no lo creo, en ese caso George Greenwood no andaría también buscándola. Los Warden están dando palos de ciego, igual que yo. Y los maoríes... algo me dice que no lleva dos años dando vueltas con ellos, precisamente porque ellos no pasan dos años por los caminos. Siempre vuelven al poblado. Claro que podrían ir pasándose a esa granja de una tribu a otra, pero no es propio de ellos, no se ajusta a su comportamiento. No; habría jurado que se refugiaría en un campamento de buscadores de oro o en un pueblucho de mineros. Seguramente en un burdel. Westport, Greymouth...

—Ahora que menciona Greymouth... —El hombre rebuscó en los bolsillos del impermeable—. Sé que tiene ahí a un hombre, pero esto apareció hace un par de días en el periódico. Probablemente no tenga nada que ver con la chica, pero me llamó la atención. Los nombres son muy parecidos.

Los señores Marvin Lambert y Nellie Lambert, de Lambert Manor, Greymouth, anuncian el compromiso de su hijo Timothy Lambert con Lainie Keefer, de Auckland...

John Sideblossom leyó con el ceño fruncido.

—Marvin Lambert... A ése lo conozco de los viejos tiempos en la costa Oeste...

También conocía a su informante de ese turbulento período. Sin embargo, a diferencia de Sideblossom y Lambert, ese hombre no había tenido suerte. Como si lo recordara de forma casi dolorosa, Sideblossom levantó la botella y le sirvió, ahora sí, un whisky. Reflexionaba al hacerlo y un brillo casi febril apareció en sus ojos.

—Lainie —murmuró—. Encaja. Así la llamaba su familia. «Keefer»... hum... en cualquier caso se trata de una pista interesante. Investigaré el asunto. —Sonrió sardónico—. Ya veremos. Tal vez haga una visita sorpresa con motivo de esa fiesta de compromiso...

Satisfecho, volvió a llenarse el vaso antes de pagar al hombre por sus servicios. Pensó en si debía añadir una propina, pero creyó que con un pequeño gesto bastaría.

—Llévese la botella —dijo, y empujó el whisky hacia el otro—. Creo que nos veremos en la costa Oeste.

Una vez que el informante se hubo marchado, Sideblossom volvió a leer el anuncio de compromiso.

«Lainie Keefer.» Era posible... sí, más que posible. Reflexionó en si salir de inmediato hacia Greymouth. Sentía encenderse en él el instinto del cazador, casi como entonces, cuando perseguía a James McKenzie. Pero este asunto le exigía conservar la cabeza fría. Ese pájaro no volaría, se sentía demasiado seguro en su nido.

«Marvin y Nellie Lambert anuncian el compromiso de su hijo...»

Al viejo le rechinaron los dientes. Elaine debía de sentirse muy segura si permitía que apareciera un anuncio así. Pero él la atraparía y arrancaría al pajarito de su nido. Y entonces... Estrujó el recorte de periódico y luego lo desmenuzó en trocitos...

2

William Martyn ya estaba harto de maoríes. No era que no le gustaran, al contrario. Eran hospitalarios, solían ser alegres y se esforzaban por no irritar al distinguido *pakeha* —William seguía la estrategia de mostrar seriedad con un aspecto especialmente elegante también en la costa Oeste— con unas costumbres demasiado distintas. De hecho hablaban con él en inglés tanto como era posible, imitaban sus gestos y giros idiomáticos y no se cansaban de practicar con la máquina de coser. Sin embargo, después de dos semanas de viaje por tres tribus distintas, William ya tenía bastante de *haka* —esas historias largas que se representaban con exagerada gesticulación y cuyo sentido apenas se le revelaba— y de las, aunque sabrosas, siempre monótonas comidas: boniatos con pescado o pescado con boniatos. William soñaba con zamparse un filete como Dios manda y beberse unos whiskies en compañía de ingleses achispados, y, a ser posible, con una buena cama en una habitación de hotel aguardándole. Al día siguiente organizaría una demostración en la taberna o en la sala de la congregación. Greymouth le pareció lo suficientemente grande para contar con ambos sitios. Quizá también hubiera un hotel decente y que no alquilara las habitaciones por horas.

Llovía cuando llegó a Greymouth, pero la pequeña ciudad se reveló, en efecto, como una colonia mediana que incluso hacía gala de un barrio más noble. En cualquier caso, el transeúnte al que William preguntó por un hotel vaciló.

—¿Tiene que ser algo bueno, con conserje y esas cosas? ¿O más bien una taberna?

William se encogió de hombros.

—Que esté bien pero que no sea demasiado caro.

—Entonces el indicado es el hotel de Madame Clarisse. ¿Quiere alojarse toda la noche o...?

El rótulo «Hotel» apareció reluciente ante William cuando éste tomó la dirección indicada, pero la pintura de colores y el Lucky Horse, la taberna anexa, no prometían una noche tranquila. A cambio tal vez sirvieran buenos filetes...

Se detuvo indeciso, pero luego la canción que salía del local le hizo reanudar la marcha. Era indudable que los parroquianos que entonaban *Auld Lang Syne* con un mediocre acompañamiento de piano estaban más que achispados. Claro, era sábado. William asistiría a la misa de la mañana y hablaría con el reverendo por la sala.

Espoleó al caballo de nuevo. Tal vez hubiera una taberna más tranquila.

En efecto, un par de calles más abajo la encontró: el Wild Rover. También de ahí salía música a la calle, pero... William detuvo su carruaje, ató el caballo y lo cubrió con una manta impermeable, sin dejar de prestar atención a los conocidos sonidos procedentes del local. Un piano tocado por un virtuoso y acompañado de una flauta maorí. Pero sonaba diferente de los primitivos *haka* que William había escuchado durante las semanas anteriores. Si bien se reconocía su origen, alguien había refinado la melodía y el canto. El diálogo entre los instrumentos agitaba unas veces los ánimos y otras los serenaba. William reconoció el *putorino*, del que el instrumentista extraía en esos momentos la voz femenina: alta y exigente, casi iracunda, pero también persuasiva, sin duda erótica. El piano contestaba oscuro: era la voz masculina. Los instrumentos parecían coquetear, bromear el uno con el otro hasta que se unieron en una nota final que la flauta detuvo de repente, mientras el pianista elevaba el tono con unos arpegios perfectos. Entonces volvió a contestar el *putorino*. Otro diálogo, esta vez una disputa. Largas explicaciones, respuestas breves y ásperas, un acercamiento y un alejamiento, y al final una ruptura. Un piano quejumbroso, agonizante, que la flauta interrumpió al reaparecer inesperadamente.

William escuchaba fascinado. La voz de los espíritus. Siempre había oído hablar al respecto, pero nunca se había topado con una tribu cuyos músicos supieran sacar del instrumento una tercera voz. Y ahora esas notas surgían de una taberna miserable de Greymouth... William se asomó con curiosidad. La voz de los espíritus no parecía salir de la flauta, sino conjurada desde el fondo del local. Sonaba hueca y etérea. Uno creía estar escuchando la voz de un arrebato místico, el susurro de los ancestros, el romper de las olas en la antigua playa de Hawaiki.

Entró en la taberna y paseó la mirada por el local lleno de humo. Los clientes estaban aplaudiendo, algunos de pie. Esa peculiar melodía había conmovido a aquellos hombres rudos. Y entonces William divisó al pianista rubio y pálido que hacía una rígida inclinación y a la muchacha que parecía interpretar la voz de la flauta. Y se quedó paralizado.

—¡Kura!

Kura levantó la vista. Los ojos se le abrieron como platos al ver a William. Por lo que la luz mortecina del local dejaba ver, se diría que había palidecido.

—William... no es posible... —Se acercó y lo miró con una expresión que parecía provenir del mundo mágico de su música—. Cuando hicimos los arreglos de esta canción pensé en nosotros. En lo que nos unió... y separó. Y entonces pedí a los espíritus que te llamaran. Pero... ¡es imposible! Es sólo una canción... —Estaba desconcertada, con la flauta en la mano.

William sonrió.

—No hay que subestimar a los espíritus —observó, y la besó en la mejilla. Pero entonces su piel y su perfume le embriagaron de tal modo que no consiguió resistirse y a continuación la besó en los labios.

Los parroquianos vitorearon y aplaudieron.

—¡Otra vez!

William no tenía inconveniente, pero el pianista se había levantado. Era alto y delgado y con un rostro alargado e inexpresivo. ¿El amante de Kura?

—Kura —llamó Caleb, confuso—. ¿No vas a... presentarnos?

Un caballero. William se habría echado a reír.

La muchacha parecía ausente. Había respondido al beso de William, pero la situación era tan irreal...

—Disculpa, Caleb —dijo—. Es William Martyn, mi marido.

El pianista se quedó mirando a William perplejo, luego le tendió la mano.

—Caleb Biller.

—¡El prometido de Kura! —señaló Paddy Holloway.

—No es lo que parece —le susurró Kura tras el tenso silencio que siguió.

William decidió transigir. Fuera lo que fuese lo que allí ocurría, no tenía por qué hablarse ante los ojos y oídos de todo el mundo. Seguro que habría tiempo más tarde....

—No hay problema, cariño —respondió también en un susurro, y ciñó el abrazo con que todavía rodeaba a Kura como para besarla otra vez—. Todavía tenemos que celebrar este reencuentro espiritual... —Sonriendo, la soltó y se volvió hacia Caleb—. Encantado de haberlo conocido. Me hubiera gustado hablar con usted; pero, ya sabe, los espíritus nos reclaman. Lo mejor es que siga aquí un par de horas... —Sacó dos billetes de dólar y los puso sobre el piano—. Puede pedir una bebida a mi cuenta, pero he de raptar a mi esposa por un rato. Lo dicho, los espíritus... No hay que oponerse a sus dictados...

William cogió la mano de la desconcertada Kura y dejó a sus espaldas a un Caleb estupefacto. Camino de la puerta entregó otro billete a Paddy.

—Aquí tienes, Buddy, llévale a ese joven una botella. Parece un poco paliducho. Nos vemos luego.

Kura soltó una risa nerviosa cuando él la arrastró fuera de la taberna.

—¡William, eres terrible!

Él rio.

—No te voy a la zaga. ¿He de recordarte aquel beso lascivo que me plantaste en la pista de baile de Kiward Station? Pensaba que me ibas a arrancar la ropa.

—Estuve en un tris... —Kura se frotó contra él, al tiempo que su mente cavilaba de forma febril. No podía ir con él a casa de la señora Miller, donde estaban prohibidas las visitas masculinas y era probable que ni siquiera un certificado de matrimonio sirviera. ¿El establo? No, para eso ya podían hacerlo en plena calle. Al final, tiró de su marido hacia el Lucky Horse. ¡El establo de Madame Clarisse! Por lo que Kura sabía, allí sólo estaba el poni de Lainie. Y su prima todavía tenía que tocar el piano dos horas más como mínimo...

Kura y William reían como niños mientras ella intentaba abrir la puerta del establo de Madame Clarisse. Al segundo intento, el cerrojo cedió y los dos se deslizaron dentro del establo cubierto. William enjugó con un beso una gota de lluvia de la nariz de Kura. Él todavía no se había quitado el abrigo encerado.

En el establo había un par de caballos además del de Lainie. Probablemente serían de clientes de la taberna. La clientela del Lucky Horse no sólo se componía de mineros, sino también de artesanos y pequeños comerciantes que disponían de montura. Kura reflexionó brevemente si correr el riesgo, pero William ya la besaba en el hombro y hacía gestos de bajarle el vestido.

La muchacha consiguió preparar un montón de heno en un box algo apartado antes de ceder a sus avances. William arrojó su abrigo encima del heno y le abrió el corpiño. Y entonces Kura se olvidó de cuanto los rodeaba y toda ella fue sensualidad, pasión, amor...

Roly O'Brien oyó murmullos y risas y contempló asombrado a la parejita que yacía en el heno. Matt Gawain lo había enviado al establo en busca de unos documentos que guardaba en las alforjas. Roly retrocedió con sigilo, no demasiado para no perderse el espectáculo.

Como hijo de minero, criado en una cabaña en la que los padres y los cinco hermanos compartían una única habitación, no le sorprendía lo que allí ocurría. Pero el imaginativo juego de esos dos poco tenía en común con la expeditiva y pudorosa relación que con frecuencia había observado en sus padres. Roly intentó reconocer a los amantes. Un cabello largo y muy oscuro... No, no era una chica de Madame Clarisse la que concedía sus favores. Y el hombre... Sólo distinguió que era rubio. Al final vislumbró el rostro de la joven. ¡La señorita Kura! La pianista del Wild Rover.

Roly no sabía cuánto tiempo había permanecido en su escondite mirándolos fascinado, pero en algún momento recordó que el señor Tim y el señor Matt necesitaban los documentos de las alforjas de Gawain con cierta urgencia. Si no aparecía pronto, enviarían a alguien a buscarlo... Roly puso manos a la obra de mala gana y se dirigió hacia los caballos a tientas, procurando hacer el menor ruido posible. La yegua alazana de Matt era fácil de reconocer en la penumbra. Para no hacer ruido, Roly ni siquiera revolvió las alforjas, sino que soltó los lazos de cuero y cogió las bolsas enteras. De ese modo consiguió escurrirse al exterior. Al entrar en la taberna mostraba una sonrisa de oreja a oreja.

—¿Por qué has tardado tanto? —refunfuñó Matt cuando el chico depositó las bolsas en la mesa—. ¿No has encontrado los planos?

Roly bajó la mirada, si bien en sus labios se dibujaba una sonrisa.

—No, señor Matt. Es que... no estaba solo en el establo.

Tim Lambert puso los ojos en blanco.

—¿Quién más puede estar ahí? ¿Tenías mucho que hablar con *Fellow*? ¿O con *Banshee*?

Roly dejó escapar una risita.

—No, señor Tim. Pero no quería molestar. Sobre todo porque... en el establo se lo están montando la pianista del Rover con un rubio. Y el espectáculo vale la pena.

Los hombres del «rincón de caballeros» se miraron entre sí y soltaron una carcajada.

—¡Reconozcamos que habíamos subestimado a Caleb Biller! —comentó Ernie Gast, divertido.

Elaine se quedó sorprendida y turbada cuando vio a William, pero no tan afectada como había temido. Tal vez ayudó el hecho de que ella iba en su caballo mientras él recorría a pie la calle Mayor. Y seguro que también contribuyó el que Timothy Lambert estuviera a su lado en su montura. Además, el encuentro no la pillaba desprevenida, pues la noticia de la repentina aparición del esposo de Kura Martyn había corrido como un reguero de pólvora.

Matt la había oído por la mañana por boca de Jay Hankins, que había llevado a la mina una entrega de piezas de hierro, y Tim se enteró por Matt alrededor del mediodía. A continuación interrumpió sus quehaceres y pidió a Roly que ensillara a *Fellow*. Tenía que avisar a Elaine antes de que se tropezara con William y, de hecho, la despertó, pues la noche en la taberna había sido larga. Lainie se alegró de su inesperada visita, pero palideció ante la noticia.

—¡En algún momento tenía que suceder, llevo semanas diciéndotelo! —Tim se tendió a su lado. Había conseguido recorrer casi la mitad del trecho al galope y luego desmontar sin ayuda. La presencia de William le preocupaba tanto que no sentía ni grandes dolores ni orgullo por la hazaña realizada—. Otro más que lo sabe, y quién puede asegurar que vaya a guardar silencio.

—William apoyaba a los fenianos y los terroristas irlandeses. Claro que guardará silencio...

A Elaine la preocupaba otra cosa. ¿Cómo reaccionaría cuando volviera a ver a William? ¿Le permitiría su desbocado corazón pronunciar palabra y empezaría a alternar rubor y palidez? Se odiaba a sí misma por ser incapaz de ocultar sus sentimientos. ¿Y cómo reaccionaría William? Él debía de saber que ella había matado a Thomas. ¿La juzgaría por ello? ¿La apremiaría para que se entregara?

—Así pues seguramente él también tendrá asuntos que ocultar —la tranquilizó Tim—. Pero ¡esto es el principio del fin! Si se instala aquí con Kura, volverán a establecer contacto con sus familias. En especial si se llevan a término las actuaciones previstas.

Durante ese tiempo, Kura y Caleb habían presentado con éxito el espectáculo musical «Encuentros entre *putorino* y piano» en Greymouth, Punakaiki y Westport, siempre en el marco de actos de beneficencia. Los diarios todavía no habían hablado de ello, aunque tampoco había periódicos importantes en la costa Oeste. Sin embargo, los dos eran músicos de primera categoría y su número era novedoso y original. Kura había comentado a Elaine que sus proyectos incluían una gira por Nueva Zelanda, Australia e Inglaterra. De todos modos, por el momento no tenían actuaciones importantes por falta de contactos y quizá también por el miedo escénico de Caleb. Languidecía de espanto y eso se manifestaba en síntomas somáticos. Antes de cada función, Caleb se ponía enfermo.

«Si sigue así tendrá una úlcera de estómago antes de que lleguemos a Auckland», se lamentaba Kura, que no se tomaba a Caleb especialmente en serio. Pero la señora Biller y la señora Weber, de cuyo contacto con las asociaciones de beneficencia los dos músicos no podían prescindir, se habían percatado del malestar del pianista y dejaron de organizar recitales.

—Si Caleb y Kura de verdad emprenden una gira ya no estarán aquí —objetó Elaine mientras acariciaba a Tim—. Te preocupas demasiado. Mira, ya llevo más de dos años aquí y no ha pasado nada malo.

—Lo que me sorprende —gruñó el joven, pero se olvidó del asunto besando a Lainie.

Luego, Elaine lo acompañó a su casa. Fue entonces cuando se encontraron con William, que estaba de un humor estupendo. Acababa de alquilar una habitación en casa de la señora Miller, conocido a la mejor amiga de la mujer y vendido al esposo de ésta, el sastre, una máquina de coser. De todos modos, habría que tener paciencia hasta que el señor Mortimer adquiriese práctica, pues era un sastre de la vieja escuela. Pese a ello, William le explicó que también en su actividad profesional debía estar al día y evitar que la competencia lo dejase atrás. El sastre se olvidó de que carecía de competencia desde ahí hasta más allá de Westport, aunque William se había propuesto cambiar esta situación con el tiempo. En ese momento se alegró de verdad de volver a ver a Elaine O'Keefe... «Lainie Keefer.» William se llamó al orden. Todo el mundo tenía un secreto que ocultar.

—¡Lainie, qué sorpresa! —William miró a la muchacha y confió en la eficacia de su sonrisa de oreja a oreja. Claro que no se habían separado precisamente como amigos, pero ella no se lo recriminaría en las actuales circunstancias—. Kura me ha contado que tú también estabas aquí, pero no me lo podía creer. ¡Tienes un aspecto inmejorable! —William le tendió la mano amigablemente.

Ella pensó que si no hubiera estado montada a caballo, probablemente él la habría saludado con un beso en la mejilla. Y se percató desconcertada de que eso la habría dejado tan fría como su afectada sonrisa. Si bien seguía pareciéndole atractivo, ya no la trastornaba en absoluto. Por el contrario, ahora distinguía la ligereza en sus ojos, su superficialidad y egoísmo. Antes ella había considerado todo eso como un rasgo de audacia emocionante y hasta un poco peligrosa, pero ya no la atraía jugar con fuego. En realidad nunca la había atraído de verdad. Elaine quería sentirse amada y protegida. Quería sentirse segura.

Le estrechó la mano a William, pero su sonrisa se dirigió a Tim.

—Te presento a Timothy Lambert, mi prometido.

¿Se lo imaginó ella o en los ojos de William chisporroteó una llama de asombro e incluso de contrariedad? ¿Acaso la consideraba incapaz de conseguir un buen partido? ¿No un buscador de oro harapiento, sino el heredero de una mina? Tim inclinó cortésmente la cabeza. Tal vez pareciera algo arrogante, pero el joven todavía no podía inclinarse desde el caballo hacia un viandante.

William retiró la mano que casi le había tendido.

—Esto merece una felicitación —dijo con tono ceremonioso.

—Sin duda —afirmó Lainie dulce como la miel—. Celebraremos la fiesta de compromiso el dieciséis de agosto en la residencia de los Lambert. Naturalmente, Kura y tú estáis invitados. Díselo, por favor. No le hemos enviado una invitación formal. Pensábamos que iba a asistir con Caleb...

Y dicho esto, le dirigió una sonrisa radiante y puso a *Banshee* en marcha.

—¡Nos vemos, William!

Tim rio una vez se hubieron alejado lo suficiente.

—¡Tienes pasta de auténtica brujita, Lainie! Iré con cuidado cuando seas mi esposa. ¿Aún conservas aquel revólver?

3

Kura escuchó maravillada las andanzas de William como representante de máquinas de coser y asistió a la demostración en la sala de la congregación. El hecho de que ambos estuvieran todo el rato agarrados de la mano desmereció un poco el conjunto. William tuvo que esforzarse mucho más que de costumbre para engatusar a su público femenino. Pese a ello, vendió dos máquinas y dio un buen golpe cuando convenció al reverendo de que fundara un taller de costura para las viudas del accidente de la mina.

—Mire, yo enseñaré a las señoras con mayor esmero que de costumbre, pues pasaré algún tiempo por aquí. Y entonces aprenderán a ganarse el sustento para ellas mismas y sus familias. Sobre la organización de todo debe usted ponerse de acuerdo con sus donantes, por supuesto... —William hizo un gesto a la señora Carey, que acababa de adquirir una máquina—. Darán empleo fijo a las señoras o les cederán las máquinas en alquiler. Con menos de tres máquinas no vale la pena intentarlo, pero por cinco estaría en condiciones de ofrecerles una buena rebaja de precio...

—¡Eres irresistible! —se maravilló Kura cuando ambos regresaban a Greymouth, aún cogidos de la mano y en busca de la oportunidad de alejarse del camino para hacer el amor en la hierba—. Era cierto que te metes a la gente en el bolsillo. ¿Crees de verdad que la señora Carey aprenderá a apañárselas con ese artefacto tan raro?

William se encogió de hombros.

—A veces suceden milagros. Además, no es asunto mío. Una vez que la ha pagado, puede coser o cepillarse los zapatos con ella. Lo principal es que yo obtenga mi comisión. Y nadie diría que esas señoras sean unas desdichadas, ¿no crees? —Sonrió con ironía.

Kura rio.

—Siempre has sabido hacer felices a las mujeres —respondió, dándole un beso.

William ya no podía contenerse más. Condujo el carro por un sendero lateral y llevó a Kura bajo la lona. No es que fuera el aposento de un palacete, pero había sitio para tenderse y fuera hacía demasiado frío. Durante sus viajes solía dormir de vez en cuando en el carro.

En lo que a una habitación común se refería, no se hacía ilusiones. Ni la señora Tanner ni la señora Miller se arriesgarían a servir de alcahuetas, y una suite en los distinguidos hoteles del muelle era demasiado cara. William pensó en alquilar una habitación por horas en el Lucky Horse, pero la relación de Kura con el establecimiento no lo aconsejaba.

—¿Qué ha pasado con tu fascinación por las ovejas? —preguntó Kura mientras le acariciaba la nuca.

—Soy la oveja negra de mi familia. Ellos se ocupan desde hace mucho de la cría de ganado. Pensé que me gustaría, pero en realidad...

—En realidad son tus arrendatarios quienes se ocupan de la cría de ganado y cuando comprobaste que las boñigas apestan se te quitaron las ganas. —Kura hablaba poco, pero cuando lo hacía daba en el clavo.

—Se podría decir así —reconoció William—. ¿Y qué ha pasado con tu fascinación por la ópera?

Ella se encogió de hombros. Luego le habló de Barrister y de sus esfuerzos inútiles por valerse por sí misma como cantante.

—Éste no es país para óperas —suspiró—. Es el país equivocado y el momento equivocado para ese arte... Nueva Zelanda no necesita de ninguna Carmen. Tendría que haber aceptado la oferta de la señorita Gwyn. Pero entonces no me di cuenta.

—Creíste que Roderick Barrister pondría el mundo a tus pies. —William sonrió irónico.

—Ya —sonrió Kura, y le selló los labios con un beso.

Se amaron fogosamente y luego Kura le habló de su proyecto con Caleb Biller. William se tronchó de risa con la historia de su «compromiso».

—Eso significa que tendremos que elevar a ese muchacho al rango de artista para que la gente no se burle de él. O que se case con la fabulosa Florence Weber. ¡A mí también me daría un miedo de muerte casarme con esa bruja! —Florence había asistido a la demostración de la máquina de coser y planteado unas enojosas preguntas.

—Oh, Caleb es un artista de verdad. Ya lo escuchaste el sábado. Es el mejor pianista que conozco y tiene un oído maravilloso... —Kura confiaba mucho en aquel joven tan peculiar.

—Pero cuando tiene que tocar delante de más de tres personas se hace pipí en los pantalones. Por otra parte, el sábado sólo te escuché a ti, preciosa. ¿Qué te parece si... honramos un poco a los espíritus?

Caleb Biller y William Martyn se entendieron sorprendentemente bien. Al principio, a Kura le había preocupado que William se burlara de su compañero y le tomara el pelo. Pero él enseguida reconoció el potencial de Caleb. Los lunes casi no había actividad en la taberna. Los pocos bebedores que acudían no pedían canciones, sino que se bebían el dinero que habían ganado en las apuestas del fin de semana o, en caso contrario, intentaban olvidarse de las pérdidas bebiendo. Así que Kura y Caleb dispusieron de tiempo y la bendición de Paddy para interpretar todo su repertorio ante William. Ella cantaba y tocaba el *putorino*, así como la *koauau,* una flauta del tamaño de una mano y ricamente adornada que se tocaba soplando por la nariz. Él la acompañaba y de vez en cuando se equivocaba de nota porque su experto oyente le ponía nervioso. Tampoco fue su forma de tocar el piano lo que convenció a William. Podría ser mejor, pero en cualquier escuela de música medianamente buena sería factible encontrar un pianista como él. Sin embargo, en lo concerniente a los arreglos Caleb era magistral. La unión de las sencillas melodías del *haka* con los complicados arpegios del piano, el diálogo entre instrumentos tan distintos, el puente musical entre ambas culturas nacía del espíritu creativo de Caleb Biller. Kura era una intérprete de talento, recrearía perfectamente el alma de cualquier música. Pero para captar esa alma, elaborarla y transmitirla al oído de los profanos se necesitaba algo más que voz y expresión. Caleb Biller era sin duda un artista, aunque torturado por el miedo escénico.

—Tiene usted que superarlo —lo exhortó William tras haberlo felicitado por los arreglos—. Mire, cuando lo oí desde la calle tocaba mucho mejor. No tiene ningún motivo para ponerse nervioso por mi presencia. Su arte es fantástico. ¡No sólo causará furor aquí, sino que conquistará Europa!

Kura le lanzó una mirada escéptica.

—Para eso no basta con ser fantástico —intervino—. Antes yo también lo creía así, pero organizar giras y recitales... no es nada fácil. Hay que alquilar locales, hacer publicidad, negociar los contratos y estar encima de todos los detalles. Necesitamos a un *impresario* como Roderick Barrister —concluyó con un suspiro.

William puso los ojos en blanco.

—Cariño, ¡olvídate de tu Roderick Barrister! Él no hizo nada en absoluto, salvo reclutar a unas cantantes de tres al cuarto y unas bailarinas guapas. Pero no basta con repartir un par de programas de mano, también hay que hablar con la prensa, buscar mecenas, atraer al público adecuado a las actuaciones... en vuestro caso quizá conseguir que las tribus maoríes locales colaboren. Toda la organización estaba en manos de George Greenwood. Ésa fue una de las razones del éxito de la gira. Necesitáis a un hombre de negocios a vuestro lado, Kura, no a un tipo que se las da de divo. Y nada de damas de beneficencia ni reverendos. Eso siempre da impresión de que los artistas son unos aficionados. Necesitáis salas grandes, hoteles o teatros. A fin de cuentas, algo de dinero querréis ganar con este proyecto, ¿no?

—Parece usted un entendido en la materia —observó Caleb vacilante—. ¿Se ha dedicado a esto alguna vez?

William sacudió la cabeza.

—No, pero vendo máquinas de coser. En cierto modo es también un espectáculo. Por cierto, en los cursos de formación teníamos algunas personas que solían sufrir miedo escénico. Luego le contaré un par de trucos para superarlo, Caleb. En cualquier caso, usted no tendrá que vender nada. Por lo demás, también se podría introducir algún aspecto social que realce el espectáculo...

—¿Como aquí el taller para las víctimas de la mina? —preguntó Caleb sonriendo.

William asintió con gravedad.

—Pero el propósito principal es vender. A la larga uno desarrolla cierto olfato. Enseguida veo en qué taberna me conviene organizar una demostración y en cual no entrará ninguna mujer decente. A vosotros, por ejemplo, nunca os permitiría que ofrecierais la función en el Wild Rover. A antros así nadie lleva a su mujer para disfrutar de una velada cultural. Por supuesto, tampoco en el Lucky Horse. Aquí, en Greymouth, los grandes hoteles son lo único que vale la pena. Pero en conjunto, ésta no es una ciudad adecuada... —Estas últimas palabras de William sonaron casi soñadoras. Parecía estar planificando una gira, pasando revista a los lugares que consideraba apropiados.

Kura y Caleb se miraron.

—¿Por qué no nos vendes a nosotros? —propuso al final Kura—. ¡Al menos enséñanos cómo hacerlo! Organiza un gran concierto en la sala adecuada de una gran ciudad...

—Bueno, precisamente la isla Sur no cuenta con las ciudades más grandes, y yo no tengo los contactos de George Greenwood. Pero bueno, empezaremos en... —Arrugó la frente y luego su rostro se iluminó—. ¡Empezaremos en Blenheim! Allí conozco a una dama... en realidad los dos conocemos allí a una dama, Kura, que necesita urgentemente una ocupación...

Así que creo que tú, querida Heather, experimentarías una gran satisfacción implicándote en una tarea de esta naturaleza. Además, debes considerar que la posición de tu esposo te obligará a la larga a adoptar un compromiso cultural y social. Es sabido que el prestigio de una mecenas del arte supera con creces el de una modesta colaboradora en el consejo del orfanato local. A fin de cuentas, estás predestinada, por tu excelsa formación, a desempeñar una labor que supere las meras tareas de beneficencia. Así que la presentación del proyecto «Espíritus susurrantes: encuentros entre el Haka y el Piano» constituye un excelente comienzo en este sentido, porque tuyo es el mérito de haber contribuido decisivamente en la evolución musical y la formación de la identidad artística de Kura-maro-tini. Estoy seguro de que tu esposo estará conforme, y me despido como tu más leal servidor.

WILLIAM MARTYN

—¿Qué, cómo suena? —William los miró en busca de reconocimiento.

Caleb estaba pidiendo su tercer whisky. El esposo de Kura era emprendedor y sus formulaciones irresistibles, pero Caleb tenía la sensación de verse arrastrado por una vorágine en la que irremisiblemente iba a ahogarse...

—¡*Whaikorero*, el arte de la oratoria! —dijo Kura—. Lo dominas, no hay duda. ¿Realmente se ha casado Heather Witherspoon con un rico ferroviario y tiene una gran casa en Blenheim?

—Los senderos de los espíritus son inescrutables —dijo William teatralmente—. Bueno, ¿la envío? ¡Pero entonces no podrá retractarse, Caleb! Si Heather lo organiza bien (y lo hará, confío en ella), tocará delante de cien o doscientos espectadores. ¿Lo logrará?

No, pensó Caleb, pero por supuesto respondió:

—Sí.

Kura pidió whisky para todos. También ella quería beber ese día. ¡Quizá su carrera por fin había comenzado!

William observaba a Caleb. El muchacho estaba nervioso, pálido y poco eufórico. A la larga tendrían que sustituirlo. No aguantaría una gira por Europa, pero había que arrancar con él. Necesitaban un buen comienzo, un gran éxito.

William lanzó un beso con la mano a su esposa cuando se levantó para ir a buscar las bebidas. El whisky no duraría mucho. Si todo iba bien, Kura pronto bebería champán. William por fin estaba preparado para cumplir con la promesa que había hecho a su esposa al casarse: irían a Europa.

Heather Redcliff casi respondió a vuelta de correo. Expresó su alegría ante el hecho de que William se hubiera reencontrado con Kura y le pareció fascinante la idea de allanar el camino hacia el éxito de su antigua alumna. Al fin y al cabo, ella siempre había creído en Kura y así se lo comunicaría de buen grado a la prensa local. De hecho, ya lo había mencionado en la reciente recepción con motivo de la inauguración de una nueva ala del hospital. Heather ya hacía tiempo que estaba socialmente implicada. El arte, sin embargo, encajaba mejor con su naturaleza, ¡en eso William había dado en el clavo! Y por supuesto, la escena cultural de Blenheim esperaba impaciente escuchar a Kura-ma-ro-tini. Con lo que ella, Heather, disfrutaría de la alegría adicional de volver a ver a su amante...

William sonrió. Se saltó esta última frase cuando leyó en voz alta a Kura la carta de Heather. En cualquier caso, la futura y dinámica mecenas ya había reservado una sala de conciertos con capacidad para ciento cincuenta personas en el mejor hotel de la ciudad. Y también había organizado una recepción para los invitados: la noche anterior al recital, el señor y la señora Redcliff tendrían el honor de presentar personalmente los artistas a los notables de Blenheim. ¿El domingo 2 de septiembre les iba bien?

—Ya lo ves, Kura. Ahora sólo tendrás que cantar —señaló William.

Los ojos de Kura refulgieron celestialmente. Desde el día de su boda, William no la había visto resplandecer con tal intensidad. Y ella nunca lo había besado tan feliz y con tanta franqueza. William respondió al beso aliviado, consciente de que con eso ella se lo perdonaba todo: las mentiras y la táctica dilatoria previa a la boda, el embarazo involuntario que la ataría de forma rotunda a Kiward Station e incluso la traición con Heather Witherspoon. Ambos empezaban de nuevo y esta vez sería tan maravilloso como Kura se lo había imaginado. Si al menos Caleb no fuera tan mojigato... Estaba sentado al lado de los dos cuando William leyó la carta de Heather y no había sonreído; al contrario, había perdido el color.

William no estaba muy satisfecho de Caleb. Cada vez se le veía más torpe y se equivocaba tantas veces al piano que, al final, incluso Kura le amonestó. De hecho, sólo se relajaba un poco cuando había bebido un par de whiskies tras saber que ese día William no había tenido noticias de su prometedora mecenas. Pero la carta de Heather ya había llegado. Ahora iba en serio. Caleb se excusó y fue al baño. Cuando regresó parecía todavía más abatido.

—Esos ciento cincuenta asientos... No se venderán todos, ¿verdad? —preguntó, jugueteando con el vaso de nuevo vacío.

William pensó en mentirle, pero era absurdo. Caleb debía asumir sus compromisos.

—Caleb, Blenheim parece un lugar floreciente, pero entre nosotros: es un pueblucho. Un poco más grande que Greymouth y algo más desarrollado. Pero no es Londres. En Blenheim no es que sobren las ofertas culturales. Así que si una de las notables del lugar presenta a un par de artistas... La gente se peleará por las entradas. Es probable que el día siguiente haya que repetir...

—Pero...

—¡Caleb, alégrate! —exclamó Kura—. Y si el miedo te impide disfrutar, piensa en lo que vendrá después. ¡Serás un artista famoso! ¡Podrás vivir como quieres, Caleb!

—Ya —admitió Caleb en voz baja—. Podré vivir como quiera...

Pareció reflexionar, en efecto, pero William se sintió de repente igual de abatido que el joven.

El día del compromiso de Tim y Lainie se acercaba y ella tenía la sensación de ser el único oasis de sosiego en un torbellino de nerviosismo. Hacía días que Nellie Lambert se había convertido en un hatajo de nervios y planificaba la decoración de las habitaciones y el menú... ¿o sería mejor un bufet? Contrató a una banda que tocaría durante el baile, aunque quizá fuese un poco inadecuado ya que Tim y Lainie, naturalmente, no podrían abrirlo. Tim practicaba con tenacidad con la ilusión de sí poder hacerlo. Al pobre Roly, además de hacer el papel de enfermero, le tocó el de pareja de baile.

Tim casi sufrió un ataque de pánico cuando leyó en los periódicos de la costa Oeste el anuncio de su compromiso. Le habría gustado no perder de vista a Lainie; cada forastero que aparecía por la ciudad le daba miedo. Ahora planeaba seriamente emigrar. Pese a que en el tiempo transcurrido ya podía sentarse cada día un par de horas en la oficina de la mina para trabajar, su padre seguía bloqueando cualquier cambio. Tim ya no lo atribuía solamente a su incompetencia: Marvin Lambert tenía algo que ocultar. Posiblemente los balances eran todavía peores de lo que Matt había apuntado. La mina sufría pérdidas y la construcción del ferrocarril apenas adelantaba en ese invierno tan húmedo. No había que contar con que las inversiones de Lambert procurasen beneficios rápidos y Nellie, por su cuenta, derrochaba el dinero a manos llenas para jactarse de una fiesta de compromiso. Si eso seguía así, sería imposible rescatar algo. Tim contaba con que la mina se paralizase mientras se realizaban las obras más importantes de reconstrucción, pero eso hubiera significado pérdidas todavía mayores. Habría que explicárselo a los bancos y el padre de Tim ni siquiera se decidía a solicitar el tan necesario crédito. A todo eso se añadía el peligro constante al que estaba expuesta Lainie.

Tim ya tenía bastante. Quería marcharse, a ser posible antes de la boda. O inmediatamente después de un casamiento privado y una copa con sus amigos en la taberna. La travesía y su nueva vida en Inglaterra o Gales sería más sencilla si ya estaban casados.

Elaine, no obstante, estaba entusiasmada con la fiesta de compromiso. No podía remediarlo, de algún modo se alegraba de la celebración, también porque Nellie Lambert por fin la tomaba en consideración. El vínculo entre ambas mujeres nunca había llegado a ser de confianza. Volvieron a discutir cuando se planteó la cuestión del vestido de la novia para la fiesta. Nellie quería que lo confeccionase Mortimer o, mejor aún, hacer que les mandaran un modelo de ensueño de gasas y seda de Christchurch. Lainie, por el contrario, hizo el primer encargo importante a la señora O'Brien y su taller. También ahí había discordias. Las nuevas máquinas de coser habían llegado y, tal como había prometido, William daba clases a las mujeres de la colonia de mineros. Sin embargo, en lo que a la dirección del negocio se refería, ésta recayó en la eficiente señora Carey y la no menos competente señora O'Brien. La madre de Roly era una diestra costurera y tenía olfato para los negocios. Así que enseguida empezó con la producción de prendas infantiles sencillas, tan baratas que ni siquiera a las más pobres esposas de mineros les valía la pena coserlas. La señora Carey, empero, era partidaria de concluir la formación de las costureras y «dar algo de vida», como ella decía, al local del taller, para el que los Lambert habían facilitado de mala gana un viejo cobertizo cerca de la mina.

—¡Yo no voy a pasar semanas cosiendo cortinas para ese cobertizo! —se quejó al reverendo la señora O'Brien—. Y tampoco necesitamos pintar las paredes, y aún menos en un cálido tono «rosa viejo». ¡Como mucho las encalaremos! ¡Yo necesito dinero, reverendo, la vida ya la tengo!

La señora O'Brien acabó imponiéndose. La señora Carey estaba dolida y hablaba de «falta de reconocimiento». Las mujeres del taller se lo tomaban con resignación. El negocio iba realmente bien. Si seguía así, en uno o dos años liquidarían la deuda con el presbítero.

Así que la señora O'Brien tomó las medidas de Lainie y admiró el terciopelo azul que la muchacha había escogido para el vestido de compromiso.

—Es precioso, y además podré volver a usarlo más adelante —dijo Elaine a Tim, justificando su elección—. En vez de esa cosa recargada de volantes de Christchurch.

—Para nuestra boda, por ejemplo —señaló Tim—. Lainie, piénsate bien lo de escaparnos cualquier día. La fiesta de compromiso me da mala espina...

El encuentro con Caleb el domingo antes de la celebración, también le dio mala espina a William. El joven parecía todavía más flaco y nervioso que de costumbre. Desde la noticia del recital de Blenheim cada vez estaba más delgado y pálido. Llevaba del brazo a Florence Weber. La muchacha daba la impresión de estar satisfecha y tranquila. Él, por el contrario, parecía derrotado. Los padres Biller y Weber seguían orgullosos a la pareja. William se temía lo peor.

Kura observó la entrada de Caleb desde el órgano y estaba deseando enterarse de los cotilleos. Se avergonzaba un poco, pues siempre se había sentido orgullosa de estar por encima de esas cosas. Pero esto era extraño y la ponía nerviosa. A fin de cuentas, apenas el domingo anterior Caleb había dado el esquinazo a Florence...

Cuando el reverendo dejó por fin salir a sus fieles, Kura se reunió con Lainie, William y Tim. Los tres hablaron en un aparte de los sucesos, mientras Tim esperaba a Roly. El joven todavía estaba flirteando con la pequeña Mary Flaherty en el cementerio parroquial. Tim, que ya había tomado asiento en el carruaje junto a Lainie, lo miraba relajado. La misa de ese domingo había sido su ensayo general y el joven había logrado recorrer la iglesia por su propio pie.

—No te lo pienses tanto —le susurró de pronto a su prometida—. El quince de septiembre zarpa un vapor hacia Londres. En seis semanas como mucho estaríamos en Inglaterra.

Elaine no respondió. De hecho, sus ojos seguían a Caleb Biller y Florence Weber.

—¿Ya es oficial? —preguntó a Kura—. Tiene todo el aspecto de serlo, ¿no?

William siguió la mirada de su esposa y de Lainie, y contestó:

—Está tomando un cariz peligroso. Pero mirad, aquí viene. ¡Kura, en caso de duda, no te metas! Hagas lo que hagas, la ciudad lo atribuirá a los celos...

Caleb Biller se había desprendido de Florence y se acercaba con la cabeza gacha al grupo. Tal vez escogía esta situación para no encontrarse a solas con Kura y William. Florence lo miraba algo preocupada, pero sobre todo triunfal.

—Kura, William, Lainie... ¿Qué tal, Tim?

Tim sonrió.

—Yo diría que me va mejor que a usted. Ha cruzado la iglesia con su Florence del brazo la mar de bien.

—¿Desde cuándo es «su» Florence? —preguntó Kura.

Caleb enrojeció.

—Bueno, cómo decirlo... El hecho es que Florence y yo nos prometimos ayer.

A William no le sorprendió demasiado. A Tim, en absoluto. Las chicas, por el contrario, miraban incrédulas a Caleb.

—Kura, sucede que he hablado con ella —dijo Caleb rompiendo el incómodo silencio—. Por decirlo de algún modo, nos hemos sincerado. Y a ella no le importa.

—¿Qué es lo que no le importa? ¿Qué seas un amane...?

—¡Kura, por favor! —la interrumpió William.

—Florence dice que dará libertad a nuestro matrimonio siempre que a cambio... bueno, que pueda participar en la dirección de la mina un poco más de lo habitual para una mujer...

—Seguro que lo hará perfecto —señaló Tim cortésmente—. En tal caso, no cabe nada más que desear todo lo mejor a la mina Biller. Aunque no se diría que esté usted muy contento.

—Bueno, tal como están las cosas... —respondió vagamente Caleb—. Pero podré seguir dedicado a mis intereses. La música, el arte, la cultura maorí. A este respecto, como sabes, no sólo me interesa la música. Seré por así decirlo... como un científico.

—Muy bien —William interrumpió el balbuceo de Caleb—. Hace poco hablamos de esto. Todo el mundo debe poder vivir como desee. Tal vez pueda seguir arreglando canciones para Kura. Muchas felicidades. Pero supongo que no irá a dejarnos en la estacada con el concierto de Blenheim, ¿verdad? Confiamos en usted y no podríamos encontrar un sustituto tan deprisa.

Caleb apretó los labios. Se debatía consigo mismo, y finalmente sacudió la cabeza.

—Lo siento... pero no puedo. Lo he intentado, de verdad, pero hasta yo mismo me doy cuenta de que me equivoco al pulsar las notas. Me devoran los nervios. No estoy hecho para esto. Y Florence también opina que...

—¡Olvídate de Florence! —protestó Kura—. Entonces no sólo eres un amanerado, sino además un cobarde. ¡Sobre todo un cobarde! Lo otro no importa tanto.

Elaine se apretó contra Tim.

—¿Qué es un amanerado? —susurró.

Tim luchaba por contener la risa y Kura por contener las lágrimas. Por vez primera desde que Lainie la conocía, rompió a llorar en público. Sollozaba incontroladamente. Aquella muchacha siempre tan fría y segura estaba irreconocible.

—Me destrozas la vida, Caleb, ¿lo sabes? Si ahora cancelamos el recital... ¡nunca más tendremos una oportunidad así! ¡Maldita sea, lo he planificado todo para ti! Todo el programa estaba pensado para consolidarte como artista. ¡Yo no te dejé en la estacada cuando querías fingir estar comprometido conmigo!

—Lo siento, Kura —respondió Caleb profundamente apenado—. De verdad que lo siento.

Y dicho esto se dio media vuelta. Daba la impresión de haberse quitado un peso de encima cuando volvió con su familia. Florence lo cogió del brazo y tuvo el decoro de no mirar a Kura.

—¿De verdad no podréis encontrar sustituto? —preguntó Tim. No le importaba mucho Kura, pero verla llorar con tanto desconsuelo lo ablandó.

—¿En tres semanas? —respondió William—. ¿En la costa Oeste? En Blenheim tal vez sí, si nos fuéramos ahora mismo. Pero entonces ya no existiría la emoción por lo nuevo. Si nos presentamos allí con una pianista local que ha ensayado a toda prisa... —Sacudió la cabeza.

—Podría tocar la señorita Heather —señaló Kura mientras se enjugaba los ojos.

—Pero no lo hará. Ya la hemos entusiasmado para una carrera como mecenas del arte. ¡Ella misma no se dignará a pisar el escenario! ¿Qué diría su esposo? —William abrazó a su esposa.

—Yo todavía no he oído lo que hacéis... —intervino Elaine—. Pero ¿es realmente tan difícil? Me refiero a la parte del piano...

Kura se quedó mirándola y Elaine vio en sus ojos una chispa de esperanza.

—No extremadamente difícil. Algunos arpegios poco convencionales y bastante rápidos. Se requieren unos dos años de práctica para alcanzar ese nivel.

—Llevo diez años tocando. Claro que no a tu nivel, como siempre has tenido la gentileza de recordarme, pero si practico durante tres semanas... —La sonrisa de Elaine quitó hierro a sus palabras.

—Has mejorado mucho —señaló Kura—. Pero en serio, Lainie... ¿lo harías? ¿Vendrías conmigo a Blenheim para acompañarme al piano?

—Si consigo superar la prueba...

Kura daba la impresión de querer abrazar a su prima.

—¡Y también es una pianista muy bonita! —apuntó William—. Ofrecerá una imagen mucho más atractiva que Caleb.

Elaine lo miró vacilante. ¿Había dicho «bonita»? Tres años antes su corazón habría dado un brinco, pero ese día su mirada pasó de los rasgos jubilosos de William al semblante de Tim, que ya no mostraba una expresión cordial y divertida, sino de suma preocupación.

—Lainie, por mucho que quieras ayudar a Kura, no puedes —terció el joven Lambert—. Claro que tocarías mejor que Caleb y que serías la pianista más hermosa del mundo, pero ¿ir a Blenheim...? El viaje, la gran ciudad, el riesgo...

—¿Desde cuándo se ha vuelto usted tan aprensivo? —preguntó William—. En comparación con el riesgo que supone su boda.

—¿Qué hay de tan peligroso en un casamiento? —replicó Lainie—. ¡Últimamente me miras de una forma muy rara!

William puso los ojos en blanco.

—Bueno, supongo que los dos sabéis que estáis en situación irregular. E incluso si esto os da igual... me refiero a que seguramente querréis tener hijos.

Lainie rio, aunque algo forzadamente.

—¡Por Dios, William! A mis hijos les dará igual si el nombre de soltera de su madre era O'Keefe o Keefer. ¡Hasta se puede atribuir a un error de escritura!

William arrugó el ceño y la miró casi con incredulidad.

—Pero a los niños seguro que no les dará igual comprobar que se llaman Sideblossom en lugar de Lambert, que heredarán una granja en Otago, mientras que su mina pasa a manos de algún Lambert lejano. Vuestro matrimonio no tendrá validez.

Elaine palideció y sus pupilas se dilataron.

Tim sacudió la cabeza.

—Pero Thomas Sideblossom está muerto —dijo con calma.

—¿Muerto? —se asombró William—. ¿Desde cuándo? Puede que cada día usted lo desee, pero por lo que sé está tan vivo como nosotros. —William paseó la vista de uno a otro. ¿Estaban fingiendo? Como fuera, la expresión horrorizada de Elaine era auténtica.

—Yo... yo le disparé en la cara... —susurró ella.

William le dio la razón.

—Sí, lo sé —dijo—. El orificio del disparo estaba aquí. —Se

señaló la mejilla izquierda—. La bala pasó milagrosamente bastante paralela a la cara, no se incrustó profundamente en el cerebro. Disparaste de abajo arriba, es probable que apuntaras al pecho, pero no contaste con el retroceso. En cualquier caso, le dejaste el lado derecho paralizado y ciego del ojo derecho y casi del izquierdo. La bala todavía está incrustada y presiona el nervio ocular. Pero no está muerto. Créeme, Lainie...

Elaine se llevó las manos a la cara, incrédula.

—¡Es horrible, William! ¿Por qué no me lo has dicho antes?

—Pensaba que lo sabías. Y tú también, Kura, ¿no?

La maorí asintió.

—No conocía los detalles, pero sabía que no estaba muerto.

—¿Y has permitido que me prometiese? —Elaine intentó aparentar ira, pero en su cabeza luchaban la perplejidad con el alivio y la esperanza—. ¡Durante dos años y medio he pasado un miedo de muerte!

Kura se encogió de hombros.

—Disculpa, Lainie, pero nadie me había puesto al día de forma tan intensiva acerca de tus asuntos. Me sorprendió un poco... pero se me ocurrió que a lo mejor estabas divorciada. O que ese Sideblossom hubiera muerto entretanto. ¿No está también perturbado mentalmente? —Se volvió hacia William.

—Por lo que sé, no. Aunque ya le gustaría perder la conciencia. Se atiborra de morfina y whisky, sufre continuas migrañas y alucinaciones.

—¿Lo has visto? —La mano de Elaine se crispó sobre la de Tim, mientras miraba a William horrorizada—. ¿Estás seguro? —Una palidez mortal cubría su rostro y tenía los ojos desorbitados.

—¡Por Dios, Lainie, no me mires así! Claro que estoy seguro. Estuve un par de semanas en Lionel Station y lo vi alguna vez. Casi no sale al exterior, pues no soporta la luz del día. Pero es imposible no escucharlo. Riñe con todo el personal, pide el whisky y la medicina a gritos... Un paciente bastante desagradable, si vamos a eso. Pero no completamente loco y, sobre todo, en absoluto muerto.

—Esto lo cambia todo —terció Tim con calma y atrayendo hacia sí a Lainie, que temblaba y lloraba—. Mientras oficialmente seas la señora Sideblossom no podremos casarnos. Pero no has cometido ningún asesinato. Te entregarás y lo contarás todo. Puedes decir que fue un accidente, que el arma simplemente se disparó. Hablaremos con un abogado y veremos qué conviene más, si contar la historia tal cual o preparar una versión más conveniente. En cualquier caso, no te colgarán. Puedes divorciarte y vivir conmigo legalmente. Aquí, en Gales o donde sea.

—Preferiría Gales —susurró Elaine. De repente experimentó la necesidad de poner tantos kilómetros como fuera posible entre Lionel Station y ella. Sentía alivio de no ser una asesina, claro, pero se había sentido más segura cuando suponía que Thomas había muerto.

»¿No podemos simplemente huir sin entregarme?

Tim sacudió la cabeza.

—No, Lainie. William tiene razón. No podemos dejar que nuestros hijos crezcan, sea donde sea, como descendientes legítimos de Thomas Sideblossom. ¡Lo superaremos, cariño! Tú y yo. ¡No tengas miedo!

—Pero después del compromiso. ¿De acuerdo, Tim? ¡Por favor! No soportaría que todo estallase ahora. Tu madre... toda la ciudad hablaría de nosotros... —Y volvió a sollozar sin consuelo. Aquello era demasiado.

Tim la acariciaba y la mecía entre sus brazos.

—De acuerdo, después del compromiso, pese a que no me gusta. Esa fiesta me preocupa...

—Pero se celebra en Greymouth —observó Kura—. Y mientras Elaine se encuentre en Greymouth no le pasará nada.

Tres pares de ojos asombrados la miraron.

—¿Eso dicen los espíritus? —intentó bromear William.

Kura negó con la cabeza.

—Me lo dijo una mujer maorí hace un tiempo. Siguen buscando a Lainie, pero en Greymouth está segura...

4

Elaine se aferraba a las palabras de la esposa del jefe maorí mientras que a Tim le inquietaban: «Siguen buscando a Lainie...», y el 16 de agosto los Lambert presentarían a esa muchacha como la prometida de su hijo ante media costa Oeste. Tim intentaba tenerla bajo vigilancia. Pese a que su madre se indignaba por ello, dormía en la taberna con Lainie e insistía en que ella abandonara su habitación lo menos posible.

Como es natural, eso no funcionaba del todo. Elaine tenía que acudir a las últimas pruebas del vestido de prometida y Nellie Lambert esperaba que la ayudaran a decorar la casa. Entretanto, la ciudad se iba llenando de forasteros invitados por los Lambert. Ya hacía tiempo que todas las habitaciones de alquiler estaban ocupadas. Los invitados se dirigían a Punakaiki e incluso llegaban a Westport. Era imposible atenderlos a todos antes de la fiesta. Tim vería a los invitados durante el besamanos de los novios y a algunos los conocería entonces. Lambert había invitado a una serie de antiguos conocidos con los que su hijo nunca había coincidido. Todo eso llevaría mucho tiempo y Nellie exigía que Tim, para causar una impresión óptima ante los invitados y no cansarse demasiado, renunciara al entablillado de las piernas y a las muletas y los recibiera en la silla de ruedas.

—Que no puedas andar no es ninguna vergüenza, hijo...

—¡Puedo caminar! —replicó enfadado Tim—. ¡Por todos

los cielos, madre, estoy de pie delante de ti! ¿Es que no comprendéis que lo único que quiero es ser normal?

Y salió cojeando de la habitación, deseando dar un portazo a sus espaldas. Unos segundos después estuvo a punto de pedir al desconcertado Roly que lo hiciera, pero luego se percató de lo cómico del asunto y sonrió irónicamente.

—Prepárame a *Fellow*, Roly, me voy a la taberna. O no, mejor engánchame la calesa. Tú también tienes pinta de necesitar una cerveza. Has estado ayudando todo el día en casa, ¿verdad? ¿Muchas guirnaldas?

—Demasiadas, señor Tim. —El chico hizo una mueca—. La quinta vez que la señora Lambert nos ha pedido que las colgáramos de otro modo hemos dejado de contar. Por cierto, su traje para mañana es bastante ancho, señor Tim. En principio podría llevar las tablillas debajo...

—Pues creo que no —respondió Tim—. Mi madre tiene razón sólo en una cosa: no hay nada de lo que tenga que avergonzarme...

Aparte de los preparativos del compromiso, Elaine pasaba mucho tiempo al piano, lo que a Tim lo tranquilizaba tanto como lo enervaba. Había persuadido a Madame Clarisse de que dejara practicar a Kura y Lainie en su instrumento cuando la taberna estaba cerrada y así mantenía a Elaine alejada de la calle varias horas al día. Apenas si osaba pensar en la función de Blenheim, si bien cuando ésta se celebrara ya habría pasado lo peor. Lainie había acabado prometiendo que se entregaría a las autoridades después del compromiso, y tal vez el *constable* no la dejaría marchar. Elaine y Kura no parecían sentir ese peligro, estaban inmersas en las partituras de Caleb. Lainie comprobó aliviada que la parte del piano no era difícil. A los pocos días ya la tocaba con fluidez, apoyándose en la lectura primero y muy pronto de memoria. Por desgracia carecía de virtuosismo. Pese a ser en el fondo la más sentimental de las dos jóvenes, Elaine no tenía el menor sentido para los matices. No plasmaba el alma de la obra, no interpretaba, sino que simplemente tocaba. Donde Caleb ponía el acento con ínfimas variaciones, con una vibración apenas perceptible de una nota o con una ligera vacilación al responder el piano a la flauta, Elaine sólo tocaba las notas. Kura se desesperaba intentando explicárselo.

—¿Una pausa? ¿No tengo que empezar enseguida, sino esperar un poco? ¿Cuánto? ¿Una negra o una blanca?

—Un latido del corazón —suspiraba Kura—. Un soplo de viento...

Elaine le lanzaba una mirada de desconcierto.

—Probaré con una corchea.

Al final Kura arrojó la toalla. La representación no sería perfecta, pero sería: Lainie no tenía miedo escénico y no se equivocaría de nota, y el público de Blenheim no era exigente. Fuera como fuese, la forma de tocar de Lainie era mejor que la mayoría de arias que Roderick y su compañía habían interpretado en el escenario del hotel.

Por fin el vestido de compromiso de Elaine estuvo listo. Le sentaba muy bien. Además, la señora O'Brien le había confeccionado una diadema del mismo terciopelo azul claro del vestido. Elaine llevaría el cabello suelto y lo mantendría apartado del rostro con la modesta cinta.

—Parece usted una elfa, señorita Lainie —observó la señora O'Brien, admirada—. Tiene un cabello de una suavidad maravillosa. Flota alrededor de usted como si un soplo de aire la estuviera acariciando. En mi tierra, en Irlanda, cada año escogíamos a la reina de la primavera y yo siempre me imaginaba a una muchacha como usted. —Estaba tan orgullosa de que la joven llevara el bonito vestido confeccionado por ella como si Elaine fuera su propia hija.

—No sé, los elfos están tan solos... —murmuró Lainie, y pensó en su primer encuentro con William—. Creo que preferiría ser una bruja. Pero el vestido es fantástico, señora O'Brien.

A partir de ahora seguro que todas las damas le encargan sus trajes. El señor Mortimer no se alegrará demasiado.

La señora O'Brien resopló.

—El señor Mortimer no tiene que alimentar a cinco niños. Tiene una casa bonita en la ciudad y no se muere de hambre. No me da mucha lástima, la verdad.

Cuando por fin llegó el día de la fiesta, Roly recogió a Elaine en el Lucky Horse en la calesa de Tim. Para sorpresa de la muchacha, Tim también venía a lomos de *Fellow*. Ya llevaba su traje de tarde y se le veía enfadado.

—Sé que debería reprimirme en un día como hoy, pero acabo de discutir con mi padre de nuevo —le contó a Elaine—. Bebe desde la mañana y no sé por qué. Al final le he dicho que causaría muy mala impresión delante de los invitados si aparecía borracho... Pues bien, entonces me dijo que está buscando inversores para la mina. Socios, ¿entiendes? O sea que pretende dejarme de lado. Si mi propio padre me considera un fracasado, seguro que ningún extraño me contratará. —Tim se sentía desdichado y ofendido—. En cualquier caso, ahora la decisión es firme. Tramitamos tu divorcio y nos largamos de aquí. ¡Estoy harto de todo!

Fellow piafaba impaciente, como si quisiera emprender el viaje a Inglaterra en ese mismo momento. Si las cosas seguían así, Tim estaría exhausto ya antes de la fiesta. Incluso en un caballo tranquilo como el suyo, cabalgar seguía resultándole fatigoso.

Elaine se acercó, tranquilizó a *Fellow* y soltó la mano crispada de Tim de las riendas.

—Ahora mismo te bajas del caballo. Tu madre se volverá loca si el traje bueno ya te huele a establo. Roly llevará a *Fellow* a casa y tú vienes en la calesa conmigo; será muy romántico. Iremos parando de vez en cuando para practicar el beso de compromiso...

Tim esbozo una leve sonrisa y Elaine le besó la mano.

—Y aguantamos toda la fiesta —añadió la muchacha—. Lo demás ya se verá. —Tomó asiento en la calesa, con lo que la amplia falda formó unos bonitos pliegues sobre la silla.

Tim fue con el caballo hasta la rampa del establo y tuvo el mérito de bajar del caballo, soltar las tablillas de la silla de montar, ponérselas y volver con ellas junto a Elaine.

—Ya has oído, Roly —dijo a su ayudante—. La dama desea que conduzcas a *Fellow* a casa mientras yo la llevo en calesa. Lainie, ¿quieres de verdad que nos acompañe *Callie* o Roly tiene que llevarla al establo?

La perrita brincaba alrededor de la calesa encantada con la inminente excursión. Tim la acarició cuando saltó hacia él.

—A mí no me molesta, pero ya conoces a mi madre...

—Tendrá que convivir con ella. Ya sabes, *Callie* es mi talismán del auténtico amor. Si ladra en un momento determinado de la ceremonia, no me caso contigo. —Elaine rio nerviosa—. ¿Qué pasa, Roly? —Se volvió hacia el muchacho, que seguía junto a la calesa con expresión triste.

—¡Pues que no sé montar! —La mirada de Roly movía a compasión—. ¡Tendré que hacer todo el camino a pie!

Su abatimiento animó un poco a Tim.

—Roly, cuando alguien no puede cabalgar es que está muerto —recordó la frase favorita de Elaine, aunque algo modificada—. Yo en tu lugar estaría agradecido si pudiera cubrir tres kilómetros a pie. Así que ve con el caballo a casa. Me da igual quién lleve a quién.

Roly no se atrevió a montar y tuvo que recorrer a pie los tres kilómetros bajo una ligera llovizna. Al llegar estaba enfadado. Tenía el traje nuevo mojado y había pasado junto a Mary Flaherty, a quien en realidad quería haber encontrado en la puerta de la cocina y llegar al acuerdo de canjear un par de besos por un par de exquisiteces del bufet. En cambio lo llamó un mozo de los Weber al que conocía superficialmente; el joven agitaba una botella de whisky.

—Ven, Roly, también nosotros celebraremos. Esta noche el señor Tim no necesitará enfermera.

Roly no solía desatender sus obligaciones, pero esa tarde dejó a *Fellow* ensillado delante de la casa, con la idea de recogerlo más tarde, pero luego se olvidó. El caballo esperó pacientemente. En algún momento lo desensillarían, entretanto dormitaba bajo la llovizna. Nadie se percató de *Fellow* hasta que, mucho más tarde, recibió compañía.

Después de que el sexagésimo o septuagésimo invitado pasara por delante de la joven pareja y la felicitara, Tim casi deseaba poder sentarse en su silla de ruedas. ¿A quién se le había ocurrido colocarlos en la entrada del salón durante horas, para estrechar la mano de todos los invitados? *Defilée*, lo llamaba su madre. Elaine había creído que algo así sólo ocurría con la realeza, y no le interesaba convertirse en una princesa. Ella sólo se aburría, mientras que Tim iba perdiendo poco a poco sus fuerzas. Casi miraba con envidia a *Callie*, que se había ovillado a sus espaldas sobre una alfombra y dormía tranquilamente.

—¿Cuántos son en total? —susurró Lainie, acercándose al novio. Tal vez él pudiera apoyarse en ella, aunque era demasiado baja y delicada.

—Casi ciento cincuenta. Una locura —murmuró Tim al tiempo que dirigía una sonrisa forzada a la familia Weber.

Florence revoloteaba prendida del brazo de Caleb, quien se deshizo en palabras de agradecimiento ante Elaine. Puso de relieve que enterarse de que ella lo sustituiría en el concierto de Kura le había quitado una piedra del corazón.

—Un geólogo nunca consigue sacarse de encima las piedras... —bromeó Tim cuando la pareja pasó al interior—. Analizará con el máximo detalle de dónde proceden, por qué cayeron y en cuántas partes se han dividido.

Los siguientes invitados eran, por fortuna, Matt y Charlene. Ésta lucía un vestido verde maravilloso, también obra de la señora O'Brien. Les seguían Kura y William. Todos, por suerte, más hambrientos que parlanchines.

—¿Dónde está el bufet? —preguntó Kura. El tiempo que había pasado a la buena de Dios por los caminos le había enseñado a no desdeñar una cena gratuita.

William le tendió una copa de champán y Lainie y Tim se volvieron hacia los siguientes invitados. Por suerte no todos eran puntuales. Cuando el vestíbulo se quedó un par de minutos vacío, Tim decidió acabar con la tortura y se dejó caer agotado en una butaca.

—Antes del baile, tengo que recuperarme —murmuró acariciando a *Callie*.

Elaine fue a buscar champán. Se internó entre la multitud de invitados camino del bufet de la sala de caballeros, habló brevemente con Charlene y Kura y agradeció los elogios que le dedicaban. Todo parecía estar en orden, pero sentía una vaga inquietud. Todo era demasiado similar a un cuento de hadas. Sabía que al día siguiente volvería a la realidad delante del *constable*. Elaine sonrió al oficial de policía y al juez de paz. Ellos le devolvieron alegres el saludo. Ya se vería si mañana conservaban la sonrisa...

Al final cogió un par de copas y se dirigió de nuevo hacia el vestíbulo. Y fue entonces cuando divisó al hombre alto y de cabello canoso que entraba en el salón con Marvin Lambert. Se quedó petrificada. Todo en ella la urgía a escapar. Pero no, debía de estar equivocada, no podía ser... No debía huir de forma atolondrada. Tenía que acercarse y comprobar que aquel hombre no era John Sideblossom, que no podía serlo...

Elaine se obligó a avanzar.

En ese momento la orquesta empezó a tocar en el salón. Los invitados se dirigieron hacia allí y ocultaron la visión del recién llegado. El pulso de la joven se normalizó mientras se dejaba arrastrar por la muchedumbre. Seguro que era un error. Al final llegó junto a Tim, quien en ese momento se ponía dolorido en pie.

—Y bien, princesa, ¿bailarás conmigo?

Elaine quería contestar, pero sentía un soplo glacial rozándole la nuca. Se limitó a mirar alrededor. La sonrisa de Tim se congeló cuando advirtió su expresión de pánico. La muchacha parecía ansiosa por huir y, al mismo tiempo, se la veía incapaz de moverse. En apenas unos segundos su semblante perdió el color.

—Lainie, ¿qué ocurre?

—Está... está...

—¡Aquí están! —resonó la voz estridente de Marvin Lambert—. Me gustaría presentaros a un invitado sorpresa. Un viejo amigo... ¿Cuánto tiempo hacía que no nos veíamos, John? Os presento a John Sideblossom.

Elaine tendió de forma mecánica la mano. Seguro que se tratara de una pesadilla de la que enseguida despertaría. O era una alucinación producto del cansancio.

—Mi futura nuera Lainie, mi hijo Tim.

La sala empezó a girar en torno a la joven. Tal vez no fuera mala idea perder ahora el conocimiento... Pero entonces Sideblossom estrechó su mano y el terrible miedo que eso le produjo avivó todos sus sentidos.

—Mi maravillosa Elaine —dijo Sideblossom con voz ronca—. Sabía que te encontraría. En algún momento... y en el lugar adecuado. Señor Lambert... —Se volvió hacia Tim dirigiéndole su sonrisa de depredador—. Qué conquista tan encantadora. Lástima que la fortaleza aún tenga defensores. Nunca debe enarbolarse la bandera de la victoria antes de tiempo, señor Lambert...

Elaine no entendió la metáfora pero sí percibió la amenaza. Y luego no aguantó más. Quiso murmurar una disculpa, pero sólo consiguió emitir un jadeo. Llevada por el pánico, salió corriendo, primero en la dirección equivocada, ya que casi se precipitó en el vestidor de caballeros, donde no había salida al exterior. Miró atolondrada alrededor y chocó con su prima, que pasaba en ese momento con dos copas de champán. La bebida le salpicó el vestido. Kura ya iba a protestar, pero al ver el terror que reflejaba el rostro de su prima se contuvo.

—Lainie, ¿qué pasa? ¿Te has peleado con Tim? —Kura la examinó con atención. Ni siquiera cuando la había sorprendido en la calle de Queenstown con William su cara había estado tan pálida y contraída, sus ojos tan desorbitados. Eran los ojos de un animal atrapado.

—John Sideblossom. Él... él... —balbuceó Elaine antes de salir corriendo a través del salón y el vestíbulo.

Necesitaba aire. Llegó jadeando a la bien iluminada entrada, evitó la luz, vio a *Fellow* y otros dos caballos delante de un carro. *Callie* ladraba. Elaine no se había dado cuenta de que la perra la había seguido. Se inclinó de forma mecánica para acariciarla y entonces oyó pasos a sus espaldas: ¿Sideblossom? No; *Callie* movía la cola. Reconoció el sonido de las muletas y el paso arrastrado de Tim.

—Lainie... —Tim la abrazó—. Dios mío, estás temblando... Tranquilízate, por favor...

—No puedo. —Elaine sentía frío, el sudor se le secaba en el cuerpo—. Es John Sideblossom... Querrá...

Tim se estremeció, pero sabía evaluar con rapidez las situaciones críticas y dominarlas. En una mina tal habilidad era de crucial importancia. Intentó tranquilizar a la muchacha.

—Lainie, no te preocupes. En el peor de los casos nos aguará la fiesta, pero si quisiera armar un escándalo habría empezado de otra manera. Es probable que hasta mañana no pase al ataque ni hable a solas con mi padre...

—Buscará al *constable* y me encerrarán —susurró ella. Y de repente se percató de que no tenía miedo de eso. No temía pasar una noche en una celda, al contrario. Ahí se sentiría segura.

—Escucha, el *constable* está entre los invitados, le hemos saludado antes, ¿recuerdas? También al juez de paz. Si quieres los llamo, nos retiramos a mis habitaciones sin que nadie lo advierta y se lo cuentas todo.

—¿Ahora? ¿En este momento? —Se debatía entre la esperanza y el miedo.

—De ese modo nos anticiparíamos a Sideblossom. Y por la mañana presentas la solicitud de divorcio, y entonces no podrá pasarte nada... ¡Silencio, *Callie*!

Tim se volvió impaciente hacia la perra, que de repente había empezado a ladrar. Elaine se apartó de Tim en cuanto oyó a *Ca-*

llie. Y de nuevo su rostro adquirió aquella expresión de desaliento cuando, más allá de Tim, miró hacia el sendero que rodeaba la casa.

—¿Y si mi hijo no desea el divorcio, señor Lambert?

John Sideblossom surgió de las sombras. Debía de haber salido por una puerta lateral. Llevaba un abrigo largo y negro sobre el traje formal. Así que pensaba marcharse. Tim suspiró aliviado. *Callie* aulló.

—Quizás espera un reencuentro familiar. De hecho, lo que más anhela desde ese funesto accidente es que Lainie...

La joven era incapaz de pronunciar palabra. Retrocedió aterrorizada cuando Sideblossom se acercó a ella.

—Pero ella sí desea el divorcio, señor Sideblossom —puntualizó Tim con calma—. Sea razonable. Lainie lamenta lo ocurrido, pero sin duda su hijo le dio sobrados motivos para actuar de ese modo. Por favor, déjenos en paz y márchese...

—A usted nadie le ha preguntado —respondió Sideblossom, y de nuevo se volvió hacia Lainie con su voz ronca e inexorable—. Tienes que desagraviarle, Elaine. Y a partir de ahora serás una esposa obediente. Thomas siempre fue demasiado... hum... blando. Pero ahora te vigilaré yo... —Intentó cogerla del brazo, pero ella lo eludió. *Callie* saltó entre los dos y ladró histérica.

Tim se colocó a duras penas delante de Elaine.

—¡Basta, Sideblossom! —advirtió con determinación—. ¡Y ahora lárguese de mi casa!

Sideblossom sonrió burlón.

—¿Va a impedirme usted que me lleve lo que nos pertenece?

Y le lanzó un puñetazo a la mandíbula que pilló desprevenido al joven, que cayó pesadamente al suelo. Se golpeó la cadera herida y no logró contener un grito de dolor. Sideblossom propinó una patada a *Callie*, que no dejaba de ladrar.

—¡Tim! —Elaine olvidó todos sus temores y se arrodilló junto a su amado.

Sideblossom no desaprovechó esa oportunidad: tiró violentamente hacia atrás las manos de Elaine y la maniató. Y a continuación le encajó una mordaza entre los dientes para que no gritara.

Tim se revolvió en el suelo, buscando desesperado algo donde apoyarse, al tiempo que veía impotente cómo Sideblossom tiraba de Elaine, la levantaba y la arrojaba a su carruaje.

—Olvídate de ella, muchacho —le espetó con desprecio mientras desataba los caballos.

Tim intentó rodar hasta el camino e interponerse delante de los animales, pese a que Sideblossom no habría tenido el menor escrúpulo en arrollarlo. El viejo le atizó una patada en las costillas.

—No querrás pelear, ¿verdad, muchacho? —Soltó una carcajada y pareció reflexionar si asestarle más golpes. Pero optó por dejarlo allí tirado. No iba a buscarse problemas atizando a un tullido. No más de lo necesario.

El carro era un vehículo ligero. Una pequeña caja de carga con el pescante en la parte delantera. Elaine yacía detrás, inmóvil. Sideblossom supuso que se había golpeado al arrojarla al carro. Bueno, ya se ocuparía de eso después. Lo principal era que se mantuviera callada. Hizo girar con toda calma los caballos. No debía llamar la atención. ¡Y el maldito perro no dejaba de ladrar! Sideblossom buscó el arma. Pero si le disparaba, la gente de la casa lo oiría. Era mejor largarse cuanto antes, así que azuzó a los caballos para que iniciaran la marcha.

Kura buscaba a Elaine y Tim, pero sólo encontró a William, que charlaba en el bar. Le habló en un aparte.

—¡Lainie está fuera de sí! Cree haber visto a Sideblossom. Y yo no encuentro a Tim por ninguna parte.

—Bueno, Tim no se escapará corriendo... —William estaba un poco achispado.

—¡Hablo en serio! Elaine está muerta de miedo. A saber dónde se habrá...

—Deja que lo adivine: detrás del piano de Madame Clarisse. Elaine siempre sale huyendo cuando algo la asusta, ya sabes. ¿Y cómo habrá llegado aquí Sideblossom? Está cojo y casi ciego...

Kura lo sacudió.

—¡No el joven, el viejo! Y ahora espabila, William, tenemos que encontrarlos. Si ha sido una falsa alarma, tanto mejor. Pero te lo aseguro: Elaine ha visto una amenaza. Y si no era John Sideblossom, entonces era su fantasma.

William hizo un esfuerzo. Le parecía imposible que John Sideblossom se hubiera presentado allí. Sin embargo, el tipo era un viejo costeño, como Marvin Lambert. No había que excluir la posibilidad de que se conocieran. Aun así, actuar de forma atolondrada como Kura era absurdo. Reflexionó unos instantes. Lo que había dicho de Lainie era cierto: no se enfrentaba a los problemas sino que huía de ellos. Si realmente había visto a John Sideblossom ahora estaría escapando. Pero ¿hacia dónde? ¿A la taberna de Madame Clarisse? ¿O lejos de allí? William se encaminó hacia la salida. Y entonces oyó ladrar a *Callie*. No muy alto, a la distancia. Apretó el paso.

—¡Aquí! ¡Socorro!

William oyó la llamada de Tim cuando estaba en la entrada e intentaba orientarse. A la izquierda del acceso iluminado, junto al poste donde se ataban los caballos, Tim intentaba levantarse sujetándose a ella. Al parecer, no conseguía mover la pierna izquierda.

—Espere, voy a ayudarle... —William quería recoger las muletas, pero de pronto una fea sospecha surgió en su mente: si Tim sólo hubiera tropezado, las tendría a su lado.

—¡Déjeme! —Tim lo apartó cuando William trató de levantarlo—. ¡Vaya a buscar a Lainie! Ese canalla la ha raptado. Un carro de carga, dos caballos, en dirección a Westport. ¡Salga en su busca, coja mi caballo!

—Pero usted...

—Nada de peros, yo me las apaño. ¡Vamos, muévase! —Tim gimió. Agujas de fuego parecían atravesarle la cadera. No había la menor esperanza de que lograra atrapar él mismo a Sideblossom, incluso si de algún modo conseguía montar—. ¡Márchese de una vez!

William colocó titubeante un pie en el extraño estribo.

—Pero... ¿Westport? ¿No tendría que ir hacia el sur...?

—¡Dios mío, lo he visto tomar esa dirección! ¡No sé que pretende en Westport! Tal vez sus cómplices estén allí. O en Punakaiki. ¡Averígüelo! ¡Vamos, dese prisa!

Tim perdió el apoyo del poste y volvió a caer al suelo, pero William ya estaba sentado a lomos del animal. Hundió los talones en los flancos de *Fellow* y éste gruñó reticente, pero aquellos pesados estribos que envainaban los pies eran dolorosos. El caballo giró y partió bruscamente a paso ligero. William no lo dominaba del todo, pues su salida repentina le había hecho perder el equilibrio, pero caerse de esa peculiar silla era casi imposible. Tim pensó por un instante en los temores de Ernest al construirla y rogó que *Fellow* no tropezara.

Fellow no tropezó. Cuando pasó las últimas casas de Greymouth, William ya se había enderezado en la grupa. La silla no permitía libertad de movimientos, pero encontraba mucho apoyo en los estribos. *Fellow* galopaba como alma que lleva el diablo y resultaba fácil de guiar. Al principio la carretera estaba bien pavimentada y no patinaba, pero eso pronto cambiaría. El camino se desviaba de la carretera costera hacia Punakaiki, un tramo muy bonito, con unas vistas impresionantes del mar, pero lleno de curvas e irregular, y tras la lluvia podía ser resbaladizo. William se asustó, pero *Fellow* continuó imperturbable. Apenas aminoró la marcha cuando llegaron al tramo sin pavimentar y ganó terreno. Ningún carro de carga sería tan rápido como aquel fogoso ruano, y William descartaba la posibilidad de que Sideblossom se hubiera escondido. La visibilidad que brindaba la luz de la luna era relativamente buena y la carretera estaba mojada. William descubrió el rastro del carro y ya oía los ladridos de *Callie*. Así pues, se estaba acercando.

Cuando *Fellow* tomó una curva que precedía una cuesta abajo, William tuvo a la vista un tramo del camino. Distinguió un carro tirado por dos caballos y seguido por una pequeña sombra negra que sacaba el alma por la boca. En un par de minutos lo habría atrapado, *Fellow* estaba en ello. La perspectiva de dar alcance a un congénere lo estimulaba a mantener un ritmo peligroso. William se agarraba a la silla, mientras pensaba qué estrategia seguir. ¡Había sido un insensato saliendo sin más tras Sideblossom! Seguro que iba armado y no le temblaría el pulso a la hora de disparar. Si le daba al caballo a esa velocidad, William no sobreviviría a la caída.

Sin embargo, sería muy difícil apuntar bien avanzando tan deprisa y sobre un camino tan irregular. Bastante trabajo tenía Sideblossom con dominar sus dos caballos. Si no esquivaba los baches, corría el riesgo de partir un eje del carro. La única posibilidad de William consistía en adelantar el carruaje, detener los caballos y reducir al hombre antes de que lograra dispararle. Afortunadamente, el factor sorpresa estaba de su lado: *Callie* seguía ladrando enloquecida, por lo que Sideblossom no oiría acercarse a su perseguidor. *Fellow* recuperaba el tiempo perdido y ya se había puesto a la cola del carro. William se sobresaltó al darse cuenta de que al claro de luna su caballo arrojaba una larga sombra que Sideblossom no tardaría en descubrir.

Y sus temores eran fundados. Sideblossom se volvió de repente y vio al jinete a su lado. William lo distinguía perfectamente. No llevaba ninguna pistola en la mano, sino un látigo, y empezo a fustigar a William con él.

Elaine recuperó el conocimiento gracias a los frenéticos ladridos de *Callie* y porque su cuerpo iba dando tumbos sobre la dura superficie del carro. Había un par de mantas, pero lo que Sideblossom había previsto hacer con ellas era esconderla antes que hacerle más cómodo el viaje. Le dolía la cabeza, debía de habérsela golpeado y perdido el conocimiento durante unos minutos. Pero ahora eso no importaba. Tenía que hallar algún modo de desprenderse de sus ligaduras. Si tenía las manos libres podría saltar del carro. Claro que a esa velocidad la caída podía ser mortal, pero cualquier cosa era mejor que ser entregada de nuevo a Thomas Sideblossom.

Elaine forcejeó con las ataduras. La cuerda le sesgaba dolorosamente la piel, mas no tardó en aflojarse. Con las prisas, Sideblossom no la había anudado con firmeza. Elaine se restregaba las manos e intentaba estirarlas para desprenderse de la cuerda. Y entonces percibió junto al carro la sombra de un caballo y su jinete.

Reconoció la cabeza de *Fellow*. ¿Tim? No, era imposible. John lo había tirado al suelo... Ojalá no le hubiera pasado nada malo, ninguna nueva fractura. Ahora intentó reconocer al jinete... ¡William! Y éste ahora adelantaba el vehículo, llegaba a la altura del pescante y...

William no podía defenderse. Ni disponía de un látigo para devolver los golpes, ni la silla le permitía inclinarse para evitar los latigazos. Y encima *Fellow* iba más despacio. La fusta le alcanzaba en la cabeza y el cuello. El animal, asustado, se refrenaba. William lo espoleaba, pero el caballo se confundía con tantos estímulos contradictorios. Tenía que proceder de otra manera. En un esfuerzo desesperado, William inclinó a *Fellow* lo más cerca posible del pescante para tratar de agarrar el látigo cuando Sideblossom lanzara un nuevo zurriagazo. Distinguía ahora el rostro de su enemigo: las facciones de Sideblossom estaban crispadas por la rabia. Dejó las riendas y se levantó para fustigar a William, con el propósito de derribarlo de la silla. Pero William se le enfrentaba con valor, miró con sangre fría el látigo que se abatía sobre él y lo atrapó. Sintió la correa en la mano, se la enrolló de forma instintiva para no perderla. Si reunía fuerza suficiente para arrancarle la fusta...

Pero entonces *Fellow* fue presa del pánico cuando vio flotar por encima de él la sombra oscilante del látigo y se desvió bruscamente a un lado. William percibió el potente tirón de la cinta de cuero en la mano. En otras circunstancias eso le habría derribado, pero la montura especial de Tim lo sostuvo. Sideblossom tendría que rendirse y la fusta se le escaparía de la mano.

En efecto, el tirón se aflojó de golpe y todo ocurrió al mismo tiempo: se oyó un grito y un fuerte ruido. William quería darse la vuelta, pero *Fellow*, lleno de espanto, aceleró una vez más para eludir la cinta de cuero. William logró permanecer en la silla gracias a la estructura diseñada para Tim. Recuperó el control del animal cuando consiguió liberar la mano. La fusta cayó al suelo y *Fellow* se tranquilizó de inmediato. El corazón de William latía con fuerza, pero ahora por fin le era posible volver la vista atrás.

Los caballos de Sideblossom lo seguían a galope tendido, pero el pescante estaba vacío. El viejo debía de haber perdido el equilibrio y caído. Sólo Dios sabía lo que le había sucedido...

William respiró hondo y tomó conciencia de que Elaine seguía en peligro. Los caballos que tiraban del carro estaban desbocados y la serpenteante carretera descendía escarpada. William intentó refrenar a *Fellow* para detener a los caballos, pero también eso era peligroso. La vía era demasiado estrecha para que lo adelantasen. Si el caballo tordo se paraba y los caballos de tiro no podían hacerlo porque la presión del pesado carro era demasiada... William ya se veía atropellado, arrollado por el vehículo o arrojado al abismo.

Elaine batallaba con las ligaduras. Había visto caer a Sideblossom y era consciente del peligro que corría. Si bien no veía ante sí la carretera sinuosa y escarpada, que un carro recorriera un camino irregular siempre era peligroso. Además, algo raro ocurría con el carro. Se diría que algo bloqueaba la rueda delantera izquierda. Si se rompía el eje...

Pero entonces, de repente, sus ligaduras cedieron. Se aflojaron lo suficiente para que Elaine pudiera liberar la mano derecha. La joven se incorporó y probó a alcanzar el pescante. Logró coger una rienda y empezó a manejar los caballos, y al final atrapó la segunda. Arrodillada sobre el suelo fue impartiendo órdenes a los caballos para que redujeran la velocidad. Si al menos el camino no tuviese tanta pendiente... Con las últimas fuerzas que le quedaban, Elaine se irguió en el pescante y tiró del freno. El carro se balanceó un poco, pero los caballos reaccionaron refrenándose al sentir menos empuje. Pasaron al trote y luego al paso. William retrocedió hasta ponerse a su altura.

De repente todo estaba en silencio, incluso *Callie* había dejado de ladrar. Sólo se oía su jadeo cuando llegó a su lado y saltó al pescante para lamerle la cara a Elaine.

—¡Dios mío, Lainie! —William tenía desbocado el corazón. En ese momento fue consciente de que habían escapado por poco de la muerte o de un grave accidente.

Elaine se liberó de las últimas ataduras, riendo y llorando al mismo tiempo. Apenas lograba desprenderse de *Callie*.

—Muy bien, *Callie*, buena perra. Ahora quieta, ¿de acuerdo? Quieta...

William la miró perplejo. No era normal que estuviera tan relajada, como si hubiera ocurrido sólo un pequeño percance.

—¿Puedes comprobar la rueda delantera izquierda? Hay algo que la bloquea.

—Dios mío, Lainie... —repitió William, ahora con voz ronca y la mirada clavada en el carro. La rueda delantera izquierda...

Elaine se dispuso a bajar para verlo por sí misma.

—¡No, no mires, ahórratelo! —Él respiraba con dificultad, pero quería evitarle esa imagen horrenda.

Entre los radios de la rueda, enredado por los jirones de su largo abrigo encerado, colgaba el cadáver destrozado de John Sideblossom. William se desplomó del caballo más que desmontó de él. Se tambaleó al borde del camino para vomitar.

Elaine permaneció obediente en el pescante, pero interpretó en el rostro de William lo que había sucedido. Había visto caer a Sideblossom y lo intuyó todo. De repente tomó conciencia de toda la situación y empezó a temblar de forma descontrolada. William la bajó del pescante y la llevó a un lado.

—Hay mantas en el carro. Deberías cubrir los caballos. —A Elaine le castañeteaban los dientes, pero aun así seguía los pasos normales. Si pensaba en algo que no fuera ocuparse de los caballos, se volvería loca.

William la miró como si la joven hubiera perdido el juicio. Cogió las mantas y la envolvió con una, con la otra cubrió el cadáver, que alguien debería separar del carro antes de moverlo. William tenía que asumir esa horrorosa tarea, y no lograba sobreponerse.

—¿Podrías cubrir los caballos? —dijo Elaine mirando fijamente al frente.

Tenía que atarlos en algún lugar. Sería espantoso si los animales se desbocaban y seguían arrastrando y despedazando el cuerpo. A un par de metros había unos árboles, pero tendría que mover los caballos. Tal vez lográra desengancharlos. William se acercó con cuidado a los arneses.

Los animales sólo jadeaban y les temblaban los flancos. Sólo *Fellow* avanzó pesadamente hacia Elaine. Ella cogió las riendas. William se ocupó de los caballos del carro. Lo hizo de forma mecánica... bastaba con no reflexionar, con no pensar en todo aquello...

—¿Y Tim...? —preguntó Elaine—. ¿Has...?

—He hablado con él, todo está en orden.

O tal vez no. William recordó el rostro de Tim contraído por el dolor. Bastaba con no pensar... Rodeó a Elaine con el brazo. *Callie* empezó a ladrar.

Elaine se ciñó la manta alrededor.

De repente *Fellow* levantó las orejas y los caballos de tiro se agitaron.

—Sonido de cascos —susurró Elaine, y un temblor le recorrió el cuerpo—. ¿Crees que...?

—John Sideblossom está muerto. Ya no podrá hacerte nada. Seguro que Tim ha mandado gente a buscarnos... ¿Podrías hacer callar al perro? ¿Por qué siempre ladra cuando un hombre te toca?

—No ladra a todo el mundo —murmuró Elaine.

5

Jay Hankins, el herrero, montado en su yegua de patas largas, fue el primero que los alcanzó. Le seguían el *constable* y el juez de paz, así como Ernie y Matt.

—¡Por todos los santos, señor Martyn! ¿Cómo ha detenido el carro aquí? —Hankins miraba el escarpado camino—. Y dónde está el tipo que...

William señaló la manta ya empapada de sangre.

—Ha sido un accidente. Y ha sido Lainie quien ha frenado el carro.

Elaine lo miró asombrada. ¿Dónde estaba el vanidoso William que casi había liberado él solo Irlanda de la ocupación inglesa?

—Aun así, ha sido muy valiente, señor Martyn. Sin duda ese hombre tenía un arma... ¿Se encuentra bien, Lainie? —Matt ayudó a levantarse a la muchacha, que de nuevo temblaba. *Callie* no ladró esta vez.

—Creo que quedan algunas cosas por aclarar —dijo el *constable*, levantó un extremo de la manta y contrajo el rostro—. Pero antes tenemos que limpiar estas... todo esto. ¿Hay dos hombres con el estómago resistente? ¿Y cómo nos llevamos a la muchacha a casa?

Elaine se inclinó hacia Matt.

—¿Tim está bien? —preguntó de nuevo.

El joven hizo un gesto de ignorancia.

—No lo sé. El doctor se ocupa de él. Pero estaba consciente y podía hablar. Nos ha contado lo que sucedió. Enviaremos a Hankins con su caballo a casa. Traerá una calesa y pronto se reunirá usted con Tim. Quizá Jay tenga noticias más recientes...

Elaine sacudió la cabeza. Tenía un frío tremendo y mucho miedo; esperar una hora al borde del camino tampoco le sentaría bien.

—Tengo un purasangre —dijo, señalando a *Fellow*—. Seguro que consigue desandar el camino.

—¿Quiere volver a caballo, señorita Lainie? —preguntó el *constable*—. ¿En su estado?

Elaine se miró. Llevaba el vestido sucio y desgarrado, las muñecas con marcas de las ataduras y se notaba salpicaduras de sangre y arañazos en el rostro. Pero quería volver con Tim...

Y entonces recordó a su abuela. Elaine intentó sonreír, pero sus palabras casi adquirieron un tono de gravedad.

—Cuando una ya no puede cabalgar es que está muerta.

Hubiese preferido partir a galope tendido, pero por consideración a *Fellow* se limitó a un trote ligero. Matt y Jay, que la acompañaban, sacudieron la cabeza ante el ritmo que marcaba.

—No puede hacer nada por él, señorita Lainie —señaló Jay.

Elaine le lanzó una mirada asesina. Estaba demasiado cansada y aterida para hablar. Lo que realmente habría deseado era llorar. Pese a todo, se dominó con firmeza, e incluso se dispuso a meter a *Fellow* en el establo cuando por fin llegaron a casa de los Lambert. Matt cogió al animal.

—Déjeme a mí, señorita.

Elaine pasó dando traspiés por las salas de recepción y el salón; todavía quedaban invitados que hablaban inquietos entre sí, pero ella no notó que le dirigían la palabra. Al final llegó a los pasillos anteriores a las cocinas que conducían a los aposentos de Tim.

Elaine se derrumbó cuando vio a su amado en la cama tan quieto y pálido como el primer día después del accidente. ¡No podía ser, no después de tanto esfuerzo! Lloró a lágrima viva y las rodillas le fallaron.

Berta Leroy la sostuvo al vuelo.

—Vamos, Lainie... ¡No vamos a flaquear ahora! Roly, ¿tenéis whisky?

—Lainie... —la llamó Tim.

La muchacha se desprendió de Berta y se arrastró hasta la cama. Él se enderezó cuando ella se arrodilló a su lado.

—¿Ese lerdo de William lo ha conseguido? ¡Oh, Dios, pensaba que tendría que golpearlo con las muletas para que subiera al caballo! ¡Y encima quería discutir acerca de qué dirección tomar!

—Tim, tú... —Elaine frotó el rostro en sus manos y palpó el cuerpo... no había vendas, pero se estremeció un poco cuando le tocó el costado izquierdo.

—Sólo contusiones fuertes —intervino Berta Leroy al tiempo que le tendía a Elaine un vaso—. Pero no hay nada roto, no se preocupe.

La joven lloró de nuevo, pero esta vez de alivio. Bebió un sorbo y se estremeció.

—Esto no es whisky...

—No; es láudano. —Berta la obligó a beberse todo el vaso—. Me lo he pensado mejor. Con el alcohol uno se vuelve parlanchín, además de sentimental. Prefiero que duerma. ¡Y usted también, Tim! ¡O haré caso a mi marido y no permitiré que vaya a declarar!

El grupo que al día siguiente tenía que acudir a la oficina del *constable* había dormido muy poco.

Aunque todavía cansada, Elaine se había despertado al amanecer y se había dirigido a trompicones desde sus pesadillas hasta la cama de Tim. Éste, que pese al láudano también estaba despierto, devanándose los sesos, le hizo sitio y la abrazó mientras ella, balbuceando y sollozando, le ofrecía una versión bastante confusa de los hechos. Cuando al final se durmió en su hombro, él no se atrevió a moverse y tampoco encontró una posición cómoda, por lo que por la mañana tenía el entumeciento que cabía esperar.

A Elaine todavía le dolía la cabeza e iba de sollozo en sollozo. Su actitud contenida después del rapto se había revertido. Así que prorrumpió en lágrimas cuando vio el vestido de compromiso totalmente arruinado y siguió llorando emocionada cuando Charlene apareció con ropa para mudarse.

—¡Deja de llorar! La señora O'Brien está haciéndote un traje nuevo —le dijo la chica para conformarla—. Si se da prisa, lo terminará antes de esa función en Blenheim. Te lo querías poner...

—Si es que no estoy en la cárcel... —sollozó Lainie.

Charlene intentó convencerla de que al menos tomara un desayuno ligero. Pero no había forma de que se calmara y sólo se repuso cuando llegó la hora de marchar. Siguió al renqueante Tim por el salón y pasó por delante de Nellie Lambert, que permanecía en silencio. Marvin Lambert ni se dejó ver; o bien estaba trabajando en la mina, o bien estaba borracho... otra vez o todavía.

William había celebrado con Kura toda la noche el simple hecho de seguir con vida. Tras la audaz persecución a caballo y los subsiguientes hechos espantosos, y los esfuerzos que hizo para demostrarle a la muchacha su habilidad en las más diversas posturas, casi arrastraba tanto los pies como Tim.

Tampoco el *constable* había dormido mucho. Junto con sus ayudantes, había pasado la mitad de la noche transportando el cadáver y anotando las primeras declaraciones. Y tras la exploración de los restos mortales de Sideblossom, el doctor Leroy daba la impresión de estar bastante rendido. No había hallado nada que desmintiera la versión de William.

—Bien, ya tenemos una reconstrucción de los hechos bastante verosímil —concluyó el juez de paz, un hombre considerado y agradable, encargado de la oficina de telégrafos—. John Sideblossom iba en pie en el pescante de su carro lanzado a galope tendido cuando William Martyn, que cabalgaba junto a él, intentó arrebatarle la fusta. Sideblossom se revolvió y una sacudida le hizo perder el equilibrio. Al caer, el abrigo se enredó en los rayos de la rueda y el hombre murió mientras era arrastrado. ¿Tienen algo que objetar?

Los asistentes negaron con la cabeza.

—No ha sido una muerte agradable —observó el *constable*—, pero él tampoco era un hombre agradable... Ocupémonos ahora de usted, señorita Lainie Keefer. O Elaine Sideblossom, si la he entendido bien. ¿Cómo se inició el tiroteo? ¿Por qué ha vivido aquí con una falsa identidad? ¿Cómo es que sólo Greymouth era un lugar «seguro» para usted? ¿Y por qué Sideblossom no se limitó a pedirle explicaciones, sino que tuvo que raptarla?

Elaine respiró hondo y contó su historia en un susurro monocorde y con la mirada baja.

—¿Me arrestará ahora? —preguntó al final. La cárcel se hallaba al lado de la oficina del *constable*. Por el momento estaba vacía, pero era bastante amplia. El fin de semana seguramente se utilizaba para que los borrachos durmieran la mona.

El *constable* sonrió.

—Creo que no. Si usted hubiera pretendido huir, otro gallo cantaría. Además, primero debo comprobarlo todo. Sigue pareciéndome una historia de lo más extraña. Sobre todo me resulta raro que yo nunca haya oído nada al respecto. Bien, es cierto que Lionel Station se encuentra en el fin del mundo, pero una joven en una lista de personas buscadas, y aún más a causa de estos hechos tan graves, debería haberme llamado la atención. No obstante, en principio no deberá marcharse del pueblo, señorita...

—Lainie —susurró Elaine.

—No desea seguir llamándose Sideblossom —concluyó el juez de paz—. Algo comprensible si lo que nos ha contado responde a la verdad. Y habida cuenta de que piensa comprometerse con el señorito Tim... Supongo que no pensará en cometer bigamia. Antes que nada debe ocuparse de su divorcio.

Tim le dio la razón.

—Por lo que sé, hay un abogado en Westport. Quizá podríamos enviarle un telegrama... —Hizo gesto de levantarse mientras el *constable* le acercaba a Elaine la declaración que debía firmar.

—Pero ¿y qué pasa con Blenheim? —intervino William—. Comprendo que ahora mismo tengas otras preocupaciones, Lainie, pero...

—¡No creerá que va a irse con usted a Blenheim en estas circunstancias! —protestó Tim. Sentía un dolor atroz en el costado izquierdo y quería acabar pronto con esa conversación. Elaine le cogió la mano, tranquilizadora.

—Claro que iré —dijo cansada—. Si puedo. —Miró temerosa al *constable*. Tim, por el contrario, esperaba su sentencia esperanzado.

El policía miró perplejo a los reunidos.

—¿Y ahora qué pasa con Blenheim?

William le explicó lo importante que era el recital de Elaine y Kura para salvar la isla Sur de algo así como invasores bárbaros. Tim puso los ojos en blanco.

—Dios mío, William, es sólo un recital...

—Para Kura es más —objetó Lainie—. No me escaparé, *constable*.

El policía sacudió la cabeza y se mordió el labio, una costumbre que compartía con Lainie. Ella sonrió.

—Lo sé, señorita Lainie —respondió al final—. Me preocupa más su seguridad personal. A más tardar, Thomas Sideblossom se enterará mañana de la muerte de su padre. ¿Está segura de que no se volverá loco y querrá vengarse? ¿Sería capaz de algo así?

Elaine fue alternando palidez y rubor.

—Thomas sería capaz de todo... —murmuró finalmente.

—¡Tal vez antes! —terció William—. Pero tras el accidente con el revólver...

Tim tomó nota, admirado pese a su voluntad, de la prudencia con que se expresaba el joven irlandés. Tal vez fuese un jinete mediocre, pero como abogado habría sido un as.

—Apenas si sale de la casa y necesita ayuda para todo. *Constable*, ¡ese hombre está casi ciego!

—Pero ¿sería capaz de urdir una venganza contra usted? —insistió el policía.

—No la perderemos de vista —se adelantó William—. La protegeremos en todo momento.

El *constable* lanzó una mirada escéptica a los supuestos protectores de la muchacha. Un joven impedido con muletas, y otro que se mareaba con sólo mirar un cadáver. ¡Menudos eran como guardaespaldas!

—De acuerdo, señorita Lainie —cedió al final—. Pero ¿cree que al menos los espíritus de los maoríes seguirán protegiéndola cuando abandone Greymouth? —preguntó con una sonrisa cansada.

—Ayer no fueron de gran ayuda —observó Elaine.

Cuando salieron siguieron al juez de paz a la oficina de telégrafos, William y Tim se enzarzaron en una discusión. Elaine experimentaba una extraña sensación de ligereza, como si estuviera flotando...

—Señor Carrington... mis padres en Queenstown... ¿Podríamos enviarles un telegrama también? Si todo va a salir a la luz prefiero que...

Vio que el juez de paz contestaba, pues sus labios se movían, pero no oyó sus palabras. Todo empezó a dar vueltas de repente, como el día anterior, pero esta vez Elaine ya no podía volver a la realidad, sino que se perdió en las nubes. No era desagradable, pero estaba lejos, muy lejos...

Elaine oyó voces lejanas cuando lentamente volvió en sí.

—Ha sido demasiado para ella...

—La herida en la cabeza...

—Por favor, que no le pase nada ahora...

La última voz era de Tim. Sonaba desesperada y agotada.

Elaine abrió los ojos y vio sobre ella al doctor Leroy, que le tomaba el pulso.

Tim y las otras voces no estaban en la habitación... Al parecer la habían llevado al consultorio. Tras el doctor se encontraba Berta.

—Tengo... ¿Es grave? —preguntó con un hilo de voz.

Leroy sonrió.

—¡Muy grave, señorita Lainie! En los próximos días debe comer bien y no ceñirse demasiado el corsé...

Elaine cayó en la cuenta de que le habían abierto el corpiño y el corsé y se sonrojó.

—Y sobre todo arreglar todo lo relativo al divorcio y el nuevo matrimonio. ¡Está embarazada, señorita Lainie! Y cuando traiga el niño al mundo preferiría tratarla de señora.

—¡Cuando el niño nazca ya llevaremos tiempo en Gales! —dijo Tim con ternura.

Berta Leroy le había dado la noticia antes de que entrara a ver a Elaine. No permitiría que la joven se levantara hasta que hubiera desayunado convenientemente. Roly ya iba camino de la panadería, con lo que la noticia se propagaría más deprisa por Greymouth que con un telegrama.

—Lo dejamos todo. No quiero estar preocupándome por lo que pueda hacer Sideblossom.

—A lo mejor estoy en la cárcel cuando el niño llegue... —murmuró Elaine—. Todavía queda el juicio, Tim, no puedes esconder la cabeza bajo el ala... o en el polvo de carbón galés. Yo ya me alegro de poder ir a Blenheim.

—¿Aún quieres ir a tocar el piano a Blenheim? ¡Ahora, en tu estado! —Tim se quedó mirándola perplejo.

Elaine le acarició las mejillas.

—No estoy enferma, cariño —respondió con ternura—. Kura seguramente diría: ¡Si uno no puede tocar el piano, es que está muerto!

Kura esperaba a Elaine y Tim a la salida del consultorio.

—William me ha contado lo del bebé —dijo con cierta tirantez—. Te... te alegras, ¿no?

Elaine rio.

—¡Claro que me alegro! ¡Es lo más maravilloso que me ha pasado en la vida! Pero no te preocupes, iré a Blenheim. A partir de mañana volvemos a los ensayos, ¿de acuerdo? Hoy todavía estoy un poco floja. Y además tengo que poner unos telegramas...

—William ya me lo ha contado —dijo Kura, todavía tirante—. Bueno, lo de Blenheim y los telegramas a la vez... Elaine, ya sé que es mucho pedir, pero ¿no podrías esperar a después del recital? Si ahora envías noticias a tus padres, en dos días estarán aquí.

—Bueno, dos días es quizá muy justo, pero... —Elaine miró a su prima. No entendía qué le ocurría. Al parecer le estaba pidiendo algo muy importante para ella.

—Elaine, si te encuentran, entonces también me encontrarán a mí. El siguiente telegrama irá a Haldon y yo... Compréndelo, no quiero que me sorprendan trabajando de pianista en una taberna. Si lo de Blenheim tiene éxito, seré una cantante con un repertorio y una posible gira planificada. Tendré reseñas de los diarios que mostrar, podré anunciar que nos marchamos a Londres... —Los ojos de Kura destellaban sólo de pensar en su éxito, pero su tono era desesperado, casi suplicante—. Pero si tus padres me oyen cantar en el Wild Rover, si oyen decir que durante un año he estado actuando en lugares de mala muerte... ¡Por favor, Lainie, hazlo por mí!

Elaine dudó y al final cedió.

—De acuerdo —dijo—. Sólo espero que realmente triunfemos. Nunca me he visto como una artista.

Kura sonrió.

—Puede que el niño sí lo sea. O la niña. En cualquier caso, cuando nazca, le regalaré un hermoso piano de cola.

6

Elaine no encontró fatigoso el viaje a Blenheim. Al contrario, desde la calesa disfrutó de la vista sobre las maravillosas formaciones de roca de los Alpes del Sur y luego sobre los viñedos por encima de Blenheim. Kura no parecía percatarse de nada. Mantenía la vista fija al frente y canturreaba melodías que sólo ella conocía. En su devenir vital alternaba el infierno del fracaso sórdido y el alborozo del aplauso entusiasta. William sólo tenía ojos para ella. Parecía anhelar la función tanto como ella; naturalmente, también para él significaba un nuevo comienzo. Si Kura tenía éxito, dejaría el negocio de las máquinas de coser y se entregaría en cuerpo y alma a la tarea de hacer conocida y famosa a su esposa.

Ambos consideraban esta actuación un punto de inflexión en sus vidas, y Elaine lo percibía a veces como una responsabilidad demasiado pesada. Además, estaba preocupada por Tim, para quien el viaje de tres días resultaría agotador. Por este motivo había insistido en que las etapas diarias fueran breves. Avanzaban casi tan lentamente como durante el infeliz viaje de Queenstown a Lionel Station. Por otra parte, las carreteras tenían tramos irregulares y mal pavimentados. También Kura se quejó, tras la segunda etapa, de que le dolían todos los huesos. Tim no se quejaba, pero parecía totalmente de acuerdo con la cantante. Intentaba simular buen humor, pero Elaine notaba su expresión tensa y sus profundas ojeras. Lo oía quejarse en sueños, si es que conseguía dormir. Cuando por las noches iba a su habitación del hotel, él solía estar despierto, inmerso en alguna lectura que le distrajera de los dolores de la cadera. Malos indicios, todos ellos, para los planes de emigrar.

Elaine tenía horror a las seis semanas de travesía. Se imaginaba el barco en eterno movimiento y a Tim en la cubierta luchando por conservar el equilibrio a cada paso. Luego vendría el viaje de Londres a Gales, probablemente en carruaje, y quizás al final, si no iba todo como Tim esperaba, el desengaño.

Elaine no era ni mucho menos tan optimista como su prometido. Claro que creía que antes le sobraban las ofertas de trabajo. Pero ¿le darían empleo en las minas en su actual estado? ¿A un ingeniero que no podía bajar a las galerías? ¿Que incluso tendría limitaciones para inspeccionar las estructuras en la superficie? En cambio, en Greymouth contaría con Matt, cuya experiencia práctica se complementaba con los conocimientos técnicos de Tim y que le informaría de forma competente. Y tendría a Roly, quien le aliviaba de pequeñas tareas de la vida cotidiana sin que se lo pidiera, de forma espontánea. ¿Saldría adelante sin Roly? El muchacho seguía ocupándose de él, pese a que su ayuda pasaba casi desapercibida. ¿Qué sucedería cuando Roly ya no estuviera ahí? ¿Cuando nadie diera por supuesto que había que ensillar y llevar el caballo de Tim, cargar con sus bolsas u ocuparse de cualquier pequeñez? En casa, Elaine podía asumir estas tareas. Pero ¿también podría en un lugar nuevo y desconocido?

Tim asimismo debía de estar dándole vueltas a todo ello, ya que aquel viaje le demostraba su falta de resistencia. Tal vez ésa fuera la causa de que permaneciera más callado, incluso enfurruñado, cuanto más se acercaban a su destino. En realidad no le preocupaba Thomas Sideblossom. El juez de paz les había comunicado poco antes de la partida que no se había logrado informar a los Sideblossom de la muerte de John. Si bien se había enviado un mensajero a Lionel Station, ni Zoé ni Thomas Sideblossom estaban en la granja.

—Al parecer han ido a visitar a un médico en el norte —señaló el señor Carrington—. Un doctor que podría extraerle la bala de la cabeza al señor Sideblossom, o al menos eso entendieron los maoríes de la granja. No dejaron ninguna dirección de contacto, así que habrá que esperar a su regreso, lo que esperamos que no se retrase demasiado. De buen grado les enviaríamos el cadáver a Otago, pero si no se recibe una contestación concreta, tendremos que enterrarlo aquí.

Elaine estaba segura de que los maoríes de Lionel Station habían comprendido muy bien el motivo del viaje de Thomas. Gracias a su política especial para reclutar personal, tenían sirvientes muy bien adiestrados como Arama y Pai, y qué decir de Emere, que lo entendían todo. Seguro que ésta también estaba al corriente de las intenciones de John. ¿Lloraría su muerte? ¿Le resultaría extraño que la joven Zoé le diera sepultura después de que ella, Emere, hubiera compartido el lecho con él durante tantos años y le hubiera dado tantos hijos?

Zoé no tenía descendencia. William sabía y le había contado a Elaine que el primer hijo había muerto en el parto, y que luego había sufrido un aborto. Sea como fuere, el único heredero legítimo era Thomas. Resultaba extraño que ahora Zoé tuviera que ocuparse de él... pero tal vez decidiera marcharse de la granja aduciendo una razón cualquiera.

Al menos, eso pensaban todos: nadie estaba urdiendo oscuras venganzas contra Elaine, seguro que no. Por eso los hombres distendieron su vigilancia sobre ella. Cuando por fin llegaron a Blenheim, Tim se retiró al hotel, señal esta de la fatiga que sin duda sufría. Elaine envió a Roly tras él.

—Procura que descanse. La recepción en casa de la señora Redcliff será también agotadora.

Roly no habría necesitado que se lo pidieran. Al tener que subirle el equipaje daba por sentado que también debía ocuparse del paciente.

William se despidió por unos vagos motivos, que Kura seguramente habría comprendido si hubiera tenido un mínimo interés por algo que no fuera el recital que se celebraría la noche siguiente. William sabía que estaba en deuda con Heather Redcliff, de soltera Witherspoon. Si bien se encontraba en medio de los preparativos para la recepción, su «¡William, ahora no es el momento!» sonó tan falso que él sólo puso expresión compungida y se limitó a esperar en la elegante mansión.

Pronto las doncellas se quedaron trabajando un rato a solas. Y la cocinera se alegró de que nadie anduviera husmeando en sus ollas. Por su parte, las niñas se entretuvieron con unos amigos.

—¡Estoy impaciente por volver a ver a Kura! —declaró Heather, al tiempo que se arreglaba el cabello y acompañaba a William hasta la puerta.

—Y yo me alegraré de conocer por fin personalmente al fabuloso señor Redcliff —respondió él con una sonrisa—. Entonces, vendremos a las ocho. Hasta luego.

Kura y Elaine pasaron la tarde examinando la sala de conciertos del hotel y ensayando una vez más el repertorio. Elaine se sintió al principio intimidada por el tamaño y la suntuosidad del lugar. Era un hotel que impresionaba, mucho más elegante que el White Hart de Christchurch, y no se podía ni comparar con la pensión de su abuela.

—¡La acústica es estupenda! —advirtió Kura, quien ya había actuado allí con la compañía de Barrister—. Y esta vez tendremos el escenario para nosotras solas. No habrá más cantantes ni bailarines, ¡el público sólo nos escuchará a nosotras! ¿No es maravilloso? ¡Como el champán! —remolineó por el escenario.

A Elaine más bien le resultaba anonadante. El corazón le latía con fuerza, pero no sentía pánico como Caleb. Su nerviosismo más bien la estimulaba, y el brillo que la rodeaba influiría positivamente en su interpretación. Por su parte, Kura no se preocupaba por su prima. En la compañía había conocido a bailarines que cada noche, antes de la función, se echaban a temblar para animarse y superarse. Lainie era de esa clase, seguro que lo hacía bien.

Ya en el ensayo, Elaine tocaba mejor que en Greymouth,

pero en eso tal vez influyera el perfectamente afinado y carísimo piano de cola con que contaba el hotel. Elaine contempló el instrumento con profundo respeto y tocó luego con una alegría manifiesta.

Las dos jóvenes estaban animadas cuando regresaron a sus habitaciones para cambiarse de ropa para la noche. En efecto, la señora O'Brien había tenido el mérito de confeccionar un nuevo vestido para Elaine en sólo una semana. Esta vez de terciopelo más oscuro, ya que no había encontrado tela de color azul cielo. Pero su aspecto era maravilloso. El azul noche confería todavía más brillo al cabello de la joven y acentuaba su tez clara. Le prestaba un aire más serio y no tan juvenil.

Kura no estrenaba vestido. Sus ahorros y los de William se habían agotado en el viaje y en anunciar el recital, y William tuvo que decir que no cuando su esposa le pidió que le confeccionara un vestido para la ocasión.

—Cariño, yo no domino del todo esa máquina maravillosa. Y si me preguntas, sólo un puñado de mujeres conseguirá manejarla con la destreza de la señora O'Brien. Esa señora tiene un talento natural. He estado pensando en contratarla para la formación de representantes de la compañía... No obstante, si tenemos éxito en Blenheim nos olvidaremos de las máquinas Singer. Entonces te comprarás la ropa en Londres...

Así que Kura actuaría con su viejo vestido granate, y aun así ensombrecería a todas las mujeres que la rodearan. Ya en casa de los Redcliff la seguían miradas admiradas antes de que fuera presentada como la invitada de honor de la velada. Heather Redcliff la saludó con entusiasmo y Kura incluso permitió que la abrazase.

—¡Tienes un aspecto maravilloso, Kura, como siempre! —exclamó Heather—. ¡Has crecido y te sienta muy bien! Estoy ansiosa por oírte cantar.

Kura tuvo que responder al cumplido. Heather ofecía un aspecto más cuidado, más dulce, y esa noche resplandecía. Eso se lo debía en parte a William, pero Kura no lo sabía.

El señor Redcliff era un hombre entrado en carnes y corpulento, en la mediana edad, de rostro rubicundo, más a causa de su frecuente exposición al viento y las inclemencias del tiempo que al consumo excesivo de whisky. Tenía el cabello ralo, ojos castaños y vivaces y estrechaba la mano con firmeza. William se sintió evaluado por él. Tim lo encontró simpático, lo cual fue recíproco. Ambos pronto se enzarzaron en una animada conversación sobre la construcción de raíles y las dificultades para el trazado de vías en los Alpes del Sur.

—Luego tomaremos una copa en la sala de caballeros —indicó Redcliff casi en tono conspirador cuando se dio cuenta de que a Tim le resultaba difícil estar en pie—. Tengo un whisky fantástico. Pero primero he de acabar con los saludos. Mi esposa ha invitado a todos los habitantes de Blenheim que conozco y que no me gustan. Búsquese un asiento y coma algo. Después de lo que nos ha costado supervisar la preparación de toda esta comida, el bufet debe de estar de rechupete. —Y le guiñó un ojo.

Heather pasó toda la noche presentando a Kura y Elaine. Ésta apenas consiguió probar bocado. Kura repartía incansablemente encanto y se granjeaba las simpatías de todos. La mayoría sucumbió sólo a su aspecto, pero algunos realmente interesados por la música admiraron también la flauta *putorino*, profusamente decorada, que había llevado siguiendo el consejo de William. Para muchos invitados era toda una experiencia ver de cerca e incluso poder sostener aquel instrumento maorí.

—¿Es verdad que puede conjurar a los espíritus? —preguntó una joven—. He leído algo al respecto. La flauta emite tres voces distintas, pero sólo a unos pocos se les concede el don de despertar a los espíritus.

Kura quería explicar que la voz de los espíritus del *putorino* consistía más en una técnica de respiración que de espiritualidad. Pero William la interrumpió y volvió a exhibir su talento como *whaikorero*.

—Sólo los elegidos, los *tohunga*, extraen de esta flauta esa música extraordinaria. Cuando uno escucha su sonido, se olvida de las supersticiones. Tal vez se trate de una técnica de respiración, pero conmueve profundamente las fibras íntimas del oyente. Plantea preguntas y da respuestas. A veces satisface los deseos más fervientes... —Le guiñó el ojo a Kura.

—¡Toque un poco! —pidió el acompañante de la joven, un muchacho ya algo achispado—. ¡Conjure a un par de espíritus!

Kura pareció desconcertada o al menos lo fingió.

—No puedo —murmuró—. No soy una hechicera, y además... los espíritus no son un fenómeno de circo que uno pueda sacar de una chistera a su antojo.

—Qué pena, me hubiera gustado ver a un auténtico espíritu —bromeó el joven—. Seguro que mañana en el recital funciona.

—Los espíritus llegan cuando menos se los espera —declaró con gravedad William. Y cuando la parejita se hubo alejado, dirigió una sonrisita pícara a Kura—. Así se hace, cariño. Tienes que ser un poco más enigmática. Hay muchas que saben cantar la *Habanera*, pero conjurar a los espíritus es algo muy especial. Tus ancestros no se lo tomarán a mal.

—Si esto sigue así, pronto tendrás que hacer presagios —bromeó Elaine con su prima.

Kura puso los ojos en blanco.

—Se le ha pasado por la cabeza actuar con el vestido tradicional maorí —bromeó William.

—¿Tendrás que llevar tatuajes y salir con el pecho descubierto? —rio Lainie.

—Lo primero no, pero lo segundo tal vez sí. Me ha hablado de ciertas faldicas de fibra vegetal. ¡A saber qué diantre es eso!

Kura sonrió. Sabía que su marido era un bromista.

—¿Kura? ¿Señorita Keefer? ¡Oh, están aquí! ¡Venid, tengo que presentaros a alguien! —Heather se acercaba agitada, tirando de un hombre corpulento y de su no menos oronda esposa. A ambos los seguía una pareja algo más joven. El hombre, alto y desgarbado, se apoyaba en la mujer y un bastón. Unas gafas oscuras le ocultaban casi todo el rostro—. El profesor doctor Mattershine y Louisa Mattershine. El profesor es cirujano en nuestro nuevo hospital. ¡Una eminencia! Y su esposa...

Elaine no escuchó a Heather. Miraba como hipnotizada a la mujer que venía detrás de los Mattershine y se acercaba despacio. Rostro delicado, armónico y clásico. Cabello suave y dorado, recogido en la nuca en un espeso moño. Preciosos ojos castaños que contrastaban de forma fascinante con una tez clara. Zoé Sideblossom.

A Elaine se le secó la boca al ver al hombre cabizbajo que la acompañaba. Antes había sido delgado y musculoso, pero se le veía contrahecho, deforme. El cuerpo y el rostro parecían blandos e hinchados. Sin embargo, conservaba el gesto duro alrededor de la boca... el ceño que indicaba concentración cuando...

Un escalofrío recorrió a la muchacha. Quería huir pero era incapaz de moverse, igual que tantas veces en Lionel Station...

—Son nuestros amigos, Zoé y Thomas Sideblossom —indicó la esposa del médico. Parecía amable y atenta, pero también le gustaba cotillear. Así que bajó la voz y añadió más información antes de que Zoé y Thomas llegaran hasta ellos—. Los hemos traído para animarlos un poco. El joven se hirió gravemente en un accidente con un arma y ahora es una sombra de lo que era. Y ella es... bueno... la madrastra, un amor tardío de su padre. Pues sí, y ahora se ha enterado de que su esposo... ¡Qué destino tan cruel...! —Se aclaró la garganta y elevó un poco la voz—: Zoé, querida, éstas son las artistas...

Elaine y Zoé se quedaron mirando. Ésta iba de luto. Seguramente le habían enviado un telegrama. Elaine nunca se había creído que al personal de Sideblossom le resultara imposible localizarla.

—¿Tú aquí...? —murmuró Zoé, sorprendida, y se distanció un poco de Thomas, que todavía no había visto a Elaine. Probablemente esperaba que él se quedase con la señora Mattershine y así intercambiar un par de frases con Lainie—. Aunque no te lo creas, entonces te admiré por tu valor. Pero tú... nosotras... ¡Oh, Dios, deberíamos marcharnos!

Parecía sentir el mismo espanto que Elaine, pero ninguna de las dos podía zafarse de aquella encerrona.

—La señorita Kura-maro... ¿Cómo se pronuncia, querida? Y la señorita Elaine Keefer...

Ensimismado como estaba, tal vez Thomas no habría caído

en la cuenta si su anfitriona no hubiera mencionado correctamente el nombre de Elaine. Todos habían acordado que allí Elaine volvería a ser Lainie Keefer, pero la señora Mattershine debió de considerar demasiado informal el «Lainie». O quizá la joven desprendía un aura de aquel miedo que Thomas conocía tan bien.

—¿Elaine? —Su voz penetró en lo más profundo de ella, como si le estrujara el corazón—. ¿Mi... Elaine? —Thomas apretó el puño en torno al bastón.

Elaine lo miraba con ojos desorbitados, inmóvil.

—Thomas, yo...

—¡Thomas, ahora debemos marcharnos! —intervino Zoé—. Habíamos acordado no remover el pasado. Todos lamentamos lo que sucedió, pero es mejor...

—¡Tal vez fueras tú la que no quería remover el pasado, querida Zoé! —replicó él con tono amenazador, y se irguió todo cuanto pudo.

Para la mayoría de los asistentes quizá no ofrecía una imagen aterradora, pero Elaine retrocedió y sus manos se crisparon. Era como si nunca hubieran existido ni Tim ni los años en Greymouth. Ahí estaba Thomas y ella le pertenecía...

—¡Y tú! —añadió Thomas, dirigiéndose a Elaine, tal como hacía en el pasado—. Pero yo no dejo las cosas sin resolver, querida Elaine. Mi padre te busca, sabes... bueno, te buscaba. Ahora está muerto. ¿Has tenido algo que ver con ello, bruja?

La gente que rodeaba a Elaine, Zoé y Thomas observaban el arrebato del hombre, la palidez mortal de la joven y los esfuerzos desesperados de Zoé por apartarlo.

—Thomas, vámonos ya.

—Por fin te he encontrado, Lainie... —dijo él saboreando cada palabra. Dio un paso incierto hacia Elaine—. Y te lo haré pagar. No hoy, tampoco mañana, sino cuando a mí me apetezca. Espérame.... tal como entonces, ¿te acuerdas? Aquel vestido blanco tan mono, tan ingenuo... pero ya entonces una mentira. Siempre mentira.

Elaine estaba temblando, paralizada por el miedo. Si él intentaba llevársela, ella iría... y le dispararía de nuevo. Pero no tenía arma. Levantó desesperada las manos.

Sin embargo, un sonido ahogado, la súbita materialización de una música de otro mundo interrumpió el tenso silencio. Una melodía potente, y apremiante. Elaine nunca la había oído, aunque reconoció el instrumento: la voz de los espíritus del *putorino*.

Kura tocaba concentrada notas largas y profundas seguidas por otras más rápidas y disonantes, que poco a poco se impusieron y rodearon a Kura como un aura espectral. Elaine se acercó a su prima y se colocó entre ella y Thomas Sideblossom.

Desde que habían sonado las primeras notas el hombre persistía en su actitud agresiva. Sin embargo, su cuerpo empezaba a perder tensión y su expresión amenazadora se demudaba en un miedo atroz. Las gafas se le cayeron y su rostro desfigurado se contrajo y pareció perder sus rasgos por efecto de la música. Tras la fachada de hombre duro y malvado surgió el semblante de un niño trastornado.

—No... por favor, no... —Thomas retrocedió, perdió el equilibrio y cayó... Luego gritó y se protegió la cabeza con los brazos, rodando por el suelo.

Elaine no entendía nada, al igual que el resto de los presentes. Pero notó como todos retrocedían alarmados... y habría creído en la magia de la flauta si Kura no hubiera mirado igual de perpleja al hombre que se retorcía frente a ella.

Thomas Sideblossom todavía gimoteaba cuando Kura por fin dejó de tocar. Ella parecía confundida, pero le dijo unas palabras en maorí que lo alteraron aún más. Elaine quería intervenir, ayudar a su prima, así que se sobrepuso y también pronunció deprisa y con voz ronca la primera frase en maorí que se le ocurrió. Luego retrocedió, tan medrosa como todos. Kura, por el contrario, mantuvo el tipo: le dio la espalda a Sideblossom y abandonó el salón con la cabeza erguida y el porte de una vencedora.

—¡Doctor, rápido, por favor! —se oyó gritar a Zoé Sideblossom, y también la voz de Heather Redcliff.

Elaine se preguntó dónde se habría metido el doctor Mattershine, pero le daba igual. Fue recorriendo la casa a toda prisa, hasta que abrió una puerta y encontró a Tim en una sala de caballeros, conversando con el señor Redcliff. La joven se desplomó delante de él y apoyó la cabeza en su regazo.

—¿Lainie? ¿Qué pasa, Lainie?

Un invitado que pasaba presuroso por la puerta de la sala le respondió:

—¡La hechicera maorí ha matado a un hombre!

—¡Tranquila, no está muerto! —William sostenía a una Kura asustada y desconcertada. Ella no precisaba apoyo para mantenerse en pie, pero él sabía que lo necesitaría cuando su porte afectadamente rígido y erguido flaqueara al disiparse el encantamiento o lo que fuera—. Sólo ha sufrido un shock, aunque no sé cómo...

—Aclárenlo entre ustedes —dijo Julian Redcliff, que a ojos de Tim iba creciendo en consideración. Antes que nada había puesto a buen resguardo en su propio dormitorio a una Lainie fuera de sí, a la conmocionada Kura y a su acompañante. Y también sumó puntos para William cuando dejó allí una botella de whisky. Finalmente miró con admiración la flauta que Kura aún sostenía y tomó un trago de licor antes de marcharse—. Bien, voy a tranquilizar a los histéricos. La primera, mi mujer. Después tal vez la señorita pueda explicarme cómo dejar fuera de combate a un hombre adulto soplando una flauta. Vaya, es la primera vez que la música me infunde verdadero respeto.

—Pero yo tampoco lo sé... —Kura cogió la botella—. No tengo ni idea. Cuando ese tipo empezó a amenazar a Lainie y ella parecía a punto de morirse, fui presa de los nervios y me puse a tocar impulsivamente. Quería llamar la atención de William. No se resiste a la voz de los espíritus... pensé que si hacía una prueba, él vendría para cautivar a la gente... —Kura rio nerviosa—. Pero entonces el hombre reaccionó de forma muy rara... Era evidente que la flauta le daba miedo. Así que seguí tocando.

—¿Qué canción era? —preguntó William—. ¿Algún conjuro?

—¡No digas tonterías, William! —Kura movió la cabeza—. Era un cántico fúnebre. De un *haka* que Caleb transcribió, pero nos pareció demasiado triste para el repertorio. Es bastante difícil de interpretar. Funciona en la acústica de una habitación, pero no llena una sala...

—¿Sideblossom se ha puesto así de histérico por oír una especie de... hum... canción religiosa? —preguntó incrédulo Tim.

Kura asintió.

—Podría decirse así. Fue más o menos como si un maorí se desmayase al oír a un *pakeha* cantando *Amazing Grace*.

—¿Y la maldición? —siguió preguntando Tim—. Al parecer le habéis dicho algo después...

Kura enrojeció.

—No se puede traducir. Fue un... bueno, un *makutu*. Los hombres celosos suelen espetárselo sin que haya consecuencias... salvo algún que otro puñetazo en la nariz.

—¿Y tú qué has dicho? —Tim se volvió hacia Lainie—. Tú también has dicho algo al final, ¿no?

—¿Yo? —Lainie se sobresaltó como si la hubieran arrancado de un sombrío sueño—. Yo no sé maorí. Dije lo primero que se me ocurrió. Algo así como «Gracias, usted también tiene un perro muy bonito.»

—Claro, eso lo explica todo —ironizó William.

—La maorí que lleva la casa de los Sideblossom también tiene un *putorino*... —dijo Elaine en tono inexpresivo, como siempre que se refería al tiempo pasado en Lionel Station—. Yo la odiaba porque siempre que ella tocaba, Thomas se encolerizaba y luego era peor que nunca. Pero no sé si ella invocaba la voz de los espíritus. Nunca la escuché con atención.

—Seguramente no —dijo Kura—. No es fácil. A mí me enseñó mi madre. Y nunca me dio miedo. Marama tocaba la voz de los espíritus cuando no conciliaba el sueño. Me decía que los espíritus me cantaban para que me durmiera.

—Emere fue la niñera de Thomas. Quizás ella lo manejara de otro modo —reflexionó Lainie—. Tal vez fue ella quien le infundió miedo del instrumento.

Tim se encogió de hombros.

—Es posible que nunca lo averigüemos. Tal vez él temía simplemente que Lainie azuzara a *Callie* para atacarlo. Lo tenía merecido. Pero de todos modos, me alegraré de poner unos miles de kilómetros entre nosotros y ese loco... Qué pena vuestro concierto, Kura. Después de lo sucedido esta noche nadie asistirá.

—¡Eso ni tú te lo crees! —saltó William.

7

Al día siguiente, a eso de las diez, apareció el gerente del hotel para comunicar que necesitaba disponer cincuenta asientos más en la sala.

—Tal vez empeore la acústica y seguro que tal aglomeración no será conveniente para su concentración, pero la gente no para de solicitarnos localidades. Esta mañana se han acabado a las nueve y cinco. Ahora se ha formado una cola y no tenemos más asientos.

Por supuesto, Kura dio su conformidad sin vacilar. A Elaine le daba igual. William sonrió radiante y Tim ya no entendía nada.

Hacia las doce, el gerente regresó con una botella de vino espumoso y les pidió que pernoctaran una noche más en el hotel y ofreciesen un segundo recital el lunes.

—Es que no cesa de venir gente y ahora reservan habitaciones. Esperan escuchar algo desde ahí. Se disputan las más cercanas a la gran sala, ofreciéndonos grandes sumas. Ignoro qué sucedió anoche en la recepción, pero toda la ciudad está loca por el espectáculo.

William dijo que lo consultaría con las artistas y se marchó con la animada Kura para ver la ciudad. Ésta no manifestaba ni una pizca de miedo escénico, estaba en su elemento.

En cambio, Elaine sí estaba preocupada, pero por algo muy distinto: se había enterado de que los Sideblossom se alojaban en el mismo hotel, y eso la paralizaba. Era incapaz de sacar un pie de la habitación siempre que pudiera evitarlo. Permanecía en la cama de Tim y el menor ruido la sobresaltaba. Le habría gustado apostar a Roly delante de la puerta para que montara guardia, pero Tim se negó. Roly ya había pasado la última tarde en la habitación de su señor y ahora quería conocer la ciudad, sobre todo la famosa bahía y, a ser posible, ver las ballenas. Tim fue comprensivo con él y le entregó un par de dólares para que diera un paseo en barca.

—Las ballenas no se ven desde la orilla —le dijo.

Roly dio las gracias y se marchó con la promesa de estar de vuelta puntualmente para el recital.

—¿No iban a marcharse hoy mismo? —refunfuñó Tim mientras Lainie seguía acurrucada debajo de las mantas—. Ha muerto su padre y esposo, tendrían que ir a ocuparse del funeral.

—Thomas no puede viajar... —Elaine había sonsacado información sobre los Sideblossom al gerente del hotel, que no hacía más que lamentarse de que habría podido alquilar la habitación de Zoé y Thomas por el triple de su precio. El enfermo, sin embargo, había sufrido un colapso y Zoé se había visto obligada a prolongar la estancia.

—¡No entiendo cómo es que todavía te da miedo! —exclamó exasperada Kura.

Los Martyn habían regresado entrada la tarde y estaban impacientes por intercambiar novedades. Los dos pusieron los ojos en blanco cuando se encontraron a una Lainie temblorosa, todavía obsesionada con los Sideblossom.

—Si quieres te doy la flauta, soplas y le haces otro cumplido sobre el simpático perro; seguro que así vuelve a caerse redondo. Ese hombre está loco pero no puede hacerte daño. Tú misma dices que ni siquiera puede salir de la habitación por sí solo... ¡Y deberías saber lo que se comenta en la ciudad! ¡Cómo me miran! Hasta la señorita Heather parece un poco... supersticiosa.

—Algunos dicen que la música de Kura tiene el poder de echar maleficios, otros hablan de curaciones milagrosas —explicó divertido William—. Todos quieren verla, pero cuando aparece se apartan respetuosamente de ella. ¡Increíble! ¿Vamos a cambiarnos, querida? Es probable que pronto lleguen los primeros espectadores y todavía tenemos que hablar sobre la recepción tras el recital.

Los Martyn salieron de la habitación. No cabía duda de que los espíritus estaban de su parte.

Tim lanzó a Elaine una mirada atormentada.

—Lainie, ¿es muy importante para ti que esta noche esté en la sala? Sé lo maravillosamente bien que vas a tocar y lo espléndido que será tu aspecto. Pero esa historia de curaciones milagrosas provocará que la gente se fije en mí como si fuese una oveja de dos cabezas.

Elaine olvidó por primera vez en ese día sus propios temores y observó el rostro delicado y desfallecido de su amado. Tim había vuelto a perder peso en los últimos días. La inquietud, las nuevas heridas y el fatigoso viaje habían agotado sus fuerzas. Parecía como si ya no pudiera soportar más humillación, más sobresaltos.

Lo besó.

—Por mí, puedes quedarte. Yo subiré enseguida. La recepción no me interesa y Kura se las arreglará bien sola. Y en lo que respecta al miedo escénico: esta noche da igual que alguien acompañe al piano a Kura o que una foca sostenga en equilibrio una pelota con el morro. La gente sólo viene a causa del posible milagro.

Tim sonrió:

—Una foca sería mejor. Podría controlarla con la flauta como un encantador de serpientes. Desde aquí se os oye bien. Roly y yo tuvimos el placer de escuchar el ensayo general. Piensa, pues, que no estás sola.

El gerente del hotel logró embutir en la sala a doscientas cincuenta personas que habían pagado su entrada. Antes de que Kura y Elaine salieran al escenario, William temía que el ruido del público apagara la música. Pero luego, cuando las muchachas entraron y Kura pronunció unas palabras introductorias, no se oyó ni el vuelo de una mosca.

También el temor a que la gente perdiera el interés si no ocurría un milagro tras las primeras piezas musicales se demostró infundado. Al contrario, Kura cautivó al público. Dio la función de su vida y pasada la mitad del recital ya nadie pensaba en milagros ni maleficios. Kura ejerció la fascinación que deseaba y contagió a Elaine. La joven pelirroja pareció entender por vez primera la profundidad de aquella música. Así pues, puso alma en la interpretación y no desmereció junto a Kura.

Tim, que conocía el repertorio de memoria, se percató de la diferencia. Sentado en el balcón de su habitación, dejaba que los conjuros hipnóticos ejercieran su influjo en él y disfrutaba de la espléndida vista sobre la bahía y las luces de Blenheim. El melancólico *haka* que Kura había seleccionado para la media parte del concierto lo serenaba. Estaba cansado y sin ánimos, ansiaba estar muy lejos de ahí, pero también tenía miedo al fracaso. Se enfrentaría a los retos, pero qué haría si en Europa lo apreciaban tan poco como allí. En Greymouth podía esconderse en casa de sus padres, seguir el ejemplo de Caleb y ocuparse de algo para tener al menos la sensación de dar un sentido a su vida. Pero en Gales, sin ingresos y con una joven familia...

Roly salió al balcón y percibió su abatimiento.

—¿Qué sucede, señor Tim? —preguntó con discreción—. ¿Le duele algo?

—Sólo estoy preocupado, Roly. ¿Cómo has pasado el día? ¿Has visto ballenas?

El muchacho asintió con entusiasmo.

—¡Es increíble, señor Tim! ¡Qué grandes son! Y pacíficas al mismo tiempo. Pero me he llevado un susto de muerte cuando una se ha acercado a la barca.

Tim sonrió.

—Se parecen a los seres humanos. Se dice que cantan...

—Espero que no berreen como la señora Kura. Oh, discúlpe, señor. —Roly no era aficionado de la ópera—. ¿Veremos también ballenas cuando vayamos a Inglaterra, señor Tim? El barquero dijo que las había más pequeñas, unas que se llaman delfines, y que nadan junto a los barcos.

—Entonces, ¿quieres ir a Inglaterra? —preguntó Tim sorprendido—. ¿Qué sucederá con tu madre?

Roly rio.

—Ah, ya no me necesita. ¡Ahora sí que gana dinero con su taller de costura! Pero usted sí me necesita. ¿O no, señor Tim...?

El joven lo miraba con un aire casi temeroso.

Tim vaciló un momento.

—Es posible que no pueda seguir pagándote...

Roly arrugó la frente y meditó mientras abajo, en la sala, la voz de los espíritus del *putorino* invocaba el regreso de un amor. Entonces su rostro se iluminó.

—Bueno, tampoco me necesitará todo el día. Podré buscarme un empleo más y no ser una carga para usted. Aunque no tengo dinero para el pasaje del barco... —El rostro del muchacho se ensombreció de nuevo.

Tim sintió una profunda emoción.

—¡Ya lo conseguiremos, Roly! —lo animó.

El chico resplandeció.

—¡Sí, señor, lo conseguiremos!

Ambos disfrutaron de la reconfortante paz que concedía el canto de los espíritus, pero de pronto un ruido sordo y unos gritos los sacaron de su ensimismamiento. En las habitaciones superiores o al final del pasillo parecía haberse desatado una batalla. Ruido de muebles volcados, un hombre que gritaba algo incomprensible, una mujer que elevaba la voz histérica. Algo pareció caer con estrépito escaleras abajo...

—¡Sal y mira qué sucede! ¿De dónde viene?

Tim siguió a Roly hasta el pasillo, delante de la habitación, pero los acontecimientos no se desarrollaban ahí. Unas doncellas y otros miembros del personal del hotel se encaminaban presurosos al lugar de donde procedía el escándalo. Roly quiso seguirlos, pero Tim lo detuvo.

—Espera. Sea lo que sea que esté pasando, ya acude gente suficiente para hacerse cargo. Vale más que me ayudes a cambiarme. Deprisa. Iremos a recoger a Lainie. Esto me da muy mala espina...

Ambos llegaron a la sala al final del recital, mientras delante del hotel se detenía un coche-ambulancia y en los pasillos reinaba un terrible alboroto. Tim había cogido el ascensor, lo que aparentemente estaba prohibido al personal del hotel. El joven y nervioso ascensorista le había facilitado la primera información.

—Alguien ha armado un escándalo, creo que ese tipo tan raro de la suite tres. ¡Desde que llegó me ha dado miedo! Madeleine dice que está ensangrentado y que la mujer tiene un aspecto horrible...

Tim envió a Roly a que lo confirmara y dijo:

—Debe de ser ese maldito Sideblossom. ¡Oh, Dios! El gerente dijo que podría haber alquilado su habitación por el triple de precio porque da directamente a la sala. Y si incluso desde nuestra habitación se oía la música nítidamente, ¡ese hombre debe de haber enloquecido con el *putorino* de Kura!

En ese momento Kura y Elaine saludaban por segunda vez al público. William estaba en el extremo de la primera fila y aplaudía, pero en la parte posterior de la sala algo se agitaba. El gerente hablaba con Heather. Habían llamado al doctor Mattershine, que había abandonado la sala.

Tim y Roly fueron al encuentro de Elaine cuando bajó del escenario.

—¡Así que has venido! —Dirigió una sonrisa luminosa a Tim—. ¿A que ha sido maravilloso? ¡Casi podría acostumbrarme a esto! Ahora comprendo qué siente Kura. Y el público... —Elaine le abrazó, pero notó en su mirada que algo grave sucedía.

Heather Redcliff hablaba inquieta con William, quien a continuación se dirigió hacia el gerente.

Julian Redcliff se unió a Tim y Elaine.

—Están intentando encontrar un sitio apropiado para la recepción. En el *foyer* es imposible, se ha convertido en un infierno. El individuo de ayer, ese tal Thomas Sideblossom, acaba de intentar matar a su acompañante y quitarse la vida.

—De repente ha perdido los nervios y se ha abalanzado sobre la mujer —informó Heather, jadeante—. Es su madrastra, ¿no? Qué comportamiento más indecoroso. Ella ha huido y entonces ha rodado escaleras abajo... Y luego él ha intentado cortarse las venas. El gerente está fuera de sí. La habitación parece un matadero.

—¿Está muerto? —preguntó Elaine con voz apagada.

—No, los dos viven —respondió Redcliff—. Él se volvió loco cuando...

—Su habitación daba justo a la sala —lo interrumpió Lainie en voz baja—. Ha oído la voz de los espíritus...

Elaine no quería ni oír hablar de un nuevo recital, sólo quería regresar de inmediato a casa, a Queenstown. A Tim le costó convencerla de que debían volver sin falta a Greymouth para no arriesgarse a que la arrestaran. Pero también él sentía el apremio de alejarse de Blenheim, de los Sideblossom y de todos los espíritus posibles. William y Kura, por el contrario, querían quedarse. En Blenheim sería más fácil que en la costa Oeste encontrar un nuevo pianista y en el ínterin Kura deseaba dar un par de recitales en solitario.

—Por el momento da igual que toque el piano, cante, baile o amaestre focas, lo que la gente quiere es verla a ella —lo resumió jovialmente William—. Ya dije que su actuación sería un éxito. Y lo hubiera sido también sin ese... bueno, sin ese desagradable reencuentro. Pero mirad por dónde, ¡todo ha salido de maravilla! —Parecía como si quisiera besar a Lainie por haberse casado con Thomas Sideblossom primero y haberle disparado después.

Tim había previsto partir a primera hora de la mañana, pero se retrasó porque Julian Redcliff hizo subir un suculento desayuno a la habitación de Tim y, de paso, llevó información acerca de las últimas novedades.

Tim estaba todavía en la cama después de haber trasnochado y Lainie salía pálida del baño. Casi cada mañana se encontraba mal, pero Kura le había asegurado que era normal. «¡Te explicaré cómo evitar los embarazos en el futuro!», había añadido, pese a que Elaine no quería ni oír hablar de llevar la cuenta de los días y de los lavados con vinagre.

Redcliff acercó el carrito con el desayuno a la cama de Tim y le sirvió con toda naturalidad. Luego empezó a contar.

—Los Sideblossom todavía están en el hospital, pero la cosa no ha sido tan grave. Ella sufre contusiones y tiene un ojo morado. Y el shock, claro. No obstante, el doctor Mattershine dice que ya se puede hablar con ella. Respecto al hombre, físicamente se encuentra bien, sólo se provocó una pequeña hemorragia, pero está mentalmente trastornado. Lo sedan, pero en cuanto desaparece el efecto del medicamento empieza a dar manotazos. Hoy lo ingresarán en un nosocomio especializado. La mujer volverá a casa, donde tiene pendientes asuntos desagradables, si es que el doctor Mattershine ha entendido bien... La verdad, la curiosidad me pica. ¿Qué tiene que ver esa gente con usted, señorita Keefer?

Elaine calló y Tim le describió a grandes rasgos la situación.

—No habíamos imaginado que aquí toparíamos con los Sideblossom. Pero ha sido el destino —concluyó.

Redcliff rio.

—¡Así lo han querido los espíritus! Y la han vengado a usted, señorita Lainie, si puedo expresarlo así. Al menos ya no debe tener miedo de ese hombre. Quien entra en un establecimiento de ese tipo, ya no sale si no es como una carcasa vacía, por decirlo así. Tuvimos un caso así en la familia. El que acaba en manos de los médicos alienistas, ya puede despedirse de la vida. ¡Es peor que la cárcel!

«Ya veremos», pensó Elaine. Amaba a Tim, pero ahora ansiaba regresar a Queenstown, a los brazos de su madre Fleurette, al ordenado mundo de la pensión de la abuela Helen y al alegre caos de su casa, Pepita de Oro. La pesadilla que había supuesto la separación de su familia estaba llegando a su fin. En cuanto estuvieran en Greymouth, enviaría un telegrama a sus padres.

8

Elaine frunció el ceño y se inclinó sobre la máquina de coser, intentando pasar el hilo por el complicado trecho que iba del carrete a la aguja. Ya era la tercera vez que se rompía el hilo y ella iba descubriendo poco a poco que no tenía el menor talento para la costura. En eso se parecía a la mayoría de las chicas de Madame Clarisse. En los últimos días, todas probaban la nueva adquisición de su emprendedora madama. Uno de los últimos trabajos que William había realizado en Greymouth había consistido en vender a Madame Clarisse la máquina de las demostraciones en unas condiciones especialmente favorables. «¡Esto tal vez allane a las chicas el camino hacia una vida decente!», afirmaba con énfasis. Madame Clarisse había probado el aparato y llegado a la conclusión de que nada retendría más a las chicas en un antro de perdición que la perspectiva de una vida martirizada con una máquina Singer.

Elaine rompió otro hilo y maldijo.

—¿Puedes enseñarme cómo funciona? —se volvió hacia Tim—. Tú eres un técnico.

Tim se apoyaba en el piano de la taberna y practicaba con los dardos. No era fácil mantener el equilibrio sin las muletas, pero ya no estaba tan ansioso.

—Querida, ya lo he intentado —respondió de buen humor—. Y tampoco acabo de entenderlo. Tal vez podría construir un modelo más sencillo.

A esas alturas Tim habría dado cualquier cosa por distraerse construyendo algo. Anhelaba tener entre manos algo que le exigiera más mentalmente que el entrenamiento diario de las piernas, el cual, a su vez, le desesperaba porque no se veía progresar. Esperaba poder caminar un día sin ir entablillado, pero nunca lograría andar sin muletas más de doscientos metros. La conciencia de haber llegado al límite de sus capacidades le restaba ánimo en sus ejercicios diarios.

—¡Entonces tendríamos dos máquinas como ésta! Mejor no. Creo que prefiero comprar la ropa del bebé. ¿O no se tricotan chaquetitas de niño? —Elaine parecía hallarse en una de sus fases en que las tareas domésticas la entusiasmaban. También ella se aferraba a cualquier actividad que la alejara de sus miedos y cavilaciones.

Tim dejó los dardos y se acercó para darle un abrazo.

—Desearía que por fin ocurriese algo —suspiró—. Esta espera me está volviendo loco. Ya deberían haber llegado a una conclusión en Otago. Si al menos se celebrara el juicio... Y con la mina tampoco se avanza. Hay interesados en el reparto, según Matt, pero todo se alarga una eternidad.

—Otros, por el contrario, no encuentran obstáculo alguno para casarse —observó Elaine y sacó una invitación del cajón de la máquina de coser—. Mira, la ha traído Florence Weber personalmente. El veinticinco de octubre se casa con Caleb. Tal como lo ha expresado: «Ella» se casa con él. Pobre Caleb, se lo comerá vivo.

Mientras Tim todavía buscaba algo que responder, la puerta de la calle se abrió y Roly asomó la cabeza.

—Han llegado un par de personas a la oficina del *constable*. De Otago. Y quieren hablar con usted, señorita Lainie... Otro policía y un señor de traje. He pensado informarles antes que el *constable*...

—Gracias, Roly —dijo Lainie en voz baja. Agarró el abrigo—. ¿Vienes, Tim?

Elaine temía ese momento, pero ahora estaba sorprendentemente serena. Acabara como acabase, al menos sabría cuál era su situación legal.

Tim la rodeó con el brazo.

—Resistiremos, Lainie. Hemos superado cosas peores.

Por primera vez, la incapacidad de Tim impacientó a Lainie. Hasta que logró ponerse la chaqueta y recorrer los pocos metros hasta la calle pareció transcurrir una eternidad. Delante de la oficina se hallaban los caballos de los recién llegados. Un caballo blanco huesudo y otro negro más macizo que a Elaine le resultaba conocido.

Ella habría echado a correr para enterarse cuanto antes. Tim, por el contrario, no tenía prisa. Hasta hacía poco se sentía impaciente y preparado para enfrentarse a todo, pero ahora pensaba que no soportaría un nuevo golpe. El juicio, tal vez la cárcel...

Elaine abrió la puerta de la oficina. Tim vio al policía de Greymouth hablando con un colega con un uniforme similar. El hombre de paisano, delgado y de mediana edad, estaba sentado con ellos a la mesa y parecía inquieto.

La joven entró con la cabeza gacha. De repente oyó a *Callie* gimotear. La perrita pasó empujando a Tim y se precipitó hacia el interior. Elaine levantó la cabeza sorprendida y vio a *Callie* ladrando encantada y dando brincos junto al hombre de traje. La perra movía la cola y saludaba a Ruben O'Keefe.

—Papá... —susurró Ella, y a continuación exclamó—: ¡Papá! —Y corrió a abrazarlo.

—Tu madre y yo nos jugamos al póquer quién acompañaría al *constable*. ¡Y gané yo! —explicó sonriendo Ruben—. Aunque admito que hice trampas. Oh, Lainie, cuánto nos alegramos al saber de ti... ¡Te dábamos por muerta!

—¿Me habéis buscado? —preguntó ella en voz baja—. No sabía... Pensaba que estaríais enfadados conmigo.

Ruben la estrechó contra sí.

—Tontuela, claro que te hemos buscado. Aunque con mucha precaución porque John Sideblossom también iba tras tu rastro. Sin embargo, el tío George nunca consiguió averiguar nada...

—Lo que no resulta raro —intervino el *constable*—. ¿Les

parece bien que abordemos el asunto ya? Es un caso sumamente interesante, pero me aguardan otras tareas urgentes.

Nadie se lo creyó, sólo su colega, que asintió con aire cansino. Era un hombre joven y diligente, cuyo uniforme, pese al viaje a caballo, parecía recién planchado.

—Jefferson Allbridge —se presentó—. ¿Es usted Elaine Sideblossom?

La joven tragó saliva. Hacía mucho tiempo que no la llamaban así. Nerviosa, buscó a tientas la mano de Tim, pero como nadie le había dicho que entrara, se había quedado junto a la puerta.

—Adelante, Tim, tome asiento —dijo el *constable*—. Jeff, éste es el señor Timothy Lambert, el prometido de la señorita Lainie.

Ruben O'Keefe lanzó una mirada perpleja a su hija y luego a Tim. Tenía unos ojos serenos de color gris, el cabello castaño ondulado y un espeso bigote que le hacía parecer mayor. Tim dejó a un lado las muletas y se dispuso a tomar asiento con esfuerzo en una silla, inhibido por la presencia del padre de su prometida. Temía el rechazo, pero O'Keefe le acercó la silla con naturalidad. Y luego le dijo a su hija:

—Siéntate, Elaine. —Era la única que todavía no se había sentado, como si quisiera recibir el veredicto de pie.

—Bueno, señorita Lainie... —El *constable* inició la entrevista con expresión seria, pero Tim percibió un brillo pícaro en sus ojos—. En primer lugar debo pedirle que retire esa absurda autoinculpación que ha hecho llegar a mi mesa. No me lo tomo a mal, tras su secuestro estaba usted en un estado mental alterado y el doctor me ha dicho que usted acostumbra... pero tal vez debería usted misma explicárselo a su padre. En cualquier caso, no emprenderemos ninguna acción más en su contra a causa de esa declaración falsa...

Elaine pasaba del rubor a la palidez y viceversa. ¿Falsa declaración? Pero ¿qué...?

—Está claro que usted nunca disparó contra su esposo Thomas Sideblossom —señaló Jeff Allbridge—. Claro que se propagaron rumores al respecto, pero mi... bueno... mi antecesor investigó el asunto y tanto el señor John Sideblossom como también el señor Thomas, cuando por fin pudo prestar declaración, afirmaron que había sido un accidente. El señor Sideblossom estaba limpiando su arma. Sí, son cosas que pasan.

—Y...

—¡Nunca se presentó una denuncia, Elaine! —dijo Ruben O'Keefe—. Nosotros tampoco lo sabíamos, si no te habríamos buscado aún con mayor ahínco. Pero ya desde el principio Sideblossom tenía la intención de arreglar el asunto en privado, por decirlo de algún modo.

—Pero todos lo sabían...William, Kura...

—¿Dónde has visto a William Martyn? —preguntó Ruben estupefacto—. ¿Y Kura-maro-tini? Bueno, da igual, ya lo hablaremos más tarde. De todos modos, todos lo sabían, naturalmente, incluidos los *constables*. ¡Haga oídos sordos, por favor, Jefferson! Las cuestiones de este tipo no pueden mantenerse en secreto en una casa con personal doméstico, y menos aún cuando hay unos veinte esquiladores como casi testigos. Uno de ellos encontró a Thomas, y casualmente en la casa se hallaba una comadrona. Gracias a ella sobrevivió, pues actuó con mucha determinación. Todos se imaginaron lo que había pasado. El *constable* también podría haber hecho responsables a los Sideblossom por no tener las armas en regla, pero había de por medio demasiados favores y dependencias.

—El verano pasado fue destituido —señaló Allbridge. Casi se diría que se estaba disculpando.

—Para la posteridad ha sido una buena medida —observó Ruben.

—En cualquier caso, he investigado el caso en profundidad —prosiguió en tono grave Allbridge—. Sobre todo la historia que acabó en su secuestro. Al parecer John Sideblossom no denunció lo ocurrido a su hijo, pero sí se ocupó de que la buscaran, señorita...

—Lainie —susurró la joven.

—Al parecer tenía informantes en todas las ciudades de la

isla Sur... Fue el hombre destacado en Westport quien le proporcionó el dato sobre usted. En cambio, el hombre que estaba aquí en Greymouth la protegió y no comunicó su presencia a Sideblossom.

—¿Que me...? ¿Por qué? —Todo daba vueltas en la cabeza de Lainie. Tim le cogió la mano.

—Se trata de un empleado de la mina Blackball. Es maorí... hijo de Emere, el ama de llaves de Sideblossom —añadió Allbridge—. Por eso Sideblossom lo consideraba leal. Además, tenía relaciones con una muchacha que había sido su doncella, señorita Elaine.

¿Pai? ¿O Rahera? Pero Pai estaba enamorada de Pita. Elaine estaba confundida.

—Y la muchacha, a su vez, pertenecía a una tribu con la que el señor Sideblossom tenía problemas, por decirlo con suavidad...

—¡Rahera! —exclamó Elaine—. El señor John había pillado a su tribu robando ganado y se había quedado con Rahera como esclava. Tenía un miedo atroz a la policía. Sin embargo, yo siempre le dije que era mejor que explicase su caso al *constable*...

—Podría haber seguido usted también su propio consejo —gruñó Allbridge, y continuó—: En cualquier caso, el chico vacilaba entre ser leal a Sideblossom o a su amada, y cuando después usted se escapó y fue a parar a su propia tribu, que tan hospitalariamente la acogió, el asunto se decidió.

—Por eso la esposa del jefe me decía que yo estaba segura en Greymouth —murmuró Elaine, comprendiéndolo.

El *constable* asintió.

—Con lo que se aclararía el misterio más importante. Por cierto, he estado reflexionando sobre por qué motivo mi ciudad se ha convertido en sitio de acogida de muchachas con problemas. Y...

—El anuncio de su compromiso es lo que la puso en peligro —prosiguió Allbridge, inmisericorde. Era obvio que odiaba las interrupciones.

Elaine se sonrojó. Su padre volvió a mirarla a ella y a Tim alternativamente.

—Mis padres presionaron para celebrar el compromiso. Yo no habría anunciado nada de haber sabido que Sideblossom seguía con vida. —Tim tenía la sensación de que debía justificarse.

—Yo tampoco —aseguró Elaine.

—En ese caso, Sideblossom tal vez seguiría con vida —dijo el *constable*, severo.

—Y seguiría persiguiéndote —observó Ruben O'Keefe—. Ése nunca hubiera cejado en su empeño. Si te hubieras puesto en contacto con nosotros, te habríamos enviado fuera del país. Aquí corrías un grave peligro.

Tim le dio la razón.

—Teníamos esa idea —dijo en voz baja—. Nosotros...

—Sea como fuere, la muerte de John Sideblossom no parece haber provocado un gran dolor —señaló Allbridge—. Al menos no en su casa. Sus empleados parecían aliviados. Sobre todo Emere, a quien yo consideraba bastante fiel. Comentó algo sobre unos espíritus que se habían vengado. Zoé Sideblossom también se mostró muy serena; acaba de volver del norte y eso lo retrasó todo. Y al hijo se le han alterado los nervios. Según me han informado, lo han ingresado en un nosocomio de Blenheim; por el momento está aislado. Bien, esto es lo esencial. ¿Alguna pregunta?

—O sea que... ¿estoy... estoy libre? —musitó Elaine.

Allbridge se encogió de hombros.

—Depende de lo que entienda por libre. Desde el punto de vista legal nunca hubo nada contra usted. Sin embargo, sigue estando casada...

—Aun así, ¿me pasarías el brazo por los hombros? —susurró Elaine, acercando su silla a la de Tim.

Tim la estrechó.

Ruben se levantó y dio las gracias a los dos policías, sobre todo a Allbridge.

—También en nombre de mi hija, que en este momento está ocupada en otros menesteres. —Y señaló a la pareja—. Tendremos que aclarar qué sucede con ese matrimonio... y con este compromiso. ¿Dónde puedo alquilar una habitación para un par de días?

—¿Y esta vez seguro que es el apropiado? —preguntó Ruben con gravedad. Había mantenido una larga conversación con Tim y ahora lo hacía con su hija.

Tim había ido a su casa a caballo. Pese a que la cocinera de la familia solía servir comida para todo un regimiento, quería advertir a sus padres que acababa de invitar al padre de su futura esposa. Bueno, pensó Tim, al menos el señor O'Keefe, un hombre con aplomo, distinguido y bastante acomodado, le gustaría a su madre. Con Marvin dependería de a qué hora había comenzado a beber ese día...

—¡Sí, esta vez es el apropiado! —confirmó radiante Elaine—. He tardado bastante en confirmarlo, pero estoy segura.

Su padre arqueó las cejas.

—Veremos qué opina tu madre al respecto. Por las experiencias vividas, no confiaría ni en mi instinto ni en el tuyo.

La joven rio.

—William se guiaría por el instinto de *Callie* —dijo risueña mientras acariciaba a la perra.

Ruben hizo una mueca. El asunto de William y Kura, con los que de repente Elaine parecía estar en buenos términos, todavía lo desconcertaba. Pero antes había otras preguntas. En especial una.

—Y respecto a Tim, ¿qué hay de su... bueno... su estado? Me refiero a que es un hombre simpático y no parece un cabeza de chorlito, pero es un... un inválido. Puede que no... —Ruben bajó la mirada.

Elaine, sonriendo, se pasó la mano por el vientre todavía bastante plano.

—¡Oh, sí, papá! ¡Sí puede!

Kura y William acudieron a la boda de Caleb para demostrarle que no le guardaban rencor. Para ella era importante por razones personales; para él, por motivos profesionales. Los arreglos musicales de Caleb se ajustaban perfectamente a los gustos del público: eran la mezcla ideal de arte y entretenimiento, composición contemporánea y folclore. Si en algún momento había que confeccionar un nuevo repertorio, lo deseable sería contar con la colaboración del peculiar joven. Para asegurarse, William también involucró a Florence Weber. Tenía claro quién llevaría la batuta en esa pareja. El día de su boda la propia Florence mostró por primera vez una actitud relajada. Vio a lo lejos impasible cómo Caleb conversaba con viveza con la joven pianista con quien William y Kura habían venido de Blenheim. Era una joven de tez blanca y cabello rubio, de una belleza casi etérea, pero parecía percibir la realidad sólo a través de armonías y notas. En la vida diaria era tan poco habladora como Kura: Marisa Clerk no sólo respondía básicamente con un sí o un no, sino que a veces ni siquiera oía las preguntas. Elaine la encontraba bastante aburrida, pero extrajo del piano de cola de los Biller unas armonías casi sobrenaturales. Con ella, el diálogo entre el piano y el *putorino* adquiría una dimensión totalmente nueva. La música incluso cautivó a Florence Weber, que había pedido a las artistas que ofrecieran una pequeña muestra de sus virtudes.

Así pues, Florence estaba distendida el día de su casamiento. Flotaba por la fiesta, y su felicidad casi la hacía parecer bonita pese a que el traje de boda, demasiado lujoso y recargado, lleno de volantes, lazos, perlas y puntillas, poco contribuía a destacar sus escasas virtudes. Florence había encargado el vestido en Christchurch y respondía al gusto de las señoras Weber y Biller. Caleb pareció estremecerse al asomarse a la iglesia, pero luego consiguió dominarse de forma ejemplar. La pareja, al menos en la parte formal de la ceremonia, reflejaba armonía.

Caleb besó a la novia como es debido en la iglesia y otra vez tras el enlace delante de todos los trabajadores de la mina. Más tarde también abrió el baile con Florence, que se contuvo para dejarse llevar. Acto seguido, ambos departieron afablemente con los asistentes. Caleb charló de música con Marisa, y Florence de técnicas de explotación con el encargado de la mina Blackball. Ahora que no se la ignoraba más, adoptó el comportamiento de los demás propietarios de minas y trataba a Tim con indulgencia y amabilidad, como a un niño que se niega a entender por qué no lo dejan jugar con los demás.

En la fiesta, Tim acabó al margen y con un vaso de whisky en la mano. Desde el invernadero de los Weber observaba el alegre ajetreo. Elaine bailaba alegremente con Stephen, que dos días antes se había presentado sin avisar para dar una sorpresa a su hermana. De vez en cuando saludaba con la mano a Tim, pero estaba absorta en el reencuentro familiar. Tim la entendía. Le gustaban los O'Keefe y conversaba con ellos de buen grado. Ese día, sin embargo, Ruben estaba inmerso en una charla con el juez de paz de Greymouth y Tim no quería molestar. Quizá fuera absurdo y los hombres lo hubieran incluido con gusto en la conversación, pero apenas si osaba ya reunirse con gente: no le agradaba que le mirasen las piernas y las muletas con pena. Las mujeres eran peores que los hombres: mostraban más compasión que desdén y lo trataban como a un niño enfermo.

Lentamente, Tim tenía que asumir la amarga realidad: para los que valían algo en Greymouth, el heredero de los Lambert había muerto aquel 20 de diciembre en su mina. Los mineros aún lo honraban como a un santo y la alta sociedad le concedía el rango de mártir. Pero ni a un mártir ni a un santo le ofrecía nadie trabajo.

Al final, Kura y William se unieron a él, los dos acalorados del baile y en busca de un rinconcito donde hacerse carantoñas. Se los veía todavía más enamorados que antes. Ni siquiera la presencia de Ruben O'Keefe, cuyas simpatías había perdido William y que seguía tratando a Kura con frialdad, emborronaba la auténtica felicidad y satisfacción que ambos emanaban.

—¿Qué haces aquí? —preguntó Kura y dio unos toquecitos a Tim en el hombro—. ¿Melancólico?

Él le sonrió. La joven lucía un vestido de seda de distintos tonos azules obra de la fabulosa señora O'Brien y unas flores en el cabello que la asemejaban a una belleza de los mares del Sur. Desde que era una artista reconocida se ponía adornos más elegantes y tenía gusto para realzar su belleza.

—Deambulo por aquí tratando de no envidiar demasiado a

Florence. —Intentó adoptar un tono jocoso, pero su respuesta sonó amarga—. A partir de mañana se encargará de la mina Biller, es posible que no de todo el primer día, pero en un mes a más tardar tendrá allí su despacho. Mientras que yo debo limitarme a ver cómo inversores extranjeros toman el poder de las empresas Lambert y me restregan por las narices a unos ingenieros recién llegados que sólo me aventajan en que podrían ganarme en una carrera...

—¿Tiene ya tu padre compradores? —preguntó William—. No he oído nada al respecto.

Tim se encogió de hombros.

—Es probable que yo sea el último en saberlo. En cualquier caso, después de Florence Weber-Biller.

Kura sonrió.

—¡Llegas un poco tarde! —bromeó—. Si hubieras mostrado antes tu interés por el puesto de Florence, sin duda Caleb te habría preferido a ti!

9

—¿Quieres ir a la ciudad? Puedo llevarte.

Matthew Gawain, que con el tiempo se había convertido en un buen amigo y ya tuteaba a Tim, observaba como éste luchaba en el establo a lomos de *Fellow*, mientras un mozo de cuadras de los Lambert enganchaba un caballo de tiro a la calesa de Nellie. Era una mañana de primavera fría y húmeda y Matt consideraba preferible el vehículo cubierto por si se descolgaba lluvia.

Tim sacudió, enfurruñado, la cabeza.

—No cabalgo por diversión, sino para fortalecer los músculos. ¿Sabías que sólo con ir al paso se ejercitan cincuenta y seis músculos?

Matt se encogió de hombros.

—¿Y cuántos mueve el caballo? —preguntó con poco interés.

Tim no respondió, pero miró maravillado el elegante carruaje al que Matt subía en ese momento.

—¿Cómo es que tienes el honor de viajar en la carroza privada de mi madre? ¿Vas de paseo con Charlene? ¿Un miércoles cualquiera?

—¡No creerás que tu madre va a prestarme la calesa para salir con Charlene! Se trata de un inversor. Tengo que recoger al caballero en la estación y traerlo aquí antes de que Weber le eche mano. El viejo Weber ha proporcionado el contacto, pero tu padre quiere llevar las negociaciones solo. Por ahora está sobrio. —Matt tomó las riendas y Tim se colocó junto al carro.

—Muy propio de él no haberme comentado nada. Estoy definitivamente ofendido y preferiría desaparecer hoy mejor que mañana. La semana próxima un barco zarpa hacia Londres, pero de nuevo sin nosotros.

Tim dejó las riendas flojas y el dolor le atenazó cuando *Fellow* siguió a la calesa al trote. Matt vio su gesto contraído y puso al bayo de nuevo al paso.

—A la larga tendrás que comprarte un caballo con un paso más suave —observó—. En Europa necesitarás uno.

Tim se encogió de hombros.

—Házselo entender a Lainie. Quiere llevarse nuestros caballos en el barco. Dice que en eso es como su abuela Gwyneira. Una nueva tierra, de acuerdo, pero con su caballo y su perro. ¡Ni idea de cómo voy a pagar los pasajes!

—Creo que su familia tiene dinero —señaló Matt y dejó que su caballo remoloneara. Iba bien de tiempo y no se mojaba. Tim por el contrario, parecía estar congelándose. En otras ocasiones Matt lo había visto montar más relajado.

—Ya, pero ¿querrán gastárselo en enviar a ultramar a su hija recién recuperada? —Tim lo dudaba—. Desea ir a Queenstown y a las llanuras de Canterbury para ver a toda la familia y despedirse...

—Creo que Lainie no quiere marcharse de Nueva Zelanda —apuntó Matt. Estaba seguro, pero mejor decírselo con tacto a Tim.

Éste suspiró.

—Lo sé —murmuró—. Mas ¿qué debo hacer? Aquí no tengo ninguna perspectiva profesional. Ruben O'Keefe me ha ofrecido que trabaje en la nueva tienda que inaugurarán en Westport. Hoy han ido todos allí para alquilar locales. Pero yo no soy un comerciante, Matt. No tengo dotes para ello... y, francamente, no me atrae en absoluto.

—Pero Lainie... —Matt sabía lo de la oferta de trabajo por Charlene.

Tim hizo un gesto de rechazo.

—Sí, ya sé. Ella ayudó en la tienda de su padre desde pequeña. Podría llevar el negocio mientras yo construyo, en el mejor de los casos, casas para pájaros...

—Eso me recuerda a Florence y Caleb —señaló Matt.

Tim asintió.

—Con la pequeña diferencia de que a él le gusta esta vida. Prefiere investigar la cultura de los maoríes que ocuparse de piedras. Y a la larga incluso ganará dinero con ello. En realidad ya lo hace. William y Kura han repartido generosamente con él las ganancias de sus actuaciones. Yo, por el contrario... Y además no soy de los que se conforman con vivir de la herencia de su esposa o la magnanimidad del suegro.

—¿Y algo distinto de la minería? —Matt aceleró un poco el paso de su caballo pues Tim lo había adelantado.

—He pensado en el tendido de vías férreas. —Llevaba semanas pensando en qué ocuparse—. El señor Redcliff en Blenheim aludió a ello. Pero... no creo que pueda, Matt. En esa tarea no hay despachos fijos, hay que viajar continuamente de un lugar a otro para inspeccionar las instalaciones y dormir en tiendas o en alojamientos provisionales. Pasas frío y hay humedad. No lo lograré.

Tim bajó la cabeza abatido. Nunca lo había dicho a nadie, y tampoco se quejaría de lo sacrificado que había sido el primer invierno tras el accidente, pero su estado no mejoraría. El doctor Leroy se lo había confirmado de forma brutal: antes bien, empeoraría.

—Gales tampoco es famoso precisamente por un clima seco y templado —apuntó Matt.

Tim frunció el entrecejo.

—No tiene que ser necesariamente Gales o Inglaterra. También en el sur de Europa hay minas...

«Que se mueren de ganas de contratar a alguien que ande con muletas y ni siquiera entienda la lengua del país.» Ambos pensaron lo mismo, pero ninguno lo verbalizó.

Poco después llegaron a la ciudad y Matt detuvo la calesa delante de la estación. El tren ya había llegado. Tim distinguió a un caballero alto, de edad algo avanzada pero todavía delgado y vestido de forma elegante. Sin duda el inversor.

—Bien, recogeré a ese *gentleman* —suspiró Matt—. Y con ello seguramente empiezo a prepararme para mi degradación. Ése seguro que me sustituye por algún tipo con estudios y yo volveré a tragar polvo como capataz.

En los últimos meses, Matthew había dirigido de hecho la mina. Pese a que Marvin Lambert iba casi cada día a la oficina, era más un estorbo que una ayuda.

—¿Te veo luego en la taberna?

Tim sacudió la cabeza.

—Mejor no. Aunque cenaré en la ciudad. Es una comida de familia en uno de los hoteles señoriales del muelle. Ruben O'Keefe paga. Esperan a un tío de Canterbury, seguramente un barón de la lana... —Tim no parecía muy contento. En el fondo temía a toda esa familia que Elaine tenía en la isla Sur.

Matt agitó la mano.

—Pues diviértete. ¡Y deséame suerte! Mañana te cuento cómo ha ido.

Tim siguió con la mirada a su amigo, que saltó indolente sobre una barrera para llegar antes al andén. Luego se dirigió cortésmente al caballero y le cogió sonriente la maleta. El joven tendría al menos la oportunidad de convencer al nuevo socio capitalista, dando una vuelta por la mina, de sus conocimientos en la materia. Tim le deseó suerte de verdad, aunque ciertamente lo envidió.

Elaine tenía un aspecto espléndido cuando recibió a Tim delante del mejor hotel de la ciudad. Llevaba su vestido azul oscuro y acariciaba al caballo de su padre, atado al lado de *Banshee*. También para los animales era un encuentro familiar. El caballo negro era el potro de *Banshee* que Elaine había dejado en Queenstown cuando se casó. Tim esperaba que no quisiera llevárselo también a ultramar...

Esa noche, Roly había llevado a Tim en el carro. Ya tenía

bastante con la cabalgada de la mañana, que luego había prolongado más de dos horas para calmar su rabia impotente. Además llevaba ropa de vestir. Ese tío de Elaine era una persona importante y ella había mencionado que tenían algo que festejar.

—A mí no me han contado de qué se trata, pero tío George mandó ayer un telegrama a mi padre, que luego estaba muy contento y arregló la cena con el hotel. ¡Con champán francés!

Elaine se alegraba de la velada, mientras que el entusiasmo de Tim era forzado. No le agradaban los encuentros con personas desconocidas. Muy a menudo éstas se sentían incómodas, se esforzaban en buscar temas de conversación que no tocaran ningún tabú y les resultaba desagradable estar en pie o moverse en presencia de Tim. ¡Al final se vería obligado a convertirse en un ermitaño!

Tim se colgó una sonrisa en la cara y rodeó a Elaine con el brazo. Ella estaba contenta y relajada y enseguida le contó cosas sobre la nueva tienda de Westport. Al parecer, el local que habían conseguido era ideal: justo en el centro de la población, que era al menos tan grande como Greymouth, dinámica y atractiva. Era evidente que Elaine se imaginaba viviendo allí y al frente de là tienda. Tim estaba a punto de arrojar la toalla. Tampoco sería tan malo vender artículos del hogar y vestidos...

Atravesaron el vestíbulo del hotel y Tim tuvo que hacer un esfuerzo por controlarse y ser amable cuando un conserje se afanó a su alrededor, como si estuviera dispuesto a llevarlo en brazos por una propina. Sin embargo, no debía ser tan quisquilloso, debía considerar los recorridos que hacía en público como humillaciones ineludibles y de las que los otros no tenían la culpa.

Se alegró de que la mesa para Ruben O'Keefe y sus invitados no estuviera instalada en el lujoso comedor del hotel, sino en una sala accesoria, aunque no menos elegante. El padre de Elaine, su hermano Stephen y el anunciado tío George ya estaban con copas en la mano junto a la ventana, contemplando la vista sobre el muelle y el mar, ese día agitado.

Los tres se volvieron hacia Tim y Elaine cuando éstos se acercaron. Tim saludó a Ruben y Steve y luego miró sorprendido los ojos castaños y escrutadores del hombre a quien Matt había recogido esa mañana en la estación. Pero ¿cómo...? Lainie se adelantó para saludarlo y recibió el abrazo de su supuesto tío. El caballero le dio un fuerte apretón antes de que ella se apartase riendo.

—¡Por fin te tenemos de nuevo con nosotros! —exclamó el hombre—. Felicidades, pequeña, nunca hubiera pensado que alguien en esta isla pudiera esconderse de mí.

Lainie sonrió y aceptó la copa de champán que le ofrecía su padre.

Tim aprovechó la oportunidad para tenderle por fin la mano al «tío George».

—George Greenwood —se presentó el espigado caballero. Su apretón era firme y su mirada franca. No pareció percatarse ni de las muletas ni del entablillado de las piernas de Tim—. ¿No le he visto esta mañana en la estación? —preguntó—. Estaba con el señor Gawain, quien me ha enseñado la mina Lambert.

—¿Le ha gustado? —repuso Tim, y al punto fue consciente de su error—. Disculpe, debería haberme presentado antes. Timothy Lambert.

—El prometido de Elaine —puntualizó Ruben sonriendo—. El supuesto y definitivo señor Adecuado. El señor Greenwood trae noticias respecto al divorcio, Tim. ¡Buenas noticias!

Elaine se mostró ansiosa por escuchar las novedades, pero Tim sólo pensó en la mina. ¿Qué habría decidido su padre? ¿En qué proceso estarían las negociaciones? ¿Qué ocurriría en el futuro inmediato?

—¿Lambert? —repitió Greenwood, mirando a Tim de forma inquisitiva—. ¿De la mina Lambert?

Tim asintió.

—El hijo —dijo con resignación.

Greenwood arrugó la frente.

—Pero no puede ser...

Tim se quedó mirándolo, desconcertado. De repente, toda la rabia y frustración se encendió en su interior y no logró contenerse.

—Señor Greenwood, tengo mis problemas, pero mi procedencia es bastante segura.

Greenwood no pareció molestarse. Sonrió.

—Nadie lo duda, señor Lambert. Sólo me he quedado un poco sorprendido. Aquí... —Cogió unos papeles que antes había dejado en la mesa—. Lea usted mismo.

Tim cogió los documentos, los recorrió con la vista y se detuvo en el apartado «Herencia».

El único hijo de Marvin Lambert es enfermo crónico y nunca podrá dirigir la empresa, según la humana previsión. Es deseo de la familia obtener rápidamente dinero de al menos una parte de la mina, dada la necesidad de garantizar la supervivencia del hijo enfermo.

Tim palideció.

—Lo siento, señor Lambert —dijo Greenwood—. Pero suponía que el hijo de la familia estaba en un sanatorio en lugar de a lomos de un caballo en la estación de Greymouth.

Tim respiró hondo. Debía tranquilizarse, aguantar el tipo esa noche...

—Disculpe, señor Greenwood, pero ignoraba que... ¿A quién debo agradecer esta descripción de mi estado de salud? ¿A mi padre o al señor Weber?

—¿Conoce usted la intervención del señor Weber como mediador? —preguntó Greenwood.

—Los rumores vuelan. Y Florence Weber estaría encantada de ponerse al mando de las minas Biller y Lambert. —Se dio media vuelta—. Tal vez debería haber seguido el consejo de Kura.

—¿El consejo de Kura? —preguntó Elaine recelosa.

—Sólo es un chiste malo —respondió Tim cansino.

—¿Usted no quiere dirigir la mina? —preguntó Greenwood—. ¿Tiene otros intereses? Ruben me comentó que tal vez se encargará de la nueva tienda de Westport.

Tim se irguió.

—Señor, soy ingeniero de minas. Tengo el diploma de dos

universidades europeas y experiencia práctica en minas de seis países. No se trata de no querer, pero mi padre y yo somos de opiniones distintas en ciertos asuntos de importancia relativos a la gestión de la mina.

La mirada de Greenwood recorrió el cuerpo de Tim.

—¿Su estado es consecuencia de una de esas... diferencias de opiniones? Puede hablar con total franqueza, estoy informado acerca de las explosiones de la mina y de su verdadera causa. Y también acerca de los dos hombres que al producirse la desgracia bajaron a las galerías. Uno murió...

—Para mi padre también el otro está muerto —dijo Tim con voz ronca.

—¿Nos explicas por fin lo relativo al divorcio, tío George? —interrumpió Elaine. Había estado bromeando con su hermano y no había reparado en la importancia de la conversación entre Tim y Greenwood—. Ya hablaréis después de la mina. Además, tengo hambre.

Tim no tenía hambre. Miró a George Greenwood a los ojos.

—Hablaremos por la mañana temprano —declaró éste—. En privado. Venga a las nueve a mi suite y traiga sus diplomas. Creo que llegaremos a un acuerdo. Dicho sea de paso, he adquirido una participación del sesenta por ciento de la mina, señor Lambert. Soy yo el que decide cuántos cadáveres hay.

George Greenwood se tomó su tiempo para contar las novedades. Sólo cuando les sirvieron el primer plato, consintió en responder a las insistentes preguntas de Elaine.

—En principio, creemos que Thomas Sideblossom no se opondrá al divorcio —explicó—. Uno de nuestros abogados ha hablado con la viuda de John, que se encuentra en Lionel Station. Regresará a Blenheim y hablará con su yerno tan pronto como haya arreglado los asuntos en Otago.

—De hablar sabe mucho —intervino Elaine—. Pero ¿qué la autoriza a suponer que Thomas la escuchará?

—Según la señora Sideblossom, el divorcio es del propio interés del señor Thomas —contestó George con una sonrisa maliciosa—. Tiene el propósito de casarse con su ex madrastra.

—¿Qué? —Elaine planteó la pregunta con tal ímpetu que se le atragantó el cóctel de gambas con salsa de limón y se puso a toser. Cuando se hubo calmado, sus ojos reflejaban absoluta perplejidad—. Pero no puede consentir algo así... —dijo—. Me refiero a Zoé...

—Yo también se lo pregunté dos veces —reconoció George—, antes de comprender el contexto.

—Vaya —suspiró Stephen mientras jugueteaba con la comida en el plato. No le gustaba el marisco e intentaba separar las gambas discretamente del resto del cóctel—. Bueno, a la pobre mujer no le queda elección. —Hizo desaparecer una gamba debajo de la mesa, donde *Callie* la atrapó ansiosa.

—Pero Thomas es... es un hombre horrible... Debo advertírselo... —balbuceó Elaine, apartando el cubierto como si se dispusiera a salir corriendo para reunirse de inmediato con Zoé.

—Thomas está en un establecimiento para enfermos mentales —le recordó con dulzura Tim, colocando una mano sobre la de la joven—. Ya no puede hacer más daño.

—Por eso mismo —prosiguió tranquilamente Stephen—. Pero sigue siendo el heredero de Lionel Station. Y tal como imagino que era ese John Sideblossom, tampoco habrá hecho ningún testamento estableciendo un legado determinado para su esposa. La pobrecilla no tiene medios de subsistencia, pero casándose con Thomas soluciona su futuro de un plumazo. Y en ese escenario, Elaine es lo único que puede frustrar sus planes.

—¿Yo? —preguntó Elaine, ya más serena.

—Tú, claro —respondió su padre—. Como esposa legítima de Thomas, si él muriese serías la única heredera.

La joven perdió de nuevo el color.

—Y ahora viene lo mejor —continuó Stephen con una sonrisa burlona—. Si los médicos de ese asilo consiguen anular el último resto de entendimiento del malvado Thomas (no necesitarán más de un par de años), podrías pedir que se lo declare judicialmente incapacitado. Y entonces serías ama y señora de una bonita granja y dos mil ovejas. ¿No es lo que siempre habías deseado? —Sonrió irónico.

Las manos de Elaine se movían trémulas sobre el mantel.

—¡Deberías pensar en las necesidades de *Callie*! —añadió su hermano con fingida severidad. La perrita meneó la cola al oír su nombre y miró ansiosa a Stephen, esperando nuevas delicias—. No deja de ser un perro pastor. Necesita ovejas que conducir.

La inocente Elaine no caía en que su hermano bromeaba, así que sonrió con tristeza.

—Ahora en serio, Elaine, desde el punto de vista económico deberías pensarte lo del divorcio —señaló su tío—. Estamos en una excelente posición para negociar. Tal vez la viuda Sideblossom aceptaría pasarte una renta vitalicia.

Elaine sacudió la cabeza.

—No quiero su dinero —susurró—. ¡Que se lo quede Zoé! Lo único que me interesa es no volver a verlos.

—Eso no representará ningún problema —señaló Greenwood—. Según mi abogado, Zoé planea establecerse en Londres en cuanto su futuro marido pueda viajar y se hayan casado. Ya ha encontrado un sanatorio adecuado en Lancashire para encerrarlo en un ambiente agradable. Al parecer los establecimientos ingleses son más modernos y hay más posibilidades de recuperación...

Stephen rio.

—Y desde luego Londres es el mejor sitio para esposas jóvenes que el último rincón del lago Pukaki.

—Espero que sea feliz —dijo Elaine seria—. No fue demasiado amable conmigo, pero creo que ha aguantado lo indecible. Si en Inglaterra encuentra lo que sea que necesite, pues me parece bien. ¿Cuánto cree que durará todo esto el abogado, tío George?

—¡Ya puedes empezar a practicar el baile! —dijo Elaine tiernamente. Era muy tarde y estaba un poco alegre por el champán y la perspectiva de recuperar por fin su libertad.

Tim la besó delante del establo del hotel, mientras Roly enganchaba a *Fellow* a la calesa.

—Y si he entendido bien al tío George, ni siquiera tendremos que ir a Gales.

Tim asintió y le acarició el pelo.

—Florence Weber se maravillará de todas las sorpresas que aún se esconden en la mina Lambert —sonrió—. Lo siento sólo por *Callie*, por todas las ovejas que nunca tendrá. —La perra oyó su nombre y brincó encima del joven—. Podríamos comprarle un par y dejar que pasten en el terreno de la mina.

Elaine rio y acarició a la perra.

—¡Qué va, ahora tendrá que aprender a conducir niños!

10

Tim tomó posesión de su nuevo despacho. Era algo más pequeño que el de su padre, aunque sólo para salvar las apariencias: oficialmente, Marvin Lambert seguía a la cabeza de su mina. Tim disponía de más espacio que su ayudante Matt Gawain, y ambos despachos lindaban. Estaban en la planta baja, eran luminosos y ofrecían una vista panorámica sobre las instalaciones más importantes de la mina. Tim veía el castillete de extracción y la llegada de los hombres a los turnos, y pronto vería los raíles sobre los cuales el carbón extraído se enviaría directamente a la parada del ferrocarril. Ya reinaba un intenso trajín: se recibían nuevas lámparas de minero, cascos más modernos y vagonetas para el transporte subterráneo del carbón. Matt Gawain estaba hablando con un grupo de nuevos mineros. Algunos llegaban directamente de las regiones mineras de Inglaterra y Gales. George Greenwood reclutaba en los puertos de Lyttelton y Dunedin nuevos inmigrantes con conocimientos de minería.

Tim aspiró una profunda bocanada de aire, pero no tuvo tiempo para más, pues apareció Lester Harding, el secretario de su padre, para darle la bienvenida. El afectado servilismo de ese hombre lo soliviantó.

—¿Debo traerle un sillón, señor Lambert? Quizá se sentiría más cómodo. ¿Desea un vaso de agua?

Lo único que Tim quería era no enfadarse, pero si ese sujeto no se moderaba, lo sacaría de quicio cada día. Así que se limitó a arrojar una mirada desdeñosa al sillón de piel, cómodo pero bajo, que formaba un conjunto con una mesita y un pequeño mueble bar en un rincón.

—No sé cómo lo hará usted, pero yo suelo trabajar mejor en mi escritorio que casi tocando el suelo —respondió Tim con tono glacial—. Y puesto que mi tamaño es el normal, la silla del escritorio es perfectamente adecuada. Y... —consultó su reloj— cuando aún no he pasado dos minutos en este despacho, todavía no necesito ningún refresco. Cuando el señor Gawain vuelva sírvanos un té. —Y sonrió para quitar aspereza a sus palabras—. Hasta entonces sólo necesito los balances de los últimos dos meses y el catálogo de nuestros proveedores de materiales de construcción más importantes.

Harding se marchó envarado.

Tim suspiró. Con el tiempo se demostraría si podían trabajar juntos. Si no era así, se buscaría otro secretario. Organizaría su despacho y su mina según su propio criterio.

Florence Weber entró en su nuevo despacho. Para guardar las formas era más pequeño que el de su marido, del que era contiguo. Y mucho más pequeño que el de su suegro, aunque éste ya había expresado su intención de irse retirando de la empresa poco a poco. Ahora por fin estaba su hijo ahí y trabajaba diligentemente. Ese día, Caleb también llevaba casi dos horas sentado a su escritorio. Al pasar, Florence miró casi con ternura el rubio tupé de su marido, que estaba inclinado sobre unos libros y otros documentos que nada tenían que ver con la minería o el carbón. Caleb trabajaba en un ensayo sobre la relación geológica de la piedra verde maorí —o *pounamu*— y el jade chino y suramericano, así como su significado mitológico en las civilizaciones maorí y azteca. El tema lo fascinaba. La noche anterior le había endosado un largo discurso a Florence sobre la proporción de jadeíta y piedra nefrítica contenida en los distintos yacimientos. Como una esposa devota, ella le había escuchado con atención, pero en el trabajo él no la importunaría con esas cosas. Florence cerró silenciosamente la puerta que separaba los dos despachos.

¡Por fin tenía un despacho propio! Era claro, amable y ofrecía un panorama fantástico sobre las instalaciones de la mina. Las oficinas de la mina Biller se hallaban en el segundo piso de un almacén y desde la ventana de Florence se divisaba el castillete de extracción, los accesos a la mina y los raíles que garantizaban el transporte rápido del carbón al ferrocarril. Las instalaciones más modernas de la región... Florence no se cansaba de admirarlas, pero en ese momento la interrumpió un secretario.

Bill Holland, recordó la muchacha. Un hombre todavía joven pero que trabajaba desde hacía mucho tiempo con Biller.

—¿Es todo de su agrado, *madame*? —preguntó servicial.

Florence contempló el mobiliario de su despacho. Estanterías, un escritorio, un tresillo en un rincón... y utensilios para preparar el té. Frunció el ceño.

—Está muy bien, señor Holland. Pero ¿le importaría guardar la tetera y las tazas en otro sitio. Me desconcentra que ande trajinando con eso por aquí. Puede hacerlo en el descanso del mediodía... O no, mejor hágalo ahora.

Había que marcarle los límites a ese hombre. Florence pensó en Caleb, que seguramente se había olvidado de desayunar ese día. Sonrió.

—Después lleve a mi marido una taza de té y un par de bocadillos. Y a mí tráigame los balances de los últimos dos meses y el catálogo con nuestros proveedores más importantes de materiales de construcción.

Holland se retiró envarado. Florence se quedó mirándolo. Con el tiempo se vería si podía trabajar con él. Sería una pena tener que despedirlo. No parecía tonto y era extraordinariamente guapo. Si también era discreto, podría entrar en una selección más restringida. En algún momento tendría que decidir cuál de sus colaboradores más cercanos era digno de engendrar al heredero de Caleb Biller...

Alisó su falda oscura y de corte sobrio y ajustó el escote de su atildada blusa plisada de color blanco. ¡Necesitaría un espejo! A fin de cuentas no tenía que avergonzarse de su feminidad, incluso si en los siguientes años, y con seguridad, hubiera algunos que se sorprendieran de quién dirigía la mina Biller. Florence tenía tiempo. Organizaría su despacho y su mina según su propio criterio.

Emere recorrió las habitaciones de Lionel Station. La mujer maorí iba despacio y agarraba la flauta *putorino* como si necesitara un apoyo. Lionel Station. Su casa y la de sus hijos. La casa a la que John la había llevado mucho, mucho tiempo atrás, cuando ella todavía era una princesa, hija de un jefe tribal y niña tutelada por la hechicera. Entonces había amado a Sideblossom, lo suficiente para dejar su tribu después de que él hiciera el amor con ella en la habitación de su familia. Emere se había considerado su esposa, hasta que él apareció con una muchacha, una *pakeha* rubia. Cuando Emere se lo reprochó, él se burló de ella. Su unión no contaba, como tampoco el niño que llevaba en su vientre. Sideblossom quería herederos blancos...

Emere pasó los dedos por los muebles de marquetería que Zoé había traído una vez casada. La segunda muchacha blanca. Más de veinte años después de que la primera muriese, no del todo sin la intervención de Emere: era una hábil partera y habría podido salvar la vida de la primera esposa de John. Pero entonces todavía esperaba que todo volviera a ser como antes.

Y ahora la heredera era Zoé, o al menos conseguiría serlo. Emere sentía cierto respeto por Zoé. Parecía dulce y frágil, pero había sobrevivido a lo que John entendía por «amor» e incluso a los partos fallidos, en los que la misma Emere la había asistido.

Con el tiempo se había reconciliado con ella. ¡Que conservara los beneficios de la granja, si eso es lo que quería! Arama se encargaría de gestionar hasta el último céntimo. Emere no quería dinero. Quería la casa y la tierra, y Zoé no estaba interesada en ellas.

Emere entró en la siguiente habitación y abrió las cortinas.

¡Nadie tenía que impedir el paso del sol! Inspiró hondo tras abrir la ventana. Sus hijos eran libres, y John Sideblossom, que primero se había librado de ellos y luego los había esclavizado, ya no volvería. Esperaba impaciente a que Pai regresara con el último niño. Había enviado a la chica a Dunedin para sacar a su hijo menor del orfanato. El niño que había nacido meses después de la partida de la muchacha del cabello de llamas. La muchacha a través de la cual se había consumado la maldición que Emere había lanzado aquel mismo día sobre el heredero de John Sideblossom. Cuando por primera vez ella había pedido algo para sus hijos —un poco de tierra para sus descendientes—, Sideblossom se había reído de nuevo, y aquel día Emere había aprendido a odiar su risa. Sideblossom había dicho que Emere ya podía darse por satisfecha con que dejara a sus bastardos con vida. ¡De él, desde luego, no heredarían nada!

Aquella noche tuvo que obligar por vez primera vez a Emere para que yaciera con él. Y pareció disfrutar de ello. Desde entonces ella lo odiaba todo en Sideblossom y ni siquiera ahora sabía por qué se había quedado. Se había maldecido mil veces por esa fascinación que él había ejercido hasta el final sobre ella, por su vida indigna entre el deseo y el odio. Y aún más se maldecía por haber dejado con vida a ese hijo de la primera mujer blanca. Pero entonces todavía tenía escrúpulos para matar a un niño indefenso. Los que ya no tuvo con los sucesivos hijos de Zoé.

Había llevado a su primogénito a su tribu. Tamati, el único de sus hijos que no se parecía a John Sideblossom, y que ahora había cumplido su destino protegiendo a la muchacha del cabello de llamas.

Emere levantó la flauta *putorino* y honró a los espíritus. Tenía tiempo. Zoé Sideblossom era joven. Mientras viviera y Lionel Station diera beneficios, Emere estaría segura. Nadie intentaría arrebatarle la casa y la tierra. ¿Y más tarde? Rewi, su tercer hijo, era inteligente. John lo había reclutado hacía poco para la granja, pero Emere sólo pensaba en enviarlo de vuelta a Dunedin. Podría seguir yendo a la escuela, tal vez seguir la profesión de ese hombre que recientemente había hablado con Zoé. Abogado... Emere dejó que la palabra se deslizara entre sus dientes. Alguien que aboga por los derechos de los demás. Tal vez Rewi reclamaría su herencia en algún momento. Emere sonrió. Los espíritus lo arreglarían.

11

En efecto, Tim Lambert bailó el día de su boda. Aunque sólo fue un breve vals y la novia tuvo que sostenerlo, los asistentes les dedicaron un fervoroso aplauso. Los mineros lanzaron sus gorras al aire y los vitorearon como en aquella carrera de caballos, y las lágrimas anegaron los ojos de Berta Leroy.

Tim y Lainie se casaron el día de Santa Bárbara, justo dos años después del legendario derby Lambert. De nuevo se celebró una gran fiesta en los terrenos de la mina. George Greenwood se presentó como el nuevo socio y se dio a conocer a sí mismo y a su gerente Tim Lambert, invitando a toda la plantilla y a la mitad de la ciudad de Greymouth a cerveza gratis, barbacoa y baile. Lo único que faltó fue la carrera de caballos.

—No queríamos arriesgarnos a que mi esposa se me escapara cabalgando —bromeó Tim en su aplaudido discurso, y besó a Lainie delante de todos sus hombres.

Todos volvieron a vitorear y Elaine enrojeció ligeramente, porque esta vez su madre y su abuela se hallaban presentes. Pero Fleurette y Helen le dedicaron gestos animosos. A las dos les gustaba Tim. Tampoco la famosa intuición de Fleurette presentó ninguna objeción.

Esta vez el reverendo no tenía que batallar con los problemas de conciencia respecto a las apuestas. En cambio, se hallaba ante el problema de la boda de una mujer divorciada. Sin embargo, Elaine no entró en la iglesia vestida de blanco, sino con un vestido azul claro adornado con ribetes negros, por supuesto confeccionado en el taller de la señora O'Brien. Incluso renunció al velo en favor de una corona de flores naturales.

—Tienen que ser siete flores —precisó, intrigando a sus amigas—. Para ponerlas debajo de mi almohada la noche de bodas.

—Pero cuidado, ¡no sueñes con otra persona! —bromeó Tim aludiendo a la historia de aquella noche, ahora tan lejana, de San Juan.

El reverendo se las apañó al final tanto con el escandaloso casamiento como con santa Bárbara, en la que él, como metodista, seguía sin creer. Ofició simplemente una misa al aire libre y bendijo la ciudad y a todos los reunidos. A Tim y Elaine los primeros, y Stephen, el hermano de Elaine, tocó *Amazing Grace*.

Kura-maro-tini habría enriquecido la celebración con su elaborada música, pero no estaba presente. Tim y Elaine la verían en su viaje de luna de miel. Elaine no sólo quería ir a Queenstown, sino también volver a ver Kiward Station, y Helen estaba sumamente interesada por escuchar el repertorio de Kura. Todos, menos Ruben, que debía ocuparse de sus negocios, irían a Christchurch tras la boda para asistir al tan anunciado recital de despedida de Kura y Marisa en la isla Sur. A continuación, las dos artistas y William viajarían a Inglaterra. Ya se habían fijado las fechas de distintas actuaciones en Londres y otras ciudades inglesas. William había recurrido a una conocida agencia de conciertos para que planificara la gira.

—Así que al final Kura se saldrá con la suya —comentó disgustada Fleurette O'Keefe.

No había vuelto a ver a Kura en Greymouth y todavía seguía enfadada. Bueno, tener a William de yerno le habría gustado menos que tener a Tim Lambert, por el que de inmediato había sentido una franca simpatía. Pero Kura y William le habían hecho daño a su hija, y una madre no olvida tan fácilmente.

—¿Y qué harán ahora con la niña? —Fleurette se acordaba de Gloria—. ¿Se la llevarán a Europa?

—Por lo que sé, no —respondió Helen. El malestar entre ella y Gwyneira no había durado mucho. Eran demasiado buenas amigas como para enemistarse. De ahí que muy pronto, tras la boda de Kura, ambas restablecieran el intercambio epistolar y compartieran su preocupación por la desaparecida Elaine durante los últimos años—. La niña se queda en Kiward Station, al menos al principio. Con Kura nunca se sabe qué ocurrirá. Pero hasta el momento ni el padre ni la madre se han interesado por Gloria. ¿Por qué iba eso a cambiar ahora? E ir cargando con una niña de tres años por media Europa sería absurdo.

—¡Con lo que mamá ya tiene justo lo que quiere! —Fleurette sonrió—. Una segunda oportunidad para criar según su gusto a la heredera de Kiward Station. Y Tonga ya debe de estar afilando los cuchillos...

Helen rio.

—No irá tan mal. Con Kura lo intentó primero con amor. ¿Cómo iba a imaginar que ella encontraría a alguien que destaca como *whaikorero*?

La línea de ferrocarril entre la costa Oeste y las llanuras de Canterbury ya funcionaba y Elaine aguardaba emocionada su primer viaje en tren. Tim esperaba un recorrido menos fatigoso que el viaje a Blenheim y no quedó decepcionado. Su viaje de luna de miel fue puro lujo, y aún más por cuanto George Greenwood disponía de un vagón privado que generosamente cedió a la pareja, por lo que Tim y Lainie se amaron en una cama traqueteante y derramaron risueños el champán.

—No me importaría vivir siempre así —dijo Elaine encantada.

Tim sonrió.

—Entonces tendrías que haberte quedado con Kura tocando el piano. Sigue entusiasmada con el tren privado de su ídolo. ¿Cómo se llama esa mujer...?

—No lo sé, es una diva de la ópera... ¡Adelina Patti! Entonces ¿es verdad que incluso viaja en tren particular? Tal vez deberías haber empezado a trabajar en la compañía del señor Redcliff. Los del ferrocarril seguro que consiguen los viajes en tren más baratos. —Y se acurrucó feliz entre los brazos de Tim.

Los McKenzie esperaban a los viajeros en la estación de Christchurch y Gwyneira, emocionada, estrechó a Elaine entre sus brazos. Contrariamente a Helen, cuyos rasgos se habían vuelto más enjutos y severos, Gwyn casi no había envejecido.

—¡Será porque vivo en una casa llena de niños! —bromeó cuando Helen le dedicó un cumplido—. Jack y Glory... y Jennifer todavía es una joven muy dulce. ¡Mira!

Jennifer Greenwood, que seguía enseñando a los niños maoríes de Kiward Station, saludó ruborizándose a Stephen O'Keefe. Ambos discutieron si debían o no besarse en público y al final lo hicieron tras la sombrilla de Jenny.

—Será la próxima boda. Terminada la carrera, Stephen empieza como abogado de empresa con Greenwood.

Helen asintió.

—Para gran disgusto de su padre, que habría querido que fuera juez. Pero ahí donde surge el amor... ¡Y éste también es de los grandes! —señaló sonriente a Jack y la pequeña Gloria. Jack, que había cumplido los dieciocho, era un muchacho muy alto y con unos rizos rebeldes de un castaño rojizo que a Helen le recordaban al joven James. Pese a ser desgarbado, se movía con agilidad y conducía con firmeza a su pequeña acompañante a través del caos de la estación.

—Tren —repetía Gloria señalando el monstruo de acero—. ¡Perro, ven! —exclamó a continuación, intentando coger a *Callie*.

Elaine silbó a su perra, indicándole que le diera la patita a la niña. Pero *Callie* prefirió volverse hacia el perro de Jack, que atrajo todo su interés.

Elaine tomó a Gloria en brazos.

—¡Qué mona eres! —dijo—. Pero no te pareces en nada a Kura.

Era cierto. Gloria no se parecía ni a Kura ni a William. Su

cabello no era negro brillante ni rubio dorado, sino castaño con un ligero matiz rojizo. Los ojos eran de un azul porcelana y estaban demasiado cerca el uno del otro para dar expresión a su rostro. Los rasgos todavía tenían la redondez de los niños pequeños, pero más tarde quizá fueran demasiado angulosos para ser hermosos.

—¡Por Dios! —observó Jack—. El adiestramiento de esta perra está algo descuidado, Lainie. Es inadmisible que una kiward collie vaya corriendo por todo el andén dejando que cualquier desconocido la acaricie. ¡Este animal necesita ovejas!

—Nos quedaremos unos días —respondió Elaine sonriendo.

El recital de Kura fue todo un éxito. Ya contaba con ello. En realidad, desde su aparición en Blenheim iba de éxito en éxito, lo que Kura y Marisa atribuían a su desempeño musical y William a la fama de Kura como conjuradora de espíritus. En las entrevistas se explayaba con oscuras alusiones sobrenaturales y Kura se temía que hubiera contado historias similares a la agencia inglesa, pero a ella le daba igual el motivo por el que la gente acudiera. Lo principal era que aplaudiera y pagara su entrada. Kura disfrutaba del hecho de volver a ser rica. Y esta vez lo era gracias a su propio esfuerzo.

Marama y su tribu no sólo asistieron al recital de Kura, sino que lo enriquecieron interpretando dos *haka* propios por deseo expreso de William. Marama lo entendió como una disculpa por haberla ofendido durante la boda y aceptó de buen grado. No era una persona rencorosa y no le costaba perdonar. Tras escuchar su voz prístina, que parecía flotar sobre las nubes mezclada con la oscura y potente de Kura, a William le habría encantado contratarla para la gira.

En conjunto, la sala del White Hart tenía un aire más exótico de lo habitual. Tonga había acudido a Christchurch con la mitad de su tribu para aplaudir a la heredera de Kiward Station y despedirla quizá para siempre. Si bien la mayoría de los maoríes no llamaban la atención, ya que todos vestían al modo occidental

—aunque combinaban las prendas con cierta torpeza—, Tonga apareció con el traje tradicional, y sus tatuajes —era prácticamente el único de su generación que los lucía— le conferían aspecto de guerrero. La mayor parte de la gente lo tomó por un bailarín. Cuando se sentó luego entre el público, los asistentes se apartaron con cierta inquietud.

También fue el único que puso una mueca de disgusto durante la actuación de Kura. Él habría conservado las canciones de los maoríes sin modificar ni desnaturalizar con los instrumentos occidentales.

—Kura se quedará en Inglaterra —dijo a Rongo Rongo, el hechicero de la tribu—. Canta nuestras palabras, pero no habla nuestra lengua, nunca lo ha hecho.

Rongo Rongo se encogió de hombros.

—Tampoco ha hablado nunca el lenguaje de los *pakeha*. No pertenece a ninguno de nuestros mundos. Es bueno que se busque el suyo propio.

Tonga lanzó una expresiva mirada a la pequeña Gloria.

—Pero deja la niña a los Warden.

—Nos deja la niña a nosotros —declaró Rongo—. La niña pertenece a la tierra de los Nghai Tahu. Sea cual sea la tribu a la que de mayor quiera unirse...

Gloria estaba sentada en la segunda fila con Jack, que había hecho un gran sacrificio por ella. Por propia iniciativa, el joven nunca se habría acercado a una sala donde actuara Kura-maro-tini.

—Entiendo perfectamente que ese tipo perdiera los nervios en Blenheim —dijo a su madre—. Es posible que yo también acabe en un manicomio.

Gwyneira no compartía esos temores, pero no pudo convencerlo ni con amenazas ni con promesas. Entonces Kura insistió en que su hija estuviera presente y Jack cambió inmediatamente de opinión.

—¡Gloria se pondrá a llorar como la vez anterior! —dijo—. O todavía peor, no llorará y a Kura se le ocurrirá que tiene talento y ha de irse a Inglaterra. No, mejor iré con vosotros y vigilaré a la niña.

Gloria no lloró esta vez, pero jugó aburrida con un caballito de madera que Jack le había llevado. Cuando Kura conjuró los espíritus en el escenario, saltó de su asiento y corrió por el pasillo hacia las últimas filas, donde estaban los maoríes y Tonga. Jack no la siguió, pero la observaba con el rabillo del ojo. No era extraño que Gloria escapara de esa serenata infame y prefiriese jugar con otros niños. Él mismo se alegró cuando el recital terminó. Dejó la sala con sus padres —James, también aliviado, le guiñó el ojo— y recogió a Gloria.

La pequeña estaba con un niño maorí algo mayor que, para sorpresa de Gwyneira, no llevaba ni pantalones ni camisa, sino el taparrabos tradicional. Además, no sólo lucía los típicos amuletos y cadenillas de un maorí de buena familia, sino que ya mostraba los primeros tatuajes. Muchos *pakeha* se mostraban escandalizados por ello, pero a Gloria no parecía importarle.

Los niños jugaban con unas ramitas.

—¡Pueblo! —decía el niño y señalaba un cercado en el que Gloria acababa de colocar otra casa.

—*Marae!* —declaraba Gloria, señalando la casa más grande. Junto a la casa comunitaria también había incluido en sus planes unos depósitos y unas cocinas—. ¡Aquí *pataka*, aquí *hanga* y aquí yo!

La casa de sus sueños se hallaba junto a un lago dibujado en el suelo con tiza.

—¡Y yo! —exclamó de pronto el niño—. ¡Yo, jefe!

Tonga apareció tras Gwyneira, que escuchaba sonriente a los niños.

—Señora Warden... —El jefe se inclinó ceremoniosamente. Debía a Helen O'Keefe una sólida educación *pakeha*—. Kuramaro-tini nos ha impresionado mucho. Lástima que nos abandone. Pero la heredera se queda con usted... —Señaló a Gloria—. Por cierto, éste es mi heredero. Wiremu, mi hijo.

Helen llegó por detrás.

—¡Un niño muy guapo, Tonga! —lo alabó.

Tonga asintió y miró jugar a los niños.

—Forman una bonita pareja. ¿No le parece, señorita Gwyn?

Wiremu le tendía una concha a Gloria y ella a cambio el caballito de madera.

Gwyneira miró sorprendida al jefe, pero luego le hizo un gesto burlón.

—Son niños —dijo.

Tonga sonrió.

Nota final

Esta novela recrea con cuidado detalle la vida cotidiana de una colonia minera en Nueva Zelanda a finales del siglo XIX. Las descripciones del trabajo en la mina y las duras condiciones de vida de los mineros, su necesidad de buscar consuelo en el alcohol por las noches y la presentación del burdel local como «segundo hogar» están tan documentadas históricamente como la codicia del propietario de la mina, a menudo cruel. A pesar de ello, *La canción de los maoríes* no es una novela histórica al uso. Pese al rigor con que se ha investigado la historia social de ese período, muchos escenarios y acontecimientos históricos importantes se han modificado o son totalmente ficticios. En 1864, en los alrededores de Greymouth existían unas ciento treinta minas de carbón —las mismas que en la actualidad, y explotadas por particulares, sociedades o el Estado—, pero ninguna pertenecía a una familia Lambert o Biller. Ningún propietario de una mina de entonces tiene una historia familiar comparable.

No obstante, la desgracia que se narra en la mina retrata la catástrofe acaecida en la mina Brunner en 1896, en cuanto a número de muertos, los primeros intentos de rescate y sus desdichadas consecuencias. La única diferencia con los hechos reales es que en la novela sobreviven dos hombres. En la realidad murieron los sesenta y cuatro trabajadores y los dos individuos que en primera instancia acudieron en su rescate. Todo está documentado, hay incluso grabaciones con los recuerdos de los testigos oculares. En otra clase de obra habría podido mencionar los nombres de las víctimas y los supervivientes. Como la historia de Nueva Zelanda está tan documentada, me resultó difícil y éticamente delicado situar una auténtica novela «histórica» en ese país, ya que por novela histórica entiendo una narración en la que unos personajes ficticios actúan en escenarios reales y con un fondo verídico y documentado. La acción no debería parecer incorporada por voluntad del autor, sino ser un simple reflejo de los hechos reales.

Nueva Zelanda fue descubierta en 1641 por el marino holandés Abel Janzoon Tasman y en parte cartografiada en 1770 por el capitán Cook. Sólo a partir de 1790 llegaron los primeros colonos blancos a la isla Norte. De los primeros cuarenta años sólo hay narraciones para los interesados en las aventuras en torno a la caza de la ballena y la foca. Una verdadera colonización se realizó a partir de 1830 aproximadamente. La historia de Nueva Zelanda es, por tanto, relativamente breve, y por eso está documentada con mayor precisión que la de otros países. Prácticamente toda pequeña ciudad cuenta con su archivo histórico, en el que se pueden leer los nombres de los primeros colonos, sus granjas e incluso las particularidades de su vida.

Teóricamente un autor podría «servirse» a su gusto de tales datos e insuflar nueva vida a las historias reales. Sin embargo, en la práctica, no estamos tratando con personas de la Edad Media, cuyas huellas se hayan disipado con el paso de los siglos, sino que parte de los descendientes de ellas viven todavía hoy en Nueva Zelanda. Es comprensible que se tomasen a mal que un forastero se apropiara de uno de sus antepasados y lo convirtiera en un personaje de ficción, sobre todo en el caso de personajes tan desagradables como los Sideblossom.

Como el país no es tan extenso como Australia, no es fácil situar granjas y lugares inventados en escenarios reales. Por ese motivo he renunciado a que mis lectores puedan indagar a su gusto las huellas de los protagonistas de la novela. Los paisajes y escenarios —el entorno y la arquitectura de granjas como Kiward y Lionel Station— no se corresponden con la realidad y se ha dado nuevos nombres a personalidades históricas.

Sin embargo, algunos datos pueden verificarse fácilmente. Así, por ejemplo, se puede hallar en internet, con un par de clics, el nombre del ganadero que dio captura al histórico James McKenzie. De todos modos, aseguro que tiene tan poco que ver con mi John Sideblossom como el auténtico McKenzie con su tocayo novelesco. James McKenzie es, además, el único personaje cuyo nombre no es ficticio, pues su destino se perdió en la oscuridad de la historia. Dos años después del juicio fue indultado y desapareció en algún lugar de Australia.

Cualquier parecido con las granjas o las personas reales es puro azar.

Por otra parte, quiero dar las gracias a todos aquellos que colaboraron en la elaboración de esta novela, sobre todo a mis lectoras Melanie Bank-Schröder, Sabine Cramer y Margi von Cossart, que comprobaron la exactitud de los detalles. Naturalmente, también debo mencionar a mi maravilloso agente Bastian Schlück. Klara Ecker ha leído como siempre las pruebas y ha colaborado en las búsquedas en internet; y he de admitir que me infunde respeto que alguien descubra en la Red el nombre del secretario jefe de Irlanda en 1896. Ni los cobs ni ningún caballo me ha arrojado al suelo cuando en su grupa, soñando despierta, he sido víctima del amor y el dolor en Nueva Zelanda, y mis amigos han sido pacientes cuando me he ausentado fines de semana completos con la excusa de «Es que estoy en Nueva Zelanda»...

Objeto de inspiración y modelo de *Callie* fue nuevamente mi perra border collie, que se llama *Cleo*. Cuando se publique esta novela ya habrá superando la edad de su tocaya de *En el país de la nube blanca*. Es una raza en efecto longeva. Pese a todo, doy las gracias a todos los que han calculado y se han preguntado si realmente un perro puede vivir veinte años. ¡No hay nada como los lectores críticos!